三浦介平義明

# 全怪谈 ①

## ☆ 浮世绘全译版 ☆

［日］田中贡太郎 著　潘郁灵 等译

湖南文艺出版社
HUNAN LITERATURE AND ART PUBLISHING HOUSE
博集天卷
CS-BOOKY

**图书在版编目（CIP）数据**

全怪谈：浮世绘全译版 /（日）田中贡太郎著；潘郁灵等译 . -- 长沙：湖南文艺出版社，2022.4
　　ISBN 978-7-5726-0632-8

　　Ⅰ.①全… Ⅱ.①田… ②潘… Ⅲ.①民间故事－作品集－日本－现代 Ⅳ.①I313.73

　　中国版本图书馆 CIP 数据核字（2022）第 039015 号


上架建议：悬疑·小说

QUAN GUAITAN: FUSHIHUI QUAN YI BAN
全怪谈：浮世绘全译版

作　　者：[日] 田中贡太郎
译　　者：潘郁灵等
出 版 人：曾赛丰
责任编辑：丁丽丹
监　　制：于向勇
策划编辑：布　狄　金　哲
文案编辑：郑　荃
营销编辑：时宇飞　段海洋
版式设计：利　锐
内文排版：麦莫瑞
装帧设计：蒋宏工作室
出　　版：湖南文艺出版社
　　　　　（长沙市雨花区东二环一段 508 号　邮编：410014）
网　　址：www.hnwy.net
印　　刷：三河市中晟雅豪印务有限公司
经　　销：新华书店
开　　本：680 mm × 955 mm　1/16
字　　数：760 千字
印　　张：47.25
插　　页：12
版　　次：2022 年 4 月第 1 版
印　　次：2022 年 4 月第 1 次印刷
书　　号：ISBN 978-7-5726-0632-8
定　　价：129.80 元（全 3 册）

若有质量问题，请致电质量监督电话：010-59096394
团购电话：010-59320018

# 出版说明

### 日本怪谈文学鼻祖

田中贡太郎被誉为"日本怪谈文学鼻祖"，他一生搜集与创作了近千篇日本怪谈故事，其代表作《全怪谈》更是被誉为日本怪谈文学的瑰宝，曾深刻影响了黑泽明、芥川龙之介、梦枕貘、京极夏彦等诸多日本知名导演、作家。

很多人认为，田中贡太郎对怪谈文学产生好奇并开始研究，是在其成为媒体主编之后，其实并非如此。早在幼年时，田中贡太郎便读过蒲松龄的《聊斋志异》，对妖怪文化产生了浓厚的兴趣。从那时起，他就开始搜集日本乡间的种种怪谈故事，并以讲述这些故事为乐。此后的二十年，田中也曾尝试创作过类似的短篇故事，其作品多次被刊登在各大报纸上。正是这一时期的创作奠定了田中后来的创作基调。

### 真实世界中的"编舟记"

在报社任职期间，因创作的系列怪谈故事深入人心，田中贡太郎便接受了报社的一项"特殊"委派工作：去日本各地搜罗流传在民间的种种怪谈故事，并加以整理，或进行再创作。

　　谁都不曾想到，这项当初只是为了丰富报纸版面的工作，田中贡太郎竟然坚持做了三十年。从其接受委托到其去世的三十年间，田中贡太郎共搜集整理了近千篇怪谈故事。这些故事起初多发表在各地的报纸上，篇幅短小精悍。随着时间的推移与对妖怪文化研究的日益深入，田中贡太郎将这近千篇故事进行了多次整理与再创作。从一九二二年出版《黑影集》到生前最终勘定《日本怪谈全集》，跨越了二十年。

　　可以负责任地讲，田中贡太郎毕生只专注于一件事：怪谈故事的编撰。


## 日本小说家们的灵感宝库

　　作为怪谈文学创作的后辈，京极夏彦曾多次在各个场合高度赞扬田中贡太郎，称其是"怪谈文学界无人可及的宗师"，并称"田中的作品是我必须随身携带的创作灵感书"。

　　的确，田中贡太郎怪谈作品产量之高、代表性之强、内容范围之广，皆是之后任何一位怪谈作家都无法企及的。

　　更难能可贵的是，田中贡太郎在担任报纸与杂志主编期间，还培育出了大批优秀的日本作家，其弟子与友人多达百余人，其中不乏井伏鳟二、田冈典夫、富田常雄、榊山润等影响日本文坛走向的重量级作家。这些作家为纪念田中，称自己为"田中文派"。

　　近几十年来，随着日本动漫文化的崛起，田中贡太郎的作品多次被重新改编并搬上舞台。大火动漫《夏目友人帐》的作者就声称自己的创

作灵感起初便来源于田中的作品。日本知名导演宫崎骏也曾在多部经典作品中用不同的方式向田中贡太郎致敬。在田中贡太郎的家乡，妖怪文化爱好者集资为其修建了博物馆，每年会举办大型相关纪念活动。日本妖怪文学大家梦枕貘在创作其代表作"阴阳师"系列时，曾多次沿着田中贡太郎当年走过的路线走访日本各地，搜集创作素材。

## 时隔近六十年的重访神话之旅

本次重新译介的《全怪谈》、《日本民间故事》和《中国怪谈》在日本被誉为"田中三书"，即田中贡太郎生前最后勘定的三套核心作品。其中《全怪谈》多以作者亲历或亲闻的怪谈故事为核心；《日本民间故事》则是作者在走访日本各地途中所搜集整理的故事；《中国怪谈》则是作者搜集中国民间故事，甚至多次远渡重洋来到上海、广州等地，寻访古旧笔记小说翻译整理后创作而成，全书均为中国背景的神话与怪谈故事，这也是该书首度被引进国内。

在时隔近六十年后，我们的"悉桑派"译者团队经过百余次讨论与搜集整理，终于重新确认了田中贡太郎二十年间的走访记录，并决定用两年时间重启这场日本妖怪文学的"神话之旅"。

在这场历时两年的"神话之旅"中，译者团队走访了日本各地，探访了近百家中古书店，最终搜集齐了散落于日本民间故事中的田中贡太郎作品，并根据作者生前最后勘定的原则，对这批书稿进行了重新梳理，在最大程度上还原了田中贡太郎作品的全貌。

本套书以作者的《日本怪谈全集》与《田中贡太郎全集》为底稿，

相互审校，互为验证，并进行了作者生前未完成的部分内容的增补工作。

　　可以说，本套书囊括了除书信外，田中贡太郎搜集、改编的所有怪谈文学作品，为世人构筑了一个充满乐趣的"怪谈世界"。

编者

二〇二一年九月

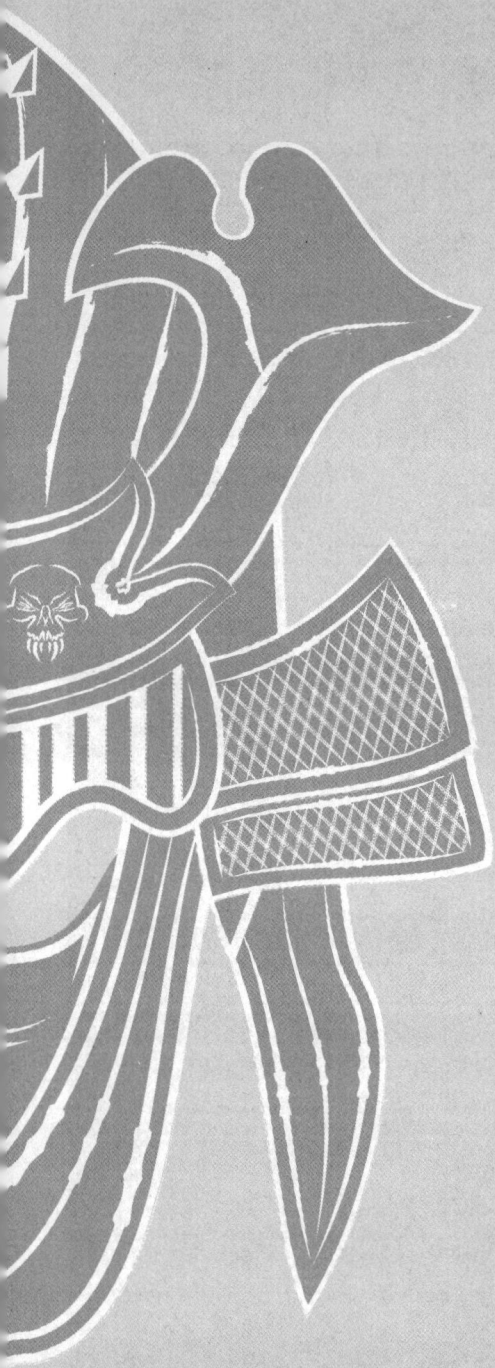

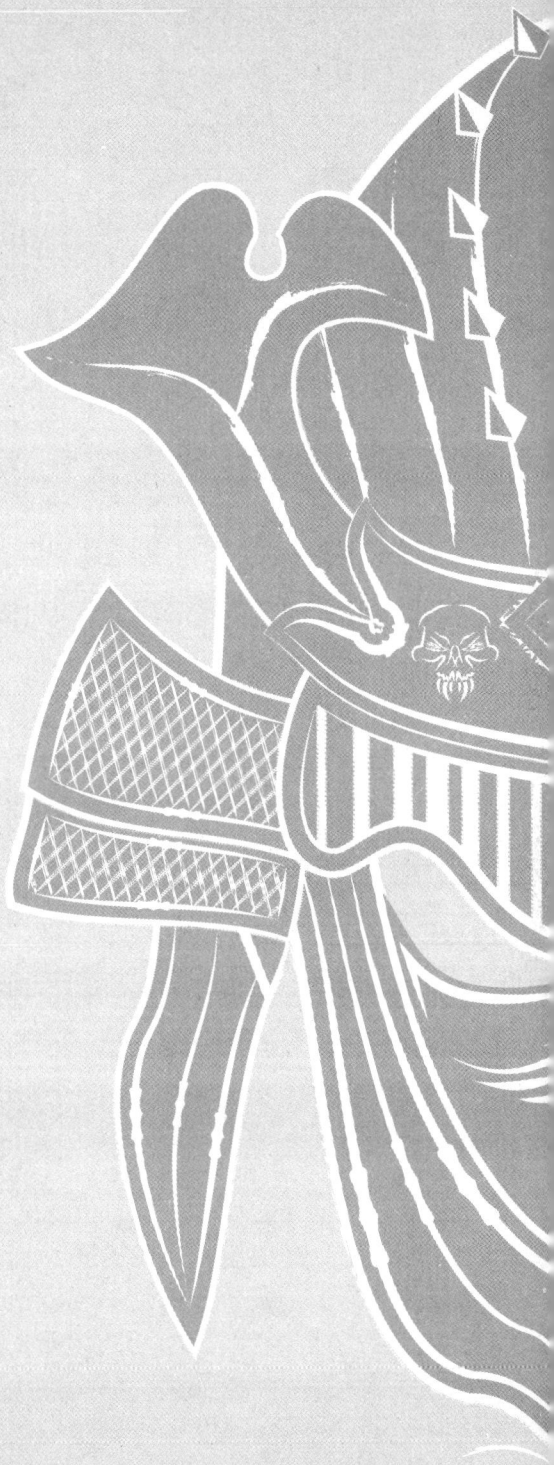

目录

# 伍

## 阴阳录

壹

# 黑影集

收录于作者一九二三年出版的怪谈小说，
该作品为作者所著的日本怪谈小说集。

## 黒影の怪談

原稿现存于日本九州佐贺中古书店，
于首版五十七年后由"悉桑派"译者探访获得。

# 一撮头发

时间紧迫，怕赶不及到目黑火车站坐车的章一匆匆忙忙换了套衣服，撇下身后歇斯底里的妻子，就急匆匆出门了。章一是某妇女杂志社的采访记者，本来每天都必须到位于丸之大厦四楼的编辑室露个脸，打个卡。章一知道，只要一天不去，社里总编的脸色铁定比谁都难看。但是这次，他却一连三天都没有露面了。被幸福冲得飘飘然的章一，内心深处还是对总编那怒气冲冲的样子感到害怕。还有，大抵从去年开始就变得越来越歇斯底里的妻子也让他头疼不已。

"她在等你吧？那个贱女人。"

临出门前，耳边传来妻子因情绪激动而变得有些颤抖的冷嘲热讽的声音。章一的确准备和那个女人在目黑火车站会合后，前往蒲田线沿线的某家旅馆去私会。可是章一就纳闷了，妻子一天到晚待在家里，这么秘密的事情，她怎么会知道呢？

"你在胡说什么啊，蠢货！我整天都快忙死了，像有时间寻花问柳的吗？"

章一扣上和服裙的纽扣，用右眼睨视了一眼妻子。妻子就坐在刚才自己刮胡子的镜台前，她的额头长得特别突出，脸色蜡黄。

"不管你怎么狡辩，我可都清楚得很。就是那个狐狸精。"

"你说谁狐狸精！你这个蠢货，你知道自己在说什么吗？"

"是，我是蠢，我就是因为太蠢才会遭此报应。可是我心里跟明镜似的，别以为你们做的那些装模作样、鬼鬼祟祟的事情能瞒得了我！"

"什么鬼鬼祟祟的事情？你今天得给我说个明白。你倒是说啊！"

一直以来，章一总是喜欢添油加醋地逢人便说自己和那些女人的风流韵事。今天是某位医界名流，明天又是哪位身为教育界先驱的老夫人，后天又是某子爵夫人、某实业家夫人、某新潮思想家等等，说她们对年轻潇洒的自己如何如何一见倾心。如今，他真后悔自己怎么这么多嘴，少吹点牛会死吗？不过，他也很想知道妻子到底在吃哪位女子的醋。

"说谁？别逼我把那个狐狸精说出来。真要说出来，只怕你也难看得很。"

"我有什么难看的。你倒是说啊！怎么不说了？"

"别以为我不知道。昨天、前天你都没去社里，是去和那个狐狸精鬼混了吧？那狐狸精真是个贱人，表面上装成一介社会名流，背地里却干出这种令人不齿的勾当。"

章一一听，心下慌张。听妻子的口气，仿佛对自己的行踪了如指掌。章一暗想，该不会是什么人趁自己不在的时候，半吃飞醋地在妻子面前嚼舌根子吧？可是，家里又不像有谁来过。所以，妻子的嫉妒之词只能是她自己胡诌的。

"蠢货，难不成你怀疑我和山崎的老婆有染吗？你这蠢货！"

章一想早点脱身，故意抛出一个人来混淆视听。

"是，我是蠢，自己的丈夫在外面成了被女人包养的小白脸，我就只能装作不知道。"

"你说什么！"章一一听，恼羞成怒。他突然冲上前去，对着因为怀孕而变得越来越丑的妻子的那张黄脸就是一个耳光，嘴里吼道："你这个死女人！"

瘦小的妻子一个趔趄，扑倒在镜台上，右手撑在章一早上用来刮胡子的铁脸盆边。铁脸盆"哐当"一声翻在地上，水洒了一地。怀孕四个月的妻子整个人倒在了脸盆上，章一怒火中烧，对着妻子的腰不管不顾地一阵猛踢。

"你敢踢我！从小到大，爸妈都没有打过我，你居然敢踢我！"

章一不听还好，一听妻子这么说，更是怒不可遏。

"我让你胡说，让你胡说！"章一放开力气，一脚又一脚往妻子身上"招呼"。

妻子突然从地上跳起来，嘴里发出像困兽一般撕心裂肺的尖叫声，低头就朝章一冲撞过来。

"糟糕，危险！"

慌乱之中，章一瞥见一道白光——妻子手里抓了一把章一刮胡子的剃刀。妻子手握剃刀，右边嘴角渗出了一丝鲜血。章一一把扭住妻子握着剃刀的手，顺势将妻子往前一掼。

"你干什么?！"

章一感到一阵后怕。一向把自己当成天的妻子，今天居然因为一点吃醋的小事反抗自己，而且还动刀子想要伤害自己，是可忍，孰不可忍？幸好，被章一一掼，妻子手上的剃刀掉在了榻榻米上。

"你这是想谋害亲夫吗？你这个疯女人！"

章一也红了眼，用力猛推妻子。妻子脚下刹不住，跟跟跄跄地倒在长火盆和碗柜之间，嘴里哎哟哎哟地呻吟起来，想必是撞伤了五脏六腑的缘故。

"你怎么这么狠心？真没想到，你居然这么狠心啊！"

章一的脑海里浮现出那个体态丰盈、皮肤白皙的女人来。那是章一的相好，章一想起她此刻正避开熟人，躲在目黑火车站的一个小角落里等着自己呢。

"眼看就要一点了，再这么拉拉扯扯下去，就赶不上车了。"章一心下暗自焦急。

他抬腿就要出门，发现掉落在榻榻米上的剃刀，不放心，赶忙回身把剃刀捡了起来。

"看看这个家被你闹成什么样子了，日子还怎么过？蠢货，你自己在家爱怎么闹就怎么闹去吧！"

章一来到书斋兼卧室，拉开一张高脚桌的抽屉，里面乱七八糟地塞满了信件和贺卡。章一把剃刀往里面一扔，顺手拿了顶帽子戴在头上，一甩手自顾自出门了。他心下着急，恨不得马上赶到目黑火车站。

正是初夏时节，街上尘土飞扬。章一像往常一样，习惯性地把他那天庭饱满、脸庞白皙的脑袋向左侧倾斜，一路走下坡来。他脚上套着一双橡胶拖鞋，步履匆忙。坡下就有国铁公司运营的电车，平时他一般都会搭乘那辆电车，不过今天没时间了，一到坡下，他马上挥手叫了一辆的士坐了上去，催促司机快走。

　　的士在山手[1]高档住宅区的新绿中穿行。目黑火车站里，那个女人穿着一袭黑衣，躲在角落里等他。为了掩人耳目，她把脸埋在了一张展开的报纸后面。章一若无其事地经过她面前，咳嗽一声告诉她自己来了。然后，章一快步从车头上了正要发车的电车，女人则收起报纸，整了整衣服，从后头上了电车。

　　两人在多摩川岸边的停车场下了车，步行前往位于山岗上的矿泉旅馆。小山岗上满目翠绿，漫山遍野开满了火红的杜鹃花，但是女人却无心观赏眼前的美景。

　　"你今天怎么那么迟啊？发生什么事了？"

　　"还不是家里的那个疯病又犯了。"章一回过头，看着女人美艳的脸蛋，笑着说道。

　　"啊，真可怕呀。不过，你是不是什么地方说漏了嘴，刺激她了？"

　　"怎么可能！"

　　"不过，你们男人都这样，总是一副大嘴巴，该说的不该说的都往外说。"

　　之前两人就到矿泉旅馆约会过一两次，所以这天他们轻车熟路，很快就住进了一套独立的房间。倚在房间外的栏杆上，可以眺望多摩川的河景。时间不上不下，两人在房间里一边把午饭当晚饭一起吃，一边说着闲话。章一还喝了点酒，不觉困意上身。

　　迷迷糊糊之际，章一突然感觉脸上一阵温润的气息袭来，他不由得睁开了眼睛。借着磨砂电灯柔和的光线，章一看到的是女人那双乌黑莹润、多情迷离的美目，以及那张热情似火的红唇。

---

1　山手在日语中是指地势较高的地区。——编者注

"讨厌，这时候怎么睡起觉来了，别睡嘛。"

伴着含笑迷离的美目，那张火热的红唇又摸索着贴了上来。可是，章一酒醉几分，困得眼睛不听使唤，眼皮直打架。

"讨厌，讨厌啦！现在睡着了，岂不是浪费了这难得的大好时光。好不容易才出来一趟，就知道睡，真是讨厌死啦！"

天上的月光暗了下去，乌云越布越密。章一突然惊醒过来。这时，只听门外传来一阵上楼的脚步声，来人一直走到廊下的推拉门前才停了下来。

"对不起，打扰您了。"

章一晃了晃脑袋，一边竖起耳朵听动静，一边问道："有什么事吗？"

"是的，是有件事要打扰您。"

"那等一下。"

正说话间，女人不情愿地钻出白色丝绸质地的被窝，整了整身上鲜艳华丽的和服长衬衣，在枕头边坐了下来。章一等女人收拾妥当，朝着推拉门喊道："好了，你可以进来了。"

"可以进来吗？那么，打扰了。"

推拉门哗啦一声被打开，进来一位头上盘着好大一个圆形发髻的婢仆。

"打扰您休息，万分抱歉。"婢仆先向女人道了声歉，然后才转向章一说道，"这位客官，您是木村先生没错吧？"

章一翻了个身，趴在榻榻米上，抬头看着婢仆答道："是我，有什么事吗？"

"是这样的，刚才来了一位年轻的女士，说是让把这东西交给木村章一和山崎夫人。她交代完，放下东西就走了，连名字也没留下，也不知道您能不能想到是谁。"

婢仆说完，把手里的一个白色的小包裹放在地上。章一不明就里，疑惑地看着枕头边的女人。

"你让人送什么东西来了吗？"

"我不知道啊。"

女人似乎也一头雾水。

"这里面会是什么东西啊？"

章一拿过包裹。女人向婢仆吩咐道："既然这样，就先放那儿吧，我们一会儿打开看看就知道了。"

婢仆听女人这么说，便立马退出了房间。

"好奇怪啊，里面到底是什么东西？快打开看看吧。"

章一也不多言，打开用麻布手帕包成的包裹，只见里面是一撮盘成一圈的女人头发。章一顿时吓得目瞪口呆。

"啊！"女人声音发抖，失声叫道。章一则仿佛石化了一般，呆呆地看着那撮头发。

"不会是您夫人她……"

"就是她。"

沉默在两人之间蔓延开来。

"她怎么知道我们在这里？"

"我也不知道啊。"

"咱们还是快回去吧。你回去想想办法。"

"好吧，只能这样了。"

"咱们走吧，快走吧。我也尽快回去，说不定事情还可以挽回。"

章一觉得索然无味，再待在这里也没什么意思了。


两人坐上返程电车，又回到目黑火车站。章一心不在焉地和女人作别后，便直接叫了辆的士。

章一并没有回家，而是前往住在白山的一位老女人家里。这种时候，章一无处可去，也只能躲到那位女人家去了。刚从学校毕业的那段时间，章一无所事事，到处逛荡。经朋友介绍，他时常向这位有些存款的和尚妻子借钱，一来二去，也算熟识起来。就是在她家里，章一认识了她的老乡，当时正在女子学校上学的妻子。

下车的时候已经是夜里十一点了。章一在电车轨道线旁下了车，沿着一道缓坡走进一条狭窄的横巷里。老女人的家在杂志社后面的林荫树下，章一举手敲了敲门。

"睡了吗？"

屋里传来婢仆充满睡意的应答声。

"谁……啊？谁在敲门啊？"

"是我，木村，牛込[1]的木村。"

"哎呀，原来是木村先生啊。"

没过多久，玄关的玻璃门拉开了，章一闪身入内。

"喂，家里是有客人吗？"

"这么迟了，哪还会有什么客人呀。"

"我是说在这里过夜的客人呀！"章一满脸坏笑道，"怎么样，有没有啊？"

"不正经，讨厌！"婢仆嘴上骂着，却也小声笑了起来。

"她已经睡了吗？"

"还没呢。"

"哦，那我先去看看她吧。"

章一走上玄关，进了左侧的卧室。屋内点着台灯，一位身材高挑，上了年纪的女人趴在一张巨大的红色毛呢褥垫上，正在看一本小说之类的读物。

"晚上好。"

"是木村先生啊。"女人从书里抬起一张长脸，问道，"今天怎么有空到我这里来啦？"

"我刚从多摩川那里玩回来，肚子饿了，您这里有什么吃的没有？"

"先别说吃的。你告诉我，你们俩到底怎么回事？"

章一走上前一步，在女人的枕头边盘腿一坐。

"什么怎么回事？可是您听到什么了？"

"那倒没有。只是我就纳闷了，怎么一会儿是你夫人来，一会儿又是你来？"

"怎么，她来过？"

"你们吵架了吧？"

---

1　旧东京市的牛込区，现为东京都新宿区的地区。——译者注

此刻，章一最想知道的就是妻子从头上剪下头发的事情。

"她头上没什么异样吧？"

"头上？她头上什么也没有啊。她的头怎么了？"

"没……没什么。她是什么时候来您这里的？"

"嗯，晚上八点半左右吧。那时候我正陪客人在茶室喝茶聊天，她突然默默走了进来，好像有什么话要对我说，见我有客人，马上又走了。她今天看起来挺奇怪的。到底怎么回事？你们是不是吵架了？"

"早上我要出门的时候，她胡搅蛮缠拉着我说了很多难听的话，我没忍住，就揍了她。您是没看见她那歇斯底里的样子，抓了把剃刀就要冲上来杀我。"

"拿剃刀杀你？唉，这孩子也真是的。不过，肯定又是你在外面拈花惹草了吧？"

"这您可冤枉死我了，这几天为了杂志的事情，我忙得团团转。"

"都是那杂志给闹的。我记得好像是妇女杂志，你因此惹了多少风流债回来。"

"这是怎么说的。"

"好了好了，既然来了，要不要坐会儿？"年长的女人用绵软的声音说道。

"我现在有点心烦意乱，总觉得哪里不太对劲。"

"发生什么事了？"

"今天我到目黑上游去玩，有个女的拿了一块麻布手帕包了一撮头发，吩咐那里的人转交给木村章一。按理说她应该不知道那地方才对啊。只怕是白天被我打了一顿后，她悄悄跟着我出门，故意做出这些神经兮兮的事情来，好让我恶心呢。"

"你几点出的门？"

"中午十二点多。然后我就直接往目黑方向去了，在那里玩了半天。转交的人拿着头发过来，是晚上九点左右。"

"如果是九点左右，赶往目黑的时间就对不上。不过，你带着女人去那里逍遥快活，指不定被谁看见了，故意戏弄你呢。"

"不可能，根本没人知道我去了那里。"

"你倒是肯定，我估计你也不是第一次带女人去那种地方了吧。算了，懒得理你。那你有没有回家看看？"

"我现在哪敢回去啊，一回家肯定又少不了大吵一顿。"

"好吧，少不得我明天早上帮你去看看情况。"

"明天再去会不会太迟了点？不会出什么事情吧？"

"看她今天的反应，只不过是还在跟你怄气，所以不用担心。如果她真的生气，知道你和那女人偷情的地方，还不冲进去撕了你们！"

"说得也是。"

"行啦，不说这个了。来，把外褂和套裙都脱了吧。"

章一依言脱下衣服，女人给他拿来了一个枕头。可是，章一对女人那张松垮的老脸有点反胃。

"不躺下吗？"

女人伸出手要把章一抱入怀中，一起睡下。章一索性把眼睛一闭，任由女人作为。没想到，女人突然一声尖叫，一下子坐起来，差点把章一撞飞。只见她双手捂着自己的右脚踝，像是被什么东西咬了一口。一只她家养的白猫蹲在那里，对着她龇牙咧嘴，不停地叫唤。

"你这畜生，竟然敢咬我！"

女人气愤难当，伸出双手想要教训那只猫。那只猫一看形势不妙，三蹦两跳跑得无影无踪。

"这该死的畜生！"

女人气得哇哇大叫。这时，章一也从被窝里坐了起来。

"怎么了？要不要紧？"

"你说要不要紧？都怪你，都是因为你这个拈花惹草的色鬼，我才会遇上这样的祸事！你这样的人，简直连畜生都不如！我再也不想看见你了，你赶紧给我滚回去！"

章一一时间莫名其妙，觉得这个女人是不是突然发疯了。

"滚滚滚，快给我滚回家去！你这个猪狗不如的畜生，成天就知道乱搞胡来，我总有一天会被你害死！快滚，滚回家去！"

女人越骂越激动，就差扑过去撕扯章一了。章一被闹得心烦意乱，胡乱穿上了外褂和套裙，飞也似的逃了出来。

章一走到电车轨道旁，坐上一辆的士。他也不敢回家，思来想去决定还是到山崎夫人那里去好了。

虽然之前就听夫人说过，这天晚上她家里没人会来打扰他们俩，但是她家寄宿的学生和婢仆众多，人来人往的，如果没有对好暗号，也不好冒昧地闯进去。章一在国铁线道口前下了车。道口前方不远处，有一部自助电话机。章一打算用那部电话联系女人，问问是否方便相见。当时道口并没有人值守，章一急急忙忙想要横穿道口，于是走上了铁轨。突然，章一大叫一声摔倒在地。正在这时，章一右手边方向传来了电车叮当叮当驶来的声音……

当时，章一的后面还跟着另一位行人，他看得非常清楚，章一倒下的时候，脚下有一只像猫一样的小动物迅速地跑走了。


话说山崎夫人心慌意乱地从郊外回来，爬上床后却怎么也睡不着。正辗转反侧间，突然觉得房间里有些异样。躺在崭新的欧式大床上的夫人看见窗前的椅子上有个人坐在那里。

"谁？你是谁？"

只见微弱的灯光下，椅子上的人缓缓地抬起头来。原来是章一。

"怎么是你？"

夫人从床上爬起来。对这个深更半夜擅自闯进来的不速之客，夫人不禁责备道："你来干吗？"

章一身体软趴趴的，也不回答。

夫人没办法，只好下床走了过去。

"到底是谁给你开的门？"

夫人话音刚落，章一就从椅子上摔了下去。章一的双腿从膝盖处被直直压断，血肉模糊，人也早就断气了。


那具双腿被国铁线电车压断的尸体莫名其妙地出现在寝室里，山崎夫人自然少不了被警察传唤，还上了新闻报纸。不过，三日后，山崎夫人也离奇地死了。

再说章一的妻子，自从那天和章一吵完架，她就失踪了，至今生死不明。

这是明治末年在关西某个大城市发生的离奇事件，由于有些情况不便透露，所以真实的地点、姓名一概隐去。

# 荒庙妖僧

那一年，有一位叫饭田的官军[1]小队长，带着五六个部从，负责在胜沼一带挨村挨户地搜查溃逃的幕兵。就在不久前，朝廷的官军从东山道一路推进，直逼幕府，前来支援的幕兵一触即溃，四散奔逃。

这日，饭田带队来到一处山脚下，看见远方有一座孤零零的寺庙，沐浴在灿烂的夕阳里。饭田眼看着日薄西山，于是带着众人赶过去，打算到那里借宿一宿。众人走近寺庙，只见庙门破败，一片荒芜，钟楼里的吊钟也不知去向。

一名部从拖着长枪奉命进去查探，饭田和其他人守在门外。不料过了许久，也不见进去的部从回来。饭田又派了个人进去，不一会儿，两人一道从庙里出来。一名部从向饭田报告说："属下在玄关外叫了半天门，也没人应声，所以索性进到内庭转了一圈。没想到，里面有个和尚正和一个妙龄女子在喋喋不休地说话。我上前问能不能借宿一宿，那和尚居然不答应，说是不方便。我连喝带吓费了好大劲，那和尚才答应让我们住一晚。真是个不知好歹的家伙，脾气还挺犟。"

---

1 故事背景是在十九世纪六七十年代，官军指支持明治天皇的新政府军，下文的幕兵指德川幕府的军队。——译者注

听了部从的回报，饭田不以为意，面带微笑抬腿进了寺庙。其他人也纷纷跟了进来。只见一位个头高大，面色白皙的僧人盘腿坐在那里。

"今晚叨扰圣僧，实在冒昧。"饭田大大方方地扬声说道。

僧人闻言，似笑非笑地答道："给各位官差道乏。官差们且看，敝寺实在是破败不堪，也没有什么茶水可招待大家。如若不嫌弃，就请众位将就一下吧。"

"哪里哪里，粮食我们自己带了，冒昧叨扰一晚，明日一早我们就赶路。"

说话间，部从们已经从厨房里打来一桶热水。饭田脱下草鞋，在桶里洗完脚，便随着僧人来到了一间客房。客房很小，而且灰尘满布。

"太久没用了，实在脏得很，真是怠慢官差了。"

僧人客气了几句，便告辞走了。饭田解下腰间的佩刀，脱下背上的草笠和盔甲，只穿着里面的宽服线裤躺在榻榻米上休息。部从们忙晚饭的忙晚饭，洗漱的洗漱，总之在外面各忙各的。

迷迷糊糊间，饭田突然听到一阵轻微细碎的脚步声，似乎有什么人走了进来。饭田觉得这脚步声似乎和僧人的不太一样，所以抬头看来者到底是谁。只见一位妙龄女子端着茶，低眉顺眼地站在那里。饭田大吃一惊，这……这不是自己那应该在甲府家中的妻子嘛！

饭田自从前年离开甲府进京[1]，便一直和勤王的军士过从甚密。恰逢不久之后爆发了鸟羽伏见之战[2]，各地支持天皇讨伐幕府的军队声势浩大，饭田也索性加入了土佐藩的军队。虽然随着军队几次返回家乡，但是由于和幕兵的战役不断，饭田一直没能抽身回到甲府家中探望。不过，饭田思家心切，打定主意过个两三日就抽空回家看看。每每想到能见到家中美妻，饭田便心下窃喜，怎料……

正思忖间，饭田猛然发觉手上的铁扇就要掉到地上了，赶忙敛神静气。

---

1 此处指京都。——译者注

2 鸟羽伏见之战发生于一八六八年一月二十七日至一月三十日，支持明治天皇的新政府军与德川幕府的军队在鸟羽、伏见展开了首次战役，以新政府军全胜而告终，揭开了日本戊辰战争的序幕。——译者注只见那女子目不斜视地走上前来，默默地把茶放在了案几上。女子那张鹅蛋脸化了浓妆，美艳的双颊配上纤巧生动的俏鼻，饭田越看越眼熟。但是看那女子木然的神情，饭田又担心自己认错了人，一时犹豫着不好开口。女子放好茶盏，双手交叉贴在小腹上，弯腰对着饭田款款纳了个福。饭田心下一惊，女子露出的那段雪白的脖子，那纤细的肩膀，那纳福的姿态，与自己的妻子何其相似。而且，女子和妻子一样，右耳朵根的地方也有一颗小小的黑痣。

"你不是阿高吗？"

女子听问，抬起头来，但是脸上的神情依旧冷艳淡漠。

"这位官差搞错了，奴家并不是。"

饭田心下越发狐疑，更不死心。

"你难道对我一点印象都没有吗？"

"奴家并无印象。"

女子说完，似乎心有顾虑，慌慌张张地逃出门去，留下饭田呆坐在床边，眼睁睁地看着女子消失在屋外。

这时，厨房那边突然传来一片吵嚷声。饭田猛地回过神来，单手抄起佩刀就要冲出门去。早有一名部从脚上随便套了双草鞋，急匆匆地飞奔而来。

"属下在厨房角落里发现了带血的绑腿，正要抓那和尚来讯问，没想到他做贼心虚，拔腿就逃。属下已经将他捉拿，用绳子捆了起来。"

"女子呢？"

"她也想逃，所以一并捆了。"

饭田这才松了口气，既然两人都被捆了就好办，回头倒要好好问问那女子究竟是何来历。他一手按着佩刀，随着部从来到玄关口。僧人和女子都被捆得结结实实，绳子的另一头拴在了玄关的柱子上。

"住持师父，闹成现在这样，多有得罪了。不过，厨房里的一切到底是怎么回事，还请你如实道来。"

饭田看着被五花大绑，耷拉着脑袋的僧人说道。一旁的女子也低着头，一言不发。

"昨天晚上，闯进来五六个幕府的逃兵。他们硬逼着我，非要我让他们留宿。那条绑腿就是他们落下的，这才让众位官差起了疑心。"僧人战战兢兢地答道。

这时，饭田突然瞥见女子的右上臂露出了少许受伤的痕迹。

"好吧，既然是这样，也不算什么大罪过，这件事情就不追究了。来人啊，把这位姑娘的右手臂解开看看！"饭田对站在一旁的部从命令道。

僧人闻言，大吃一惊，立刻扑身拜倒在地。饭田只是冷冷地看着。部从得到命令，解开女子被绑在身后的双手，抓过她的右臂，高高地卷起她的衣袖。果然，女子的右臂上有细小的伤痕，颜色发黑，显然是被动物抓挠过的痕迹。

饭田随即大喝道："哼，果然不出所料！来人啊，把这恶僧给我拖出去狠狠地打，直到他说出实话为止！"

叉腰站在玄关口的部从得到命令，端着枪走上前，对准僧人的后背就是一枪托，并喝令道："快说！"

僧人忍着背上的剧痛，还是硬扛着不吭声，没两下就被揍翻在地。和僧人绑在一起，就势一直伏在地上的女子这时抬起头茫然四顾，然后像是终于醒了一般，扫了一眼周围的情形，最后把视线投在了饭田脸上。

"是你……"一语未了，女子已泪流满面。

饭田听出来了，这就是自己妻子的声音，于是他飞奔上前，一把将女子抱入怀里。

"你就是我的阿高对不对？"

女子激动不已，将头紧紧地贴在饭田胸前。

"你怎么会落到这个妖僧手上？你是怎么到这里来的？"

女子闻言，茫然地摇了摇头。一边的妖僧扛不住士兵们的痛揍，瘫倒在地动弹不得。

"这是哪里？我怎么会在这里？"

"这里是胜沼附近的寺庙。你到底怎么了？究竟发生了什么事？"

这时，女子仿佛重新活过来似的，一边大口喘气，一边说道："自从你走后，我日夜一人守在家中。有一天，家里来了一个人高马大的僧人。我只记得他盯了我一眼，之后就什么事情也不知道了。"

饭田心知妻子必是受到了妖僧的蛊惑，一时又急又气又心疼，竟呆立在那里。一旁的部从赶忙跑过来，替女子解开绳索。女子再次扑倒在饭田怀中，号啕大哭。

几天后，那妖僧被胜沼的官军斩杀。不过，从那以后，官军中也再没人见到过饭田的身影。

# 白花红茎

很久以前，在高崎的观音山脚下住着一位寡妇，独自抚养着三个小孩艰难度日。有一年年关，住在山对面的亲戚家要捣年糕，稍信来请寡妇过去帮忙。于是，寡妇决定把三个孩子留在家里，自己第二天一早就出发前往亲戚家。

那三个孩子，最大的是女儿，十三岁；老二是儿子，才八岁；而老幺也是个女儿，刚满五岁。

第二天，寡妇出门前，仔细叮嘱姐姐说："妈妈会给你们带好吃的年糕回来，你要带着弟弟妹妹乖乖在家，听到了吗？"

"妈妈，你放心吧，我会照顾好弟弟妹妹的。听说山上常常有鬼婆出没，如果天太晚了，妈妈就别急着赶回来，在亲戚家住一个晚上也没事的。"姐姐十分乖巧懂事。

"好，好……鬼婆那么可怕，如果忙到太阳下山了，我就住一晚再回来。不过，我会尽量赶在傍晚之前回来的。"

寡妇又依次摸了摸老二和老幺的头，嘱咐道："你们如果乖乖的，妈妈就带一大块年糕回来，所以要好好听姐姐的话，知道吗？"

叮嘱完，寡妇便动身到亲戚家去了。一日下来，寡妇忙着帮忙捣年糕，居然忘了时间。等到终于忙完，准备收拾回家时，早已日薄西山。亲戚担心她走夜路太危险，说什么也要挽留她住一晚再走。可是寡妇担心三个孩子，再加上想到孩子们都在家里伸长脖子盼着她带年糕回去，所以说什么也要赶回去。

那日，夜色朦胧，月光透过林间的树木投下斑斑驳驳的影子。即使是在白天，观音山也少有人行走，而且山上小路纵横交错，一不小心就会迷路。寡妇借着微弱的月光，仔细辨认白天走过的小路上的落叶痕迹，低头赶路。

走了没多久，寡妇发现小路已经到了尽头，挡在面前的是一丛丛挂满黄叶的杂木。寡妇不由得慌乱起来。她退后几步，发现了另外一条往右拐的小路，可是没走多久，又走到了尽头。寡妇心下不停地打鼓，在绕来绕去的小路上来来回回地走着，渐渐离正确的道路越来越远了。

这下可惨了，寡妇不由得暗自叫苦。在这阴森森的大山里转来转去，保不齐会发生什么可怕的事情，不如原路返回亲戚家，等天亮了再走吧。主意打定，寡妇虽然心下发毛，但还是深一脚浅一脚地往低处摸去。走了没多久，忽然看见下面有人正爬上山来。寡妇不由得松了口气，站直了身子等在原地。那登山的身影转眼间就飘到了跟前。只见来者是一个身材矮小却满面红光的老婆婆，脸上一副笑眯眯的样子。

"咦，我说这位贵人，这荒郊野岭的，您一个人在这里做什么呢？"老婆婆上来后，主动向寡妇打招呼。

"唉，我迷路了，正想原路返回山下去呢。"寡妇答道。

"迷路？这条路怎么可能迷路呢。这样，不如我们结个伴吧。您是要往……"

"我要到山对面去。"

"那我们正好同路，我也要回到山对面去，您就跟我走吧。"

"那就麻烦您了。您可真是帮了大忙，我在这山上转了半天，正没个主意呢。"

"嘿，这座山，我就是闭着眼睛也能走出去。走吧，走吧。"

于是，老婆婆在前面走，寡妇紧紧地跟在她后面。刚才神经绷得太紧，现在缓过来的寡妇突然觉得四周越来越阴冷。

"请问这位贵人，您这是从哪里回来啊？"老婆婆一边在前面带路，一边问寡妇。

"我到亲戚家帮忙捣年糕，不小心忙活迟了。亲戚说走夜路太危险，要我住一晚。可是我想啊，家里小孩眼巴巴地等着吃我带回去的年糕呢，所以我想早点赶回家，没想到……"寡妇跟在后面答道。

"这么说，您身上带着年糕吗？说来不怕您笑话，我从今早开始还什么东西都没吃呢，能不能把您的年糕分一块给我呢？"

年糕就装在寡妇右肩上挎着的包袱里。虽然数量不多，但是分一块出去也并不打紧。更何况，对方主动给自己带路，还不知道该怎么感谢人家呢。

"这本来是给家里的三个小鬼准备的，所以带得不多。今晚有缘相遇，又劳烦您给带路，那就分您两块，还请不要嫌弃。"

寡妇停下脚步，把肩上的包袱挪到胸前，将手从打结的地方伸进包袱，取出两块年糕。只见前面的老婆婆已经转过身来，伸出手掌等着，于是寡妇把年糕放到了她的手掌上。

"哟，这真是太感谢了。"

老婆婆接了年糕，立即转过身，一边吃一边又迈开步子往前走。没走多久，她又停下了脚步，转过身对寡妇说："太不好意思了，能不能再分我一块年糕呢？我实在是饿得难受啊。"

寡妇见老婆婆有点贪得无厌，有些不情愿。但是万一老婆婆不带路了，留下自己在这前不着村后不着店的地方，那麻烦可就大了。所以没办法，寡妇又拿了两块年糕递过去。

"剩下的我可得给我家孩子留着啦，真的只能给您这最后两块了。"

老婆婆只是一哂，接过年糕，转过身继续往前走。可是，没走多久，她又停下脚步转过身来。

"孩子他妈，实在不好意思，我肚子还是饿得慌，都走不动路啦！"

寡妇这时恨不得把老婆婆一脚踹飞。

"婆婆，真的不能再给您啦，剩下的那点得留给我的孩子，他们都眼巴巴地等着呢……"

"可是，我如果不再吃点年糕，就饿得走不动路了。再给我一块吧。"

老婆婆双手摸着肚子，一副吃不饱的样子，脸上笑眯眯的表情不见了，眼中露出了丑恶的凶光，在月光下显得狰狞恐怖。寡妇害怕，无奈之下只好又给了她两块年糕。

"这次真的是最后一次了，再没有了。"

老婆婆不理寡妇，一边吃着年糕，一边自顾自在前面走。寡妇跟在后面，算计着自己到底还剩下几块年糕，结果发现就剩最后六块了。想到家中翘首等待的孩子，寡妇对老婆婆真是恨得牙痒痒。她用脚使劲踢起地上的落叶，以发泄心中的不满。这时，老婆婆再次停下脚步，转过身来。

"我这肚子越吃越饿，饿得一点都走不动了，快点再拿一块给我吧。"

"我说老婆婆，您这样有点过分啊。我都说过很多遍了，家里孩子还在等着吃我带的年糕呢。我的孩子一个十三岁，一个八岁，一个才五岁，他们守在家里，都等了我一天啦。您的肚子饿，难道我的孩子就不可怜吗？"

寡妇正在狠狠地抱怨，猛然瞥见老婆婆脸色一变，眼中凶光毕现，血红的嘴开始越张越大。寡妇突然一个激灵，脑海里闪现出鬼婆的传说来，顿时浑身直冒冷汗。这时候，她已经顾不上什么年糕了，只想快点翻过这座山。

"婆婆，不如这样，我身上还有六块年糕，我分一半给您，咱们就快点赶路，好不好？"

寡妇说着，把三块年糕递了过去。老婆婆也不说话，接了年糕，转过身一边走，一边吧唧吧唧地吃着年糕。没多久，三块年糕就吃完了，老婆婆马上又转过身来，眼睛放出绿光。

"孩子他妈，再给我一块吧。"

寡妇这时候哪里还敢吝惜那几块年糕啊，她一声都不敢吭，心惊胆战地把剩下的年糕全部交到了老婆婆手里。

"婆婆啊，我们快走吧。"

可是，这回老婆婆才走了两三步，就停下了脚步，转过身来。

"孩子他妈，再给我一块。"

"年糕已经没有了。您看，我身上也没有其他东西啊。"

"那就拿你的命来！"

老婆婆猛地张开血盆大口，那血红的嘴一直咧到耳朵根，朝着寡妇飞扑过来……

山对面的房子里，三个留守的小孩一早就站在家门口，眼巴巴地望着观音山的方向。眼看着日薄西山，他们的母亲却还没有回来。太阳渐渐地沉到了山后，观音山后方的赤城山在薄暮下显得影影绰绰。暮霭笼罩着远山近水，观音山脚下渐次点起的灯火忽闪忽闪的，仿佛一只只妖怪的眼睛。孩子们心下害怕，不敢再待在门外，只好回到屋里，锁紧大门。

虽然母亲早上临走时答应会尽量赶回来，但看样子是赶不回来了。姐姐只好安慰弟弟妹妹说："妈妈一定是害怕半路上遇见鬼婆婆，所以今晚在亲戚家住下了。我们先睡觉吧，明天一早妈妈就回来了。"

姐姐带着弟弟妹妹关好门窗，三人在地炉旁头挨着头，不一会儿就都睡着了。

到了半夜，姐姐突然被一阵敲门声惊醒。

"谁？是谁？你是谁？"姐姐朝门外问道。

"是我呀，乖乖。"门外的声音回答道。

姐姐以为是妈妈回来了，可是一想不对，妈妈明明和自己约定，如果太阳下山还没动身，就等第二天再走。而且，观音山上有鬼婆婆，妈妈也不可能三更半夜翻山回来。

"开门，开门呀！"门外的声音催促道。

姐姐总感觉这声音有点怪，不像妈妈。

"是我，是妈妈呀！外面好冷呀！姐姐快开门，外面太冷啦。"

姐姐从被窝里钻出来，走到大门边。她总觉得门外的人说话的语气不像自己的妈妈，所以多留了个心眼，先闩好大门的门闩，才问道："你真的是我妈妈吗？"

"当然是，当然是。我怕宝贝们等急了，这才急急忙忙连夜赶回来。"

"可是，妈妈说好如果太阳下山了，就在亲戚家住一晚的。"

"是说好了，但是妈妈放心不下你们，所以赶回来啦。乖宝贝，快开门让妈妈进来。"

这声音怎么听都觉得有点别扭。

"你真的是妈妈？"

"是不是妈妈，打开门看看不就知道啦。快，你先把门打开。"

"哦。"姐姐正要拔出门闩，突然想到，门外会不会是妖怪，故意幻化成妈妈的样子来吃人？

想到这里，姐姐又说："你到底是不是妈妈，我要摸摸你的手才知道。把你的手给我。"说着，姐姐从大门的一个破洞伸出手去。

"摸吧，在这儿呢，妈妈的手在这儿呢。"

姐姐一伸手，摸到一只干巴巴的手，吓得赶紧抽回手来。

"这不是我妈妈的手！我妈妈的手才不会这么皱巴巴的。"

"嗯……因为妈妈今天捣完年糕，没来得及洗手，所以摸上去才皱巴巴的，洗干净就好啦……这样吧，妈妈这就去洗，你等着啊。"

说完，门外的人离开了，不一会儿又折了回来。

"妈妈洗完手啦，你再摸摸，看还是不是皱巴巴的。"

姐姐再次把手从破洞伸出去。对方的手变得柔软细嫩，摸起来就跟妈妈的手一样。

"这回是妈妈的手了吧？"

"对，这回是妈妈的手了。"

姐姐赶忙打开大门。门外的母亲急不可耐地跑进屋里，用贪婪的目光看着地炉旁熟睡的弟弟和妹妹。姐姐还是有些不放心，她来到母亲身边，偷偷打量对方。微弱的火光下，虽然看得不甚清楚，但的确是母亲。

"我给你们带了年糕回来，明天一早起来就分给你们吃。我和妹妹睡里屋，你们就睡这里吧。"

姐姐听话地躺下，睡在弟弟身边，母亲则抱起妹妹进里屋去了。

姐姐虽然睡下了，但她还是觉得母亲今天的行为有点怪，越想越觉得不对劲，根本睡不着。正在这时，从里屋传来一阵吧唧吧唧的声音，听起来就像猫和狗在咬东西一样。姐姐不禁竖起了耳朵。她心想，不会是猫在吃老鼠吧？可是家里也没养猫呀。那这到底是什么声音？姐姐想起刚才的诸多疑点，万一回来的母亲不是真的母亲，那就糟了，妹妹还在里面呢！姐姐再也躺不住了，她悄悄地起身，借着灯笼微弱的光线摸到里屋的推拉门边,从门上糊纸的破洞处看进去。只见鬼婆双眼放着荧荧的光,正坐在那里大口吃妹妹的手!姐姐吓得心一下子跳到了嗓子眼儿,等她好不容易回过神来,才明白鬼婆正在吃人。

姐姐哆哆嗦嗦地爬回地炉边,摇醒还在熟睡的弟弟,附在他耳边悄悄说:"鬼婆变成妈妈来我们家了,现在正在吃妹妹!我们得赶快逃走。可是我们跑不过鬼婆,所以不能直接跑出去。我先假装上厕所,溜出门,过一会儿你也假装上厕所溜出来,我们在那条路的三岔路口碰头。"

姐姐又嘱咐了弟弟几遍,然后装作突然醒来的样子,一边伸懒腰打呵欠,一边往后门走去。里屋的鬼婆听到声响,立即停了下来。

过了一会儿,弟弟也学姐姐,起身想要出去。

这时,鬼婆开口问道:"这么晚了,你上哪儿去?"

"我要尿尿。"

"等姐姐回来了再去。"

"我憋不住了。"

"就在屋里尿就行了。"

"那多脏啊,我不!"

"哎呀,去吧去吧,尿完和姐姐快回来。"

弟弟哆哆嗦嗦地来到后门,一出门,便头也不回地狂奔起来。天已经微明,星光闪烁,寒冷刺骨。

弟弟一口气奔到三岔路口,姐姐正在那里焦急地等他。两人手牵着手,没命地狂奔起来。跑着跑着,身后传来了恐怖的怪叫声,回头一看,只见远处鬼婆正张牙舞爪地追来。

姐弟俩一路狂奔,再累也不敢停下脚步。也不知跑了多久,两人渐渐跑上了一条陌生的山路,路边开满了雪白的花朵。前方是深不见底的悬崖,已经无路可走了。身后的鬼婆追得越来越近。两人正进退两难,突然发现路旁有一棵像神代杉一样的参天巨树。两人无路可走,只好顺着大树往上爬。可是,鬼婆见状,也紧随其后爬了上来。

两人爬到了树梢上,再也无处可去。眼前只有两个选择,要么从树上跳下去,摔个粉身碎骨，要么等着鬼婆爬上来，被她吃掉。

姐弟俩惊恐交加，只能寄希望于神佛显灵了，于是祈求道："神仙们哪，请显显灵，救救我们吧！"

话音刚落，两人头顶上就垂下来一条神链。两人赶忙一把抓住，链子拉着姐弟俩越升越高。

鬼婆见了，口中也依样念念有词："神仙们哪，也请赐我一条神链吧。如果让他们逃走了，我将怨恨终生啊。"

话音刚落，鬼婆面前也垂下了一条神链。鬼婆心下大喜，赶忙抓了上去。没想到，鬼婆刚一抓上手，神链就断了，鬼婆摔到树下当场毙命。落地的鬼婆血肉四溅，污血把长在树下的花儿的花茎染得鲜红，但是上面的花朵依旧洁白。据说，那种花就是荞麦花。

# 四谷怪谈

一

　　伊藤喜兵卫带着他的孙女小梅，在浅草寺观音堂外散步。随行的还有小梅的乳母槙氏，以及和尚医生尾扇先生。喜兵卫爱怜地看着小梅，说道："怎么样，我的小梅？虽说今天难得玩得这么开心，但是咱们也不能走太久，不如还是喊轿子过来吧？"

　　"不要，不要，我就喜欢这样自己走。"

　　话说这个小梅迷恋上了住在自己家附近的一个叫民谷伊右卫门的浪人，不料用情太深，相思成疾，成日里病恹恹的。这位伊右卫门早先和同为盐谷家臣的四谷左门家的千金阿岩私订终身，但是因为伊右卫门曾经乘人之危霸占自己主家的财产，私德有亏，因此即使阿岩已经怀上了伊右卫门的骨肉，在左门的强力干涉下，两人还是劳燕分飞。

　　话说今天乳母槙氏还从小梅的母亲弓氏那里领了另一个差事，那就是顺便买一些牙签回来。

　　"哎呀，你们看我，居然忘记买牙签了。如果大家能一起去帮忙看看，那就再好不过了。”

　　反正大家也闲来无事，槙氏便带着小梅一行人往牙签店走去。牙签店前几日新聘的四谷左门的女儿阿袖，此刻穿着和服，正在店里削着牙签。

　　喜兵卫一进门，就对阿袖喊道：“小姑娘！这些，还有这些，给我们多包一些，快点！”

　　没想到阿袖装作没听见，理也不理。喜兵卫气得暴跳如雷。

　　“你这娘儿们，怎么呆头呆脑的？还不快点！”

　　这时阿袖才终于抬起头来。

　　“这位老爷，您是高野大人的家臣吧？”

　　“正是。”

　　“既然这样，我的东西不卖给你了。”

　　“你说什么！”

　　“你这样的人，也不知道背着自己的主家犯下了多少罪孽。你还是到别处去买吧。”

　　这时，尾扇突然从喜兵卫身后闪出来，说道：“你这个冒失的小鬼，再这样，可别怪我对你不客气了！”

　　这时，在藤八五文家帮忙卖药的伙计直助正巧路过，撞了进来。

　　“哎呀，哎呀，你在干什么啊，摆着一副臭脸。”直助冲阿袖说道。说完，又安抚尾扇道：“这是昨天才雇来的小姑娘，连牙签的价格都还没搞清楚呢，您就大人不记小人过，别跟她一般见识吧。”

　　喜兵卫也出面把尾扇给压了回去。

　　“随她去吧，我们是来参拜的，还是不要节外生枝了。”

　　喜兵卫催着小梅她们买完牙签，一行人便离开了。直助等人走后，便开始涎皮赖脸地缠着阿袖说东道西：“我说阿袖，你差点闯下大祸知不知道，往后可别再信口胡说啦。不过话说回来，四谷左门家的千金小姐居然沦落到来牙签店当雇员的田地，也真是造化弄人。我说阿袖，咱们认识也不是一天两天了，不如你索性跟我好，做我的老婆吧，你看怎么样？”

　　直助一边说，一边向阿袖靠过去。阿袖听了，不由得心下火起。

"奥田将监老爷和我父亲左门是同等身份的人物，你只不过是将监老爷门下的一个小厮，癞蛤蟆想吃天鹅肉，真是恬不知耻！"

"就你高贵，你高贵为何还沦落到这种地方来了？你就别逞强说这些没用的大话啦。"

直助说着，又把手搭在阿袖的肩膀上。

"真是涎皮赖脸，走开！"

阿袖说罢，抽身甩掉直助的手，径自离开了。

直助苦笑道："哟嗬，看不出来，脾气还挺倔。"

# 二

藤八五文家的直助此刻正在宅悦家的内室里，显得心焦气躁。直助从阿袖的朋友那里打听到，阿袖居然跑到宅悦家去挣那些肮脏钱，于是赶忙凑了些钱过来，心下打着小算盘：那种地方只要付了钱，还怕阿袖敢不由着自己来吗？

屋子里虽然点了灯笼，但是因为挂了一层厚厚的帘子，所以还是显得黑漆漆的。

"也真是的，怎么这么久还没来？"

直助等得心焦，这时阿袖终于迈步走进了房间。

"啊，你来啦。"

阿袖伸出手，循着声音摸索着向直助的身边靠过来。

"我终于把你给等来啦，阿袖。"

"啊？"

阿袖在宅悦家妓院使用的是阿纹的化名，听到客人居然直呼自己的姓名，大吃一惊。

"别慌，是我，是我啊。"

阿袖这才从声音里听出客人原来是直助。

"怎么是你？你来干什么？"

阿袖说完，转身拉开推拉门，逃了出去。直助跟在后面紧追。

"哎，哎，阿袖，你别跑啊。"

直助一把扯住阿袖的袖口，阿袖无处可逃。

"我就算看不上你，也不喜欢被你看到我现在这个样子。"

"我知道你不想看到我，可是我更知道，阿袖你这么做，都是为了尽孝。"

阿袖用袖子遮住自己的脸，站在那里一言不发。

"好啦，我们先坐下说吧。我知道，你出来做这个，也是为自己的父母着想，是不得已而为之。"

"呜呜……"

"所以啊，你听我的话，从今天开始洗心革面，离开这里，好吗？这件事情如果让你父母知道了可怎么好，你父亲左门又是那么老派的一个人。"

"我也这么想过，可是……"

"你别担心。"直助从怀里的钱包里抽出钱来，说道，"这些钱你先拿着，给你父亲左门买件衣服穿也好。"

阿袖定定地看着直助的脸。

"对不起。"

"说什么呢，不必这么见外。好啦，我们别在这里说话了，我们到那边的房间里慢慢说吧。"

"别，你怎么老想着……"

"你也不能老对我这么冷冰冰的呀。"

直助拉扯着阿袖，进了房间。正在此时，宅悦的老婆阿色跑了出来。

"小纹，来一下。"

阿袖正被直助纠缠得进退两难，听到阿色喊自己，赶忙借机起身跑了出来。

"什么事啊，妈妈？"

"自然是有客人啦。"

说完，阿色拉着阿袖来到了其他客人的房间门外。

"这是位老实敦厚的客人，你可得给我用心好生伺候着，听见没？"

阿色说完，便转身走了。阿袖站在门外踌躇了片刻，一咬牙拉开推拉门走了进去。

"既然客官您已经休息了……"

客人慵懒地转了个身,打断阿袖的话,说道:"我来这种地方,难道就是为了一个人躺在这儿睡大觉吗?过来,过来。"

阿袖站在原地没有挪步,接着凄凄惨惨地说道:"求求您体恤体恤我。"

"这是怎么回事?"

"我家原本是武士之家,因为遭遇变故,父亲沦为了浪人……"

阿袖半真半假地哭诉着自己的遭遇,博取客人的同情。

"这么说来,你还真是不容易啊,为了父母沦落到这烟花柳巷之地。不过,你可曾跟人订下了婚约?"

"不,那倒还没有。"

"既然这样,那还担心什么。"

客人说完,伸出手来拉扯阿袖。

"啊!"

阿袖吓得尖叫一声,跳了起来。这一跳,挥舞的手把围在灯笼上的布帘给碰落下来。灯光下,两人同时失声大叫。

"呀,你不是我的阿袖嘛!"

"你,你是与茂七君!"

原来,这位客人就是先前和阿袖有婚约的佐藤与茂七。当年与茂七的主家遭难,树倒猢狲散,家人全都四散离去,与茂七也在那场变故中消失得无影无踪。

此时,回过神来的与茂七怒火中烧。

"阿袖,你在这种地方干什么?你是想男人想疯了吗?你,你让我怎么说!"

阿袖真是百口莫辩,直气得咬牙切齿。

"你这么说也太令人心寒了,与茂七君。你也别光顾着指责我,你不是和我一样有婚约,却还跑到这种地方来逍遥自在嘛!"

争吵归争吵,阿袖虽然沦落到妓院,但是并没有做什么亏心事,所以话说开后,两人很快重归于好。

不久,与茂七和阿袖便从宅悦家借了一盏写着"薮之内"字样的灯笼,出了妓院。这时,直助也跟了出来,目送两人离去。他心里闪出一个恶毒的主意:"好,认准提灯笼的人就是了。"

三

乔装打扮成乞丐的庄三郎沿着观音里的田间小道走来，在路上遇见了佐藤与茂七，于是和他互换了衣服。

"哪有乞丐还打着灯笼的，不如一起送给你吧。"与茂七把从宅悦家借来的灯笼也一并交给了庄三郎。

庄三郎借着灯笼的亮光打量了自己一番，寻思道："我这身打扮，万一让那些乞丐道友瞧见了，岂不遭殃？"

于是，庄三郎提着灯笼往一处叫富士权现的小神社走去。突然，从小神社的阴影里跳出一个蒙面的男子，一言不发朝庄三郎冲来，挥起手中的刀拦腰就砍。

"与茂七，告诉你吧，这是向你报夺爱之仇，也好叫你死个明白！"

蒙面男子正是直助。直助只认有"薮之内"字样的灯笼，所以错把庄三郎当成了与茂七。

"让你跟我抢，让你跟我抢！"

残忍的直助一边大吼，一边挥着刀狠狠地向庄三郎身上砍去。

"这下好了，这下好了。"

直助砍完，松了口气，把血淋淋的大刀扔进了一旁的围墙内。刚做完这一切，身后突然传来一阵杂沓的脚步声，似乎有人朝这里跑来。直助慌忙闪身藏在墙后。跑来的是四谷左门和伊右卫门，两人手里拿着刀一路打斗。原来伊右卫门出门途中遇见左门，要左门把自己的老婆阿岩还给自己，遭到左门的拒绝，于是对左门起了杀心。

"你这老不死的，老家伙！"

"你是什么东西！你这个歹人！"

左门身上中了好几刀，浑身上下鲜血淋漓。伊右卫门不依不饶，追上来又补了一刀。左门不支，倒在地上，伊右卫门这才停止了砍杀。

"你这老顽固、老糊涂，杀了你活该！"

这时，一直藏在暗处的直助走了出来。

"听声音，你一定是民谷君吧。"

伊右卫门目光犀利地盯着直助。

"哦，原来是奥田家的小厮直助啊。你怎么在这里？"

正在这时，对面的巷子里又传来木屐咔嗒咔嗒踩地的声音。伊右卫门和直助只好一起闪到小神社后面躲了起来。木屐的声音越来越近。原来是一个怀里抱着三味线，一身野妓打扮的年轻女子，她边走边抱怨道："也不知道爹爹在忙什么，这么迟了还没回来。"

而此时，另一边也走来一个提着小灯笼的女子。这个女子步履匆忙，不小心撞到了野妓打扮的女子身上。

"啊，对不起，对不起。"提着小灯笼的女子赶忙诚恳地低头致歉。

野妓打扮的女子看了对方一眼，突然喊道："呀！这不是妹妹嘛！"

提着小灯笼的女子这才看清对方，不禁也叫道："你，你是姐姐！"

原来，那野妓打扮的女子就是阿岩，而提着小灯笼的女子就是阿袖。阿岩是来找出门乞讨尚未回家的父亲左门的，而阿袖则在追中途和自己分开的与茂七。阿袖这才上下打量起阿岩的打扮来。

"看你这身打扮，原来你变成了一个下流无耻的野妓啦。"

阿岩听闻，不甘示弱地盯着阿袖，回敬道："你也不差嘛，虽然已经和与茂七君有了婚约，可据说也在某些场所干得风生水起呢。"

"你，你从哪儿听来的？"

"说起来，还不都是日子穷给闹的。爹爹其实也背着我们俩，在观音里一带乞讨呢。我虽然沦落成了野妓，可我的身子却是清白的。"

"我也和你一样，虽然我从事的行业令人不齿，但是我从来没有让人糟蹋过身子。嘿，说来也是命，我才刚开始做这个，就在今晚碰见了与茂七君。刚才我和他一起出来，不小心走散了，这不赶上来找他呢。"

"我也是看爹爹这么迟了还没回家，所以出来寻他。"

正说话间，阿岩突然看见了地上的血迹。

"你看你的脚边，怎么有那么多血？"

阿袖抬起灯笼照亮四周。灯光下，阿岩发现了左门的尸体，而阿袖则看见了庄三郎的尸体。

"啊，不好啦！这是爹爹呀！"

"这，这是与茂七君啊！"

阿岩趴在左门的尸体上，阿袖则趴在与茂七的尸体上，两人放声大哭起来。躲在小神社阴影里看着这一切的伊右卫门和直助，故意把脚步声弄大，从阴影里走出来，仿佛刚从别处路过这里的样子。

"这里怎么有女人在哭？一定是发生什么事了。"伊右卫门装模作样地一边喊，一边来到阿岩的身边，故作惊讶地说道："哎呀，这不是阿岩吗？"

阿岩循声抬起头来。

"啊，你是伊右卫门君？"

另一边，直助也来到阿袖的身边。

"在这儿哭的，可是阿袖？"

阿袖抽泣着答道："与茂七他……他和爹爹一样，被人给杀了。"

阿岩和阿袖悲痛欲绝，双双想要自尽。

这时，伊右卫门假惺惺地大喝道："你们怎么这么糊涂！你们姐妹俩要是就这么自杀了，谁来给你们的父亲、丈夫报仇啊？"

阿岩这才回过神来，怔怔地问道："可是，之前我父亲已经拆散了我们，你还能为我报仇吗？"

伊右卫门终于可以如愿以偿地重新得到阿岩，他不由得窃喜，忙不迭地保证道："虽然我们已经分开了，但并没有解除婚约，我们还是夫妻，老岳丈的仇我来报，妹夫的仇我也帮你报！"

直助也乘机劝说阿袖道："事已至此，求你给我个机会，我一定会好好对你的。"


四


在位于杂司之谷的民谷伊右卫门家，伊右卫门一边手里糊着灯笼，一边和他请来为妻子按摩的宅悦说着话。糊灯笼是伊右卫门兼职糊口的小活计。他们正在谈论之前因为阿岩生孩子，特地请来家里帮忙的一个小厮，名叫小平，偷走民谷家一张叫作"创圣"的祖传药方后，畏罪潜逃的事情。这时，屏风后面传来了拍掌的声音。

宅悦只得起身，嘴里应道："来啦，来啦。该煎药了是吧……"

宅悦消失在屏风后面，伊右卫门皱着眉头咂了咂嘴，暗自思忖道："家里本来就不宽裕，这下又生了个饿死鬼出来，真是没眼力见的家伙。怪不得人家都说，娶个良家妇女做老婆就是麻烦。"

不一会儿，宅悦从屏风后面走出来，把手上提着的药罐子放在煤炭炉上，呼呼地扇起火来。伊右卫门坐在一旁，愁眉苦脸。

"这是给阿岩的药，还是给新生孩子的药？"

"这是给阿岩熬的药。"

正说话间，秋山长兵卫从外面嗒嗒嗒地跑了进来。

"民谷大人，小平那家伙被我们抓到啦。这是他偷走的药。"

"好，有劳你了。"伊右卫门扔下糊了一半的灯笼，从长兵卫手里接过包在布里的药，问道："对了，小平那杂种在哪里？"

这时，关口官藏和武士仆役长伴助两人，一人一边押着小平走了进来。说起来，宅悦是小平的介绍人，小平偷东西，他也有责任。

"你这个狗东西，干出这种下作的勾当，连累我也抬不起头做人！"

这时，伊右卫门突然想到了一个残忍的处置办法。小平被众人夹在中间，吓得瑟瑟发抖。

"大人，请饶了我这一回，求大人开恩哪！"

"你说什么？你这蠢货还想求饶。你这杀千刀的，居然敢偷我家的药！嘿嘿嘿，如果你能把我昨天的损失补偿给我，我还可以留你一条狗命。只要把你的手指一根一根全都掰断就行啦，你自己想吧。"

小平听完，吓得面如土灰。

"大人，求您发发慈悲，饶了我吧！"

这时，长兵卫突然冲上前来，怒斥道："啰啰唆唆，真是吵死了！"说完，转身招呼身边的人道："来，把他的嘴给我堵上。"

小平被长兵卫摁在地上，官藏、伴助和宅悦三人七手八脚地拿破布塞进小平的嘴里，又把他的鬃发给生生地扯了下来。正在这时，小梅的乳母槙氏手里提着酒壶和食盒，给伊右卫门送酒菜来了。

"冒昧打扰了，我家老爷有话要传。"

伊右卫门见状，指使三人把小平扔进壁橱里，若无其事地朝槙氏迎了上去。

"哎呀，是槙嬷嬷呀，请进，请进。你我两家虽是近邻，我却久疏问候，心下实在不安。你家老爷身体可好？"

"多谢挂念。我家主人喜兵卫偕家小，让我代为问候呢。听说您家岩夫人生了，这是我家主人备下的一点心意，不成敬意。"

乳母槙氏把带来的礼品奉上，伊右卫门恭恭敬敬地收下了。

"你看，这怎么好意思，你家老爷的深情厚谊，我铭感于心。恭敬不如从命，礼品我就收下了，食盒和酒壶我改日定当亲自送还。"

"如此也好。"说着，乳母槙氏从怀中取出一个黄色的纸包，又道："这是我家祖传的秘方妙药，服了能够调经补血，是专为岩夫人准备的。"

伊右卫门赶紧接了过来。

"你家老爷想得如此周到，真是感激不尽啊。那我赶紧给她煎上。"说完，伊右卫门转过脸对伴助吩咐道："你赶紧把这个拿去，用开水煎好。"

这时，从屏风后面传来了婴儿的啼哭声。乳母槙氏听见了，问道："哎哟，听这声音，生的应该是男孩吧？"

伊右卫门点了点头，说道："您说得是。"

"那真是可喜可贺呀，恭喜恭喜。"

乳母槙氏站着客气了几句，便回去了。她刚走，这边长兵卫和官藏就撬开了酒壶的酒封，又摆开食盒，有滋有味地吃喝起来。

伊右卫门心情大好，看着他们的样子笑骂道："兔崽子们！"

# 五

伊右卫门从喜兵卫家拜访出来，朝家里走去。

这天伊右卫门原本是给喜兵卫家还礼去的。在喜兵卫家里，喜兵卫指着桌上堆满的金银财宝对伊右卫门说道："怎么样，做我们家女婿吧？这些都是你的。"

伊右卫门装出一本正经的样子，说道："可是我家里已经有了明媒正娶的阿岩，而且最近还刚刚生了个儿子，所以……"

没想到，喜兵卫的孙女小梅听到了这话，伤心欲绝，从房间里拿了把剃刀要寻死觅活。

喜兵卫又急又气，跺着脚说道："伊右卫门殿下，请你杀了老夫吧！"

原来，喜兵卫心疼小梅，不忍心看着她相思成疾。于是，为了拆散伊右卫门和阿岩，他指使乳母槙氏假意送去调经补血的祖传妙药，实际上却是毁人容颜的毒药。这天，喜兵卫把这些事情对伊右卫门和盘托出，希望他能考虑娶自己的孙女小梅为妻。

伊右卫门在喜兵卫家的财富和小梅痴情的诱惑下，答应娶小梅为妻，才告辞出来。他回到家，走进阿岩的卧室，静静地站在蚊帐边。

正在给婴儿哺乳的阿岩感觉到床边有人，于是问道："油买回来了吗？"

伊右卫门出门的时候，拜托宅悦帮忙照看家里，阿岩还以为是宅悦出门买油回来了。

伊右卫门说道："是我。"

阿岩听到声音，知道是伊右卫门，招呼道："伊右卫门殿下。"

"嗯，我也是刚回来，过来看看你。药喝了吗？"

"喝了。那药喝完以后，只感觉浑身发热，头疼得不得了。"

"怎么会这样？你的脸怎么了？"

"感觉麻麻的。"

阿岩说着，撩开蚊帐钻了出来。伊右卫门特意看了看阿岩的脸，只见阿岩整张脸又紫又肿，左边的眼睑暴突，被挤成了下垂的月牙形，整个人变得狰狞恐怖，怎么看都不像拥有两只眼睛的正常人。伊右卫门大惊失色。

"啊，怎么变……变成这样了?!"

刚才宅悦看着自己的时候就是一副惊慌失措的样子，现在伊右卫门怎么也吓成这样? 阿岩心下非常纳闷。

"我的脸怎么了?"

伊右卫门回过神来，赶忙掩饰道: "没……没什么。只是这么短的时间，你的脸色就好转了很多，所以我有些吃惊。看来那包药的效果还是很好的。"

可是，阿岩还是不放心。

"你说我的脸色变好了，可是我怎么总觉得不对劲……"阿岩突然深情地对伊右卫门说道，"如果哪天我要是死了，看在这个孩子的分上，拜托你一定要为他找个后妈，好好把他抚养成人。"

阿岩说着，不禁悲从中来，一双变得丑陋无比的眼睛里蓄满了泪水。伊右卫门看着那张丑陋的脸，忍不住想吐，心肠又硬了几分。

"你说续弦娶后妻啊? 有啊，现在就有一个现成的，只要你一死，我马上就可以把她娶进门了。"

"啊? 你说什么?"

"啊什么，这种事情，不是再自然不过的嘛!"

"你……你这个薄情寡义的家伙!"

"你说对了，我还就是个薄情寡义的人。你也别赖着我啦，赶紧另外再找一个好男人，也好早日替你父亲报仇呀。"

伊右卫门早就和喜兵卫商量好了，今天晚上喜兵卫就会把小梅带来。所以，在此之前，伊右卫门必须把阿岩赶出家门。

阿岩气得咬牙切齿，说道: "你怎么这么狠心哪? 我们都已经有了这么可爱的孩子了呀!"

"可爱? 哪里可爱了? 你这么喜欢这孩子，不如把他一起带走吧。像你这样不守妇道的贱妇，我一刻也不想再见到你，赶紧给我滚出这个家门!"

"你血口喷人! 我何时不守妇道了?"

"你想糊弄我，没门儿! 别以为我不知道，你这贱妇和那帮你按摩的家伙勾三搭四。"

"你……你……这种事情……我……我……绝无此事啊！"

阿岩已经泣不成声。伊右卫门突然想到了一个恶毒的主意。

"你以为你这么说，我会相信吗？你瞧瞧，你连和他的野杂种都生下来了！"伊右卫门一边说，一边眼睛滴溜溜地四下查看，看见地上有一把梳子，便上前捡在手里，对阿岩笑道："哈哈，这可是个好东西，不如我把这个东西拿走。"

阿岩死死地抓住伊右卫门的手，哭诉道："那是母亲留给我的唯一念想。求求你，别拿走啊！"

伊右卫门恶狠狠地瞪着阿岩，说道："你敢不让我拿？"

"就这一件东西，求求你，别拿走啊！"

阿岩苦苦哀求着，伊右卫门只好把梳子扔还给阿岩。

"那好，你马上拿点值钱的东西来，我急着要用钱。"

伊右卫门步步紧逼，要阿岩拿出值钱的东西，可是这个家早就被伊右卫门给搬空卖空了，哪里还有半件像样的东西？阿岩没有办法，伤心地哭了半晌，然后像突然想起什么似的，站起身来说道："如果实在要救急，我这……"

说着，阿岩解下腰带，把和服脱下，身上只剩下一件贴身内衬，然后把脱下来的衣服送到伊右卫门面前。伊右卫门一把夺过衣服。

"就这么点东西，够什么使？哦，对了，这里不是还有一顶蚊帐嘛。"

阿岩心如死灰。

"你把蚊帐拿走了，孩子怎么办呀？"

"那个野杂种是死是活与我何干！有蚊子，你这个当母亲的不会赶吗？"

伊右卫门急急忙忙拆下蚊帐走了，扔下阿岩在家里哭得像个泪人。

六

阿岩艰难地拖着浑身疼痛的病体，从厨房拿来满是裂纹的火盆，在里面放了些熏香料，为孩子驱赶蚊虫。这时，宅悦回来了。

"就算再怎么吵闹，也不能太过分吧。连一顶蚊帐也不放过，这么多蚊子，孩子可怎么睡！"宅悦走了进来，视线躲避着阿岩那张狰狞丑陋的脸，扭扭捏捏地说道，"他实在是太过分了，连我这个大男人都看不下去了。阿岩，这么薄情寡义的男人，你还跟着他，你想傻到什么时候？不如，你跟了我吧。"

宅悦说着，就伸手来拉阿岩。阿岩冷不丁吓了一跳，赶忙甩开宅悦的手。

"岂有此理！你，你居然对着武士的妻子动手动脚。"

宅悦听了这话，越发不怀好意地笑了起来。

"不管你再怎么掏心掏肺，你家那个伊右卫门的心都已经不在你这里啦。今天你听我的话，也是为了你好。"

"不管我的丈夫再怎么变，我就是我，我绝不会自毁清白。我是个女人，我还是武士的女儿，我绝不能容忍自己背上通奸淫荡的骂名。"

阿岩说着，突然从一旁被绑得结结实实的小平身上拔出一把他随身携带的匕首，紧握在手。宅悦大惊失色。

"啊，危险！"

宅悦向阿岩猛扑过去，想要趁其不备夺下匕首。阿岩奋力挣扎，不让他得逞。抢夺之间，匕首不小心脱手飞出，插在了格窗上。阿岩身体虚弱，已经变得踉踉跄跄。

"放开我，放开我！"

阿岩还在拼命挣扎，要去夺匕首，宅悦开始慌了手脚。

"哎，哎，你先冷静冷静。我刚才说的，都是骗你的。就算我再怎么喜欢你，一看你那张脸……"

"我的脸？我的脸怎么了？"

"唉，你也真是个可怜人，现在还被蒙在鼓里。你喝下去的那个药，哪里是什么调经补血的妙药啊。唉，你还是自己看看吧。"

宅悦说着，拿起梳妆台上的镜子递了过去。阿岩急忙抢过镜子，对着自己的脸一照。这一照，她还以为镜子里的那张脸不是自己的，不禁回过头去看身后是不是站着别人。

"这是谁站在我后面？"结果，一个人也没看见。"这……这是我吗？这真的是我吗？"

手里的镜子哐当一声掉落，阿岩浑身颤抖着，掩面痛哭。宅悦不得不对她说出了实情。

"他讨厌你，吓唬你，想方设法往你身上泼脏水，所有这一切都是为了他今天晚上能够瞒着你迎娶喜兵卫的孙女啊。如果不先把你赶走，到时候岂不尴尬？"

阿岩听到这个消息，仿佛被五雷轰顶，顿时神志癫狂起来。

"既然这样，也唯有一死了。"阿岩绝望地喃喃自语，然后突然又说道，"趁现在还有一口气在，我得赶紧给喜兵卫殿下道喜去。快，把我染牙齿的铁浆拿来。快点，快点！"

这回轮到宅悦被吓得浑身哆嗦了。

"你才生完孩子，怎么能染牙齿！"

"没事。快去，快去！"

阿岩疯疯癫癫地说七道八，宅悦想劝止她，却根本劝不住。没办法，他只好为阿岩端来铁浆等染牙齿的一应用具。阿岩颤抖着身子，仔细地用铁浆把自己的牙齿染成了黑色，然后又抓起梳子一下一下地梳头。那梳子每梳一下，阿岩便掉下一把头发，脱发的地方渗出了丝丝鲜血。

"哈哈哈！我的头发，这血……"阿岩摇摇晃晃地站起来，说道，"看来我是时日无多啦。"

正闹着，床上的孩子大哭起来，宅悦慌忙把他抱在怀里。

"孩子，阿岩小姐，孩子哭啦。阿岩小姐，阿岩小姐！"

宅悦抱着孩子走近阿岩，腾出一只手拍了拍阿岩的肩膀。阿岩的身体软软地瘫倒在地。正在这时，刚才争抢中插在格窗上的匕首掉了下来，正好扎在了阿岩的咽喉上。

"呜呜……"

阿岩发出痛苦的呜咽声，乌黑的鲜血从她的咽喉处汩汩流出，染满了她的脸颊和身体。宅悦吓得浑身像筛糠一般。

"啊，不……不好啦！"

宅悦大喊起来。话音未落，一只猫突然蹿了进来。

"你这畜生！可不能让猫靠近死人。"

宅悦追在后面满屋子驱赶着猫。正在这时，突然从格窗上蹿出一只硕大的老鼠，一口咬住猫，然后和猫一起掉在了下方的榻榻米上。宅悦慌忙把怀里的婴儿往地上一扔，脚底抹油飞奔了出去。只见伊右卫门身穿崭新笔挺的礼服，正站在门外候着。

"按摩完了？事情可还顺利？"

宅悦惊慌失措，语无伦次："不好啦，不好啦，不好啦！阿岩小姐出事啦！还有……还有巨大的老鼠，那猫……"

宅悦一边喊，一边发疯似的狂奔出去，弄得伊右卫门一头雾水。

"说什么鬼话？什么老鼠？老鼠怎么了？一口一个老鼠，自己却抱头鼠窜，难道是事情搞砸了？那家伙到底有没有将阿岩搞到手啊？"

伊右卫门一边嘟嘟囔囔，一边走进卧室，嘴里叫道："阿岩，阿岩！"

刚进房间，脚下便传来婴儿的哭声，把伊右卫门吓了一跳。

"哇，好险，差点把这小子踩死。阿岩跑哪儿去了？喂，阿岩，阿岩！"

这时，那只硕大的老鼠不知又从哪里蹿了出来，扑上来一口咬住正在地上哭叫的婴儿。

伊右卫门慌忙抱起婴儿，环视着房间里的一切。只见阿岩倒在地上，伊右卫门赶忙跑过去查看。

"哎呀，阿岩死了吗？"伊右卫门看见一旁的匕首，心想，"这不是小平那家伙的匕首吗？既然这样，那凶手肯定就是小平那个浑蛋了。"

伊右卫门哗啦一声拉开一旁的推拉门。小平还和白天一样，被五花大绑在那里。伊右卫门突然用力把小平拖了出来，替他松了绑，又取出塞在他嘴里的布团。

"哼，小平，看你干的好事！你这浑蛋居然杀了阿岩！"

"你不要血口喷人啊！我刚刚还被你们绑着手脚，塞着嘴巴，阿岩不是我杀的。"

"谁绑你了？你看你看，你这不是行动自如嘛！还不老实交代，你为什么要杀死阿岩？"

"你这么说，那我不是成杀人犯了？好歹我已经把那'创圣'药方还给你了，你就饶了我吧。"

“你这混账东西，那药方我已经拿到典当行换钱了。”

“那我这就到典当行去帮你把它赎回来。”

小平抬脚往外跑，没想到伊右卫门跳将起来，从后面一刀砍死了小平。

“这是为阿岩报仇。”

正在这时，秋山长兵卫和关口官藏撞了进来。长兵卫大吃一惊，问道：“民谷君，这到底是怎么回事？”

伊右卫门一刀又一刀，把个小平砍得血肉模糊。

“我亲手杀了这一对偷情的狗男女。”

伊右卫门做完这一切，又拜托长兵卫和官藏把阿岩和小平的尸体绑在一扇门板的正反两面上，沉到神田川里去。

七

伊右卫门打开屏风，将全身上下拾掇了一番，抬腿准备到小梅那里去。那天深夜，喜兵卫其实已经把小梅送上府来了，所以这边厢阿岩在绝望愤恨中死去的时候，那边厢伊右卫门和小梅连合卺酒都已经悄悄地喝下去了。

“怎么样，小梅？”

伊右卫门一屁股坐在小梅的枕边，色眯眯地看着因害羞而把头埋在枕头里的小梅。

“伊右卫门殿下，请上来吧。”小梅说着，扬起脸来。那哪里是小梅，分明是阿岩那张凄惨的脸！

“啊！”

伊右卫门大叫一声，抄起身边的佩刀就砍。手起刀落，人头骨碌碌地滚到了地上。可怜的小梅，那不是她的头，又是谁的头？

“啊，怎么是小梅？！”

伊右卫门惊慌失措地飞奔到隔壁卧室。在那里，喜兵卫抱着婴儿正在熟睡。

“喜兵卫大人，大事不好啦！”

伊右卫门慌慌张张地叫醒喜兵卫，可那根本就不是喜兵卫，而是咬死婴儿后满嘴是血的小平。

小平盯着伊右卫门，张着一张血嘴说道："大人，把药给我吧。"

伊右卫门吓了一大跳，吼道："该死的小平，你居然连我的孩子也杀了！"

说着，伊右卫门挥刀往对方的脖子上砍去。人头落地，却是喜兵卫的头。

"哎呀，不好，原来是死灵在作怪！"

这时，房间里到处都飘荡着蓝色的鬼火。

伊右卫门挥舞着佩刀，一边徒劳地砍着空气中的鬼火，一边想要逃出门去。无奈大门被烧火棍闩得死死的，根本打不开。

## 八

隐亡堀的河对岸，一轮红日正缓缓西垂。黄昏中，远远传来凄清的钟声。脸埋在深草帽里的伊右卫门放下肩上的两三把钓竿，在钓竿上穿上饵料，然后把它们投入水里等鱼上钩。

旁边是正在钓鳗鱼的直助。他一边用烟管吸烟，一边用稻草擦着一把刚才从河里钓上来的玳瑁梳子。伊右卫门见状，也掏出随身携带的烟草装好，向直助借火。

"来，借我个火。"

直助从烟管里抖出火星给伊右卫门。

"点吧，点吧。"直助看着草帽下的伊右卫门的脸，突然说道，"伊右卫门君，我们好久不见啦。"

伊右卫门听着这话，大觉疑惑。

"什么好久不见？你到底是不是直助啊？"

"现在的直助，只不过是个钓鳗鱼的乡下村夫啊。"

两人正说着话，水里的浮标开始抖动起来。伊右卫门看准时机抬起钓竿，原来是一条小鲫鱼。

"啊，不错，是鲫鱼啊。"

还没来得及收拾鲫鱼，水里的另一个浮标也开始抖动起来。

"哈哈，又有鱼上钩啦！"

伊右卫门非常兴奋，大叫着抬起钓竿。一尾鲇鱼咬着钓钩破水而出，被甩上岸，掉落在草丛里。伊右卫门慌慌张张地随手从身边拔起一块灵牌摁住鲇鱼，把它拨进鱼篓，接着把灵牌一扔。灵牌飞得老远，正好掉在附近的一个倒在地上奄奄一息的女乞丐面前。她是小梅的母亲弓氏。弓氏为了找伊右卫门报仇，正在到处寻找他的藏身之处。弓氏伸手拿起掉落的灵牌，只见上面写着"俗名民谷伊右卫门"的字样。原来，伊右卫门的母亲为了帮助儿子逃脱杀人的死罪，为他做了个假坟墓，立了块假灵牌，以蒙混世人。

"哎呀，这戒名下写着的俗名，不正是杀害我爹爹和我女儿的那个恶人的名字嘛！难道他已经遭到报应死了？"

伊右卫门见状，赶忙向直助使眼色。直助之前曾经当过弓氏的用人。

"哪有活着的人立灵牌的，伊右卫门他的确死啦。你看，今天正好是他七七四十九天的忌日呢。"

一下子失去了复仇的目标，弓氏顿时仿佛万念俱灰。伊右卫门慢慢站起来，走到弓氏身边，突然抬脚朝弓氏身上恶狠狠地踢了起来。弓氏毫无招架之力，三两下就被伊右卫门踢下河，挣扎了几下便沉了下去。直助在一旁，直看得心惊肉跳。

"今天我算是见识了，你果然是个心狠手辣的家伙。"

伊右卫门冷笑道："彼此彼此，这都是向你学的。"

两人正说话，长兵卫头上包着布巾鬼鬼祟祟地朝这边走来。看见伊右卫门，他大叫道："哎呀，民谷君，原来你在这里啊！"

伊右卫门的名字可见不得光。

"哎，别乱说，别乱说。"

"哦，对对对，这个说不得。不过，我可不想再待在这里受你牵连了，所以我准备远走他乡。这盘缠嘛，还得有劳你想想办法了。"

"我现在是有心无力，我到哪儿去给你筹盘缠啊？"

"筹不到盘缠是吧，那我可把事情都说出去了。"

"别别，不如这样吧。"

伊右卫门没办法，只得把他母亲给他准备的银两交给长兵卫，这才把长兵卫给打发走。

这么一闹，伊右卫门也无心垂钓了，他收起钓竿准备回家。这时，从上游漂下来一扇杉板门。诡异的是，这杉板门突然竖了起来，盖在上面的一张草席滑落，露出了阿岩泡在水里烂得只剩下骨头的尸体。伊右卫门吓得半死，赶忙把杉板门往后推。这一推不要紧，杉板门借势哗啦一声翻了个个儿，另外一面露出来，上面是身上缠满水草的小平的尸体。

## 九

阿袖挥舞着一把山刀，正在不知疲倦地砍着香榧树的树根。这里是深川法乘院门外一个俗称三角公馆的地方。阿袖和直助一起，在这里卖线香。

时值寒冬腊月，一缕残阳有气无力地照在店门外，晾衣竿上孤零零地挂着一件衣服，在寒风中上下飞舞。边上有一口井，井边放着一个脸盆，盆里浸泡着一件沾满泥污的女人衣服。这衣服是一家叫作金子屋的典当行的伙计，名唤庄七的人拿来请阿袖帮忙浆洗的，说是店里的流当，没人来赎了。

阿袖看着这衣服有点怪，于是放下手中的香榧根，走到脸盆边，自言自语道："我怎么总感觉这件衣服这么眼熟呢。不会错，这就是我那姐姐的衣服。"

这件衣服过去的确是阿岩穿的，只不过阿袖并不知道阿岩已经死了，所以她还不敢百分之百断定。正在这时，直助回来了。

"喂，我说，太阳都下山了，怎么衣服也不收进去啊！"

直助说着，抬腿进屋去了。阿袖也追了进去。

"刚才米店的老板送米过来了，说是米钱稍后一起算。"

"哦，知道了。"直助嘴里应了一声，从身上的草袋子里掏出那把从河里钓上来的梳子说道，"把这把梳子拿去当了，应该多少能换几个钱回来吧。"

阿袖一见那梳子，顿时大吃一惊。

"呀，这把梳子，你是从哪里捡回来的？"

"两三天前，我不是在猿子桥下钓鱼嘛，就是那时候钓上来的。怎么，你见过？"

"当然见过。这把梳子，姐姐一直像宝贝一样珍藏着，她说这是妈妈留给她的唯一念想呢。还有，白天庄七伙计让我帮忙浆洗的那件衣服也是姐姐的。这到底是怎么回事啊？难道姐姐出什么事了吗？"

"喂，你不要疑神疑鬼的，世上相同的东西多了去了。"

直助说完，起身准备到典当行去当梳子。阿袖扯住他的手，不让他走。

"就算衣服不是，这梳子肯定是姐姐的那把。求你了，把这梳子留下吧。"

"你也真是个牛心拐孤的傻子，不是给你姐姐留梳子，就是缠着我给你那死鬼前夫报仇。"

原来阿袖虽然在无奈之下跟了直助，但一直念念不忘要直助给与茂七报仇，并且坚持要等到报完仇才和直助结为夫妻。

时间不早了，阿袖下厨房去准备晚饭。直助乘机溜出门，去典当行当梳子。这时，旁边泡在脸盆中的衣服里突然伸出一只干枯细瘦的手来，一把抓住直助的脚踝。直助吓了一大跳，手中的梳子没抓稳，掉落在地。脸盆里的手也迅速缩了回去。

"刚才那的确是一只女人的手。"

直助正惊疑不定，阿袖端着晚饭从厨房里走了出来，看到直助掉落在地上的梳子，便道："都跟你说了，这是姐姐惜之如命的梳子，你怎么还把它扔到地上啊，真是的！"

阿袖说着，捡起梳子，不过她也知道，欠米店老板的钱总得想办法还才行。

"唉，算了算了，咱们也不是胡乱挥霍，就当是先向姐姐借来应急吧。"阿袖思来想去，也没有更好的办法，只好让直助拿着梳子去典当行换些钱来。

直助赶忙答应道："那好吧，我这就去。"

说着，直助从阿袖手里接过梳子。这时，脸盆里那只干枯细瘦的手再次伸了出来，一把抓住直助握着梳子的手。

"啊！"

直助吓坏了，赶紧把梳子给扔了。不过，阿袖却根本看不见那只手。

阿袖见直助又扔梳子，不禁埋怨道："你到底在干什么啊？看你，把梳子扔哪儿去了？"

"喏，不就在那脸盆里嘛。我不管了，还是你自己拿去当吧。"

阿袖瞪大眼睛往脸盆里看，哪有半点梳子的影子？她哗啦一下提起脸盆里的衣服抖了抖，没想到脸盆里的水变得鲜红，竟是一盆血水！阿袖大吃一惊。紧接着，从脸盆里蹿出一只老鼠，嘴里叼着梳子。

直助看见老鼠，结结巴巴地大喊道："老鼠它……老鼠它……"

老鼠一溜烟跑到佛坛边，放下梳子，随后便消失了。

十

阿袖从妓院老板宅悦那里听说自己的姐姐阿岩被伊右卫门杀害，并被扔进了神田川的事情后，惊愤交加。之后又听说姐姐和小平偷情被抓，和小平一起被人绑在杉板门上，投入了河里。阿袖伤心欲绝，直哭得眼泪都流干了。直助一直安慰阿袖。

"可恶的伊右卫门，都是他干的好事。你也别难过了，此事还得从长计议，我一定会替你报这个仇的。"

阿袖端起酒杯自饮，饮完又拿了一个酒杯给直助。

"来，你也喝一杯吧。"

直助端起酒杯，让阿袖帮他斟满。

"那我就喝一杯。不过，身为女人，这么好酒，连我这个外人看来都……"

"你不是外人。这是我这个女人为你斟的酒。"

"阿袖……"

"这就算我们的婚礼啦。今天是父亲和丈夫的百日，从今晚开始，我就是你的妻子了。"

"这么说，你……"

"失节也好，守节也罢，横竖我就只有这一颗心……"

两人喝完酒，起身要到屏风后面去，这时外面有人咚咚咚地敲门。

直助扬起头问道："谁啊？"

外面传来一个男人的声音："实在抱歉，我想买一把线香。"

直助很是气恼，嘴上却只能装出遗憾的语气，答道："很不巧，今天卖完啦。"

"没关系，那就买点香樟根也好。"

"那不行，这一根香樟根抵得上一百根线香都不止。你还是到别处去买吧。"

门外的男人沉默片刻，突然慌慌张张地大喊起来："哎呀，你们的衣服还没收啊，可别让贼人给偷走啦！"

直助飞奔过来，一把推开防雨门板，只见一个男人站在外面。

"这可多谢你的提醒，还真忘了收衣服了。"

直助收下晾晒的衣服准备进屋，不经意间看了一眼门外的男人，这一看不要紧，魂都快被吓没了。

"鬼，鬼呀！"

直助吓得飞奔进屋，砰的一声拉上防雨门板，闩得严严实实。阿袖闻声也慌忙跑了出来。

"哪里？哪里有鬼？"

这时，门外的男人扬声说道："我不是鬼啦，快把门打开，你们亲眼看看就知道了。"

阿袖听着声音，说道："咦，怎么感觉这声音这么耳熟呢？"

直助摆手让阿袖不要出声。

"别上当，他不是鬼是什么！"

"可是，我还是要去看看。"

阿袖出去把门打开，只见外面站着的男人正是与茂七。

"哎呀，你……你是与茂七君！"

"你是阿袖！我到你住的地方去找过你，可是你已经搬走了。我还纳闷呢，你怎么无声无息就换住处了？"

"还说我呢，那天晚上，在观音里的田间小路上，你不是让歹人给害了吗？"

"你说那天啊，那个被杀死的人是奥田庄三郎。那天晚上，我和你分开后，就遇见了庄三郎，和他换了衣服。"正说着，与茂七看见了阿袖身后的直助，便说道，"你是经常在浅草卖药的那个人，应该叫直助殿下吧？"

"嗯，啊……"

直助心下慌乱。与茂七又转头看着阿袖，问道："这个人怎么这个时候还来你这里？"

　　阿袖一时间不知道该如何解释。这时，她突然看见宅悦忘在家里没带走的手杖，赶忙掩饰道："哦，那个……不是请个人来按摩嘛。"

　　阿袖没想到与茂七死而复生，突然出现在自己面前，一时间真的是进退两难。

　　为了让直助给与茂七报仇，阿袖已经和直助有了肌肤之亲，事到如今却让自己陷入了两难的境地。阿袖心里百转千回，只叹造化弄人，但最终她还是拿定了主意。

　　阿袖走到直助跟前，悄声说道："我曾经拜托你复仇大事，也答应做你的妻子，我说到做到。一会儿我会敬与茂七酒，把他灌醉在床，到时候你再进来动手杀了他。"

　　直助听完，转身出门，藏身于门外的草丛之中。

　　房间里只剩下阿袖和与茂七，两人泪眼相对。最后，阿袖轻声对与茂七说道："一会儿直助进来，我会灌他酒，让他睡下，然后我会以熄灯为暗号……"

　　与茂七听罢，也走出门去。阿袖掐好时间，熄灭了房间里的灯。这时，直助和与茂七看见屋内熄灯，都以为时机已到，一个提着厚刃菜刀，一个抽出随身携带的腰刀，冲进房间，向屏风后砍去。

　　两人手起刀落，只听屏风后传来一声女子的惨叫。两人都以为得手，拉开屏风一看，只见阿袖倒在血泊里。正在这时，一缕皎洁的月光照了进来。两人面面相觑。

　　"这是怎么回事？"

　　"怎么会这样？！"

　　阿袖浑身是血，艰难地抬起头来。

　　"与茂七君，请……请你一定要原谅我。还有，直助君，你日后要是帮我报了父亲和姐姐的仇，请你再费心帮我个忙，找找我那从小就失散了的哥哥，然后把家里发生的事情都告诉他。"

　　阿袖其实有个哥哥，只不过很小的时候就与家人失散了。阿袖艰难地从怀里掏出一张遗书和一张出生记录，一并交给直助。直助定定地看着出生记录，只见上面写着"元宫三太夫之女阿袖"。不料，直助看完，竟面如死灰。他突然跳起来，一把夺过旁边与茂七手中的腰刀，将阿袖的头整个砍了下来。与茂七大吃一惊。

"你疯啦！你到底在干什么？！"

直助颓然地坐在地上，拿起手里的刀，猛然向自己的腹部刺去。

"与茂七君，你听我说……"

原来，阿袖一直在苦苦寻觅的哥哥就是直助。直助看完出生记录后才明白，先前和自己喝完交杯酒，结为夫妻的阿袖就是自己的亲妹妹。还有，前后一联系，先前在观音里被当作与茂七杀掉的庄三郎，竟然是自己一直侍奉的主人家的儿子。直助难以面对自己卑鄙的灵魂，在悔恨交加中绝望地死去。

十一

伊右卫门带着秋山长兵卫到山上去撒鹰捕鸟。两人满山赶鸟，赶着赶着，把猎鹰给赶丢了，只好又丢下鸟去追自家的鹰。

不知不觉追到了夜幕降临。皓月当空，路边的萤火虫星星点点地上下飞舞。他们来到了一户人家前，这户人家门前的木架子上爬满了南瓜藤，用栗子树圆木做成的柴扉入口处插着七夕乞巧节用来系短册的竹子。

长兵卫把眼睛贴在柴扉上往里看，只见院子里的套廊尽头有一座小亭子，里面坐着一位穿着夏日长袖和服的女子，正借着身边罩灯的亮光摇车纺线。

长兵卫急忙转过头，对伊右卫门报信道："里面有位美丽的女子正在纺线呢。"

"什么，有美女？"

"对啊，太美了。"

"既然如此，我们何不进去向她打听打听我们的猎鹰的下落？"

于是，长兵卫推门走了进去。

"我们在这附近撒鹰捕鸟，不料猎鹰不知道飞哪儿去了，姑娘是否看到它朝这边飞过来了？"

猎鹰其实正停在罩灯的灯架上呢。

女子瞟了一眼罩灯上的猎鹰，莞尔一笑，说道："可不就在这里嘛。"

长兵卫猝然吓了一跳。

"哎呀，这家伙，还真会跑呀！"

伊右卫门在门外听得长兵卫示意，也迈步走进院子，取下腰间的酒壶喝起酒来。伊右卫门喝着酒，一颗心早就按捺不住，眼睛盯在女子身上移不开了。

"敢问姑娘芳名啊？"

正在这时，一张短册从竹子上被风吹落，忽悠忽悠地飘了过来。女子伸手接下，递给伊右卫门道："我的名字就写在这上面呢。"

伊右卫门接过来一看，只见上面写着出自《百人一首》[1]的和歌："急流岩上碎，无奈两离分。"

伊右卫门歪着头，百思不得其解，便问道："敢问这里面哪个字是姑娘的名字？"

"'急流岩上碎'的'岩'，便是我的名字了。"

伊右卫门一听，想要挑逗女子的心顿时凉了半截，当即便准备离开。正在这时，女子移开了之前遮脸的衣袖，露出了脸，那赫然就是阿岩的脸。

"啊！"

伊右卫门大叫一声，撒腿飞奔。与此同时，伊右卫门牵在手上的猎鹰变成了一只硕大的老鼠，朝他飞扑过来。

"这一切都是执念和幻觉！"

伊右卫门一边大喊，一边伸手拔出腰刀，闭着眼睛往身边一顿乱劈乱砍。混乱中，那辆纺车也化成一团蓝色的鬼火，在空中上下飘忽。

## 十二

"哎呀，哎呀，你怎么又来了？我这里有法师，有法师！"

---

1　一部广为流传的日本古代和歌集。——编者注

伊右卫门猛地睁开眼睛醒了过来。由于被阿岩的怨灵缠身，伊右卫门此刻正躲在蛇山的僧房里，让一位叫作净念的和尚帮他念经祈福。

门外雪霁初晴。伊右卫门点亮罩灯，拎着手提桶到门口往水槽里倒水。

"请死去的妻子和孩子往生投胎吧……"

刚念完这句，倒出去的水顿时化成了怨灵的怒火，熊熊燃烧起来。火光中，出现了抱着婴儿的阿岩。

伊右卫门吓得魂飞魄散，躲进了僧房里。因为刚才的一场发狂，房间里的东西已经被伊右卫门摔得七零八落，一顶纸蚊帐也被撕扯得支离破碎。阿岩的怨灵紧随其后也进了僧房，把个伊右卫门逼在墙角瑟瑟发抖。

"阿岩，求求你快去转世投胎吧，别再折磨我啦！"伊右卫门不住地哀求道。

阿岩的怨灵悠悠荡荡地飘到伊右卫门面前，把怀中抱着的婴儿递给他。

"我一直以为你死了，没想到你还在抚养这个孩子啊？"

伊右卫门以为阿岩终于饶过了他，心下大喜，赶忙伸出手从阿岩手里接过婴儿。没想到，房间里突然蹿出了密密麻麻的老鼠，伊右卫门吓得把怀里抱着的婴儿扔到了地上。砰的一声落地的婴儿变成了一尊地藏菩萨石像。这时，旁边又出现了一只仰天长啸的母熊，阿岩扑在母熊身上，一口咬住了它的脖子。

"去死吧！"

一个又一个恐怖的幻象令伊右卫门几乎陷入癫狂，他拔出腰刀一顿乱砍。等到他平静清醒过来时，他发现众多前来围捕他的捕快已经被他砍死在地。伊右卫门提着刀，跌跌跄跄地逃出了僧房。

这时，又有一个人追了上来，喊道："伊右卫门，等一下！"来人正是与茂七。

"来人可是与茂七？"伊右卫门停下脚步，神情紧绷，摆好架势。

"我今天是为阿袖来的，我要帮她为死去的姐姐阿岩报仇，你受死吧！"

"那得看你有没有这个本事！"

伊右卫门持刀和与茂七缠斗在了一起。正搏杀间，不知又从哪里钻出了密密麻麻的老鼠。老鼠纷纷爬到伊右卫门挥舞的腰刀上，缠成一堆。惊慌之下，伊右卫门的腰刀脱手落地。与茂七趁机一跃而起，大喝道："受死！"话音刚落，刀就从伊右卫门的肩膀上斩了下去。

伊右卫门浑身是血，倒在了雪地上。

# 车夫之子

明治初期，东京市内到处是身穿背上绘着武士图服装的人力车夫。其中有一个车夫刚死了老婆，只能将累赘的儿子托给邻居照看，自己出去赚钱。

这儿子年约三岁。邻居也只是随意照顾一下，一到晚上，不等车夫回来，就哄小娃说："你爹快回来了，你回家等吧。"然后就将小娃送了回去，点个煤油灯就走了。

小娃孤零零地等着，渐渐觉得有点孤单，便抽抽搭搭地哭了起来。这悲伤的哭声传到左邻右舍的耳朵里，负责照看的邻居也觉得小娃可怜，想着要不去陪陪他。刚这么一想，小娃的哭声就停了，还传来了说话声，并不时有笑声传出。难道是小娃他爹回来了？但是没听到往常人力车咕噜咕噜的响声啊，而且小娃他爹要是回来的话，肯定会过来道谢的。邻居觉得十分奇怪。这时，小娃的声音又消失了，四周回归寂静。不一会儿，小娃他爹拉着空车回来了，他向邻居道了谢，便进了自家门。

之后，邻居了解到人家小娃是自言自语，但他还是觉得很奇怪，于是有一天，他就问小娃说："你晚上回家，你爹还没回来的时候，你总是在说话，你在跟谁说话啊？"

"跟我娘说话啊。"小娃毫不在意地回答道。

邻居不寒而栗，问道："真的是你娘吗？"

"真的啊，我一哭，我娘就出来抱抱我，给我喂喂奶。"

邻居把小娃带进屋，问道："你娘是从哪里出来的？"

"那里。"小娃指着平常车夫放空车的小屋的门槛回答道。

# 白色影子

阿清的友人安三上前来索要属于他的那份好处，阿清为了不让旁人知晓这其中的内幕，在安三凑上前来正欲开口之际打断了他。

"来，喝喝喝！你若是不喝上一杯，我可跟你无话可说。"阿清拿起啤酒，给安三满上了一杯。

"这酒呢，我肯定是会喝的，但是喝酒归喝酒，我应得的那份你可得给我。"安三不安分地转动着那双小眼睛。

"你是还没睡醒吗？真是个奇怪的家伙，尽扯些有的没的无聊话题。快喝吧。"

"我哪里无聊了？我只是向你索要我应得的好处而已。"

"你可真是够蠢的，我不是早说了嘛，那里头只有一张乘坐电车的月卡。你若是想要，给你也罢。"

"嘿嘿嘿嘿……"安三一副嗤之以鼻的样子。

"真是个蠢蛋！"

"你说我蠢也行，说我笨也没问题，只要你把我应得的那份给了我就成。"

"电车月卡是吧？没问题啊。"

"嘿嘿嘿嘿……"

"真是让人头疼的家伙。那你直说吧，要我给你什么东西？"

"那你就给我头野猪吧。"

"你又说些莫名其妙的话了，我怎么可能会有野猪、野鹿呢？只有月卡，我不是早跟你说过了嘛，你可真够烦的啊！"

"你若是不把那野猪给我，就算你嫌我啰唆麻烦，我也不会住嘴的！"

阿清回想起昨晚的情景。他和安三一路尾随着一个刚从电车上下来的女子，把她堵在了小巷子里。

"你最好安静点，不然别怪我们刀下无情，我们可是拿着刀的！"

阿清把怀里的短刀从刀鞘里拔了出来，然后用刀碰了碰女子的右手。身材纤瘦的女子背部抵着墙，那双狭长的眼睛在黑暗中映射出惊恐不安的神情。同行的安三一把扯过女子挂在身上的灰色挎包，并举到她唇边，威胁道："你若是敢吭声的话，你就没命了！只要你乖乖的，不吭声，我们也不会对你怎么样。"

女子闻言，丝毫没有反抗。

"很好，只要你不乱喊乱叫，我们就不会对你动粗。"

昨夜温暖如春，他们围堵着女子的那条小巷子乍看起来像是一条死胡同，可是向右拐弯的话，似乎连着另一条巷子长屋侧面的墙壁。

不远处传来木屐踩地的声音，似乎有人要朝着这儿转弯过来了。

"有人来了！"安三说这话的时候，松开了那女子，拔腿就跑。

"我摸到钱包了哦！"

那女子听到安三说的话，也打算伺机逃跑。这时阿清眼明手快地摸到女子怀里，摸到了一个像钱包的物件，然后拽着那玩意就从小巷子里逃之夭夭。因为逃得匆忙，跟安三走散了，阿清一个人回到了住所。他打开了用红布做的钱包，里面的钱还不到三十元……

阿清十分明白，尽管安三看起来一副三不罢四不休的模样，可他压根不知道钱包里是否有钱，因此阿清不禁态度强硬起来。

"你可真是个烦人的家伙，凡事要有度，你要适可而止。你是不是还认为我在骗你啊？你有证据吗？"

"我是没有证据，毕竟我没亲眼看到。"

"既然你都没看到，还在这儿瞎扯什么呢！"

"嘿嘿嘿嘿……"

"蠢货，别人都在笑你呢！"

阿清觉察到，有个穿着西服，看起来像公司职员的男子正坐在他们后面那桌，偷偷朝着他们笑。一位五官并不立体，涂抹着一层厚厚脂粉的女服务员正在给这个男子斟酒。

"我又没做什么可笑的事，我看别人是在笑你吧，谁让你说些有的没的。"

"好了好了，你还没完没了了啊！我可不是被你吓大的，你若是再出言不逊，别怪我不客气！"

"你这是威胁我吗？你想对我不客气，我还想对你不客气呢。你是江户的儿郎，我可是大阪的汉子呢！"

"混账玩意，你居然对我出言不逊，我可饶不了你！浑蛋！"

"你这么说，是威胁我？我可不会怕你！"

"好啊，好啊！你这浑蛋，出来，跟我到外面去谈谈！"

阿清觉得不能再放任安三如此目中无人下去了，否则他会惹出事来。阿清把手伸入怀中，冲着背后装出微笑道："小姐，买单！"

女服务员正站在柜台边，跟老板娘说着话，听到阿清这边喊买单，便走了过来。

"一共是一元九十五钱。"

阿清拿出钱来，说道："好了，这是两元，剩下的都是你的了。"

女服务员躬身收了钱后，阿清对一旁的安三瞪了一眼，站起身来道："出来！"

"出来就出来。"安三耸了耸肩。

阿清走在前头，安三跟随其后。

两人走到外面，正要大打出手，一个男子快步走向他们。

"呀，是松原先生啊，你来得正是时候！"

阿清觉得这声音很熟悉，便循声看了过去，说话的正是他的同伴安松。

"原来是千吉你啊。"

"出大乱子了，有马和峰本都被人抓走了，警察已经开始动手抓捕美风团的成员了！"

"有这回事？"

"还是快点逃跑为妙哦！"

阿清闻言，不再与安三纠缠，一个人走了。空中乌云翻滚，劲风猛烈，他顺着风向前行，很快就穿过小巷子，来到了电车大道上。

一辆电车哐当哐当地从阿清右方驶来，在他面前停了下来。阿清并不知道这辆电车是开往何处的，他也来不及考虑自己要去往哪里，直接就跳上了车。这时候，他满脑子就想着如何逃离警察的抓捕，逃得远远的。

电车开始开动了，阿清松了一口气，但也只是一小会儿，他很快就开始留意起车上的乘客。他敏锐地环视着四周，似乎想从四下的乘客里找出谁来。

因为乘客较多，车内显得十分拥挤，十来位乘客因为没有座位，只得用手抓着头顶上方的吊环。阿清从站着的人看起，接着又看向与自己同坐一侧的人，然后又看了看坐在自己对面的人。他以极快的速度完成扫视。

此时，阿清看到了一个鼻端有些发青，蓄了一点小胡子，戴着礼帽的男人，站在前方车门的边上。阿清顿时惊慌失色，他认得这张脸，这男子分明就是他以前看到过的警察。完了完了，阿清心想，因为他根本无处可逃。他小心翼翼地盯着那警察看了一会儿，对方似乎根本没有发现他，于是他决定趁着没被发现，赶紧开溜。

阿清利用周围的乘客做掩护，蹑手蹑脚地挪到后方车门处，这时候恰巧电车停了下来。阿清立刻把手里的车票丢给了售票员，飞快地从车上冲了下去。跑了十几步后，他回头张望，只见随着电车的缓缓开动，那戴着礼帽，看起来像是警察的男子正看向这边。

此时，阿清正站在桥上，因为觉得自己被警察看到了，所以他打算有多远就逃多远。那是中之岛公园上方的桥，阿清看到有向下走的楼梯，立刻就顺着楼梯冲了下去。

冷风呼啸，吹着星星点点的路灯。阿清突然看到二三十个穿着白衬衫的人，好像一群雪女一样在奔跑着。阿清还以为他们是在跑马拉松，然后他就想，反正自己也穿着衬衫，如果混到那群人中间，那么就算警察来了，也不会被发现。等警察走了，他再逃到警察找不到的地方去。于是，他溜到桥下的黑暗处，把自己的外衣脱了，团作一团搁在一边，还脱下了袜子，光脚跑了出来。

那群穿着白衬衫的人已经看不到了，左侧的长椅上还坐着三个穿白衬衫的人，看起来像是跟他们一伙的。阿清心想，那群穿白衬衫的人都跑了，如果自己再跑的话，未免太过引人注目了。所以，他就停下来不跑了，大步走向三个人坐着的长椅处。

三个人坐在那儿一声不吭，阿清心想：这些到底是什么人呀？他偷偷看过去，结果发现那三个家伙根本没有头！阿清顿时吓得魂飞魄散，拔腿就跑。

等到跑过一座小石桥，阿清才缓过神来。他心惊胆战地看了看自己的前方，又看了看后方，发现有两个男子面向他走来，他们的穿着打扮很奇怪，其中一个男子就是他去年潜逃在东京时追捕他的刑警，他永远记得那警察脸上的白色痘痕。阿清犹豫着逃还是不逃，然后他很快就瞥到自己身边有一根电线杆。他马上就意识到，这是个极佳的藏身处。他轻手轻脚地走向电线杆。

两个警察眼看着就要走过来了，阿清偷偷摸摸地爬上了电线杆。然而，上面等着他的是一根漏电的电线。

两个在牡蛎船[1]上喝了酒的公司职员在公园里散步，发现了一名年轻男子的尸体，看起来像是个工人，似乎是从电线杆上摔下来的……

---

1　一种停靠在河边，专门提供牡蛎给食客享用的船只。——译者注

# 妖物语

⟨贰⟩

收录于作者一九二二年出版的怪谈小说，
该作品为作者所著的日本怪谈小说集。

妖物语

原稿现存于日本中部岐阜中古书店，
于首版五十七年后由"悉桑派"译者探访获得。

# 放生津物语

一

越中有个放生津町，町中有一片长着几棵松树与朴树的大草原，深受町内孩子们的喜爱。草原中央长着一棵老朴树，叶片早已掉光，只剩下光秃的枝干还屹立在风中。那里有一座小小的诹访祠堂，远观之，仿若草间的蛤蟆。祠堂的茅草屋顶几近朽坏，格纹木板也已发黑，看起来与瓦砾毫无二致。

初夏一个无风的黄昏，五六个孩子来到草原与放生湖之间的一条无名小河边玩耍，那里有一片茂密的芦苇丛，里面藏着许多小河蟹。这个地方向来是孩子们最喜欢的去处。

几个孩子笑着跑着，打起了水仗，不知不觉跑到了祠堂前。不多久，他们都在草地上坐了下来，因为其中一个孩子开始讲起了故事。这是个关于神通川安然坊山脚下的鬼火的故事。话说当年佐佐成政[1]有一位爱妾，名为小百合。佐佐成政怀疑小百合与侍从竹泽有奸情，便一刀斩杀了竹泽，又冲进屋里扯着小百合的长发，将

---

1　日本战国时代的武士，织田信长的家臣。——译者注

她拖到了神通川边，砍下她的脑袋，将她的身子丢进河中，又将她的头绑在了河边的柳树上。小百合的怨灵化作鬼火，在成政的军队路过神通川时显身报复，终于让成政家毁人亡。这一传说一直在当地流传。

"我爷爷说他亲眼见过，就在经常冒出鬼火的地方，有个头发竖起来的女人头呢！"

"天哪！"

"好可怕啊！"

"那现在还能看见吗？"

"能啊，就是头发这样竖起来的女人头，吊着就飞出来了。"

讲这个故事的是个看起来十四五岁的孩子，他边说还边用两只手拢起头发，扯到自己沾着鼻屎的狮子鼻前。

"阿松，你听说过放生龟的故事吗？""狮子鼻"右边的孩子骑在松树老根上，看着"狮子鼻"问道。

"我当然知道，就是那只因为放生湖的入口太窄，所以游不到海里的老乌龟呗。""狮子鼻"一脸得意，感觉自己真是个无所不知的人。

"我说的才不是这个。"

松树老根上的孩子一脸鄙视地看着"狮子鼻"，"狮子鼻"顿时就不高兴了，说道："那你说的是哪个？"

"我说的是很久很久以前的一个夏天，有个人在放生湖上划船时，突然觉得很困，就躺在船上睡了一觉，醒来时发现自己的两条腿不见了，两只手也变短了，而且四周都是水，原来自己竟然变成了一条鱼，正泡在湖水里呢。他觉得难以想象，自己怎么就变成一条鱼了呢？正纳闷，一些鱼同伴向他游来，并对他说：'海神来了，快跟我们一起拜谒吧！'虽然完全不懂海神是什么，但他还是跟着同伴往前游，不经意间一个低头，他发现自己成了一条黄色的大鲫鱼。他惊讶不已，可是又找不到人问，只能继续跟着同伴往前游。不多久，眼前出现了一座豪华如龙宫般的宫殿，宫殿正中间有一条大鱼，坐在那里不怒自威，很有王者气度，两旁整整齐齐地排着两列小鱼。于是，他也找了个位置坐下。就在这时，一条穿着黑色素袍的大鱼游到大王身边。这个人好奇地问身边的同伴道：'那是谁啊？'同伴答道：

'那不就是赤兄公嘛！'赤兄公低头恭敬地对大王说：'小人本打算去拜见大王，可是我的身体太大，湖口太小，实在是出不去啊！'大王点了点头，说道：'本王知道湖口狭窄，难容你通过，故而特意把你安置于此。本王听说，附近有个村民准备挖光湖泥，将湖改造为农田。你听说后，便找乌龟前去咬死那村民。你可知你的罪行乃天道不容？为了惩罚你，本王这就命毒蛇将百万虱子植入你的鳞片之中，让你从此痛不欲生！'赤兄公听完，面如土色，连连求饶道：'大王容禀，此事实与小人毫无关联啊！是住在湖底的鳖兄听说有人要挖光湖泥，生怕自己会因此断子绝孙，便想着恐吓恐吓村民，让他们断了这个心思。谁知那村民不会水，一不小心掉进湖中，竟就此丧了命！'大王听罢，叫来鳖公问道：'赤兄公所说可有虚言？'鳖公回道：'赤兄公所言句句属实，如今村里人人皆道乌龟害人，都喊着要打杀乌龟呢。若是我们逃走了，只怕所有乌龟，甚至连住在城址桑树上的蛇也会被村民烧死！大王有所不知，听说此事后，蛇公夜夜哭泣。小人恳请大王庇佑，保蛇公与龟族子孙平安！'大王沉思片刻，抬起头道：'尔等转告村民，让他们在湖中央建一座龟宫，从此以后，所有龟族子孙皆住其中，不可出湖。那条鲫鱼原也是人类吧，让他回去后告知村民吧。'说罢，那大王便转身走了。鲫鱼男子连忙问道：'可是我要怎么变回人身呢？''只要你被渔夫的鱼钩钩住，或者被渔网捕获，然后被人吃掉，便可恢复人身。'同伴告诉他。男子听完大喜，立刻出去四处寻找鱼钩，但找了好久也没找到鱼钩。他又想，没有鱼钩，有渔网也行啊。可谁知这附近也一张渔网都找不到。村民们得知建一座龟宫便可保全全村人的性命后，连忙在岛上建了起来。又说这鲫鱼男子日日等待渔夫，却日日落空，就在他以为自己无望了，正在伤心的时候，湖边出现了两个从金泽来此捕鱼的人。一个显然是行家里手，那渔网一下子就甩到了湖水深处，恰好挡住了鲫鱼男子的去路，害得他完全钻不进网中。另一个技艺生疏，好不容易把渔网甩入湖里，渔网却拧成一团没有展开，就这么挂在船下，正好给鲫鱼男子留出了一个缺口。鲫鱼男子连忙哧溜一下钻了进去，很快就被拉上了岸。他被洗干净后，被放在案板上，随着厨师手起刀落，他被劈成了两半……再次睁开眼睛时，男子已经恢复了人身，依旧躺在自己的那条小船上。遥望湖中小岛，那里已经建成了一座气势磅礴的龟宫。男子回去后，将自己的神奇经历告诉众人，却无一人相信，大家都笑他这是犯了癔症。"

骑在松树老根上的孩子将听来的故事说完，"狮子鼻"毫无反应，似乎依旧沉浸在这个离奇的故事中。

"这么说来，那边岛上的宫殿就是龟宫啦？"

"有可能哦。"松树根上的孩子斜眼笑着说。

"人变成鲫鱼，天哪，太神奇了吧！"

"赤兄公到底是什么身份啊？"

"城址桑树上的蛇长什么样呢？"

所有的孩子都被这个故事吸引，叽叽喳喳地讨论起来。这时，松树根上的孩子突然笑得前仰后合。

"你笑什么？""狮子鼻"疑惑地看着他。

"你们可真笑死我了，这个故事是虚构的啦，是一个学者编的，我也是听我伯父说的。"

"啊？不会吧？居然是假的？""狮子鼻"被逗笑了。其他孩子听完，也哈哈大笑。

"大家快看，那个江户小鬼来了。"不知是谁说了一句，"狮子鼻"立马转头看向那边。

"还真是啊！要不我们骗骗他，谁先去把他叫过来。"松树根上的孩子一脸奸笑地说道。

"我去，我认识他。"一个孩子说着，就朝那边跑了过去。

草原的边缘有两三栋茅草屋，屋前站着一个十岁左右、皮肤白皙的小孩。跑过去的那个孩子和他说了几句话后，便带着他走向祠堂的方向。松树根上的孩子也迅速跳了下来，跑过去站在两人前面。

"你叫什么名字？"松树根上的孩子问道。

皮肤白皙的孩子停住了脚步，答道："我叫源吉。"

"好的，源吉，从今天开始，你就是我们的小伙伴了。你要先到神像那边去。"方才骑松根的孩子用手指着祠堂的方向道，"你要坐在地上，对着神像说：'诹访大神，诹访大神，请出来和我一起玩吧。'诹访大神向来喜欢孩子，他一定会出来跟你玩的，你们说是不是？"骑松根的孩子扭头看向众人。

"是的。"

"没错。"

"可不是嘛。"

众人纷纷附和道。

源吉腼腆地低下头，小声问道："诹访大神长什么样子啊？"

"嗯……是白色的……对，是一条白色的大蛇。"

"对！"

"你快照着说啊。"

"对！"

一众孩子又连番附和道。

天真的源吉转着眼珠思考了片刻，看了一眼骑松根的孩子后，便径直走向了祠堂。祠堂的右侧长着一棵楸树，微弱的阳光透过稀疏的枝丫照亮了祠堂。走到祠堂前的源吉按照骑松根孩子的嘱咐，坐在草叶稀疏的草地上。不远处的孩子们纷纷偷笑，尤其是骑松根的孩子和"狮子鼻"，更是一脸奸计得逞的得意表情。

"好了，快说吧。"骑松根的孩子催促道。

源吉依言，一脸虔诚地说道："诹访大神，诹访大神，请出来和我一起玩吧。"

不远处的孩子们笑得更开心了，骑松根的孩子连忙摆了摆手，示意他们别笑得太放肆。

"诹访大神，诹访大神，请出来和我一起玩吧。"源吉还在不停地重复着。

骑松根的孩子看到源吉心无旁骛的样子，便将小伙伴们都招到自己身边，让他们和自己一起悄悄离开。于是，"狮子鼻"和其他孩子都学着骑松根孩子的样子，踮着脚回去了，只有源吉的声音还在远处若有若无地响起。

二

源吉还在那里虔诚地呼唤这诹访大神，过了好一会儿，他才发现四周似乎比刚才安静了许多，回头一看，竟然一个人也没有了。那些小孩是什么时候走的？源吉疑惑地站起身。

"源吉，你在这里啊！我找了你好久。"一个老人欣喜的声音传来。那是源吉的祖父，名叫为作。他身材消瘦，脸长得就像能乐[1]里的"老翁面具"似的，穿着极为简单的衬衫和短裤，站在不远处看着源吉。

"爷爷！"

"你一个人在这里做什么？我做好了饭，正想叫你来吃，却发现你不见了。你母亲出门干活一直惦记着你，快跟爷爷回家吃饭。"

"爷爷，诹访大神喜欢小孩吗？"

"诹访大神啊，应该是喜欢的吧，特别是你这么乖巧懂事的孩子，一定会喜欢。"

"那，诹访大神是白蛇变的吗？"

"这爷爷可就不知道了，诚心的人说不定见过大神的真身吧，不过爷爷是没亲眼见过。"

"我听说诹访大神是一条白蛇变的，而且很喜欢跟小孩一起玩。"

"你这是从哪里听来的？"

"就是刚刚在这里玩的那些小孩说的。"

"是吗？那也许是真的吧。只要你听话，多做好事，心存敬意，说不定哪天就能见到诹访大神了。好了，先跟爷爷回家吃饭吧。"

"好！"

源吉说罢，便往家的方向走去。为作年纪大了，腿脚不便，便跟跟跄跄地紧跟在孙子后面。为作一直将这个孙儿视作命根子。年轻的时候，为作是个木匠，婚后和妻子只生了一个儿子。儿子长大后继承了父业，在藩主的江户宅邸改造时，被召到江户干了一段时间的木匠活。宅邸竣工后，儿子并未回家，而是留在了江户，说想多学点手艺。那段时间，儿子与吉原的一个妓女走到了一起，不久后生下了一个孩子，就是源吉。为作听说后，一直想去江户看看小孙子，可总是被一些琐事耽

---

1 能乐是日本的一种具有悠久历史的戏剧表演形式。——译者注

搁。谁知这么一耽搁，竟与儿子永别。去年的岁末寒冬，一个陌生的女子带着幼子，在北国的纷飞大雪中捧着新制的牌位出现在为作家门口。为作一问，才知他们就是自己的儿媳和孙子，而自己唯一的儿子则被一场风寒夺走了性命。为作的老妻几年前就去世了，丧偶虽然让为作心痛不已，但好在儿子还在，他觉得自己总归还有人生的希望。可现在连唯一的儿子也去世了，为作顿时觉得人生一片灰暗。所幸儿媳孝顺，孙子乖巧，两人的日日相伴总算让为作恢复了不少精神。

"爷爷，你说诹访大神什么时候才会出现啊？"祖孙二人走在麦田中时，源吉突然抬起头问道。

"只要你每天都去拜一拜，兴许诹访大神就会显灵了。"

"这样啊……"

穿过麦田旁的芦苇丛后，爷孙俩走进了一栋小小的房子。房子虽小，却也并非那种简易的茅草屋。屋里的地面比屋外略抬高了一些，还有正经的防雨窗。为作让源吉坐在火炉旁取暖，然后从火上吊着的大锅里舀出一碗饭给源吉，自己则从德利瓶¹中倒了一杯酒喝了起来。火炉中的火焰不停地跳动着，让为作那"老翁面具"般的脸看起来容光焕发。

"乖孙儿，多吃点，多吃点才能长得高高的。你长大了准备做什么呢？"

"我要做个武士。"

"哦，武士啊！武士好，还能领俸禄呢，这样我们家就可以过上好日子了。不过源吉，做武士也有风险哦，犯了错就要切腹自尽，你怕不怕？"

"不就是切肚子嘛，有什么好怕的。"

"哦，我的孙儿可真有胆量！人啊，只要下定决心，不管是武士、学者、和尚还是神官，就没有做不了的！对了，说到神官，牧野老爷不就是个神官嘛。你母亲聪慧，据说很得牧野老爷的赏识呢。"

"母亲什么时候回来？"

"差不多也该回来了。给牧野老爷做完晚饭，就该回来了。我跟你说哦，那牧

---

1　日本的一种传统酒瓶。——译者注

野老爷可真是厉害得不得了。唉，你还小，说了你也不懂。"

源吉吃完饭，刚放下筷子，屋外便传来了一阵脚步声。

"晚上好。"

"晚上好。"

为作拿着酒杯看向走廊，只见月光下站着两个男人，一个看起来四十多岁，另一个三十来岁的模样。

"原来是阿秀和金次啊，这么晚来我家有何贵干啊？"为作冷冷地说道。

阿秀就是那个四十多岁的男子，他尴尬地笑了一下，回答道："没什么要紧事，就是来跟您老说说话。"

"哦，只要不影响明天家里的活计，聊就聊吧。"

来的两人互相对望了一眼，然后小声嘀咕了几句，便坐在廊上。这次开口的是那个三十多岁的金次。

"大爷，最近生计可还行？"

"有活就做呗，一家老小总要吃饭，我这把老骨头也就只能做点杂活了。"

"实不相瞒，我家最近想建一个仓库，不知大爷觉得如何？"

"有钱就建嘛，善六和善八手艺都不错，我们这一带多的是能工巧匠。"

"我的意思是，想请您来帮忙。"

"我去？倒也不是不行，不过我已经到了活一天赚一天的年纪了，谁知道哪天就两脚一蹬归了西，恐怕无法胜任呢。"

为作的语气依旧冰冷，金次感觉自己有些接不上话了，只好尴尬地笑着。

"嫂子还没回来吗？里屋好像就源吉一个人。"阿秀没话找话地说着。

"她回不回来又不是自己说了算的，她是去干活，又不是去玩。"

"啊……也对哦。"阿秀也觉得无话可说了，两人便起身准备回去。突然，身后的为作怒吼道："我家的儿媳妇可不是随便哪只野狗就能调戏的，没事少往我家跑！"

源吉趴在地上，无聊得想睡觉。

"你母亲就快回来了，先别睡，起来坐一会儿。"

为作给自己装了一碗饭。这时，一个女子的叫声从远处传来，为作立刻放下筷子。

"什么声音？"为作竖起耳朵仔细听着。不久后，第二声惨叫传了过来。"那不是我儿媳妇嘛！畜生！源吉，你在家里待着别乱跑，爷爷出去一下。"

为作说着，便起身走到屋外，拿起墙边的拐杖走了出去。源吉被吓得手足无措，又不敢出去，只能焦急地在屋里走来走去。

三

从神官家回来的阿胜见今晚的月色明亮，便想抄近路快点回家。她从草原中央穿过时，突然从松树底下蹿出一个人高马大的暴徒，腰间还插着一把短刀，一把就抓住了她的腰带。

在吉原的那段时间里，阿胜虽然只在一家小小的艺伎茶馆里待过，但毕竟也见过不少男人，这种情形并未让她慌乱，她努力安抚对方，打算找个机会脱身。谁知对方兽性大发，抓着她的腰带就要把她拖到松树下。

阿胜知道自己怕是逃不掉了，对方一旦抓到她的肩部，就能牢牢地控制住她，于是她拼命挣扎，黑色的软缎腰带也因此松脱，落入对方手中。羸弱的阿胜一下子飞了出去，在月色下转了几圈后，跪倒在距离暴徒五六尺[1]远的地方。她一手撑地，一手挡在自己身前，想要借此抵抗暴徒的袭击。阿胜长着一张瓜子脸，白皙的脸颊因恐惧而染上了一抹绯红，别有一番风韵。暴徒扔掉她的腰带后，慢慢走了过来。

"畜生，还不快住手！"

一声怒吼传来，一根拐杖好似从天而降般从暴徒眼前晃过，让暴徒不禁退后了几步。

"你这浑蛋是个地下浪人[2]吧？想对我儿媳妇做什么？"

这个人高马大、佩带短刀的暴徒名为林田与右卫门，是个书法先生。林田盯着

---

1　尺是日本尺贯法中的长度单位，一尺约为0.303米。——编者注

2　土佐藩的一种身份称呼，是没有正规编制的低等武士。——译者注

这个脸长得像"老翁面具"的老头，眼露凶光。

"你这老头少在这儿碍事，我有话跟这个女人说，再不走开就别怪我不客气了！"

"这话应该我来说吧！这是我儿媳妇，你这浑蛋挡住我儿媳妇，还有理了？"

为作说着，就提起手中的拐杖挥了过去。林田连忙侧身躲闪，顺手一把夺下拐杖，正打算反击为作，突然一个可怕的东西朝着他飞了过来。林田仔细一看，居然是一个由两把柴刀组成的巨大"蟹钳"，黑中带紫，看着很是瘆人。林田急忙扔下拐杖，不停地往后退，那"蟹钳"竟像长了眼似的缠着他。

"啊！"林田惨叫一声后，捂着眼睛连滚带爬地逃走了。为作和阿胜虽然有些不解，但总算松了一口气，便往家中走去。

"刚才那个浑蛋怎么突然就逃跑了呢？"

"还捂着眼睛。刚才发生了什么啊？"

"被我的拐杖捅瞎了吧。"

"是吗？"

"要不就是遭报应了。"

四

第二天一早，为作送阿胜出门的时候告诉她，自己今晚会算好时间去接她，毕竟一个女人走夜路实在很危险。阿胜出门后，为作让源吉自己在家里玩，他则在院子里替人做防雨窗。

为作在阴凉处铺了一张草席，坐在上面干活。源吉就在院子里跑来跑去，不时探头向爷爷这里好奇地瞧上一瞧。

到了傍晚，为作起身去准备晚饭。不久后，就听到源吉在院子里喊道："爷爷！"

火炉旁的为作抬起头，对孙子笑着说道："怎么了源吉，你又跑哪儿去玩了？爷爷正准备找你回来吃饭呢。"

"我去找诹访大神了。爷爷，你知道吗？诹访大神今天出来跟我玩了呢！"

"你说什么？诹访大神出来了？"

"对啊，我今天又到祠堂那边去了，一喊'诹访大神，诹访大神，请出来和我一起玩吧'，他就出来了！"

为作起先还完全不当回事，心想稚童之言岂能当真，可是源吉一脸认真的模样又让他不由得停下了正在搅拌锅中食物的手。

"出来了？什么出来了？"

"诹访大神啊。"

"那诹访大神长什么模样？"

"是一条白蛇。"

"这白蛇是从哪里钻出来的？"

"我一喊'诹访大神，诹访大神，请出来和我一起玩吧'，他就从神像下面的石缝里钻出来了。"

"然后呢？"

"刚开始我很怕，撒腿就跑。跑了一小会儿，回头看了看，发现大神没跟过来，而是蜷在地上，我就不怕了。然后，我让他盘个圈给我看，他就乖乖盘了个圈；我让他爬过来，他就真的爬过来了。"

"不……不会吧！"为作惊得连忙走到走廊边，追问道，"源吉，你说的可是真的？"

"我怎么会骗您呢？后来我又让诹访大神去找些螃蟹来，他就真的带了好多好多螃蟹来呢。"

"这……这……这要是真的，可就糟糕了，对神灵不敬可是要受到惩罚的啊！快，你快跟爷爷过去赔罪！"

为作哪还顾得上锅里的晚饭啊，他走到院子里，在水桶里匆匆地洗了洗手，然后找了一块木片，在上面放上盐和大米。

"源吉，走，我们去找诹访大神。"

"又去那边吗？"

"对，要去给大神赔罪，不然要受到惩罚的。"

"哦。"

为作走在前面，源吉小步地跟在后面。夕阳西下，薄暮冥冥，爷孙两人从长满麦穗的田间穿过，走进昏暗的草原。

两人在苍茫的暮色中朝诹访祠堂走去，那棵古老的楸树已经近在眼前。祠堂周围沐浴着月光，倒也十分明亮。自从听孙子说完今日之事，为作心里满是尊敬与不安，还没走到祠堂，就已经手足无措了。在距离祠堂大约两间[1]远的地方，为作停下脚步，恭恭敬敬地将盛着盐和大米的木片放在面前的地上，双手高举过头后拜倒在地。

"小人的孙子年少无知，今日冒犯了大神，还望大神莫要怪罪于他。他父亲刚刚过世不到一年，平时也没人教导他。虽说稚子无知，但他毕竟冒犯了大神，只求大神怜悯他从小就失去了父亲，就饶恕他的无礼吧。小人跪求大神原谅小人那无知的孙儿吧。"

为作跪求完，抬头看了看坐在他左边的源吉，说道："你快求大神宽恕。"

源吉则一脸满不在乎的样子，说道："诹访大神才没那么容易生气呢，要不，我把他叫出来？"

"臭小子，你还敢胡说八道！"为作连忙打断孙子，"这可是大逆不道的话啊！就算你是个孩子，说这种话也会被神灵责罚的啊！"

"可是，诹访大神很听我的话啊！"源吉说完，便双手合十喊道，"诹访大神，诹访大神，可以出来一下吗？"

"嘘，快住嘴！你这小子怎么这么不听话！"为作慌忙阻止源吉，又拜倒在地道，"大神恕罪，这孩子太不懂事了，求大神不要怪罪啊！"

为作正道着歉，一旁的源吉突然高兴地喊道："诹访大神出来了，诹访大神出来了！爷爷您快看，诹访大神出来了！"

"什么？"为作听到后，也顾不上道歉了，立即抬起头来。

"爷爷，您看到了吗？诹访大神正向我们爬过来。"

但是，为作什么也没看见。

---

1 间是日本尺贯法中的长度单位，一间约为1.818米。——译者注

"看到了吧，就是那条美丽的白蛇啊！"源吉指着前方兴奋地喊道，"那里，那条白蛇！"

为作顺着源吉手指的方向望去，那里有草地、祠堂，还有楸树，可唯独没有白蛇。

"爷爷看不到。可是，即便爷爷看不到，你……你也不能对大神这么不尊不敬的。"为作被吓得有些语无伦次，又一次磕头道，"诹访大神能屈尊现身，与小人的无知孙儿玩耍，实在是小人的荣幸。多谢大神，多谢大神！"

"爷爷眼里是不是有眼屎，所以看不见啊？您去洗把脸再来吧，一定能看见。"

为作头也不敢抬，继续用颤抖的声音恳求道："罪过啊，罪过啊！小人老了，什么罪都受得，只求大神莫要为难无知孩童。臭小子，你还不快快请大神回去，还要胡闹到几时？罪过啊，真是罪过啊！"

"爷爷，诹访大神现在盘成一个圈了。"

"罪过啊，罪过啊，你还不快给我住嘴！"

"诹访大神，我爷爷他看不见你，你能不能去抓些螃蟹来？"

"你这孩子，真是不要命了，怎么就这么不懂事呢？大神在上，求您千万别理他啊！"

"螃蟹，好多螃蟹！爷爷您快看，诹访大神喊了好多螃蟹出来，都从那个树洞里爬出来了。"

"罪过啊，罪过啊，你这孩子真是太过分了！"

"出来了，出来了！爷爷您看，一大堆螃蟹呢。"

"罪过啊，罪过啊，快给我住嘴！"

鬼使神差一般，为作抬起头看了一眼，只见数不清的小河蟹抬着紫色的蟹钳爬向他们，为作吓得立刻趴在地上磕头道："罪过啊，罪过啊，这一定是大神显灵，要降罪于我们了。求求大神，要怪就怪我老头子吧，我老头子这把年纪，就算闭了眼也没什么遗憾了。今日之事，我老头子愿意一力承担罪责……"

为作还要继续祈求，却被一个声音打断了。

"嗬，我就觉得你这老狗有问题，原来是在这里拜洋大神啊。"

为作抬头一看，原来是昨晚偷袭自己儿媳妇的那个林田。他还带着两个帮手，看样子是来这里报复的。

"你那儿媳妇可是江户来的窑姐啊，看样子是把自己一直拜的洋大神也带来了吧。昨晚伤我眼睛的'蟹钳'，一定就是那个洋大神弄出来的！该死的玩意，居然弄瞎了我一只眼。"

为作倒是不在乎他们要怎么报复，他觉得眼前的大神显灵更令人担心，得想办法让大神快快离去才好。

"诹访大神，请您莫要与小童一般见识，快快回去吧。"

林田听完，看了一眼他的两个帮手，不禁嗤笑道："哪来的什么诹访大神，孔夫子都不语怪力乱神，这都什么年代了，哪有什么神仙显灵这种事。这洋人的教啊，就爱故弄玄虚。我还以为最近信洋教的人少了很多，那些玄乎的事也少了很多，谁知道这个糟老头子居然还在拜洋大神。"

"罪过罪过，你们睁大眼睛看看清楚，这是诹访大神！你们这些心术不正之人自然看不见大神，我孙子就能看见。你们这么不尊神灵，可是要遭到诹访大神的责罚的。"

林田身边的一个帮手不以为然地说道："你说的大神，不会就住在这种乌鸦窝一样的小盒子里吧？哈哈哈！"

源吉一脸镇定，专心致志地看着前方，丝毫不在意身边发生的事。

"诹访大神就在那边哦，他带着好多螃蟹爬过来了。"

"哪有什么大神？小鬼，你莫不是没睡醒吧？"林田骂骂咧咧地往前走了一步。

"就在那边啊。"源吉淡定地指了指林田前方大约一间处，说道，"他盘成了一个圈呢。"

"你做梦呢吧？那里除了几根草，哪有什么东西？"

"既然我爷爷看不见，你大概也看不见了。去洗把脸或许就能看见了。诹访大神是一条白蛇哦。"

"别说那里什么都没有了，就算真有什么大神，我也能一脚踩死他！"林田朝着源吉指的方向走了过去，然后用力地一脚踩下。

"诹访大神缠在你脚上了。"

源吉话音刚落，林田便惨叫一声，从为作跟前滚了过去，似乎被什么看不见的东西甩了出去。

五

这天晚上，阿胜干完活后，是主人牧野治左卫门老爷送她回的家。因为她出门前告诉老爷，她昨晚被暴徒跟踪，暴徒差点偷袭得手，所以今晚公公会在路上等她。治左卫门听完，看了看天空，说今晚月色正好，自己也想出去走走，就顺便送她回家好了。阿胜本想拒绝，可又怕老爷生气，便点头应下了。

两人走到那片稻田时，治左卫门吞吞吐吐地说了一句令阿胜差点惊掉下巴的话。

"阿胜，其实我今晚送你回家，是……是有话想跟你说。"

"您说。"

"我想……我想照顾你们母子。你知道，我的妻子三年前就过世了，家里人一直劝我续弦，可我怕再找一个女人会亏待我的孩子，所以一直都没点头。自从你来我家帮忙起，我就想娶你了。"

阿胜顿时愣在那里。

"阿胜，你就让我照顾你们母子吧，我保证会把你的儿子培养成优秀的人。包括你的公公为作，我也会尽力照顾好他，直到他终老。"

"这……"

"我是神官，我绝对不会撒谎的，请你相信我。"

"不不，我岂敢怀疑您的话，只是这么大的事，不是我一个人能决定的。更何况您也知道，我身份卑微，何德何能，能得您青睐？您的好意我心领了，这件事我就当没听过。"

"不，我知道你是个好女人，一个人是否纯洁高贵，不在于出身，而在于心灵。你就跟我过吧，好吗？"

"我很感谢老爷您这么看得起我，可是我的丈夫他去世还不到一年，我现在真的没什么心思考虑这种事。"

"我知道，所以我也觉得现在不是说这件事的时候，可是我好担心你再遇到昨晚那种事，也担心你会爱上其他人，所以我才着急……"

"谢谢老爷的好意……"

两人走出稻田，来到一个岔路口，右边不远处就是通往诹访祠堂的那片草原。两人担心村里的人看到他们孤男寡女在月下漫步，会误会他们之间有苟且之事，便故意挑了右边通往草原的那条路走，想着夜已深了，大概不会有人去那空旷之地了。皎洁的月光被松树林与楸树林阻断，树下漆黑一片。

"阿胜，能告诉我你的想法吗？"

"这……"

阿胜正苦于不知如何作答，远处突然传来一阵骚动声。

"那边出什么事了吗？"

治左卫门知道这会儿不是追问的时机，便不再继续刚才的话题。他本担心被村里人看到，可又不能在阿胜面前显出退意，只好若无其事地跟着阿胜朝那边走去。

为作与源吉正站在祠堂前，不远处的草地上躺着身体早已冰凉的林田，他的两个帮手正努力地扛起他。

六

地下浪人林田因亵渎诹访大神而当场丧命之事很快便传得远近皆知了。町中之人无不对诹访祠堂重怀敬畏之意，纷纷提议重建祠堂，说要在原址处兴建起一座高大威严的社殿。又因诹访大神对源吉格外关照，殿内主要的栋梁框架的修建工作便落在了为作身上。

大家忙得热火朝天，源吉则依旧每日悠闲地与诹访大神四处玩耍。

那年年底，社殿终于落成，人们决定举行一场盛大的搬迁仪式。神官则由治左卫门担任，正好他也十分了解这件事的来龙去脉。

仪式举行当日，神官治左卫门面朝祭坛而坐，身后不远处坐着源吉与为作。町内的达官显贵们纷纷来到大殿门口观礼。

良辰吉时已到，治左卫门开始高诵祝词，不多久突然停了下来。人们正觉得奇怪，小源吉开口道："啊，诹访大神正趴在牧野老爷的脖子上呢。"

大殿中肃然无声，治左卫门看了看身后，片刻后说道："我的心不纯洁，大神对我不满意。今日起，神殿的神官便由源吉担任，我会全力协助他。"

说罢，治左卫门便脱下身上的祭祀服，给源吉穿上，让源吉在祭坛前继续主持仪式。

此后，町中的人们便常在神殿前看到这位少年神官带着一群一群的河蟹和青蛙，与诹访大神一起玩耍。

# 草丛中

入夜，月光如水，一阵阵虫鸣声传来，益雄一边侧耳倾听，一边小心翼翼地迈着轻柔的步子，在抽穗的芒草和麻栎丛中穿行，生怕惊扰了这鸣叫之虫。

今夜格外宁静，连潮水都屏住了声息。一周以来，益雄在这一带的海滩上沉浸于俳句的写作中，每当倦意来袭，便以画水彩画解乏，直到父亲催他明早必须乘火车返回东京。眼见要离开这片远离喧嚣、舒适宜人的海滩，益雄的恋恋不舍之情化作一丝忧伤，他不由得在晚饭后来到海滩上，或在水岸漫步，或在带着阳光余温的沙滩上坐下，令自己的身心彻底沉浸于创作俳句的世界。不过，此刻益雄感觉到兴致已尽，便迈步返回旅馆。从大门回去不仅路远，而且了无新意，所以他决定穿过草地，从后门回到旅馆。

甫一动身，虫鸣声仿佛变得更加清亮起来，益雄想着应当为此写上一首俳句。不经意间，他的目光被青白色的月光洒在麻栎枝条上呈现出的一抹异彩牢牢吸引住了。突然，左侧传来一阵沙沙的响声，仿佛有谁踩着草木的枯枝向自己走来。益雄吃了一惊，不由得睁大眼睛，想看清楚来者到底是人还是野犬之类的动物。

只见一个手提着小竹篓的小男孩像兔子一样一蹦一跳地跑了出来。

"喂喂，小鬼，你这是去哪儿啊？"

小男孩看到益雄，露出了开心的笑容，转身冲着他跑过来。

"您是临海亭的客人，没错吧？"

益雄有点摸不着头脑，不知道为什么这个孩子看到自己会那么开心。

"你怎么啦？这是要去哪里啊？"

小男孩小心翼翼地往周围看了一圈，才望着益雄的脸说："我是给临海亭送鱼的，刚才有一个黑狗似的东西跟在我后面，总是甩不掉。是什么我也没看清，估计是狐狸吧。"

"什么东西啊？我怎么没看见哪。"

"已经跑了，估计是看到您吓跑了吧。"

"你害怕了吧？"

"没害怕，就是整个人僵在那里没法迈步。"

"你啊，越害怕越会觉得有什么东西跟在后面。要不我送你回家吧。"

"不用啦，我娘还在等我，我要赶紧走了。"

小男孩一转身，就向草丛飞奔而去。益雄觉得这孩子挺有意思，不由得一边笑着，一边迈步前行。

一阵轻微的咳嗽声随着虫鸣声传入益雄耳中。益雄心想，这附近居然还有他人，不由得循声望去。只见右侧灌木丛之后的月光阴影中闪烁着荧荧马灯之光，一个女子正坐在一栋小屋里缝补衣服，此刻她正抬眼望向屋外。

"咦，这里居然还有人家？"

记忆中自己曾经两三次经过这一带，从没发现这里居然有人居住，益雄不由得暗吃一惊。

"您不上来小坐一会儿吗？"

女子看上去二十二三岁，瓜子脸上写满孤寂，泛白的单衣上罩着一件平纹丝绸的竖条纹短褂。

"多谢，没想到这里居然有人家啊。以前我来过这一带两三次，从来都没有注意到您家这房子。"

"都怪这房子太小了，藏在树下，肯定没能入您的眼啊。"

女子脸上浮现出一抹笑容，益雄不由得心生暖意。小小的房间大约只有四叠[1]半大小，檐廊仿若一道窄窄的旧船板。

"还是请您进来稍做歇息吧。家里局促狭窄，请多包涵。"

"盛情难却，那我就叨扰您片刻吧。"

益雄缓步走向檐廊。不知何时，女子起身取来了一个又薄又窄的蒲团。

"实在是见不得人的物件，还请您赏光就座。"

"看您说的，真不用客气，蒲团再好不过了。"

"只怕寒气伤身啊。"

仿佛是在女子的幽香引诱之下，益雄微微欠身，拉过蒲团坐了下去。

"很是抱歉，家中的茶叶污浊，无法用来奉客。"

一边说着，女子回到刚才的位子上坐了下来。

"已经茶足饭饱了，请不必多费心。"

益雄像是想起什么似的，从袖兜中掏出敷岛袋[2]和火柴，点上了一支烟。

"看样子您是从东京过来的吧？"女子拈起针问道。

"您说得是，我是从东京来的。"

"您是来念书的吗？"

"哪里啊，就是闲来无事，差不多一周前来这里旅游罢了。可是家里头的事情太多，老爷子发话说叫我坐明天一早的火车回家呢。"

"东京一定是个好地方吧，我这辈子还没去过东京呢。"

"是这样啊，请您一定要去东京走走。不过住下就知道了，那就是个烦死人的地方罢了。"

"真的吗？我们这种一次都没去过东京的乡下人，真的很想在东京住住看呢。满大街来来往往的都是打扮得花枝招展的漂亮女人，对吧？"

见女子这般异想天开，益雄忍不住笑了。

---

1　叠，日本房屋面积单位，一叠等于一张榻榻米大小，约为1.62平方米。——译者注

2　敷岛是日本的一家纺织公司，敷岛袋是该公司生产的一种布袋。——译者注

"哪儿的事啊，也不都是那样的。像我们这种臭烘烘的男人也满街乱转呢。"

"可是……"

话刚到嘴边，女子就笑了。益雄也放声大笑起来。

"好像越来越冷了，您进屋坐吧，我们把门关上。"

说话的时候，女子直望着益雄的脸，益雄不由得动了多待一会儿的念头。

"这就太给您添麻烦了吧……"

"家里现在没有别人，您想留多久都行的……"

"哦，这样啊……"

益雄起身拿起蒲团进了屋子，女子也起身关上了木板套窗。

在一根旧柱子切割成的木台上，燃烧着的马灯正发出红光，益雄挨着马灯坐了下去。

此时，女子放下了手中的缝衣针。

当益雄轻轻走出女子的家，回到旅馆的时候，已经很晚了，旅馆里的人都已经开始担心他是不是遇到了什么麻烦。负责打扫益雄房间的女佣一个劲地追问他去了哪里，胡乱应付了几句，益雄就睡下了。

那夜，益雄做了个好梦。到了第二天早晨，他想找个借口在这里多待个两三天，可惜到了停车场，看到迎客车已经到了，也就只好乘车出发了。

抵达东京的时候，已经是当天下午一点了。益雄家在日本桥开了一家规模庞大的食品批发行，作为父亲的代理，益雄必须打理好与各地批发店及银行之间的往来业务。整整两三天，他都在为这些事情奔忙，只能强忍着对海滩女子的思念之情。益雄恨不得早一点抽出时间再前往海滩，但是看样子接下来的两三天都很难挤出时间。这时，益雄想起本乡林木町的新手画家客寓里住着一个画西洋画的朋友，他好像在夏天的时候也去过那一带的海滩。益雄想着能不能从朋友那里打听点关于海滩女子的消息，但他并没有抱太大的希望。这天，益雄从浅草批发店返回，路上草草吃了点东西，便从团子坂下乘电车赶往朋友的客寓。

"哎呀，什么时候回来的啊？资本家的生活就是和劳苦大众不一样啊，打着写俳句的幌子跑到那个地方去了。怎么样啊，没遇到什么可心的妹子吗？"

此刻画家正在丢满画具的脏兮兮的房间里喝着威士忌。

"可心的妹子当然有啊，不过老头子哇啦哇啦嚷个不停，结果我只待了一周就回来了。不过，那里真是个挺舒服的地方。"

益雄生怕被灌威士忌，所以干脆给自己点了支烟。

"那里确实挺好，而且住临海亭也挺不错的，那家旅馆的海景不错，周围的一草一木都挺有味道。我还在旅馆后面写过生呢。怎么样，不来一杯吗？就当是请你喝茶呗。"

画家一边说着，一边把手伸向旁边的小高脚杯。益雄撇着嘴，挥着手说："行了行了，你那种酒我这辈子都不想喝。"

"哎哟，这么看不起这酒啊！那就算了，我还懒得给你倒酒呢！对了，那你写出什么大作了吗？老话说，不会喝酒的人写不出名句来哦！"

"肯定有啊！我每天不是在海滩休息，就是在旅馆后面那片遍布芒草的草地上散步，尤其是入夜后月光洒下的那一刻，真是令人心旷神怡啊。"

"没错！那片草地我也喜欢。不过，那个住在跟狗屋似的小房子里到处乞讨的老太婆，可真让人倒胃口啊！"

"老太婆？怎么会是老太婆呢？明明是个年轻妹子好吗！"

"那老东西还年轻？都有六十了吧！那可是个长得獐头鼠目、瘦骨伶仃的老太婆啊！"

"你胡说什么！那是个二十二三岁，身材不错的漂亮妹子才对！"

"喂喂，你少说昏话！什么二十二三岁的漂亮妹子，那就是个獐头鼠目的老太婆！喂，你是不是还没睡醒啊？"

"我没睡醒？就你这样把小妹子看成六十多的老太婆，你才没睡醒呢！"

"你肯定脑子有毛病！就那个耷着一脑袋白毛，脸上的皱纹就像用刀子刻出来的老太婆，你看不见？什么小妹子，那就是个六十多的糟老太婆！"

"你简直荒唐透顶！你肯定是隔着大老远看见的吧，所以才会看错。我可是离得近近的和人家说了好多话呢，怎么会看错啊！"

"这么说，你连老太婆和小妹子都分不清啦，简直让人笑掉大牙！"

"蠢货！和你这种上不了台面的家伙简直无话可说！蠢货！"

"我还想和你这种蠢货绝交呢！跟连老太婆和小妹子都分不清的家伙做朋友，简直是丢脸丢到家了！"

"好大的口气！你这种分不清小妹子和老太婆的家伙才是蠢货！"

这时候，客寓的老板娘走了进来，坐在两人中间把两人隔开。

"二位这是怎么了？平时好得跟什么似的朋友，怎么就成这个样子啦！这可不对劲啊！到底怎么了？跟我说说吧。"

益雄被这么一说，不由得支支吾吾说不出话来。

"没啥大不了的，某地临海亭后面有片草地，那边住着个六十多岁的乞丐婆子。可是这位啊，居然说那是个二十二三岁的小妹子。我们正为这事吵得不可开交呢。"

画家一边苦笑着说道，一边一口喝干了杯中酒。

"哎呀，那就这么办吧，二位一起出发去那地方，亲眼看看那是老太婆还是小妹子，输的那个就把火车票钱给掏了呗。"

益雄一想，这倒是个去海滩走走的好借口啊。

"这可真有意思。怎么样，要不赌一把？"

画家也两眼放光地转过脸说："行啊，明天就去怎么样啊？"

"明天有点难，后天早上坐第一班火车去怎么样？"

"就这么办吧，不过我可是赢定了！"


益雄和画家按照约定一同前往某地的海滩。顺利抵达临海亭之后，益雄立刻向端茶的女佣询问道："小姐，旅馆后面的草地上是不是有户人家？"

女佣正准备把茶杯端到益雄面前，听了这话，不由得露出困惑之色，道："人家？您是说那片草地吗？那边没有什么人家啊。"

"怎么可能没有呢！那里确实有栋小屋子，问题是谁住在里面。你是最近才来的吧？"

"我都来了三年了啊。不过，就算有什么人家，我们都害怕狐狸作怪，到了晚上，都不从那里走的。"

"那就怪了！不过，你没从那里经过，应该不知道实情。算了，等下我们自己去看看吧。"

益雄和画家喝了几口茶，就下到院子里，跨过后门用来装样子的铁丝围成的栅栏，直奔草丛深处而去。益雄的怀中还揣着打算送给女子的化妆品。

晚秋的夕阳在芒草和灌木丛的枝条间流动着，这一带还长着不少洋姜那么高，外形很像麻的植物。二人沙啦啦地踏过满是落叶的小径，在附近来来回回地寻找小屋，可连个小屋的影子都没找到。

"怎么看着就像是这里呢？"画家指着五六棵栎树和灌木丛交错的地方说，"那个老太婆就是从这个位置的小房子里探出头，嘴里还说着净来些不三不四的家伙，吵死人啦之类的话，一腔怒火全发到我身上了。"

益雄也记得小屋应该是在那些树旁，依稀可见草丛中露出了两三块黑色石头。

"这可真是奇怪啦！"

就在这时，旅馆负责看浴池的老头走了过来，益雄赶紧迎上去问个仔细。

"老人家，我记得这附近应该有人家的，到底有没有啊？"

"没什么人家啊。要是往以前说，那时临海亭还没建好，差不多是三十年前了，这附近住着一户打鱼的人家。据说那渔夫出海打鱼时死在了外头，只留下一个年轻的寡妇住在这里。"

# 古盘府邸

　　话说某年正月初二，番町的青山主膳[1]府举办了一场庆典宴会，中午宴会结束后，婢女阿菊正在厨房收拾碗筷。为了避免被冷酷无情的老爷和夫人责打，年轻貌美的阿菊无论是洗碗还是刷筷，都十分小心谨慎，生怕出一点差错。

　　此时阿菊正在清洗的是老爷珍藏多年的南京古盘，这套宝贝乃古时舶来品，一套总共有十个。阿菊将清洗干净的古盘一一擦拭，然后放到身旁的箱盒中。就在这时，不知从哪里来了一只大猫，一阵风似的蹿入厨房，跳上食案，叼起宴会上客人吃剩的烤鱼，大口吃了起来。青山家的那两位主子向来以"铁公鸡"的名号著称，饶是残羹剩饭，也不容许任何下人吃一口，更何况是一只野猫。阿菊害怕被主人责骂，赶忙起身想把猫轰走，结果没想到竟失了手，一下子将手中的古盘摔到了地上。阿菊的脸瞬间变得刷白，浑身抖得如筛糠一般。

　　"阿菊，你这是闹的什么动静？"恰巧主膳的一个小妾也在厨房，她走到阿菊身旁，看着地上摔碎的盘子说道，"哎呀，这下你可闯下大祸了！"然而，见阿菊正吓得瑟瑟发抖，她又不由得生出恻隐之心，便道："即便老爷再珍爱这古

---

1　日本律令制下负责公众饮食的官员。——译者注

盘，它也不过是个物件。一个盘子而已，老爷应该不会把你怎么样的，你也别太担心了。"

小妾的话音刚落，青山夫人便来到了厨房，她看到摔在阿菊面前的古盘，一把薅住阿菊的头发，连推带搡地将她带到门外，破口大骂道："你这贱婢是活腻歪了吗？竟敢打碎老爷珍藏多年的古盘！快说，盘子是怎么碎的？你是怎么把它打碎的？"

夫人把阿菊骂得狗血淋头，最后还将人押到了主膳的房间。阿菊那一头束好的乌发早已变得凌乱不堪，她大口喘着粗气跪在地上，双目呆滞，满脸绝望。

"老爷，大事不好了！这个贱婢真是吃了熊心豹子胆，竟然将您珍藏多年的古盘打碎了！"

"什么？！"主膳闻言，立刻从刀架上抄起一把大刀道，"岂有此理！来人，把她给我拖到外面，杀了直接扔出去！"

因为正值新年[1]，夫人觉得不宜见血光，便劝主膳道："老爷，现在还没过正月十五，若是动了刀见了血，怕是不太好吧。"

"夫人言之有理，那就等过了正月十五再拿这个贱婢的命。"

话虽如此说，但没想到主膳转身便抽出一把短匕首，大步走到阿菊跟前，一把抓起阿菊的右手腕，连拖带拽地将人拉到外廊。手起刀落，只听一声惨叫，阿菊的右手中指被生生砍断。

看着晕厥倒地的阿菊，主膳脸上的怒气终于消散，他满意地笑了笑，说道："来人，把这个贱婢给我关起来！"

候在院子里的年轻侍卫闻言领命，轻而易举地将阿菊抱了起来，放到厨房边的一间空房里。家主在惩罚阿菊时，其他婢女只能在远处心惊胆战地看着，想帮忙也无能为力。这会儿阿菊被送到了空房里，大家才敢悄悄地前去照顾。有人为她包扎伤口，有人给她喂水喂饭，大家无一不对这个可怜的姑娘充满同情。可阿菊滴水不沾，粒米不进，一个人沉思默虑，缄口不言，宛如一具行尸走肉一般。

---

1　日本的新年从前是正月初一到正月十五，现在大多为正月初一到正月初七。——译者注

几天后，阿菊突然失踪了。主膳以为阿菊畏罪潜逃，于是大发雷霆，命令手下的捕快四处寻查——当时主膳正好身居官位，主要负责抓捕盗贼和纵火犯，以及取缔赌博。众人百般寻找，却未发现阿菊的半分踪迹。

不久，一个家仆偶然在后院的古井旁发现了阿菊平日穿的草鞋。他报给主膳后，主膳觉得阿菊自尽甚好，既不用脏了自己的手，还能出了心中恶气。之后，主膳便向官府呈报，称阿菊病死了。

可怜的阿菊就这样从主膳家里消失了。同年五月，青山夫人诞下一子，却发现孩子的右手少了一根中指。青山夫人见状，立马想起了阿菊，顿时觉得毛骨悚然，吓出了一身冷汗。

自那晚起，产房的屋顶上夜夜响起女人的惨叫声。不仅如此，后院的那口古井旁也常常传来凄厉的哭声，仔细一听，竟然有个女人在数数："一个，两个，三个……"接着是"四个，五个，六个，七个，八个，九个"，待数到第九个时，声音戛然而止，随后又是撕心裂肺的哭声。有时古井中还会冒出蓝色的鬼火。还有人说，他曾看到过一个身材消瘦的女鬼，披散着一头黑发从井里爬出来。

整个青山家被这些怪事搞得人心惶惶，主膳实在没办法，便派人前往各大名山寺庙参拜神佛，求请回许多护身符，贴满家中各处，后来又请各路得道高僧念经回向，祈祷诸佛加持庇护，可到头来还是无济于事。

因为家事管理不当，主膳被定罪革职，青山家的家主转由亲戚接替。没过多久，青山家便断了香火。青山府邸也被夷为平地，最后只剩一片苍凉。

后来，传通院[1]的了誉上人得知了此事，念佛超度了阿菊的亡灵。苦海无边，至此，阿菊终于解脱了。

---

1　位于东京都文京区的净土宗寺院，幕府将军德川家康的生母葬于此处。——编者注

# 脸

　　忘记问这个故事发生在什么季节了，只记得是在市谷八幡境内的某个地方。有一天，一对年轻男女站在树下说话。女子一边和对方聊着天，一边不经意地扬起头，看了一眼头上的银杏树枝叶。这一看不要紧，只见翠绿色的树叶之间有一张男人的脸，正目不转睛地盯着她。

　　更吓人的是，那个男人正是自己的前男友，去年刚刚病死。女子大吃一惊，吓得一屁股坐在地上。和女子聊天的男子也吓得不轻，一边伸手准备抱起女子，一边朝头上的银杏树看了一眼。只见青枝绿叶间，那张男人的脸依旧挂在那里，死死地盯着树下的人看。可是，等男子抱起女子再看上去时，树叶间的脸已经消失了……

# 生意兴隆之家

芝公园大门附近有一家店铺，是若本商社的总店，他们租用的店面乃是寺院禅房的一部分。有一天，一位叫作松井桂阴的算命先生去拜访若本商社的某君，心下好奇，便问某君道："贵商社为什么非得把门店开在这种地方呢？"

"其中缘由说来话长，不过还挺有意思的。"于是某君对算命先生娓娓道来。

原来，若本商社的主人长尾钦弥先生刚搬到这里的时候，从制药生意起家。那时候，小店刚起步，长尾先生穷得叮当响。没想到搬到这里后，生意越做越大，渐渐地，店面越来越不够用了。而且长尾先生总觉得在寺庙里做生意不是长久之计，所以考虑换一个地方。他找到寺院的住持商量搬店的事情，住持却道出了其中玄妙，把他挽留了下来。

住持说，凡是搬进寺院来做生意的，没有不发达的。最先搬进来的伊东蝴蝶园[1]，赚得盆满钵满。接下来是经营房产银行的牧野元次郎，也把生意做得风生水起。所以，住持建议长尾先生还是不搬的好。长尾先生听从了住持的建议，结果赚

---

1　一家商社。——译者注

下了上千万元的巨额资产。

所以，虽然狭小的禅房使用起来多有不便，但若本商社的门店始终没有搬过。

# 红花

明治十七年（一八八四年）至明治十八年（一八八五年），自由民权运动的浪潮席卷整个日本。在新思潮的鼓舞下，全国各地的青年因不满明治政府的压迫而四处奔走，伸张民权。故事正是发生在这样一个年代。

东京小石川的某町里住着一户姓葛西的有钱人家。这家人的先祖曾官至幕臣，也算得上豪门贵族了。如今的当家人芳郎正值壮年，他曾在法国留学，归国后也投身于民权运动，在团体中颇有威望。

这日天气极好，四下无风，飘浮于碧空中的朵朵薄云凝滞不动。芳郎走出家门后，沿着坡道缓缓走上山坡。附近的这片土地均为葛西家的产业，几年前还是一片荒芜的树林。直到葛西家将部分树林捐给市政府，才开辟出这条坡道。下午四点，芳郎要在井生村楼[1]发表一场演讲，所以他一边信步前行，一边在脑中构思着演讲内容。这是芳郎长久以来的习惯，那一场场热情似火的民权论演讲，都是他散步时收获的成果。

坡道的右侧是前不久葛西家新砌的土墙，左侧的树林差不多都被砍光了，成了

---

1　明治时期一处位于东京浅草的大型集会场所。——编者注

一片光秃秃的空地，四周用竹篱围着，中间尚存四五棵长着白色小花的梅树。地上的枯草堆中，嫩绿的新芽破土而出，给这片荒芜之地添了几分春意。

此刻的山坡一片寂静，芳郎不由得想起了约翰·穆勒[1]说过的一句话，心下正默念呢，无意间一个抬眼，竟让他心潮澎湃。前面走着一个年轻的女子，仪态高贵，头上绾着优雅的发髻，发髻上还插着一朵红花，一看便知出身不凡。那朵红花明媚鲜艳，似冬日里的蔷薇，照亮了这片灰暗的树林，也让芳郎觉得心跳似乎漏了一拍。

女子施施而行，后面的芳郎不自觉地加快了脚步。看到女子已经爬上坡顶，眼看就要消失在坡下了，情急之下，芳郎猛地快步冲上坡道。女子似乎有所察觉，一脸好奇地转过头来看着芳郎。寂静的林中，女子白皙的面容就此刻在了芳郎心底。芳郎也意识到了自己的莽撞，赶忙放缓了步子。

只那一眼，芳郎便彻底沦陷于女子的花容月貌之中。女子独自一人行走于此，不带任何随侍，通身透着高贵之气，可见应该是附近某个大户人家的千金小姐吧。可芳郎在心中默默地把这一带的名门贵族数了个遍，也想不出究竟哪家的小姐如此美丽。

女子的身影消失在了坡道的尽头。芳郎虽加快步伐跟了上去，却寻不到女子的踪迹。坡顶有一条岔路，历史很是悠久了。这条岔路的一端通向了寺院后方的墓地，那里立着一圈杉树篱。芳郎在岔路口左右观望了好一阵子，也没发现任何线索。

岔路的右侧是一条笔直的道路，尽头的景象一目了然，左侧则是一条弯路，寺院的正门就在左边。芳郎沿着左侧的道路一路走到寺院门前，一座高大雄伟的地藏菩萨像映入眼帘，却仍不见女子的踪迹。寻了一路却一无所获，芳郎心下惆怅不已，无奈之下，只好返回。但女子发间簪的那朵红花，还有女子那倾国倾城的容颜，却一直盘旋在芳郎脑中，让他无法忘怀。

芳郎今年二十五岁，父母很早就离开了他，家中又无兄弟相依，所以其他长

---

1　英国哲学家、经济学家，十九世纪影响力较大的古典自由主义思想家。——编者注

辈总是不厌其烦地劝他尽早成家,但他向来一笑置之。也有一些贪慕葛西家家产的女子主动接近芳郎,但芳郎从未正眼看过她们,似乎只有民权运动才是他的心头挚爱。

那一日的演讲并不成功,心不在焉的芳郎让原本兴致高涨的同志们大失所望。还有人甚至怀疑他是因过分醉心于民权运动而精神不佳。

整整一日,芳郎眼前似乎总会出现那位簪红花的少女的身影。第二日,为了再次见到梦中情人,芳郎又一次出了门,在昨日遇到女子的那条坡道上徘徊踱步。遗憾的是,佳人并未出现。

第三日虽天降大雨,但芳郎并未放弃,依旧坚持在坡道上走了几个来回,但女子依旧不曾露面。

就这么连续十多日,芳郎日日期待与女子再度相逢,却又日日愿望落空。他也尝试过放弃,但那朵明媚的红花又岂能说忘就忘呢?

一个多月后,芳郎又一次为了构思演讲的腹稿而出门散步。

那时已是春末时节,院内的樱树上点缀着娇嫩的花苞,透过土墙引诱着路人。芳郎慢慢踱上山坡,心中思考着即将于明治二十三年(一八九〇年)发布的新宪法。无意间一个抬头,他震撼不已,那让他魂牵梦萦的背影映入眼帘。看着那精致的发髻,那明艳动人的红花,他如坠梦境。芳郎竟有种与心爱的恋人久别重逢的喜悦,他加快脚步追了上去。女子转身看了看他,皎月般清美的脸庞上带着难掩的讶异。芳郎这才意识到自己又鲁莽了,赶忙停在原地,不敢造次。

女子一如前次那般登上坡顶后下了坡,芳郎连忙跟了上去。可等他爬到坡顶时,那女子又一次消失不见了。芳郎心下疑惑,决定这次去岔路右侧那条路上碰碰运气。可走了许久,也没见到佳人的踪迹。他不甘心,回到岔路口又走向左边的小道,结果依旧大失所望。可即便如此,他也不愿放弃,于是在那坡上不停地寻找,甚至因此缺席了原定的演讲。

自那天以后,那朵鲜红的簪花就如印在芳郎心上一般,日夜浮现在他眼前。除了思念,芳郎对任何事情都提不起兴趣,终日在那坡道附近徘徊。对佳人的日思夜想让他茶饭不思,日渐消瘦,家中长辈与用人都十分焦急,费尽了口舌才终于让他答应去热海休养。

芳郎住在热海一家名为相模屋的高级温泉旅馆中。他也想静养，但只要想起那位红花美人，他便会心跳加快，辗转难眠。

天高气爽的秋日终于赶走了夏季的炎热，宁静宜人的热海让芳郎逐渐恢复了往日的神采。东京的朋友偶尔会来看望他，于是他似乎又回到了过去那种谈谈政事、写写文章的正常生活中。

皎洁的月光透过窗户洒进屋里。芳郎不想浪费这美好的月色，便出门到岸边散步。海面异常平静，映射着月的银光。海浪慵懒地拍打着海岸，发出阵阵沙沙的响声。

几艘渔船停在沙滩上，芳郎从中穿过后，向鱼见岬方向踱去。突然一阵倦意袭来，他想了想，还是决定返回休息。走到半路上，附近的岩石上传来两个女子的说话声，看起来像是某个大户人家的小姐带着丫鬟坐在岩石上赏月。芳郎起初并未在意，可当他与她们擦身而过时，他着实大吃一惊，那位小姐在听到他的脚步声后抬头看了一眼，那张脸不正和他日思夜想的那位红花美人的脸一模一样嘛！他定了定神，仔细观察了一会儿，发现那位小姐的发髻上并无红花。

芳郎慢慢走了两三步，又停了下来，再次不甘心地回头看了看，想要看清那位小姐是否就是自己的梦中佳人。可就在他打算往回走时，那女仆已经站了起来。许是察觉到了他的异样，两位女子不约而同地转头看向他。借着清亮的月色，芳郎这才发现那位小姐的长相与他第一眼看到的似乎不太一样。即便如此，那位小姐与他魂牵梦萦的坡上佳人也还是有几分相似。

但两位女子并未想太多，只是一边往岸上走，一边低声说着什么。芳郎不免有些心急，不愿就此与她们分开，便悄悄跟在她们身后。

只见那两位女子穿过渔村后，走上了斜坡。芳郎怕她们发现自己，便故意拉开了一段距离。两位女子的谈笑声不时传入芳郎的耳中，所幸她们一次也没有回头。

不久后，她们转身走进了一户人家。大门关上后，芳郎悄悄地跟上前去，借着月光观察。这是一栋二层楼高的小洋楼，门上挂着写有"杉浦"二字的木牌。芳郎猜测，这户人家大概也是从东京来此度假的，便决定回去后托人打听打听。回到相模屋后，那位长相酷似红花少女的女子一直在他脑中挥之不去。

第二天，一位报社记者前来拜托芳郎创作稿件，他们相识许久，这位记者甚至可以算是芳郎的门生了。心情愉悦的芳郎端出酒菜来，与记者边吃边聊。酒过三巡，芳郎忽然想起了昨晚遇到的杉浦家的小姐，便道："你平时见的人多，可曾听说过这家旅馆前面有一栋别墅，里面住着一户叫杉浦的人家？"

"啊，杉浦啊，我还真认识呢，不就是那位著名的皇商嘛。肯定是他了。"

"哦，这样啊……我昨晚去海边散步时遇到了一位小姐，似乎就是那家的千金。"

"那就肯定是杉浦家的小姐了，是个美人吧？你要是喜欢，上门求取不就行了。"

"但是，我们只有一面之缘啊。"

"一见钟情多浪漫啊。"

"不过，总得交往一段时间，看看性子如何吧。若是个温柔贤淑的，倒也不是不能考虑……你跟他们家关系好吗？"

"关系很好啊，要不要找个机会跟我一起去他们家做客？"

"杉浦先生也住在这里吧？"

"他不住这里，那栋房子是他的夫人和女儿在住。因为夫人身体不好，这两年都住在这里，所以杉浦先生也时常会过来。"

报社记者明白了芳郎的心意后，当天晚上便去了杉浦家的别墅。杉浦先生听说芳郎有意与他家结交，也喜不自禁，当下便决定于次日前往相模屋邀请芳郎来做客。于是，芳郎便在第三日走进了这栋洋楼。

果不其然，那夜便芳郎在海边见到的少女就是杉浦先生的千金，闺名唤作喜美代。这日她与父亲一同热情接待了芳郎。芳郎与杉浦先生还饶有兴致地对弈了几局。

从那日起，芳郎便时常登门拜访，与杉浦小姐渐生情愫。

到了那年秋末，芳郎与喜美代的婚事被提上了日程。岂料就在确定婚礼时间后不久，芳郎竟患上了神经痛，无奈之下只得将婚礼延期。到了十二月，芳郎的病倒是好了，可喜美代的母亲又病倒了。婚礼就这么一拖再拖，最终定在了次年的春天。

在此期间，芳郎回过一两次东京，不过很快又返回热海的相模屋。转眼已入三月，热海的梅花随着冬天的逝去而飘落殆尽。喜美代的母亲已经痊愈，婚礼近在眼前。不过，那时恰逢政府全力压制民权运动的黑暗时期，芳郎无法参与任何活动，便索性将婚礼地点定在了杉浦的别墅中，他自己也暂住在了别墅中。

三日后便要举行婚礼了，芳郎家中的用人们一大早便从东京赶来为主人准备相关事宜。忙碌一整天后，芳郎一躺下便进入了梦乡。他做了一个奇怪的梦，在梦里，他又回到了家门口那条熟悉的坡道上，一如往常那般踱步构思着演讲内容。无意间一个抬头，自去年起就苦苦寻觅的情影居然又一次出现在他眼前。他欣喜若狂地加快了脚步，心想这一次一定不能再跟丢了。令人意外的是，红花佳人并未挪动半步，而是转身站在原地，仿佛就在等待芳郎。芳郎激动又忐忑地慢慢走向梦中情人，只见女子嫣然一笑，开口道："先生不是想要娶我为妻吗？"

说罢，女子取下发髻上的红花递给芳郎。娇艳的红花在芳郎掌心留下浅浅的温度，让芳郎感觉自己好像握着一束温暖的阳光。

梦醒后，芳郎执意要返回东京，用人们磨破了嘴皮，也无法劝说他留下。

回到小石川后的第二日，芳郎留下一句"我去散散步"，便出了家门。不久后，芳郎的尸体在坡底被路人发现了，医生查看后，断定为"死因不明"。


芳郎离奇死亡的消息很快便传开了，而且据当地的一些老人回忆，芳郎的父亲也死得有些蹊跷。

"那家人是不是被诅咒了？"

"什么诅咒这么厉害啊！"

"我听说他的父亲也是突然就死了，死前一点征兆也没有。"

"看样子很有故事了，不过到底为什么呢？"

这件事成了街坊邻居茶余饭后的谈资。几天后，人们发现此地最近来了一个满脸风霜的老人。说起来，这老人也算是本地人了，他的童年是在这里度过的，长大后去了京滨地区，似乎一辈子都是以乞讨为生。

"你一定知道那户姓葛西的人家吧？"老人的一个远房亲戚问他。

"是那个做过高官的葛西吧，怎么会不知道呢？我小时候经常钻到他们家的林子里抓野鸡、打野兔呢。"

"那可真是问对人了。他们家以前是不是出过怪事？"

"嗯……这么说倒还真是，当年他们家的老爷被人发现死在了后山上，而且死因不明。"

"老爷？这么算起来，就是现在这位当家人的祖父了吧？如此说来，葛西家接连三代人都死得蹊跷啊，看样子肯定有问题。"

"你是说，那位老爷的儿子和孙子也离奇死去了？"

"是啊，你是想到了什么吗？"

"这个嘛……倒也没什么特别的，就是有一件事我一直觉得有些奇怪。我小时候不是经常去他们家的林子里打猎嘛，有一次，我进林子后发现地上有一个新挖的坑，里面似乎埋了什么东西，上面的泥土显然是新盖上的，而且附近的落叶上还有一些新鲜的血迹。两三年后，那位老爷就死了。更诡异的是，我听说我之前看到的那个坑就是他的毙命之处。所以，我总觉得那个坑有问题。"

听完老人的这番话，亲戚觉得真相近在眼前。

"那……老爷子，你还记得那个坑的具体位置吗？"

"那都是维新前的事情了，具体在哪儿我不记得了，不过大概的方位倒能说出来。"

亲戚带着老人在葛西家四周转悠了一会儿后，老人四下看了看，随即沿着坡道往上走去。

"就是这里。"

亲戚一看，这里正是芳郎倒地之处。

# 狐狸的手账本

一

故事发生在幕府时代末期。当时东京本乡的枳壳寺附近住着一个名叫新三郎的男人。新三郎是个行商，平时会去上州一带采购布匹，然后将布匹卖给东京附近的和服小店。某一年秋天，新三郎像往常一样外出进货去了，家中只剩下他的妻子阿泷和他的独子新一，以及在他家帮佣的老妈子。

当时天气凉爽，已没有蚊子袭扰。入夜后，领口处甚至有些凉飕飕的，十分适合美美地睡上一觉。阿泷照看年方十三的新一入睡后，便回到她平时和丈夫起居的前厅准备睡下。天气实在宜人，阿泷一躺下，便进入了梦乡。睡着睡着，她突然被一种奇怪的感觉惊醒。睁开眼睛一看，枕边的行灯新加了灯油，微弱的灯光映照出一个年轻男子正与她并排而眠。阿泷看到这情形，立刻怒火中烧，伸出手准备一把揪起这个无赖。

"你小子是谁？给我起来！"

哪知阿泷的手刚碰到这个男子的肩膀，男子就灵巧地起身，冲她轻笑了一下，然后一溜烟跑了。

阿泷憋了一肚子火，起身去追，但已不见男子的踪影。阿泷环看四周，觉得很不可思议。

"真是怪了。"

明明连拉门的声音都没听到，怎么就这么跑了呢？阿泷心里很是纳闷。

"嬷嬷，嬷嬷……"

阿泷想把老妈子喊醒。她折回枕边拿起行灯，在屋里照了几下，然后拉开了纸门。门后是客厅，她生怕刚才的男子躲进客厅里，于是一边害怕地把行灯举在面前照亮客厅，一边再次唤了几声。

"嬷嬷！嬷嬷！"

客厅旁的厨房里传来困倦的应答声。

"嬷嬷，麻烦你起来一下可以吗？"

随着一阵哗啦啦的声音，客厅和厨房间的纸门被拉开，一个身材发福的老婆子探出头来。

"夫人，您叫我有什么事？"

"有怪事发生。"

老妈子凑到阿泷身边，问道："是什么样的怪事呢？"

"我刚刚在睡觉，突然觉得不对劲，便起身查看，发现身边竟躺了个人。我想伸手去抓他，他跳起来就跑没影了。家里各处的门都关得好好的，这个人就这么没影了。"

"一定是这一带的流氓知道老爷不在家，闯了进来。真是不知廉耻！他现在肯定躲在什么地方，必须得把他抓住，否则他肯定还会来的。"

老妈子守在阿泷身前，仔仔细细地检查了房间的每个角落，但没发现那个奇怪男子的踪迹。最后她们还检查了门窗，门窗原封未动，一如上锁时的样子。

"真是怪了，我确实看到一个年轻男子起身逃跑了，他起身的时候还冲我笑呢。"

"那确实奇怪。"

阿泷惊魂未定，便让老妈子把被褥搬来和自己同睡。这一夜再无怪事发生。

第二天晚上，阿泷对昨晚之事仍心有余悸，便让老妈子睡到前厅旁新一的房间里。

老妈子年纪大了，夜里总是会醒。夜半时分，她一睁眼，就听见阿泷的房间里有些异常的响动。老妈子觉得一定是昨晚的流氓又来了，便抬起头从睡前特意留的门缝处朝里看。只见夫人头朝围廊睡着，身旁有一个年轻男子正与她并排而眠，行灯正照着男子的头。

"还敢来！"

老妈子一跃而起，拉开纸门，气势汹汹地冲进前厅。年轻男子见状，急忙跳了起来，向左边的客厅逃去。

"浑蛋，还想跑吗？"

老妈子顺着男子逃跑的方向追去。这一阵阵响动吵醒了阿泷。

"哎呀，又让他跑了！夫人，又让他给跑了！您快起来吧。"

男子踪迹全无。此时阿泷提着行灯走了过来。

"夫人，您知道那小子又来了吗？"

"不知道，怎么回事啊？这也太邪门了。"

"真的挺邪门的，奴婢只看出他确实是个男的。"

这时新一也醒了，走了过来。

"那家伙又来了吗？真是过分……"

二

到了第三天晚上，为了抓住流氓，就连里屋的灯都亮着，各屋之间的纸门也都开着。新一和老妈子就守在屋里，时刻保持着警惕。新一还将自己护身用的短刀藏在了被褥下，以防万一。

阿泷应该睡着了，前厅已无声响。新一和老妈子都怕自己睡着会让那个流氓乘虚而入，所以两人一直用很小的声音面对面聊着天，尽量保持清醒。但老妈子或许是白天干活太过劳累了，还是撑不住睡着了。新一看到老妈子睡着后，虽然决心坚持不睡，但片刻后也进入了梦乡。

"您快起来啊！少爷，少爷！"

新一被人摇醒，睁开了睡眼。当他看到自己是被老妈子摇醒的，他立刻反应过来：一定是那家伙又来了。

　　"他又来了吗？"

　　"夫人她不见了！不知道去哪儿了。"

　　新一听完，猛地起身冲进前厅，果然不见母亲的踪影。

　　"会不会去厕所了？"

　　他身后传来老妈子的声音。

　　"有可能，那你去看看吧。"

　　老妈子一脸不情愿。

　　"少爷，这个时辰我可不敢随随便便出去啊。"

　　"我娘这不是不见了嘛！"

　　"可能真的是去厕所了，再等一会儿吧。"

　　新一这时已经急了，他道："你怎么能说这种话，我娘有个三长两短怎么办啊！你不去，小爷我去！"

　　新一说罢，拿起行灯，拉开纸门，走到了围廊处。老妈子无奈，跟在新一身后一并出去。厕所在围廊右边的尽头，新一走到厕所门口后，试着问道："娘？娘……"

　　厕所里无人应答。新一返回屋中，拉开了通向客厅的纸门。只见母亲阿泷衣服半脱，四仰八叉地躺在客厅的地上，似乎已经睡着。

　　"娘！"

　　"哎呀！夫人！"

　　两个人都惊讶地喊了出来。但是人没事，两人也就放心了。老妈子想扶阿泷起来，刚走到阿泷身边，她就睁开了眼睛。

　　"谁啊，来这儿打扰我睡觉！快出去！有什么好看的！"

　　老妈子吓了一跳，急忙把伸出去的手缩了回来。

　　"娘，这样可不行啊，在这儿睡觉会着凉的！"新一关切地对母亲说道。

　　"蠢货，快闭嘴！再多管闲事，小心我不客气！"

　　正当老妈子发愁怎么把阿泷弄回卧房时，阿泷突然起身，大步流星地走回前厅，留下新一和老妈子一脸茫然。两人看到阿泷的怪异举动，很是担心，便小心翼翼地跟在阿泷身后。只见阿泷一头钻进被窝，还用被子蒙上了头。

"谁都不许过来！都给我一边待着去！烦死了！"

老妈子和新一被说得站在原地不知所措。不一会儿，被窝里传出了阿泷睡着的呼吸声。二人见阿泷已经入睡，便也回到房间休息。但阿泷的怪异举动实在令人不安，直到天亮，新一都没能入睡。

第二天一早，阿泷像往常一样梳洗打扮，和新一共进早餐，并无异样。但让新一觉得奇怪的是，母亲不时像盯着什么出神。他也不敢多问昨晚母亲发脾气到底是为什么。

吃完早餐，阿泷回到前厅，把拉门关得死死的，从门外什么也看不到。老妈子和新一都已意识到不对劲，开始惶惶不安地议论起来。

"嬷嬷，娘好像不太对劲。"

"可不是嘛！确实不太对劲，夫人从昨晚开始就很奇怪……而且之前那个流氓连门都没开就能进来，也很奇怪。"

"你的意思是……"

"那流氓八成不是人。"

"那是什么？"

"不好说，但肯定不是人。少爷您想，如果是人，总得拉开门或者打开窗户，才能进来吧。"

"爹要是能早点回来就好了。"

"是啊，老爷要是能早点回来就好了。"

"那就等爹回来吧。"


三


随后，老妈子进到前厅，想查看阿泷的状况。只见阿泷正枕着自己的胳膊打瞌睡。老妈子怕吓到阿泷，轻声唤道："夫人，夫人。"

阿泷猛地睁开了眼睛，一看是老妈子吵醒了自己，立刻噘起了嘴。

"你烦不烦啊，干吗进来打扰我！赶紧出去！"

"好，奴婢这就出去。只是，夫人，您现在是不是不舒服？"

"烦死了！快出去！"

老妈子没办法，只得出去。客厅里，新一正等着老妈子回来。

"我娘她怎么样？"

"刚才一直睡着，但……还是很奇怪。"

"哪里奇怪？"

"和昨晚一样，让我赶紧出来，一脸不耐烦。"

"这到底是怎么了啊……"

到了吃午饭的时候，阿泷迟迟不出房间，于是老妈子便进屋去叫。老妈子进屋后，看到阿泷静坐在地上，一副思考事情的样子。

"夫人，该吃午饭了。"

阿泷抬头看了一眼老妈子，然后又低下了头。

"不吃了。"

老妈子犯难了。

"您还是多少吃点吧。"

"我都说不吃了！"

"不吃饭，饿坏了身子可怎么办？我给您拿过来吧，您愿意什么时候吃就什么时候吃。"

"烦死了！"

虽然被劈头盖脸地说了一顿，但老妈子到底还是不能让阿泷就这么饿着。她把饭菜端了过来，放到了阿泷身边。

"饭菜给您放这儿了，您什么时候饿了就吃吧。"

老妈子去送饭这段时间，新一一个人待在客厅里，为母亲的异样担忧。陆续来了几个玩伴想邀他一同出门玩耍，他都拒绝了。

一晃到了傍晚，阿泷仍然把自己关在房间里。老妈子想到阿泷还没吃晚饭，便进前厅询问。只见阿泷趴在地上，双脚抬起，上上下下地活动着。老妈子看了一眼中午拿进来的饭菜，饭吃了，小菜也动了几口。

"夫人，奴婢把晚饭给您送进来吧。"

阿泷继续做着刚才的动作，一声没吭。老妈子便将中午的餐盘端回厨房，洗刷干净后盛上饭菜，送回阿泷的房间。

"饭菜给您送来了，您快吃吧。"

"我不吃！出去！"

老妈子无奈离开。阿泷听到纸门拉上的声音，立刻抬起头看了一眼客厅的方向，确认老妈子已经离开后，她猛地起身，凑到餐盘前开始吃饭。吃了四五口米饭后，她立刻躺回地上，睡着了。这一切都被新一在里屋透过拉门的缝隙看了个清楚。

入夜后，老妈子和新一仍然在里屋并排而卧，守着阿泷。到了十点多，老妈子已经睡意浓浓。前厅突然传来阿泷的阵阵窃笑声，声音听起来颇为娇媚。新一想，肯定是那个流氓又来了。他一下子跳起来，拉开纸门冲进前厅。

但借着房间里的灯光，他只看到怒目圆睁的母亲，除此之外别无他人。

"蠢货，你进来干吗？不知道自己碍事嘛！"

"我听见您的笑声，还以为那家伙又来了……"

"那家伙是哪个家伙？蠢货，别管闲事！"

"但是您刚刚在笑啊……"

"吵死了！"

新一悻悻地回到自己的被窝旁。

"少爷，发生什么事了？"被惊醒的老妈子问道。

"刚才我听见我娘在笑，就冲过去查看，却什么也没有发现。"

"是吗……大半夜的，夫人自己在笑，确实很奇怪。"

"真的很奇怪啊，可能是来了什么东西吧。"

"是吗……"

第二天一早，老妈子起床后，发现阿泷早已起床梳洗，还把化妆用的东西都拿到了前厅，现在正往脸上涂脂抹粉呢。

过了一会儿，早饭准备好了，但阿泷仍然没出来。老妈子想着是不是还要把饭菜送进去，就去前厅询问。一进屋就看到阿泷化着浓妆，正趴在褥子上睡觉。

"夫人，饭菜准备好了。"

阿泷没回答。

"给您端过来吗？"

"烦死了！别唠叨了！"

老妈子想着再说也是徒劳，便默不作声地把饭菜端来了。


# 四


阿泷把自己关在前厅里，一步也不肯出去。老妈子和新一只得一趟又一趟地在外面偷看屋内的状况。只见阿泷连被褥都没收拾，她一会儿用被褥把自己裹起来，一会儿趴在被褥上不知念叨着什么。到了吃午饭的时候，老妈子知道阿泷不会出来吃，便像早上一样把饭送了进去。

送完了饭，老妈子和新一躲在后厨吃饭。新一一边吃着米饭，一边问道："嬷嬷，你说缠着我娘的东西到底是什么啊？"

"这个呀……奴婢也不知道啊。八成是魔物。"

"魔物？那是什么？"

老妈子立刻警惕地看了看四周，然后低声说道："就是狐狸、狸猫这一类东西，我看就是这些东西附到夫人身上了。反正肯定不是人。"

"这样啊……是狐妖吗？"

"老爷要是能早点回来就好了……"

"爹要是回来了，什么狐狸、狸猫，肯定都不敢来了。"

"可不是嘛……"

傍晚时分，老妈子和新一吃完饭，又在客厅的行灯旁小声聊起了阿泷的事情。

"少爷，今晚您睡客厅，奴婢睡里屋，这样不管来的是什么，我们都能知道。"

"好主意，我就睡客厅吧。那个怪家伙要是来了，我就砍它！"

"对！不用有顾虑，那家伙要是来了，就砍它。"

"嗯！砍它！"

老妈子和新一说到做到。入了夜，二人像傍晚商议的那样，一个睡在客厅，一个睡在里屋。新一还在枕边放了一盏行灯。

新一左手握着一柄短刀，刀身藏在被窝中，从外面看并无异样。他仰面躺着装睡，留意着四周的情况。

就这样，夜色越来越深。母亲应该已经睡着了，前厅一点响动都没有。患有咳疾，平时总会咳嗽几声的老妈子也没了动静。整个房间里只能听见后厨的水槽方向传来吱吱的响声，似乎是老鼠的声音。新一听着那个声音，困意不断袭来。

这时，母亲自言自语的声音传到了新一耳朵里。新一想着一定是那魔物又来了，便睁开了眼睛。他一动不动，专心地听着枕头右边的动静。果不其然，一个黑影映入新一的眼帘。新一心中暗喜，但又怕自己现在行动会打草惊蛇，便仍然静静地躺在原处，观察着那边的情况。仔细一看，那竟是一只鼠色犬状野兽，长长的尾巴耷拉在榻榻米上。新一果断抽出藏在被窝里的短刀，朝着那只野兽丢了过去。

野兽发出一声怪叫，也不知是呻吟还是嚎叫，然后就消失了。地上只剩下新一投出的短刀泛着寒光。新一跑过去拾起短刀，环视四周。几乎在同一时刻，前厅传来了吼叫的声音，是阿泷的怒吼声。

"竟敢坏我好事！咱们走着瞧吧！"

新一听着母亲的谩骂，眼睛却盯住短刀的刀刃。整面刀身上都沾着红色的黏稠液体，不知是血还是油脂。新一看着这液体，心中暗喜自己击中了魔物，让它挂了彩，又懊悔没能将它一击毙命。

除了母亲的怒吼声，新一还能听到老妈子低声下气劝说的声音。一定是老妈子被吵醒了，正在劝说母亲，新一这样想着。他在房间里来回走，试图找到被击中的魔物，但什么也没发现。

此刻母亲的怒骂声已经到了纸门后面，新一觉得不能让母亲看到短刀，便急忙拾起掉在被子上的刀鞘，将刀身插入其中，塞到了被窝里。

新一刚藏好短刀，纸门就被拉开了。母亲气势汹汹地一把抓住了新一的衣领。

"浑蛋！以为我在和你闹着玩吗……"

新一哪敢还手，任由母亲打骂。阿泷仿佛对新一恨之入骨，对新一破口大骂，片刻后又突然号啕大哭起来，看起来伤心不已。不一会儿，她放开了新一，像个小姑娘一般用袖子掩面抽泣着离开了。

　　新一和老妈子面面相觑。新一不知说什么，只得苦笑。

　　"少爷，这是怎么了？"老妈子问道。

　　"刚才我看到有只像狗一样的野兽在我旁边，就把短刀投了过去，但只听它叫唤了一声，就找不见。对了，刀上还沾了像血一样的东西。娘她就是那个时候开始发狂的。"

　　老妈子听完，沉思起来，还点了点头。

　　"那一定是狐妖了。不过它既然受了伤，没准不会再来了。"

　　"那样最好了。"

　　新一拔出短刀给老妈子看，两人又讨论了一会儿。经过此事，新一终于决定睡下，老妈子则去看守阿泷。只见阿泷此时正把头埋在被窝里，抽抽搭搭地哭个不停。

五

　　新一虽已躺下，却辗转难眠，只好静待天明。一听到外面的路上传来马匹的叫声和路人的说话声，新一便立刻钻出被窝，打开了后厨的窗户。此时外面已旭日东升，后院里遍地露水。新一试图在院子里找到昨晚那只野兽的血迹，但什么都没找到。

　　这时老妈子也起来了，她陪着新一一起找了起来，但还是一无所获。老妈子还打开一直紧闭的各扇板门查看，也没发现什么。

　　"什么痕迹都没有啊。"

　　老妈子又让新一把短刀拿出来重新查看，只见刀身上沾着已经干了的发黑血迹。

　　"确实是血。"

　　那野兽被短刀击中时发出的嚎叫声仍在新一耳边回响。

　　"而且我确实听到它叫唤了。"

　　"那它到底跑到哪儿去了呢？"

后院旁有座寺院，院落与寺院间以竹篱相隔，但这道竹篱已有一两年未曾修缮，所以开了几个口子，小孩子便可从中钻过。竹篱后是寺院的墓地，里面橡树、枫树、椿树丛生，显得杂乱无章。

"我去寺院里找找吧。"

新一说着，便朝寺院的方向走去。残破的竹篱旁长满了已经抽穗的芒草，清晨的风轻轻拂过，吹得芒草沙沙作响。新一时常钻过这道竹篱的缺口来到寺院的墓地玩耍，所以对这里十分熟悉。这里有一座很大的五轮石塔，还有数不清的石碑。石碑有扁平的、四方的，各自耸立。小鸟在枝头悠闲地鸣叫。

新一在墓地中转了几圈，想在这里找到野兽的血迹，但是脚上沾染的只有露水，没有什么血迹。除此之外，就只看到墓碑前种植的桔梗花。

新一垂头丧气地回到家中，此时老妈子正在厨房煮饭。

"嬷嬷，我什么都没找到。"

"妖怪不会逃到寺院里的，佛祖容不下这些不干净的东西。"

"也是。"

做好了早饭，老妈子去前厅叫阿泷，发现阿泷正呼呼大睡。

"夫人今早睡得很香呢，那个魔物应该已经跑了。"

"真的吗？"

"今晚再看看就知道了。"

阿泷当日一直缩在被窝里，整整一天情绪都很平静。老妈子怕自己说错话又惹到她，便默默地把饭送到屋里。阿泷则会趁没人的时候吃上几口。

"今晚再看看那个魔物还敢不敢来。"老妈子一边吃着晚饭，一边对新一说道。

"最好别再来了。"

"肯定不敢来了。"

这一晚依旧是新一睡客厅，老妈子睡里屋。新一总觉得那个魔物还会来，所以仍在被窝里藏了短刀，并且时刻注意着母亲的动静。不过，到了夜半时分，还是扛不住睡了过去。等到再睁眼，已是清晨。

"少爷，您醒啦。"

老妈子看到新一睁眼，便凑过来搭话。

"嗯，天都亮啦。我娘她昨晚还好吗？"

"昨晚夫人一直到很晚都还没睡，不过只是呆呆地坐在被子上，不像前几天那样自言自语。少爷，您这边没发生什么怪事吧？"

"嗯，什么事都没有。"

"这么看，那个魔物应该已经走了。再有两三天，夫人应该就会好起来。"

"那你说那个魔物死了吗？"

"这个嘛，谁知道呢。"

这一日，阿泷仍然没从前厅出来，但也没什么异常的举动。新一见此，放心了许多，中午就去找附近的朋友玩了。这个朋友叫阿吉，家里是开鱼店的。两个人在鱼店门口打了个照面。

"小新，最近都不见你来玩，在忙什么呢？"

"我娘被狐妖附体了，所以我一直在家守着。"

"什么？狐妖附体？真的吗？"

"当然是真的啦，我骗你干吗！我还给了狐妖一刀呢！"

"你在吹牛吧，狐妖哪能那么容易被砍到！"

"但我真的砍到了，我保证。"

"那……你砍死它了吗？"

"让它给跑了。我也想砍死它，但它太狡猾了。"

"狐妖会幻化，不是那么容易死的。我爹说过，不管是狐妖还是狸猫妖，用银山鼠药[1]都可以毒死。"

"真的吗？银山鼠药……我家好像有。"

新一和阿吉在外面玩了一两个小时，但新一想起母亲的困境，便无心玩耍，急匆匆回家了。

---

1 石见银山是日本江户时代的银矿，盛产银、铜等矿物。这些矿物中往往含有一种有毒的矿物——毒砂。人们将毒砂制成鼠药，即银山鼠药，是一种剧毒毒药。——译者注

# 六

阿泷依旧像前几天一样把自己关在屋子里。不过这几晚，她已经不再自言自语，也没什么怪异的举动了。但新一一想到自己让那魔物从眼皮子底下逃走，便懊悔不已。他不时拔出短刀看看刀身上干了的血迹，然后细细思索阿吉所说的银山鼠药。

某一天，新一又在思考魔物的事情，一边思考，一边走进了隔壁寺院的墓地。这是一个平静无风的傍晚，夕阳低垂，浅红色的晚霞映照着寺院。新一穿行于墓地的石碑之间，突然发现一块巨大的石碑横倒在一旁，已被四周丛生的芒草埋没了大半。新一正想着如此巨大的石碑横倒在地上，怎么无人理会，不经意间竟看到一只长满茶褐色毛发，体形瘦长的犬状野兽正像人一样趴在石碑上。乍一看，这野兽像是在睡觉，但定睛一看，野兽面前放了一本小小的手账本，野兽正专心致志地看着这个手账本。新一觉得这野兽定有蹊跷，便冷不防朝它大喊了一声。野兽被吓了一跳，立刻钻进了旁边石碑的后面，不见了踪迹。

新一好奇到底是什么东西让这只野兽这么专注，便走上前去拿起了那手账本一样的东西。手账本折成三折，上面的字迹微微泛蓝，用片假名写着"小高""阿雪""阿花"之类的名字。这些人名从纸的中间开始横着写，大概有三十个。从第一个人名一直到第二面的最后一个人名，上面都画了三角形的记号。

新一的目光落到最后一个画了三角形记号的名字上，他按片假名的读音读出了那个名字："阿泷。"他发现这个名字和自己母亲的名字一样。

"这是我娘的名字啊！"

新一猛地想起那个魔物来，刚才那只野兽就是到他家来作祟的魔物吧！

"原来那不是狗，真是只狐狸！"

早知道就是这只狐狸附到了母亲身上，新一一定会拿起石头砸死它。他越想越懊悔自己没这么做，手里紧紧攥着手账本到处寻找，希望还能找到那只狐狸。但狐狸早就逃之夭夭了。

"很好，事到如今，我就按阿吉父亲说的，用鼠药毒死它吧！对了，这事得瞒着嬷嬷，我自己来做。"

新一把手账本藏到怀里，装作若无其事的样子回到家中。刚到后厨门口，便听到客厅传来人声。新一正疑惑是谁来了，进屋就看到一张被太阳晒得黝黑的脸，原来是父亲回来了，正和老妈子坐在火炉旁聊天呢。

"爹！"

"啊，新一回来啦。"

新一见到父亲，甚是欣喜，赶忙坐到父亲身边。父亲此时已从老妈子那里得知了阿泷身上发生的怪异事情。

"新一可真是厉害啊！了不起，了不起！"新三郎轻抚着新一的头，说道，"应该没事了，那魔物应该不敢再来了。它要是还敢来，我就去下谷的御岳神社请人来除魔。"

新一想起了刚才在墓地的遭遇，怕告诉父亲会破坏计划，便什么都没说。

"我去看看她吧。"新三郎说着，便起身往前厅走。此时阿泷正躺在褥子上，紧闭着双眼，被子已被她踢到了脚底。

"阿泷……"

阿泷听到新三郎的呼唤声，立刻睁眼看了一眼新三郎，什么也没说，翻了个身。

"你身体还不舒服吗？"

阿泷没应声。

"看来身体还是没恢复，算了，你好好歇着吧。"

新三郎无奈地回到了客厅。老妈子和新一都坐在客厅里等着。

"看来还是没好透。"

"那夫人现在怎么样了？"

"听到我说话，倒是睁眼看了我一眼，然后翻了个身，也不吭声。"

"这已经好了不少了，刚开始才吓人呢，是吧，少爷？"

"对，看着就像疯了一样。"

不一会儿，晚饭做好了。新三郎和新一坐在一起吃晚饭。老妈子给阿泷送完晚饭，便回来了。

"今天夫人好多了！之前夫人都是趁没人的时候偷偷吃饭，今天我一把饭菜端进去，夫人就立刻凑过来吃了。"

这一晚，新三郎和新一睡在里屋，老妈子则睡在客厅。整个晚上，阿泷并没有什么反常举动。

第二天吃完早饭，新三郎惦记阿泷，就去前厅看望她。正巧阿泷去了厕所，不在屋里，新三郎便站在原地等候。不一会儿，阿泷回来了。

"我说，你身子还不舒服吗？"

阿泷朝新三郎看了几眼，然后什么也没说，躺回了褥子上。

"还不舒服吗？还是不认得我了？"

"我现在不想说话。"

"这样啊，看来还是没好利索，那你好好休息吧。我买了点土特产回来，等你身子好了再吃吧。"

阿泷依然什么都没说。


## 七


落日西沉，早月高挂，新一踩着脚下的月光进入了寺院的墓地。他以去阿吉家玩为由，吃过晚饭便从家里出来了，在家附近闲逛了一会儿，等时机到了才溜了进来。

新一将短刀藏在怀中，还在一边的袖子里放了一袋鼠药。他觉得这些东西肯定能要了狐妖的命，只是具体要怎么使用这些东西，他还没有想好。

虫鸣声不绝于耳，一排排耸立的石碑在月光的映照下投射出诡异的阴影。新一小心翼翼地走在路上，生怕自己弄出什么动静。

这时，附近传来沙沙的声音。新一停下脚步，静静地听那边的声音。应该是人的脚步声。入夜后还来墓地，大概是盗贼什么的，总之绝非普通人。如果被对方发现，可能会有危险，还是躲起来为好。于是，新一蹲着躲到了五轮塔的阴影下，暗中观察动静。

脚步声越来越近了，一个二三十岁的年轻男子映入眼帘。这男子肤色白皙，朱唇皓齿，颇为秀气。新一觉得这人不像是盗贼，但也不知道他的身份。他又往男子的腰间看了过去，男子腰间并没有佩刀。

年轻男子在新一前方的一丛杂草上坐了下来。新一好奇，于是继续观察。

不一会儿，远处传来另一阵脚步声。听声音，来者也是往这个方向走来。难道这个男子在此处等人？可是谁会在夜晚来墓地和人见面啊？

脚步声近了，来者是一个仆人样子的人，手里不知拿着什么。

二人一见面，马上就聊了起来。只是聊了些什么，新一并不能听清。聊着聊着，二人开始抓起什么东西吃了起来。新一想看看他们在吃些什么，但无论如何也看不清。

二人没完没了地聊着，边聊边往嘴里送东西吃。一旁的新一因为蹲得太久，腿已经有点麻了，所以轻轻往右靠了靠。这时，不知什么东西微微动了一下，吸引了新一的注意力。等新一回过神来，那两个人已经消失得无影无踪。

新一大吃一惊，左右观望了一圈，都不见那两个人的踪影。他顿时想到了那个魔物。

新一起身走到那两个人刚才坐着的地方，蹲下身来细细查看。只见这里散落了一地鱼骨。

看着一地的鱼骨头，新一若有所思，然后便离开墓地，若无其事地回家了。

新三郎正在家里等着新一回家。新一回去后，新三郎和新一一起进了里屋，躺到老妈子早已铺好的被窝里睡下了。夜深了，新三郎不知被什么动静惊醒，他仔细一听，好像是阿泷在娇媚地笑着。新三郎想起老妈子说的怪事，立马起身拉开了纸门，进了前厅。被窝里并没有人。于是新三郎又提着行灯，拉开了围廊的纸门，只见阿泷半裸着躺在围廊上，用胳膊撑着头。

"我说阿泷啊，你这是怎么了？在这儿睡会着凉的。"

接着就响起了阿泷的吼声。

"着不着凉的，和你有什么关系！快一边待着去！你来这儿干吗，蠢货！"

新三郎知道妻子还在犯病，便没有计较。

"你知不知道你有多烦！蠢货，快滚，哪儿凉快哪儿待着去！"

"我走我走，你也快回去吧，好好休息。现在你身子这么弱，着凉了可怎么办……"

"烦死了！"

"就算你说我烦，我也得说，不能睡在这样的地方啊，快进屋吧。"

"有你这样的蠢货在屋子里，我才不会进去呢！蠢货！"

"那我去别的地方睡，你快进去吧。"

"烦死了！多管闲事！"

阿泷突然一跃而起，朝着新三郎扑了过来。但新三郎侧身闪避了过去，阿泷一头扑到了褥子上，号啕大哭起来。

"我太难受了，太难受了！我和你有什么仇什么怨啊，你要让我遭这样的罪！"

新三郎关上拉门往里屋走，新一已经被吵醒，正站在门口。

"爹，狐妖又来了吗？"

"是啊，是狐妖……"

第二天，新三郎便去下谷请御岳神社的行者了，他想着请人来做场法事，应该可以治好阿泷。另一边，新一则买了三张油豆皮¹，在上面抹了鼠药，然后带着有毒的油豆皮去了墓地。

这一晚，什么怪事也没发生，阿泷睡得异常安稳。新三郎和老妈子都觉得法事奏效了，十分欣喜。第二天早晨，起得最早的老妈子刚拉开后厨的大门，就发现一只野兽躺在门口，已经没了气息。听到老妈子的呼喊声，新三郎赶忙跑过来查看。这是一只死狐狸，狐狸的尾巴根上有几道新鲜的伤口。而新一则笑而不语，慢慢走了过来。

短短十天，阿泷就恢复了往日的精神。新一勇除狐妖的故事也很快传开，周围的百姓无不拍手叫好。消息还传到了骏河台的亲卫武士府中，武士听闻后，特意找到新一，让他做了府中公子的贴身随从。

---

1　日本民间认为狐狸精喜欢吃油豆皮。——译者注

# 花开之日

　　那是一个温暖的春夜，月光静静地倾泻下来，四周的景致都像蒙上了一层厚重的雾气。一个名不见经传的年轻武士正走在回家的路上，他家就住在江户川河畔。他刚刚去本乡的亲戚家喝了个痛快，这会子也算是尽兴而归。

　　夜虽然已经深了，但他是个单身汉，家中并无妻儿，所以自不必急着回家。他悠闲地踱着步子，身旁时不时有女子经过，但几乎都有提着灯笼的同伴相陪，他只能趁他们走远之后回过头去偷看几眼。走到传通院前，又遇到了镇上的一家店面的小姐，旁边也有母亲相伴。他停下脚步，出神地望着小姐那白皙的侧脸，直至二人的背影消失在夜色中。

　　恰逢樱花凋谢的时节，花瓣轻轻地落在武士的脸上。在武士看来，这是春夜所特有的触感。走着走着，武士觉得脚下的土地，道路两旁的人家，腰间的佩刀，甚至连自己的身体都化为虚无，眼前只有绚丽的云彩，云间依稀可以看见女子乌黑的眼眸、白皙的面孔、柔软的肩膀和丰腴的腰肢。

　　他顺着天主教徒收容所前的坡道一直往下走，走到半路时，突然发现道路右侧的樱花树下有一个人影。那树樱花开得正盛，透过树枝之间的缝隙，隐隐约约可以看见月亮的影子。花瓣静静地飘落下来，掉落在那人影身上。

武士想看清楚树下究竟是何人，便朝樱花树的方向走去。这时，那人影也向前走了几步。原来竟是一位标致的女子，她生着一张明艳动人的脸，身穿黑色和服，那丝绸显得格外有光泽。

武士心想，这女子肯定是迷路了，此时正不知如何是好，便上前问道："姑娘你这是要去哪儿啊？"

"之前听人说我有一位姑母住在第六天坂一带，经过多番打听，我好不容易找了去，结果发现我那位姑母早就搬走了，于是我又回到了这里。现在我也不知道该去哪儿了，这可如何是好……"女子无精打采地说道。

"这确实有些难办啊。你家住在何处？"

"我家本住在滨松，我和母亲二人相依为命。后来母亲撒手而去，我无依无靠，只能去投奔父亲的妹妹，也就是我那位姑母。"

"这样一来，你肯定也不知道你姑母现居何处了，真是太可怜了。"武士说道。他的眼睛始终盯着女子。

那女子一副楚楚可怜的样子，分明想要缠住眼前这男人。她的发油的香气刺激着武士的鼻腔。

武士心想，夜已经这么深了，这可怎么办呢？

"我一个女子，天色又这么晚了，住店都住不了，真不知如何是好。"

"是啊，必须得想个办法才行。"

"哪怕是有个遮风挡雨的屋檐也好……不知您是否愿意收留我一晚？"女子很是难为情地说。

其实这位年轻的武士也并非没有这个想法，但他现在是个单身汉，孤男寡女共处一室，确实不妥当。然而事到如今，他又断无弃女子于不顾，独自离开之理。

"倒是可以去寒舍……"

"不知您是否方便？"

"也没有什么不方便的……"

"既然如此，请您务必帮帮我。"

武士有些不好意思，说道："只是我还是个单身汉，如果你不嫌弃的话……"

女子的脸也红了，但她那乌黑的眼睛里流露出一丝喜悦。二人相对而立，沉默不语。花瓣又纷纷扬扬地飘落下来。

很快，武士便带着那女子走下了坡道。山谷内草木丛生，溪水潺潺，一座石板桥横亘于溪水之上。石板桥的另一头便是建造在高地上的收容所，收容所中的重犯经常在这座石板桥边被公开处刑。二人从石板桥左侧经过，向着江户川的方向走去。女子紧紧跟在武士身后，她累极了，大口喘着气。在年轻的武士听来，就连这喘息声都带着几分媚气。

武士位于江户川边的房子此时一片漆黑。武士让女子站在门口，自己则摸索着打开门走了进去，点好油灯之后，才唤女子进去。二人在油灯前相对而坐。

"您对我的恩德，我没齿难忘。"

女子深情地望着武士的脸，哭得梨花带雨。武士觉得眼前的女子十分可怜，但心下又有些暗喜。

"你言重了。"

武士说完，转身走到隔壁房间。只听见窸窸窣窣的声音传来，原来武士是想为女子煮茶。这时，女子走了进来。

"还是让我来吧。"女子在灶前坐定，开始煮茶。

茶煮好了，二人又在油灯前坐了下来。

"请恕我直言，您一个大男人独自生活，确实多有不便，就让我留下来给您做饭吧。正如我之前所说，如今我已经无依无靠了，也只能寻个用人的差事来做。只怕我一个弱女子兜兜转转，终究难逃恶人之手，想来真是前途未卜。即便您不能让我终身伴您左右，也请再收留我一两日吧。"

女子的一番话激起了武士的占有欲，他绝不愿意将女子拱手让与他人。

"既然这样，在找到安身之处前，你就安心在这儿住下吧。"

"这么说来，您是答应我了？谢谢您。"

女子脸上的阴霾一扫而空，她用那双黑色的眸子深情地注视着武士，而武士的眼神中也充满了爱意。

那一夜格外温暖。武士醒来时，天已大亮。他轻手轻脚地爬了起来，生怕吵醒了枕边的女子。起身后，他回头望了女子一眼，女子那略显苍白的脸正对着自己。此刻女子正闭着眼睛，神情安详。

武士朝着厨房的方向走去，穿过厨房后，来到庭院中如厕。之后，武士又小心翼翼地打开了房间门，只见那女子似乎仍在熟睡。武士心想，她肯定是太累了。武士笑了笑，转而进厨房淘米，准备做饭。然而，火都生好了，却仍不见女子醒来。武士满脸得意。

饭做好了，但女子还是没有起来。武士觉得有些奇怪，便去里屋查看情况。只见那女子脸色苍白，头已从枕头上滑落下来。武士吓坏了，他战战兢兢地走到枕头边，掀开蔓藤纹样的被子。只见女子的身体不见了，空留下一颗头颅，脖子上的伤口处满是鲜血。

武士飞也似的跑出了房间，又赶忙喊来了邻居，找来了验尸官。真相终于大白，原来这颗头颅竟然是一名罪犯的，而这名罪犯昨天刚刚在收容所门口的那座石板桥边被砍头。这罪犯本是一名歌伎，后来犯了重罪，原定于早春时节处刑，但她坚持要等到牢房外的樱花盛开之时赴刑，这才一直延迟到前一天。

验尸官问了武士很多问题。武士只能如实禀告，但他的脸色却越来越难看。

"哎呀，哎呀，花谢了，花谢了！"武士一边喊叫着，一边起身跑到了门外。人们连忙追了出去，但武士已经疯了，最终被关进了疯人院。每逢春季樱花盛开之时，武士都会大喊："花谢了，花谢了……"

# 女怪

虽然街灯稀稀拉拉的，但总算看到了大路，菊江放下心来。这几年经济不景气，到处都是盖了一半的房子。菊江为了抄近道，刚从一片烂尾楼间穿出来。

月亮挂在半阴的天空中，月光朦朦胧胧地照着大地。路上没有行人，只有此起彼伏的虫鸣声。大路上铺着碎石子，菊江快步向右拐去。路两边三三两两地坐落着一些房子，而且都隔得很远，不成气候。已经十点多了，夜晚的郊外小镇格外寂静。

沿着路向右走几百米是一个三岔路口。左边是一条昏暗的小路；右边那条路通往电车站，更宽阔一些，行车道和人行道被种着悬铃木的隔离带隔开，道路两旁开着许多商店。菊江这么晚出门，就是想到这里找家店铺买些魔芋。

父亲去仙台出差了，家里只剩下母亲和年幼的弟弟。今天母亲突然胃痛，菊江想出去买点魔芋给她暖暖胃。原本母亲的意思是让弟弟陪着菊江去，但丢下母亲独自在家，菊江总是不放心，而且她在市内的公司做文员，每天上下班都要走这条路，熟悉得很，因此她安慰了一下母亲，便出门了。没想到独自走夜路还是挺怕人的。

电车是十分钟一班，远处传来了车轮的摩擦声和发车的汽笛声。菊江向右转弯，走在人行道上。对面走来两个年轻男子。两人走在马路正中间，互相搀扶着，大声喊叫着，似乎是喝醉了。菊江平时最讨厌醉汉，今天却一点都不介意听到他们

123

的声音。两人身后不远处是一个女子，还带着两个孩子。

前面有家杂货店，旁边是一家蔬菜店。菊江正要进蔬菜店，无意间看了一眼左边的咖啡馆。咖啡馆里依旧很热闹，楼上楼下都坐满了人。店内传出一阵阵谈笑声，不时夹杂着女服务生招呼客人的声音。菊江忽然想，那个人会不会也在里面呢？"那个人"是菊江的男同事，就住在电车站对面。要是知道自己大晚上一个人出来办事，他一定会二话不说把自己送回家。菊江想起他微笑的样子，他的牙齿可真整齐。回过神来，菊江才发现自己已经在蔬菜店里了。她哑然失笑，赶忙买了三块魔芋，用手帕包好。

迈出店门，菊江又看了一眼咖啡馆里明亮的灯光。一直呆站着往里看也显得太傻了，菊江只能转身往回走，边走边在心里想着"那个人"。快到三岔路口的时候，菊江才把心思收了回来，她又有点害怕了。菊江回头看了看路上，想找个人跟自己搭伴回去。杂货店前倒是站着一个人，但似乎完全没有往这边走的意思。岔路口对面的小路上传来踢踢踏踏的脚步声，一个头戴草帽、身材肥胖的男人迎面而来。看他的穿着打扮，似乎是个劳工。他大摇大摆地走在路中间，边走边往菊江的方向瞥。菊江赶忙低下头，躲开他的目光。

终于来到了三岔路口。沿着右手边的小路一直走就能到菊江家。菊江下意识地想往那边走，但转念一想，这条路比自己来时的近道足足远了一公里多，路上指不定会碰到什么人，和草丛中的近道一样叫人害怕。今晚有些月光，走近道也能看见路，反正也没人陪着自己，还是越近越安全。菊江咬咬牙，向左转弯，走上了有街灯的那条碎石子路。

碎石子路似乎比来时硌脚了许多。左手边的洋房沿街垒起一道小小的土坡，院子里铺了草坪，狗叫声从里面传来。菊江傍晚下班时曾见过一个短发的女孩在草坪上逗狗，她不禁回忆起女孩和像小鹿一样蹦蹦跳跳的小狗的样子。突然，小狗变成了一团黑影。菊江吓了一跳，赶忙回头，看有没有可疑的人跟着自己。

背后什么都没有，菊江放下心来。菊江来到了近道的路口。这里是一片没完工的住宅区，地上长满了和小孩子差不多高的藜草，以及结着小米粒大小的浅红色果实的野草。丛生的野草中，那条被人踩出的近道在朦胧的月光下若隐若现。菊江刚迈出一步，又小心翼翼地向后看了一眼。靠自己这边的高压线电线杆和刷着浅绿色油漆的方形街灯灯柱旁似乎有人影，菊江吓了一跳。再定睛一看，人影消失了。

　　菊江放下心来，走进草丛中的小路。夜深人静，虫儿们沉浸在自己的世界里纵情鸣唱。有些地方草比较矮，路也弯弯曲曲的，地面上露出的红土似乎被人挖过。菊江集中注意力，盯着脚下的路快步往前赶。忽然，菊江听到一阵异样的声音，她下意识地回头看，只见不远处有一个人跟在她后面。菊江惊呆了，虽然月光暗淡，但仍能看出那是个高高瘦瘦的男人。菊江感到脊背一阵发凉，扭头就走。

　　路面一点点高起来，路两边种满了米槠。菊江快步冲向这道红土缓坡，不时地回头看一眼。瘦高个儿的男人依旧紧跟着她。如果是凑巧走的同一条路，他没必要这样紧跟自己的，菊江心想。菊江心里一阵发颤，但她又努力提醒自己保持镇定。那男人是路过，还是尾随自己，试一下就知道了。冲上坡顶后，菊江随即右转，藏在了米槠下面。回头看去，瘦高个儿的男人也来到了坡顶。他停住了，是跟踪自己的坏人无疑了。

　　菊江从米槠下面挪出来，轻轻滑下红土坡。那男人似乎发现了她，又跟了上来。菊江想大声求救，但四周哪里看得到警察的影子？就算不远处有人家，深更半夜的，也无人能马上赶过来，大喊大叫反而会打草惊蛇。菊江一边大步向前走，一边想着脱身的办法。

　　前面出现了一栋只铺了屋顶瓦片，门窗都还没装的房子。菊江闪身进了房子，藏在阴影里。随后而来的瘦高个儿男人在房子外停下脚步，向里面看去——朦胧的月光下，一个鹅蛋脸的女子靠在门口的柱子上，她的舌头足足有六七寸[1]长。看到这一幕，瘦高个儿男人吓得放声大叫，跌跌撞撞地转身逃走了。


　　政雄连锁都顾不得开，一把拉开挡雨门板冲进屋里，又忙不迭地把门关上。屋里有两张台子，上面摆着店里卖的各类杂货。政雄穿过台子间的狭长通道，奔向走廊尽头的大客厅。隔壁房东老夫妻的房间里还亮着灯。政雄租的是二楼一个六张榻榻米大的房间。如果是在平时，他会直接顺着老夫妻房间右手边的楼梯回自己房

---

1　寸是日本尺贯法中的长度单位，一寸约为3.03厘米。——编者注

间，但今天晚上不同。

"房东太太，您睡了吗？"政雄边说边拉开了老夫妻房间的纸门，声音里的慌张无论如何都掩饰不住。房东老夫妻已经头朝着门躺下了，但还没有睡。房东先生正趴在被窝里看报纸，他抬头看了政雄一眼。政雄惊魂未定，觉得老人眼镜片后的目光仿佛刺进了他心里一般。

"进来吧，我们刚躺下。"

没等老人说完，政雄就进到屋里，合上了纸门。老婆婆睡在老人左边，枕头旁放着一个火盆。政雄靠着火盆坐下，想让自己暖和一点。他的眼睛仍然不停地环顾四周，生怕有什么东西跟着自己。

老人看到政雄畏畏缩缩的样子，忍不住问道："你怎么了？"

"啊，没什么。"政雄小声回答道，语气里透着惊慌。

"我瞧你不太对劲。"

"哪里不对劲了？"

"是不是出什么事了？你该不会又开车出去，把人撞了吧？"

政雄曾做过汽车司机。有天晚上，他开车不小心撞了人，便谎称要带伤者去医院。他让助手开车先走，自己把伤者带到了一个偏僻的地方，打了对方一顿，然后逃跑了。后来事情败露，他的驾照也被吊销了。

"怎么可能？"政雄胆怯地说。如果是在平时，他会借着老人开的这个玩笑跟老人聊很久，但今天实在没这个心情。

"我看你今天很反常。"老人说着，又转过身对妻子说，"老太婆，你看尾形今天的样子是不是很怪？"

"可不是嘛。"本来向左边侧卧着的老婆婆翻身看了政雄一眼，接口道，"尾形啊，你是不是又惹出什么乱子了？"

"没有，我哪还敢惹什么乱子。"

"那你这是怎么了？平常你可不这样。"

"没什么，就是今晚莫名其妙心情不好。"说完，政雄又环顾四周道，"房东太太，我总觉得今晚阴森森的，您能不能去二楼帮我把灯打开？"

"开灯倒是没什么，可你这到底是怎么啦？"

126

"真的没什么，就是有点怕黑。"

"哦，那我去点灯就是了。"老婆婆没有推辞，一边拉开门往外走，一边嘴里嘟哝着，"哎，真是奇怪，尾形这到底是怎么了……"

"出什么事了？你老老实实告诉我。"老人总觉得政雄有事瞒着他，作为房东，他怕自己也会惹上麻烦。

"您别担心，我就是有点不舒服，大概是神经衰弱吧。"

"真的吗？别惹上官司就好。"

"怎么会！这一点您尽管放心。"

"那就好，我看你样子怪怪的，就多问一句。赶紧去睡吧。"

政雄像上了发条的玩偶一样蹦了起来，跑出门去，噔噔噔地上了楼。老婆婆很热心，不光开了灯，还把床也给他铺好了。

"谢谢您啦。"政雄立刻钻进被窝，用被子蒙住了头。

"尾形今晚到底是怎么了？"老婆婆边说边下了楼。

政雄像死人一样躺在被窝里一动不动，满脑子都是那条长长的舌头。政雄的驾照被吊销，自己不能开车了，因此他打算到郊外的汽车公司去做个驾驶助手。搬到镇子上以后，他工作没找到，却干起了抢劫女路人的勾当。今天傍晚时分，他在隔壁镇上的偏僻之处想要袭击一个女子，没想到被人撞见，只能慌忙逃走。闲得无聊，他便在附近找了一家咖啡馆喝酒，直到深夜。出了咖啡馆，他乘电车回家，结果下车后走出电车站没多久就看到一个只身赶路的女子。本以为这次一定能得手，谁料居然碰到了女鬼。政雄越想越怕，说什么也不敢把头伸到被子外面米。

那个长舌头的女鬼长着一张椭圆形的脸，穿着裙裤，提着个包袱，看起来像个女学生或是文员。政雄又想起傍晚时自己想要抢劫的那个女子，他觉得这两者一定有什么关联，自己一定是在傍晚的时候就撞见鬼了。在房东夫妇房间的时候，政雄心里乱成一团，对女鬼的恐惧和对罪行败露的担心交织在一起。现在房间里只剩下他一个人，罪恶感早就消失得无影无踪，对女鬼的恐惧完全支配了他，他满脑子想的都是那条长长的舌头。

不知胡思乱想了多久，政雄有些想上厕所，但耷拉着长舌头的女鬼肯定在被子外面等着自己，还是被窝里面比较安全。政雄下定决心，不到天亮绝不露头。就这么苦苦地等着，终于听到了大货车来来往往的声音。那些是到蔬菜市场拉蔬菜的货车，每天都是五点钟左右过来，准时得很。那楼下的房东夫妇差不多也该起床了。想到这里，政雄的胆气壮了些，憋尿的胀痛感也显得更加难以忍受。政雄横下心，跳起来就顺着楼梯往下跑。楼下已经亮起了灯光，房东夫妇十分节俭，睡觉时一定会把灯都关掉，有灯光就说明他们已经起床了。终于熬过来了，政雄长出了一口气。他来到走廊尽头，拉开纸门。外廊上还有些昏暗，但他顾不了这许多了，直奔外廊尽头的厕所。他打开厕所的门，正碰见一个人从厕所里走出来。政雄吓了一跳，定睛一看，分明是那个长着鹅蛋脸的长舌女鬼！政雄惨叫一声，昏倒在地。

过了许久，政雄慢慢地睁开双眼，发现一条长长的舌头正在他眼前晃来晃去。政雄语无伦次地叫着，挣扎着爬起来想要逃走。

"尾形，你怎么了？"

政雄被人抓住，动弹不得。这时他才发现，自己正躺在房东夫妇的房间里。

"政雄，你这是怎么了？怎么一看到我从厕所里出来，就吓昏过去了？"

是老婆婆的声音。政雄将她看成了昨晚的女鬼，吓得不省人事。


浑浑噩噩地在杂货店二楼躺了十几天，政雄才终于恢复了正常。既然精神好起来了，那就不能再无所事事，必须得找工作养活自己。政雄虽然每天出门，但那条长长的舌头一直在他脑海里挥之不去，所以每天不等太阳落山，他就早早回家了。

一晃五六天过去了，政雄依旧没找到合适的工作，钱包也渐渐瘪下去。这时，他想起了以前做过自己助手的那位司机，便找了过去，想看看对方有没有什么门路可寻。这位前助手很同情政雄，带他去咖啡厅饱餐了一顿。许久不见，两人不知不觉聊到了很晚，政雄回到家时，已经是夜里十一点多了。眼见平安无事，政雄便又敢在晚上出门了。

后来有人介绍政雄去一家刚成立的出租车公司应聘，这家公司专门做郊区和市内的往返业务。政雄原本没抱太大希望，不想对方立刻拍板录用了他。这下政雄心里的一块大石头终于落了地，他便不愿再回家吃房东夫妇留给他的残羹冷炙，于是他找了家咖啡厅吃过晚饭，八点多钟才心满意足地往回走。

这天适逢庙会，马路两边摆满了小摊，逛庙会的人如潮水一般。政雄觉得有趣，就夹在人群中闲逛。不一会儿，他看到道路右侧有块空地，许多人围在那里。原来那里有两三个摊子，吸引了许多顾客。政雄挤进去，一眼就看到了卖衬衫的摊子。摊主正在大声吆喝，招揽生意。政雄倒是想买件衬衫来着，不过没打算在这种地方买。

正兴致勃勃地看着摊主吆喝，政雄鬼使神差地向自己的正前方瞥了一眼。前面是一个身材娇小的年轻女子，她两边各站了一个学生打扮的男青年。这两个人的举止似乎有些不规矩，正对女子动手动脚。这一幕勾起了政雄的欲望，于是他也悄悄地伸出右手捻了捻女子的腰带。女子的手搭了过来，柔软温热。政雄心里一阵窃喜，他向右挪了几步，女子也躲开那两个男青年，靠了过来。

刚找到新工作，又有美人投怀送抱，真是好事成双。政雄向空地和民宅之间的巷子里走去。但他回头看去时，心一下子就凉了——女子并没有跟过来的意思。正有些懊丧地往前踱步，政雄突然看到有人越过自己朝前赶去。看背影，正是那个女子。政雄喜出望外，紧紧跟上了她。

走到十字路口，女子转身向左走去。左边是一条窄路，路两边有几户人家，门灯如豆，赶不走黑暗。政雄想开口招呼女子，但看女子好像有些顾虑的样子，只好默不作声地跟在她后面。

不一会儿，一盏门灯都看不到了，两人来到一大片栎树林边。这时道路右侧出现了一座崭新的石鸟居[1]，上面挂着一盏电灯。政雄激动得心怦怦直跳，心想终于可以为所欲为了。他悄悄地向女子凑过去，说道："这地方够僻静的啊……"

政雄正等着女子回答，不想女子向鸟居的方向走了一步，缓缓转过头来。她长着一张鹅蛋脸，脸上挂着一条长长的舌头。政雄"哇"的一声大叫，转身就跑。

政雄彻底疯了。看到他在镇上乱跑，警察将他带走，送到了精神病院。政雄发疯后没几天，征得父母同意的菊江把"那个人"带到了家里。闲聊时，男同事说起租了自己家附近的杂货店二楼的房客看到女鬼，吓得发疯了。菊江不禁莞尔而笑，这才说起那天自己用魔芋做成长舌头吓唬坏人的事。听完之后，众人哄堂大笑。

---

1　鸟居是日本神社大门外的牌坊。——译者注

# 人面疮物语

谷崎润一郎曾经写过一篇人面疮的故事，机缘巧合之下，我有幸得到了这篇作品的原稿，并保存至今。这是一个关于电影女演员的故事，要说作品本身的文学价值，其实并不算太高，之所以备受瞩目，我想大概还是因为故事情节不同凡响吧。我一直觉得这个故事是基于某个民间传说改编而成的，所以在创作诸国物语时，我带着探究与确认的目的，仔细翻阅了许多随笔，果然在一部名为《怪灵杂记》的作品中找到了原始版本。故事的主人公是幸若舞[1]的嫡系传人，名叫幸若八郎。故事发生在八郎途经木曾路，前往京城的途中。

深秋的木曾山谷景色宜人。八郎骑着马，走在一条缓缓而上的石道上。石道右边是一条小溪，沉闷的水流声宣示着它的深不可测。午后两点，微斜的日头冷冷地照在小溪对岸的山脉上，仿佛在这片大地上织了一幅锦缎。两侧高耸的群山好似屏风般支撑起头顶的碧空。

萧瑟的秋风吹得树叶沙沙作响，也吹得溪水哗哗作响。这一路上，偶尔还能听见鹿鸣声。八郎一边欣赏四周的秋景，一边与马夫聊着天。

---

1　幸若舞是一种源自室町时代的武家舞蹈，具有一定的戏剧性，反映武士风采。——编者注

不知不觉中，八郎已经爬上了一座小山，一片茂密的杉树林从右边的山峰处一直延伸到路旁。阳光只照亮了山顶，半山腰到山脚则一片阴暗。山脚下的杉树因享受不到阳光，呈现出清冷的青黑色。

一个身着轻薄单衣的男子从林中走出后，站在路边看着每一位路过的旅人，看到八郎后，他立即快步走了过来，似乎专程在此等候八郎。

"您好，请问阁下可是幸若八郎先生？"男子开口问道。

看到一个素昧平生的人竟然认出了自己，八郎很是惊讶。

"在下正是幸若，不知您是……"

"太好了，太好了，可算等来了幸若先生！不瞒您说，我已在此等了您整整两日！"

八郎闻言，更是诧异，他一边用右手拉了拉竹笠的帽檐，一边细细打量着眼前的男子。

"也难怪先生不解，且容小人细细禀明前因后果。不瞒您说，我家老爷曾是藩中名震一时的武士，只因得了一种不知名的怪病，不得不辞官隐居。算起来，老爷缠绵病榻也有二十余载了。如今老爷的身体状况日益恶化，气息奄奄。前几日，老爷忽然听说先生将会途经此地，便派小人在此恭候，希望能请先生来府上为他跳一支舞。先生有所不知，我家老爷如今唯一的心愿便是亲眼欣赏先生的舞姿了。小人也知多有唐突，只是可否恳请先生今天随小人回府，以了我家老爷最后的心愿呢？"

八郎心下虽有些不安，但转念一想，那人毕竟也曾是威武一时的武士，况且这又是他最后的心愿，若加以拒绝，未免有些不近人情，便道："既如此，在下便随先生同去吧。"

八郎下了马，依旧按照事先约定的金额付了马钱，随后便跟着那轻衣男子回府。

二人在昏暗的杉树林中走了大约十町[1]后，来到了一处洼地。一条浅浅的小河

---

1　日本的长度单位，一町约为109.09米。——译者注

自脚边流过，河上架着一座土桥。抬头望去，一块巨大的深灰色岩壁高耸在河对岸。轻衣男子领着八郎穿过土桥，走到对岸。

岩壁下有一栋茅草屋，门口的篱笆用枯枝交错搭成，红叶蔓草缠绕其上。轻衣男子推开院门，率先走了进去。

"我把老爷恭候已久的贵客接来了。"轻衣男子对着门口竹廊上坐着的两位身穿裙裤的家臣说道。

两位家臣一听，连忙起身对着八郎深鞠一躬，说道："有劳贵客特意前来，快请进屋好好休息一番。"

八郎依言，解开草鞋上的绳子脱下草鞋，走上竹廊。回头一看，那位轻衣男子不知何时已经离开。他随着两位家臣走进内室，才发现这栋屋子的内部十分宽敞，全然不似方才在门口看到的那般简陋。地上铺着崭新的草席，墙上挂着刀、枪与弓箭等武器。内室里聚集了不少人，他们三五成群地坐在地上看着八郎。

穿过三个大房间后，八郎来到竹廊的尽头。眼前是一个院子，院中有一片小树林，深秋时分，树上的叶子几乎落尽，落寞尽显。一间独立的茅草屋静静地立在小树林边，小水渠沿茅草屋流过小树林，在石块上溅起一点水花后，又隐没于树林之中。家臣们在此换上了庭院木屐。

"这边请。"

八郎也换上了庭院木屐，沿着石板路一路走着。日落后的秋风吹在身上，更觉寒冷。待走到茅草屋附近，家臣们都弯下了腰。

"启禀老爷，您恭候的贵客已被迎接入府。"

拉门内响起了一阵咳嗽声。

"快快有请。"

两位家臣登上外廊，拉开纸门。只见一间被布置成茶室的小房间中，一个骨瘦如柴的男子正倚在看似暖桌的家具上。男子约莫五十岁，也许是因为长期卧病在床，他的头发呈现出一种不健康的青黄色。八郎一看便知，这男子就是那位身患怪病的武士。武士看着八郎，扯出一丝笑容说道："贵客快请进。"

声音虽虚弱，却难掩高贵的气质。八郎依言，轻轻走到房间的角落处。

"得大人错爱，在下荣幸之至。闻大人久病在床，在下亦感悲痛。"

"老夫久病二十年，自知时日无多，怕是撑不到明年了。闻先生要进京表演，便斗胆请先生转道寒舍，为老夫跳支舞。若得先生成全，老夫也算是死而无憾了。家中下人若有招待不周之处，万望先生勿要怪罪。"

"大人言重了。在下学艺不精，得蒙大人不弃，实是在下之幸。斗胆请问大人，不知您身患何病？"

"先生莫急，您先好好休息，我们找个时间慢慢说，老夫的生平与这怪病的前因后果，必当一一为先生道来。"武士说罢，转向家臣道："速速准备席面，替老夫好好款待先生！"

八郎随着家臣返回方才的大房间后，享受了一顿丰盛的酒菜。酒足饭饱之后，八郎又被迎到武士所在的小屋，进屋后便看见武士形单影只地坐在昏黄的油灯下，看着让人心酸。

"多谢大人盛情款待。"八郎喝了点酒，脸色也显得更加红润了。武士看了也不由得高兴了几分。

"山野粗鄙之地，也没什么好东西可招待，但求先生不要嫌弃。"武士说完，吩咐家臣道："你们先退下吧，老夫要与先生聊聊。"

两位家臣恭敬地退出房间。武士这才稍微移动了一下身体，拢了拢身上披着的羽织，微笑着对八郎说道："老夫贱名与年轻时的官职，即便说了也于先生无用。若是非要问，就叫老夫山中猿右卫门，或是鹿五郎，或是任您想象。"

武士又轻轻一笑，然后继续说道："那时老夫还是个弱冠少年，凭祖上荫功而衣食无忧。又有幸得蒙主君器重，所以在家中有着超乎其他兄弟的地位。大概是前世的孽缘吧，老夫竟喜欢上了家中的一个侍女。某日，老夫休假在家，闲来无事便躲在房中翻阅草双纸[1]，因被书中情节深深吸引，所以晚饭后也一直忘我阅读，甚至忘了时间。那是一个夏天的夜晚，皎洁的月光下，院中泉水里蛙声一片。老夫被这美丽的夜色吸引，不知不觉就走出房门，在院内散起了步。无意中回头看了看自己的房间，竟发现里面站着一个年轻貌美的女子，正为我拢起蚊帐。油灯的微光照

---

1　又称绘双纸，日本江户时代中后期兴起的一种通俗读物，按封面颜色和装订格式可分为赤本、黑本、青本等。——译者注

在她白皙的手指上，美得如浮雕一般，令我心神荡漾。老夫像丢了魂似的晕晕乎乎地走回房一看，那是前几日刚雇来的一名侍女。当时老夫尚未娶亲，当即便宠幸了那名貌美的侍女，也因此埋下了祸根。那名侍女极其善妒，老夫但凡与其他侍女多说几句话，她便会不依不饶地撒泼。所以，没过几日，老夫宠幸她之事便闹得满府上下无人不知。代代在府中侍奉的忠仆们实在看不下去了，想要暗中将她送走，岂料被她识破。她发了疯似的抵抗，无奈之下，大家只得放任她继续留在府中。不久后，老夫便身染怪病，卧床不起。可那侍女无论白天黑夜，都会来老夫枕边大吵大闹，一丝喘息的机会都不给老夫留。老夫气得恨不能一巴掌把她扇出去，可她丝毫没有注意到老夫的怒气，依旧冲上前来抓住老夫的衣襟高声谩骂。忍无可忍之下，老夫拼力推开她，不顾病体站起身，抓起枕边的扇子狠狠地打了她三四下。岂料她不仅毫无悔意，反而变得更疯狂了。她抓住老夫的袖口，大声叫道：'既然您如此厌恶奴婢，那就动手砍了奴婢啊！砍了奴婢啊！'老夫那时年轻气盛，又如何懂得克制，说了一句：'既然你想死，那我便成全你！'随即便拔出刀架上的大刀，一刀砍下了那侍女的头。人头飞落时，老夫看了一眼，那侍女的脸正好对着老夫，只见那脸上竟带着一丝笑容。可是，有谁会笑着赴死呢？老夫觉得这一定是我自己的错觉，便又仔仔细细地看了一眼——她真的在笑！"

八郎感到后背阵阵发凉，甚至觉得桌上的油灯都变得阴暗了许多。

"老夫这才如梦初醒，后悔自己冲动之下伤了一条性命。可事已至此，后悔又有何用呢？于是，老夫与家中的老臣们商议后，当日便将她安葬了。可就在那日晚上，老夫突然高烧不止，大腿部位更是异常疼痛，仔细一看，竟生出了一个肿块。那肿块长得很快，形状也变得十分诡异。找大夫开过药，也找高僧化解过，一点用都没有。老夫甚至试过用刀削，用火烤，可那肿块总能长回原来的样子。无奈之下，老夫只好以身患不治之症为由归隐山林。时光流逝，二十年转瞬即逝。如今老夫已身心俱疲，唯一的心愿就是在离世前欣赏先生的舞姿，也就死而无憾了。这才斗胆恭请先生入府。"武士看着八郎，眼中的凄凉让八郎不禁泪下。

"大人如不嫌弃，在下愿为大人一舞到天明。"

八郎没有食言，果然为武士彻夜表演幸若舞。武士露出了久违的笑容。六七位家臣陪伴在侧，见主君眉欢眼笑，也都感到无比欣慰。就在八郎感到疲倦时，清晨的阳光也为天地带来了一丝清亮。

"多谢先生为老夫了了这二十年的心愿，老夫此生无憾啦！"

武士诚恳地道了谢，又吩咐家臣道："汝等快快准备酒菜，好好款待先生。先生请留步，老夫有一物请先生过目。"

家臣们退下后，武士转身面向八郎。

"先生用过饭后，不妨好好歇息一会儿再出发。老夫会派人护送先生上京。"

说完，武士将右腿上的被子掀开，露出大腿。八郎从昨夜起就对武士身上那个医药无用、法事不消、刀火不灭的肿块感到好奇，想知道那肿块究竟长什么样，因此他目不转睛地盯着武士的大腿。只见那肿块分明就是一张鹅蛋形的肤色蜡黄的女人脸，就像是画在大腿上的一颗人头。

"您看，这就是毙命于老夫刀下的那名侍女。"

武士看着八郎，冷冷地说道。震惊不已的八郎甚至忘了呼吸。

"只当给先生一观奇象了。"

八郎沉默着深鞠一躬。

吃过早饭后，八郎稍稍休息了片刻，便准备出发了。武士命仆人送来一个唐国的香盒与一块砚台。

"我家老爷请先生务必收下，以聊表谢意。"

八郎恭敬地收下谢礼，在十多位家臣的护送下出发进京了。但他对那位身患怪病的武士久久无法忘怀，本想在返程途中再次登门拜访，却因要事不得不改道东海道。自那以后，八郎便再也没能探听到那位武士的情况。

# 怪谈事典

叁

该作品为作者所著的日本怪谈小说集。

收录于作者一九三二年出版的怪谈小说，

怪谈事典

原稿现存于日本四国德岛中古书店，
于首版五十八年后由"悉桑派"译者探访获得。

# 岐阜提灯

这一晚，真澄一如往常走进厨房。酒宴结束后，女仆开始打扫卫生。他向女仆要来两瓶剩酒和一碟小菜，然后吃了起来。他才上了一年多的班就被公司辞退了，因为上司觉得他工作态度不端正。远离家乡的他只能先寄居在姨母家中，慢慢寻找新的工作。

战争刚刚结束，整个国家都处于百废待兴的状态，找工作何其困难。好在真澄向来是个乐天派，每天偷偷溜进厨房偷些酒，或是喝点别人的剩酒，成了他唯一的乐趣，他对自己如今的境遇毫无怨言。

真澄很快便喝光一瓶酒，到了喝第二瓶时，为了让这惬意的时光变得更长一些，他便将一杯酒分成五六口慢慢品尝。他喝一会儿，就拿起酒瓶晃晃，看看还剩多少酒。

这是一个初秋的午夜。平时溜进厨房偷吃偷喝时，真澄都要仔细分辨姨母的脚步声，但这会儿他知道姨母肯定已经睡了。毫无顾忌的真澄喝得微醺，眯着眼任思绪飞舞。他透过半开的拉门望向院中，被薄云半遮的月亮投下灰色的光。院中长着两三棵小松树，树根旁爬满了蒿类植物。阵阵虫鸣声从草丛中传出。

真澄擎着酒杯斜视主屋的二楼，那里挂着一盏姨母最喜欢的岐阜提灯。每到夏

139

季的夜晚，这盏提灯便会在入夜前点亮，在入睡前熄灭。可是今晚，提灯居然还亮着，这让真澄很是不解。姨母对烛火这类危险物品向来十分小心，今晚想必是待客累着了，才会忘了熄灭灯火就直接睡下。真澄犹豫着要不要替姨母熄灭灯火，再一想，蜡烛总会烧尽的，自己只要守着就好了嘛，于是他决定边喝酒，边等着蜡烛熄灭。没多久，就在他又一次看向提灯时，那提灯竟像是被谁拔了钉子似的，翩然下落。真澄大吃一惊，连忙放下酒杯。

提灯飘着飘着，飘到了屋檐上，然后就跟长了脚似的，在屋檐上滑动了几下，才落到地面上。真澄看得目瞪口呆。这时，提灯里的烛火闪了几下便消失了。最终，提灯化成了一个形似白狗的东西。真澄看得眼睛都直了。

那白狗伸直了身体，抖了抖毛，便迈开腿从庭院里走向后门。真澄连忙难以置信地起身，轻轻跳到院中，光着脚踩在冰冷的红土地上，尾随其后。

白狗已经走到了后门旁。真澄小心翼翼地跟着，努力不发出一丝声响，以免被这条怪异的白狗发现。遇到松树时，真澄就躲到松树后方，借着树影掩盖自己的存在。这是阪急线别墅区里新建的一个住宅区，后门外有一处自然形成的小山丘，山丘上也长着几棵小松树。山丘和庭院被一道竹篱笆隔开，篱笆上挂着三条铁丝，上面竖着一根根尖刺。

白狗已经消失在后门处。真澄轻轻打开涂着油漆的后门，朝外看了一眼，便走了出去。

小松林中遍地都是芒草与蒿类植物，芒草柔软的穗子恰如少女那柔若无骨的纤纤玉指。那条白狗的身影不时隐没在芒草丛中。

真澄快速爬上小山丘，前方的坡下有一块半截埋在土里的巨大石块，看起来就像一座塌陷的古墓。那石块的四周也长满了芒草与荆棘。白狗走到巨石旁就消失了。真澄站在原地，继续俯视前方。

此时，一个看起来十六七岁的女子出现在前方。她穿着一件浅黄色的衣裳，身材娇小，唇色红润，像是涂了口红。

真澄瞪大了眼睛看着女子，几乎就在一瞬间，这个女子也消失了。


真澄拿着酒杯，越想越觉得刚才的一切都只是一场梦，可那梦境又清晰得让人难以置信。提灯飘落，幻化为白狗，自己赤足从庭中一路跟到后门，又跟到了山丘上，先是看到一块巨如墓石的大石块，接着出现了一个妙龄少女。方才的一幕幕他都记得无比清晰，可唯独不记得自己是怎么从山丘返回这里的。不过，乐天派的真澄很快就不纠结于此事了，他继续惬意地嘬着小酒，待饮尽最后一滴，便抱出被褥铺好，钻进被窝进入了梦乡。

"醒醒，醒醒。"

枕边突然传来一阵女人的声音，真澄还以为是女仆来了，睁开眼睛一看，竟然是山丘上见到的那位妙龄少女。不过，他倒也没太惊讶，只是平淡地问了一句："你就是那只岐阜提灯吧？"

女子微微一笑，并未否认。

"你究竟是人是妖？"

"我呀，我只是个跟你一样的单身者。"

"此话差矣，你我虽都是单身，但你有着异于常人的法力，可我呢，一无是处，只能喝点小酒消磨人生。"

"你喜欢喝酒啊？"

"喜欢啊，可是我只有厨房的剩酒可以喝。"

"你还真是个无忧无虑的人。"

"我也不是生来就这样，这不是被逼无奈嘛。再怎么烦恼也改变不了什么，不如淡然处之。"

"我喜欢你这个性格。对了，你还想不想喝两杯？"

"想啊！"

"那就快起来吧，我带了酒给你哦。"

"真的啊？那就太谢谢你啦。"

真澄翻身坐起，女子果然并非空手而来，她身旁放着一个托盘，托盘上摆着一个四合[1]的酒瓶和三碟小菜。

---

1　合，日本旧制计量单位，一合约为0.18升。——译者注

"快来吃吧，我替你倒酒。"

女子拔出四合酒瓶的塞子，往杯子里倒了酒，然后递给真澄。

"我还是好奇，你到底是谁？"

"我谁也不是。行了，先别问这些，快喝吧。"

"那我就不问了，反正我也就是个寄居之人，问了又有什么意义呢。"

"对嘛，问了又能如何呢？你就别管我是谁了，总之我会时不时给你带点小酒来的。"

"太好了。"

跟女子边聊边喝的真澄不知何时就睡了过去，早上睁眼一看，那女子并不在自己身边，那酒瓶和托盘也都不见了踪影。只有昨晚从厨房拿回来的两个酒瓶和碟子还放在桌上。不过，真澄向来不纠结这些事，他只当自己昨晚做了个怪梦。

这天晚上没有客人，所以也就没有剩酒可以喝，真澄找各种借口在厨房徘徊，希望找个没人的机会，从酒坛里偷些酒喝。可是女仆和姨母总是轮流出现，他实在找不到下手的机会，只得放弃了。就在他失望地钻进被窝入睡后，他又被肩膀上的一只手摇醒了。

"快起来，快起来啦。"

真澄迷迷糊糊地睁眼一瞧，昨晚的女子又来了，正坐在自己身边。

"我又给你带酒来了。"

"酒？真的啊？太好了。"

真澄连忙一跃而起，坐在枕边。女子带来的还是一个四合酒瓶和三碟小菜。

"来，我给你倒上，快喝吧。"

喝了女子倒的酒，真澄又进入了甜美的梦乡，早上醒来一看，那酒瓶、那托盘和那女子又不见了。真澄觉得自己一定又做了个与前晚一样的怪梦。

这一晚，女子又带了美酒来。清晨一看，酒瓶和女子又都不见了。这一次，真澄总算觉得自己不是在做梦。但他依旧没有对女子的来历起疑，也不觉得奇怪：自己睡前明明锁好了门窗，那女子是如何进门的呢？

女子夜夜为真澄送酒，所以他已经无须再去厨房偷酒喝了。大约半个月后的某一天，姨母把真澄叫到了自己房间。

"真澄，你最近身体是不是不太好啊？"

"没有啊，我挺好的。"

"可是，你最近每天半夜都会自言自语。"

"没有啊。"

"昨晚你姨夫起夜的时候路过你房间，就从门缝看进去，正好看见你坐在蒲团上自言自语，也不知道在说些什么。你是不是哪里不舒服啊？"

真澄以为女子的行踪被发现了，姨夫、姨母没有明说，只是在试探自己，那自己也就不能再隐瞒了。

"姨母，既然你们都发现了，我也就不隐瞒了。其实，有个女子每晚都会来我房里。"

姨母一脸疑惑地看着真澄。

"真澄啊，你真的没事吗？是我先发现你半夜起来，坐在被褥上自言自语，然后才告诉你姨夫的。你是不是得了什么臆想症啊？要不明天去大阪看看医生吧？"

真澄有些生气，姨母没看到那姑娘，竟把他当成了病人。

"我没病，真的是有个女子每晚端来酒菜，与我说话。"

"怎么可能啊？哪有人会半夜去你房里请你吃酒？你肯定是病了。"

"您才有问题呢！您要是不信，今晚十二点来我房里看看，不就知道了。"

"我不去，肯定是你自言自语，哪有什么姑娘。要不她今晚来找你的时候，你让她留下点东西，这样不就能证明确有其人了。"

"行啊，那我就让她留下个梳子或戒指之类的东西吧。"

"怎么看都像是你病得不轻。"

"我没病，我好得很！"

那晚，女子又带了酒菜前来。真澄想起自己与姨母的约定，便看了看女子握着酒瓶的手指，只见那纤细的手指上戴着一枚闪闪发光的青玉戒指。

"你的戒指可以借我用用吗？"

女子顺着真澄的目光看了看自己的手指，又看向真澄，问道："戒指？你说我的戒指？"

"对，就是这戒指，借我一晚上就好了，明晚还你。"

"你要我的戒指有何用？"

"还不是因为我姨母，她听到我们每晚都在说话，可她却以为是我在自言自语，还说我肯定是病了。我告诉她是你每晚来找我，可她不信，我就说让你留个梳子或戒指来证明。"

"无聊。她不信又有何妨呢？我们自己开心不就行了？"

"那可不行，我咽不下这口气。你就把戒指借我一晚吧，你放心，我不会拿去卖了换酒喝的。"

真澄笑着端起酒杯，喝了口酒。

"那你等我一晚吧，明晚我带个更合适的戒指给你，这个戒指可不能借你。"

"不行的，要是今晚拿不到证据，明天我定会被姨母取笑。你就借我一下吧，合不合适的不要紧。"

女子放下酒瓶，摩挲着那枚青玉戒指，面露难色。真澄抓着女子的右手，将她拉了过来。

"有什么关系呢？难道你没了戒指会挨骂？"

女子侧了侧身，几乎与真澄脸贴着脸坐在一起。

"那倒不是，不过这个戒指真的不方便借给你，我不能摘下。"

"难道这是什么祈愿的信物？"

"也不是……"

"那不就行了，你就借给我吧！"

女子越是拒绝，真澄便越是好奇，他一手抓过女子的手指，准备直接拔下戒指。

"不行不行，你放开我。"

女子连忙缩回手，但真澄却铁了心要拔下那枚戒指。

"你让开！你变了，我不喜欢这样的你！"

戒指已经被拔出一半，真澄轻轻一笑，准备用力拔出。

"走开！"

女子大叫一声，推开真澄，起身冲出院子后，便不见了人影。真澄一看院中，院门被打开了二尺有余，可他之前明明关好了门的。

从那一夜起，女子就再没出现过了。转眼已是正月初三。真澄去拜访一位住在福岛的朋友，喝多了酒，直到晚上十点才踉踉跄跄地坐上阪急线的电车回到花屋敷站。

真澄与四五个人一起走下电车，又一起走到了站台上。抬头一看，面前站着一位少女，居然正是此前那位夜夜送酒给自己的姑娘。

"啊，居然是你！"

女子莞尔一笑。

"你一直都不来找我，是不是生我气了？"

"生气倒没有，只是到了与你分开的时间，所以我就不能再去找你了。不过，你今晚要不要来我家，与我好好话别一下？"

"这方便吗？"

"方便啊，我一个人住，家里没别人。"

"那我跟你回去吧。你家远吗？"

"说话就到，你随我来。"

女子带着真澄穿过铁轨，向别墅区的方向走去。真澄摇摇晃晃地跟在女子身后。

不一会儿，女子打开了路右边第一栋房子的拉门，示意真澄随她进屋。

"我家到了，请帮我关一下门。"

两人走上玄关，走进右边那间亮着灯的房间。

"喝酒吗？"

"不了不了，今天喝够了，我都喝醉了。"

"那就一会儿再说吧。既然今天是我们最后一次见面，你就住下吧。"

真澄与女子随意地聊着天。不久后，女子拿出了一床漂亮的友禅¹被，并为真澄铺好床，真澄躺下便睡了过去。

第二天，真澄是被冻醒的。他睁眼一看四周，发现自己正躺在姨母家后门外小山丘的巨石旁。

---

1　一种日本特有的染色方法。——译者注

# 雀森怪事

　　明治时代的某个六月末之夜，他坐在灯下全神贯注地看着笔记，丝毫不顾早已更深露重。这是我身边真实存在的人和事，只是出于对个人隐私的保护，姑且以"他"来代称故事的主角。他出生于岐阜市某个小镇的一个殷实的农户家庭。当时，他还是个高中生，正为了应付即将到来的期末考试而抓紧复习。

　　为了求学，他平时租住在靠近仙台市的一个偏僻小镇上。即便是最为寒冷的东北地区，到了六月底，温度也是相当高的。他穿着一件薄薄的毛衣，吹了一天的西风，此刻也已没了拨弄院中碧绿枫叶的闲心。风止了，院子里寂静无声。这个位于二楼的房间并不大，东家也只是一户普通人家。洋油灯里散发出阵阵石油的臭味。每一次翻页带动的微小气流，都会让那股臭味更明显几分。

　　"臭死了，要不要把门拉开呢？"

　　每次闻到油臭味，他都会想开门透透气，但似乎又瞬间遗忘一般，仍旧继续盯着手里的笔记本。除了恼人的油臭味，以及本子上记忆模糊的笔记外，四周的一切都被他抛诸脑后了。突然，一阵脚步声响起，吸引了他的注意。那声音很轻，似乎有人正向二楼走来。

　　"大概是房东或者房东太太吧。"他这么想着。

146

若是自己的好友，定会先在门口大喊一声"你在里面吗？"，然后再上楼。但房东夫妇的脚步声也不会这么轻啊。他疑惑地仔细听了听，门外的脚步声戛然而止，来人似乎已经走到房间门口了。

"到底是谁呢？"正思索间，外间的纸门已经被唰的一声拉开了。进屋的是一个身着白色浴衣的男子。他有些吃惊，虽说是六月末，但毕竟还没入夏，穿浴衣还为时尚早吧。

他一脸疑惑地看着进门之人。对方看起来也就二十出头，脸色苍白，身形瘦削。仔细看了片刻，他才终于认出，来人竟是他岐阜老家的朋友。

"神中？你怎么来了？"神中现在是岐阜县厅的一名小职员，这件事他倒是知道的。所以，神中穿着简单的浴衣突然来到仙台，又连声招呼都不打，突然出现在他屋外，这事怎么看都有些怪异。不待神中回答，他又追问了一句："什么时候来的仙台？"

"就今天啊。"

神中的声音倒是一如往日那般稳重。

"那你晚上住哪儿呢？"

"就那边啊。"

听罢，他揣测神中大概是来这里公干的。他的这位朋友家境贫穷，小学毕业后就没法再念书了，于是去县厅打杂，最近好不容易才有了公务员的编制。既是公干，可见神中最近十分受重用啊。想到神中这些年的不易，他也是由衷地为朋友感到高兴。

"原来如此，咱们也好久没见了呢！"

"我知道你最近正忙着准备考试，但我有件事还是想请你帮忙。"

"嗯？"

"小忙而已，不会太麻烦你的。你只要明晚十二点到前方的雀森等我就行了。"

他平时也常去雀森散步，那片林子中有一座小神社。可帮什么忙非得让他摸黑去林子里呢？他怎么也想不出来。不过，这毕竟是发小的请求，他倒也没怀疑什么。

"这倒没事，不过你让我过去干什么呢？"

"没什么大事，明晚你就过来一下吧。你放心，不会太麻烦你的，也不是让你做什么坏事，你只要过来一下就行。"

"嗯，那行，明晚我一定过去。"

"那就拜托你了。真的不是大事，你放心。"

"知道啦，十二点是吧？"

"是的，实在不好意思，那么晚还让你出门。"

"没事，不过具体位置在哪儿呢？"

"你到石灯笼那儿就行了。"

"哦，好的。"

"那可就说好了哦。"

听到满意的答复后，神中苍白的脸上露出了一丝微笑。

他不禁觉得，莫非神中真是遇到了什么难事，而自己又能帮他解决这个大问题？这么想着，他忽然觉得自己的形象似乎高大了几分。本想顺便问问神中的近况，可神中已经站起来了，看样子是打算告辞了。

"不好意思，打扰你学习了。我就先走了，明晚见。"

但他还想跟神中叙叙旧，便挽留道："不急的，你再坐会儿吧。"

"不了，时间也不早了，我先回去了。"

"哦，那就明晚见吧！"

"拜托了。"

神中转身开门，走了出去。他本想送送神中，可还没起身就听到了下楼的脚步声，便也就作罢。他坐在原地，思绪飘回了与神中一起玩耍的童年时代。他记得神中有个妹妹，也像神中一样长得柔柔弱弱的，就像一朵娇嫩的牵牛花，不知道她现在怎么样了。不过她从小就很漂亮，也许早就嫁了个好郎君吧。想着想着，他又兜兜转转地想到了神中，这才发现屋外已是一片寂静，看来神中已经走远了。

第二天在学校考试的时候，他一直在想神中的请求，接着开始联想起午夜森林中的场景，不由得感到毛骨悚然，无心做题。他不禁后悔昨晚太过轻易答应了神中，要是再考虑考虑就好了。放学回家后，他开始复习第二天要考试的科目，可一想到晚上十二点要去雀森，便什么也看不进去了。

太阳落山后，他还在纠结到底该不该去，心里的两个小人一直你来我往地打着架。转眼时间便接近午夜了。他是个老实人，爽约之事到底还是做不出来的。再怎么不愿意去，他还是提前五分钟出了门。

厚重的云层几乎遮住了所有月光，冷风不停地袭来，夹杂着一股令人作呕的臭味，好在草木的清香让这臭味缓解了许多。不得不说，复习之余来此地散散步倒也是个不错的选择。只是他心中忐忑紧张，走着走着，左下腹开始慢慢胀痛，而且越来越严重。

路面看着有些苍白，右边的农田中有几户人家，但都熄了灯，四下漆黑一片。左边的水田黑如浓墨，新插的秧苗在微波荡漾的水中轻轻摇摆，四周蛙声一片。他沿着这条小路一直走到一个三岔路口，再往前走就是雀森了。

那晚的森林特别暗，他一走进去就不由得心跳加快。伸手不见五指的林中，只有石砌的洗手池旁的那个石灯笼的微弱光亮为他引导方向。说是洗手池，里面却不见一滴水，只有满满的落叶，看起来十分荒芜。

他难以理解，神中怎么会把他叫到这种地方来？

转念一想，又觉得真是自己吓自己，横竖一起长大的神中也不会对他生出什么坏心思，虽然这个心理安慰基本也没什么用。

"他来了没有啊？我还得回去复习呢。"

神中明知道他明天要考试，还非得深更半夜把他叫到这种诡异的地方来。他从最初的忐忑不安逐渐变得满腹怨言，也顾不上害怕了，脚下的步伐随之加大了许多。

"他应该是一个人来的吧。"

他顺着光线一直走到了石灯笼处。他平时也常来这里散步，累了就会走到旁边茅草屋顶神社的走廊处歇脚。他仔细一看，不远处站着一个穿白衣的人。

"他已经来了啊。"

他正想着……

"你来啦。"

神中转过身来看着他，脸色依旧煞白。

"是你啊。"

"不好意思啊，这么晚了还要你跑来。"

"没事，你要我帮什么忙？"

他只想快点解开心中的疑惑。

"小忙而已。你先拿着这个，然后把它绑在我左手的食指上。"神中说着，伸出了右手，只见他的掌中有一根白色丝线。

这不是小孩玩的游戏吗？他以为自己听错了，便确认道："把这根线绑在你的手指上？"

"嗯，然后绕上三圈，一定要绑紧。"

"这是咒语吗？"他的语气中带了一些怨气。

"也不算咒语啦。行了，你别问了，快绑上吧。"

"哦。"

他虽然觉得神中的举动有些愚蠢，但毕竟人家也只是让他绑根线而已，他便从神中手上接过了那根丝线。可拿在手里仔细一看才发现，那根本就不是丝线，而是一根搓长的小纸条。

"伸手。"

"谢谢。"

神中伸出了左手，他借着夜光一看，那手指白得几乎透明了。他依言将纸条在神中的食指上绕了三圈，然后绑紧。

"谢谢。"

"这样就行了吗？"

"行了，谢谢。"

"没别的事了？"

"嗯。"

"那我就回去了？"

"多谢了。快回去吧，明天我再去你家道谢。"

他越想越觉得神中像个傻子，便懒得再说什么了。他一路憋着气走回家中，心中不停地抱怨：神中这人也太荒唐了，大老远跑到仙台来就为了这么幼稚的事情吗？迷信，不可理喻！

第二天早上，他醒来后觉得浑身乏力，连起身都困难。可是考试十点就开始了，再怎么难受也要先忍着去考试。挣扎着起身后，他去院子里那口公共水井旁，想洗把脸。井边聚集了两三个妇女，拎着空桶，连水都还没打呢，就已经高声议论起来了。他暗暗叹了口气，心想每日例行的井边大会又开始了。

"听说是个穿着西装的人。"

"是哪里来的人啊？"

"谁知道呢，估计是遇到贼人了。"

"可我听说他身上一道伤口也没有啊！"

难道出了什么事吗？他一下子清醒了很多。身边站着一个北边邻居家的丰满妇女，她的丈夫是一个干体力活的劳工。他凑过去问道："出什么事了？"

"雀森死人啦！"

想到昨晚的事，他惊愕不已，不会是神中吧？

"雀森？"

"对啊，听说就在那石灯笼旁发现的尸体，那人穿着西装，看起来是个很有身份的男人。"

神中昨晚穿的是白色浴衣，若说是穿西装的男人，那八成是他人，可他还是觉得不放心。

"是病死的吗？"

"听说尸体上一道伤口都没有，估计是脑溢血之类的突发疾病吧。你也去看看吧。"

"嗯，我也过去看看。"

不去亲眼看看，终究还是不放心的。于是，他迅速抹了把脸，就直接奔向雀森了。初夏清晨，被朝阳照射得微热的空气在林中扩散开来。今天林中的人还真不少，一路走来，听到不少关于那具尸体的消息。他走得飞快，那些来看热闹的人瞬间就被他甩到了身后。

石灯笼前围着二十几个人。地上躺着一个人，全身被一张草席盖住了。他探头透过人群的缝隙看去，首先映入眼帘的是一双红色的皮鞋，鞋上还系着鞋带。那人的左手露在草席外，黑色的西装袖子下是一个肥大的手掌。但就是这个手掌，让他吓得魂不附体。因为这手掌的食指上绑着一根纸条，居然与他昨晚给神中绑的那根一模一样！莫非真是神中？他急忙将目光移向死者的头部。正好一个当地的老乡绅将草席掀开一角，露出了死者的脸。他连忙定睛看了看，那是一个年约四十岁的男性，脸形扁平，显然不是神中。他终于放下心来。可转念一想，死者的左手食指上为何绑有同样的纸条呢？这事定有蹊跷。

他想尽快见一下神中问清缘由，也免得自己老是心神不宁。但他那晚并未问清神中的住处，只能静待神中再次出现了。他回到租住的小屋吃了早饭，准备去学校考试。出门前，他对房东太太交代道："如果前天深夜来的那个人今天再来找我，请您转告他等我一会儿，我一点前就会回来的。"

"前天深夜？前天深夜有人来过吗？"

"大概十二点吧。您不知道吗？那是谁给他开的门啊？"

"不是我，兴许是我家老头吧，真是够奇怪的。"

"那大概就是房东先生了。"

说完后，他便去了学校。可是刚走到学校门口，就被同级的一个同学叫住了。

"喂，你脸色好难看啊，是不是身体不舒服？"

他这才想起早上起床时确实感到全身乏力，总觉得肩膀特别沉，像是扛着什么重物，头也有点晕。

"好像是不太舒服。"

"你的脸色太差了，别硬撑了，先回去休息吧，到时再补考不就行了嘛。"

说起来，他今天也确实没什么心情参加考试，于是他索性借着身体原因向老师请了假，并申请了补考事宜。回到家后，他发现神中并没有来，于是他麻烦房东太太帮他铺了床，躺下闭目养神，顺便等神中来。谁知等了一整天，也没见神中的踪影。转眼到了第二天，雀森出现尸体，且死因不明、身份不明之事刊登在了当地的报纸上。不过，谁也没有注意到死者手指上的那根纸条。这一日，神中也没来。到了第三日，报纸上终于有了案情新进展的消息。死者生前在岐阜市的一家报社担任主编。出事当晚，他在车站前的旅馆登记完入住信息后便出去了，据说留下一句话，说自己要出去拜访一个朋友，自那以后就音信全无。死者身份虽已确认，但死因依旧成谜。虽然神中与主编之间并无明显的交集，但主编手上的纸条还是让他忧心忡忡，他也不敢主动去警局交代情况。此后的几日，他每天都惶恐不安。他迫切地想见到神中，可等了这么多天，也没见对方来。又过了两三天，他觉得身体好多了，便回了一趟位于岐阜市郊的家。

到家后，他就听说了神中的遭遇。

就在突然去仙台的前几天，神中去过岐阜市的一家银行，一位朋友在那里工作，神中想拜托这位朋友帮他找份新工作，因为他上个月就被县厅解雇了。原来，神中的课长想要娶神中的妹妹为妻，可这位课长在男女关系上有些不检点，至今已经离过三四次婚了。神中不想让妹妹跳进火坑，便拒绝了课长，因此惨遭解雇。

神中与妹妹二人相依为命。神中在县厅工作的收入不多，所以妹妹便租了一台织布机来织布，以补贴家用。神中必须尽快找到新工作，否则家里很快就要揭不开锅了。神中四处托人帮忙，一位在银行工作的朋友对神中的遭遇十分同情，诚心诚意地帮他四处打听。一来二去之下，两人的关系变得越发亲密。

不久后的某一天，神中来到银行找这位朋友时，总觉得其他的银行职员用一种异样的眼光看着他。正纳闷时，朋友走了出来。

"你看报纸了吗？"朋友问道。虽然生活拮据，但神中平时还是会订阅报纸，只是今日报纸送来得有些晚，所以他还没来得及看。

"我家的报纸送来得晚一些。怎么了？"

"是吗……嗯，你好像遇到大麻烦了。"朋友从桌上递给他一份报纸，说道，"满篇的诽谤中伤，真是太可恶了。"

神中颤抖着看了一眼报纸，只见标题用硕大的粗体字写着"沦入畜生道的一对兄妹"。神中两腿发软，差点跌倒在地。稳了稳心神后，神中忍着怒火读完报道。全篇都是对他们兄妹二人的诋毁中伤，怒火中烧的神中只觉得天旋地转，两眼发黑。

"我了解你，你不会做这种事，这显然是无中生有。你可以告他们诽谤！"

但此时神中已经听不进朋友的劝慰了。他快速冲出银行，跑回家中。他头脑一片混乱，只有一个念头不停地在脑中浮现：不能让妹妹看到报道，否则后果不堪设想。

但太迟了，神中一打开房门，便看到了惨烈的景象——妹妹已经吊死在她织布的房间里了。神中含泪抱下妹妹，将她轻轻地放在客厅的地上后，便回到自己的房间自缢了。

神中兄妹惨死的消息传开，他经过多方打听，得知那位课长与死亡的主编关系密切。至此，雀森怪事终于真相大白。

不过，个中原委自然不被外人所知，所以仙台警方依然将此案定为悬案。

# 山村怪谈

故乡的女人和小娃娃们最怕的莫过于狸猫精和芝天狗了吧。

"谁家的那谁吧，昨天晚上好像被狸猫精给迷住了，鬼打墙，连家都没能回，在外头转了一整夜哪。"

"还有那谁，也被狸猫精给迷住了，在外头坐了整整一宿呢。"

"还有那谁谁，也不知怎么的就跑到谁谁家去了，直到被灌了杯茶才醒过神来。"

反正，只要是被狸猫精给迷住的人，要么就是在墓地里逛荡了一整夜，要么就是自己以为往家走，其实是直奔邻村而去，直到在渡口坐上船才醒过神来。诸如此类的传说，多得不可胜数。

关于芝天狗的事情，也夹杂着听到一些。据说它会化身成一个小娃娃，噌噌噌地跑出来，拦在一个刚在亲戚家酒足饭饱的老爷们面前，喊道："比试相扑吧，比试相扑吧。"

老爷们开始还觉得这小孩太狂妄了点，但真要和一个小孩子动气玩相扑就太掉价啦，所以就打算从旁边绕过去。不料，小孩子却伸开两手拦住去路，依旧喊着："比试相扑吧，比试相扑吧。"

155

这下子老爷们不由得有点动气，想看看将这小娃娃一把给摔出去后是怎么个样子。

"那就来呗！"

老爷们瞅见月光正直射在小娃娃的脸上，不由得龇牙一笑，一只手便直奔小娃娃的前胸拍去，打算直接把他击飞。不料，小娃娃纹丝不动，老爷们自己反而被震得摔了个四仰八叉。这下子一股邪火从老爷们心里冒了出来，他打算拦腰抱住小娃娃，直接把他甩出去。不料这次小娃娃身体一晃，让老爷们摔了个嘴啃泥。越是沾不到小娃娃的边，老爷们越是没法压住心里往外直冒的邪火，就越是纠缠不休。

到了第二天早上，经过附近的一群收围网的村民发现，这老爷们正在海岸边的松林里，和被村里人称为"大墓碑"的无主孤坟石碑大战三百回合。直到这时，老爷们才回过神来。

据说还有其他人也被类似的怪小孩挑战比试相扑，不过到了早上，他的对手就换成了一丛荆棘，而他在荆棘丛里浑身血糊糊的，依旧打个不止。

每到初夏，当麦草的茎秆变成淡黄色时，芝天狗就会出来，变着法儿地戏弄那些在野地里玩耍的少年。到了麦穗开始泛起黄晕，也就是金麦初熟之际，海岸边经常会涌起巨大的波涛。每当富含潮水气息的黏黏糊糊的风吹来之时，麦穗上的白色菜粉蝶便会懒洋洋地扇几下翅膀。在这个时节，那群少年个个都会玩到很晚，直到太阳西斜，才踏上归路。

与芝天狗多少有点关系的就是河童的传说了，这种怪物住在水洼或河流之中，有时还会把村里的少年骗到水里害死。遇到这种情况，人们就会说："那孩子是被河童圆光给掏了肠子。"

我们村的人给河童起了个名字，叫圆光。每到立秋前一天，人们就会把黄瓜丢到大海或者河流中，以祭祀河童圆光。


回到狸猫精这里。狸猫精除了会用法术戏弄人，还会玩附体害人。在我们村，会玩附体的除了狸猫精，据说还有犬神。我们这里的犬神和关东地区的双尾白狐仙应该是类似的，和普通的狸猫精、狐狸精只能上一会子身可大不一样。村里面甚至有户人家直接把犬神当小鬼给豢养了！成了家养神之后的犬神就会听从这家人的心意，想上谁的身就上谁的身。譬如说，这家人看到隔壁家的蚕长得好，不由得心生妒忌，于是犬神就会上隔壁家蚕的身，一夜之间就把蚕给祸害得半死不活，或者干脆上隔壁家某个人的身，直接把他给弄个五劳七伤。或者看到邻居家腌的咸菜色香味俱全，诱人食欲，却无法吃到嘴，于是犬神就会出动去把腌咸菜给弄串味，或者干脆上这家人的身，祸害一番。

要想驱除犬神，就必须找类似通灵行者的人来才行，还需要请所谓跳大神的人来祈福祷告。跳大神的人主要是女人，负责代替病人承受妖仙上身，而且她们大部分经验丰富，随时等人掏钱就出来办事。一开始，跳大神的往往静静地坐在病人身边，双手捧着通灵人准备好的杨桐树枝，树枝上则是贴着神符的祭神币帛。通灵人开始大声念咒，随着念咒声加剧，跳大神的那捧着树枝的手就开始颤抖，这就是犬神成功上身的标志了。接着，跳大神的额头上汗珠子扑簌簌地掉下来，币帛也跟着抖动个不停，杨桐叶子也唰啦啦地响个不停。接着神符被震成了纸片，四处飞散开来。通灵人看到这个光景，就会停止念咒，用一副居高临下的派头俯视着跳大神的女人喝道："何方神圣，报上名来！所居何处？"

"吾乃本乡之物。"

跳大神的用一种牛踩了羊脖子，羊快断气的声音答道。

若是高手的话，听到这话，立刻就知道对方的来历了，要不然还要多问一句："本乡本土又在何处？快快招来！"

"吾乃安右卫门家人。"

真令人吃惊，居然就是传说中豢养犬神的那家人吗?！不过有时也会遇到挺有骨气的妖怪。对那些打死也不肯吐露来处，甚至连自己是不是犬神都不肯说的，通灵人就要施展恐吓手段了。

"不说就让你尝尝地缚之术！"

"看道爷的咒法之术！"

话说到这个份儿上，妖怪也就坦白交代了。有时大家猜是犬神，实际上是狸猫精，甚至有时还有孤魂野鬼。

"来者何为？"

接着就要问上人家身的目的是什么了。有的是想要口饭吃，有的是贪图人家的什么东西，还有的甚至并没有什么怨恨，经过人家的门口时被狗追着吼了几声就上了人家的身。反正啊，上身的理由那是五花八门。

"既然如此，那就立刻滚蛋！"通灵人一声喝令。

"马上走，马上走。"

随着妖怪说出这句话，只见跳大神的女人顿时向后倒下，委顿在地。不过，很快她就晃晃悠悠地爬了起来，恢复了正常。也有些女人则是先向门口爬去，到了门口才倒下。

这些都算是好说话的妖怪，也有妖怪会说："此恨难消，以命抵怨！"

有些妖怪还懂得讨价还价："给俺几个饭团吧，只要送到俺住的那家门口，俺就离去。"

病患一家哪里敢不听呢？妖怪如果想吃腌咸菜，也得照样送过去。得了意外之喜的人家顺水推舟地表示感谢，而破费了的人家也只能打落牙齿往肚里咽。就这样，我们村也有人收到过八竿子打不到的人送来的礼物。

得了好处的那位喜笑颜开地说："这绝对是咱家的犬神弄来的！"

不过，到了现在，已经没什么人会对这种事情感到开心了，因为那些豢养犬神的人家婆嫁都成了难题。

"瞧瞧那家人的老太太，眼睛都会冒绿光啊！"

据说，凡是豢养犬神的人家的人，眼睛都会发光。我认识的那家养犬神的人家的老太太，眼睛里确实带着点神经兮兮的眼神。


我的家乡在土佐海岸，以前我家乡经常出现一种叫作风行神的神灵。原本前一天还空无一物的荒野或田地中，突然就冒出个小小的神龛，那些善男信女会在附近插上或红或白的小幡。

"邻村的风行神居然让瘫子走路啦！"

"有个瞎眼的朝拜者居然重见光明啦！"

种种关于风行神的传说就这样通过村民们的口四处传扬。至于风行神的真身，有的是不知哪位逝者的墓碑，有的是石头雕刻的地藏菩萨像，或者是狸猫精。而狸猫精出现的次数最多。

"那个风行神是某村的狸猫精。"

村民们甚至都知道狸猫精的尊姓大名。狸猫精之所以能成为风行神，是因为它经常上人的身，到最后它就会说："把俺当神供奉，俺就不再上你们的身啦！"

这样一来，它就开始接受村民们的香火供奉。

也不知是什么时候的事情，我们村有个叫甚内的大力士，每当有人被狸猫精给附了体，他就给这人从背部向肩部推拿一番，狸猫精就被逼出了这人体外。估计这令狸猫精很是光火吧，某个夜晚，当甚内经过一片树林的时候，一只狸猫跳了出来，喊道："甚内！甚内！"

甚内一看是狸猫精，就觉得它一准是来祸害人的，不由得收住脚步，考虑抓住它以后是该煮汤呢还是炭烤呢。

"甚内，我算怕了你啦。要不这样，咱们合伙赚笔钱，就当是化干戈为玉帛，怎么样啊？"

"怎么赚钱哪？"

"不难，我同伙去城里的浅井大老爷家上他家小姐的身，我们两个装成纪州的花冈神医去给小姐看病。等我们一到，我同伙就走开，大老爷肯定会重重酬谢我们。那些谢礼就送你啦。"

"那什么时候去呢？"

"说话就走呗，你跟着我就成，很快就到。"

从二人说话的地方到城里，不过三里[1]地罢了。

"那怎么去啊？"

"你等等我，我要先打扮起来。"

只见狸猫精从旁边的树上摘下几片树叶，沾上口水贴在身上，转眼间树叶就变成了衣裳。然后它又从缠绕在树根上的葛藤上折出一段来绕在腰间，葛藤顿时就变成了腰带。甚内以前也听说过狸猫化作人形前需要舔湿叶子贴在身上变成衣物，今晚头一次看到，不由得暗暗惊叹。转眼间，狸猫精就变成了一个仙风道骨的医生，

---

1　里是日本尺贯法中的长度单位，一里约为3.927公里。——编者注

连该有的药囊都没落下。

"你就替我背着药囊吧，装成我的徒弟就行。"狸猫精一边说着，一边递过药囊。甚内接过之后，就背在了身上。

"准备停当，咱们走吧！"

话音刚落，狸猫精就嗖嗖地迈步前行，甚内则紧紧跟在它身后。只觉得在黑暗中走了没一会儿，眼前就出现了城里人家的灯光。

"啊，这就到城里了啊！"

甚内不由得对狸猫精的速度吃了一惊。转眼间来到一座恢宏的大宅前，狸猫精医生迈步往前走，甚内跟在后面。很快又出现了一道巨大的玄关，门口已经有五六个仆人带着灯笼迎了出来。

"是花冈神医吗？"

"我就是花冈神医。"

迎接的仆人们一边奉承，一边扶着狸猫精医生的手往里走。甚内仿佛是在做梦一般，跟在后面。再往里则是一间巨大的会客厅，里面摆着无数珍馐美味。

"都是粗茶淡饭，您先用杯薄酒吧。"

一个仆人向狸猫精医生献上一杯酒，同时也给了甚内一杯，酒的味道真是无与伦比啊。

接着狸猫精医生说要去看看病人，便起身离席。甚内继续喝酒吃菜，但他不由得担心万一狸猫精失手，事情就没法收拾了，于是他忍不住抬起头来四处张望。此刻，隔壁的房间里传来阵阵细语声，听上去是狸猫精医生正在患者，也就是财主家的小姐的寝室里行医问诊。甚内想从纸拉门的缝隙间看看情况，却意外发现门上有个小洞，就将一只眼睛凑了过去。只见一个黑发美女躺在里面，狸猫精医生坐在她的枕边，握着她的一只手臂，好像是在诊脉。

甚内已经彻底被狸猫精给迷住了，其实他现在身处村后的山上，坐在被大家称为"观观石"的巨岩旁边，一个劲地朝一个小小的岩洞里张望。

过了不久，甚内就病死了。村里人都传说，正是因为他多次用推拿的手法赶走了上人身的狸猫精，所以才遭到报复而死。这是我在少年时代听说的一个故事。

在我的家乡，还有这样一个故事。有个男子某天夜里走路回家，看到一只狸猫精在往身上贴树叶，就不由得笑着说："这种变身法术太土啦，我可是随时想怎么变化就怎么变化的哦，要不要我教你啊？"

　　听他这么一说，狸猫精动了心。第二天晚上，狸猫精按照约定来到男子家中。男子拿出事先准备好的口袋，说道："只要钻进去，想变成什么都行。"

　　就在狸猫精钻进口袋的瞬间，男子飞快地将口袋扎好，狠狠地往地面一掼，狸猫精就此送了命。


　　有个青年武士对自己的剑术颇为自信，听说了狸猫精的传闻之后，就宣称要给狸猫精点颜色看看，于是一个人往山里去了。

　　没走多远，只见一个穿着华丽和服的年轻女子走了过来。武士不由得起了疑心，因为来这种荒山野岭打柴的女子应该不会穿这么华丽的衣服，而且还是孤身一人。等等，这女子莫非就是狸猫精变的？武士不由得偷偷望去，只见这个女子以和年龄极不相称的身形飘飘悠悠地在茅草丛和荆棘丛之间自由穿行，于是武士便暗暗下了决心，准备伺机出击。

　　这时，女子那张白皙而柔嫩的脸带着微笑慢慢靠近，青年武士也面带微笑等着她过来。

　　就在近身的那一刻，武士以迅雷不及掩耳之势拔刀劈向女子。女子悄无声息地倒下了，可尸体却没有任何变化，确确实实是一具少女的尸体。这下子武士慌了手脚，假如女子不是狸猫精，而是个大活人的话，世人肯定会嘲笑他有眼无珠，连人和狸猫精都分不清。真到了那种地步，他也没脸活在世上了。一边想着，他一边守着女子的尸体，看看有没有变化。

　　紧接着，三名穿着侍女服饰的女子走了过来，武士顿时慌乱起来。侍女模样的女子渐渐靠近，其中一人问道："您刚才有没有看见我们家公主从这里经过啊？"

　　听到自己砍死的居然是一位公主，青年武士顿时有种天塌地陷的感觉，仿佛被一盆冰水从头淋到了脚底。

　　"哎呀！这不是公主嘛！怎么成了这个样子……"

　　话音未落，一名侍女瘫坐在地，紧紧抱住公主的尸体，另外两名侍女也哭叫着围了上去。

青年武士呆立着，不知该如何是好。发现武士手中还握着带血的刀，其中一名侍女一把抓住武士的手喊道："你这个歹人，与公主有何冤仇，为什么要对公主下如此毒手?!"

就在武士手中带血的刀滑落于地的时候，一名身穿猎装的武士带着五六名侍卫走了过来。

"啊，领主大人来啦！"

紧抓着武士手臂的侍女喊道。猎装武士循着侍女的喊声走来，不错，他正是当地的领主。

"出了什么事？"领主问道。

"这个歹徒，居然杀害了公主殿下！"

侍女一边说，一边望着尸体，眼里满是怒火。青年武士顿时吓得六神无主，跪倒在地上，脸几乎扎进了土里。

"该死的贼子！为何要杀害我女儿?!"

"这实在是误会。"

"为什么要杀我女儿？你说啊！"领主大人的话音里带着哭腔。

"我是想替惨遭祸害的百姓除掉狸猫精……"

"蠢材！连狸猫精和人都分辨不清吗？你这种人，简直是武士的耻辱！唯有砍了你的脑袋，替我女儿报仇雪恨！"

领主握住侍卫捧着的宝刀刀柄，一声脆响拔出了利刃。武士觉得死在领主手上就能以命抵命，偿还罪责，便下定了必死的决心。

一阵"刀下留人！刀下留人！"的呼叫声传入耳中，似乎有人在恳求领主停止行刑。

"领主大人，老衲不知此人身犯何等大罪，只是恳求您看在老衲的薄面上，饶他一命吧……"听话音，此人像是领主极为信赖的大法师。

"虽说他杀害了我女儿，罪不可恕，但是看在大法师您的面子上，我可以饶他不死。"

"领主大人宽宏大量，老衲不胜感激。既然如此，就让他从今日起成为老衲的弟子，日日为身故的公主殿下祈福祷告吧。"

接着，大法师走到青年武士身边说道："我家领主宅心仁厚，阁下的性命现在托付给了老衲，从今日起，你就作为老衲的弟子出家吧。"

青年武士原本以为自己活不过今日了，没想到有了一线生机，顿时喜出望外，毫不犹豫地一只手拔出小刀，另外一只手抓住自己的发髻，咔嚓一刀将发髻齐根切断。

等到被经过的村民们的说话声惊醒之时，青年武士才发现，他一个人孤零零地坐在荒野之中，已然被剃成了一个大秃瓢，在一堆乱发边合掌念佛呢。

# 被火烧死的神明

一

据说古时候，天津神、国津神、山之神、海之神、木之神、草之神等众神经常降临人间，和人们生活在一起。

那时候，伊豆国一带有一位神明被当地百姓奉为来宫上神，备受尊崇。

因为各种传说中都没有出现过对这位神明的详细描述，所以人们无从知道他有着怎样的仙风道骨。只知道他无酒不欢，仙体高大，面色赤红。他的腮边有两团垂肉，一副慈眉善目、正气无邪的法相尊容。

一日，这位来宫上神照例喝得酩酊大醉，才跟跟跄跄地往回走。虽然时值年关腊月，天气清冷，但是来宫上神美酒下肚之后，身上无比舒畅暖和，根本感觉不到丝毫的寒意。

"哈哈哈，真是好天好地好心情啊！不过，我看路上的这些凡间百姓，为什么一个个都缩着脖子，鼻涕横流，一副萎靡不振的样子？这究竟是怎么了？"

来宫上神心下不解，但是心情敞亮。他透过蒙眬的醉眼，看到路旁干黄的枯草中已经钻出了水嫩水嫩的绿芽，黄叶落尽的秃树枝上已经开出了鲜花。

"这么好的日子，这些人怎么一个个还是愁眉苦脸的？"

来宫上神一路胡思乱想，就这么走走停停。当地的百姓见来宫上神踉踉跄跄的样子，也议论纷纷。

有人说："看来今天来宫上神心情好，又出来散步了。不过这天寒地冻的，可别冻着了呀。"

还有人笑着打趣说："都是美酒的功劳啊。美酒下肚，寒暑不顾嘛。不是都说了嘛，酒可是天之美禄呀。"

百姓议论归百姓议论，来宫上神一边兀自悲悯着世间百姓在寒风中劳苦奔波，一边醉醺醺地回到了自己的仙居附近。说是仙居，其实是树林中的一处神社，入口处有一座破旧的木制鸟居。走到这里，酒劲袭来，来宫上神已经昏昏欲睡了。

"哈——好困，好困。困死了。"

他迷迷糊糊地走到鸟居下方，再也不想多走一步，于是索性就地躺倒，睡起觉来。

说来也巧，这时正好有两个路人经过此地，也在鸟居附近逗留休息。由于天气实在太冷，其中一位路人建议道："喂喂，天太冷了，生一堆火烤烤怎么样？"

另一位路人听了，立马附和道："当然好了，就这么办。"

于是两人各自从林子里捡回了一些枯枝败叶，又从腰里取出火石，咔嚓咔嚓地将枝叶点燃了，探头拢在一起烤火取暖，一边有的没的说些闲话。正说笑间，突然刮起一阵大风，吹得火星四溅。

"糟糕，快灭火！"

"要是烧到山上，可不得了！"

两个路人一看情况不妙，赶紧慌里慌张伸脚一通乱踩，想要踩灭蔓延的火势。可是，火借着风势烧得太快，眼看着点燃了旁边的枯草，很快又烧到了林子里的树上。两个路人彻底乱了阵脚，急急忙忙各自折了根树枝，想要把火拍灭。没想到，火越烧越旺，最终演变成熊熊大火，已经回天乏力了。

"完了，完了。如果被山下村子里的人发现这火是我们造成的，那就全完了。"

"你说得对。我们也别救了，赶快逃命吧。"

两人眼看无力回天，只好溜之大吉了。话说当时来宫上神有一只雉鸡侍者，颇通灵性。它看到大火往树林里神社的方向蔓延，惊骇不已，急急忙忙跑回大殿，却也只能看着大火干着急。同时，它又担心来宫上神的安危，于是赶紧返回鸟居来寻找主人。到了鸟居一看，来宫上神正躺在地上睡得鼾声如雷，好不逍遥自在。都快火烧眉毛了，还能睡得这么安稳，唉，这主人的心可真够大的。雉鸡侍者真是服了。可是情况危急，没时间再磨磨叽叽了，得赶紧叫醒上神才是。

"不好啦，不好啦！上神，着火啦，快醒醒啊！"

雉鸡侍者一边拼命摇晃上神，一边大喊大叫。可是来宫上神依然睡得昏天黑地，丝毫没有要醒的意思。火势蔓延得很快，转眼就烧到了跟前，眼看就要烧到鸟居来了。雉鸡侍者心急如焚，可是又叫不醒上神。

"不好啦，不好啦！上神快醒醒，快醒醒啊！着火啦，着火啦，上神！"

雉鸡侍者急得上蹿下跳，好不容易摇醒了主人，可是来宫上神只是迷迷糊糊地哼了几声。雉鸡侍者心想，得一鼓作气把主人叫醒才行，于是它继续喊道："上神快起来，着火啦！火烧过来啦，不得了啦！"

雉鸡侍者好一阵折腾，总算把来宫上神弄醒了，可是上神还是睡眼惺忪地嗯了几声。

"别再嗯啦！着火啦，不得了啦，快起来啊！"

"哎呀，吵死了。谁呀……"

"这时候就别计较是谁了，没时间啦。上神，快起来，大事不好啦！"

"是雉君？"

"是我是我。求求您，快快起来，大事不好啦！"

"出什么事了，值得你这么大惊小怪的？先别急，我喉咙渴得厉害，先去给我倒一大杯水来。"

"哎哟，您怎么还惦记着喝水呀。再不走，就要被烧死在这儿啦！"

"喝点水怎么能烧死人！别唠唠叨叨的，快去倒水。"

这时候，火已经烧到鸟居来了。雉鸡侍者急得快要疯了，可是来宫上神体形庞大，它拖也不是，抱也不是。雉鸡侍者吓得脸色苍白，说话结结巴巴。

"快……快起来，不然就要被烧死在这儿了……快……快……"

"你到底怎么啦？慌里慌张的。"

当来宫上神终于神志清醒，抬起头四下一看时，鸟居外面已经完全淹没在火海之中了。这回，就算是本事通天的来宫上神，也慌了神。一切都为时已晚，上神已经被包围在火海之中，无路可逃。

当地百姓纷纷赶来灭火，最终把来宫上神救回了神社。虽然大家对上神精心照料，但上神终究因伤势过重，不久之后便撒手人寰……

二

这位来宫上神曾经居住过的地方，就位于今天静冈县加茂郡下河津村的谷津地区。有一年，大概是十二月二十日前后，我曾经前往伊豆半岛的下田地区游历，就住在谷津。

谷津这地方因为有温泉，所以颇负盛名。我在下田搭乘公共汽车出发，中途还经过了著名的共产村——白浜村。

在河津川下车，往川土手方向没走多远，便是谷津。那附近过去曾是河津的庄园，根据《曾我物语》[1]记载，那里是一处很有历史底蕴的地方。在道路左侧可以看见一座石头砌成的鸟居，后面有一座神社，叫河津八幡宫。那里原本是祭祀天儿屋根命大神的场所，后来成为河津三郎祐泰[2]及其儿子祐成、时致三人的合祭祠堂。那里还有一条叫作"馆之内"的间巷，据说就是祐泰住宅的遗址，里面至今还保留着一块据说当年祐泰用来练臂力的石头。

我到达谷津的时候，正好是中午。我住进了一家温泉酒店，准备另外找一个能舒舒服服地泡个温泉澡，并顺便好好喝上一杯的地方，但是一时人生地不熟，也不知道上哪儿去找这么个好地方。我正要找个人打听打听，赶巧就有一位似乎是温泉酒店服务员的女子从眼前走过。

"你好，请等一等。"我赶忙叫住她问道，"请问这附近有没有什么像样的休

---

1　镰仓时期的物语故事作品。——编者注

2　镰仓时期的伊豆豪族，在领地之争中被杀。——编者注

闲地方？"

"这个嘛，我也不知道哪里好。"她随口答道。

她大概是不好意思直接夸赞自家酒店好，但是也不想把到手的客人白白介绍给别家，这点小心思我还是能猜到的。于是，我干脆直接问道："姐姐，你家在什么地方？"

女子听问，高兴地说："就在中津屋。"

我立马决定跟她到中津屋去。我跟在她后面走了一段路，跨过一座小桥后往右拐，然后折进一条小胡同，就到了温泉街。

到了中津屋，我扎扎实实地泡了个温泉澡，然后擦干身子上了二楼，正站在柜台前翻看客人的留言簿，领路的女子走上前来问道："先生，午饭想吃些什么？"

我泡完温泉，肚子早就饿得咕咕叫了，便赶忙订了饭菜，然后交代女子道："顺便给我拿瓶酒来。"

没想到，女子抿嘴一笑，说道："很抱歉，今天是来宫上神祭，先生也知道的。"

我一脸茫然道："我不知道啊。来宫上神祭怎么了？"

女子又抿嘴一笑，嗔怪道："别逗我了，先生肯定知道的。"

我有点急了，一本正经地说道："我真的不知道！到底怎么回事？喝个酒和来宫上神有什么关系？"

"原来你真不知道呀。以前我们这儿有位来宫上神，他很喜欢喝酒。有一次，他喝得酩酊大醉，躺在野外睡着了。结果，山上起了大火，火势一直蔓延到鸟居附近了，来宫上神还在呼呼大睡。他的雉鸡侍者卖力地叫了老半天，也没能叫醒他。最终来宫上神被大火烧伤，不治身亡。从那以后，我们这儿就流传下来一个风俗，从每年岁末的十七日夜里十二点开始，整整一周时间，禁止喝酒。"女子笑眯眯地介绍道。

"原来是这样啊，来宫上神真够惨的。"

"所以咯，真的很抱歉。每当遇到来宫上神祭的日子，我们这一带就禁止饮酒。"

"那么，那些没酒就活不下去的酒鬼怎么办？"

"那他们只好到别的村去咯。"

"明白了。看来，今天无论如何是喝不成啦。"

"实在抱歉……"

我虽然肚子里的酒虫作怪，心痒难耐，但是入乡随俗，也只得作罢了。

"既然这样，那就没办法了，我吃点饭吧。"想了想，我又自我打趣道，"不过，要是每个月都禁一次酒，还是能省下不少酒钱的，哈哈哈……"

虽然没喝卜酒，饭饱之后，我还是离开了中津屋，来到河津川，越过河上的大桥往上游走去。那里有一片四周农田环绕的森林，里面就有一座来宫神社。

既然来了，不如去看看来宫上神。

# 怪谈会异事

　　故事发生在大地震之前。当时，在白画堂三楼，举办了一场别开生面的怪谈会。有许多名人雅士出席，像是泉镜花、喜多村绿郎、铃木鼓村、市川猿之助、松岐天民等。华灯初上，主人用莲叶为众人盛上了红小豆糯米饭，而且还特地关了电灯，点起了一盏盏红灯笼。房间的一侧搭起了高高的讲台，所有说故事的人都登上讲台，或急或缓，对台下众人娓娓道来。

　　前面几个人讲完几段奇人异事之后，紧接着上来一位穿着西装，身材肥硕的男子。不用说，他就是万朝报社的记者。

　　"不瞒诸位，我今天讲的这个故事是我家族中的一段真实秘史，一直以来都是严禁外传的。不过嘛，我想既然是陈年往事了，说出来大家听听也无妨。说起来，大家或许都多少听闻过田中河内守被暗杀的那桩公案。不错，刺客正是鄙人的祖父……"

　　说到这里，刚才还口齿清晰的说故事者突然就变得前言不搭后语。在座的人都大为吃惊，不可思议地看着台上的记者。就在这时，记者在众人眼前向前栽倒，从台上摔了下来。会场顿时乱成一团。后续的怪谈会，大家也都听得心不在焉，索然无味。原本要彻夜举办的怪谈会，左走了一人，右走了一人，到了十二点，竟然已经人去楼空。一场好端端的怪谈会就这么草草收场了。而那位记者，据说是脑溢血发作，不过三日，就一命呜呼了。

以上事情，可都是市川猿之助先生亲述的，绝无杜撰。

收录于作者一九二三年出版的怪谈小说，
该作品为作者所著的日本怪谈小说集。

㊃

# 匣中传奇

# 櫃の伝説

原稿现存于日本九州佐贺中古书店，
于首版五十八年后由"悉桑派"译者探访获得。

# 拜海神

一

负责修缮工程的奉行[1]一木权兵卫，正在一名属下的陪同下巡视工事现场。此处正在修建室津港。土佐的海岸线向内凹陷，形似镰刀。在土佐的东南角，就是俗名大鼻子的室户岬。在室户岬以西半里的室户，原本有一个老旧的港口，宽文年间（一六六一年至一六七三年），土佐世家野中兼山派人修缮。虽然经过修缮，但港口还是太小，只能进出渔船，所以在延宝五年（一六七七年），藩国又在其东边的室津新建港口，权兵卫受命督工。

野中兼山曾派人修缮的室户港，早在《土佐日记》[2]中就有提及，里面说"十二日，未雨……由奈良志津[3]未至室户"，纪贯之在此泊船十日有余，后称之为室户港，如今则叫津吕港。兼山修缮这里时，权兵卫作为兼山的部下代为监督工

---

1　日本古代官职名，即政令执行者。——译者注

2　日本平安时代初期的随笔作家、歌人纪贯之的作品。——编者注

3　奈良志津是日本古地名，在今天的奈良一带。——译者注

程进展。权兵卫是土佐郡布师田生人,原本只是兼山身边的杂役,兼山奉命在藩国各地兴土木之事,辟不毛之地,疏通水道,权兵卫一直在侧辅佐,一来二去,习得不少技术。

权兵卫受命建造新港后,首先在浮津川下游和入海口之间修筑了堤坝截流,又在海港开口处立起大木,沉入沙袋,修筑防波堤。将港口围起来之后,便开始挖掘。原本在权兵卫的计划中,港口东西长二十七间,南北长四十二间,满潮时,水深一丈[1]。但工程开始后,人们发现此地沙质细软,实在不适合开设港口,工程进展并没有想象中那般顺利。

一筹莫展的权兵卫沿着东边的堤坝行走。五十二岁的他,那张原本端正的脸庞在南国强烈的阳光和潮湿的海风的摧残下变得干黄,斑白的头发也所剩无几。此刻他身穿打裂羽织[2],下着义经袴[3],若非腰间佩带了武士的大小刀,便真的和当地的渔民无异了。

一晃已是延宝七年(一六七九年)春。港口处正对着碧蓝色的大海,海面一望无际,岸边则怒涛拍岸,浪花胜雪。港口左边是室户岬,右边是行当岬,二岬中突出的丘陵成了一段蜿蜒的海滩。之前围起的堰堤中,海水干涸,化为泥潭。在赤红色的泥水中,数百名工人正挖沙碎石,绵软的挖沙声和清脆的碎石声伴随着声声海浪,不断搅动着人们的神经。挖出的沙子和已经砸碎的礁石不断被运出,站在堤坝上远眺,仿佛一群蚂蚁在搬运食物一般。

这一切热火朝天的景象,权兵卫都看在眼里,他的眉头舒展了许多。工事上不顺利的状况现在有所缓解,从前年末就开始的港内挖掘已经完成,剩下的最后一道工序就是清除这里的礁石了。但是礁石远比想象中坚硬,以当时的条件,人们只能用各种各样的铁锤将其逐一砸碎后运出,这也是清除礁石工序延误的重要原因之一。

---

1　丈是日本尺贯法中的长度单位,一丈约为3.03米。——译者注

2　武士穿的一种外褂,为方便带刀,腰际下部没有缝死。——译者注

3　裙沿有褶皱装饰的下装,穿着时搭配白色腰带。——译者注

堤坝的外围，海鸥成群飞舞，白色的羽毛被夕阳染得金黄。尽管陆地上已豌豆花开，麦子抽穗，但海风依然寒冷。权兵卫小心翼翼地避开沙石走着。运沙者肩挑两个箩筐，运石者则两人一组，共挑一个大竹篓。工地上除了响起"嘿哟嘿哟"的口号声之外，还夹杂着"是它""吓人"之类的话语声。

权兵卫手下有个叫武市总之丞的下属，只见他小心避让运石的工人们，急忙赶来，好像有事禀报。

"您听说了吗？"

"听说什么？"

"大家都传开了。"

"传开什么了？"

"'是它''吓人'之类的话。"

"确实有所耳闻，那些传言到底说的是什么？"

"说的应该是那块大礁石。"

在港口处确实横着一块大礁石，只要把这块礁石清除掉，这一阶段的工作就可以完成了。

"那块礁石怎么了？"

"这几天工人们都说，那块礁石归龙王管，怎么砸也砸不碎，就算砸碎了，第二天它也会恢复原样。"

"是吗？还有这样的事？"

看着同样被阳光和海风摧残得一脸干黄的总之丞，权兵卫的脸上露出了嘲笑的神情。

"这世上哪有什么神佛，你可真傻。"

权兵卫停下了脚步。

"等一下大人，炼铁屋的老太太、海鬼、七人御先什么的，大家都说见过，还有弘法大师的石芋，这些总不能都是假的吧。[1]这世上真的有神仙。"

---

1　此处提到的都是日本民间的一些传说。——译者注

"真有吗？"

"有吧……"

总之丞的声音弱了下来，什么也不说了，他知道权兵卫天不怕地不怕的个性。权兵卫迈开了脚步，总之丞默默地跟在后面。

二

迎面走来了六七个人。权兵卫生怕挡到这些运送碎石的工人，赶忙闪到一旁让路。领头的壮汉背上背着一个伤员，伤员的手臂已被衣服一圈圈地包扎，正绵软无力地架在壮汉旁边的人的肩上。在壮汉身后，还有两个人挑着一个大竹篓，竹篓里是另一个伤员。这个伤员躺在大竹篓里，头部和一条腿都被衣服包扎住了。用来包扎的衣服已被鲜血染透，伤员肢体的一端已经变得青紫。

"喂，这是怎么了？"

权兵卫看着这一行人问道。走在竹篓旁的一个矮胖的工人见状，跑到权兵卫面前。他叫松藏，是个小工头。

"到底怎么回事？"

"他们从礁石上掉下来了。"

"掉下来怎么会摔得这么惨？"

"可能是倒霉吧，掉下来的地方有个锯齿，他们当不当正不正，正好掉到那上面了。"

"是这样啊。"

此刻这一行人走到权兵卫面前停下。

松藏盯着壮汉背上的伤员被包住的手臂："马虎的手断了。"然后又看了一眼躺在竹篓里的伤员："银六的头受伤了。"

那个叫银六的伤员在竹篓里痛苦地哼哼了几声，权兵卫见状，实在于心不忍。

"真是太可怜了，快点送去医治吧！"

"马虎在我们这里就可以医治，银六的伤很重，必须要送到安田去，我们送他去吧。"

"行，快点送去吧！"

"是，大人。"说完，松藏又想起了什么，"快点送去吧，安吾去趟工地，找早川要名牌。"

安吾一直站在后面，是个六十岁左右，瘦骨嶙峋的老头。

"行，我马上去。"

安吾爽快地答应，一行人也急忙上路。权兵卫立在原地，目送他们走远。这时，松藏朝权兵卫贴了过来。

"大人。"

松藏的声音很小，好像生怕被别人听到似的。

"怎么了？"

"有人说有怪事发生。"

"什么样的怪事？"

"要说是什么样的怪事，反正就是很怪。您听说了吗？"

旁边的总之丞呆呆地看着他们俩。

松藏看了总之丞一眼，说道："武市大人，您听说了吗？"

总之丞听到松藏和自己说话，赶忙凑过来。

"你是说那个吗？"

"那个？您说的'那个'和我说的'那个'是一件事情吗？"

"是那块礁石吗？"

"已经有人告诉您了吗？"

"也不算是告诉，看来你说的就是那块大礁石的事吧。"

"是的，大人。"然后，松藏看着权兵卫问道，"那您已经知道了吧？"

权兵卫点点头。

"刚才总之丞是和我提了一嘴。怎么，有人亲眼看到了什么吗？"

"小人倒是没亲眼看到，但是听到许多传闻。这事在工地里都传开了。比如说什么用石斧砸一下礁石，礁石居然流起血来。前一天已经砸下去的部分，第二天又恢复了原状。还有个人晚上喝醉了，迷迷糊糊地走上礁石，听见礁石上有声音，抬头一看，上面竟有五六个小和尚，念叨着听不懂的话。他大声喊了一嗓子，这些小

179

和尚就像水獭一样跳到海里去了。反正就是好多怪事。"

"嗯。"

"这几天陆续有人受伤，事到如今，大家都说什么礁石里住着龙王啊，礁石是龙王的宝贝，动不得啊之类的。"

"已经到了这种程度吗？"

"其实从前天开始就有人受伤了，不过都是石头碎片眯了眼睛，指甲掉了，手被锤子砸到之类的，算不上什么大事。但今天出了这样的事，大家都很害怕，谁也不敢接着干了。马虎和银六出事的时候，我也在旁。这俩人爬上礁石开工，怎么就那么巧，俩人挥挥锤子，就掉下来了。出了这档子事，银六怕是挺不过去了。"

"真是可怜人。他家里父母还在吗？"

"上有老娘，下有妻子和一个小孩。"

"家里有田吗？"

"倒是有块巴掌大的田，没事种点菜，但平时他还是靠出海打鱼为生。"

"这可真是太可怜了。他人要是没了，家里人可怎么办？算了，这都是后话，现在赶快把人救回来。"

"是，大人。"

"对了，手断了的那个现在怎么样？伤得严重吗？"

"那个已经送去安田的接骨先生那里了，估计要个把月才能好。"

"虽然性命无忧，但也怪可怜的，好好照顾他，有什么事情尽快通报。"

"多谢大人关心。"

安排完，权兵卫把目光转向了港口的方向。在那里，那块釜形大礁石如同一座小山般耸立海中，上面已看不到人影。

"我们去那边看看吧。"

说完，权兵卫就往礁石的方向走，松藏和总之丞跟随其后。

三

权兵卫径直往大礁石顶上走。原本在大礁石上干活的工人们现在怕出事，都跑到了大礁石右边已经被砸得差不多的礁石处，这里水深没膝，潮水已被染为泥黄色。

铁器敲击礁石的施工声声声清脆，权兵卫循声望向施工的工人们，马上又看了一眼松藏。

"松藏。"

"在，大人。"

矮个子的松藏马上跑到权兵卫身边。二人并肩站立，显得权兵卫更为高大。

"松藏，礁石流血，小和尚跳进海里，这些传闻都是迷信。迷信虽荒谬，但世间确有神明。神明在世，绝不行恶事，而是施惠于人，保一方安定。所以，行善事，神明必有褒奖。修筑此港是为了辟航路往来于荒海，故神明不会因此发怒。其间未遭遇狂风怒涛，即为明证。所以，只有尽早移走礁石，早日筑成港口，神明才会高兴，才不会降罪于我们。你觉得呢？"

"是。"

松藏应了一声，但除此之外，什么也没说。总之丞见场面尴尬，不得不应和。

"神明守护一方生灵，不会作恶。我们也是为了一方百姓，才修建这个港口，所以神明不会为难我们的。"

权兵卫微微点了点头。

"就是这个意思。"权兵卫看着松藏说，"你明白了吗？"

松藏虽然有些不解，但大概懂了是什么意思。

"明白了，大人。"

"也就是说，我们不需要害怕，接着干活就行了。"

"对，就是这个意思。"

"你明白了，就通传下去吧。"

"是，小人立刻去告诉大家。"

"快去吧。"

"是，大人。"

松藏利索地跑下礁石，权兵卫和总之丞站在礁石上默默往下看，只见松藏的身影一点点变小，最后跑到了下面。然后，本来在干活的工人们一点点聚集到松藏身边，有些人连手里的铁锤都没有放下，明显是被叫了过来的。

松藏身边聚集了大约五十个工人，他们围成一圈，松藏则站在中间说着什么。

这群工人里不时有人发笑，露出一口黄牙。这一切都被权兵卫看在眼里。正看着，工人们似乎听完了松藏的传话，各自散开了。

这时，总之丞对权兵卫说道："话似乎讲完了。"

"嗯。"

权兵卫放眼看向工人们的方向，总之丞也跟着看。工人们听完传话，三三两两地返回右边的碎礁石处。不久，叮叮当当的碎石声又传来了，但没有一声是从权兵卫脚下的这块礁石传来的。

"没有人回来啊，是没听懂那番话吗？"

"我也不知道，难办啊。"

"都是些粗鄙之人，不懂这些大道理。"

"嗯。"

权兵卫无奈地闭着眼叹了一口气，总之丞站在旁边不好说什么。这时，陆地方向有个人跑上了堤坝，他是工地里的小工，是个叫武次的年轻小伙子。

"大人，一木大人！"

武次大口地喘着粗气，满头大汗地跑来。

权兵卫看着武次问道："出什么大事了？"

"何止是大事，来大人物了！"

权兵卫一下子睁大了双眼。

"什么？大人物？"

"二三十个人骑着马来了，好大的阵仗呢！"

"是藩公[1]来了吗？"

"是潘工还是安宫[2]，我也没听清楚，但听说是从高知城里来的。"

---

1　藩国的领主。——译者注

2　"潘工"和"安宫"都是"藩公"的谐音，这里表示工人见识不多，不知来的是藩公。——译者注

"真的吗？如果是真的，我得赶紧去迎接。"

"早川说让我们快点，他那没牙的嘴到处放风，搞得人心惶惶。"

"别胡说！"

权兵卫一边斥责，一边急忙赶往陆地方向。这时，运沙石的工人们也发现了远处的骚动，一齐看向陆地方向。权兵卫从议论纷纷的人群中穿过，朝陆地走去。

海岸的沙石中杂草丛生。这里地势和缓，登顶后有一片松林，本次工程的大本营就在松林之中。大本营前方是一处低矮的山丘，那里有一座叫作律照寺的寺庙。从海滨的方向看，这座寺庙是被挡住的。律照寺乃是四国巡礼二十五番的纳经所，本来是室户岬丘麓处的最御崎寺的别院，平时人们都叫它津寺。

权兵卫离大本营越来越近。到达后，他发现前方有两匹马，旁边站着两个戴着大斗笠的武士。他们身着旅装，看上去风尘仆仆。他们身边围着几个权兵卫的下属。权兵卫急忙赶过去，发现眼前之人竟是家老[1]孕石小右卫门。

"您一定是家老大人吧。"

"哦，你就是权兵卫吧。"

"正是小人。小人听闻大名大人大驾至此，想必舟车劳顿。"

"啊，大人突然要微服私访，今早自城门而出，所行甚远。"

"从城中至此有二十里，必定劳顿。不知大名大人此行为何呢？"

"来东寺。"

东寺便是最御崎寺，此处是四国巡礼二十四番的纳经所，空海和尚[2]年少时曾在此处参禅修法。

"小人之后必去拜见请安。"

"今日来了也好，明日大人就会到达这里。"

"明白了，那小人今日便在此等候。"

"可以。"然后，小右卫门突然像嘲笑什么似的，朝着港口方向抬了抬下巴，

---

1　藩臣的大管家，地位极高。——译者注

2　日本佛教真言宗创始人，谥号弘法大师。——编者注

问道: "权兵卫, 你在挖池子啊? 那里是要养鲤鱼还是鲫鱼?"

这话既讽刺权兵卫开设港口无用, 又讥讽他延迟工期。小右卫门看了一眼同行的武士。这是马回[1]大岛政平。

"政平, 你说是不是啊?"

政平微微一笑。

"原来如此。"

"看起来养锦鲤也不成问题啊。"小右卫门又瞥了一眼权兵卫, "现在就差下场雨了。"

权兵卫立刻明白了小右卫门的弦外之音。在权兵卫呆住思考的时候, 小右卫门和政平二人已乘上了马。

"权兵卫, 好好挖池子。"

权兵卫反应过来, 正要恭送二人, 二人已经骑着马走了。权兵卫刚要追, 一直在远处的总之丞凑了过来。

"家老大人怎么说的?"

权兵卫看了总之丞一眼, 什么也没说。


四


权兵卫回到了自己在工地上的卧房。这个卧房大小八叠, 虽然乍一看里面铺了榻榻米, 还装上了拉门, 但实际上不过是木板围成的简陋小屋, 从外面看和山中猎人搭建的板房无异。屋子的一角放着叠好的被褥、装衣物的竹筐和放置铠甲的箱子, 在仅仅三尺的睡觉处, 挂着天照大神的画卷, 下面则是插了神树的窄颈瓶。权兵卫走到放置在睡觉处的小桌前, 小桌上放着好几本半开大小的横翻的大账本。

权兵卫若有所思, 沉默了一会儿之后, 又好像想到了什么, 于是他拍拍手, 不远处很快就有了回应。用木板隔出的走廊上出现了一张年轻的面孔, 看起来是个小

---

1 日本战国时代, 大名军阵由大名本阵和若干独立军团组成。马回为本阵警卫力量, 负责本阵指挥机关的安全。——译者注

兵，他叫矶山清吉，是权兵卫的下属。

"您刚刚叫我了吗？"

"是。"

"您需要我为您做些什么呢？"

"总之丞在哪里？"

"他往海滨方向去了，您要找他吗？"

"这样啊，不是总之丞也可以。我要为神明办一个祭礼，需要一个白木台……啊，想起来了，开工的时候已经做了一个。那就去找山鸡或者野鸟，要是找不到，就买两只鸡来，要一公一母。顺便买些橘子和柿子，还有山芋和白萝卜，这些都能从附近的农村找到。然后还要币束。快去找大家，让大家一起帮着找。"

"祭礼何时开始呢？"

"今晚就开始，所以你得尽快。"

"您准备在何处办呢？"

"当然是港口那边，找到供品之后，在港口那里张幕立台，好好做准备。"

"卑职明白。"

清吉刚要走，又被权兵卫叫住了。

"等等！"

"是。"

"准备的时候，放供品的台子一定要面向海面而设，总之就是对着大海的方向。"

"卑职明白。"

"再找点火把。"

此刻太阳只差一点就完全沉到地平线之下了，清吉领了这些任务，急急忙忙地跑出去了。权兵卫架着手臂陷入了沉思。这时，武次又急急忙忙地朝走廊跑了过来。

"禀告大人，水烧好了。"

听到这话，权兵卫抬起了头。

"烧水？"

"我刚才就想着一会儿能用上，您快洗个澡吧。"

"我今日不洗了，让今井去洗吧。"

"今日来了大官，您怎么也该洗洗澡吧。"

武次一边嘟囔着一边走了，权兵卫脸上露出一丝苦笑，然后马上恢复了面无表情的样子，重新陷入沉思。

这时海滨方向响起了螺号的声音，这是让工人们停下手里工作的信号。工人们听到号声，陆续停下了工作。人群中开始出现议论声。这些工人有本地人，有邻村人，还有人从很远的地方来，现在要借住在工地的宿舍中。

五

天很快黑了。这一晚夜空无月，伸手不见五指。过了八时，堤坝一角亮起了火把。此处朝海设置了一座祭坛，只见权兵卫身着明珍家制作的甲胄和锦缎制成的小袴，佩带相州行光锻造的太刀，跪拜于祭坛前。[1]他身边围着一圈装饰了一木家家族花纹的紫色帷幔。

"愿献鄙人魂魄，唯求除此釜礁。"

权兵卫早吩咐过下属们不要过来，所以他念祭文时，身边并无旁人。

"此礁早一日除去，海边百姓便可早一日往来于荒海之间。如若让鄙人得偿所愿，可尽取鄙人魂魄。"

权兵卫独自一人彻夜祝祷，直至破晓。清晨，室户岬海面上洒满了晶莹的晨光。伴着清晨的阳光，工人们的身影渐渐多了起来。

工人们走过左右堤坝去往各自的工作岗位。唯有本该通过此处，去往礁石上的五六十个工人来到了祭坛旁。他们刚凑过来，就看到正在收拾帷幔的权兵卫。工人们大多是乡野村夫，所以看到身着威武铠甲的权兵卫，都像开了眼界一样好奇。

"啊！"

---

1 明珍家是日本历史上著名的甲胄制作世家，相州行光是镰仓时期的刀匠。——译者注

"怎么了？"

"那是谁啊？"

"那个穿铠甲的武士是……"

权兵卫抽出别在腰间的军扇，唰地一下打开。[1]扇面上红色的日之丸图案清晰可见。

"都过来。"

工人们这才认出是权兵卫，安下心来，纷纷朝他走去。权兵卫一脸凛然地朝工人们喊道："大家都好好听着，为了让大家能顺利地移走那块礁石，我已经向龙王献出了自己的魂魄，现在我这条命已经不是自己的了。昨晚从八时开始，我便在此祈祷，一整夜都没合眼，希望能够早日移除礁石。现在那块礁石里的神明应该已经离开了。"

闻听此言，工人们七嘴八舌地议论起来。权兵卫喘了口气，接着说道："而且藩城里的大人，忧心港口之事，昨日已简装至此，今日就要来工地视察。所以大家更该把之前的事情都抛到脑后，打起精神来好好工作。神明是绝不会惩罚你们的，就算要惩罚，惩罚的也是我。"

权兵卫的一番话说得大家干劲十足，他趁着大家斗志昂扬的时候挥了一下军扇。

"开工！开工！"

指令一下，人群中爆发出了欢呼声，大家都打起了十二分精神往釜礁处走。这时，总之丞带着五六个下属凑了过来。总之丞向前一步，说道："一木大人，您辛苦了，要吃点东西吗？"

"饭不吃也罢，你先把这里收拾干净。"

听到指示，总之丞开始折叠帷幔，收拾祭坛。而权兵卫则站在一旁朝釜礁的方向远望。

釜礁的方向传来了清脆的碎石声，那里再次热闹了起来。与此相伴的还有绵软

---

1  这个动作有指挥的意思。——译者注

的挖沙声。挑着箩筐、竹篓的工人们又如蚁群般往来于海陆之间。

权兵卫听着清脆的碎石声，眼睛不住地往釜礁处看。只听到那里传出了很大的欢呼声。接着，一名叫今井武太夫的老下属朝他跑了过来。

"那里发生了什么？"

武太夫上了年纪，眼神不好，看不清远处的东西。权兵卫是知道这些的。

"是不是那块礁石现在可以移除了？"

"真的吗？那可真是太好了。"

"嗯。"

这时，两个工人顺着堤坝的石墙爬了上来，是松藏和寅太郎。松藏掩饰不住喜悦，笑眯眯地说："大人，神明显灵了。"

"是吗？可以砸了吗？"

"已经砸下去不少了！您听，那边干得热火朝天的。"

"确实听到了欢呼声。"

"刚才第一下就砸掉了一块小鲸鱼那么大的。"

"小鲸鱼那么大？好，好啊！太好了！"

"照这个进度，只要十日，那块礁石就能处理干净了。"

"那块礁石没那么小吧，我看倒不见得能那么快。你呀，还是少吹点牛吧！"

# 六

次日，权兵卫听到第二遍鸡鸣便起床了。前一夜风平浪静，闷热无比，因此他辗转反侧，并没有睡好，只是想到要返回室津，才勉强起身。吃过早饭后，他便出发了。

外面的天蒙蒙亮，空气中仍有一丝凉意。权兵卫带了两匹马驮行李，身边有二三下属随从，总之丞自然也在其中。

恼人的大礁石终于可以移除了，工程进度出人意料地提前了。既然工事马上就要完成了，权兵卫必须赶紧去一趟高知的藩厅，禀报工事情况。当时，权兵卫为修建新港，调动了一百七十三万工人，耗费了十万两千五百两白银。这次修建，是继野中兼山修建宽永旧港，码头设桩之后的又一次工程。建成的港口即今天的室津港。

不知是不是海面上起了风，海浪的声音越来越大。权兵卫随口跟并排走着的总之丞说道："今天真热啊。"

"是，海浪声好像奏乐声一样。"

"真是，都停不下来了。"

一行人行走的土路右侧，鳞次栉比地坐落着渔民们居住的茅草屋，土路左侧杂草丛生。村落里已有人家冒出了炊烟。

"咱们出来得真早啊。"

"之前渔民们都来修港口，还算有份工作。现在工程完成得差不多了，渔民们又得出海打鱼了。打鱼是靠天吃饭，收成好不好全看运气，今后可不好说咯。"

"要是收成好，打一天鱼就抵得上出一个月工吧。"

"那么好的收成很难得的。从古至今，捕鱼都是个穷行当。"

"是吗，可能真是这样吧。"

说话间，权兵卫一行人已经远离室津的村落，渐渐接近了浮津的村落。这时，右侧一户人家走出一位身材矮小的老渔民，他刚一出屋就仰视天空。

"今天早上让我来一网吧！"

这是在说用地曳网捕鱼的事情。权兵卫想凑近询问，便和总之丞朝老渔民走去。老渔民看起来很惊讶，直接跑进了屋里。权兵卫不知是怎么回事，但立刻听到屋里传出了声音："主持工程的大人来了。"

听到这一声，总之丞笑了，说道："大人，您还记得吗？这个人是咱们工地里结绳子的工人。"

"哦，我想起来了，是不是那个塌鼻子的老人？"

权兵卫刚说完"老人"二字，便突然瘫倒在地上。总之丞见状，连忙上前。

"大人，您怎么了？！"

只见权兵卫右手在下，侧卧在地上。

"一木大人！您振作一点！"总之丞蹲下身，抱住权兵卫的肩膀，把他扶了起来，"大人！您到底怎么了？"

权兵卫的身子一点力气都没有，像断了线的木偶一样。他垂着头，有气无力地说了一句："全身都麻了。"

"麻了？您是不是生病了？"

"不知道，反正很奇怪。"

"是不是吃坏了什么东西？"

"我和你们吃的是一样的东西，没吃别的，若真是食物的问题，那你们其他人也该有问题才是。"

"总之还是先吃点药缓解一下吧！"

"好，我的小药盒里有药，快拿出来。"

"是，大人。"

这时，同行的另一名下属也发现事情不对，急忙凑过来看。总之丞看到他过来，便说道："快去取点水来。"

这名下属听闻，马上跑进了老渔民家中。总之丞取下权兵卫腰间的药盒，从中拿出药丸。这时取水的下属也端着一个装满水的茶碗走了过来。总之丞接过碗，给权兵卫喂下了药。

"怎样？您好些了吗？"

权兵卫把药含在口中好久，才勉强咽了下去。

"多亏你在。"

"您的精神好些了吗？"

"精神没什么大问题，只是身子实在无力。"

"您还能继续骑马吗？"

"马怕是骑不了了，今天我们只能回去。"

于是，一行人用木板抬着权兵卫折回了港口。但说来也怪，一回到自己的住处，权兵卫就觉得浑身畅快，之前的无力感一扫而空。他试着起身，也没有什么异常，和平时别无两样。

"怪了，没事了。可能我再好好休息一下就能痊愈。"

此时总之丞也在一旁，他对权兵卫提起骑马的建议。

"刚才如果您不回来，直接上马，可能现在已经到了。"

"是啊，刚才上马的话，可能路上就已经好了。"

翌日，权兵卫一行人再次出发。他们又一次行至浮津的那一户老渔民家。总之丞走在权兵卫的右侧。

"又是这户人家。"

权兵卫点了下头。

"是。"

这天清晨，老渔民家门窗皆闭，想来一家人还未起床。

"今天这家人起得可够晚呢。"

总之丞打趣地说完，等着权兵卫的回应。但等了一会儿，没见回应，总之丞便扭头看了一眼，只见权兵卫踉踉跄跄，没几下就又倒在了地上。

"一木大人！一木大人！您又出现昨日的症状了吗？"

权兵卫仰卧在地上，此时天边已经泛白。

"一木大人，您现在还有精神吗？"

"我还有知觉。"

"那再吃点药吧。"

"不，等一会儿。"

权兵卫说完，便闭目不语，好像在沉思什么。

"那您要上马吗？"

"有些事我得好好考虑。总之丞，还是把我抬回去吧。"

一行人再一次用木板抬着权兵卫折了回去，这次和前一天一样，一回到自己的住处，权兵卫的身体便恢复如初。于是，权兵卫派总之丞带着几个下属，作为自己的信使，替自己去禀报消息，他自己则留守在港口的施工现场。过了十日，一名下属回来说，已经向藩厅那边禀报完了，并无耽搁。

这是延宝七年六月十六日的事情。权兵卫当时叫来了留在港口施工现场的武太夫。

"移除那块礁石的时候，我曾向神明许愿，得神明庇佑，工程才得以完工。今晚我要去还愿，快去准备。"

武太夫听罢，也觉得神明既已庇佑工事开展，不还愿是不行的。

191

"那必须要还愿啊。"

"那么就拜托你了。"

待武太夫出去后，权兵卫取出一张半开的纸，奋笔疾书起来。书毕，将纸卷起，放入封筒中，在外面写上"津寺方丈御房"，然后放到砚台之下。


残事备忘


港口工事已成八九有余，因其中多有不测，故纵然增夫服役，仍可谓难也。吾既有奉命于神明之誓，则应无愧于武士大义，毅然赴死。此为武士之道，亦为武士之心得。至于长久之喜悦，鄙人之夙愿，皆交由后人评说，书不尽言。


十六日

津寺方丈　御房


这一夜黑云蔽月，海面上乌云低垂，波涛汹涌。刚过八时，港口左侧的堤坝上就燃起了火把。权兵卫像上次祈愿时一样，一身武士装束，叩拜于祭坛之前。

"鄙人深知身体麻木是龙王大人在告诫鄙人勿忘供奉之事，现在吾就将吾身献与您。"

说罢，权兵卫将自己的头盔摘下，投入海中。乌黑的海水中立刻涌起了白色的浪花，仿佛海中獠牙。这张巨口一口吞下了权兵卫的头盔。接着，权兵卫又解开了身上的铠甲，投入海中。头盔和铠甲都是明珍家制作的。扔掉头盔和铠甲后，权兵卫又把手中的太刀也一并投入海中。这把太刀是相州行光制作的。

翌日清晨，下属们在海边发现了已在祭坛前切腹自尽的权兵卫。权兵卫应该是凌晨时分就已自尽，锦缎所制的小裤已被鲜血染透。

附近的村民听闻此事，皆深感悲怆，一时间村落中号哭声震天。众人分割了权兵卫自尽时所着的血染小裤，每家分得一片，家家户户皆将其作为守护家中安宁的圣物加以供奉。权兵卫的遗体则被安葬于津寺中，此后香火不绝。

明治维新之后，随着神佛分离运动的兴起，权兵卫的墓碑被埋入地下，人们在其上建了一座一木神社，对他加以供奉。到了昭和四年（一九二九年），又在其后山新建了一座神社，原来被埋入地下的墓碑也被挖出，在其旁又另立一座纪念碑。纪念碑正面是田中光显[1]伯爵亲笔题写的"一木权兵卫君遗烈碑"，背面则是土佐大家寺石正路的选文。

---

1　日本武士，明治维新元勋，宫中重臣。——编者注

# 不动明王像的去向

## 正篇

　　瑟瑟寒风吹落黄叶满地。山内监物一行人从斗贺野翻越山坡而来，他们天不亮就进山打猎，此时早已经疲惫不堪。跟在他们身后的两条猎犬似乎也累了，吐出长长的舌头散热。终于，道路右侧出现了一座寺庙的茅草屋顶，披着斜阳余晖，远远地映入眼帘。

　　监物将火枪背到左肩上，问道："那里是座寺庙吗？"

　　"是的。那里是青龙寺的下院，名叫积善寺。"走在监物身后的一名下人答道，他身上还背着今天猎来的公鹿。

　　"是吗，去歇息片刻怎样？"

　　"倒也并非不可，不过我们今天杀生了，都沾了血腥呢。"

　　"这有什么，如今的和尚，哪个不是荤腥不忌！"

　　"您说得是。"

　　"不碍事，去歇歇。"

　　行不多时，树篱掩映下的寺门便出现在眼前。监物拔腿朝寺门走去。一名下人赶忙抢在监物身前引路，进到了寺里。没过多久，他就出来了，身旁是跛着左脚，跟跟跄跄的住持。监物已经和下人们站在正殿里，借着两三根蜡烛闪烁的光芒，观赏着忽明忽暗的大小佛像。

"诸位大人光降敝寺，实在是敝寺之幸。这边请。"

住持微微欠身，抬手指向客房的方向。他的瞳孔里分明映出了满身鲜血的猎物尸体的影像。

从正殿前向右转，旁边就是客殿，客殿的陈设十分简陋。监物最先来到铺着竹席的套廊上，把背上的火枪随手扔在席子上，大大咧咧地坐了下来。

"哎呀呀，大家都累坏了吧？"

几个下人将那些鹿、兔子、野鸡之类的猎物随意扔到了院子里泛黄的草地上。

身穿棕色短衣的知客僧端着茶，从套廊的转角绕着过来，将茶摆在监物面前。监物单手拿起茶杯，喝了一大口，润了润嗓子。他无意间抬头一看，发现对面小山的山脚下有栋小屋，似乎是一座祠堂。

"那是什么殿宇？"监物的视线被这建筑吸引了。

一旁的住持答道："那是药师堂。药师旁边的那尊不动明王像虽无铭文，但多半是运庆[1]或湛庆[2]等雕佛大师的作品，看着便与凡品不同。"

"哦？那我倒想去瞧瞧。"说完，监物将杯中的茶水一饮而尽。

"那就请您随老衲去看看。"住持双手合十说道。

"好，这就走吧。"

监物随即起身，住持在前面带路。一众部下也强撑着疲惫的身体跟在监物后面。

清秋时节，四周的芒草都已经抽穗。住持走到小庙前停下，等监物赶到身边时，他拿起左手腕上挂着的佛珠，一边转动佛珠，一边嘴里念念有词。念完经，住持便将木格门向左右两边拉开。屋里冷冷清清，药师像右侧有一尊身披火焰、手持

---

1　日本雕佛师，镰仓时代极具代表性的雕刻家。——译者注

2　日本雕佛师，运庆之子，继承其父技术，亦为镰仓时代的雕刻名家。——译者注

宝剑的木制不动明王像。这木像身躯不大，却十分威武雄壮。

"就是它吗？果真不错。"监物的眼睛一直盯着明王木像。

"老衲推测，这定是运庆或湛庆的作品。"

"嗯，说得是。"监物好像忽然想起什么来，又道，"来人啊，把它给我搬回去！这木像着实不错。"

住持眼睛瞪得溜圆，他盯着监物的侧脸，一时间竟呆住了。

"家里大门口没什么装饰，摆上这个正好。"说完，监物将目光转向住持，正对上了住持那惊愕的眼神。

"怎么样，和尚，我拿走不要紧吧？"

"这……大人既然这么说，老衲不敢阻拦，可……"住持脸上现出为难的神色。

"我不动药师像本尊，就拿它的这个陪衬。反正还有其他陪衬嘛，少一个也没什么大不了的。"

住持瘪了瘪嘴，最后什么也没说。

"若将来有人追究，你就说是我偷去了，我保你不担干系。"

住持无奈地嘟哝了一句什么，不过监物并没有在意。

"喂，甚六，把这个给我搬走！"监物招呼身后的下人。

"是！"一个满脸胡须，生着熊一般脸庞的下人跑上前来，单手便挽住了不动明王像的脖子。

住持低声念起经文来。


当晚，监物一行人借住在了户波的村官家里。村官连忙大摆宴席，用好酒好菜款待贵客，前厅的灯火一直亮到了深夜。

"当时那和尚的脸色啊，简直没法说。"监物醉醺醺的，一边说着，一边看向壁龛——昏暗的烛光中，不动明王木像纹丝不动地立在那里。

"虽说有点对不住那和尚，不过这不动明王像还真有点意思，说不定真是运庆或湛庆的大作。"

就在这时，监物听到一阵怪声。他赶忙侧耳倾听。

咚，咚，咚，咚……

那分明是远处敲响的阵鼓声。

"你们听到什么声音没有？"

监物抬起右手向下一压，示意大家屏住呼吸仔细听。

"听见了没？"

可是他的手下们只听见了后面山林里呼啸的风声。

"我什么都没听见。"一个下人说道。

"是吗？我怎么听见了阵鼓声……"

监物再次竖起耳朵倾听，这一次他也只听到了风声。

"我还以为是阵鼓声呢，原来是我听错了。也是，现在这太平盛世，怎么会有人敲阵鼓呢！"

监物神色不悦，他拿起饭桌上的酒杯一饮而尽，随即又看向不动明王像，只见那木像周身竟然燃起了红莲般的熊熊烈火！

"啊！"监物惊叫一声。与此同时，那火光立刻消失不见，壁龛又恢复了原样，只剩下微弱的烛光。监物只当是自己看花了眼。

第二天一早，大家洗漱完去吃早饭，一个下人对另一个说道："昨晚，我做了个怪梦。"

"什么梦？"

"要说这梦，实在是瘆人得很。我梦见一个又高又壮、皮肤黢黑的男人，骑着马在空中围着我不停地飞。那男人的身体到处燃烧着熊熊烈火，可怕极了。"

"什么?! 你梦见火了？我也是！我梦见我正走着，突然从四面八方滚来一大堆火球，为了不被烧着，我左躲右闪一个晚上，简直糟心死了。"

二人还没说完，一旁的另一个下人插嘴道："你们是在说火吗？我也做了个怪梦。我梦见我自己一个人走在荒野中，忽然落脚之处都烧了起来，我赶忙四处逃，想找个没有火的地方。突然，我看到一座小祠堂，躲到里面一看，正看到不动明王像立在那里。梦到这里，我就醒来了。我以前可从来没做过这样的梦。"

监物断断续续地听到了手下的交谈，脸色立刻就变了。昨晚，他梦到自己被一个浑身燃烧着熊熊烈焰的奇怪男人追了一夜。

回府以后，监物命人在府邸大门旁边做了一个台子，把从积善寺带回来的不动明王像摆了上去。

监物是藩主的亲戚，封地足有三万石，也算是藩主手下数一数二的家臣了。他生性执拗，因此并没怎么把村官家发生的怪事放在心上，但心终究有些悬着。

转眼到了初冬。这一天，晴空如洗，明媚的阳光普照大地。傍晚时，天空挂着几颗若隐若现的星星，昭示着安稳宁静的一天即将结束。监物刚喝完酒，正准备用餐，突然外面雷声大作，刺眼的电光从防雨窗的缝隙中照射进来，吓得监物把手中的饭碗都摔碎了。转眼又下起了滂沱大雨，雨声越来越大，那雨声与雷声交叠，仿佛在召唤附近山林中的山精树怪。闪电也不停地劈下来，令人心悸。

雷雨下了足足一个时辰才停住。监物去厕所的时候，看到天空已经云开雨散，夜空中又布满了星斗。第二天，村里的人都议论起头天晚上这蹊跷的雷鸣。

"雷声最响的时候，我看见监物大人的府邸上方有个火球炸开，散落到四面八方。"

"那雷声真是吓人。"

监物当然也听到了这些闲话，但他仍旧不以为意。

又过了三天，村里不知从哪里传来了奇怪的声音。那声音不是来自地下，也不是来自山谷，更不是从空中传来。那"咚咚咚"的声音好像大海遥远的轰鸣，又像山间的风声。这声音从清晨持续到日落，直到晚上都没有要停息的意思，不知道过了多久才消失。

"那到底是什么声音啊？"

"还有最近这雷鸣，真是怪了。"

"我都七十多了，从没见过这样的怪事，莫非这是什么预兆？"

第二天中午，突然又刮起了旋风，村里百姓的仓库都被狂风卷入了春日川中。一头驮着柴火下山的黄牛，也被旋风刮到了萝卜地里。

"这些怪事绝不简单，肯定是不祥之兆。"

"太可怕了，太可怕了，这是遭天谴了！"

又过了四五天。这一天，大雨从清晨起就没有停过，傍晚时又刮起了大风。雨借着风势，变成了骇人的暴风雨。暴雨肆虐了一整晚，引起山体滑坡，泥石流掩埋了三栋民宅，所幸并没有人员伤亡。

"这事真是越来越邪门了，难道是有什么妖怪在作祟？"

"得赶紧想办法除邪祟！这个样子下去，谁知道还会发生什么，真是要命！"

"自从监物大人从户波的寺庙搬回不动明王像后，村子里就没消停过。"

"一定是不动明王在作祟。"

风声也传到了监物的耳朵里，他听了，只是冷笑几声就作罢了。

这之后又过了两天。入夜时分，监物接受某个手下的邀请，到其家中赴宴，直到夜深时才打道回府，他只命一名年轻随从在前方提着灯笼带路。走到半路，监物发现忘了拿手下献给自己的礼物，便让随从回去取，自己高一脚低一脚地摸索着往回走。寒风吹来，酒气上涌，他的脸变得红通通的。快到府邸门口时，监物忽然觉得心头一紧，似乎有什么可怕的东西正向自己靠近。说时迟那时快，一团巨大的火球凭空出现，朝着监物的脸直扑过来。那火是从一只巨大的怪物口中喷出来的，怪物足有一丈高，双眼金光闪烁。监物急忙抽出腰刀，照准怪物砍了下去。"吭当"一声巨响过后，怪物消失不见了。

"来人啊！快点灯，快点灯！"

监物嘴里喊着，依旧把刀举在面前，不敢有丝毫松懈。急促的脚步声传来，随后响起侧门开启的声音，一个下人拿着烛台跑了出来，大声叫道："老爷？！"

监物盯着下人手中的烛火，说道："甚六吗？在这里在这里，我砍死了一只怪物。"

甚六高高举起烛台，冲到监物身边。监物单手拿刀，用另一只手向他示意。甚六看见不动明王像下面的台子已经歪倒，木像却依然立在原处。烛光照耀下，台子上的刀痕清晰可见。

"老爷，这是怎么回事？"甚六一脸狐疑地望向监物。

"唔……"

监物呆呆地站着，盯着不动明王木像。就在这时，后山传来了噼噼啪啪的怪声，似乎有什么东西在裂开。接着、又有人的喊叫声传来。原来是监物府邸后面的山林着火了。血红的火焰直冲天空，又被大风吹动，如同秋天被吹散的云一般不断扩散。

"老爷，不好啦，不好啦！"

甚六连声惊叫，慌乱中把烛台掉在了地上。监物也扔掉了手上的刀。

"甚六，快把不动明王像送回户波去！"

"看那边！那边！老爷，山上起火了！"

此时监物已经完全听不到别人说什么了，只是嘴里念叨着："甚六，甚六，快把不动明王像送回户波去！"

大火不停地向四面蔓延，火光清晰地映出了山峦的轮廓。

"甚六，还不快去！甚六！"监物尖声大叫。

当晚，不动明王像就被送到户波的积善寺，放回了药师堂。大火烧起来时，那气势仿佛不把附近的山林烧光便不会罢休一般，然而令人意想不到的是，就在不动明王像归位后，那大火居然悄然熄灭了。


闲话


大正九年（一九二〇年）八月的某一天，正在土佐闲游的桂月老先生和我接到户波一位青年的邀请，从海边小镇须崎来到了户波的家俊。那里有一座名山，形似佛手山药，名叫"虚空藏"。当天我们进山时，恰巧赶上一场阵雨。

桂月老先生喜欢登山，在青年的陪伴下，连续爬了两天虚空藏山。我却懒得出去，就在旅店的二楼窝着，琢磨些俳句什么的。桂月老人第一天回来后，在吃饭的时候跟我说："我发现了一座非常有意思的药师堂。"第二天一大早，桂月老先生结束了在小学的演讲后，又去爬山了。这让我也对祠堂产生了兴趣，于是我便请三名学生带路，穿过金黄色稻田间的一条小路，前往药师堂。那是一座位于小山丘脚下的祠堂。这一带随了积善寺的寺名，就叫作积善寺村。

祠堂右边的山脚下有栋豪宅，里面存放着记载了药师堂由来的牌子。学生们说已经找人去把牌子拿过来给我看了，于是我们就坐在祠堂的外廊上等着，一边抽烟，一边闲聊。没过多久，一位县议员带了一块栎木牌子和一块武士的牌位走了过来。据说这位武士是邻村城主的亲族，因城主一族被长宗我部所灭，武士就在此处自尽了。随后，县议员从祠堂后门进去，从里面为我们打开了正面的木格门。

背负日轮的药师木像被摆放在正中间，左边立着一尊小小的毗沙门木像，右边还留存着不动明王像背后的神光和宝剑，唯独不见木像的踪影。原来，木像最近又被盗走，于是村里人就央求桂月老先生写一首和歌，祈祷木像能够平安归来。

观赏完木像，我看了看县议员拿来的栎木牌子，只见上面写着："药师像旁侍立不动之像，正德¹岁中为山内监物大人所窃。其后村中怪事频出，皆为尊像丢失所致。村人遂迎其归，修复原样，与药师一同供奉。"

看到"为山内监物大人所窃"几个字，我不禁哑然失笑。

"呵呵，这种小偷还真是少见。"

离开户波前，桂月老先生提笔写下和歌："世事总有反复，去物总会回还，有如白浪拍河岸。"我心想，如果这样就能让失物复得，那警察局就该成立一个"和歌课"，请桂月老先生来当课长。

往回走的时候，县议员指着药师堂前的稻田对我说："这药师像原本名声很大，各地的人都来参拜。慢慢地，附近就发展成小镇，起名'药师镇'，一度还建起了戏院。"接着，他又指着山腰的一大片孟宗竹林说："那里原本就是戏院所在之处。"随后，他又介绍了药师镇的历史。相传在明治初年，有一位在四国巡礼的跛脚朝拜者，推着推车当拐杖，来到了药师堂。他听说这里的药师十分灵验，就把车停下祷告了一番。不承想，几天后，他的脚竟然真的痊愈了，他便扔掉推车走回了家。附近的居民听闻此事后，纷纷前来祭拜。后来药师堂的名声越来越响，远来的香客也不断增加。村民们就开起了旅馆，后来又开了商店、戏院，药师镇便逐渐热闹起来。

自此，药师镇便一直繁盛不衰，直到明治二十年（一八八七年）前后，发生了一件奇事，小镇瞬间就衰落下去了。罪魁祸首是一个名叫土居松次的赌徒，这人因为琐事与一个名叫白木琢次的人结了仇。琢次能说会道，身手还比松次好些，两人若正面冲突的话，松次必定会吃亏，因此松次一直想找机会暗算琢次。某天一大早，松次路过药师镇的田村旅馆，碰巧看见琢次从旅馆的二楼往外探头。

---

1　日本中御门天皇的年号，一七一一年至一七一六年。——编者注

"我今天一定要了结他！"

松次忙不迭地跑回家，抓起丢在地上的日本刀，复又赶将回来。他之前就很熟悉这家旅馆，便轻车熟路地冲上二楼，一刀砍下了琢次的脑袋。

"总算出了我心中这口恶气！"松次抓起那脑袋刚想欣赏一下，却发现那人并非琢次！原来，琢次起床后便回了家。邻村的人前一天晚上在药师堂守夜，见旅馆里有空房，就进来睡了一会儿，不料竟莫名其妙地丢了性命。

"在药师堂守夜的人居然被杀？看来这药师也没有传说中那般灵验嘛！"前来参拜药师的人顿时作鸟兽散，之后再没人前来参拜，药师镇从此没落。

县议员陪我走在药师镇的田间，边走边为我指点方位："这里便是那家旅馆的旧址。这一片田地都是我开垦的。"随后，他又给我讲述了松次的结局以及其他逸事。据说松次后来又杀了七个人，最后不得已切腹自尽了，还是一位好心的老人帮他介错[1]的。

---

1　指在切腹仪式中为切腹者补刀，以便使切腹者更快死亡，免受痛苦折磨。——编者注

# 法华僧怪谈

奈良县吉野郡掖上村茅原有一座真宗寺，名曰茅原寺，又名吉祥草院。寺内存有役行者的自塑像，被世人奉为国宝。寺里住着一位老尼，法号名音。

我初见名音时，是昭和三年（一九二八年），当时她已经六十多岁了。名音曾是一个尼姑庵的住持，可谓德高望重，庵名为泉×庵。

名音直至中年才看破红尘，出家为尼，个中辛酸非三言两语可道明，在此不再赘述。

那是名音来到尼姑庵的第二个年头，时间已是深秋。一天早上，名音像往常一样，做完早课后开始打扫庭院。庭前的胡枝子花开得正美，名音无意中抬头看了一眼，只见迎面走来了两位香客，看样子像是刚从近旁的旅馆出来的。男子三十二三岁，女子三十七八岁。男子身着大岛轻便和服，手里还拄着一根手杖。女子则穿着华丽的金线锦缎服装。

"一早就叨扰贵庵，实在抱歉。不知住持是否已经醒来？"

男子虽然穿着打扮十分随意，但态度非常谦逊，谈吐也很得体。名音内心思忖，这个时辰打扰住持似乎不太妥当，但见男子如此态度，又不好拒绝，便通报了住持。

名音一贯深得住持信赖，于是二人很快被请到了客房。这二人实为姐弟，女子是男子的姐姐，因为家里遭了一些变故，便萌生了出家为尼的念头。

"出家这件事，说起来容易，做起来难。"

住持望着女子，眼神中充满了怜悯之情。女子一言不发，只是低着头。突然，她抬起头望着住持。

"小女子心里也清楚，但是现在除了出家，我已经无路可走了。与青灯古佛为伴固然辛苦，但小女子不怕，恳请您务必收我为弟子。"

女子的弟弟接着说道："我也曾多次劝说家姐放弃这个念头，但见她如此执着，心中想着哪怕能度一人也好，于是便改变了主意。恳请您务必成全家姐。"

住持望向名音，一时不知该如何是好。名音心想，这女子态度如此坚决，想必也是有不堪回首的往事，不由得动了恻隐之心。

"住持，既然话都说到这份儿上了，不如就成全了她吧。"

"既然这样，那我就应下了。你今晚再好好考虑一下，若心意已决，明日我便为你剃度。"

姐弟二人闻听此言，便心满意足地回家了。次日，女子果然还是来了，住持亲自为其剃发。一刀剃罢，便将剃刀交给名音。

女子法号玉音。玉音天生貌美，且性格直爽，也深得住持喜爱。名音心想，如此一来，她们二人今后也可以有个照应，不禁心生欢喜。

转眼数天过去。一日深夜，玉音突然感觉全身疼痛难忍。与玉音同处一室的名音也随之被惊醒。只见玉音全身痉挛，双手握拳，咬紧牙关，痛苦地挣扎着，呻吟着。住在隔壁的住持也闻声赶来。在二人的精心照料下，玉音逐渐平复下来。

"你怎么了？是肚子疼吗？"住持关切地问道。这时玉音苍白的脸上逐渐有了血色。

"并非肚子疼，我这是老毛病了。也是因为这病，我才决心皈依佛门的。"

"现在固然是有佛祖保佑，但当务之急还是先看大夫吧。"

"早就看过大夫了，但是大夫根本治不了我的病。"

"唉，那大夫是不是连这病的名字都不知道？"

玉音默默地点了点头。名音心想，玉音生这病必然有原因，但也没有继续追问。

从那天晚上开始，玉音每晚都要经历同样的痛苦。名音也不眠不休地照料着玉音，她似乎已经渐渐习惯了看着玉音忍受痛苦，久而久之也就不把此事放在心上了。

　　一日，住持外出做法事，名音也随之前往，当晚二人又不辞辛苦地赶回庵内。时间已经过了十二点，住持直接进房歇下了，名音不想再专程去一趟厕所，于是便去了厢房的厕所。正准备洗手回去时，见有一人从自己身旁经过。名音大惊失色，赶忙望向来人，却只看到了一背影。只见此人一副法华僧装扮，身着灰色法衣，腰间束着一条粗绳。说时迟那时快，法华僧一下子便进了外廊，如影子一般瞬间消失在了夜色中。名音感觉事有蹊跷，慌忙追到了外廊，又拉开各个房间的拉门仔细寻找一番，但并未见到这可疑男子的踪影。名音直觉后背发凉，一进房间便逃也似的躲进了被子里，但脑海中一直浮现出法华僧的影子，久久难以入睡。

　　第二天早晨，名音照旧像往常一样早早便起床了，想着做完早课之后将昨晚所见一五一十地告诉住持。这时，一旁的玉音突然神色大变。

　　"你昨晚看到什么奇怪的东西了吗？"

　　"奇怪的东西？"

　　名音马上想到了那法华僧。

　　"你是说法华僧吗？我看到了。莫非你认识他？"名音冷冰冰地问道。

　　"你终究还是看到了啊。"

　　"我确实看到了。他是你什么人？"

　　"既然这样，那我就都告诉你吧。"

　　"说吧。那个人是你的……"

　　"是的，但我们此生无缘。"

　　"此话怎讲？"

　　"我造孽太深，注定要忍受这让人生不如死的苦难。"

　　"如此说来，你并非生病？"

　　"这是死神对我的惩罚，如今我真是追悔莫及。"

　　玉音生在一个地主家庭，后来嫁给了做律师的堂兄。夫妇二人有两个女儿，家庭幸福美满。一个偶然的契机，玉音喜欢上了围棋，在业余棋手中逐渐变得小有名气。渐渐地，玉音开始觉得像从前那样闭门不出只会埋没了自己的才华。于是，她开始参加各种棋会，有时甚至夜不归宿。

也就是在这期间，家庙换了新住持。这天，新住持登门拜访。这位新住持三十四五岁，皮肤白皙，也是一位爱棋之人。一场对局之后，玉音发现这男子虽是业余棋手，但技艺却远在自己之上。玉音对这位新住持十分好奇，于是第二天又特地去家庙与其对局，结果仍然是惨败。玉音下定决心要战胜住持，于是开始潜心钻研棋法，并且每天都专程前往家庙，风雨无阻。有时甚至一大早出门，直到深夜也迟迟不见回来，家庭内部开始不断出现风波。

一天，玉音又和丈夫发生了激烈的争吵，想不到丈夫竟然出手打了她。玉音内心愤懑难平，毅然离家出走，当晚便留宿在了家庙。第二天回到家中，却发现家中早已人去楼空。丈夫已经对她失望透顶，带着两个女儿走了。事到如今，玉音也再没有脸面回娘家，于是干脆搬到家庙居住。

从此，玉音便开始放纵自己，经常趁住持不在的时候与同住在家庙中的青年画家调情。不久，住持便发现了二人的私情。想不到玉音竟然变本加厉，趁住持外出，将家庙内的法器和所有值钱的东西变卖，和青年画家私奔了。事情很快就败露了，由此引发了轩然大波。住持为玉音所背叛，已心如死灰，同时又要承受众香客咄咄逼人的指责，最终不堪其扰，自缢身亡。

玉音自从与青年画家私奔之后，夜夜被住持的怨灵纠缠，痛苦万分。画家见势不妙，竟将钱财悉数卷走，从此销声匿迹。

玉音曾想过在旅馆中了结自己的生命，最终未果。弟弟得知此事后，辗转找到了她，并将她带回家中。后来她便决意出家为尼。

"我曾多次想过自杀，但或许是因为自己造孽太深，最终只能落得求生不得，求死不能的下场。"

名音将此事转述给了住持，住持多次为玉音祈愿，却终不能驱散玉音的痛苦。一个月后，玉音便精神失常了。

名音为我讲述完此事后，如是说道："后来玉音就被弟弟带回家养病了，但恐怕她的病是治不好了。如今，我耳边还经常会响起玉音痛苦的呻吟声，眼前也时常浮现出法华僧那可怕的身影。"

# 海和尚

这是小说家泉镜花讲述的一则故事。

房州的海边住着一名年轻的渔夫。一天，渔夫的妻子边照看婴儿，边准备晚饭时，屋外来了一个来历不明的和尚。和尚衣衫褴褛，一个劲地朝屋内部窥探。妻子看到这一幕，心想和尚应该是来化缘的，便麻利地捏了一个饭团。

"给你。"

妻子将饭团拿给和尚，但和尚却对她的话恍若未闻，只是瞟了她一眼，没有伸手。妻子是个温柔善良的人，便认为和尚或许是想要些盘缠，于是又拿了些钱来。

"那这些钱你收下吧。"

但和尚仍旧看也不看一眼。一股毛骨悚然的感觉猛然袭上妻子心头，她拿着钱后退几步，往厨房的方向躲去，但心中的恐惧如同黑暗般将她吞没，后背仿佛被水打湿了一样阵阵发凉。她祈祷着丈夫能早点回来，浑身不受控制地瑟瑟发抖。

四周已经完全黑下来了，大海不复白日里蔚蓝、平静的模样，它鼓噪着，呐喊着，汹涌地卷起层层海浪，打向房屋门口。和尚仍旧一动不动站在原地，那些巨浪似乎没有对他造成丝毫影响。妻子看不清他的脸，只觉得站在门口的不是个人，而是个漆黑的影子。难以言喻的恐惧让妻子再也按捺不住，她屏住呼吸，想要偷偷从后门逃到隔壁去。就在这时，附近的年轻渔夫们下了渔船，嬉笑着朝这个方向走了过来。妻子见状，立马跑了出去。

"快来人帮帮我啊！"

妻子把事情的原委告诉了渔夫们。渔夫们都是血气方刚的小伙子，听了妻子的话，马上表示："装神弄鬼的秃驴，看我们怎么收拾他！"

他们把和尚围起来狠狠地揍了一顿，然后拖着倒下的和尚，把他扔到了巨浪里。

身为渔夫的丈夫很快也回来了，听了妻子的话，他脸色微变，像是察觉到了什么。晚饭后，他去海岸边查看了一番，黑暗中只觉海水带着锐利的獠牙张牙舞爪地朝他扑来，但并未见妻子形容的和尚。

回家后不久，渔夫便睡着了。夜色渐深，屋外的波涛越发汹涌，巨浪翻滚的声音几乎撼动渔夫家的小屋。

"呜呜呜，呜呜呜。"

午夜一点过后，不知从何处传来一声接着一声的哀号。渔夫惊醒后，再次听到了悲惨的叫声。

"这是有船只遇难了。"

渔夫立马起身，不听妻子的劝告，从后门飞奔到海岸边。他一眼就发现面前的岩石上站着一个和尚。

渔夫不假思索地问道："喂，你在做什么？"

和尚一言不发，从湿透了的袈裟里伸出手指向渔夫家的方向。

"你什么意思？"

渔夫想要冲上去，但和尚依旧沉默地指着家的方向。渔夫回过头，令人难以置信的是，他看到婴儿的周围似乎燃起了一片火光，他听到婴儿凄厉的哭声和妻子悲痛的叫声。渔夫五内俱焚，几乎崩溃。

"你到底想干什么?!"

渔夫猛地冲上前一把揪住和尚的袈裟，但和尚却充满恶意地对他咧嘴一笑，随后纵身跳入海中，消失不见了。渔夫跑了回去。家里，妻子将早已失去温度的婴儿放在膝盖上，眼神空洞，面如死灰。

# 蓝色绳子

桃山哲郎此刻正坐在尾张町街角的一个小酒馆里喝着威士忌。其实他刚才已经在有乐町火车轨道旁的一家酒馆里和朋友喝过酒了，只是分开后觉得没喝够，才又来了这家店。

天色已晚，店里的客人走得差不多了，只有离他不远的暖炉前的桌子旁还坐着三个客人。店里静悄悄的，很难想象就在不久前，这里还人声鼎沸，热闹非凡。不过哲郎好静，这种无人打搅的时光对他而言是再好不过的。他一边愉悦地喝着酒，一边回忆着傍晚时听到的那个桃色故事。

那个故事很是露骨，说的是一个妇人因饮下一杯古怪的牛奶而怀上了孩子。讲故事的年轻男子是一位旧派俳人的儿子，他一直希望自己能成为一名真正的文学家。他讲完那个故事后，一位美术家也加入了谈话，并讲了自己的一位同行，也就是一位西洋画家的故事。用他的话来说，那位西洋画家天赋异禀，不仅作品备受大众推崇，就连样貌也是颇为英俊。可惜天妒英才，这位西洋画家已经在今年的春天过世了。这位西洋画家虽然品貌不凡，却迟迟找不到妻子，这是因为他有一些不可对外人言的"隐情"，这个隐情只有和他亲如兄弟的一位好友知道。这位好友很是替他着急，为了给他找个合适的姑娘，可谓操碎了心。皇天不负有心人，后来好友终于在大阪找到了一个刚从女校毕业的姑娘，而且这个姑娘正好能弥补画家的"不足"。于是好友百般周旋，总算促成了这桩婚姻。婚后二人恩爱非常。谈及二人婚后的生活时，美术家形容道："这二人可谓相见恨晚哪！"这话引得在场所有的人都哈哈大笑。

哲郎现在想想，还觉得好笑。美术家后来又说，两人婚后如胶似漆，很快就添了一子，不过那孩子一直都是由家里的女仆带着。每天中午和晚上，女仆都会带着孩子出门。有时孩子哭闹得厉害，过往的熟人就会问女仆孩子的母亲哪儿去了。"夫人正和老爷在书房说话呢。"女仆总是这么回答。

据美术家说，这位女仆并非他们家的第一位仆人，在她之前，还有一位已婚的少妇女仆，只是不知为何没做多久就不辞而别了，据说是逃走的。

不过，这个故事并未让哲郎沉迷太久，最吸引他的还是那个露骨的故事。后来，一个中学生杂志编辑也讲了一个故事，说他在某个剧场前认识了两个俄国女子，当晚就跟她们回了家，还陪她们喝了好多酒。只要一想到这个故事，哲郎的脑海中就会浮现出两个异域女子白皙丰满的身体。

"据说银座某个商店的门口，常年坐着一个卖拐杖的婆婆，只要你装作要买拐杖的样子上前搭话，她就会给你介绍姑娘哦……"

哲郎突然想起另一个报社记者说的话，今晚他讲了好几个故事，最吸引哲郎的还是这个卖拐杖婆婆的故事。她究竟是什么样的人呢？真的会给人介绍姑娘吗？他越想越觉得好奇，这才想起夜已深，不知那婆婆收摊了没有。他低头看了看握着杯子的手，然后又抬起了头。

时钟指向十二点十五分。哲郎突然意识到自己喝再多的酒，也依旧会感到空虚，能让他满足的或许只有上野的广小路。阴雨连绵的上野站旁，红色的柿子挂满枝头。是的，自己要去的就是那里！这么一想，他更迫切地想要过去看一看了，于是他大声朝服务员喊道："喂，买单！"

杯中的威士忌已经见底，哲郎一口喝下，回忆起那天在上野站的情景。黄昏的上野站在雨中显得一片朦胧，他与六七个从东北温泉回来的朋友一起下了车，其中还有一位与他关系十分要好的知名随笔作家。就在他转身准备回去之时，随笔作家朋友从背后叫住了他，把手里的柿子塞给他，让他帮忙带回家。那些柿子是他们几人从东北带回来的特产。

"喂，干吗让我带回去啊？"他笑骂道。

随笔作家朋友笑而不语，随即便和今晚那位讲了好几个故事的报社记者一起走进大雨中。后来他才知道，原来这两人早在前一晚住在温泉町的时候，就已经发电报约了一位家住上野站附近的朋友，说是有事要彻夜相商。两人都对家人谎称要坐后一日早上的火车回家。哲郎目送二人离开后，叫了一辆车，带着随笔作家朋友交托的柿子，回了自己在大塚的家。

一个看起来十八九岁，容貌秀美的姑娘拿着账单走了过来，打断了哲郎关于上野站的回忆。他从大衣口袋里掏出钱包，付钱后马上走出了酒馆。

坐在电车上，哲郎也没有停下对女人的遐想。今晚美术家讲的那个故事中，西洋画家的妻子应该也是个苗条白皙的女人吧。

一两年前，哲郎曾在横滨的一家神秘商店里认识了一位日德混血姑娘。那可真是天生的尤物啊，丰乳肥臀，肤如凝脂。想着想着，那个丰满的肉体似乎出现在了眼前，正在电车上不停地晃动。

深夜的车厢中只有三两个乘客，这种安静的氛围最适合放纵思绪了。哲郎的脑海中浮现出一只纤纤玉手，就在他感到自己即将抓住那只手的时候……

"黑门町到了。"报站的声音将他拉回了现实。哲郎睁开眼，如梦初醒。他看了看电车前方，下一站就该到广小路了。

电车颠簸了一下，不久后就停了下来。广小路到了，哲郎立即起身下了车。跟在后面一起下车的两个乘客瞬间便超过了他。他从电车前穿过，走向拐角处的和服店，店旁边就是开往大塚早稻田方向的电车的停车场。

微亮的月光下，空气如凝，四周寂静无声，只有电车穿过十字路口驶向上野方向时发出的一阵轰鸣声。但这万籁俱寂中唯一的声响，又给人一种不真实之感，那仿佛是从遥远国度传来的梦幻之声。路口对面的咖啡馆还在营业，两三个客人摇摇晃晃地走出咖啡馆，却没有发出一丝声音。寂静无声的大街再一次让哲郎感到了空虚，不过好歹自己已经站在广小路上了，总归还是有了些许满足感。站在这里也没什么意思，那就先去那家咖啡馆看看吧，哲郎想着。

又一辆电车悄无声息地驶来，看起来应该是来自厩桥方向。哲郎慢悠悠地跨过铁轨。就在这时，一个人影从他左手边匆匆穿过，抬头一看，竟是一个纤瘦的年轻女子。女子也回头看了他一眼。女子围着一条长长的围巾，肤色白皙，面容姣好。

都已经过了十二点了，这深更半夜的，路上怎么还有少女？她是个怎样的女人呢？哲郎暗中揣测。莫非不是正经人家的女子？他突然心潮澎湃，赶忙跟了上去，想要打探一番。

"你好！"

他开口跟少女打了个招呼。少女转身看了看他，白皙的脸庞上写满了惊讶。

"不好意思，我迷路了。"

少女微微一笑。哲郎以为自己有希望，赶忙凑了过去，准备再说两句，谁知少女突然加快脚步，如蝴蝶般飞奔到了马路对面。再一看，都穿过咖啡馆了。哲郎很失望，原来这少女不是自己想的那种人。

马路对面出现了一个头戴鸭舌帽，身穿长风衣的男子，看这身打扮，应该是个刑警。哲郎不禁有些庆幸自己刚才没有一冲动就追上去拦住少女，不然这会儿估计就该随那警察进局子过夜了。不过他总觉得马路对面有一种吸引他的东西，说不定他的好运就在那里。他毫无折返的意思，也没想进那家咖啡馆。

路旁的小吃摊旁满地垃圾，橘子皮、香蕉皮散落一地。哲郎沿着小路一边走，一边找寻方才那个少女的踪迹。路尽头一片昏暗，一个人影也没有。看样子那个少女就住在这附近吧，哲郎想着。

不知不觉中，他已经走到一家关着门的荞麦面馆前。突然，他听到了一阵轻柔的笑声。哲郎循声望去，只见一位年轻女子正站在电线杆下，用围巾捂着嘴轻轻笑着，美丽的眼睛微微上扬，甚是好看。

"啊……"

哲郎这次不会犹豫了，他快步朝女子走了过去。

"难得今晚月色这么美，坐电车岂不辜负了？所以我就想着不如散散步。虽然已经很晚了，但不知姑娘可愿与我一道走走？"

女子也慢慢走了过来，哲郎这才看清她的长相，明眸善睐，蛾眉曼睩，好一张秀美的容颜。

"你住哪里？离这儿远吗？"

"不远，就在附近。"

"那不如和我一起散散步吧。我们找家店吃点东西，暖暖身子，如何？"

"倒是不错，只是太晚了，要不去我家坐坐吧。"

"不错的提议，只是你方便吗？"

"我一个人住，所以没关系的。"

"是租的房子吗？"

"嗯，租了一间二楼的小阁楼，就是有点乱。"

"无妨无妨。"

女子说着，便向前走去。哲郎心想，第一次拜访人家，总要带点拿得出手的礼物，可这深更半夜的，什么也买不到了啊。

"要不我买点东西吧。买点吃食可好？"

女子转头看着他说："这么晚了，哪里还能买到东西啊。不用担心，我家里还是备了点吃食的。"

"是吗……"

哲郎觉得这女子八成是个"神女"[1]了，那家里定是备有一些柑桂酒之类的东西的，于是也不再多说什么，只默默跟在女子身后。

女子在巷口左拐。这时迎面走来了两个年轻男子，看样子是刚从哪里的艺伎茶馆出来的，两个人直勾勾地看着哲郎，让他好生厌烦。

"这边请。"女子轻声提醒后，便拐进了一条狭窄的巷子。巷内漆黑一片，哲郎走得很慢，生怕不小心被石子之类的东西绊倒。巷子左边是一道白铁皮围墙，右边则是一栋二层楼高的长屋，有两三个入口。

"别说话，跟着我就行。"女子说完，轻轻打开其中一扇门走进院子，接着又打开一道格子门，走进屋内。哲郎紧随其后，一声都不敢吭，生怕被一楼的人听见。

两人从院子右侧的楼梯蹑手蹑脚地爬上二楼。上楼时，哲郎几乎看不清阶梯，

---

1 这里指妓女。——编者注

所以几乎是被女子推着上去的。

女子的房间大约有六张榻榻米大小，房间里点着一盏苍白的小灯，正中央放着一个陶火盆，火盆两侧各摆着一个蒲团。左边的角落放着一张小桌子，桌上摆着一个花瓶，里面插着秋海棠之类的粉红色花朵。

"很乱吧。"女子关上拉门后，转身笑道。哲郎站着，解开了风衣的扣子。

"请坐吧。"女子摘下围巾放在桌上，然后在桌前的蒲团上坐下。哲郎将风衣放在地上后，也在蒲团上坐了下来。他这才看清这是一个蓝色的蒲团，上面绣着几尾小鱼。二人相向而坐，不约而同地伸出手来，在火盆上交织缠绕。

哲郎望着女子，眼中闪耀着异样的光芒。

"怎么样？"说完，他笑了笑，自己竟然找不出合适的语言。

"很暖和……"女子也笑了，她的视线一直停留在哲郎的手上。

"今晚有个聚会，我喝了点酒，所以手还很热……"

"你酒量不错吧？"

"能喝一点。"

"那我们也喝点吧。"

"这儿有酒吗？"

都说小酌怡情，喝点酒说不定能增进两人的关系，哲郎暗自想着。

"有啊，都是别人送的，我也不大能喝，所以都放着了。"

女子示意哲郎看向房间右边的横梁，梁下放着一个小架子，架子上放着纸箱和木头箱子。

"我记得有一瓶蓝色的酒，也不知道味道如何。"女子说着，松开哲郎的手，起身拿酒。她走到架子前，伸手去拿那个纸箱，可是够不着。

"我来吧，谁喝谁拿。"哲郎起身走到女子身边，一边撑着她，一边伸手去够那个纸箱。这时，天花板上突然垂下了一条蓝色的绳子，而且一下子就套在了哲郎的脖子上。哲郎心下一惊，赶忙伸出左手想要解开绳子，可身边的女子突然重如巨石，压在他身上，害得他一下子跌倒在地，呻吟一声后便失去了知觉。


哲郎醒过来时，屋内一片昏暗，枕边站着两个男人。

"你是谁？为什么在这里？"

哲郎这才想起自己来的时候无人发现，说不定对方把他当作贼人了。为今之计，也只好让女子来替他解释了。可他环顾四周，却找不到女子的踪影。

"是租住在这里的姑娘带我来的。她去哪儿了？"

"这间房哪有人住？一直都是空着的啊。"

"不会吧……我是在一家荞麦面馆前遇到她的。进屋后，她说去拿些酒来，可是她个子太矮够不着，所以我就过去帮忙。就在我伸手的刹那，她突然跌倒，我也跟着倒了下去，脖子正好被套进从天花板上垂下的蓝色绳子里，然后我就晕过去了。"

哲郎说完，看了看那架子，可那架子竟布满灰尘。再看向天花板，哪有什么蓝色绳子？

"我知道是怎么回事了，你随我下楼，我慢慢跟你说。"

说话的是一个留着络腮胡的男人，看起来应该是个体力劳动者。哲郎不知道他这话是什么意思，可这事毕竟太过诡异，总得问问清楚才行。于是他便拿起风衣，跟在二人后面下了楼。

三人来到一楼坐好后，络腮胡男人告诉哲郎，他是这栋房子的主人，旁边的男人则是他的邻居。络腮胡男人在熄了火的长火盆旁小声说道："我是前年搬过来的，所以关于楼上的事，我也是听附近的邻居说的。据说五六年前，楼上住着一个酒吧女招待，因被无耻之男抛弃，就在那间屋子里自杀了。从那以后，那间屋子里的所有租客，就没有一个能住满三个月的……"

# 狸猫与俳人

传说在安永年间（一七七二年至一七八一年），从伊势神宫的内宫到外宫的小路上，有一个以柿子闻名的莲台寺村，村里住着一个名叫泽田庄造的人。

庄造字永世，号鹿鸣，擅长作和歌和俳句。尤其在作俳句方面，无人能出其右，颇负盛名。众人都说他作的俳句风格独特，堪称一绝。

庄造不喜欢应付繁杂琐事，所以也没有娶妻生子，家里平时除了偶尔会有几个俳友前来做客，也没有什么特别亲密的朋友来造访。平日里，庄造总是独自窝在家中，或吟诗作赋寄情思，或品茗饮酒抒胸臆，一个人过得怡然自得，逍遥自在。

话说某年的一个晚秋黄昏，庄造和往常一样，在家品着苦茗，醉心于俳句的创作。他不经意间一抬头，忽然看到拉窗上映着一个怪物的影子。庄造有些纳闷，便一个箭步冲到窗前，将手放到了窗棂上。"如若外面有人，肯定会因为被人发现而感到难为情的。"庄造一边这样想着，一边悄悄绕到庭前，往窗外望去。结果发现窗外竟蹲着一只老狸猫。那狸猫看到庄造，也没有想要逃跑，反而兴高采烈地甩了甩尾巴。庄造觉得此事甚是有趣，便回屋取来食物扔给狸猫。狸猫吃得津津有味，吃完后便离开了。

第二天傍晚，庄造正在看书，瞧见那只狸猫又蹲在了窗外。庄造取了些食物走过去喂狸猫。他摸了摸狸猫的脑袋，狸猫非但没躲，反而一点也不害怕，悠然自得地享受着到嘴的美味。

第三天晚上，狸猫又不请自来。庄造这次等得有些不耐烦，便唤狸猫到房间里来。狸猫一开始还有些犹豫，后来便摇着尾巴大大方方地进入室内。庄造安静地看书，狸猫就陪在他身边自己玩。过了一阵，可能觉得实在无趣，狸猫便有些落寞地回去了。

自那以后，狸猫就成了庄造家里的常客，每天晚上都如约而至。庄造自己一个人生活久了，难免有些孤单，现在能交到一个好朋友，他也觉得很开心。狸猫和庄造熟络了之后，渐渐变得有些黏人，如果庄造不提醒它回去，它就一直陪在庄造身边，东瞧瞧西看看，四处给自己找乐子，经常玩得不亦乐乎。

一天夜里，狸猫一如往常待在庄造身边玩耍。忽然天降大雪，没过多久，地上便积起了一片白雪。庄造看着漫天飞雪，心疼狸猫夜归身寒又危险，便抚摸着它的头道："喂，小家伙，今夜雪下得大，你就留下来吧。"

狸猫闻言，高兴得直摇尾巴。当天夜里，狸猫在庄造的床垫底下睡得香甜。自那日起，狸猫几乎夜夜都留宿在庄造家中。

庄造宠爱狸猫这件事，渐渐成为村里邻居茶余饭后的谈资。有时候，村民还会在黎明时分看到狸猫大摇大摆地从庄造家里走出来。不过，众人对狸猫的态度更多的是提防戒备，并没有伤害它，甚至还会叮嘱村里的小孩子："不可以捉弄庄造老师的狸猫哦！"

有一天，庄造突然病倒了。起初还只是轻微的伤风感冒，后来竟病入膏肓。村民们轮流前来探望庄造，然而不管谁来，都能看到那只狸猫蹲在庄造枕边，一副神采奕奕的模样。

庄造意识到自己命不久矣，便对狸猫说道："你我有缘，才能开开心心地相处这么长时间。不过，天下没有不散之筵席，时候到了，我们也要告别了。待我死后，不要再让世人看到你这般模样。还有，不管发生什么事，都不要去破坏农田庄稼，要乖哦。好了，没什么事了，你走吧。"

听完庄造的话后，狸猫悄然离去。就在这天夜里，庄造在村民们的关切下与世长辞。当日时间为安永七年（一七七八年）六月二十五日。

几天后，一位村民忙完一天的工作，赶路回家。路过庄造的墓旁时，他看到一位身着美丽和服，手捧一束花草的女子正蹲在庄造的墓前。村民仔细瞧了瞧，发现那女子的肩膀微微颤抖，似乎在哭。"以前从未在附近见到过此人啊。"村民不禁心中疑惑，往女子身旁走去。

　　"你好……"

　　村民刚一开口说话，女子就凭空消失了，只留下那束花草散落在庄造的墓旁。村民回家后，将此事告诉了其他人，大家都说女子肯定是之前那只狸猫幻化成的，并一致认为此等行为实在令人钦佩。后来村里便形成了一条不成文的规矩——坚决不能伤害狸猫。直到今天，那个村庄仍然保留着这个风俗，从未有人抓过狸猫。

# 阴阳录

（伍）

收录于作者一九二三年出版的怪谈小说，
该作品为作者所著的日本怪谈小说集。

陰陽録

原稿现存于日本关东群马中古书店，
于首版五十八年后由"悉桑派"译者探访获得。

# 母亲

大正八年（一九一九年）二月二十六日，远征西伯利亚的田中中佐支队因被激进派敌军包围，在科斯拉姆斯库埃地区与敌人展开了殊死搏斗，最终不幸全员阵亡。其中，有一个名叫小岛勇次郎的中士也在这场极为壮烈的战斗中为国捐躯，他来自大分县大野郡的东大野村。

在小岛勇次郎阵亡后半个月左右，发生了一件怪事。一天夜里，勇次郎家中年迈的母亲突然从床上一跃而起，大喊道："快起来！父亲、弟弟、妹妹，大家都快过来，我有话要告诉你们！"

这声音怎么听都像是男人的叫喊声。勇次郎的父亲心中有些犯嘀咕：自从得知勇次郎阵亡的消息，老伴终日魂不守舍，难道是伤心过度，进而发疯了不成？如果真是发疯了，那绝不能再刺激她。想到这里，他急忙把家里人叫起来，唤到勇次郎母亲屋里。然后，"母亲"突然开始说话了："好，大家都来了。我是勇次郎。我为了国家而献身，可母亲每天都到佛龛前痛哭，我看到她伤心的样子，内心更是悲痛不已。所以，为了不让她再这样伤心，我把战场上的情况告诉你们。"

"那是二月二十五日的早上，我们田中支队乘坐的汽车到达会车避让线后，香田小分队受命出发侦察敌情。到了夜里九点左右的时候，侦察小队发来报告说一切正常。因此，上级命令我们紧急集合。于是大家在黑漆漆的夜里摸索着准备好雪橇，就出发了。那天异常寒冷，行进途中，我们在一个不知名字的村庄停下来吃了些东西，天亮之后又继续出发。就在行进到树林的时候，我们遭遇了敌军的伏击，双方展开了激烈的交战。可是敌方人数众多，我方寡不敌众。渐渐地，很多同伴都战死了，我开始害怕。但转念一想，我乃堂堂日本男子汉，岂能在此刻后退！正当我冲上前拼死反击时，一颗子弹击中了我的头部，之后的事情我就不得而知了。"说这些的时候，"母亲"那神态和语气活脱儿就是勇次郎。

"母亲"继续说着："所以别再为我伤心了。我是为国献身的，你们就彻底想开吧，我只愿父亲和母亲能健康长寿，弟弟和妹妹们定要替我多孝顺他们。"

听到这些，父亲问道："你今晚能回来说这些，为何当时不来告诉我们？"

"我那时想，要是来告诉你和母亲的话，你们肯定悲痛欲绝，所以当晚我只告诉了两个弟弟。""母亲"答道。

于是，父亲便转头看向二儿子和三儿子。两人这才说道："是的，父亲。那晚我们两人都梦见大哥满脸是血地回来了，只是怕你们担心，所以没有告诉你们。"

"母亲"继续说道："如此说来，大家就都明白了吧。事已至此，你们就别再为我伤心了。"话音刚落，母亲就当场昏倒，直到第二天晌午才终于清醒过来。当大家问她昨晚发生的事情时，她却一脸茫然。

此事发生时，田中支队的战况消息还没有传回日本。然而，事后人们得知，当时的战况竟与勇次郎的亡魂所说丝毫不差。

# 牌位田

《义民木内宗五郎》中提到的那个有名的甚兵卫渡口在一个叫印西的地方，而从印西的渡口向西约一公里处，有一块叫"牌位田"的庄稼地，因其形状像牌位而得名。这块地面积有八日亩[1]左右，土壤极其肥沃，因此田里的收成也十分好。但蹊跷的是，拥有这块田的农家每年都有人死于非命，才两年光景，能种田的人都死光了。

因此，这块地就成了荒地，杂草丛生，想进都进不去。然而，到了昭和二年（一九二七年），突然有个人吆喝着要耕种这块地，村里人都很惊讶。

这个人是邻村的一个老头，明治初期曾在乡间的相扑比赛中小有名气。他身形健硕，体重有一百多公斤，而且从来没有人见他生过病。但毕竟是亲眼看着好端端的人就这么一个个没了，村民们都不忍心袖手旁观。有好心的村民劝老头千万别冒这个险，可老头听到这些劝告，只是不屑地笑笑，压根不往心里去。

老头很快就收拾好了这块地，种上了稻子。而且他很勤快，总去地里除草施肥，因此稻田里结的稻穗也格外多。

---

1　日本计量单位，一日亩约为0.009917公顷。——译者注

老头见此情形，不由得嘲笑起那些胆小的村民来。

转眼就到了秋收季节。一天，与牌位田相邻的庄稼地里，那家的农民正在干活。到了中午，他拿出自带的饭菜，准备吃完再继续干。于是他坐在田边小道上，边歇息边吃饭，迎面习习凉风吹来，好不惬意。可当他的目光无意中掠过牌位田时，他差点吓晕过去：一团灯笼大小的幽蓝的鬼火球正忽上忽下地盘旋在牌位田上空。这火球四处飘荡着，像是长了眼睛在找什么人一样。大白天瞧见这么个东西，不慌了神才怪。农民又想起之前听说的那些恐怖传闻，吓得把饭菜一扔，撒腿就逃走了。

光天化日之下牌位田上飘着鬼火的怪事当天就传到了邻村，很快老头也听说了。但是他却不以为意，他对家人说，只有怕这怕那的胆小鬼才会遇到这种怪事，不用理会。

当晚，老头像往常一样，十点多就睡下了，可半夜里突然发起高烧，浑身难受得要命。家里人吓坏了，赶紧给他喂药，并请来了大夫。然而老头的病并不见好转，他痛苦地蜷着身子，嘴里还不停地念叨着，天刚亮就一命呜呼了。

出了这个事之后，关于牌位田的诡异传闻更是在方圆几十里的村子里传开了，于是再也没有人敢去打牌位田的主意了。据神秘人说，这块地原本是一个寺院所在，后来有强盗入侵，寺院的住持不幸被杀害了，但住持的怨念太重，他的怨魂一直飘荡在这里不肯离开。总之，这是个用现代科学常识无法解释的离奇事件。

# 平山婆

在福冈县嘉穗郡漆生村有一个叫平山的地方，那里住着矿工一家人。家里有矿工老两口和儿子儿媳，一共四口人。

事情发生在明治末年。有一天，这对老夫妇，也就是家里的老爷子和老婆子，不幸身染重病，没过多久居然相继死了。他们死后不久的一天，儿媳妇打开壁橱准备拿点东西，没想到刚打开壁橱的门，便"啊"地尖叫一声，飞奔到屋外。

当时，老人的儿子正在院子里劈柴，听到妻子的尖叫声，慌忙问道："怎么了？发生什么事了？"

儿媳妇脸色苍白，哆嗦着嘴唇，却一句话也说不出来。

儿子心下奇怪，又问道："喂，你怎么了？到底发生了什么事？"

"公公和婆婆在屋里啊。"

说完，儿媳妇又瞄了身后的屋子一眼，满脸惊恐。可是，那位儿子却根本不信。

"你疯了吧！死了的人还能复活不成？肯定是你看错了，那是幻觉。"

"不可能，绝对不是幻觉，我敢肯定。不信，你自己进去瞧瞧就知道了。"

"你真是胡说八道！光天化日之下，怎么可能发生这么荒唐的事。"

"我都说了是真的，你自己进去看看嘛。"

看着自己的妻子吓得魂不守舍，也不像是装的，儿子只得走上台阶，推开刚才妻子慌乱之中没顾得上关严的拉门，走进屋里看个究竟。进屋后，儿子抬头一看，老两口果然并排端坐在壁橱里。儿子猝然之间也吓得倒吸一口冷气。不过，他是一家之主，不管遇到什么事，都得硬扛下来。

"您二老是还有什么没了的心愿吗？如果有，就告诉儿子，别这样突然出来吓人啊，这样多不好啊。"

儿子话音刚落，老两口的身影就"嗖"的一声消失了。

到了夜里，妻子准备拿几床被褥，打开壁橱一看，公公和婆婆又像白天一样端坐在壁橱里。因为有丈夫在旁边，所以妻子胆子也大了几分，对着壁橱里的二老问道："你们回来，到底有什么事啊？总是这样冷不防地出现，人都被你们吓死了。"

说完，妻子就要上前从壁橱里取出被褥。这时，二老的身影又消失了。

到了早上，妻子打开壁橱，准备把被褥放回去，结果二老又坐在了那里。

从那以后，夫妻俩每次打开壁橱，总能看到二老端坐在里面，但是他们就那么坐着，既不说话，也不动。久而久之，他们家壁橱里藏鬼的事情就在村子里传开了。于是，村里的人都把壁橱里的老两口叫作"平山婆"。

后来"平山婆"的怪事越传越大，儿子儿媳小两口在村里实在住不下去了，只好搬到其他矿上去住。结果，老两口依旧天天出现在他们新家的壁橱里。他们搬到哪里，那对死去的老爷子和老婆子就跟到哪里……

# 狸猫的同居人妻

山形县最上郡丰田村有一位名叫杳泽仁藏的行脚商人。仁藏不同于寻常年轻人，他勤于家业，几乎每天都要出门行商，从这个村走到那个村，不知疲倦。仁藏有一位妻子，名唤阿直，是村里邻居公认的大美人。

昭和七年（一九三二年）二月的某一天，仁藏和往常一样离家行商，可不知什么原因，他当晚没有回家，第二天乃至后来几天也不见踪影，甚至连封书信也没有寄回来。妻子阿直担心不已，便出门去寻找丈夫，可没走几步又回来了——她实在不知该去往何处。

时光如白驹过隙，转眼已是人间四月天，繁花盛开。山上的积雪消融，处处都充满着浓浓春意。就在这时，仁藏突然回来了。阿直一见到仁藏，便嗔责道："啊，你这浑蛋……"随即便扑到仁藏怀里哭成了泪人。

仁藏对妻子说自己遇到了一桩大买卖，所以过去那段时间一直在外面东奔西跑，没顾得上回家，现在赚得盆满钵满，便把钱财带回来给夫人瞧瞧。阿直看到仁藏这一路的收获，终于放下心来。之后仁藏还是一如既往地出门行商，不过都会在太阳落山之前赶回家。

这一天，仁藏也和平时一样回到家中。阿直洗手做饭，仁藏帮忙打下手，两人

227

夫唱妇随，十分恩爱。就在他们开心地享用晚餐之时，突然有个人踹开大门，冲了进来。只见他单手握着棍棒，一冲进门，便把仁藏按在地上猛揍。

"你……你干什么?!"

阿直惊慌失措，不断推搡这个破门而入的凶恶歹人。但仔细一看，那歹人竟和仁藏长得一模一样。

"啊!"

阿直目瞪口呆，看向倒在地上的丈夫——哪里还有仁藏的身影，地上躺着的分明是一只浑身是血的大狸猫!

原来自四月起，和阿直同吃同住的竟是一只狸猫精。

真正的仁藏在那日出门行商时，突然像患了梦游症一般，不明方向，四处游走。最后他好不容易醒过神来回到家中，发现妻子阿直竟然和一只大狸猫有说有笑，还共享晚餐。他气不打一处来，抄起棍棒便冲入屋中，将那只狸猫精乱棍打死。

自那夜后，阿直便一病不起，没过多久就撒手人寰了。

# 马脸

初夏的暗夜里大雨滂沱。道夫脚踩矮齿木屐，用脚尖试探着慢慢地朝陡坡下走。小路曲曲折折，又没有一盏路灯，稍不小心就会滑倒，要么跌坐在地沾上一身红泥，要么摔进两边丛生的矮竹、青芒草和漆树丛中，被它们的尖刺划得遍体鳞伤。学校所在的山崖底下有一条通往镇子的大路，但绕得特别远，小路虽然难走，却是一条近道，因此道夫平常都选择走这边。

道夫是个画家，平常爱喝些酒。这天他去朋友宿舍，两人推杯换盏，喝了不少威士忌和啤酒。满肚子都是生冷的洋酒，道夫本想在回去的路上喝几杯热乎乎的日本酒换换口味，无奈口袋里一个铜子儿也没有，只能将沿途的咖啡屋、小酒馆都撇在身后，恋恋不舍地往家走。

已经快夜里十二点了，雨小了一些，但打在树叶上依然哗哗作响。道夫停了下来，朝陡坡下面看过去。坡下一片漆黑，什么都看不见。"真是怪了……"道夫心想。这一带虽然算不上繁华，但还是有不少人家的，这些宅子都围着树篱，院里种着树木，不可能一点灯光都没有。

不过眼下道夫只有一个念头，那就是赶快回家。女用人肯定早就睡得迷迷糊糊了，不过没关系，自己亲自到厨房拿些酒出来热一热就好。

积雨云飘了过去，雨势又小了一些。道夫继续向坡下走。无意间，他发现路边有一小团蓝色的光，很像抽烟袋时发出的火光。亮光来自一丛矮竹里，照得竹叶的叶脉清晰可见。

可能是萤火虫吧。道夫想起自己读过的中国随笔，里面记述了一则关于萤火虫的怪谈。夏天的傍晚，一个秀才在院子里的檐廊下小憩。不知不觉中，许多萤火虫聚集到他大腿周围。见状，秀才便调笑了一句。谁知萤火虫竟然凭空消失，变成了一个美女。此后两人便幸福地生活在了一起。

"要不你也变个美女看看？"话还没说完，道夫便脚底一滑。他拼命稳住前倾的身体，等到站定时再看，居然已经下到了坡底。

"哎哟，都滑到坡底了？一想到美女，连下坡都快了这么多。"道夫有点忍俊不禁。他把腰杆挺得笔直，向前走去。这时，他的伞好像被什么东西挂住了，发出吱吱啦啦的声音。

现在下的已经是淅淅沥沥的小雨。道夫左右看了看，两边都是桑树的枝丫，上面长满了硕大的叶子，自己的伞就是被它们挡住了。既然两边都有桑树，那这里肯定是一片桑田了。然而，道夫经常走这条近道，印象中好像从来没见到过大片的桑田。

不管了，究竟是桑田还是谁家院子里种的桑树，再往前走走就知道了。道夫把伞收了一些，以免再被桑树挂住。雨丝掠过桑叶，发出沙沙的声响。道路非常泥泞，道夫又要小心雨伞被挂住，又得注意脚下，只能摸索着向前走。

走了许久，道路两旁依旧是数不清的桑树。道夫心里纳闷，这里似乎真的是片桑田，但这地方几时有过桑田？不知不觉中，雨声消失了。他将左手伸出伞外，雨停了，没有雨点落在手上。雨都停了，自己还打着伞干吗？他收起雨伞，懊恼地甩了几下，把伞面上的水滴甩干净，再换到左手拿着。

"我是不是下坡的时候走错路了啊……"但这附近自己熟悉得很，即便走错路，也没理由闯进这么大一片桑田里来。

"真是咄咄怪事。都说狐狸精会迷住人的双眼，我是被狐狸精迷了吗？"

就在这时，道夫耳边忽然响起呼呼的鼻子喘气声。他吓得一激灵，赶忙扭头往右看，两三张长长的牲畜的脸隐约可见。

"吓死我了，这里怎么会有马？"他又向左边看过去，左边也有一两张马脸，还在噗噗地打着响鼻。

"这是闯进谁家的牧场里来了吗？"道夫完全糊涂了。不过，被马咬到可不是闹着玩的，他只能战战兢兢地继续往前走。这里怎么可能有牧场？自己每天都出来散步，还经常到各处写生，对附近的情形再熟悉不过了，哪里有什么牧场。道夫开始有些惴惴不安。

"如果这里真是牧场，那我肯定走了很远了。"

道夫停下脚步，整理了一下思路。这一路上，他经过了学校门前的五六家咖啡厅，还有两家小酒馆。学校和校园四周的围栏，还有旁边十字路口的路灯都没错。从十字路口转向学校所在的山崖底下，看到那株光秃秃的接骨木时，再转弯走下坡道。一切都和平常一样，怎么会走到别的地方去呢？

"还有，这些马是怎么回事……"呼呼的喘气声依旧在耳边响着，道夫左右看看，两边各有两三张马脸。

"不想那么多了。既然是牧场，那就得有看守的人。"道夫横下心来，决定一探究竟。他继续朝前走，那些马脸依旧在他耳边打着响鼻，不时还凑到他眼前。道夫的心情已经平静了许多，开始觉得口渴，要是有杯水或啤酒润润喉咙就好了。这让他又想起了热乎乎的日本酒。

道夫加快了脚步，想要尽快离开这个鬼地方。突然，前方出现了明晃晃的灯光。道夫喜出望外，有灯光就代表有人家。他赶忙朝灯光奔过去。那里有栋小房子，外面围了一圈低矮的树篱，树篱后是低矮的檐廊。

"是不是牧场主的家啊？"

管他呢，赶紧把路问清楚要紧。心里虽然这么想着，但道夫现在最渴望的是见到活的人，听到人的声音——他已经在荒无人烟的世界里徘徊太久了。小屋的造型很别致，像是演戏的舞台。纸门稍稍拉开了一条缝，门口站着一个女子，看起来有三十岁上下，梳着银杏髻。

深更半夜，自己一个大男人贸然闯进来，道夫生怕吓到人家，便轻声说道："打扰了……"

女子将脸转过来，答道："您好。"

"我不小心迷了路，请问这里是牧场吗？"

"是的。您要去哪儿啊？"

"我想回镇子上，请问该往哪个方向走？"

"去镇子上啊，那可远着呢。您不如先进来喝杯茶休息一下，养足了精神再走吧。"

道夫的确已经口干舌燥了，想要找个地方休息一下。但已经这么晚了，打扰陌生人似乎有些不太合适，因此他脸上露出犹豫之色。

"您别客气了。看您的样子一定很累了，进来歇一歇再走吧。"

"太麻烦您了吧？"

"没关系的，家里只有我和小姐两个人，一点也不麻烦。赶紧进来吧。"

既然家里只有两个女人，自己就不用防备太多了，哪怕是在檐廊底下休息一会儿也好。道夫回答道："那就打扰啦。"

"您就从那儿进来吧，门没上锁。"

"好的。"篱笆上有道小门，道夫推门进来。庭院里种着几棵树，开的花像是石楠花。道夫踩着地上铺的石板，走向檐廊。

"真是不好意思，我在这儿休息一会儿就好。"

"没关系的，您请坐。冒着大雨赶路一定很累了吧？"

"是啊，雨下得确实挺大的。"

道夫将伞靠在墙边，然后斜对着门坐在檐廊边上。坐下的时候，他无意中看了一眼屋里。只见里面坐着一位面色白皙的年轻女子，梳着岛田髻。她一定就是年长女子说的小姐了。

"您是喝完酒过来的吧？"年长女子的眼睛颇有风韵。

"是的。"

"您喜欢喝酒吗？"

道夫不由得微笑了一下，回答说："能喝一点。"

"那我给您拿些酒来。"

你拿来多少，我都能喝完——道夫心里这么想，嘴上可不敢这么说。"给我一杯水就可以了。"

"水当然也会倒给您，酒也喝一点吧。"说完，年长女子起身沿着檐廊向左走去。道夫觉得有点不好意思，但他原本就是不拘小节的性子，不一会儿就忘了这茬，又偷偷向屋子里看去。不知屋里梳着岛田髻的女子到底长什么模样，倒要看看清楚。女子只露出半边脸，正入神地看着膝盖上放着的书，似乎是本小说。不一会儿，年长女子端着托盘回来了，满脸歉意地说："没有什么好菜招待您。"盘子上放着一壶酒、一个杯子和一小盘乌鱼子。

道夫还有些拘谨，尽管他很想喝杯热酒，但没敢伸手。年长女子拿起酒壶，说道："我没给人倒过酒，可能动作会有些怪，您别介意。"

"有劳您了。"道夫稍稍低下头，举起酒杯。

年长女子将酒杯斟满，笑着说："让我这个从没倒过酒的人倒酒，怕是会影响您的兴致，不如您自己来吧。"

"恭敬不如从命，那我就自斟自饮啦。"

道夫心里明白，这里不比自己家，不能敞开了喝，但盼了这么久的美酒摆在眼前，无论如何也是忍不住了。酒一入口，分外香，道夫一杯接一杯地喝了起来。

"您真的是很喜欢喝酒啊。"年长女子眼角含笑。

"可不是嘛，成天一身酒味，自己闻着都讨厌。"

"您能喝多少啊？"

"说不好……"没事的话，道夫能喝一晚上，因此他也不清楚自己到底能喝多少。

"酒量大到连您自己都不知道了啊？"

"没有那么夸张。"道夫苦笑了一下。

"今晚您是在哪儿喝的呢？"

"白天在朋友那儿喝的，都是啤酒和威士忌，所以想在回去的路上喝点日本酒。但是……"说到这里，道夫才察觉到自己说漏了嘴。

"但是什么啊？"女子笑了起来。

"但是没带钱，所以想回自己住处再喝，没想到迷了路。"

"这样啊，看来您真是个好酒之人呢。您尽管喝吧，这儿酒多的是。"说完，年长女子起身走了。道夫两眼放光目送她离去，仿佛她的背影是一幅绝美的图画。

"给您添酒来啦。"年长女子又拿着一壶酒回来了。

"真是不好意思……"嘴里这么说，道夫的手却拿起酒壶。

"酒就这么好喝吗？"

"当然好喝了。"

"我要是能喝一点就好了。"

"您不会喝酒？"

"嗯，一滴酒都不能喝。"

"真是可惜，酒可是人间美味啊。"道夫直勾勾地盯着年长女子，她身姿窈窕，很像他在胜浦的旅馆里结识的女佣。

"您进屋去吧。小姐自己在里面也怪孤单的，您不如进去好好歇一会儿。还是说家里有人等您回去？"

"哪有人等我回去啊。"

"那就进屋去吧。您想喝酒，我可以陪您。"女子递过来一个眼神，道夫觉得自己的魂都被勾走了。

"可我脚上都是泥……"道夫嘴上推托着。

"没事，我给您擦干净。您别客气了。"

"那……我就……"道夫摇摇晃晃地走上檐廊。女子来到近前，轻轻牵起道夫的手说："请跟我来。"

道夫顺从地跟着女子，朝檐廊左边走去。

"请稍等。"女子轻声说。

道夫停下脚步，站在那里。女子蹲下身子，用温热的湿毛巾将道夫的脚擦干净，头上好闻的香油味沁入道夫的鼻子里。

"请进吧。"女子将一只手搭在了道夫的肩膀上。道夫觉得自己好像进了那种能够召妓的酒馆，不由得靠向女子，跟着她进了屋。

"就是这里了。"

屋子里铺着蓝色缎面的被褥。

"您躺下歇一会儿，我去拿些酒来。"女子的脸已经贴上了道夫的脸颊。道夫感觉自己像置身云端一般舒服。折腾了一晚上，道夫太累了，不多会儿就进入了梦乡。忽然，他被尖利的女人声音吵醒。

"你这骚狐狸，又趁我不注意做这种事情！"说话的是梳着岛田髻的年轻女子，她手里拿着一支蜡烛。年长女子就站在她旁边，低着头不敢说话。

"你这人是怎么回事？再不赶紧走，我要你好看！"

道夫慌忙跳起来，撒腿就跑，也不知漫无目的地跑了多久，才敢停下脚步。他环顾四周，发现不远处有一栋小木屋，屋檐下的小窗里透出明亮的光。

看见光亮，道夫放下心来，朝着小屋的方向走去。这是一家铁匠铺，屋内炉子里的火烧得正旺。炉子旁边坐着一位满头白发的老婆婆，像是在等着铁块熔化。

"请问去镇子上应该怎么走啊？"

老婆婆目露凶光，向右抬了抬干瘪枯黄的下巴。道夫毛骨悚然，一句话也不敢多说，顺着老婆婆指的方向快步离开。没走多久，他便看到了熟悉的镇子，回到了家。第二天，道夫本想先去老婆婆的家，再找到那个牧场和牧场里那栋神秘的房子，但最终一无所获。

后来，道夫找熟悉当地情况的人打听，但没人知道这究竟是怎么回事，只有一个老人告诉他，很久以前，那一带曾有过一间马厩。

# 千猿剑

大正十二年（一九二三年）九月一日，高桥秀臣君去埼玉县讲学，突遭关东大地震。次日九月二日，他才狼狈不堪地赶回位于神田锦町的家宅。不料，家宅已被烈火化为一片白地，他只能四处寻找家人的下落。找到家人才发现，众人匆忙逃难，仅以身免，家中大小财物均未能抢救出来。其中，高桥家的传家宝，也是秀臣君不忍释手的心爱之物——铸剑国手光广大师的名作千猿剑也不知去向。

对此，高桥君惋惜不已。宝物不外乎损毁于大火之中，或者落入他人之手。如果落入他人之手，说不定还有重现之日，可要是毁于火灾，则永无再见之时了。不料到了次年九月，一个素昧平生之人来访，将千猿剑交给高桥君，道出事情原委后，未留下姓名就告辞而去。高桥君转告来人所述原委如下：

"不速之客面色苍白，开口说道：'友人于地震次日，在丸之内路边拾到此剑，知道此剑不同于凡物，便一时起意带回家中。不料，从当晚开始，每日做梦梦见数以百计的猿猴在枕畔喧闹尖叫，日久天长，罹患了神经衰弱之症，于是将此剑转交我代为保管。我不明就里，轻易应下此事，结果轮到我每日梦见猿猴喧闹。至此，我才发现这是此剑在作祟，为的是要求尽早物归原主。唯有从剑匣外的旧主名字入手，四处打听阁下的居所，现在正该物归原主。'此人说完，不肯留下姓名便一去不返。"

# 水兵

说起来这事还有点久远。那时候，前往横须贺的电车还没有开通，交通工具仍然是传统的老火车。

傍晚六点四十分左右，那趟列车从田浦发车的时候，经常可以看到一个没戴帽子、脸色苍白的水兵，像个鬼影一般，飘飘荡荡地往二等车厢走去。

"怎么又是这个水兵？"

有旅客发现，几天前也是在同一个地方，看到同一个水兵像鬼影一样悠悠荡荡地飘过去。正在这时，从二等车厢的方向走来一名列车员。

旅客向他打听道："你有没有看到刚才那个进入二等车厢的水兵？他之前也在这儿出现过。他到底是人是鬼？"

列车员骨碌碌地转着小眼睛反问道："你是说那个没戴帽子的水兵吗？"

"对，就是他。"

"他是不是进车厢去了？"

"进去啦，你难道没看见吗？"

"那……你有见他出来吗？"

"你这话是什么意思？"

"那就让我来告诉你吧……"

那名旅客后来听了列车员的讲述，终于明白了情况。有一次，三个水兵结伴到田浦一带去旅行。在回来的路上，其中一个水兵的帽子掉了。为了捡帽子，那个水兵不幸被列车给轧死了……

# 尸气

大正十二年（一九二三年）九月一日，一场折天柱、绝地维的大灾难突然袭来，摧毁了整个首都东京及周边的横滨、横须贺等城市，武相豆、房总及其他地方的城镇、村庄也都受到波及。对于这场无情吞噬了十万无辜生命的大灾，见者无不伤心落泪，闻者无不黯然神伤。

这一年的二百一十日[1]是九月二日，灾难就发生在前一天。当天早上，突然乌云密布，断断续续下了两三天的阵雨变成了狂风骤雨在天地间肆虐，没多久又风停雨住，云开雾散。天空湛蓝如洗，亮得让人心悸。阳光炽热，照着篱笆下的牵牛花火一般刺痛人的眼睛。现在想来，这应当是某种预兆。放在衣柜上的闹钟年代久了，总是慢五分钟，我也懒得调，随它去了。和往常没什么不同，这天闹钟也在不紧不慢地走着，直到指针定格在了十一点五十分。

我正在二楼和客人闲聊，递给他一支烟，刚点上火。突然，一阵低沉的轰鸣声传来，犹如地心里钻出一股黑旋风，要把人拉下去一般。我赶忙把烟灭掉，想要弄清楚声音的源头。这时房子开始剧烈地晃动，将地板上铺的榻榻米都颠了起来，那

---

1 日本的杂节之一，从立春之日起算的第二百一十天。这一天被日本人视为厄日。——译者注

榻榻米像活物似的跳来跳去。我吓得站起身来，踉踉跄跄地往外走，忽然想到应该把妻子和孩子们都叫上来，便赶忙跑到楼下。

妻子跌坐在门口，左手死命抱着柱子，伸着右手想要将旁边的小女儿揽过去。八岁的女儿只穿着一件红绸浴衣，吓得趴在榻榻米上不敢动弹，一边大声哭叫，一边勉强用两只胳膊撑起身子。我一把将她拉住，又搀起妻子，两人合力将她抱起，然后推着姐姐的孩子走上二楼。还好我家的两个大孩子趁暑假去了土佐，否则真的照顾不过来。

房子还在不停地晃动。楼上的两个房间连在一起，用推拉门隔开。妻子伸手去抓门把手，想要稳住自己，没想到门已经不稳，直接歪倒了。所幸这时震动小了些，我四周看看，才意识到二楼的客人不见了。原来我离开这会儿，他从二楼跳了下去，把脚崴了。不过我一时也顾不上他，当务之急是趁这个当口赶紧让妻子和孩子们离开房间。我抱着女儿，让妻子牵住姐姐的孩子，催着她们来到了一楼的门口。我怕她们自己待在外面有危险，就让妻子背上女儿，牵着姐姐的孩子先出门，我随后跟了出来。

我家门口左边的拐角有一间木结构的旧房子，里面住着几个中国人。房子被隔壁倒塌的米店、鞋店挤压，已经摇摇欲坠，向我家大门倾斜了过来。余震还在一波波地袭来，我陪妻子和孩子们来到附近一栋奈良县建造的宿舍的院子里，然后回去背脚受伤的客人，把他也安置在了这里。这时陆陆续续开始有人前来，都是附近来避难的居民。我买了些香烟和蜡烛回来。在去酒馆买汽水的路上，我看到有户人家在清理坍塌的屋顶，我帮忙把屋瓦揭了下来。屋顶下压着两个年轻人，似乎是一对夫妇。男子留着胡须，脸色蜡黄。

安顿好家人和朋友后，我朝住在藤坂附近的朋友家赶去。通往大塚的电车轨道上都是避难的人，两边的房屋虽然没有倒塌，但屋顶的瓦片几乎全都掉下来了。我那朋友的妻子也在避难的人群当中，坐在一张席子上，撑着遮阳伞，抱着刚出生的小婴儿。

远处不时传来放炮一般的声音。四周都是"起火了，起火了"的喊声。朋友惦记家里，也从牛込的宿舍赶了回来。我从他口中得知，炮兵工厂也着火了。我和朋友沿着电车大道来到传通院前。路上的人群如潮水一般涌动。有几个男男女女合力推着带箱子的推车，箱子上杂乱地堆着一些被褥。有的人拉着排车，车上装满了柜子、包袱；有的人上身只穿件单衣，腰上裹着浴巾，背上背着婴儿，手上还牵着个小孩子；有的人扛着抽屉，抽屉里面装着几件衣服；有的人只穿件衬衣，抱着个保险箱。还有挑担的，背着老太太赶路的，横抱着满头是血的小男孩乱走的。人人都灰头土脸，目光暗淡，不看头发的话，根本无法区分男女。

炮兵工厂的火光清晰可见。电车轨道折向春日町，拐角处有一些房屋烧了起来，冒着青色的火焰。炮兵工厂的火一直蔓延到江户川岸边，沿路的两排民房都在熊熊燃烧。我们沿着江户川向左转弯，只有这条路上的房屋免于失火，但屋瓦都被震掉，有些房屋已经东倒西歪，屋顶塌了下来。河上有座小桥，人们在桥下安了一台水泵，伸着橡皮管子抽出河里的泥水灭火，但看起来无济于事。

炮兵工厂靠近市兵卫河岸的地方有一栋三层楼房，这时也烧了起来。火光中不断响起炸弹爆炸的声音。我们攀到了甲武铁路的轨道上四下看看，天刮起了大风，风助火势，神田一带到饭田町已经成为一片火海。远处饭田町三丁目的电车站一带还没烧着，许多小小的人影冒着火四处乱跑，像无所适从的人偶。远近的天空都被灰蒙蒙的烟雾笼罩，四周一片让人心颤的昏黄。已经离开市区很远了，大地的震动却依旧没有停歇，我有种不祥的预感：更大的灾祸还在后面。

大火将东京全市的三分之二化为焦土，燃烧产生的浓烟直直地涌向天空，形成两块巨大的积雨云。乳白色的云团压得人喘不过气，下面翻滚着灰色的浓烟。我爬到切支丹坂的树上，看着云团忽而膨胀，忽而收缩。不断有避难者从江户川方向过来，边往前跑，边悲伤地回望那片云。太阳落山了，云团变成了鲜红的火焰。

隔两个小时左右就会有一次余震。妻子从家里抢出一个食盒，大家摸着黑草草吃了些饭。我又回家拿来被褥，一家四口排好枕头，盖着被子睡觉。周围的人窃窃私语的声音不时传入我耳中：大火烧毁了警视厅，烧毁了帝国剧场，烧掉了日本桥、京桥、浅草，烧遍了本所、深川，压死、烧死的人不计其数。还有人说大火是因朝鲜人的炸弹袭击而起。

第二天，我先到本乡的西片町，和住在那里的朋友一同赶往本乡三丁目。站在三丁目的本乡座[1]附近，透过层层烟云，能看见从汤岛天神[2]一带到神田明神[3]都已经惨遭大火侵袭，只有一两栋房屋残存。残垣断壁中，有些地方的火还没有熄灭，向外吐着浓烟。从这里通往壱岐坂的下坡路右侧有一条平行的道路，我和朋友沿着它穿过顺天堂一带，一直走到水道桥前。沿路到处可见火灾肆虐后的痕迹。简单查看后，我们踏上了归途。

在真砂町的电车站和朋友道别后，我沿电车轨道越过春日町站后，沿着炮兵工厂旁边的坡道向上走去。火灾过后的炮兵工厂一片狼藉，但这片区域仍有建筑保存完好，似乎没有被波及，只是周围的砖围墙倒塌，像是被爆破过一样。登上坡顶右转，就是炮工学校的围墙。这段土墙也已经坍塌，土墙上原本覆盖的瓦片散落一地，水户藩邸仅存的古老遗迹也终于消失。想到这里，我不禁感到有些遗憾。几天后，我从住在藤坂上地区的朋友口中得知，水户藩邸的遗迹包括那段围墙、涵德殿及后乐园入口处的两座仓库，可惜涵德殿和仓库也都在震灾中倒塌了。

为土墙惋惜的同时，我想起了藤田东湖[4]的故事。安政乙卯年（一八五五年）十月二日晚上十点，著名的安政大地震发生时，这位黑脸的学者冲进房中救母，不幸被倒塌的房屋压死。由东湖我又联想到新井白石[5]。《折薪记》[6]记载，元禄癸未年（一七〇三年）十一月二十二日晚的大地震发生时，白石正在藩邸侍奉。当时白石住在汤岛，家背后是高高的山崖。二十九日晚，白石家起火。白石在院子里挖坑，放入书籍，压上六七层榻榻米，又盖上了厚厚的土。

谈到白石，又让人想起三册《安政见闻录》的作者假名垣鲁文[7]。鲁文曾住在

---

1 位于现东京都文京区本乡三丁目，明治初期至战前昭和时期为剧场。——译者注

2 位于东京都文京区的神社，旧称汤岛神社，因祀奉有学问的菅原道真公而闻名。——译者注

3 位于东京都千代田区的神社，又名神田神社。——译者注

4 江户时代末期思想家、学者，水户学派代表人物，对幕末政界有很大的影响。——译者注

5 名君美，号白石，江户时代中期政治家、诗人、学者，日本朱子学派的代表人物之一。——译者注

6 又名《折焚柴记》，新井白石自传。——编者注

7 幕末至明治初期剧作家、通俗小说家。——译者注

汤岛的妻恋神社下。鲁文的家是两家书店共同出钱买给鲁文的。房屋面宽九尺二间，进深两间半，外屋铺着三张榻榻米，里屋地面上只铺了木板，随便盖了几张草席。屋子简陋，最引人注目的不过是外屋的格子门和通往二楼的梯子。格子门是花二分钱从葭町的艺伎屋买的，梯子也是一家餐馆的旧货。鲁文前一年刚娶了自己下属酒井某的小妾的妹妹。当时他的收入来源主要是制作海报，一张一朱[1]，简装书五十页的润笔费二分。书以鲁文的名义出版，因此他收入颇丰，然而他对待钱财一向是左手进右手出，家无余财，生活相当拮据。

安政二年（一八五五年）十月二日，"糸屋"书店所求的底稿完成。妻子将底稿送去，照例领了润笔费二分，一分付了拖欠的地租，一分买米。妻子在井边淘米，鲁文蜷在脏兮兮的被窝里读书。突然大地震动，和房子极不相称的大梯子和墙上的土一同砸下来，将鲁文压在了下面。妻子摇摇晃晃地跑进屋里，把梯子搬开，幸亏有被子和墙土垫着，鲁文竟丝毫没有受伤。夫妻两人在屋外过了一夜。第二天一早，出版流行小说的书商过来，请鲁文画一张与地震相关的画报。鲁文站在院子里，挥洒写就一篇小文《老鲇》，并画好了草图。这时恰巧画工狂斋前来，鲁文就将草图描了描，递给了他。不想这画极其畅销，其他书商纷纷前来求画，五六天之间，他又画了四五十张草稿。


这一天，我被安排在街道上负责警戒。有人在道路上张贴告示，称朝鲜人趁地震之机，企图于当晚在竹早町的小学校一带放火，要众人警戒。于是各家都安排一个人出来，拿着步枪、刀、手枪等在周围警戒。九月三日，政府发布戒严令。

我把手枪柄锯短，又在枪套上裹了一层报纸。我拿着手枪，昼夜不停地在藤坂的道口及切支丹坂下站岗。六日早上，报纸上登出"东海道列车坠入海中，死伤三百余人"的新闻。看地点，正是在根府川。我有些事情放心不下，想前往东京站确认一下，如果担心的事情没有发生，我就去本所的被服厂查看。于是我拜托从深川前来避难的朋友替我站岗，然后出了门。

---

1　日本近代货币单位，一两的十六分之一，一分的四分之一。——译者注

我去本乡有些事情要办，便绕了些路，来到大学的正门前，然后沿电车街穿过若竹的前方，走到顺天堂附近。一路上，九月二日看到的本乡的焦土、瓦砾再一次刺痛了我的眼睛。因可以俯瞰整座皇城，尼古拉教堂的高塔曾引起部分爱国者的极大愤慨，现在也惨遭火焚，丢了塔顶。我本想从御茶水桥过河，但桥墩还在冒烟，看着有些危险，而且还有士兵在桥面上铺了钉子带阻断交通，我只得转身走向了昌平桥方向。

　　道路左侧的女子高等师范学校、教堂、教育博物馆等建筑都已被火烧毁。教育博物馆前方河边的小屋已经只剩灰烬，只有一个油罐还在燃烧。

　　越过昌平桥，我去了须田町。那里只剩下万世桥电车站、高架桥和街头的铜像。其他地方尽是土屋的残骸，只剩四壁的砖房，冒着火的保险箱，钢筋骨架，水草一般缠住人手脚的电线，还有石块、瓦片、砖头、灰烬、残火、浓烟。穿过一片废墟的火灾现场，我走向本石町，从这里越过新常盘桥，来到东京站。东京站附近的大建筑物都幸免于火灾，虽然受到地震摧残，却依然巍巍耸立，让人心中生出些许安全感。

　　东京站内也有许多人避难。我到站长室询问了列车的情况，列车坠落的报道的确属实，所幸我担心的事情并未发生，于是我决定按原计划前往本所。过吴服桥，横穿日本桥的街道，沿火灾后的白木屋正要举步，我忽然想去本石町和马喰町的书店凭吊一下，便折回来，越过栏杆上的装饰被烧得几近剥落的日本桥，穿过三越被烧得只剩框架的建筑，从本石町的十字街口右转。

　　风吹来火焰留下的热气，吹起火焰烧剩的灰烬。天空中，烈日施展着淫威。我喝着在东京站前买的汽水，继续赶路。

　　很快我便在道路左侧找到了本石町书店的残骸。尽管建筑已经被烧得不成样子，但柱子上依旧挂了一块牌子，写明了工作人员的避难场所。看了半晌，我离开这里，去找位于右侧的马喰町三丁目书店。沿路有许多人，有人拿着铁锹在瓦砾堆里刨东西，有人捡来烧得只剩一半的白铁皮搭小屋。

　　前面出现一条小河，河上架着一座桥，几个士兵扛着上了刺刀的枪，站在那里。我无意间瞥了一眼桥左侧的河面，只见河上漂浮着无数棉被和草席，还有两具尸体。其中一具面朝下，穿着衬衣，胳膊左右张开，紧握双拳，脚尖很用力地绷起，看起来像死去的水獭或猫。下游十七八米处是另外一具尸体，像土偶一般仰面朝天。我看着这两具尸体，感觉他们似乎从未活过。

桥左右两侧的栏杆底下堆着许多铁棍和竹竿，竹竿的一端都被削得像枪尖一样尖锐。一个年轻男子不知说了些什么，伸手拿了一根竹竿。我看他拿，便也伸手拿了一根铁棍。谁知才刚拿到手，士兵就端着枪来到近旁，一把抢走铁棍，训斥了我一通。我立刻明白，这些铁棍都是从行人手中没收来的。我苦笑一声，拿了一根被切掉的黑色短竹棒，过了桥。

这里是浅草桥，周围缺乏参照物，我竟没看出来。一边走，我一边心里琢磨，怎么总也找不到马喰町三丁目？直到眼前出现一个巨大的黑烟囱，我才意识到那里是藏前的专卖局。看来只能改天再去马喰町了，但听说厩桥已经禁止通行，我只能返回浅草桥，往两国桥走去。

这里也有两三名士兵监视着来往的行人。我走在道路中央，眼睛望向神田川的河口。已经开始退潮，浑浊的水面缓缓下降，水边漂动着两三具尸体。我停下脚步，定睛观瞧。河水里一些石块露出来，许多门板、衣服被它们挡住，漂在水面上，表面已经晒干了。其中也混着一具尸体，这尸体仰面朝天，双脚沉进水里，已经被水泡涨了，相扑选手一般浑身鼓鼓的。几天前就听说两国桥、厩桥及吾妻桥底下塞满了尸体，因此看到他，我也并不特别惊讶。

国技馆的外形依然完整，这座建筑矗立在两国的天空下，完全不像遭过火灾的样子。过了两国桥，我本想沿着电车的线路走，但看到有人从桥边往河岸走，便向一位推着自行车的年轻男子询问前往被服厂的路怎么走。看他的穿着，似乎是商店的店员。他回答我说，从哪条路走都可以。我便折向河岸，河岸搭着一长排小屋，许多人在里面避难。

右边是两国的公路，道路被厚厚的灰烬覆盖，钢筋般焦黑的路面时隐时现。河边有一栋建筑，似乎是用来制造电气工具的，居然在大火中保存了下来。隔着一条路，对面有一座石头门和一段土墙，路边还有两三棵烧得只剩半截的梧桐树。石头门前铺的石板上坐着一个老汉，穿一件两根筋背心，披着衬衣，右手和头上都缠着绷带，看着像是漕运行的老板。我热得受不住，便在石桥边的石头上坐下休息。打开瓶盖喝口汽水，点上烟抽了一口，我向老板打听被服厂的位置，得到的回答却是："喏，就在那边不远，不过你还是别去看得好。"

就快十二点了，我告别老板，继续向被服厂走去。被烧毁的建筑物尽头，一条小小的水渠上架着一座小桥，桥边有座警察岗亭。远远看去，岗亭这边的建筑前站着许多人，可能是在火灾中受伤的人吧。许多身着破衣烂衫的孩子和妇女坐在席子上，身上缠满了绷带。后来我才知道，他们都是从被服厂被救出来的人。一个五岁的小女孩，两腿和头上缠着绷带，伸开两腿坐着，一手递出一个小小的茶碗，一个穿着汗衫的男子正捧着水壶给她倒水。看到这情景，我感觉胸口像被堵住似的，喘不过气来。

路右边撑着几顶帐篷，有警察不停地进进出出。我走过桥去，能看见藏前的专卖局的烟囱就在前方。我的右侧是一栋大宅邸崩塌的石墙，石墙内涌出很大一股泉水，泉水周围的树木或被烧死，或已折断。越过宅邸的废墟，一名士兵站在路边。看来被服厂就在里面了。我不打算跟他纠缠，走向了他身后通往里面的小路，五六个男子正从里面走出来。没走几步，便闻到脂肪燃烧的臭味——小路左侧，一具尸体靠在残存的柱子上，小臂和小腿都已不见，全身被烧得焦黑，分不清是猴子还是人。前面六七米处还有两三具焦尸，我一阵反胃。奇怪的是，我并没有什么同情或心痛的感觉。

再往前是一栋烧毁的建筑，三个穿立领制服的人站在那儿。他们旁边不远处生着一个一张榻榻米大的火堆，火堆上盖着一张白铁板，下面的柴似乎是折断的柱子，不知在烧着什么东西。建筑的入口冲着路的拐角，入口的房檐上挂着写有"相生警察署巡查合宿所"几个字的牌子。再往前是一个广场，许多人在广场上走动。建筑与广场的边界线上拉起了绳子，一个士兵正在站岗。这么郑重其事地拉起绳子是为了什么？我不由得看了一眼——绳子附近的地面上散落着焦黑的尸体。我终于确信，这里就是被服厂。我赶忙将目光前移，向广场看去。看到里面的情形，我不由得眼前一黑。

广场上密密麻麻都是尸体，分成几块地方摆放，如同渔夫出海回来将鱼摆成几堆，等待客人挑选一样。有的地方是二三十具尸体摆一起，多的地方有上百具尸体。这么摆放是为了方便家属前来认尸。远处传来为死者超度的诵经声。

五六个人围着士兵吵吵嚷嚷，我立刻明白，只有找寻死者的人才能进去。我掏出相熟的报社人员的名片，同士兵讲了一下，他将我放了进去。我掏出手帕捂住口鼻，想要从左侧斜穿过广场。我快步向前走，目光不敢停留，怕看多了尸体，就会丢了力气。但目光所及全是尸体，有的像泡过水一样全身鼓胀，有的像腐烂的鱼一样半边身体黏黏糊糊的，有的浑身焦黑。还有许多孩子的尸体。一具半焦的女尸身旁有一小团焦黑的木炭，想来应该是女人生前背着的孩子的尸体。

风迎面吹来，只要手帕稍有缝隙，恶臭就会刺入鼻孔。我放弃斜穿过广场的打算，沿右边尸体较少的方向跑了回去。

一栋钢筋水泥建筑前也有两三个人点起了火堆，其中还有一个女人，他们是在焚烧自己亲人的尸体。这些人也都用手帕捂住鼻子。我从他们旁边过去，从左侧的建筑间来到断墙边。外面就是电车街。

我走上电车街，再次大吃一惊。被服厂和电车街之间的水渠被烤沙丁鱼一般的焦尸堆满，不知有几百、几千具尸体。我这才相信，被服厂烧死三万余人并非谣言。对岸被服厂里还有一堆一堆的尸体，几个苦力正一具一具地往下扒，运到厂外。还有些人散在各处，在尸体堆里查看，应该是在寻找亲人。


回程时，我没有走吾妻桥，而是让桥下的士兵用船将我渡了过去，绕到了浅草公园。公园里，浅草寺和观音堂还在。观音堂内，银杏树枝叶繁茂，凉风习习吹面。花屋敷[1]已经被烧没了，只有困在笼子里的一只猴子动也不动，呆若木鸡。因为地震，十二层楼房的顶上三层塌了下来，只剩下九层。半个月后，这栋十二层的建筑被爆破拆除。

公园里的山上有条长椅，我在长椅上坐下，左右看看上野被烧得一片灰白的小山，狠狠地咬了一口从花屋敷前买来的梨子，鼻端似乎还能闻到那令人窒息的尸体气味。

---

1 浅草花屋敷的历史可追溯至一八五三年，原为植物园，在江户时期用作文人雅士集会、休憩的场所。进入明治时期，为招揽更多大众游客，园内开始增设游乐设施与动物园。——译者注

# 御先怪谈

我出生在高知市南部沿海地区，年少时就常听人说起"御先"的故事。少不更事的我听到这些无形无相的鬼怪奇谈，有时会嗤之以鼻，有时却也会心生畏惧。

"那人啊，碰到七人御先了，所以才生了病。"

每当有人外出后意外染病猝死，大家就会说这是七人御先所为。还有的人为了驱逐七人御先，特地喊来道士做法事并祈祷。由于这些事情，时至今日我都对七人御先怪谈感到恐惧。

在讲七人御先的故事之前，且让我先从八人御先怪谈开始慢慢给您道来。

话说在天正十六年（一五八八年）十月四日，领主长宗我部元亲[1]刚刚把居城从冈丰迁至大高坂。正值城池修建之际，元亲将一众老臣邀至城中，共同商议确定继承人的事宜。据说那时元亲的长子信亲战死于丰后地区的户次川，所以元亲定四儿子盛亲为继承人，并将长子信亲的女儿许配给盛亲为妻。

元亲原本还有个次子，名叫香川亲和，然而也在前一年英年早逝了。按理说，

---

1　长宗我部元亲，日本战国时代的土佐大名，土佐七雄之一，外号"鬼若子"。——译者注

继承人的位子应当轮到三儿子津野忠亲来接替。何况让四儿子盛亲迎娶其长兄之女，这可谓乱伦。但凡明白之人，无不紧蹙眉头，但碍于元亲的威仪，没有人敢直言上谏，直到这时……

"领主家中还有长孙次郎殿下，臣认为应当由次郎殿下继承领主之位。"

突然从角落里传来一个冷冷的声音。众人皆吃惊不已，循声望去。说话的是个个头矮小、皮肤白皙的男人，他正是官居左京进的吉良亲实[1]。吉良亲实本是元亲弟弟的儿子，又娶了元亲的女儿为妻，所以，亲实既是元亲的侄子，也是他的女婿。彼时的亲实刚受封于弘冈吉良峰城，又称莲池城，且已经迁往该地。

吉良亲实远远地望着领主元亲，接着说道："而且，臣以为娶长兄之女为妻，实在有违人伦。"

"吉良大人说得有理啊，置长孙次郎殿下于不顾，却立千熊丸（盛亲）为继承人，恐怕是乱了嫡长子继承的顺序啊。"

这时，亲实右侧也有人发出了附和之声，说话的是左京进亲实的同族，一个名叫比江山亲兴的人。

"吉良大人说的虽有几分道理，可老臣以为，领主的家事理应由作为首领的领主大人自己来决定，这是天经地义的。"

提出反对意见的是元亲的家臣久武亲信，又称久武内藏助亲信。久武亲信从父亲内藏助亲直手中接过权力，掌管佐川一带。此前，久武亲信将修建大佛殿所需的木材进贡给元亲时，元亲命他在仁淀川的岸边监管这些木材。适逢亲实等一行人来附近狩猎，傲慢的亲信以职务在身为借口，对他们不理不睬。血气方刚的亲实一时气急，将弓箭射了出去。那箭射中了亲信的宽檐帽子，发出声响后，又被弹了回去。亲信颜面大失，一直对亲实怀恨在心。

"就算是首领，也不能行有悖伦理之事。身为领主大人的家臣，眼看着大人陷于不义而不劝谏，反倒助长其不义之行，岂不是卑鄙至极！"

左京进斜眼看向亲信驳斥道。满座臣下鸦雀无声。

---

1　日本战国时代的武将，吉良亲贞之子，长宗我部氏家臣。幼名新十郎，其正室是长宗我部元亲的女儿。——译者注

"吉良大人，您方才所说的一番话实在怪异至极啊。公子信亲殿下战死沙场，领主大人悲痛万分，将信亲殿下的女儿许配给千熊丸为妻，这不正是领主大人想要忘却失子之痛的一片苦心嘛。连领主大人的这片苦心都没有考虑到，还在一旁说三道四，微臣以为这才是对领主大人的大不孝之举吧。"亲信也不甘示弱地回击。

"有何不孝？我是为了不让领主陷于不义之地才进谏，而内藏助亲信大人对有悖人伦之举一味阿谀奉承，才是对伦理道德的践踏！我是让领主大人悬崖勒马，有何不孝？"

"够了，够了，都别说了！"

坐在一旁的领主元亲一脸不悦，打断了两人的对话，不耐烦地起身走向里间。

当时，吉良亲实住在小高坂（如今的高知县立师范学校背面）。那一天以后，他没有再到元亲面前进谏。这让久武内藏助有了为仁淀川之耻报仇的机会，内藏助每日在元亲身边进谗言诽谤吉良。

天正十六年十月十四日，桑名弥次兵卫与宿毛甚右卫门两人奉领主元亲之命，前往小高坂吉良亲实的府邸。亲实那天正与来客对弈。传话人告知亲实此事后，亲实手里拿着那颗原本要下的棋子，迟迟没有把棋子放到棋盘上，看样子似乎在思索什么。

"看来是领主派检使[1]来了，可眼下我正在下棋，让他们先等着，待我把这盘棋下完。"

语罢，亲实静静地将棋子按下。亲实的这一着棋下过之后，客人也准备走下一步，但他的指尖却突然战栗起来。亲实那年不过二十五岁。不久，那局棋结束了。亲实与客人一同回味了刚才的几步棋后，便将自己的棋子收进棋盒里，放在棋盘上。

"接下来该会会两位检使了。"

---

1　日本中世纪时期负责调查事件真相的使者，亦称实检使。——译者注

250

亲实从容地走向外殿，迎接检使。桑名弥次兵卫眼睛盯着榻榻米，转达了元亲的命令。

"正如我所听说的那样，人一旦大势将去，往往会陷入窘境，有逆天理而为的行为。君主逆道而行，臣下没有道理再为其谋事，长宗我部家失势也就在这五六年了吧。"

亲实前往浴室，用凉水将身体冲洗干净后，又回到殿中，在两位检使面前平静地自杀了。他的尸骸被埋葬在吾川郡木塚村以西的一片地方。

触动领主元亲的逆鳞而被赐死的还有八人，依次是比江山亲兴、永吉飞驒守、宗安寺真西堂、吉良彦太夫、城内大守坊、日和田与三卫门、小岛甚四郎、胜贺野次郎兵卫。在这之中，元亲派中岛吉右卫门、横山修理两人为检使，前往比江山亲兴家中。亲兴是长冈郡比江村日吉城的城主，也是长宗我部家的一介老臣。被赐死时，亲兴有一座在大高坂城北部的宅邸才刚开始修建。

被派到胜贺野次郎兵卫家中的是土居肥前胜行。与其说胜行是检使，倒不如说他是领主派去的杀手。胜贺野次郎兵卫是亲实的家臣，当时人在莲池。

"胜贺野此人消息灵通，要出其不意，切莫失手。"元亲如此提醒胜行。

随后，胜行领旨出城向西面去了。

"土居大人，您去哪儿啊？"

问这话的是从胜行身后跟来的两个武士，一个叫盐见野弥惣，另一个叫野中源兵卫，这两个人都与胜行相交甚好。

"我要去莲池城一趟，取胜贺野的首级。"

胜行对这两人解释过后，两人都说要随他一同前往莲池城。

"这是元亲大人吩咐的任务，你们二人不必同往。"

胜行并没有首肯。不一会儿，又来了两个武士，分别是北代市右卫门和他的侄子北代四郎右卫门。

"大人们在此做什么呢？"市右卫门问道。

在听说了胜行身负的重任后，这叔侄二人也表示要与胜行一同前去莲池。胜行无可奈何，最终只好与这四个武士结伴而行。

次郎兵卫家位于莲池城东南的山脚下，有一条路直通其宅邸。五人走在路上这一幕早已被次郎兵卫看到。五个人才刚到宅邸玄关口，次郎兵卫就携着两把刀走了出来。

"方才听闻左京进大人已经切腹自杀了。可左京进大人不是领主的女婿嘛，要是在下胜贺野在场的话，怕是不会让他那么做的，实在是让人叹惋。站在那儿的几位大人，想必是来讨伐在下的吧。哎呀哎呀，几位远道而来，有失远迎，要不在下吩咐下人准备些粥来款待各位如何？"次郎兵卫如此戏谑道。

"元亲大人说，左京进大人大逆不道，故而令其切腹，但是胜贺野次郎兵卫您不同，您的领地将无恙。大人命我们来，是为了收回左京进大人在莲池的领地。"胜行为了伺机行事，假意安抚次郎兵卫道。

"领主大人怎么会说那种话。向来主辱臣死，我乃亲实麾下臣子，主上被杀，臣子怎可能安然久活。领主大人岂是容得下此事的愚蠢之人，这话听起来像是拿糖哄骗小儿的。"

次郎兵卫摇头笑道。他一边笑着，一边蓄势待发，不给几人可乘之机。

胜行一众人正在等待机会，双方之间顿时杀气四起。次郎兵卫静静地抽出一把刀，刀刃直指前方，道："这把刀是进士太郎国光所锻制。若用此刀拼杀，不管来者几人，皆可轻易手刃。"

语罢，他轻笑一声，又将刀收回鞘中。接着，他又拔出另一把小刀，再一次将刀刃指向前方。

"这一把是著名工匠奥州月山所制的刀，名为'吹发'，意为吹发可断。要是用此刀交战，来者五人乃至十人，都可尽数斩杀。"

次郎兵卫说完，作势将这把刀也收回鞘中。就在刀还有两三寸就彻底入鞘时，盐见野弥惣一声令下"动手！"，便挥刀过去。

"你这是自寻死路！"

次郎兵卫手起刀落，盐见野整个人以胸部为界，被活活劈成两段。次郎兵卫抽刀回身，又将野中源兵卫砍倒。接着，他疾奔着从玄关退回庭前。胜行与北代四郎右卫门两个人见势追上前去，三人在庭前混战。

不料，北代四郎右卫门被庭院内的一树根绊住，踉跄几步。此时，次郎兵卫见时机正好，便向其腰部猛劈过去。四郎右卫门也倒下了。

"还我贤侄命来！"

市右卫门怒道。他不给次郎兵卫任何喘息的机会，急上前去挥刀，不料连次郎兵卫的手都没碰到。市右卫门顿时心生一计。

"土居大人，我有些累了，且让我稍做休息，我实在动不了了。"市右卫门如此说着，便携刀向后退去，只留次郎兵卫与胜行二人斗得不可开交，交战双方手上都多处负伤。市右卫门趁次郎兵卫不备，从身后奇袭，挥刀向次郎兵卫的双腿砍去。次郎兵卫应声仰面倒地，同时怒道："竟然偷袭！"说着，将小刀作手里剑[1]，瞄准市右卫门便全力掷去。小刀穿透了市右卫门的小腹，两人落得同归于尽的下场。胜行最终得以取下次郎兵卫的首级。

次郎兵卫的墓位于莲池城东南山脚下的一处田里。一户名为千头的有钱人家的宅邸就在那里，那房子看起来气派得如当初次郎兵卫的府邸一般。据说莲池城虽小，但时至今日仍是供军粮用的煎米的生产地。大正九年（一九二〇年）八月的一天，我登上莲池城遗址，在树林中发现一个硕大的红蘑菇，于是我将其采下，并从该处下山去。走在田间时，我当真看到了次郎兵卫之墓，村里人都称次郎兵卫为胜贺大人。


常七是个摆渡人，一日，他在渡船边的小房子里边烧火取暖，边编草鞋。夜里四野寂静，仁淀川的河水流经小房子门前，不住地发出叮咚叮咚的单调声响。常七见天色已晚，一边想着估计没有客人来了，一边将稻草从竖绳里穿来绕去。

"船家……"

从河对岸的西大堤传来呐喊声。常七停下手里编鞋的活，侧耳倾听。

"船家……"那声音又响起来了。

常七被那声音吸引，回应一声："来——喽！"他心里想，都这么晚了，怕是个麻烦差事。

常七不慌不忙地站起身来向门外走去。暗夜之中，只见沉闷的铅色水面亮闪

---

1 手里剑是一种主要由日本忍者所使用的投射类武器，常见用途是在自身发生危险时投向远方的敌人，以便产生伤敌、毙敌的作用，而使自身脱困。——译者注

闪的。他走向以巨石做锚，停靠在岸边的渡船。到了岸边，常七弯腰抱起石锚上了船，接着开始撑篙。

"船家……"

这第三声呼唤震人心魄，令人胆战。

"来——喽！"

小船缓缓移向河中。常七以船篙代桨，将篙斜插进水中奋力划着船。小船渐渐向对岸驶去。船底碰到岸边的碎石，发出唰啦唰啦的声音。常七立在船头，撑起船篙，等待客人登船。

"现在可否登船？"

不知从哪儿传来这么一句问话。常七被这冷不丁的一声给镇住了，回了一句："您有请。"

接着，常七发觉船沉了些，仿佛有一行人依次上了船，然而他并没见人影。他以为是自己眼花了，缓了缓，再定睛往船上一看，依旧空无一人。

"快些渡我们到对岸去！"

这声音就从常七身边传来，可四周不见一人。常七握着船篙的手不由得发起抖来。随后，他便专心划船离开岸边。

"这位是莲池城的左京进大人，他被不仁不义的奸佞之辈所迫害，流落至大高坂。如今左京进大人意外听说自己已经是无罪之身，无须再担惊受怕了。大人回去时也会乘你这船的。"

不知不觉中，小船已经抵达东岸。常七回过神来，慌忙下船飞奔回自己的小房子里。


以亲实为首的八人之死，令人同情不已。[1]与此同时，还有怪事发生。亲实在小高坂的那处宅邸旧址以及他那位于木塚村的坟墓处，时常会燃起怪火，火焰犹如子弹般四处飞射，凡被其击中者，非死即伤。民众都说此乃八人的怨魂作祟。八人

---

1 结合前文所述，包括亲实在内，被领主赐死的共有九人，此处原文如此，疑是原文有误。——编者注

御先，这令人恐惧的八人怨灵怪谈，以大高坂为中心，在附近地区传得沸沸扬扬。仁淀川那位船公的奇异遭遇成了人们茶余饭后谈论的话题。

同一时期，久武内藏助宅邸也发生了怪事。某日，久武内藏助亲信年方五六岁的儿子跑出厅外，与乳母以及奴婢们嬉闹着。不一会儿，这男孩偷偷从乳母身边溜开，跑去庭前一棵松树的树根处，一只小狗吸引了他的注意力。那是一只肚子上长着白毛的小狗，此时正躺在沙地上酣睡。

"汪汪！"小男孩调皮地模仿起小狗的叫声。就在这时，松树旁边突然闪现出一个五十岁上下，头发雪白的女人。乳母的视线落在那女人身上，心想这个人好生怪异，不知来这里做什么。

"多么俊俏的小少爷啊。"

那白发女人边说着，边靠近内藏助的儿子，将她的双手放在了男孩的肩头。男孩受到惊吓，哇的一声大哭起来。只是这哭声刚响起没一会儿，男孩突然仰面倒地，不再动了。乳母看到这一幕，惊声尖叫，后面的两个奴婢也惊慌失色，急忙跑来。

"拿水来！水！"

乳母抱起男孩就朝露台跑去。奴婢们张皇失措地在庭院中奔走，大声喊着："少爷出事了！少爷出事了！"

乳母刚登上露台，男孩突然又恢复了呼吸，再一次啼哭起来。

庭院中已然不见那诡异女人的身影。由于男孩生了这奇怪的病，内藏助从寺庙请来僧人们在宅中祈祷。僧人们坐在男孩的枕头边，低声念着经文。

这时，男孩猛地坐起身来，开始在房间里走动，口中念念有词："岂能让恶人苟活！不可放恶人生路！"

话音未落，男孩再一次倒地不起，手脚抽搐不已。僧人们全神贯注地念经，一张张脸上渗出密汗。

"岂能让恶人苟活！不可放恶人生路！"

那一夜拂晓时分，小男孩在发狂奔走中突然倒地，这一次再也没能醒来。

残忍的内藏助对此事也心怀惧意。为了驱魔，他又从别的寺庙请来一众僧侣为他祈祷。内藏助与夫人在旁边的房间里谈起夭折的儿子，夫人泪水涟涟。紧挨着这间房的是他们的另一个儿子——总领的起居室，总领这孩子也不过十二三岁。

突然，从总领的房里传来一声"南无阿弥陀佛"。听到这声音，内藏助夫妇心下一紧，迅速奔往总领房中。只见总领坐在屋子正中央，正举起一把短刀准备朝着自己的腹部刺去，看起来极为痛苦。内藏助跑过去，从身后攥住了少年持刀的双手。

"为什么？为什么要这么做啊？！"

问这话时，内藏助的声音中都透着战栗。妻子也跑来扑在儿子面前大哭不止，一时昏厥过去。

"两位检使奉了领主元亲大人的御诏过来，问罪于我，逼我切腹。"

少年痛苦不堪地说着，呼吸急促，不一会儿就毙命了。

内藏助的夫人许是因为两个儿子突然暴毙而悲伤过度，精神涣散了，在那一夜自杀了。内藏助膝下有八子，其中七个孩子都相继离奇死亡，只剩下最小的儿子尚存活于世。后来，在长宗我部家灭亡时，那小儿子随父亲内藏助一同逃亡到日向国去了。


久武内藏助有一个徒弟，叫五月新三郎。是夜，五月新三郎正往小高坂走去，恰巧从亲实的宅邸旁路过。这一夜，月色朦胧，暖意袭人。倏然间，五月新三郎瞧见面前站着一女子，看起来十六七岁，皮肤白皙。这条路上人烟稀少，突然出现这么一位妙龄女子，实在令人不可思议。

"莫非是妖怪不成？"

尽管新三郎心里有些防备，但他并未表现出惊诧之色。这女子怅然若失地站在那里，怎么看都像是有什么心事，似乎有些难言之隐，于是新三郎问道："这深更半夜的，姑娘一个人在这里做什么呢？"

细看来，女子所穿的衣服颇为奢华。女子惊恐万分地看着新三郎的脸，一言不发。

"在下五月新三郎是也，不是什么坏人。"

"小女子本是秦泉寺人氏，去岁嫁来了国泽地区，丈夫因有了新欢而把我抛弃了，我欲跳进渊川但求一死，可怜秦泉寺还有家母一人，若我当真撒手去了，家母定会悲痛万分啊。思及此，死也不成。末了想回到秦泉寺，再见见母亲，哪怕一面也好啊。傍晚时分，我从国泽逃出来，因为怕被人追上来，绕了些远路，最后来到此地，又惊又怕，不知如何是好。"

女子这么说着，眼泪涟涟。新三郎见此情景，也有些动情。

"那让我护送你去秦泉寺吧。"

"小女子感激不尽。可是这道阻且长，让您这番劳心，我实在过意不去。"

"无妨，今晚我也没有其他要事在身，且送你一程吧。"

"那就恭敬不如从命了。"女子这样答着，但是脸上一副为难的样子，视线落到自己脚下。

"这人生地不熟的，又是夜里，方才我不小心扭伤了脚，真让人着急。"

新三郎心想，那这一路背着她便是了，于是对女子说道："既然如此，我背着你走吧。"

女子害羞似的浅笑起来，她的笑容实在美艳，动人心魄。新三郎立马蹲下身说："姑娘不必客气。"

女子身体轻盈，身上香气袭人，新三郎轻松地将她背在身后，轻快前行。

刚走了不过三十多步，新三郎只觉身后犹如磐石压身，动弹不得。新三郎诧异不已，回首往身后一看，只见身后赫然出现一张恐怖至极的鬼脸！鬼头上生有两只长长的角，在月光下闪闪发着光。

"你竟然是妖怪！"

新三郎想要把这突然出现的妖怪给甩下身来。说时迟那时快，一双大手紧紧攫住了新三郎的脖子，将他整个提了起来，身子悬在半空中。胆识过人的新三郎将腰间的刀抽出来，在空中挥舞着。就这样，那双大手才松开，新三郎掉落到田中。

他从田里站起来。黎明时分，稀稀落落的几点星光装饰着天空。新三郎捡起刀，从田埂间的一条小路逃开了。

这时，从他对面过来一顶小轿子。新三郎心想，被人看到自己这狼狈相怎么行，可只有这么一条路，躲也无处躲。轿子眼看就要过来了，于是他欲将一条腿伸向水田里去。轿子从他身边经过时，轿子一侧的垂帘被卷了起来，轿中人竟是吉良亲实！

"这不是五月嘛，别来无恙啊。"

吉良话音未落，新三郎便一头栽倒在地，气绝而亡。

八人御先的怪谈传得越发沸沸扬扬。这些事情也传到了元亲耳中，元亲嘲笑道："一群胆小鼠辈的胡言乱语罢了，世上断不会有这般怪事。"

恐怖的鬼火在城中四处飞蹿。被火焰击中的众人中，有的疯了，有的病了。元亲身边一位年轻的武士也被那火光击中，生了病，最后落得不治而终。见此，元亲也受到了惊吓，遂吩咐城中寺庙祈祷。

寺庙收到御诏，将吉良等八人的灵牌整齐地摆在寺庙正殿的台子上，几十位僧人驻足台前默念佛经。城中平民听闻这一声势浩大的祈祷法事，纷纷来到寺庙中，以观其详。

庄严肃穆的念经仪式开始了，会集在此的人们都静静地倾听读经。突然，台上并列放着的八个灵牌抖动起来。亲实的灵牌最先从台上飞落至地上，其他几个灵牌也依次落到地上。僧人们惊恐万分，念经声也停了下来。只见亲实的牌位在最前面，其他几人的牌位排成列，依次跟在后面，从寺庙大殿中飞了出去。僧人们也好，围观的平民也罢，都一时目眩，没有一人能看清究竟发生了什么。几个牌位不知何时已经消失不见。接着，只听得那几人的笑声回荡在空中。

元亲也听说了这一怪事，他不禁后悔当初杀了以亲实为首的八个家臣。于是，他传令到各个寺庙，要求举行两天三夜的大祭祀。诸寺庙接到领主的命令，纷纷开始着手准备。但是，每当僧人们要念经时，他们的头都像是被人给扭向右侧一般，转动不了。

元亲听闻此事后，将众家臣召集到自己面前，同他们商议平抚八人怨魂的方法。

在一旁的少年是元亲的贴身侍卫，此时突然像被附了身一样，口中说道："我乃左京进殿下的使者。尔等若是将左京进大人视为神明并祭祀，大人定会喜不自禁。"

亲实位于木塚村的坟冢被修葺一新，并且被当作神社一般受人供奉。木塚明神说的就是亲实。与八人御先有关的怪谈也因此少了起来，但有时仍然会听说因为偶遇了八人御先，有人害了病，有人暴毙，因而百姓始终对八人御先的传说怀有惧意。

事情发生在元亲派检使命比江山亲兴切腹之时。那日，比江山亲兴对一个家臣耳语，派他速速前去比江村，也就是亲兴自己的城池，只因当时亲兴的妻子与孩子均在城中。亲兴膝下有五个孩子。

亲兴的夫人接到家臣的口信，连夜带着五个孩子偷偷前往新改村，藏身于长福寺。亲兴昔日曾有恩于长福寺的住持，住持将亲兴的夫人和孩子藏在寺里的一个小厢房中，不曾对外人道之。连用餐也是那住持亲将饭团给他们母子几人送去。

"老衲就算拼上自己的性命，也会护夫人与公子们周全。"住持如此安慰这母子六人道。

然而另一边，元亲一心想要将亲兴的夫人和孩子赶尽杀绝，便派手下去日吉城捉拿那母子六人。可手下赶到时，亲兴家中早已人去楼空，于是元亲派人开始在附近一一排查。

城中贴有布告，上书"凡有举报亲兴的妻儿下落者，大大有赏"。六人走过田间小路藏身于长福寺一幕，被一些在田间务农的百姓目睹。有利欲熏心的百姓便将此事告知了官府。

于是，元亲的数十名手下突降长福寺。

"速速将比江山的妻儿交出来！"

住持闻言大吃一惊，但他心想，若能瞒得住的话，还是要试试。

"官人说哪里话，比江山的妻儿藏身何处，贫僧并不知晓啊。"

"住口！有农耕者亲眼看到那母子一行六人躲至此处，并告知了官府，你还要狡辩吗?！"那些搜查者的头领呵斥住持道。

"但这寺庙里确无这几人啊。"

"多说无益，把各个房间都给我搜仔细了！"

小喽啰们应和着头领的话，纷纷散入寺庙之中搜查起来。住持忙前往那间小厢房，想让那母子六人快些逃命。三四个搜查使在住持身后追来，住持刚想走进厢房，就被几个人给牵制住了。

"夫人、公子，快逃！快逃！搜查使来了！快！快跑啊！"

住持被几个搜查使控制住了，却仍在奋力喊叫。其他的搜查使也纷纷聚集到这里。最终，六人被搜查使抓到，用绳子给绑住。

次日，比江山的妻儿六人被押送到比江海岸边。听说将要对六人行刑，附近的人都前来围观，一时间这里被围得水泄不通。

被绳子捆绑的母子六人坐在岸边沙地上。年纪最小的女孩望向母亲，一直哭个不停。负责砍头的男子持刀走到那女孩身边。

就在这时，长福寺住持从人群中走来，将人群分成两拨。他看起来像是发了疯一般，回身怒目盯着围观的众人。

"告密的农耕者是否就在人群之中？做出如此卑劣之事，实在不配为人！这母子六人即将被施刑，何其可怜啊！这怨这恨永生不忘！"

住持如此说着，将手摸向腰间。原来他腰间有一把刀。住持将刀拔出，直直地插进自己的腹部。围观的百姓惊恐不已，纷纷发出"啊"的一声大叫，向后退去。住持将刀展示给众人看，与此同时，刽子手的刀向比江山夫人的脖颈砍去。

那日，死去的住持以及比江山的夫人和孩子的尸骨都被埋在了新改村。从那一夜起，村子周围开始接二连三地发生诡谲之事。火焰也四处迸射。行于路上而猝死者、癫狂者、染病者不断出现。遭遇这些怪事的人中，尤以农耕者居多。

"七人御先，七人御先。"

人人如此言说着，陷入一片恐惧中。后来，凡有农耕者从七人的墓旁经过，定会有奇怪事件出现。

到了明治时期，有两个年轻男子前往七人墓地遗址处割草，其中一个男子说："切莫走进七人御先的墓地啊，传说农耕者会在那里遇到妖孽作祟咧。"语罢，另一个男子嗤笑道："那都是昔日的迷信罢了，如今怎么会发生这种事呢！"

认为此事不过是谣传的两个人就这么走进了那片墓地。正当他们在割草时，一条黑色蟒蛇突然出现在他们面前。两个人扔下镰刀，拔腿就跑。两人被蟒蛇追了足有几里地，最后好不容易才甩脱。

想必我们年少时所害怕的七人御先，正是这葬在新改村的七人怨魂吧。

# 忘恩

土佐一带曾有过一个叫大塚的武士，似乎还是个马回。不过到底是不是，已经无人知晓了。大塚素来喜好杀生，每到狩猎季节，他只要出门，肩上必定会背着猎枪。

在一个秋季晴朗的午后，大塚沿着层林尽染的山麓，准备进入山谷。走过好长一段蜿蜒曲折的小路后，他终于在一片种植着红薯的林地间看到了山谷的入口。接着，他穿过田中的小径，朝着那已被秋色染红，轻披晚霞的谷底进发了。

这时，一只灰色的兔子突然从前方的草丛中蹿了出来，从大塚面前横穿过去。大塚发现了猎物，急忙解下肩上的猎枪准备开枪。但是这兔子跑得飞快，等大塚摆好了架势，它已经不见了踪影。大塚不甘心，依然把枪口对准前方，左看看右看看，甚至还透过杂草间隙看了一眼树下。但这些都是徒劳而已，兔子到底还是跑了。

"好不容易看到一只兔子，还让它跑了。要是能来个大家伙就好咯。"

大塚边嘀咕着，边迈开脚步继续探索。他从早上起来就一个山谷接着一个山谷地搜寻猎物，但一直到现在，他腰袋里除了一只野鸟，别无他物。所以，他进到这个山谷之前，满脑子想的都是能在谷中打到一两只令他心满意足的猎物。大塚心里还是放不下那只兔子，他想着兔子可能就藏在前面某处，于是他小心翼翼地向前摸索。

就这么一直走到谷底边上，此处已经看不到田地，前方是陡峭的上坡路。大塚觉得这里不太可能有兔子了，便失望地收起猎枪，放回背上。但刚松了口气，向前走了两三步，他整个人就掉进了脚下的洞里。想必是山上的田地取水不易，农户在此处掘了一口水井。这水井深两丈有余。大塚惊慌地在昏暗的洞中四处摸索。幸运的是，落入洞中的土已经盖住了大半的井水，洞中的水浅浅一层，仅能濡湿草鞋而已。

"看样子我是掉到井里了。必须得爬出去啊，应该能爬出去吧……"

大塚观察了一圈井壁，井壁上苔藓丛生，没有一处抓手可供支撑。他只能透过井口看到上方微弱的日光。

"看样子这地方我是出不去了，这里离农户家太远，喊破了喉咙都不会有人听到的。这次真的遇到大麻烦了。我身上还有一个饭团，但是也撑不了多久。难道这就是命吗？没办法了。只是在井中饿死真是武士的耻辱，我还是切腹自尽吧。身为武士，难不成要被饿死？"

大塚卸下肩上扛的猎枪，然后抱着胳膊靠在土堆上，脑海里不断浮现出这些念头。

"如果我在这里切腹自尽了，家中的夫人和小孩该怎么办呢？"

他已经开始思考自己死后家人的事情了。但是，在他沉思时，有什么东西吸引了他的注意力。他听到了微弱的叫声，便抬起头往井口望去，只见井口处出现了一张红色的面孔。

"是谁在看我？是有人来救我了吗？有人来了吗……"

这张红色的面孔周围生了一圈白毛，两只茶色的眼睛很剔透，看起来似乎是只猴子。

"是猴子啊。要是个人，还能来帮忙，猴子就算了。"

大塚失望地自言自语道。朝井里看的红脸猴子嗷嗷地大叫了几声，就不见了。

"都说猴子像人，但是这么一看，还是个畜生。"

大塚再次抱起手臂，陷入了沉思。他已经想到了自己死后的诸多事情。这时，大塚的耳边再次响起了微弱的叫声，井口处似乎传来了一些风吹过的声音。他睁开眼睛，朝井口望去。

一小根树枝掉了下来，大塚掩住脸，防止灰尘入眼。接着，他的脖颈上也掉落了树枝。他再次睁开双眼，只见一只野兽从井口飞跃过去，井口处的天空被遮挡，透出缕缕光线。随着野兽跃过，几片枯叶悠悠荡荡地飘落下来。

"刚才确实是只猴子，但是现在……这是什么？"

大塚心里这样想着，眼睛则继续盯着井口处的动静。

"没准这只猴子的同伴都会过来，或许还能给我带点红薯，但到底猴子还是帮不上什么忙。"

大塚还是决定自尽。虽然决心已定，但他总觉得自己这么白白赴死，实在可惜。此时，他心底油然生出一个念头，他觉得一定会有人来救他。于是，他迟迟没有拔刀。

"肯定会有人来救我，快来个人救我吧。"

他心里默念着，再次抬头望向井口。突然，他看见一个长一尺的网状物顺着井口垂了下来。

"真是不可思议！那是什么？有人来救我了吗？"

那个像网一样的东西还在继续下垂，现在已经快三尺长了。

"是网！是有人知道我掉进井里，特意赶来救我了吗？再下来一点……再下来一点……"

转眼间，那个像网一样的东西已经垂下五六尺了。定睛一看，这是一根大藤条。大藤条很快便垂下一丈有余。

"刚才那个红脸的家伙不是猴子，一定是附近的农户。他们来了，我就有救了！"

大塚眼中满是欣喜。这时井口又出现了刚才那张红脸，红色的面孔周围长了一圈白毛，确实是一只大猴子的面孔。

"真的是猴子，不是人。那么刚才从井口跃过去的东西应该也是只猴子了。难道是猴群知道我掉进了井中，要来帮我吗？"

此时藤条已经垂下两丈有余，几乎已经到达了大塚的头顶。

"算了，猴子也好，只要能得救，怎么都好。把我从井里救出去吧！"

大塚重新背好猎枪，等待着藤条降到合适的高度。藤条一点一点地降下来，大猴子一直没离开，似乎在关注着大塚。随着藤条降到大塚手边，大塚抓住藤条，在手上绕了几圈。这时，外面响起了一阵叫声，这是那只在井口注视着大塚的大猴子的叫声。大塚拿出身上的手巾绑在绕了几圈的藤条上，然后双手握住藤条，等待着井口猴群的救助。

"猴子们真的有力气把我拉出去吗？"

大塚做好了准备，但他心有疑虑，害怕猴子们拉不动他。在疑虑中，藤条被一股力量拉得绷直了，大塚的身体也随之脱离了地面。

"哈哈，我得救了！居然是猴子把我给救了，真是无奇不有。"

大塚一点一点地接近井口，他拼命拽住藤条，就这样被拉高了两丈多后，他看到井口旁有一块突起的岩石。大塚两手把住岩石，两腿用力攀爬，终于从井里爬了出来。

大塚定睛一看，原来是井外数不清的猴子把藤条绑在了附近的几棵楢木上，一齐用气，才把他拽了出来。猴子们看到大塚被救了出来，纷纷放下藤条，刚才还整齐的猴群一下子四散开了。如此多的猴子令大塚甚为惊异，但惊异中，他也忘记了猴子的救命之恩。别忘了，大塚今天还没什么收获呢！刚刚一直在井口注视着大塚的白毛猴王，此刻正坐在大塚手边的草地上朝他的方向看。

"就是这只猴子，刚才一直看我的这只，真是个不错的猎物。真好，既然今天什么也没猎到，就这只吧！"

于是，大塚慢慢地盯住这只大猴子。他看了一眼枪托上卷着的火绳，火绳还在燃烧，发出微弱的光亮。[1]他迅速卸下猎枪，把枪口对准大猴子，同时扣动了扳机……随着一声枪响，大猴子倒在了地上，刚刚还一片祥和的猴群一时间惨叫声四起，猴子们四散奔逃。

---

1　火绳枪上附带的火绳放在硝酸钾或其他盐类溶液中浸泡后晾干，能一直保持燃烧。——译者注

大塚残忍地杀死了拯救他性命的猴子，满意地带着猎物回家了。回家后，他把猴子吊在院中的钩子上，洗浴更衣，在明亮的灯火中吃了一顿热乎乎的晚饭。

"今天遇到了怪事。"

大塚迫不及待地把自己落入井中，又得猿猴相救的故事说与夫人和下人们听。说完正得意的时候，他不经意地往灯火处看了一眼，只见一只白色的大猴子四足接地，俯卧在那里。

"有猴子！"

大塚鬼哭狼嚎地喊了起来，随后就吓晕在地上。

当夜，大塚就生了重病，嘴里一直不停地喊着"有猴子！有猴子！"，天没亮就咽了气。

从此之后，大塚家的后代再也不敢提"猴"这个字。据说如果谁不小心说了"猴"字，必有厄运降临。

## "悉桑派"译者团队

成立于 2016 年，由国内多位知名日语翻译家倡议发起。该团队专注于研究式翻译，团队成员均为国内文学翻译界资深人士，从事日本文学研究平均达十年。曾主持译介夏目漱石、川端康成、堀辰雄、中岛敦、梶井基次郎和三岛由纪夫等多位日本作家的经典作品，备受好评。

---

## 《全怪谈》"悉桑派"译者团队

潘郁灵 / 总统筹
"悉桑派"译者团队创始人、青年翻译家，负责书稿翻译及译者团队日常管理。

陈广琪 / 古典文学顾问
精通古文、俳句，负责古典文学类书稿翻译及古籍资料搜集。

张齐 / 总策划
青年翻译家，负责书稿翻译及策划工作。

孟璐璐 / 内容统筹
青年翻译家，负责书稿翻译及内容统筹工作。

岳冲 / 古典文学翻译
青年翻译家，主攻文学类书稿翻译。

汤丽珍 / 古典文学翻译
青年翻译家，主攻文学类书稿翻译。

伍能位 / 古典文学翻译
青年翻译家，主攻文学类书稿翻译。

杨晓琳 / 翻译
青年翻译家，精通日本现代文化。

郭伟 / 翻译

刘爽 / 翻译

陈燕燕 / 翻译

谢烈睿 / 翻译

苏文正 / 翻译

"悉桑派"译者，日本文学资产的运营专家。

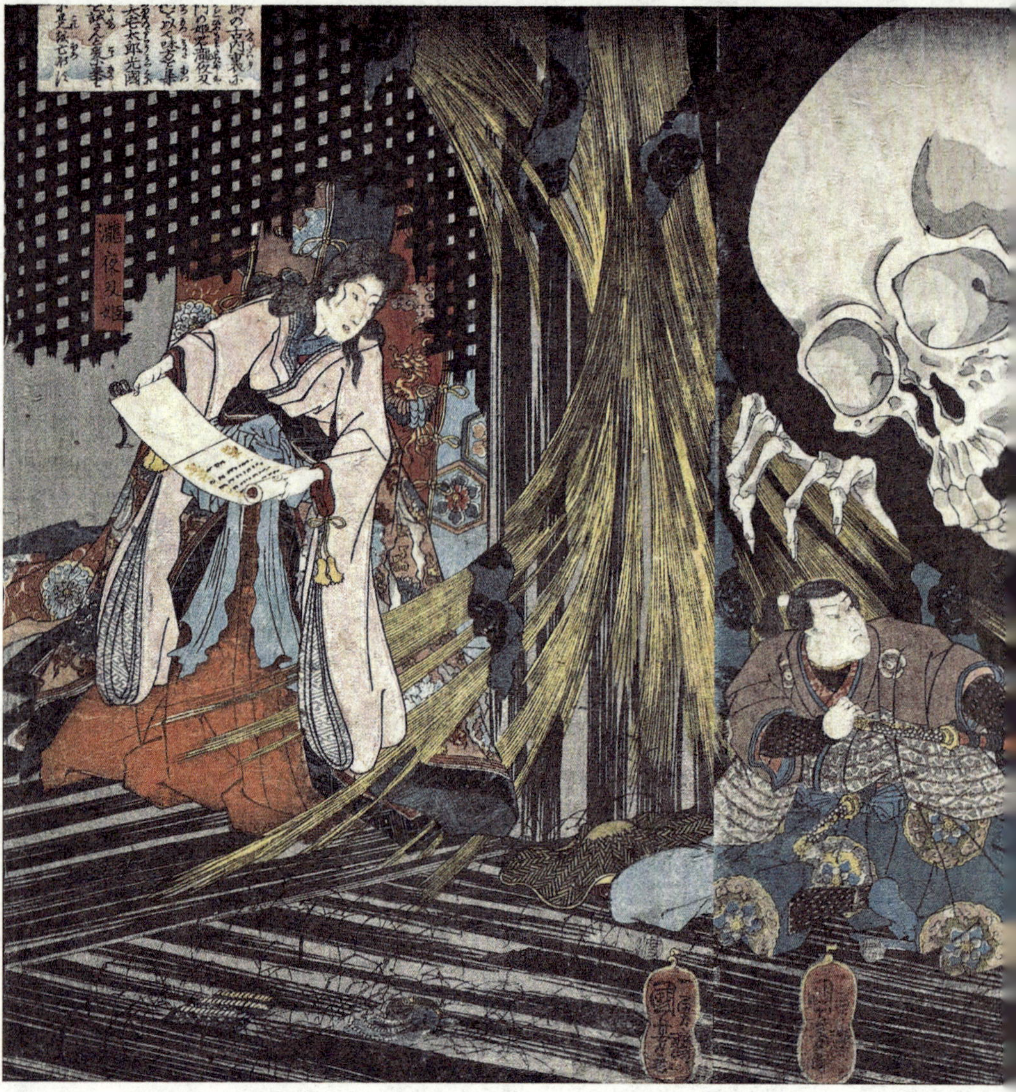
瀧夜叉姫

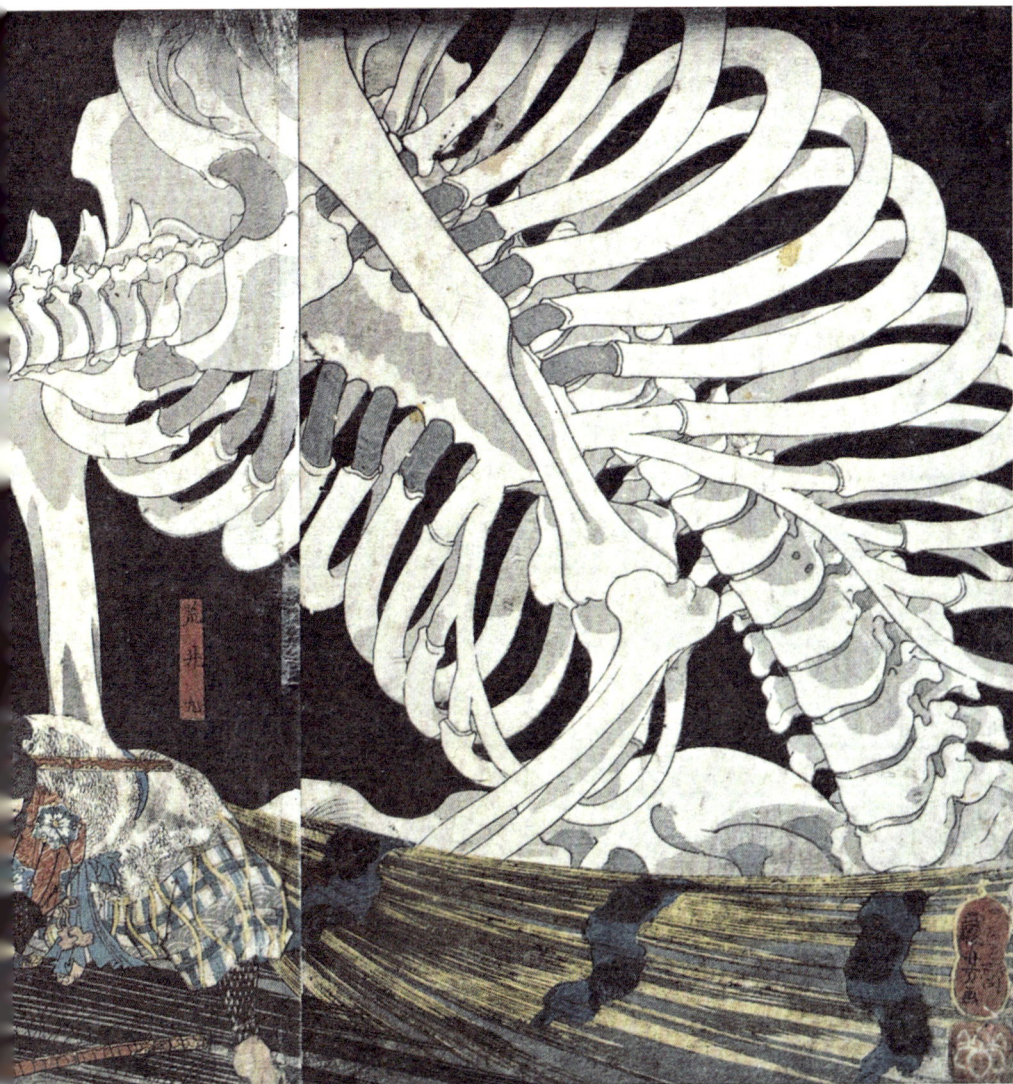

源頼光公館土蜘作妖怪図

内舍人渡邊綱

平晉守源朝光朝臣

一勇齋國芳画

勅使國副者小藍玉

《新形三十六怪撰 葛笼妖》月冈芳年

# 全怪谈 ②

## ☆ 浮世绘全译版 ☆

[日] 田中贡太郎　著　　潘郁灵　等译

湖南文艺出版社
HUNAN LITERATURE AND ART PUBLISHING HOUSE

博集天卷
CS-BOOKY

**图书在版编目（CIP）数据**

全怪谈：浮世绘全译版 /（日）田中贡太郎著；潘郁灵等译 .-- 长沙：湖南文艺出版社，2022.4
ISBN 978-7-5726-0632-8

Ⅰ.①全… Ⅱ.①田… ②潘… Ⅲ.①民间故事－作品集－日本－现代 Ⅳ.①I313.73

中国版本图书馆 CIP 数据核字（2022）第 039015 号

上架建议：悬疑·小说

QUAN GUAITAN: FUSHIHUI QUAN YI BAN
全怪谈：浮世绘全译版

作　　者：[日]田中贡太郎
译　　者：潘郁灵等
出 版 人：曾赛丰
责任编辑：丁丽丹
监　　制：于向勇
策划编辑：布　狄　金　哲
文案编辑：郑　荃
营销编辑：时宇飞　段海洋
版式设计：利　锐
内文排版：麦莫瑞
装帧设计：蒋宏工作室
出　　版：湖南文艺出版社
　　　　　（长沙市雨花区东二环一段 508 号　邮编：410014）
网　　址：www.hnwy.net
印　　刷：三河市中晟雅豪印务有限公司
经　　销：新华书店
开　　本：680 mm×955 mm　1/16
字　　数：760 千字
印　　张：47.25
插　　页：12
版　　次：2022 年 4 月第 1 版
印　　次：2022 年 4 月第 1 次印刷
书　　号：ISBN 978-7-5726-0632-8
定　　价：129.80 元（全 3 册）

若有质量问题，请致电质量监督电话：010-59096394
团购电话：010-59320018

### 日本怪谈文学鼻祖

田中贡太郎被誉为"日本怪谈文学鼻祖",他一生搜集与创作了近千篇日本怪谈故事,其代表作《全怪谈》更是被誉为日本怪谈文学的瑰宝,曾深刻影响了黑泽明、芥川龙之介、梦枕貘、京极夏彦等诸多日本知名导演、作家。

很多人认为,田中贡太郎对怪谈文学产生好奇并开始研究,是在其成为媒体主编之后,其实并非如此。早在幼年时,田中贡太郎便读过蒲松龄的《聊斋志异》,对妖怪文化产生了浓厚的兴趣。从那时起,他就开始搜集日本乡间的种种怪谈故事,并以讲述这些故事为乐。此后的二十年,田中也曾尝试创作过类似的短篇故事,其作品多次被刊登在各大报纸上。正是这一时期的创作奠定了田中后来的创作基调。

### 真实世界中的"编舟记"

在报社任职期间,因创作的系列怪谈故事深入人心,田中贡太郎便接受了报社的一项"特殊"委派工作:去日本各地搜罗流传在民间的种种怪谈故事，并加以整理，或进行再创作。

　　谁都不曾想到，这项当初只是为了丰富报纸版面的工作，田中贡太郎竟然坚持做了三十年。从其接受委托到其去世的三十年间，田中贡太郎共搜集整理了近千篇怪谈故事。这些故事起初多发表在各地的报纸上，篇幅短小精悍。随着时间的推移与对妖怪文化研究的日益深入，田中贡太郎将这近千篇故事进行了多次整理与再创作。从一九二二年出版《黑影集》到生前最终勘定《日本怪谈全集》，跨越了二十年。

　　可以负责任地讲，田中贡太郎毕生只专注于一件事：怪谈故事的编撰。

## 日本小说家们的灵感宝库

　　作为怪谈文学创作的后辈，京极夏彦曾多次在各个场合高度赞扬田中贡太郎，称其是"怪谈文学界无人可及的宗师"，并称"田中的作品是我必须随身携带的创作灵感书"。

　　的确，田中贡太郎怪谈作品产量之高、代表性之强、内容范围之广，皆是之后任何一位怪谈作家都无法企及的。

　　更难能可贵的是，田中贡太郎在担任报纸与杂志主编期间，还培育出了大批优秀的日本作家，其弟子与友人多达百余人，其中不乏井伏鳟二、田冈典夫、富田常雄、榊山润等影响日本文坛走向的重量级作家。这些作家为纪念田中，称自己为"田中文派"。

　　近几十年来，随着日本动漫文化的崛起，田中贡太郎的作品多次被重新改编并搬上舞台。大火动漫《夏目友人帐》的作者就声称自己的创

作灵感起初便来源于田中的作品。日本知名导演宫崎骏也曾在多部经典作品中用不同的方式向田中贡太郎致敬。在田中贡太郎的家乡，妖怪文化爱好者集资为其修建了博物馆，每年会举办大型相关纪念活动。日本妖怪文学大家梦枕貘在创作其代表作"阴阳师"系列时，曾多次沿着田中贡太郎当年走过的路线走访日本各地、搜集创作素材。

## 时隔近六十年的重访神话之旅

本次重新译介的《全怪谈》、《日本民间故事》和《中国怪谈》在日本被誉为"田中三书"，即田中贡太郎生前最后勘定的三套核心作品。其中《全怪谈》多以作者亲历或亲闻的怪谈故事为核心；《日本民间故事》则是作者在走访日本各地途中所搜集整理的故事；《中国怪谈》则是作者搜集中国民间故事，甚至多次远渡重洋来到上海、广州等地，寻访古旧笔记小说翻译整理后创作而成，全书均为中国背景的神话与怪谈故事，这也是该书首度被引进国内。

在时隔近六十年后，我们的"悉桑派"译者团队经过百余次讨论与搜集整理，终于重新确认了田中贡太郎二十年间的走访记录，并决定用两年时间重启这场日本妖怪文学的"神话之旅"。

在这场历时两年的"神话之旅"中，译者团队走访了日本各地，探访了近百家中古书店，最终搜集齐了散落于日本民间故事中的田中贡太郎作品，并根据作者生前最后勘定的原则，对这批书稿进行了重新梳理，在最大程度上还原了田中贡太郎作品的全貌。

本套书以作者的《日本怪谈全集》与《田中贡太郎全集》为底稿，

相互审校，互为验证，并进行了作者生前未完成的部分内容的增补工作。

可以说，本套书囊括了除书信外，田中贡太郎搜集、改编的所有怪谈文学作品，为世人构筑了一个充满乐趣的"怪谈世界"。

编者

二〇二一年九月

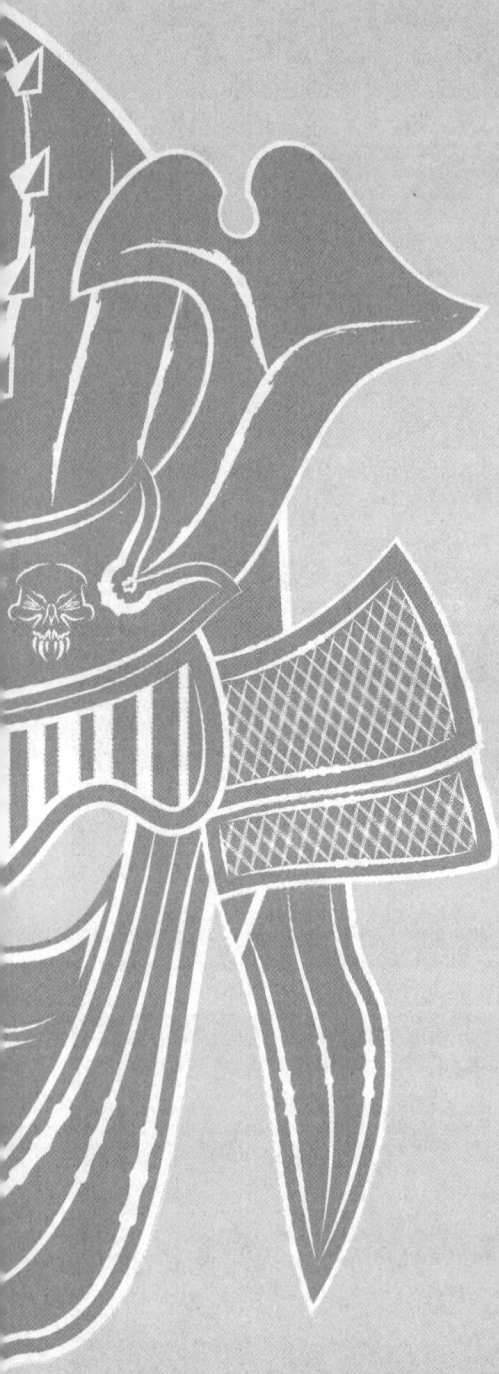

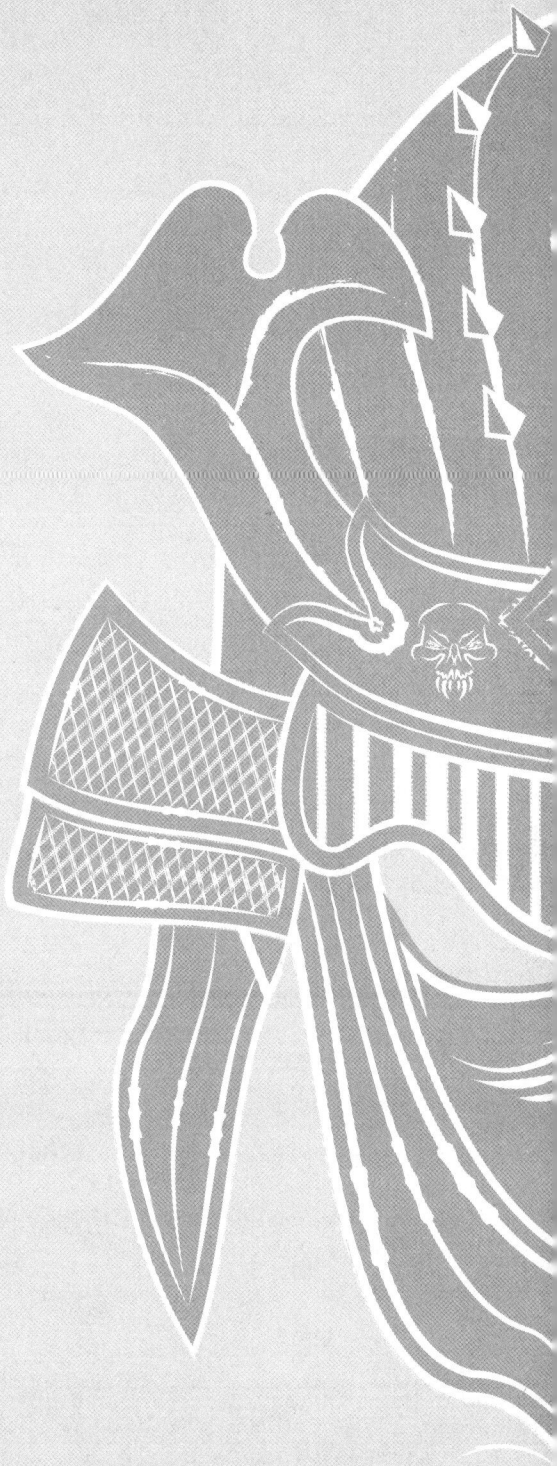

目录

# 伍

# 灵

## 陆 民间故事

壹

# 女怪之馆

收录于作者一九二二年出版的怪谈小说，该作品为作者所著的日本怪谈小说集。

女怪の館

原稿现存于日本九州佐贺中古书店，于首版五十六年后由"悉桑派"译者探访获得。

# 瘟神

这是发生在长谷川时雨女士身上的真实故事。长谷川女士住在佃岛的那段时期，她的妹妹春子因得了肠伤寒而独自睡在二楼的一间小屋内，时雨常去妹妹屋里照顾她。

一天夜里，妹妹因病痛而呻吟不止，时雨无意间一个抬头，竟发现壁龛角落处蹲着一个十五六岁的少年。他双手交叉，一动不动，头发像是烧焦了一般枯黄，一张细长的脸如同烂茄子一般。时雨大吃一惊，不过她曾听人说过瘟神之事，再一想妹妹久病不愈，屋内的诡异少年八成就是瘟神了。她必须想办法赶跑瘟神，否则妹妹怕是凶多吉少了。于是她强装镇定，下腹部用力，逼迫自己目不转睛地瞪着那个少年。不久后，少年的身影如烟般消失不见，而原本呻吟不断的春子也缓缓从梦中醒来了。

春子的病很快就痊愈了，时雨在不久后便启程返回箱根。她在国府津下了火车，然后转乘电车前往小田原。电车到达小田原幸町的车站时，时雨无意中看了一眼窗外，只见一个少年正一动也不动地倚在电线杆上，双臂交叉，目光呆滞。居然又是那个烂茄子脸少年。

时雨一如上次那样下腹用力，紧紧地瞪着少年。片刻后，少年的身影又消失了。

# 藤之璎珞

一

　　宪一穿过后院朝林子的方向去了。这里是栃木县的一家温泉旅馆，其下有清澈
的河流流过，对岸延绵不绝的群山沉浸在一片绿色之中。茂密的树林中偶尔生出几
棵松、杉、楢之类的高大树木，落日余晖轻洒其间。杜鹃花尚未完全凋谢，皋月花
开得正盛，小鸟挺着白色的胸脯，躲在嫩叶下鸣叫。松木、楢木之间藤条交错，好
似张开一张大网，藤条上又垂下一串串花穗，好似天神的璎珞。

　　"真是太美了。"

　　宪一停下了脚步。

　　"这地方美得让人不想回去。"

　　宪一驻足观望，眼前浮现出自己租住的那间脏兮兮的四榻小屋。宪一在拓殖大
学上学，现在租住在小石川一栋炭屋的二层。

　　"脏兮兮的，不提也罢。"

　　他想起那间小屋，榻榻米上的席子也不知多少年没换过，已经变得乌黑，上面
满是破洞。

"已经脏成那个样子了，要收拾可不太现实。"

这时，不知从哪儿飞过一只蝴蝶，落到了皋月花上。

"这可真是个好地方啊。"

宪一全然忘了自己那脏兮兮的住处，往林子深处去了。越往林子深处走，盛开的杜鹃花和皋月花就越多，姹紫嫣红，满眼尽是红色、紫色和白色。宪一穿过花丛，继续往里走。

林地的尽头是一片广阔的草地。这里有一个十坪[1]左右的小池，池水清澈见底，池边和林中一样开满了各种颜色的杜鹃花和皋月花。宪一觉得累了，便走到池边歇脚。

"真美啊。"

宪一正在感叹，不经意间听到有人的声音传来，他觉得奇怪，便朝声音传来的方向望了过去。在刚刚来时的林地的方向，有一栋看起来颇具品位的碧色瓦片房子。房子二楼的窗户打开着，窗边站着两个面孔白皙的女子。

"奇了怪了，"宪一歪起脑袋疑惑道，"这种地方还有人家吗？"

来时明明没看到什么，现在却突然出现一栋房子，这令宪一大为惊异。

"这是一户什么样的人家呢？"

这时又传来了女人的声音。

"要关上了哦。"

说完，窗边的两个人进到了屋里，窗户也被悄悄关上了。在好奇心的驱使下，宪一起身往房子的方向走去。房子周围是一圈竹子围就的篱笆，院落里的灌木上开满了形似玉椿花的花朵，这样的花朵宪一此前从未见过。

"这是什么花啊？"

宪一继续沿着篱笆走。在篱笆向右拐弯的地方有一扇蓝色的石门，宪一在此处停下脚步，往里观望。

门右侧有一潭清澈的泉水，泉水边上是一座假山，假山上种了两三棵形状各异

---

1  坪为日本尺贯法中的面积单位，一坪约为3.31平方米。——译者注

的小松树。在宪一观望时，面向泉水的房间拉门被打开了，从中可以看到一位三十岁左右，梳着西洋发式，仪态优雅的女士。宪一正想着此人想必是刚才在窗户边说话的人，屋内女士就朝他转过头，莞尔一笑。

宪一慌了，眼神中透着无措。这时，那位女士似乎说了什么，旁边屋子的拉门一下子就打开了，从里面走出一个扎着双马尾辫的少女。少女身着一身蓝色的素净衣裳。

少女朝那位女士的方向看了一眼，然后又转过头看宪一。宪一觉得那位女士和少女的对话一定与自己有关。

"她们一定觉得我很奇怪吧。看来我还是尽快离开为好。"

宪一匆忙准备离开。少女发现宪一要离开，迅速下到庭中，穿上放在那里的一双草鞋，赶了过来，样子如同一只飞舞的蝴蝶。

"等等！"

宪一被叫住，不得已回了头。少女从后面走了过来。

"进来坐坐吧。"

宪一瞪大双眼，想着她们是不是认错人了。

"我是从附近的温泉旅馆走到这儿的，你们一定是认错人了。"

少女听罢，莞尔一笑道："不，我叫的就是您哦。"

虽然少女表明没有认错人，但宪一还是不记得认识她。

"可是，你们搞错了吧……"

少女继续温柔地笑着。

"先生，夫人在等着您哦。"

"夫……夫人？是谁？"

"您去了就知道了。"

少女说完，抓住宪一的手，拉着他往屋里走。宪一无奈，只能跟着少女走。


二


宪一在少女的引导下进入屋中。这是一间十榻大的宽敞房间，其中一侧的墙壁整面都用工艺品装饰了起来。房间正中是一张铺着印度更纱的紫檀木桌子，桌子两边各放了三把椅子。桌子对面还放了一个六折的金屏风，屏风的壁面上镶嵌了玉石。屋中景象令宪一惊讶。

"请坐。"

少女体贴地引导宪一就座。她轻轻地拉动椅子，待宪一坐下，又把椅子轻推回原位，整个过程周到流畅。

"请您稍等，夫人马上就来。"

少女再次露出那清爽的微笑，然后离开了房间。宪一仍一头雾水，思考着这一切到底是怎么回事。

"这到底是什么样的人家啊？"

从屋里的陈设上看，这应该是一处富人的别墅，那么把他这么个穷学生叫进来究竟是为了什么呢？

"怎么想怎么奇怪！"

那个"夫人"又到底是何方神圣？宪一怎么也想不明白。

"让你久等了。"

宪一听见声音，忙抬眼看，来的正是那位看起来三十岁左右，身材高挑，气质优雅的女士。女士身着黑色锦纱裙子，裙边饰有绣花图案。宪一觉得自己已经被女士的华贵气质压倒，于是起身致礼。

"别太拘束了。"

女士微笑着走到宪一身旁。

"好……"

宪一感觉自己有些眩晕。

"好了，快坐下吧。"

女士催促愣在原地的宪一坐下，然后她自己也在他身旁坐下了。刚才的少女此时端着美酒和菜肴进来了。她把餐盘放到桌子上，又拿出两个小酒杯放到二人面前。

"小酌几杯吧。"

少女拿起四棱的酒瓶来到宪一身边，宪一觉得不好意思，一直低着头不敢看。

女士看出了宪一的局促。

"来吧。"

宪一没办法，只得推出酒杯。少女斟了几下，只见那酒泛着蓝色，看起来有些黏稠。

"这是从远方带来的酒。"

女士一边介绍着，一边拿起自己的酒杯。少女也给她斟了一杯。

"请品尝。"

"好……"

"拿出点男人的果断嘛。"

激将法果然有用，宪一听完，不假思索地举起酒杯往口中送去。是非常香的美酒。

"再喝几杯吧。"

女士为了不让宪一太拘谨，用轻柔的语气相劝。宪一稍稍放松了一些，又将一杯酒一饮而尽。少女见酒杯空了，立刻为宪一满上。

"我一直都在等待像你这样的人出现。"

宪一不知道这话是什么意思。

"嗯？"

"今天我终于得偿所愿，所以你就留在这个家里陪我吧。"

宪一听完这话，心立刻怦怦跳了起来。意想不到的幸福突然降临到自己头上，这让宪一既欣喜又惊讶。

这时酒劲也上来了，宪一昏昏沉沉，听见一个年轻的女子在唱歌，这歌声简直让人神魂颠倒，把宪一的心都勾走了。这时，女士好像说了什么。

"你也过去吧。"

少女听闻后，轻盈地起身离开。

"让我们两个好好待一会儿吧。"

宪一被这话吸引，看向了女士。只见女士喝了酒，脸颊微微泛红，显得比刚才更加美丽动人。

"再喝点吧。"

在女士温柔的言语中，宪一已经完全放下防备，被劝得一杯接着一杯喝，大口享用桌上的菜肴。这时，女士坐得离宪一更近了。

"喝吧。"

女士拿起自己的酒杯往宪一嘴边递，宪一憨憨地笑着，喝下一口酒。他看着女士，发现女士正用她那双晶莹的眼睛温柔地看着自己。这时，女士又把刚才宪一喝过的酒杯拿到了自己嘴边。

女士的左手不知何时已经搭在了宪一的肩上，宪一陶醉其间，整个人都呆住了。

三

此后一日，宪一一直享受着这梦幻般的幸福。第三日早晨，宪一才突然想起自己的行李还放在旅馆。

"我回去一趟，把我的行李拿过来。"

女士听完，一脸不情愿地说："你这么说，是不是不准备回来了？"

"没……没那样的事。"

"我不想让你离开。"

女士说到这里，已掉下了泪珠。

"一定要马上回来！"

接着，女士和少女泪眼婆娑地目送宪一离开。

"嚯，这家伙可回来了。"

旅馆的老板一看到宪一，就跑了过来。这几日宪一不见踪影，老板一直很担心。

"您到底跑哪儿去了？"

宪一没兴趣和老板解释，他对那位女士的来历更感兴趣。

"林子里那户人家是什么背景啊？"

老板听完宪一的提问，甚为疑惑。

"您是说那边的林子？"

"对，那边的林子里有一栋气派的房子。"

"林子里可没有人家。"

"肯定有！那里住着一位气质优雅的夫人。"

"气质优雅的夫人？客人，您这么说真的很奇怪，那个林子里根本就没有什么人家。"

宪一觉得老板这么说才奇怪。

"真的有，我带你去看，你看到就明白了。"

接着，宪一就带着老板往那栋房子的方向走去。

"马上就到。"

二人穿过茂密的树林，终于来到了之前那片有小水池的草地。但是这一次，宪一并没有看到什么房子，他也觉得奇怪。

"确实是在这里啊。"

再仔细一看，那个方向确实有一栋像是林中小屋或棚子之类的房子，用茅草和树枝搭成，现在早已化为一堆朽木。

# 女浮尸

平兵卫外出归来，便将在厨房忙碌的妻子唤来道："我有话同你讲。"

妻子不知何事，将湿漉漉的手往围裙上擦了擦，便小心翼翼地坐在丈夫跟前，偷偷观察着丈夫的脸色。

"我们来加贺也有一阵子了，我一直没找着好差事，所以我想着要不我们搬去土州吧。土州的深尾主人大人是山内家的重臣，他也看中我的人品，说不定能帮我找份好差事。最近四五日，我一直在想这事，想来想去还是觉得去土州比较妥当，因此打算不日启程。"

"一直没个着落，我也挺担心，确实去土州比较好，深尾大人与你相识，多少能照拂些。"

"是的，今天回来的路上我就想好了，明日我就启程。带着你有点不方便，你就先在家里等消息。一个人在家可能会很辛苦，你多担待担待。我一找到差事就来接你，或派人来接你。"

"你放心，我会守护好这个家，只要你能出人头地，我再怎么辛苦都没事。可惜当初中纳言大人没采纳你的话，却听信治部大人，最终……"

平兵卫原是浮田秀秋的家臣，秀秋在关原之战中失败后，平兵卫便没了归属，后来他就来加贺找相识的人介绍差事。

"莫再提中纳言大人，只能怪我时运不济。"

"家里你不用挂念，放心去吧。"

"明天我把家里修整一下，然后就出发。那个战功奖状你保管好，不要弄丢了。"

翌日，小河平兵卫按照计划动身离开加贺，前往土佐。土佐现任藩主是山内家的第二代将军忠义，前任藩主是山内一丰。深尾大人把平兵卫当贵客招待，还将他推荐给了忠义。忠义听说平兵卫武功深厚，便提拔他为高冈郡的郡首。

平兵卫去高冈郡的郡首衙门任职后，曾想起要派人去接在加贺的妻子，但是他向来做事随意、草率，很快便忘了这档子事，还娶了土佐年轻貌美的女子为妻，生了个男孩，名叫平三郎。平兵卫非常宠爱这个孩子。

留在加贺家中苦苦等候的原配妻子眼看着两三年过去了，也不见平兵卫或他的仆人来接她。她望眼欲穿，想着或许丈夫在土州时运不济，还未出人头地，可转念一想，又觉得即便如此，也不该这样音信全无，便拜托去土佐的人打听消息。这个打听消息的人过了半年才回到加贺。

"平兵卫大人已是土州的郡首了，还娶妻生子了。"

原配妻子听到这个消息，悲痛欲绝，当夜便含恨投河自尽了。邻居们听到这消息，惊愕万分，都围到她家来看个虚实。只见满屋子的书籍、物品全被烧掉了，炉中到处散落着箱子、纸张的碎片。

原配妻子自杀的消息最终通过加贺的熟人传到了平兵卫耳朵里。


岁月就这样悠悠过去，平三郎已十九岁了。一个初夏的夜晚，空气中还微微有些暑气，平三郎正在灯台下翻阅绘本式通俗小说。他的屋子在偏院，离主屋很远。

院子里石头铺就的小径上响起了木屐声。平三郎怔了怔，仍旧专注地看书。紧接着，院子里竹门的门闩被人拨开了。

"估计父母有事找我。"

平三郎正想着，脚步声就来到了外廊上，一名婢女手上捧着东西走了进来。

"公子，夫人让奴婢送些吃的给您。"

婢女手中端着烫酒壶、酒杯和一些下酒菜。

"夫人说公子想必有些无聊，让奴婢拿些酒菜来给公子享用。"

婢女说着，在平三郎身旁坐下，把酒菜放在桌案上。平三郎不喝酒，况且母亲向来只送柿子饼给他，从未送过酒，平三郎疑心渐起。

"母亲大人应该知道我不喝酒，为什么会叫你拿酒过来？"

"夫人说，公子一直以来对自己过于苛刻，偶尔放松放松也无妨，所以就让奴婢拿了些酒来。"

婢女说着，递给平三郎一个酒杯。

"公子请用酒。"

"那好吧，我就喝一杯。"

平三郎接过酒杯。婢女端起烫酒壶，往酒杯里斟满了酒。

平三郎一口气闷下了整杯酒，有点苦味。

"请再来一杯。"

婢女还想再斟酒时，平三郎拒绝了，他道："不了，我不会喝酒，不用再斟了。"说着，便要放下酒杯。

"这样岂不是辜负了夫人的一番好意？"婢女继续往平三郎的酒杯里斟酒。

"是吗？那我再喝一杯。"平三郎无奈，只得看着酒杯被婢女斟满，然后端起酒杯想往嘴里送。只是他实在不喜欢喝酒，但又不忍拂了母亲的好意，只得闭上眼又把酒一口灌进肚里。

"不行了，不行了。"平三郎放下酒杯。

婢女还是端着烫酒壶，说道："公子再喝一杯吧。"

"不了，我喝不下去了，你不知道我很讨厌酒吗？把这些撤了吧。"平三郎被这个固执的婢女弄得大为恼火。

"但是，这是夫人的好意，公子您就再喝一杯吧。"

婢女拿起被放回桌案上的酒杯，硬塞到平三郎手中。

"我都说了不喝了，你有完没完?!"

平三郎愤怒地一把推开酒杯，但这婢女还是抓着酒杯不放，她靠近平三郎，再次往他手上塞酒杯。平三郎又一把推开。这婢女还是不死心，这次直接将烫酒壶送到平三郎嘴里。

"放肆！"

平三郎抽出佩在腰上的短刀砍了过去。短刀划过婢女光滑白皙的右侧脖颈，血一下子喷在桌案的灯台上。婢女慌忙向外逃去，平三郎紧追不舍。婢女在漆黑的院子里奔逃，跑上主母房间的外廊，躲进了房间里。平三郎也跟着她上了外廊，刚想往里冲，就听到母亲大人的呵斥声："谁?!"平三郎站在门口朝屋内望去，里面只有母亲和一名婢女正在做针线活。

"三郎，你怎么这副样子，发生什么事了？"

母亲看见平三郎握着刀，一脸杀气地站在门口，便问道。

"您的婢女对我很是无礼，我砍了她一刀，但被她逃脱了。把这婢女交给我，我要杀了她！"

"你是不是做梦了？我这婢女从天黑起就一直在我身旁做针线活，寸步不曾离开。"

屋里的婢女一脸惊恐地瞪圆了眼睛看着平三郎。平三郎仔细瞧过后，发现这婢女与刚才那婢女长相一模一样，但她的右侧脖颈上没有一丝伤口，而且母亲也说她从未离开过。这可就奇怪了。平三郎像是猛地想起了什么，仔细环顾四周。

母亲房间隔壁是平兵卫的卧室。母亲朝那边望去，隔着门说道："平三郎的话，您听见了吗？"

屋内响起了嘲笑声："一个夏夜，年轻公子遇上了狐媚婢女！"

平三郎手握短刀，垂头丧气地走在回偏院的路上，但他越想越觉得不对劲，就去了侍卫房里，将两名正在下棋的侍卫唤出来。

"有妖怪跑进来了，跟我去看看。"

侍卫们跟在平三郎身后。平三郎一回到偏院，便立刻去检查那个灯台，刚才砍婢女的时候，那婢女的血确实喷溅在上面了。但奇怪的是，这会儿灯台上一点血迹也没有。那么，烫酒壶或酒杯总有吧！可是，灯下什么也没有。平三郎又将手中的短刀放在灯光下仔细检查，看有没有血迹。灯光下，短刀毫无异常，但有些黏糊糊的绿色东西附在刀刃上。平三郎用手沾了沾，然后将手指放在灯下仔细瞧。这确实是绿色的黏稠物，但绝不是血。

"这是什么东西啊？"

平三郎搓捻了一下手指，然后又对着灯光仔细检查起来。两个手下也盯着看。

"这肯定是妖怪留下的，仔细检查下府里。"

刀刃上的黏稠物让平三郎确信有可疑之人进来了，他领着两个手下举着火把一寸一寸地检查府邸的各个角落。漆黑的天空中刮起了阵阵阴风，院子里平静如常。


当天深夜下起了大雨，刮起了狂风。雨势越来越大，风也越来越狂。高冈町旁边的仁淀川一下子泛滥成灾，两岸的河堤岌岌可危。警钟在暴风雨中呜咽。郡奉行平兵卫穿着蓑衣，戴着斗笠，赶到河岸边指挥手下搬运沙包，敲打木桩加固河堤。

河堤上到处都燃起了火把，但这些火把的势头一下子就被大雨浇弱了。忽明忽暗的火光中，船夫在载着壮工的船上摇着橹。

临近黎明，雨停了，但风声依旧。平三郎同父亲一起来到河堤旁。他扎起头巾，卷起裤脚，和壮工们一起扛沙包，坐着小船四处巡防。

天亮了，风也静了，但河水还在涨。平兵卫和平三郎各自乘着船，沿河堤往上游而去。平三郎坐在船头。除了他，这条船上还有四名壮工。平三郎不经意地望向船的右侧。突然，一具女尸浮了出来。女尸长着一张长脸，乌黑的双眼圆溜溜地睁着。平三郎大吃一惊。平兵卫的船刚好行驶在右方，只见平兵卫正气宇轩昂地站在船舱里望着上游的水势。

"父亲大人！父亲大人！昨晚那女鬼在那儿漂着！"

循着平三郎的声音，平兵卫望向左侧的水面。一张看起来很眼熟的女人脸映入眼帘。两条船上的壮工也同时看见了女尸。只见女尸一点点往下沉去。

"父亲大人，那女尸就是昨晚那女鬼。"平三郎颤抖着说道。

"是吗？"

平兵卫望着平三郎，然后突然大笑起来。

"洪水里漂着一两具尸体，有什么好大惊小怪的！"

这时，平三郎的船头似乎被什么东西从下面顶起，一船的人都觉得船像是在爬坡。大家站不稳脚跟，都朝船舱滚去。紧接着，小船就朝左边翻了过去。平兵卫站在船上，将这一切看得清清楚楚。

"不得了了，公子的船翻了！"平兵卫船上的壮工们大喊。他们立刻掉转船头，赶了过去。刚从下游上来的两三条船上的人也目击了翻船的一刻。接着，翻船处的水面上冒出了几个壮工的头，其中两个壮工朝平兵卫的船游来，伸手抓住了船舷，另外两个壮工则往下游上来的小船游过去。平兵卫一直在焦急地寻找平三郎的踪影。

"没看到公子。"

平三郎船上的四个壮工都已安全爬到船上。

"公子会不会被压在那船下面了？"

那条船底朝天朝下游漂去，平兵卫乘着船，带着绝望的心情追了过去。

可惜最终还是没找到平三郎的尸体。后来，平兵卫跟朋友说："那是我前妻的鬼魂作祟。她对我有怨念，想找我报仇，但又害怕我，于是就夺了平三郎的命。浮在船旁边的那具女尸，平三郎说她是那晚的那个婢女，其实那就是我前妻。"

# 蛇怨

高知县高冈郡北部的越知山村里，有一数十丈¹的大瀑布，名为大樽瀑布。大樽瀑布位于村子南部的山腹中，其北边有一宽广的溪谷，隔着这大溪谷就是因安德天皇陵墓而闻名的横仓山。初夏时节，站在横仓山山峰远眺，只见瀑布悬在满眼的新绿之上，而银色的水流喧嚣地从狭窄的顶部向四处飞溅，使整个瀑布看起来如银河倒挂，如悬壶垂天。因瀑布之水咆哮如雷从天而降，故当地人称它为大樽瀑布。

这个怪谈何时发生已不记得，但年代不会太久远。相传从大樽瀑布往南，翻过山脉，有户姓筱原的农家。这个筱原家的大当家是百步神枪手，一把猎枪使得出神入化、弹无虚发，他本人也以此为傲，农耕之余总是跋涉于深山老林肆意捕猎野兽。

一日，这位大当家突发奇想，想去猎些新奇的猎物，便扛起猎枪往大樽瀑布而去。大樽瀑布的两边是茂密的杉林，郁郁葱葱，遮天蔽日。他费了九牛二虎之力才从这参天古树林里摸索到瀑布底部。大当家抬眼望去，只见那瀑布如白龙吐水，一泻千里，水柱落到潭里，激起无数细密的水花，朦朦胧胧，如轻纱笼罩

---

1　丈是日本尺贯法中的长度单位，一丈约为3.03米。——编者注

住周遭的一切。斑驳稀疏的光线挤进参天古树茂密的枝叶缝隙里，照射到那轻纱薄雾上，带来一道道瑰丽的彩虹，若隐若现，闪闪烁烁。筱原小心翼翼地踩着冒出水面的岩块，打算过河。他不经意往瀑布后方望了一眼，猛地止住了脚步。好家伙，瀑布后方右侧黝黑的岩洞里，一条如古树枝干般粗大的巨蟒露着半截身体在洞外，正往上方蜿蜒而行。这巨蟒通体呈青黑色，浑身鳞光闪烁。筱原兴奋不已，心想要是能制服这巨蟒，全村人肯定对他顶礼膜拜。他退回原处，沿着瀑布边缘的石头蹑手蹑脚地往瀑布后方而去，悄悄靠近蟒蛇。巨蟒扭动着碗口粗的身体，张着血盆大口。这大大刺激了筱原的猎奇心，他按捺住内心的激动，冷静分析出捕蛇的最佳位置，站稳脚跟，锁住目标，点燃了火引子。

"轰——"

伴随着一声巨响，巨蟒身体扭曲着往瀑布底部的深潭撞去，整个山谷在天地间剧烈动荡着。

打中了！筱原一阵狂喜，他威风凛凛地唤来同为猎人的亲戚，让他帮忙一起把蛇皮剥下来，扛回了家，还在院子一侧的古树之间搭了根竹竿，晾起了蛇皮。村里人听闻这事，都好奇不已，纷纷跑到筱原家看个究竟。大伙见到那张蛇皮，都大为惊叹。筱原得意扬扬地向众人详细讲述自己捕蛇的经过，其间还不忘添油加醋，大肆吹嘘。他还夸下海口说："这条蛇是雄性的，通常蛇类都是雌雄相伴，改天我把那雌蛇也抓来给大伙瞅瞅啊！"


这天夜里，筱原唤来三四个邻居喝酒庆祝，其中那位帮忙剥蛇皮的老兄也在。众人趁着酒兴聊起了今天的巨蟒。

"真是开眼界呀，以前只是听说有这么大的蟒蛇，这是第一次见到！"其中一人赞叹道。

"这可是天大的稀罕事，我得给我孙子讲讲！"另一人也紧接着吹捧道。

"去之前我心想能有多大，到那儿一看，好家伙，真不得了，黑压压的占了整个潭底，愣是把我给吓着了！"帮忙的老兄也啧啧称赞道。

筱原喜滋滋地听着众人漫天吹捧的恭维话，虚荣心极度膨胀，很快便飘飘然了。

"捕这种大怪物，非我们家老大不可。"帮忙的老兄继续吹捧道。

"就是就是，没看我们大当家一副雄姿勃发的样子嘛！"另一个男子也看着大当家赞美道。

"哈哈哈！"大当家手执酒杯得意地与那吹嘘者对视一眼，突然眼前一黑，猛地向后倒去。

众人赶忙放下酒杯跑过来想扶起大当家。可这大当家却疯了似的一把推开众人的手，口中不停地喊着"鬼！鬼！鬼！"，身体扭作一团，在地上翻滚起来。众人满脸惊惧地望着大当家在地上翻来覆去，痛苦挣扎着。

许久之后，众人终于将不再打滚的大当家搬到床上，向他婆娘辞别，准备回家。一行人走到院子里时，忆起大当家的诡异行为，再也不敢议论那巨蟒，个个闭口不言。

屋外黑漆漆的，连星星都躲了起来。众人头皮发麻，挤成一团，默默走着。突然，一行人像是被什么东西驱使似的，齐刷刷地朝屋前竹竿上挂的蛇皮望去。

紧接着，一股怪风迎面而来，古树枝叶剧烈颤动。众人大惊失色，有人甚至吓得闭上了眼睛。大风呼呼地席卷而过，吹起众人的衣襟。

就在这时，挂蛇皮的地方一点点亮起来，如那朦胧的月光倾泻。光亮越来越强，最终化成两条血红血红的火舌，如那血红血红的蛇信子，灼灼生辉。紧接着，这火舌熊熊燃烧，不断扩大，上一刻还完整的蛇皮转瞬间燃烧起来，然后升腾而起，化成一片红云往筱原家屋顶俯冲而去。众人见此情形，吓得一屁股坐在地上，瑟瑟发抖。

大火轰轰烈烈地席卷着筱原家，滚滚火浪如通天火柱，印染了半边天空。浓烟弥漫在空气里，呛鼻刺目。而后，这大火如蟠龙般不停地盘旋于上方，一圈、两圈、三圈……良久良久，化成一团火焰，怒号着往大樽瀑布方向冲天而去。

至此，筱原家一家老小全死于这场怪火之中，尸骨无存。怪事还不止于此，凡是筱原家族人，只要出现在大樽瀑布附近，四周就会泛起白茫茫的浓雾，使他们迷失方向，坠入潭中而死。而那帮忙剥蛇皮的老兄，虽然传言没有提及，但想来也是离奇暴毙吧。至今当地还流传着筱原一族不可接近大樽瀑布的传说。

# 女子的执念

话说有位女子看中了一件十分华丽的和服，念念不忘，每日都向她那证券家父亲百般撒娇，软磨硬泡，终是讨到了许可，立即满心欢喜地让熟识的裁缝缝制。这证券家是个炒股票的能手，每每赚得金钵银钵满满归，家中很是富裕，所以这和服昂贵不凡，是天价的宝物，也因此，这女子要求裁缝务必在短期内完工。于是裁缝把其他活全部推后，马不停蹄地专心缝制这身和服，一直赶到期限来临的前一天晚上还没完成，只得连夜加班赶制。快到午夜一点时，裁缝终于完成了制作，大大地松了口气。

就在这时，外面传来了一阵急促的敲门声。三更半夜的，非妖即怪，裁缝警惕地推开木板套门一瞅，原来是那证券家的女儿，他放下悬着的心笑道："呀，这么晚了，您怎么来了？"

夜色中，证券家的女儿妩媚娇笑道："我实在等不及明早了，就先来看看。"

"您这时间掐得可真是准，我这刚刚才全部做完。"

"那真是太好了。"

裁缝让这女子进了屋，从席子上拿起折叠整齐的和服展示给她看。

这时，女子突然套起这和服，然后一阵风似的往门口而去，看得裁缝眼睛都直了。目瞪口呆的裁缝回过神，想叫住女子，可女子早已没了踪影，只剩那件华丽的和服没了支撑，松蓬蓬地从空中飘落。

裁缝百思不得其解，他按捺不住好奇心，趁着夜色赶去证券家家，想问个究竟。

原来这证券家前些日子炒股失手，把家当都赔了个精光，还欠了一屁股债，连夜遁走了。但他家的女儿还一心念着这和服，这股执念幻化成人形，才有了午夜发生的那档子怪事。

至此，裁缝恍然大悟，甚为感慨！

# 港口妖妇

山根谦作自三宫站出来后，便向着海岸的方向走去。虽然谦作已经是第二次踏上这片土地，但他仿佛仍然对此地一无所知。十四年前，他曾专程拜访过供职于当地轮船公司的一位前辈。虽然是专程从东京赶过来的，但也仅仅停留了两周时间，此后他便匆匆赶往中国，直至今年才返回国内，因此他脑海中对此地不过留有一个模糊的印象罢了。

谦作在台湾开了一家杂货店。此前他曾受前辈照拂，要去上海航线的轮船上做船员，不料竟在前往上海途中生了一场大病，后来便去了一家与轮船公司有联系的上海医院治疗。在院期间，谦作结识了一位来自福冈的男子，后与其一同奔赴广东，又远渡台湾，几经周折后才自己开了现在这家小店。他也早已有了妻小，手头也有了余钱，于是便借着做生意之便回国祭拜先人。

这天的空气显得格外冷冽，天地间笼罩着一层雾气，四周静悄悄的，夕阳的光线斜斜地照射下来。谦作一下子清醒过来，那双刚才还望着太阳出神的眼睛转而观察起近旁的建筑。长长的木制西式建筑上的蓝色油漆已有多处脱落，建筑分为上下两层，底层挤满了出售食品的各色小店。其中有一家小店门口挂着生肉、熏肉，还有各种兽肉。只见这家店内两名年轻的后生手起刀落，正用菜刀娴熟地剁着肉。店里有三四位客人，其中一位是个中国老太太，戴着耳坠子，身边还带着一个五岁左右的小女孩，看样子应该是她的孙女。谦作仔细观瞧，发现站在老妪右边的是一个也戴着耳坠子的年轻的中国妇人。年轻妇人右边则站着一位苦力模样的中国人，脸上的白色痘印清晰可见。

谦作猛然意识到，这里应该是一条唐人街。心里这样想着，他开始环顾四周。狭长幽暗的街道上，各色食品店鳞次栉比，而店里的顾客则以中国人为主。这些店铺内有的整齐摆放着大酒坛，有的陈列着各色蔬菜，还有的出售一些不知是蛇干还是鱼干的商品，也有的贩卖根茎类货物，谦作分辨不出究竟是薯类还是树根。他看见店前的玻璃窗和店内的门楣上都贴着红色的细长形纸张，这无疑是唐人街最具代表性的色彩，谦作早已司空见惯了。

紧接着，谦作便想到了美酒。想来回国已有个把月了，这段时间他已经不知不觉爱上了滩酒，一想到马上又要与这片土地和美酒告别，他不禁怅然若失。六点他就要乘船远行了，但他还不知道要去哪里等船，于是想着先找个地方小酌一杯。其实他已经在距此处十里[1]的小城内订好了船位，并且打点好了所有随身的行李，除了身上这套笔挺的西装，就只剩手里这根藤杖，可谓轻装简行，身上再没有什么值钱的东西。他轻抬左手，看了一眼手表，时针刚刚走过三点。距离六点还有三个小时，接下来的两个小时他还可以好好放松一下。他望了一眼对面，只想寻觅一家中意的小店。他发现右手边有一个红色的邮筒，邮筒旁便是小巷的入口。入口对面一个角落里有一家西式餐馆，挂着一张黄色的门帘。

谦作并不想吃西餐，他心想能吃到日本菜是最好不过了，但这附近恐怕没有。然而，也不能说他对西餐完全不感兴趣，至少炸鱼他还是愿意尝试的。于是，他便向着西餐馆的方向走去。

但是，谦作心想，再往前走几步或许会有意外发现。他停下了脚步，一时之间不知该不该继续向前。但转念一想，再这样犹豫下去，时间就都白白浪费了。想到这里，他便从巷子入口径直走向了西餐馆。

---

1　里是日本尺贯法中的长度单位，一里约为3.927公里。——编者注

磨砂玻璃门半开着。泥地房间内的光线十分昏暗，一时间让人恍然有种黄昏时分的错觉。房间内摆放着七八张圆桌，零散地坐着三位客人。谦作马上注意到了一位男子，他坐在最靠近入口的圆桌旁，背对着门口，身上的茶色西装破旧不堪。但谦作只能看到他的侧脸，所以无从分辨他究竟是日本人还是中国人。对面右侧一角的女子头发乌黑，束着西式发髻，身着锦缎羽织，面向前方而坐，故仅能见其背影，但其束发髻的梳子上镶嵌着的玉石如蛇眼一般在黑暗中闪烁着光芒。

　　相信任何一个男人见此情景都会感慨，所谓窈窕淑女也不过如此吧。谦作不禁浮想联翩，向着右边的桌子走去。那边抬眼便能望见那位身着破旧西装的男士，虽然也仅能看到他的侧脸而已。谦作背靠白墙坐了下来，一位年轻的女招待如花蝴蝶般出现在他面前。

　　"先生需要些什么呢？"

　　谦作将藤杖靠在右手边的墙壁上放好。

　　"我想吃鱼，有没有炸鱼呢？都有什么鱼啊？"

　　"我们这里有炸鲷鱼、炸鲅鱼，如果您想吃生鱼片的话，我们也可以做。"

　　谦作大喜。

　　"哎呀，哎呀，还有生鱼片啊，简直太棒了。这样的话，那么小姐，我就点生鱼片和炸鱼吧。"

　　"好的。您还要酒吗？"

　　"当然。实不相瞒，我最想喝的就是酒，今后很长一段时间可能都喝不到日本酒了，趁着船还没开，一定要喝个痛快，这样也就没有遗憾了。把好酒都给我拿上来。"

　　谦作紧致的脸庞早已经被台湾的日头晒成了小麦色，他微笑着如此说道。

　　"好的。"

　　女招待笑着走开了。谦作也心满意足地从衣兜里掏出香烟盒，取出一支烟点燃，一边悠闲地吸着烟，一边漫不经心地观察着那个身穿破旧西装的男人。

　　只见西装男子将酒杯举至嘴边，眼神飘忽不定，看样子仿佛在思考着什么。西装男子前面的桌子旁坐着一个店员模样的年轻男子，他背对街道而坐，头戴鸭舌帽，身穿窄袖和服，正拿着刀叉吃东西。旁边的椅子上坐着一位女招待，正和男子聊着什么。

谦作突然想起了刚才那位女子，赶忙将视线转向了右方。女子发髻梳子上的玉石仍然像蛇眼一般闪着寒光。她的身体微微后仰，右臂微屈，看上去像在喝东西。

"您久等了。"

方才的女招待端来了酒瓶和酒杯，并将酒杯放在了谦作面前。

"多谢多谢。"

谦作将烟蒂放进了身前的烟灰缸，然后拿起酒杯，示意女招待斟酒。

"酒可能不够热，如果您觉得温度不够，我再去重新烫来。您先尝尝看吧。"

酒的温度刚刚好。

"可以了，可以了。"

"您稍等，菜马上就好。"

女子将酒瓶放好，转过身去。

"喂，上酒。"

西装男子用右手指尖轻轻敲打着桌子。女招待刚要从谦作的桌子旁走开，闻声一下子停住了脚步。

"您还没喝够啊。"

女招待言辞冷淡，任谁听了都会不舒服。

西装男子听到后一拍桌子，说道："我说，什么叫还没喝够？姐姐，你是不是瞧不起我！老子又没有喝你的酒！算了算了，我不跟你计较，别啰唆，快给我上酒！"

男子大发雷霆，女招待好像被吓坏了，逃也似的离开了。

"要是那块玉还在我手里……"

西装男子自言自语说着什么，手仍然轻轻敲打着桌子，而思绪仿佛已经飘向了远方。这时，谦作猛然看到了男子那布满血丝的眼睛。谦作想，到底是一块什么样的玉呢？然而思来想去，毫无头绪。

"您久等了。"

女招待将生鱼片和炸鱼摆放整齐。

"啊，真不错。接着给我烫些酒吧，我现在还有些时间，一会儿我就要去坐船了。"

"您要去哪里啊？"

"回台湾。"

"哎呀，去台湾吗？那可真是不容易呢。"

"对，确实有点远啊。"

谦作说着，将放在生鱼片旁边的卫生筷掰开，然后又把芥末加入酱油碟中。

"台湾可是个好地方啊。你住在台湾吗？"

西装男子竟然跟自己搭话了！谦作停下了手中的筷子，抬头望了一眼。这个男人细长脸，红黑色皮肤，此刻正注视着自己。

"是的，已经有十多年了，我在那边做点小买卖。"

"是在基隆吗？还是在台中？"

"台中。"

"台中啊，台湾可是世外桃源。我也在台湾待过一阵子。我还去过新加坡、巴达维亚[1]、广东、马尼拉、上海、南京。亚洲出名的港口，我都去过。"

"真的啊？我也去过上海和广东。您是做什么生意的啊？"谦作嘴上这样说着，心中却暗暗思量，从这男子的穿着打扮来看，他不过是个常年漂泊在外的下级船员罢了。

"说笑了，我其实就是个流浪汉。我是在找一件东西，但是啊，好像没什么希望了。"

西装男子又用他的脏手重重地拍了一下桌子。

"找什么啊？莫非是什么发财的门路吗？"

谦作说着，把生鱼片送进了嘴里，随后又端起酒喝了一口。

"不是，是石头，奇石。"

谦作顿时想起刚才西装男子口中说的玉石，一下子被激发起了好奇心。

"是吗？"

---

1　雅加达的旧称。——编者注

这当口，女招待又把酒瓶端了上来。谦作想到刚才是西装男子先点的酒，于是用手指了指西装男子。

"那位客人先点的酒，还是先给他吧，一会儿再给我上就好。"

女招待脸色一变，但最后还是什么也没说，将酒送到了西装男子面前。

"姐姐，别生气啊，别辜负了客人的一番好意，快给我吧！"

西装男子调笑着说道，随即拿起女招待端来的酒瓶开始倒酒。

"什么石头啊？是宝石吗？"

谦作知道有些事情不能刨根问底，但还是小心翼翼地追问了一句。西装男子若有所思，一杯酒下肚后，他放下酒杯，起身将谦作面前的椅子一把拉了过来。

"我给你讲个故事吧。这个故事说来有些离奇，你要听吗？"

西装男子说着，在椅子上坐定。谦作心想，他要是唠唠叨叨地说个没完就麻烦了，但一时之间又无法拒绝，无奈只能将酒杯递至对方面前。

"喝一杯吧。"

西装男子连忙摆手做拒绝状，说道："不用，我就不喝了，不用麻烦。你只管自己喝吧，我想喝的话，自会拿酒来喝。"

"这样的话，那我就不给您倒酒了啊。"

"没问题，这样我也自在。"

"那么，您请自便吧。"

谦作一边自斟自饮，一边等着西装男子讲接下来的故事。

"那我可就开始讲了。说来确实是件怪事，但是如今这世界上奇事还真不少，你看还有爱因斯坦这样的怪人……"

"您快给我说说吧。"

"那我就继续了。对了，还没说我是哪里人吧。这么说吧，在中国我就说汉语，在爪哇我就说爪哇语，至于我究竟是哪里人，就随你想象吧。我家在当地是少有的大户，我父亲有七个妾，但我一个兄弟姐妹都没有，是家里的独子，所以父母自然非常疼爱我。父母在我的教育上也花了不少心思，光家庭教师我就有两个，一个是法国人，另一个是意大利人。虽然他们教我的东西再正常不过了，但是我偏偏喜欢那些稀奇古怪的玩意。就拿现在来说，飞机我早已经坐过了。不管有什么新鲜的戏法、表演，我都愿意花大价钱去学。不瞒你说，我还曾经让一个印度来的女子魔术团在别墅里住了一段时间，为的就是跟她们学魔术。我能让扔出去的石头变成鸽子飞走，也能让放在地上的拐杖变成蛇爬走，还能从帽子里变出狗来。其实，这些魔术都是有门道的，学会了之后也就觉得没什么意思了，但它们能让那些看魔术的人拍手叫好，这才是这东西最有趣的地方。所以，我经常招呼左邻右舍和几个好朋友到家里来，给他们表演魔术。想来那时候我也就刚刚十七岁。接下来才是重头戏呢，你不用管我，你继续喝。"

西装男子说着，好像想起了什么，将两只手伸进衣兜里摸索着。

"好。"

谦作点了点头。西装男子从衣兜里掏出了烟卷和火柴，胡乱地点好烟。

"故事还要从那时候讲起。那一天，我记得当时还是夏天，我家后院有一棵枣树，树上结满了枣子。我在枣树下放好了道具箱，表演了几个拿手的魔术，又丢了石头出去，只见石头瞬时化成白鸽飞走了。

"这时，忽听得人群中传来几声讪笑。我心想，到底是哪个家伙这么不识趣。定睛一看，原来是一个老头，他头戴一顶红帽，留着稀稀拉拉的白胡子。我心中暗暗思量，这老头一会儿要是再口出狂言，看我怎么收拾他。我恶狠狠地瞪着他，结果他竟然大言不惭地说：'少爷，你这都是些小孩玩的把戏，给你看看我老头子的魔术怎么样？'我顿时火冒三丈，这老头两手空空，也没有带道具，怎么可能有什么绝活。罢了，姑且随他去，要是他没有什么拿手的绝活，我定把他骂个狗血淋头。于是我跟老头说：'既然这样，那你就给大伙露一手吧。你都会什么啊？'老头听后，微微一笑，回答我说：'少爷，老头子我什么都会变，我要说把你变成猴子，你可就真的变成猴子了。算了，先让你看个简单的吧。我让那棵大枣树变成枯树怎么样？'一听这话，我更加火冒三丈，心想这老头简直太荒唐了，任他有多么高明的手段，也不可能让一棵大树立马变成枯木，他无非是想要逗我一笑，讨些赏钱罢了。于是我对他说：'别啰唆了，你要是真能让这枣树枯萎，就变给大伙看看。'这时，老头把戴在脖子上的一条铂金链子摘了下来，这链子跟十字架差不多，链子上还挂着一个小口袋。老头将这小口袋取下后，握在右手掌心，说道：'它马上就要枯萎了。'他抬手向枣树施法，你猜怎么着？翠绿的枣树叶子立马枯

028

萎了，枣子也开始噼里啪啦地往下掉。我一下子惊呆了，不，应该说是吓到了。老头却不慌不忙地说：'怎么样，少爷，老头子我没说大话吧。'没办法，我只能连连道歉说：'晚辈不该怀疑您，真是有眼无珠，您大人有大量，千万不要和晚辈一般见识。'老头听后答道：'少爷信了就好，这棵树无端枯了也挺可怜的，我还是让它复活吧。'老头说完，左右晃动了两三下右手，只见枣子不掉了，枯萎的叶子也重新变成了绿色。我想这老头一定是位神仙，哪还顾得上道具箱，赶紧请老头进屋，又赶忙差人把父母请来，将老头引荐给二老，然后大摆宴席，指望老头日后能住在家里。跟老头讲明之后，他回答说：'少爷的好意我心领了，但是老头子我拖家带口的，哪有独自住在府上的道理。'我连忙应承说让他把家人一起带过来，但是他说：'不了，不麻烦了。少爷好像对我的法术很感兴趣，我日后自会传授给你。但这法术非常神奇，绝非魔术可比，没有决心的话，是万万学不会的。少爷如果下定了决心，我随时可以教你。今后我也会经常来府上叨扰。'任我百般挽留，老头仍然执意要回家，无奈我只能退而求其次，想问问老头的住处，但也只得到了一个日后自会知晓的答复。我也更加确信这老头不是凡人。

"从那天开始，老头每隔两三天就来一次，但他行踪飘忽不定，没有人知道他究竟从哪里来。有时他会把石头变成青蛙，有时又在墙壁上变出个女人，酒足饭饱之后就回家。就这样过了一个月，我家就遭殃了。一天下午，我父亲喝完茶之后突然倒地，之后就再也没能起来。奇怪的是，他没有任何生病的迹象。我家没有什么亲戚，所以母亲只能安排下人料理了父亲的后事。葬礼刚刚办完，就在我父亲去世后第十天的早上，我发现母亲也在睡梦中去世了。我也是后来才知道个中原因的，当时我还被蒙在鼓里，把这老头当作唯一的依靠，母亲的后事也是和他商量着办的。即便是这样，老头也从来不在我家过夜。

"一天，老头带来了一个漂亮的姑娘，那是他的女儿。这姑娘随老头来了三次，第三次来的时候就在我家住了一晚。那晚之后，我和这姑娘之间就不分你我了。谁知这其实是个可怕的圈套。我父母都是死在这妖孽老头手里，我也差点死在他手上。第二天，姑娘说要回家，于是我便送她回去。到了之后，我发现她家竟然是一条船，就拴在湖汊处，我就这样被关进了一间舱室里。我曾试图离开，但那姑娘的姐姐挥舞着利剑，老头也随时准备对我下毒手。那姑娘的姐姐是个瘸子，面容生得十分丑陋，手持七把短剑。她不断将剑抛向空中，看样子如有恶魔相助一般。我送那姑娘回去的时候，老头连忙唤来大女儿，还说要好好招待我，让她为我表演舞剑，但其实就是让她杀了我。那姑娘拼命维护我，然而我当时完全不知情，只知道老头死活不肯放我回去。没办法，我只能在船上过一夜。半夜醒来时，我听见那姑娘和她的姐姐正在隔壁房间里争执不下。'他太可怜了，我不会杀他的，看在我的面子上，就帮他一次吧。'话音刚落，只听见姐姐说道：'你竟然被这臭男人耍得团团转，废物！你不想杀他的话，我来！'我这才知道他们那天晚上就要杀了我，一时间我吓得瑟瑟发抖，牙齿打架。这时，隔壁突然没了声音，四周静悄悄的。我心想，如果对我心怀善意的姑娘能出手相助就好了，如果他们图财，我大可以散尽家财，只求活命。我憋了一肚子话想告诉那姑娘，不断在脑海里思考着该如何向她求助。没承想天刚蒙蒙亮的时候，那姑娘就悄悄溜了进来，偷偷地把那个挂在链子上的小口袋塞进我手里，说道：'这是我父亲手里那块靺鞨玉，遇到危险的时候，用这玉就能化解。有了这块玉，所有事情都能如你所愿。只要你拿着这块玉，父亲和姐姐就不能加害于你。快走吧，我们以后也不会再见面了。'姑娘说完，开始低声啜泣。但我当时惊魂未定，哪有心情安慰她，慌忙夺门而出。等我回过神来，只听得老头在发疯似的怒吼。

　　"天已经亮了，东方露出了鱼肚白。我虽然安然无恙地到家了，但是心里仍然牵挂着那姑娘，又十分惧怕那老头，于是我差五六个年轻的小伙子带着枪去查看情况。结果赶到湖汉一看，那条船早已经不见了踪影，也不知道他们是不是逃跑了。但是我心里始终放不下那姑娘，之后也托人多方打听，始终没有音讯。那玉石是绀琉璃色的，形似一片树叶。现在这玉石到了我手里，我要用它来做什么呢？我原本就家财万贯，实在没必要学那些强盗，干些抢钱的勾当，于是我决定把它用在女人身上。我和知事夫人，还有公使夫人、市长长女、歌伎、女演员都发生过关系，几乎引发了社会骚乱。恰好这时候又来了一个马尼拉的歌剧团，据说演员都是日本人的后裔。我也是不思悔改，又盯上了剧团的首席女演员，跟那女演员牵扯不清，最后玉石也被她偷走了。我成了人人喊打的过街老鼠，又不甘心玉石就这样被偷走了，于是把所有财产都变卖了，开始寻找玉石。想来已经有十多年了……"

　　西装男子说到这里，只听得旁边有细碎的响声，听上去像是胶皮底子发出的声音。谦作抬头观望，原来是坐在前面一角的女子要走了。只见那女子生着一张瓜子脸，娇媚却不失庄重。此时她已经将蓝色的长围巾理好了，正要从西装男子背后出来。女子妩媚的背影已经让谦作想入非非，姣好的面容更是让他神魂颠倒。这时，西装男子也抬起了头。当他看清楚女子的脸后，瞬时瞪大了眼睛。他目不转睛地盯着女子，突然一下子从椅子上跳了起来。

"啊，这不是天华嘛！"

谦作如梦初醒一般，他看看西装男子，又看看那女子。女子却是一副冷冰冰的样子。

"没错，可不就是天华嘛，是天华。"西装男子转身背对着谦作，想上前拍拍女子的肩膀。但那女子径直从他面前走了过去，甚至没有看他一眼。

"等等！"

西装男子将手伸向女子的左肩。

"你想干什么！真没礼貌！"女子厉声呵斥道。话音刚落，西装男子突然仰面倒地。这时，玻璃门开了，女子扬长而去。

"你这个小偷！"

女子甚至没来得及把玻璃门关好，西装男子一下子从地上跳起来，打开玻璃门追了出去。

"喂！喂！"

方才为谦作和西装男子服务的女招待也紧随西装男子追了出去。谦作心想，刚才那个女子或许就是将西装男子的玉石偷去的女演员吧。但西装男子的故事让他觉得荒唐至极，与现实生活相去甚远，他实在无法将那个故事与刚才的女子联系在一起。谦作转念一想，这男人八成是个疯子。

谦作猛然回过神来，现在是什么时间了？他赶忙看了一眼手表，已经是四点十分了。

虽然还有两个小时的时间，但谦作心想，若继续耽搁下去，说不定会受到牵连，干脆去船上慢慢喝吧。谦作想赶紧结账，好尽快离开这是非之地，抬头却发现三名女招待正站在玻璃门旁。原来，她们发现同伴出门追客人去了，便纷纷向外张望。

"喂，小姐。"

谦作用右手的指关节轻轻敲了几下桌子。很快，一个女招待走上前来。

"结账吧。多少钱啊？"

女招待看了一眼盘子和酒瓶，很快报出了价钱。一共两块钱出头。谦作掏出了三块钱零钱。

"剩下的钱就给刚才那位为我服务的小姐吧。"

女招待收完钱后，转身离开。谦作掏出香烟，用火柴点燃，吸了一口。他站起身来。

"不得了了，不得了了！"

随着一阵惊呼声，刚才追出去的女招待出现在了玻璃门门口。

"出什么事了？出什么事了？"

"可了不得了，出大事了！刚才那位客人，他自己刺了自己的脖子一刀，这可怎么办啊？"

谦作手里的烟一下子掉在了地上。

"他跑到那边巷子里的水果店门前，突然拿出一把短刀，刺向了自己的脖子，吓死人了！"

"这是怎么回事啊？他不是去追那位女士了吗？"

"说得是呢！但我根本没看到那位女士啊！"

"到底怎么回事啊？他应该是个疯子吧！"

"他一定是个疯子。你想啊，他要是跟那位女士有仇，杀了她不就得了。"

谦作听完，更加确信西装男子身上有什么不可告人的秘密，所以才会说出那样的故事。他又想到自己刚才就坐在那男人对面，万一受到牵连，可就走不成了。

"那人可真惨。"

谦作装作若无其事的样子，随声应和着从女招待身旁走过，走出了西餐馆。他顺着原路逃也似的离开了，甚至不敢看那巷子一眼。


不知何时已是华灯初上。谦作刚出西餐馆时忐忑不安的情绪也烟消云散，他渐渐放慢了脚步。已是黄昏时分，街道也变得昏暗起来，谦作独自悠闲地散着步。

天气似乎也发生了微妙的变化，厚重的空气轻抚着谦作因微醺而泛红的脸庞，他感觉到了一丝温热。那个举止怪异的西装男子竟然自杀了？虽然这件事始终在谦作的脑海里挥之不去，但于他来说，这仿佛已经是发生在另一个世界里的陈年往事了。

谦作猛然想起了衣兜里的烟。于是他停了下来，用左臂夹住藤杖，从衣兜里掏出烟盒，抽出一支烟叼在嘴里，又取出火柴，将烟点燃，然后随手将还没彻底熄灭的火柴棍丢在了地上。他吸了一口烟，正准备继续往前走。突然，他抬起头，定睛朝右侧看去。

那边有一栋二层洋房，灯火通明。这时，一名女子从窗子里探出身来，她生着一张标致的瓜子脸，但谦作也就只能看清她胸部以上的样子罢了。女子莞尔一笑。谦作觉得这女子似曾相识，便目不转睛地看着她。原来她就是自己刚才在西餐馆见到的那名女子，谦作想起那个疯疯癫癫的西装男子叫她天华。女子娇羞地低下了头。

"刚才真是抱歉，进来坐坐吧，我请您喝茶。"

虽然时间还早，但谦作却犹豫了。一来他并不了解这女子的秉性，二来他觉得他们仅在西餐馆有过一面之缘，就这样随随便便进女子家里，有失妥当。再者说，这女子虽然年轻漂亮，但言辞过于轻浮，也让人有些反感。

"上来坐坐吧，家里也没有别人。"

谦作想，从这女子的装束来看，她定不是什么良家妇女，若非演员出身，也一定做过歌伎之类的行当。她现在之所以形单影只，要么是在独自旅行，要么就是在钓金龟婿。总之，这女子绝非善类。但谦作转念一想，距离上船确实还有些时间。

"快上来吧！"

"那我就恭敬不如从命了。"

谦作将未抽完的香烟随手一扔，又仔细看了看洋房入口的方向。借着门灯朦胧的灯光，他很快找到了一扇玻璃门，这就是入口了。

"您从入口进来后，上右手边的楼梯，我在第四个房间。"

谦作瞥了女子一眼，朝入口的方向走去。玻璃门上落了一层厚厚的灰尘，一眼看上去与磨砂玻璃无异。门把手已经脱落，门也没有关紧，留有一道缝隙，仿佛已经恭候他多时了。谦作此刻心情无比轻松，他打开门走了进去。

进门便看到有一间凸出的房间，看样子应该是门房。谦作透过玻璃窗看到里面坐着一个胖胖的老太太，只见她红光满面，戴着一副大镜片的夹鼻眼镜，眼镜上还附有黑色挂绳。老太太正在床上读着一本洋文书，书皮已经褪色发红。门房左右两边各有一房间，均铺有地板，光线昏暗，前面则是楼梯。右手边房间的一角备有一只棕榈毛刷子，谦作仔细将鞋子上的泥土清理干净，慢步踏上了楼梯。

这楼梯由白色瓷砖铺就，谦作一边上楼一边在心里盘算，若为此女子所惑，恐怕连回家的盘缠都要搭进去。所以，一旦形势不妙，留下些茶钱尽快脱身才是上策。他不禁为自己的聪明才智沾沾自喜，想着想着，不知不觉已经走到了二楼走廊。

走廊内光线十分昏暗，让人恍然有种身在洞窟之内的错觉。谦作看到前面有间房间开着门，一女子背靠房门而立，房间内明亮的灯光洒在她的身上。谦作认定这就是那名女子，便快步向前走去。没错了，确实是她。

"欢迎！"

"打扰了。"

谦作点点头，含糊地应承着。

"我这儿太寒酸了，快进来吧！"

"打扰了。"

谦作进了房间。迎面是一面云母屏风，在灯光的映照下闪闪发光，谦作只得从左侧通行。房间正中央有一张方桌，桌上放着一个花盆，鲜花盛放，看样子应该是玫瑰花。桌子旁边摆放着红色天鹅绒座椅和安乐椅。绿色的窗帘垂在窗边。窗户下又整齐地摆放着红色天鹅绒躺椅和各色椅子。

谦作见此情景，心想若再不脱外套，似乎有些不妥。但是衣帽架在哪儿呢？他向左手边望了望，发现不远处有一个小型的架子，上下分为三层。他走到架子旁，将藤杖和帽子放在最下层，然后开始脱外套。突然，他感觉到一双柔软的手搭在了他的后背上，瞬时一股暖流流遍全身。

"还是让我来吧。"

女子熟练地将外套脱了下来。谦作有些难为情。

"多谢。"

"您请坐。"

女子说着，将外套叠了两折，然后放在架子上。谦作走到桌子旁，又看了一眼手表。已经四点四十分了。

"我马上就得走了，毕竟还要坐船。"

"那也能陪我说说话吧。"

女子说着，走到谦作身旁，将转椅转过来正对着他。谦作坐在椅子上，漫不经心地瞥了一眼花盆里灰白色的花朵。

"刚才真是抱歉。您也看到了，我总是一个人，无聊的时候就会去那儿坐坐。刚才那个奇怪的男人跟我搭讪，真是吓死我了。也不知道怎么回事，他竟然还叫我天华。"

女子在谦作右手边的椅子上坐了下来。

"是啊，那人是个疯子。后来可是出大事了，您应该还不知道吧？"

"我确实不知道。我见他追了上来，就从一条古怪的巷子里逃跑了。出什么事了？"

"他跟在您后面跑了出去，刚跑了没多远，就刺了自己的脖子一刀，然后就断气了。我也没看见，是那个女招待追出去后看见的。他就是个疯子。"

"天哪，刺了自己的脖子吗？到底是怎么回事啊？太可怜了。"

"确实挺可怜的。他跑到我桌子旁边，跟我说他的靺鞨玉被偷了。为了寻找那块玉，他跑遍了亚洲的各大港口。听上去像在说梦话，他一定是个疯子。"

"是吗？那也真是够可怜的。他是哪里人啊？"

"应该是中国人吧。"

"这样啊。"

这时，谦作突然觉得眼前这个女子和自己想象的并不一样，心中竟有些失望。他想尽快结束这个话题，于是从口袋里掏出一支烟。

"我去拿些东西过来，您多待一会儿，我自己一个人实在是太无聊了。"

女子将一只手搭在桌子上，借势起身，从花盆后面取出火柴并点燃，谦作连忙叼着烟卷凑近。

"实在抱歉，我喝杯茶就得走了，我还要赶六点的船。"

"您就再待一会儿吧。"

就在这时，只听得房门咯吱一声响，有人进来了。只见一个身穿白色围裙的年轻女子端着托盘走了过来，托盘上放着一个葫芦形状的瓷瓶，旁边还放着小巧的高脚杯。

"端过来吧。"

身穿白色围裙的女子梳着岛田发髻。她将托盘放在桌子一角，躬身施一礼就退下去了。

"没有什么好招待您的，也就只有这薄酒了，饭菜一会儿就来。"

女子端起酒瓶倒了一杯酒，放在谦作面前。谦作心想，若继续耽搁下去就来不及上船了，喝完这杯酒就走吧。

"劳您费心了，我就喝一杯吧。"

谦作轻轻点头致意，将烟卷放在面前的烟灰缸上，尝了一口那淡蓝色的液体。这酒喝起来像威士忌，味道很淡。这时，谦作只觉得有一股沁人心脾的牛蒡香气席卷而来，他一时之间也分辨不出这究竟是那液体的气味，还是花盆中那鲜花的气味。

"这酒如何？可还合您的口味？"

谦作两口便喝完了那杯酒，然后将酒杯放好。

"确实是好酒……但是我真的要来不及了，我先走了。"

谦作说着，便起身要走。这时，女子那柔软的脚尖轻轻碰了碰谦作的右脚踝。谦作实在不舍得走开。他又望了一眼花盆中的鲜花，那鲜花明明刚才还是灰白色，这会儿竟然变成了鲜红色！他一脸惊讶地望着女子。女子那妖艳的瓜子脸突然出现在他眼前。

"方便的话，您就再喝两三杯吧。这酒一定能让您神清气爽。"

女子端起酒瓶，又倒了一杯酒。这时，谦作分明感觉到自己的右脚踝已经被女子的两只脚尖环住，动弹不得。谦作一时间目眩神迷，垂下了双眼。

"只有我这老太婆[1]陪您喝酒，说来确实有点可怜……"

谦作端起酒杯，满脸堆笑。

"我也喝一杯吧。"

谦作望了一眼女子，只见女子将酒杯送至嘴边，红唇鲜艳欲滴，笑容迷人，风情万种。谦作只觉得自己置身于一个光怪陆离的世界中。

"在下斗胆，敢问姑娘芳名？"

"小女子没有名字。这样吧，您就先叫我天华吧。"

谦作随意地把右手放在桌边，这时，女子将自己的手轻轻地放在了谦作的手上。谦作顿时感到一股暖流涌来，他一把抓住了那只手。

谦作醒了，只觉得胸口发闷。此时他感觉自己仿佛是正在花园里酣畅淋漓地玩耍的孔雀或雀鸟，突然发现自己失去了平衡，狼狈地从空中坠落下来一般。他深吸几口气，睁开了眼睛，发现深绿色的羽绒被下竟有一位皮肤白皙、赤身裸体的女子。

谦作大惊失色。此时他头脑中的记忆也逐渐苏醒过来，那记忆宛如一首毫无章法的诗歌。他感觉朝阳微弱的光线穿过记忆的缝隙暖暖地照在他身上。他突然想起，自己已经错过了开船的时间。

"这……"

谦作一下子瘫在了床上。这时他后悔万分。他又想起自己曾给家里打电报说要坐昨天的船回家。一瞬间，他眼前浮现出八岁的女儿和五岁的儿子围在母亲身旁叽叽喳喳，焦急地盼望着他回家的样子。此时的他倍感煎熬。他再也躺不下去了。他猛地起身，却发现自己也是一丝不挂。

"时间还早，再休息一会儿吧。"

女子慵懒地半睁开眼睛说道，而谦作此时早已心急如焚。

"不了，这样下去可不行，我的衣服在哪儿？"

---

1　此处女子自称"老太婆"，是一种自谦的说法。——编者注

他看见枕边的台子上有一个衣篓，里面堆放着衣服、衬衫。他赶忙侧身从被子里溜了出来。

"您接下来做何打算？"

"去轮船公司。"谦作边穿衬衫边答道。

"但这会儿应该没有船了吧。"女子若无其事地说道。

谦作有些恼火："现在是没有了，但三天后就有了。我要去看看。"

"是吗？"女子冷笑着说道。

谦作仔细地将衬衫穿好，又穿上了裤子。他发现鞋子也在旁边，于是又紧接着穿好鞋子，然后边穿上衣边瞥了一眼衣篓，手表和钱包都还在。他转念一想，钱是不是还在呢？但碍于情面，不好在此处查看，他只得将钱包放进上衣口袋里，随后又将手表戴在了手腕上。

"您还真是心急，但是您真能找到那公司吗？"

女子此刻还躺在枕头上。

"怎么可能找不到！不就在岸边嘛，我去去就回。"

"早饭呢？"

"在外面找地方吃吧。"

"知道了。"

谦作朝房门口走去，然后打开了门。门外的房间一如昨晚所见。谦作穿过那房间，走向屏风。他的外套、帽子和藤杖也原封不动地放在右侧的架子上。他匆匆拿了起来，走出了房间。

走廊里光线充足。谦作连忙从里兜掏出钱包查看，却没有发现任何异样。他心想，多少应给那女子留些钱，但又觉得未免有些可笑，于是头也不回地下楼了。

他刚要关门出去，便听到了几声笑声。他回头张望，透过门房的窗户看见昨天那个老太太仍然戴着那副大镜片的眼镜。谦作有些害怕，但他并没有心情仔细看清楚，便匆匆忙忙离开了。

对面房顶的瓦片被早晨的阳光染成了红色。狭窄的街道上，工人们来往穿梭着。谦作并不知道海岸究竟在何处，只能找人问路了。

"打扰您一下，我想去海岸，请问该怎么走啊？"

谦作看到一行三人，均木工模样，遂迎上前去，向一个肩扛工具箱的木工问路。

"我们也要去海岸，你要去海岸的什么地方？"

"那家有台湾航线的轮船公司。"

"那挺近的，跟我们走吧。"

于是，谦作与三人同行。他们穿过狭窄的街道来到电车道上，横穿过电车线路后便来到一条宽阔的街道上，随后三人就离开了。

"打扰您一下，我想去海岸，就是那家有台湾航线的轮船公司，请问该怎么走啊？"

这时，迎面走来一位叼着大烟斗的海员，谦作上前问道。

"沿着那条巷子往前走，然后在第三个街口右转就到了。"

海员指了指前面不远处左手边的那条巷子。谦作朝着巷子的方向走去。很快，他便找到了第三个街口，然后向右拐，但他既没有到达海岸，也没有发现任何公司模样的建筑。

"这里离海岸还很远吧？"

谦作看到了一位卖泥鳅汤的老人，此时他正在卸货。谦作上前问道。

"这里是个台地，离有马温泉不远。但你要去海岸的话，可就走反了。"

老人指了指谦作来时的路。没办法，谦作只能原路返回。但是他走着走着，就迷路了。

"去海岸怎么走啊？"

"从这里往右走，还远着呢。"

于是谦作又向右走去，却仍然没有看到海岸的影子。

"这附近有吃饭的地方吗？只要能吃饭就行。"

谦作此时还饿着肚子，于是他心想，还是先找家小旅馆吧，哪怕能在旅馆打个电话也好。他便开始打听附近哪里有旅馆。

"前面就有家旅馆。"

谦作按照指示继续向前走，但根本没有看到旅馆的影子。

转眼已是黄昏，谦作已经筋疲力尽了，他就漫无目的地走在街道上。

"哎呀，您干什么去了？您知道夫人等了您多长时间吗？"

谦作吃了一惊，循声望去。只见洋房入口处的门半开着，梳着岛田发髻的女子正探着身子。正是昨天那位上酒的姑娘。谦作这才注意到，自己已经回到了昨天那栋房子前。

"啊，是你啊！"

谦作别无办法，只能又踏上了二楼。房间里的灯亮了。那名叫天华的女子倚在房间正中央的桌子上，笑着看着谦作。

"您去轮船公司了？"

谦作走上前去，他实在不想承认自己迷路了，于是含糊地敷衍了几句。

"累了吧，快坐下歇歇。肚子也饿了吧？我去给您拿些吃的。"

女子自始至终都笑脸相迎，但谦作总觉得那笑容里多少带着些讽刺。谦作想抽支烟，伸手摸了摸衣兜。烟盒还在，但是烟已经没了。这下子他没了办法，只能呆呆地坐着。

"您一直在轮船公司吗？"

"不，也不是，我四处走了走。"

谦作觉得今天发生的事情十分怪异。他确信，他之所以没有找到海岸，甚至没有找到旅馆，一定是因为自己出了什么问题。他害怕极了。

这时，梳着岛田发髻的姑娘用托盘端来了饭菜，然后将饭菜放在桌上。

"我早就吃过了，您快吃吧。"

谦作早已经饥肠辘辘，连忙拿起了筷子。女子为他准备的是西式晚餐，连面包都备好了。

"再喝点昨天的酒吧，喝完就舒服了。"

女子从瓷瓶中斟了一杯酒递给谦作。谦作放下筷子，接过酒仰头喝了下去。一杯酒下肚，那光怪陆离的世界再次呈现在了他眼前。

天亮了。谦作醒来后发现，一切都与昨天的情形如出一辙。谦作心想，今天一定要坐车去轮船公司一趟。他起床穿好了衣服。

"您又要去哪儿啊？"

女子仍然躺在床上。

"我出去一趟。"

"您就别再白费功夫了。"

谦作并没有理会就出门了。他又听到了老太太的嘲笑声。刚一出门，谦作便看到了一辆空车。他想先去旅馆，吃完早饭后直接去轮船公司。

"带我去海岸边好一点的旅馆。"

车载上谦作便出发了，穿梭于大街小巷之间，不曾停下片刻，却没有看到一家旅馆。

"喂！还没到旅馆吗？没有旅馆的话，就直接去有台湾航线的轮船公司吧！"

车仍然没有停下。无奈，谦作只能换了一辆车，但这辆车也只是不停地在路上穿梭。那天天气很好，阳光洒在车上。但不知何时，太阳已经西沉。

"好了，让我下车吧！"

谦作下了车，付完车钱后，打算自己走走。

"哎呀，您回来啦！"

只见那名叫天华的女子从洋房二楼的窗口探出头来。谦作边上楼边思量，自己到底是怎么了？

第二天，谦作生怕自己有什么不测，便想求助于当地警察，于是打算去一趟警察局。

"警察局就在前面。"

但是谦作走了又走，还是没有看到警察局。他心想，若没有警察局，有个岗亭也是好的。

"过了这条街就是岗亭。"

但事与愿违，谦作连岗亭都没有找到。他垂头丧气地在路上走着，不知不觉又回到了洋房前。等待他的仍然是那名女子。

第二天，谦作只想赶紧逃离这座城市。他想去三宫站乘车，却也终究没能找到三宫站。当回过神来后，他发现那名女子仍然站在洋房二楼的窗户旁，观察着自己的一举一动。

那晚，女子将谦作的脸贴在自己胸前，低声跟谦作说了几句悄悄话，谦作却一动不动。

“小宝贝，我给你看个好东西吧！”

女子说着，将右手伸进左边的衣袖里，从里面取出了什么东西。她将那东西攥在手里。

“这花儿开得神气活现，我让它立刻枯萎怎么样？”

谦作如梦方醒，突然想起了什么。他拼命让自己清醒过来，用力睁开眼睛。

“花儿，花儿，枯萎吧！”

女子用手指了指花盆，转眼间，花朵枯萎了，花瓣簌簌飘落。

“小宝贝，怎么样？”

谦作见状，连忙闭上了眼睛。

“哎呀，你睡着啦！”

谦作分明知道那女子和梳着岛田发髻的姑娘将他带回了卧室，但他一直在装睡。他一夜无眠，终于在黎明时分，将手伸向了女子的左手腕。

“你要干什么?!”

女子慌忙起身。说时迟那时快，谦作顺势取下了女子左手链子上挂着的袋子。

“啊！”

女子大叫一声，像兔子一样跳下床，逃到卧室外面去了。

谦作将袋子叼在嘴里，迅速穿好衣服，跑到了外面，但那女子早已经逃得无影无踪了。

天亮了。谦作此时异常清醒。他刚走出一条巷子，就看到一家旅馆。谦作走了进去。

当日黄昏，谦作便顺利登上了去往台湾方向的“高雄”号轮船。

## 异闻录

（贰）

收录于作者一九二二年出版的怪谈小说，
该作品为作者所著的日本怪谈小说集。

異聞録

原稿现存于日本九州熊本中古书店，
于首版五十七年后由"悉桑派"译者探访获得。

# 水魔

一

这是一个暖洋洋的夜晚，刚抽出嫩芽的银杏树杈间透出浅红色的月光。浅草观音堂后面的树林中已是一片寂静，但池塘边依然很热闹。人群的嘈杂声和电影的声音混杂在一起。

一个女子走出被官稻荷神社旁的酒馆，穿过浅草神社后面，朝着观音堂方向走去。当她走到路右侧的一棵大银杏树下的时候，一个戴着礼帽的年轻男子像蝙蝠一样突然从树后面的阴影中冒了出来，与她擦肩而过，距离近到女子大衣的右衣袖已经被碰到。女子心里不悦，侧过身加快了脚步。

年轻男子走向女子刚离开的酒馆旁边的荞麦面馆。那里的围墙有个拐角。月光照在围墙上，在月光的映照下，写着"公园第五区"几个字的牌子清晰可见。

"哟，这不是山西吗？"旁边传来了搭话的声音。年轻男子听出是熟人的声音，便停住了脚步。只见一个个头不高，戴着鸭舌帽的男子站在一旁。

"是岩本啊，这是要去哪里？"

"我哪儿也不去，就在这附近闲逛。你呢？"

"我啊，我本来约了人见面，但对方有事来不了了，只好改日再说。"

"我看不是吧，是下不去手吧。"

"你一个整天跟在保姆屁股后面的人知道什么。"

"哎哟，你以为我不知道？不就是那个总在山上长椅上坐着的老太太嘛。"

"才不是那种乱七八糟的人。"

"那就是卖假花的那个？"

"我都说了我不会找乱七八糟的人……算了，找个俱乐部，我们边喝边聊吧。"

于是，二人笑着走出了仁王门，又转向了区役所[1]，进到了区役所旁边的一家小酒吧里。酒吧里只有六张桌子，零零散散地坐着十来个客人。二人挑了左手边角落里的座位坐下，点好了啤酒，一个胖胖的熟人服务员给他们拿来两个啤酒杯。

"快说快说，这回是哪一出戏的预告啊？"岩本冷笑着问道。

"我先润润嗓子……"山西喝了口啤酒，看了一眼隔壁桌留着一脸乌黑胡子，面前摆着两三瓶酒的男性客人，边笑边小声说道，"那家伙原本是柳桥的，现在可是乌鸡变凤凰了，住进了驹形堂旁的大宅子里，长得可真叫一个美啊。"

"能行吗？还敢追这样的人，可别再进局子里去。昨天晚上在千束町那边，我正好碰见那个龅牙刑警了，他还跟我打听你最近怎么样呢。"岩本也小声说道。

"她要是报警，我也没辙。"

"春天虽然暖和，但局子里还是很冷的哦。"

"我可谢谢你了，我有一件火红火红的缩缅[2]面料睡衣，到里面也冻不死。"二人边说边笑，啤酒也很快喝完了。山西又要了一杯啤酒，边灌着酒边说："再给我十天，到时候你就等着羡慕我吧！"

"你现在这么说，别最后成不了。"山西胸有成竹的样子和平时截然不同，引得岩本冷嘲热讽。

---

1　相当于区政府。——译者注

2　日本的一种特殊织法的丝绸，类似中国的绉绸。——编者注

"当然可以啦！"

"那到时候你可得给我好好讲讲具体的情节。"

二人一边大口往嘴里灌着啤酒，一边胡扯，话题离不开女人。他们俩都是在浅草公园一带出没的地痞。岩本住在千束町，平时以张贴电影海报为业。山西则是马道理发店老板的无赖儿子。

客人越来越多，二人的餐桌也被几个西装革履的人拼了桌。岩本觉得此处已经不便于口无遮拦地讲话了，就转过身去看了一眼挂在柜台上面的八角形时钟。

"啊，都十点半了，我该走了。"

"这回又去哪儿撒网啊？"

"今晚可是有正经事。"岩本整了下帽子，嘴角露出一丝狡黠的笑容，说道，"那今晚就多谢款待了。"

岩本说完就一溜烟跑了，留下山西一人结账。结完了账，山西也起身离开，他用手撩开门口挂着的蓝色门帘时，脑子里想的却是他丢在观音堂后面的那封信。"她应该已经看到了吧。"他心想。

二

户外皎洁月光满地，因为正好是电影和话剧闭幕的时间，街上多了许多刚看完演出的行人。山西沿着传法院[1]的围墙穿过一排小吃摊，往池塘的方向去。

他边走边想："可能她明晚就来了……就在八九点那阵……岩本要是看到，非羡慕死不可……"他就这样想着那个女子来时的情景。这个女子是他家理发店的客人，被一个开当铺的区议员包养了。山西听说这个女子同时还和一个艺人有说不清道不明的关系，便打算以此威胁女子就范。他找到了女子和艺人幽会的地点，趁他们分别的时候，把恐吓信丢了过去。

"从明天起十天之内，晚上八点到九点之间来浅草区役所旁边的酒吧。我的外

---

1  东京浅草寺内的一处建筑。——译者注

套上会系一条红色的丝带作为标记。如果你不来，我不仅会把事情告知你的金主，还会把消息透露给《浅草公报》。"山西一边回忆自己的恐吓信，一边想着女子看到这封信一定很害怕，然后乖乖过来。

这一夜静悄悄的，一丝风都没有，池塘周围柳树的枝条都直直地垂着。池塘对面电影院的霓虹灯仿佛黑暗中燃烧的火焰，在月光的映衬下略显朦胧。

山西漫不经心地走上土桥，不经意间抬眼一望，看到桥对面走来一个明艳动人的娇小少女。她身着友禅[1]印花的鲜艳和服，皮肤白皙，看样子不过十六七岁。

山西的目光立刻被这个少女吸引住了。少女似乎在散步，步伐轻快地走了过来。她和山西擦肩而过，在擦肩而过的瞬间，少女用她那双动人的乌黑眼睛瞥了山西一眼。山西想知道少女有无人陪同，便看了一眼少女身后。少女身后只有三四个喝醉的工人，看起来应该和少女不是一路的。

山西立刻起了贼心，折回去穿过工人一行人跟在了少女身后。工人一行人超过了少女，回头看了一眼，不知道嘟囔着什么走远了。

少女向左拐进了树林。林中十分昏暗，只能看见稀稀拉拉的瓦斯灯和零星的几个行人。其中还有几个抹着一脸白粉，一看便知行当的女人。林中分散设置的几条长椅上坐着几个人。有人在低声说话，有人在抽烟，烟草燃烧的点点火光仿佛黑夜中的萤火虫，悬在吸烟者的口鼻前。少女沿着小路一声不响地朝着茶店的方向走去了。山西悄悄跟在少女身后，与她保持一间[2]的距离。他不只怕惊动少女，更怕被在公园一带巡逻的刑警盯上。

少女衣服上的友禅印花图案仿佛燃烧出苍白色的磷光一般，即便在一片昏暗中也清晰可见。山西仔细观察少女衣服上的图案，发现那不是寻常的花鸟图案，像是用细细的线条勾画出的海藻，换个角度看又像是水中的漩涡。

山西一路跟着少女经过茶店门前，来到了水族店后的紫藤架旁。眼见着四下无人，山西胆子大了些，跟了上去，开口说道："喂，喂！"

---

1  一种日式染色工艺。——译者注

2  间是日本尺贯法中的长度单位，一间约为1.818米。——译者注少女并没有停下脚步，而是转过头。山西看见了少女白皙的脸颊。

"你要去哪儿？"山西努力用温柔的语气问道。

少女又转过头来，莞尔一笑。山西觉得这个少女已经是到嘴的鸭子了。

"要不要一起走？"

少女并没有停下脚步，而是一边走一边回头望。此时山西早已忘记了刑警的存在，他朝少女凑了过去，跟上了少女的步伐。

少女走到观音堂左面，拐进了后面的巷子里。这正中山西下怀，他巴不得少女往暗处走，然后乖乖束手就擒呢。

"你住在哪儿啊？"

山西的语气显得越发熟络。而少女仿佛也在勾着山西，让他主动，身姿越发动人起来。

"快告诉我你家在哪儿。"

少女停住片刻，马上又迈开了脚步。山西已经按捺不住，伸出手准备握住少女的右手。这时迎面走来几个歌伎打扮的女人，山西伸出去的手又缩了回来。

二人已经走到了喷泉旁，多闻天王的雕像已停止喷水，在月光的映照下发出黄色的光。山西漫不经心地看着多闻天王的雕像，伸出手去握右边少女的手，但什么也没摸到。山西觉得奇怪，便转过头去看，眼前已无人影。山西大吃一惊，在原地转了好几圈，都不见少女的踪影。

"怪了。"

山西跑回观音堂后面的小巷，依旧没发现少女的踪影，于是他又回到喷泉处一通好找。

"到底去哪儿了，这家伙。"

山西又回到附近的树林里找了一圈，也毫无收获。他并不死心，又去了仁王门和池塘周围找，但都一无所获。

三

山西来到区役所旁边的酒吧，等候着那位被他威胁的议员情妇的到来。他一会儿看看柜台上挂着的八角形时钟指针是如何缓缓走动的，一会儿又看看门口是谁又掀开蓝色门帘进到店内了。百无聊赖中，时钟的分针指向了数字十的位置，已经八点五十了。

"只剩十分钟了，快来啊！"山西一边想着，一边下意识地看了一眼自己的胸口。他依照信里所说，身穿大岛布制成的外套，外套上系着茶色的扁绳子，绳子右端还系着红色丝带，远看就像系了朵花。他又抬起头看向门口，一个穿着斜纹裤[1]的高个学生正要离开。"这小子八成是要去酒馆里'干坏事'了。"山西的脑子里闪出这个念头。

想到这里，山西又回忆起昨晚在喷泉旁跟丢的少女。回忆着回忆着，他的心也飞到了少女那里，仿佛此刻门口的蓝色门帘后面就站着那个身着友禅印花衣服，面容白皙精致的少女……她到底是怎么没影的？总不能是人间蒸发吧。山西又想到了昨晚的奇怪经历。

他一只手撑在椅子扶手上，脸斜着贴住手背，嘴里的金牙发出闪光。就在这时，时针指向了数字九。"已经九点了吗？"山西看了一眼时钟，又看了看门口。蓝色门帘一丝不动地垂着，默默忍受着室内弥漫的烟草味和酒气。

"山西先生，您怎么了，今晚喝不动了吗？"嘴唇厚厚的服务员前来搭话。

山西看了一眼服务员，什么也没说，他只想等议员情妇来。他注视着酒吧门口，望眼欲穿。只见两位客人结伴入内，仍不见他等的那个人。

这时他又想起了那个少女，说不定今晚她还在那里。想到这儿，山西有些迫不及待想见那少女了，他匆忙结了账，离开了酒吧。夜空中一轮明月高悬，一如昨日。

他一路走向池塘，途中还不忘观察遇见的每个人，生怕看漏了少女。刚走过传法院的围墙，他就在左边往来的人群中看到了穿着友禅印花衣服的少女。他若无其事地凑上前去，盯着少女的脸庞憨憨地笑。

少女也似回应一般看着他，眼神中满是妩媚。山西心想："今晚你可逃不

---

1　袴是日本传统下装，类似阔腿裤。——译者注

掉了！"

"昨晚什么时候溜走的？"山西盯着少女，像着了魔似的。

少女只是莞尔一笑，什么也不说。

"你叫什么名字啊？"山西又问道。

"我叫美奈和。"少女轻声回答道。

"美奈和啊……美奈和小姐。"山西觉得这个少女可爱无比。

"你住在哪儿啊？"

少女只是笑着，什么也不说。

"要不要一起走走？"

山西突然意识到自己的行为已经引人注意了，便闭上了嘴。

少女穿过土桥往山上走去。山西非常高兴，因为他觉得少女这是要和他去山上长椅上聊天，便跟了上去。

"在这儿歇会儿吧。"

少女依然一言不发，从右边下了山，往山下小池塘的小桥方向去了。这里茂密的树枝遮住了月光，周围一片漆黑。

到了桥上后，山西又急忙凑了过去，想要握住少女的手。但不知何时，少女再一次不见了踪影。

山西立即仔细搜寻起来，那样子引得桥上过来的一对男女警惕起来，边走边盯着他。


四


次日晚上，山西又来到了池塘边。这一晚，他虽然也去了酒吧等待受他威胁的情妇，但是到了十点，依然不见人影，他索性来到池塘边找少女。

这时公园内的演出都已结束，池塘周围人影稀疏，却仍不见少女的身影。山西反复寻找，不时在山上和林中的长椅上坐下，稍事休息。

"看来今晚是没希望了……"他经过江川边的杂耍摊前，嘴里嘟囔着。他已经放弃继续寻找少女了，准备离开。但就这么回家睡觉又让他觉得有点失落，于是他想起在邮局旁的肉铺里打工的姑娘，边想边朝那里走去。

这一夜薄云如烟，月光朦胧。街上的行人越来越少，街边到处是店铺锁门的声音。商店街的店铺已经关了大半，整条街显得十分昏暗。山西踩着他那双木屐，沿着商店街的石子路向电车大道的方向走去了。

走到商店街正中间时，从右侧的横巷里走出一个女子。山西一看，正是他日思夜想的那个少女，她身上依然穿着那身泛着青光的友禅印花衣服。

"喂！"山西打了个招呼。

少女停住了脚步，转过白皙的脸庞。

"美奈和小姐，昨晚又被你溜了呢。"

少女仍然什么也不说，只是莞尔一笑。

"你这是要去哪里？"

少女把脸转向电车大道的方向。

"一起走好不好？"

少女点头好似应允了，然后迈开了脚步。山西连忙跟上。他一边走着，一边盯住少女，心想："今晚你无论如何也逃不掉了！"

走出商店街后，少女沿着车道边缘走向了吾妻桥的方向。即将结束运营的末班车上，乘客三三两两地走了下来。山西突然想到少女或许要带他去花川户，他知道那里有便宜的旅馆。

"要不我们去别的地方吧！我知道一家旅馆，我请你吃大餐。"

少女微微一笑，回应道："还是去那边吧。"

"你已经订好了吗？"

少女微微点头，然后加快了脚步。山西心里嘀咕着："这个女人到底是什么来头？难道是仙人跳？"虽然心里有疑虑，但山西又怕自己强求会吓到少女，只能由着少女带路。

二人经过吾妻桥边上的警亭时，这对少女和年轻男性的组合引得站在警亭门口的一位巡警目不转睛地盯着他们，山西吓得大气都不敢喘一下。

为了打消巡警的怀疑，山西装出一副关心少女的样子，说道："你的脚累吗？"

二人从桥左侧走过，木屐的声音嗒嗒作响。隅田川如灰色地毯般铺在桥下，河水好似流向梦幻世界。

桥的另一头也有一个警亭，但此处的巡警正在打盹，山西见状松了口气。少女在此处右转，走向河岸。右侧啤酒工厂的砖房耸立在路旁，砖块的颜色好似干了的血迹。这里已经没了人影，山西好像突然明白了什么：莫不是她并没有什么地方要带我去，只不过是不好意思去人多的地方，才会走到这种没人的地方来。

"还没到吗？"

少女回头望了山西一眼，那表情似乎在说："马上到了。"

"是去你家吗？"

少女摇了摇头。此时二人已经走到了枕桥桥墩的拐角处。靠近河岸处有个公厕，刚走到公厕，少女突然跑向河岸边的石垣。山西想着这次可不能让少女跑了，便紧紧跟在后面。石垣下就是流淌的河水。少女张开双臂，友禅印花衣服的袖子好似两只翅膀。突然，少女纵身一跃，跳进了河水中，一点水花的声音都没有。山西停在石垣上，目瞪口呆地看着少女的身体一点一点沉入水中，却无能为力。慢慢地，少女纵身跳入河中时散开的秀发也消失不见，河面归于一片寂静，唯见月光下刚刚吞噬了少女的河水静静流淌。

山西在石垣上来来回回地跑，希望能找到少女。他甚至伸手解开腰带，准备下水救人。

但少女早已不见了踪影。山西这才意识到自己因为少女落水慌了手脚，他现在应该想的是这一幕有没有被别人看到。于是，他忘记了自己刚才是多么想救少女，鬼鬼祟祟地四下张望了一下，系好解了一半的腰带，转弯走上了枕桥。


五


山西对这一晚发生的事情很是害怕，第二天连家门都没敢出。他躲在家中，处处留意着自家理发店里的报纸和客人们的闲谈，生怕听见少女因自己的追逐而落水溺死的消息。四五天很快过去，山西并没有听到类似的传言，他也稍稍放心了。这说明尸体已经顺着河水漂到了海里，那就没人知道了，他也就不必再担心了。又因为山西觉得，一个平时不着家，在外鬼混的家伙突然在家里闷着，实在惹人怀疑，因此在事发第六天晚上，他提心吊胆地出门了。

在外走着，山西突然想起千束町一带的假花店，于是走入仁王门，穿过公园，进到了一条叫猿之助的小巷里。直到一两年前，这如迷宫般的小巷里还有不少有竹篱笆的小屋，这些小屋都是地下嫖娼的据点。后来这些据点都被取缔。如今这里只剩一家挂着"假花店"牌子的小店，店里的架子上确实摆了许多假花。

山西左右穿行，经过好几栋房子后，终于在转角处看到一家挂着红灯笼的关东煮铺子。一个小时的黄昏过去后，红色的月亮挂在屋檐上。山西想在这里吃点东西，便把头伸进门帘里。店内一个学生穿着的男人正独自吃着关东煮。

"来瓶酒。"山西和店主是老熟人了，点单也轻车熟路。

店主是个老人，他从右手边的架子上取下一瓶酒，打开盖子，递给身后不知是谁的人，说道："喂，暖暖酒。"

店主身后摆着一个夹着铜壶的长火炉，旁边坐着一个面生的女子。

"好嘞！"女子麻利地接过酒瓶，将其浸到铜壶中。

"吃点什么？"老人一边拿着长长的筷子翻动关东煮，一边问道。

"有乌贼吗？有就来点。"

"不巧，乌贼没了，油豆腐倒是还有点。"

"那就油豆腐吧，再来点鱼肉山芋饼。"

老人听到后，从锅中夹出油豆腐和鱼肉山芋饼放到山西面前的盘子里，又拿出一个空酒杯。酒也暖好了。山西低着头，一口菜一口酒地吃了起来，不一会儿酒杯就见了底。

"老爷子，再来点酒。"

老人此时正在切酱菜，腾不出手来，便回头喊道："美奈和，再来瓶酒！我现在腾不出手来，你去帮我拿！"

美奈和——听到这个名字，山西大为惊讶，目光立刻转向热气腾腾的铜锅方向，试图一窥热气后的女子的真面目。只见那个女子正要站起来去取架子上的酒，并且朝客人的方向回眸一笑。那眉眼间的明媚和目光中的柔情……她分明就是那个落水的少女，而且她穿的也是泛着青光的友禅印花衣服。山西立刻放下了手中的筷子。

"老爷子，我喝好了，多少钱？"山西说话的声音已没了底气。

"啊？这就喝好了吗？"

"好了，好了，多少钱？"

"一共二十钱。"

山西颤抖着从钱包里拿出两张十钱的纸币，扔在桌子上，然后就一溜烟跑了出去。经此一吓，他早已忘了什么"假花店"，而是一心只想赶快往人多的地方去。但他已经吓得魂飞魄散，连方向都找不到了，在同一条路上反反复复地跑了好几次，才找到一条人多的街道。看到行人，他的心情才稍稍平复了一些。"已经跳河的女人再次现身，看来她真是对我恨之入骨了。"他这样想着，心里仍然慌乱无比。

这时，他看到一家灯光明亮的酒吧，便赶忙躲了进去。店内有两三张寒水石制成的餐桌，酒客很多，他找了靠右的一个位置坐下。

"来个人，有客人等着！"左手边正忙于结账的女服务员边看向柜台，边喊道。没过一会儿，一个女服务员就站在了山西面前。

"您需要点什么？"

"来瓶啤酒。"山西说着，抬起头看向女服务员。刚一抬眼，山西便发现眼前的女服务员正是那个少女！山西的脑袋嗡的一声响，他一下子从座位上蹿了起来，逃出店外。

"喂！怎么了？怎么急成这个样子？"背后有一只手搭在了山西肩上。

山西吓得停住了，回头一看，原来是岩本。

"你小子怎么吓成这样？又闯祸了？"岩本笑着问道。

山西一言不发，目光在岩本脸上闪烁不定。

"到底怎么了呀？被深山里的狐狸精勾走了魂吗？"岩本接着笑道。

山西好像终于回过了神。

"没……只是吓着了。"山西用开玩笑的语气回应道，但声音有气无力。

"算了，咱们去酒吧聊吧。"

山西觉得和岩本一起去酒吧应该没问题了。于是，二人一同前往区役所旁的那家酒吧。但山西惊魂未定，畏畏缩缩不敢进门，等到岩本打头阵，他才紧紧跟在后面进去。进到店内，山西又把四五个服务员的脸看了个遍，发现都是眼熟的面孔，没有面生的人。

"你到底怎么了？看着鬼鬼祟祟的。"

岩本的话仿佛叫醒了山西，他这才放心地坐下。

"来点啤酒吧。"岩本说。

"给我来威士忌。"山西想用酒精给自己壮胆。

不一会儿，啤酒和威士忌就摆在了岩本和山西面前。

"四五天没见你人影，你这几天都干吗去了？"

"店里忙，没出去。"

"可别找冠冕堂皇的理由了！是不是又被刑警盯上了？是因为那个驹形堂的小妾……"

"不是，真的是店里忙。"

"还在辩解，看样子你是遇到什么难处了。"

山西唯恐自己的罪行暴露，极力辩解。

"越解释越像掩饰哦！算了，看在咱俩的交情上，就算是你店里忙吧。"岩本说这些时，始终一脸轻松，没较真。

"山西先生，有人找您。"从别处传来女服务员的声音。

山西一脸震惊地抬起头，只见酒吧门口站着一个女仆打扮的年轻女子。山西怕这个女子又是那个奇怪的少女，所以好一番打量，但这个女子看起来只是一个十八九岁的圆脸少女。

"山西先生，她找您哦。"女服务员见山西没反应，又看着他补了一句。

难道是那个情妇？山西想到这儿，立刻从椅子上起身往门口的方向走，来到圆脸少女面前。

"您就是山西时次先生吧？"少女笑着问道。

"是，在下就是山西时次。"山西答道。

少女听闻后不再说话，从怀中取出一个青色的信封，交给山西。

"请您阅览这封信，然后立刻给我家主人一个答复。"

山西展开信读了起来，里面写道："有要事与您商议，请您小心离开酒吧，我家下人会为您带路。"的确是驹形堂的情妇来信了。

"好，你等我一下，结完账咱们就走。"山西回到自己的座位旁，在看得目瞪口呆的岩本耳边说道："我要出去办点事，你帮我一起付了吧。"说着，从钱包里掏出两张五十钱的纸币。

"驹形堂那个成了呗。"岩本满眼都是羡慕。

"差不多。"山西快步走到门口，和女仆一起走出了酒吧。

岩本既羡慕又好奇，想看看山西到底能去哪儿，于是急匆匆地往山西刚刚撂下的那两张钱上添了点钱。

"喂！这里有一元二十钱，不够的话我明晚再来补！"说完就跑了出去。

此时户外薄雾轻笼，月色朦胧。岩本想起那小妾既然是在驹形堂，那就应该往右拐。果不其然，仅仅十间远的地方，女仆和山西并排走在一起，不知互相说着什么。女仆身着青色友禅衣服。岩本心想："女仆都这么漂亮啊……"

两个人走到了广小路，穿过电车道，在路对面朝着驹形堂的方向拐了过去。岩本一直在十间距离之外紧紧跟着他们，可能是距离较远的缘故，女仆的身影总是被一团灰白色的雾气笼罩着……

走到驹形堂前时，二人快步穿过电车道，顺着堂前的下坡路走了下去。岩本则一直蹑手蹑脚地跟在后面。"看来真是那个情妇，那小子是怎么办到的啊？"岩本羡慕不已。

两个人走进驹形堂后面的小路，往回绕了五六间，然后女仆打开了一扇漆黑的小门。山西进去后，女仆也侧着身进去，随后关上了小门。关门时，女仆还朝岩本的方向看了一眼，露出白皙小巧的脸蛋。"可恶！真的让他得逞了。"岩本一边骂着，一边朝二人刚刚进门的方向走。这是一栋以船板为墙的两层楼的房子，小门的屋檐下点着一盏小小的灯。门旁的名牌上写着这家人的姓名——"山口花"，是个女人的名字。"我可不是那么好甩掉的！"岩本说着，反复盯着这块门牌看。

# 六

五六天后，山西的母亲来到了位于千束町的岩本家中，询问自己家儿子失踪的事情。细问山西何时失踪后，岩本发现山西失踪那天正是他去驹形堂情妇家那一天。岩本没办法，只得把那一晚的事情一五一十地跟山西的母亲讲了，并带着山西的母亲前往驹形堂。

到了那里之后，来开门的是一个上了岁数的老婆子。之后又来了一个看起来二十五六岁，梳着圆形发髻的女子，看样子应该是女主人。

"我家儿子来过您家吗？"母亲问道。

"您儿子……是哪位呢？"女主人不解地问道。

"他叫山西时次。"

"山西时次……我不认识叫这个名字的人。"

"真的吗？我家儿子已经失踪四五天了，这位是我儿子的朋友，他叫岩本。岩本说我儿子失踪那晚原本在酒吧和他一起喝酒，您家的女仆过来把他带走了。岩本先生很好奇，就跟了过来，他确实看到我儿子从您家后门进去了。"

女主人听完，一脸茫然。

"您一定是搞错了吧。我家后门正对着河，不坐船过不来啊。"然后，女主人转向岩本问道："您说是我家的女仆把您朋友带走的，那个女仆长什么样呢？"

"十六七岁，白白净净的，穿着友禅印花衣服。"岩本答道。

"是这样吗？那一定不是我家的女仆。我家的女仆除了刚才来开门的这位婆婆，就别无他人了。"女主人肯定地说道。

母亲和岩本哑口无言，只得灰头土脸地告辞了。但是，岩本亲眼看到山西和女仆进入小门，他无论如何都不能服气。于是，他走到大门左侧像是小门的地方。这里确实有扇刷了灰浆的门扉，用手轻轻一推，这门就开了。这里似乎是隔壁批发店卸货的地方，门后左侧是山口家的船板围墙，右侧则是隔壁家的砖瓦围墙。母亲和岩本走进了两堵墙中间的小路。

走到小路尽头，是一座紧贴河岸石垣，如同围廊一般的栈桥。桥下的粼粼波光中似乎隐藏着不可言说的秘密。两个人盯着河面看了良久，然后四目相对，一言不发。

这之后，怪异水魔的传言便在这一带流传。

而山西的下落至今无人知晓。恐怕永远不会有人知晓了。

# 逃遁的魂魄

这天夜里，两个建筑工人正在进行夜间巡逻。走着走着，突然看到眼前缓缓升起一团蓝色火焰。两人有些惊讶，但没慌张，抄起手里的消防钩准备给这团火来个当头一棒。谁知那团火竟也像吓了一跳似的，朝着另一边飘去。

二人拿着消防钩就开始追，追了几条街之后，看到那团火转进了附近唯一的一条小巷，一点一点挤进了转角人家的窗格里。随后就听到这户人家乱成一团，屋中传出了痛苦的呻吟声。一个上了年纪的女人大声喊道："他爷爷，他爷爷，你怎么梦魇得这么厉害啊？"

然后是一个老人的声音，这个老人道："吓死我了，老朽我正在街上走，突然来了两个建筑工人，也不知是不是瞎了眼，抄起家伙就追我，我没了命地跑才跑掉。"

# 石鱼怪

一个村民正拿着坚硬的河滩石头，站在岩石旁，将剥下来的生树皮放在岩石的凹洞里咔嚓咔嚓地捣碎。他身旁站着五六个同伴，有人负责将捣碎的树皮屑拢到筐笼里，有人则负责捡拾散落的树皮。

那是木曾的御岳山，溪流从两侧的山脉间流过，一侧坡度略缓，开凿了一条山路直通山坳。这个缓坡的对面高耸着一块细长的岩石，山峰处是一片杂乱无章的小树林，远远望去就像披着长头发的竹笋。岩石上开满了红色的石楠花。正午的日头从山谷上方的一线天之间照射下来，可谷底却如秋日一般寒冷。

村民们准备到溪涧的深渊里毒鱼，所以一大早就从山下的村子爬上山来，剥下花椒树皮，和草籽、蓼等一起捣碎，制造毒药。

"够了够了，这些足够了。"一个男子拿起堆满了树皮屑的筐笼抖了抖，说道。

一旁的生树皮已经所剩无几了。

"好了，先歇歇吃个饭吧。然后就要准备捞鱼了。"一人站起身来，伸着懒腰道。

于是七个村民在平坦的岩石上围坐下来，然后掏出便当盒来准备吃饭。每人都从家中带了一个装着米饭的小木桶，不过他们并未马上吃米饭，而是纷纷捏起摆在中间的五升碗里的团子，迫不及待地吃了起来。那是煮熟的黑色玉米团子。众人一边吃着团子，一边商议起捞鱼之事。

"我听说这里有个头很大的樱鳟哦。"其中一人咽下团子后说道。

"这里有很多石鱼。"

这时，一个穿着白色袈裟的和尚走到众人身旁。一个男子捏着团子正想送入嘴里，看到和尚后，便一脸好奇地盯着他。

"咦，和尚？"

其他人也循声看向和尚，就连背朝和尚而坐的人也纷纷扭头看了过来。

那和尚头戴菅笠，手挂竹杖，身着一件薄薄的白裳，在一片绿意中看着似乎也染上了一层薄绿。

"众位施主，不知在此有何贵干哪？"和尚开口问道，他的声音缓慢稳重，让人不由得生出几分好感。

"我们来这里毒鱼。"最先看到和尚的那个年轻男子回答道。

"毒鱼？你们下毒捞鱼？"

"对啊。"

"那可是杀生啊！如果是钓鱼，那为了饵食而迷了心的鱼儿也算是自作自受。可若是毒鱼，就完全不同了，下毒之人可是罪孽深重啊。善哉善哉，施主还是三思为好啊。"

所有人面面相觑，陷入了沉默。

"施主还是莫要杀生为好，鱼儿也好，人类也罢，万物皆有灵，剥夺任何生灵的性命，都将遭到报应。莫要杀生，莫要杀生哪！老衲是个出家人，绝不会妄言吓唬施主的。"和尚继续苦口婆心地劝道。

"你这和尚说的倒也有些道理，嗯……"一个脸色微红，额头狭窄的男子交叉双臂，歪着脑袋说道。

"是吗？那么，我们回去吧。"年轻男子右边的胡须男子显然有些悔意了。

"嗯……边吃边想吧。"和尚跟前那个弯着腰的男子提议道。

"大师要不要来一个团子？我们带了很多呢。"红脸男子热情相邀。

"是吗？那真是多谢施主了，老衲吃一个便可。"和尚坐了下来，将手中的竹杖放在身前。

　　坐在和尚前面的那个男子往旁边挪了挪，给和尚腾出了一个位置。右边的红脸男子连忙端起装着团子的碗，递给和尚。

　　"那，老衲就不客气了。"只见和尚拿起三个团子放在手中，然后捏起一个丢入口中，一下就吞进肚里了。

　　年轻男子惊讶地看着和尚，他还是第一次见到有人嚼也不嚼就将食物吞下肚的，想必这和尚已经许久不曾进食了吧。正想着，那和尚又将手中的两个团子塞入口中，依旧是一口吞了下去。

　　等和尚吃完手中的团子，村民们也开始继续吃团子。众人用和尚听不见的音量小声交谈着是否停止毒鱼之事。

　　"要不就算了，我看那和尚说得有点道理。"年轻男子对着身旁缺了一颗门牙的大脸男子低语道。

　　"怎么可能嘛！那和尚一看就是胡说八道。"大脸男子一脸嘲笑，丝毫不信。

　　吃完团子后，大家打开了小木桶，又取出了杯棬[1]，装上粥或饭吃了起来。红脸男子将桶中的糙米饭拨了一些到桶盖上，然后起身摘了两三片山白竹叶，盛了几口饭递给和尚。

　　和尚没有推辞，接过后便吃上了。方才就对和尚的吃法很是好奇的年轻男子又悄悄地朝和尚看去。只见和尚用筷子挑起一口米饭后，仰头送入喉咙，似乎吃起来很费劲。尽管如此，他还是一口一口地将米饭放进嘴里。年轻男子啧啧称奇，这和尚的吃法果真怪得很哪。

　　吃完饭后，大家都到山谷处喝水，有几个人索性将整张嘴泡在水中，乍一看就像喝水的小狗似的。和尚也跟着众人到了山谷旁，躺在岩石边缘，将菅笠拿在手里以防被河水打湿，然后一脸愉悦地侧着脸，将半边脸泡在水中喝水。

　　"喂，我们到底怎么做？"红脸男子一边用麻布包上刚才装团子的碗，一边向众人问道。

---

1　曲木做的饮器。——译者注

"什么怎么做，照计划进行啊。"胡须男子答道。

"可是刚刚那个和尚不是说……"红脸男子一脸纠结。

"和尚嘛，看到了总要劝两句的，总不能说杀生没错吧。"红脸男子身旁的大脸男子随口说道。

和尚喝完水，沿着岩石爬上岸。大脸男子一边看着和尚，一边对胡须男子说道："我们都准备这么充分了，怎么可能半途而废嘛。"

这时，和尚正好已经爬到了岸上，便走到胡须男子跟前问道："你们还是准备下毒吗？"

"我跟他们商量商量，不过应该不会放弃的。毕竟我们从昨天开始就在准备了，而且今天早上醒得那么早，就差没跟公鸡一起打鸣了……"胡须男子脸上倒还算恭敬，心里却早就对和尚的说辞鄙视不已了。

"施主看起来是不打算改变主意了，不过老衲还是要奉劝一句，万物皆生灵，是鱼是人并无差别。"

"要是我一个人，倒也没什么关系。我总要跟大家商量商量吧，要是所有人都同意，那就取消吧。"

"千万不可杀生啊，夺取生灵性命者，必有报应哪！"

"我先跟大家商量商量。"

"既如此，老衲便先走一步了。"和尚朝所有人脸上看了一眼，行了一礼，说道，"今日感谢各位施主的款待，不过老衲还是要重复一句，万不可杀生哪！"

和尚说罢，便默默地往山路那边走去，目视着他离开的所有人眼里都闪烁着微蓝的光芒。

"那个和尚究竟是从哪里来的啊？"年轻男子喃喃自语道。

"反正是个行乞的和尚，大概是从这山里的某个村庄出来的吧。"胡须男子一脸不耐烦地随口答了一句。

和尚的身影已经没入树丛，而这边的村民们则围成一圈讨论是否继续毒鱼。

"要是你们打退堂鼓，那我就自己去。"胡须男子说道。

方才还有一丝退意的众人一听胡须男子这么说，又坚定了执行计划的决心。于是所有人都赤裸着身体，拿上装了树皮屑的筐篓、鱼篓和渔网走下山谷。一到谷底便看到一处一坪有余的水塘，于是他们在水源处投下了树皮屑。

众人睁大眼睛望着水面，约莫过了一袋烟的工夫，就看到一条大约五寸[1]长的鱼儿浑身苍白，翻着肚皮浮了上来。那是樱鳟。

"呀，上来一条了。"有人兴奋地喊道。

拿着渔网的人迅速将它捞了起来。紧接着又浮起来十条小小的江团，看起来就像一个个小气泡。转眼又有两条苍白的鱼儿浮了上来。然后又浮上来一条腹部呈黄色的细长鱼儿，那是鳗鱼。

"鳗鱼，有鳗鱼！"年轻男子开心得不得了。

待捞了十几条樱鳟和石鱼后，众人沿着水流方向慢慢朝下游走去。上游投放的毒药顺流而下，一路上已经能见到五六条翻着肚皮垂死挣扎的鳗鱼了。他们找了处合适的地方又扔了一些树皮屑，很快就浮上来七八条奄奄一息的樱鳟和石鱼。

众人打捞完毕后，再次往下游走去，看到水塘便投下树皮屑，再将那些气息奄奄的鱼儿尽数收入鱼篓。

日头西落，山谷也逐渐变得昏暗之时，他们正好来到一处非常大的水塘。

"就是这里！"胡须男子激动地叫了一声后，立刻拿起树皮屑丢入水中。

考虑到这个水塘面积很大，他投入的树皮屑也比刚才多了一倍。很快便浮上来两三条石鱼，接着又有一条樱鳟浮了上来。

"这么大的水塘，投这点毒药哪够啊。"大脸男子说道。

胡须男子听完，又往水里投了不少树皮屑。一个拿着树枝的男子将树枝插入水中搅了几下，片刻就看到一条一尺[2]有余的石鱼浮了上来。

"啊，出来了出来了！"众人欢呼不已。

拿着渔网的男子连忙沿着岩石慢慢爬到水边，将即将随波流去的鱼儿尽数捞了上来。就在这期间，又有三四条石鱼浮了上来。拿渔网的男子好不忙碌，恨不得手脚并用。

---

1　寸是日本尺贯法中的长度单位，一寸约为3.03厘米。——编者注

2　尺是日本尺贯法中的长度单位，一尺约为0.303米。——编者注

这时，四周突然暗了下来，头顶上的树叶也开始沙沙作响，巨大的雨滴吧嗒吧嗒地打在水面上。深蓝色的水塘里突然猛地翻滚起一阵水花，一条白身蓝背的大鱼慢慢地浮出水面。这条巨大的石鱼足有一人高，看起来十分诡异。没过多久，它就露出白色的鱼腹，安静地漂浮在水面上了。

雨越下越大，山谷里也越来越黑。

附近的老人们都说这一带的溪流里偶尔会出现大石鱼，今天果真被村民们撞大运遇上了，这条鱼从头到尾足有五尺长。于是，众人砍下一条葛藤，从鱼鳃处穿过，扛着大鱼回到村里。

那天夜里，众人来到其中一个村民家中，由胡须男子下厨，准备将那条大石鱼煮熟，再拿出一坛子美酒，让大家吃个肚子浑圆。

"你们看，要是听那和尚浑说，我们哪能吃上这么大的一条鱼啊。"胡须男子扬扬得意地蹲在地上清理鱼腹。

年轻男子点了一个火把，将火把放在案板上照明。胡须男子将鱼腹剖开，拉出鱼肠。忽然，肠子中咕噜噜地滚出些东西来，胡须男子定睛一看，正是中午众人分给怪和尚吃的三个玉米团子。胡须男子闷哼一声便向后倒去，众人一看，他已魂归黄泉。

# 弯曲的无名指

这是一个医学生的真实经历。

我的父亲是过继到祖父家的养子，他原本是一名小学老师，后来才成了医生。在那个年代，医生行医要有资格证，而对于祖辈行医的家庭，内务省颁发了荣誉资格证。因此，祖父过世之后，父亲就继承了家业，成了医生。

父亲去世时，我才七岁，虽然对他的记忆都是零散的，但我隐约还记得一些事情。我记得父亲看起来总是有些落寞，虽说如此，但他人缘并不差。我还记得他嘴边留着一小撮红褐色的胡子。他十分疼爱我，我每次外出留宿时，他总会担心我受伤生病，担心得夜不能寐。在我老家的方言里，婴儿被叫作"伢伢"，据说我五六岁的时候，父亲还是唤我伢伢，因此总是被母亲取笑。母亲经常半开玩笑地说："照这样下去，孩子到了十岁、二十岁，还是会被叫伢伢呢。"

父亲就是这样一个心思细腻的人，对母亲也极为体贴。这也许是因为他是养子，但我觉得主要还是他生性善良。他看上去总是谨小慎微。有受伤严重的患者来就诊时，父亲反而比患者还紧张，面色苍白地为患者治疗。

甚至有一次，当父亲战战兢兢地为腰上长肿瘤的患者进行手术时，反而是患者鼓励他说："医生，没那么疼，你就大胆地切吧。"这些都是母亲告诉我的。

父亲过世后，亲戚们纷纷来劝母亲，说母亲还这么年轻，家业也需要有人继承，要不就收个养子当医生吧。但是，无论他们怎么说，母亲都没有答应。不久，行医资格考试的规定就出台了，家里也无法再继续使用荣誉资格证了。当时如果母亲能听从亲戚的劝说，马上收个养子的话，我家也许还可以继续享受一代福利。好在当时我家家境尚可，日子过得还不错，所以时间一长，亲戚们也就不再多说什么了。

与父亲相比，母亲更坚强，也十分要强。在我八岁那年夏天，母亲突然高烧不退，现在想想应该是染上了风寒。当时家里找了一位从南方来的叫山田的医生给母亲看病，可他说母亲的病恐怕治不好了。亲戚们轮流来我家帮忙照顾母亲。因为母亲得的是重病，所以亲戚们在我家里大气都不敢喘，互相见面时也都愁容满面。见此情形，幼小的我既难过又恐惧，不知该如何是好，只能时而守在母亲床边，时而到隔壁房间听亲戚们悄悄说话。

那是夏天的某个夜晚，天气十分闷热。本应守在母亲床边的亲戚们不知为何都不在，只有我一个人呆呆地坐着。突然，我听见门口由远而近传来嗒嗒的木屐声。不一会儿，一个医生模样的人走了进来，手中提着个小药匣。我当时以为这个人就是山田医生，他走到母亲跟前，在我右前方坐下了。然后，他边用白皙的右手轻轻地抚摸着母亲的额头，边看着我说："我昨天来的时候，没有见到你。"他的声音不同于山田医生，略带沙哑，但听起来十分耳熟。我不由得抬头望向他，但我怎么都看不清他的面容，只是隐约看到他脸色苍白，嘴边有稀少的胡须。

他对母亲说："你病得这么严重，我带来了好药，快服下吧。"

然后，我听到母亲用微弱的声音回答道："山田医生的药好，我只吃山田医生开的药。"

我觉得母亲不应该辜负别人的好心，便劝道："母亲，医生都这么说了，您就赶紧服药吧。"

可母亲仍然摇着头说："我现在吃的是山田医生开的药，其他人的药我不吃。"

我突然开始讨厌起母亲的顽固，急忙道："都什么时候了，还说这种傻话。"

此时，这个神秘医生看向我，说道："那我把药放在这儿，你帮她服下便可。服了这药，病马上就好了。"说着，他把药匣放到膝盖上，从中取出药，然后用纸细致地包好。罩灯微弱的灯光照在他膝上，我很好奇他会拿出什么样的药，所以一直盯着他的手看。突然，我的目光被他右手的无名指吸引住了，他右手的无名指微微弯曲着，无论是这手指，还是他取药的样子，都与我父亲一模一样。所以，从看到手指的那一刻起，我就认为这个人是父亲。

我恍然大悟："原来是父亲来送药了。"我丝毫没有怀疑父亲为什么会出现，也没有害怕，只觉得再次看到父亲，感觉很亲切。正当我想着，父亲已经包好药，并把药包放在母亲枕边的托盘上，有些落寞地说道："我要走了，你帮母亲服药就好。"说完，他便起身向外走去。由于急于给母亲服药，我甚至都顾不上去追父亲。我快步走到母亲枕边，打开药包，然后唤母亲起来。母亲什么话也没说，只是稍微张开了嘴，我连忙将药倒入她口中，又倒了一杯水给她喝下。这时，母亲才回过神来，不解地问："怎么了？"我欣喜地说："您服了父亲送来的药。"

第二天清晨，母亲的烧就退了，傍晚竟能喝下粥了。没过两三天，她的病就完全好了。然而，当我提起是父亲送来的药治好了母亲时，亲戚们谁也不信。那晚，隔壁房间里有三个亲戚，可谁都没有听到木屐声，也压根不知道有人来过。唯有母亲说她在梦中看见父亲来到了她床边。

# 无人的飞机

这是一个发生在某空军少佐身上的真实故事。

一架军用飞机从机场附近的农田上空缓缓降落，它的螺旋桨已经停止工作了。

这一日，天朗气清，碧空如洗，所以附近的老百姓一眼就发现了空中的飞机，纷纷喊道：

"飞机，有飞机！"

"飞机要降落了！"

飞机终于落地，大家都好奇地围了上来，可到了跟前一看，机舱里竟然空无一人。

"咦，怎么一个人都没有？"

"里面的兵呢？到哪里去了？"

老百姓们面面相觑。有个胆大之人甚至钻进机舱去看了看，果然一个人也没有。

"莫非是无线电控制的？"

可是看起来也不太像啊……

不久后，当地的巡警和村中的文化人都闻讯赶来一探究竟，大家绞尽脑汁也想不出个所以然来。无人驾驶的飞机居然能安然无恙地缓缓落地，这听起来也太不可思议了吧，莫非是有鬼魅作祟？

这时，从远处跑来了一个背着降落伞的军官，看见停在那里的飞机后，一脸欣喜地喊道："哇！"然后飞奔上去抱住飞机。村民们问了才知，原来那是一位空军少佐，今日他与自己的下属某军曹[1]执行飞行任务时，飞机突发故障，于是二人只好跳伞避难。现在看到自己的飞机居然毫无损伤地停在这里，军官开心得就像遇到了久别重逢的恋人一般。不多久，同样背着降落伞的军曹也跑了过来。

"咦，这飞机居然没事？"军曹也是一脸疑惑。

二人从村民们口中听说了刚刚发生的事情后，再想想他们刚才居然还大费周章地跳伞逃生，不由得苦笑了一声。

---

1 军曹是日本独有的对中士级别士官的称呼。——译者注

# 天长节法场

大正十一年（一九二二年）十月三十日，横滨市横滨寻常高等石川小学正如往年一样，举行天长节的敕语奉读仪式。

第二天，四年级一班负责训导的S老师就对同年级学生宣布了一件事。

"同学们，你们的朋友石井茂男同学不幸于前天周日身亡。"

学生们听了，大为吃惊不解，纷纷说道：

"老师，我昨天在天长节会场上还看到石井同学了啊！"

"您搞错了吧，怎么可能死了！"

"不可能，确实已经身亡了。"S老师反驳道。

"不，您肯定听错了，他昨天确实来参加天长节仪式了。"

这下S老师有点骇住了，他仔细向学生们打听他们昨天看见的细节，学生们七嘴八舌地议论开了。

"昨天仪式开始前，我还跟石井同学说过话，我们还聊起银杏树树枝断了的事。"

"我看到他了，他那时正在操场上，手里甩荡着一个装拖鞋的袋子。"

"我也看到了，他戴的帽子的帽檐还破了，用线补着呢！"

这下S老师彻底蒙住了，他强作镇静地问道："那么，有同学碰到过他的身体吗？"

所有人都摇了摇头。

"那么，有同学发现石井同学有什么异常吗？"

大家还是摇摇头，面面相觑。于是S老师就向学生们详细讲述了石井意外身亡的过程。

原来，石井同学二十九日周日下午独自一人前往山下町税关栈桥钓鱼。当时，巡视该地的一个警察看到有一个少年前来钓鱼，但这个警察刚好被其他事耽搁了一下，等他再次去关注少年时，发现少年已不见了。警察就大惊失色地跑过去查看，却只看到水面上漂着拖鞋和帽子，于是他赶紧唤人过来打捞，最终在水底下找到了尸体。警察不知道这是谁家的少年，只能先把尸体运回警局。第二天，石井同学的父母因为孩子彻夜未归，忧心忡忡地来警局报案，警察这才知道这死去的少年是石井。

至此，学生们才相信石井同学已经死了，他们在天长节上看到的是他的鬼魂，大家都惊惧不已。

# 法衣

故事究竟是发生在千住还是熊谷，已经无从查证，不过可以确定的是，那是发生在一座尼姑庵里的事。一位与庵主相交甚好的年轻男子常来庵中游玩，可是最近却许久不见踪影。

庵主十分担心，正寻思着找个男子的邻居问问，男子又忽然出现了。

"我正担心呢。你最近怎么总不来？"

"我生了点小病。"

"那现在好了吗？"

"嗯，都好了。"男子沉默了一下，随即又说道，"其实，我今日来此是有事相求。"

"怎么了？"

"可否借我法衣一用？"

"倒是可以，不过你要用来做什么呢？"

"总归是……有点用的。"

庵主走进内室，拿出法衣放在男子面前。男子拿着法衣欣喜地回去了。

不久后，庵主有事亲自去了一趟庵门处，只见那件被男子借走的法衣正放在门口。庵主心下狐疑，自己方才明明看着男子带着法衣回去了，此刻法衣怎么又出现了呢？莫非男子行至半路觉得法衣无用，便返回庵门处悄悄将法衣放下了？如若真是那样，也该留下一言半语才是啊。那男子素来为人诚恳，断不会如此无礼，庵主百思不得其解。

就在此时，远处走来一人，庵主一看，正是那男子的家人。来者告诉庵主，男子因病卧床多日，于今日归了西。庵主这才知道，方才来的竟是男子之魂。

即便如此，还是难以解释为何男子之魂要向自己借法衣。庵主思来想去，还是决定去男子家中一探究竟。

男子的母亲流着泪说道："也不知道怎么回事，他的睡衣一穿上就脏了，我们便给他换了浴衣，可浴衣也是一穿就脏。到了昨日，家里只剩女人的睡衣了，可他怎么也不肯穿……"

# 怪谈会

（叁）

收录于作者一九二二年出版的怪谈小说，该作品为作者所著的日本怪谈小说集。

怪談会

原稿现存于日本中部福井中古书店，于首版五十六年后由"悉桑派"译者探访获得。

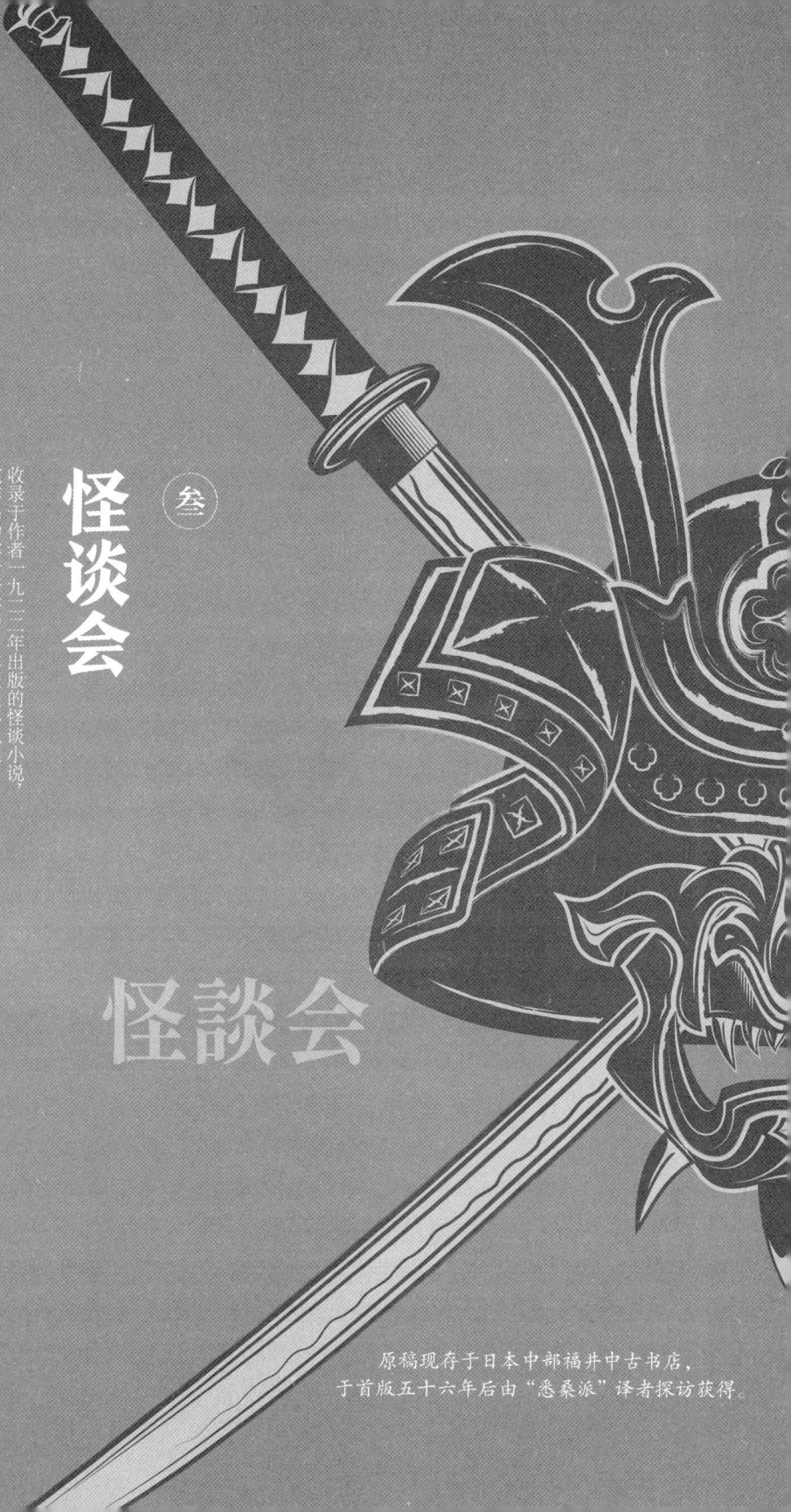

# 水乡异闻

一

　　山根省三脱掉身上的西装外套，换上了旅馆的睡衣，然后一下子扑到了床上，他已经筋疲力尽了。这会子他正枕着自己的胳膊，悠闲地吸着烟。他今天一早从东京出发，十二点多才到这里。演讲主办方和当地的乡绅早已恭候多时，之后便带他来到了这家旅馆。小憩片刻之后，他又去往公会堂进行当天的演讲。演讲从两点开始，持续了将近三个小时，听众大多数是年轻人。这位年轻的思想家在进行了一场关于近代思想的演讲之后，本可以乘坐当天晚上八点左右或十一点前后的汽车赶回东京，但杂志社已经向他约稿，于是他便想着暂且在此地逗留一晚，将自己的观点稍加整理。主办方坚持要送他回旅馆，但他婉言拒绝了。这个季节，小城中的河沟里长满了芦苇，那青绿色的叶子在夕阳的余晖中随风轻轻摆动着。他一边欣赏着沿途的美景，一边走回了旅馆。

　　又是一个安静的黄昏。山根看着自己吐出的烟雾慢慢地化作一个个白色的烟圈，缓缓地飘向窗子，又渐渐地消失在斜上方。昏黄的阳光斑驳地洒在窗子上，一个个光斑如精灵般跳动着。省三想起了他今天在公会堂发表的与恋爱有关的言论，此刻又在心中反复地咀嚼回味起来。应杂志社约稿，他打算写一篇文章来驳斥某博士的《沉重恋爱之弊端》。

"您的晚饭准备好了！"

这时耳边传来了女仆的声音，省三循声望去。一个二十岁上下的女仆端来了饭菜。

"饭好了啊？还是先吃饭吧。"

省三将烟头丢进面前的烟灰缸，站起身来，又发现了刚才一直垫在腋下的坐垫，便随手将其拿起，带到了餐桌前。

"您还需要酒吗？"

女仆将刚才端到走廊里的黑色饭桶和铁壶拿进房间。

"我不喝酒。"省三笑着说道，白皙的脸庞上泛起一丝红晕。

"那我马上给您盛饭。"

女仆盛好饭，端到省三面前。省三接过饭菜，一边吃一边想着，如果这时候能喝点酒，想必这饭菜也会变得更加美味吧。他知道自己的想法可能有些落俗套，也没有任何意义，但这念头始终在脑海中挥之不去。

"听说您今天演讲时间很长，一定很累吧？"

省三听见有人如此说道。那声音十分阴郁，言语之间充满了关切，但分明不是出自眼前的女仆。省三大吃一惊，放下了手中的筷子。但这里除了女仆，再没有旁人。

"刚才是谁在说话？"

女仆一脸疑惑地注视着省三。

"没有人说话啊。"

"是吗？那可能是我听错了。"

省三重新拿起了筷子，但他的内心再也无法平静下来。他的心情一下子沉重起来。这时，一个妙龄女子从眼前一闪而过。女子有着一头浓密的秀发，总是喜欢把头微微歪向左边。

"我再给您添一碗饭吧？"

省三脸色阴沉，抬头看了一眼。女仆将托盘拿到他面前，他刚要伸手把碗递出去，却突然回过神来。

"这是第几碗了？"

"算上这次的话，就三碗了。"

"那就再来一碗吧。"

省三把碗递给女仆。饭盛好了，省三拿起筷子，却发现餐桌左角的黑色饭碗未动，一时好奇，便打开了碗盖。原来是鲤鱼酱汤，表面还漂着一层油花。他将碗端过来，喝了一口。那酱汤味道浓厚而鲜美。省三刚才还觉得喉咙发干，而这汤让他从喉咙滋润到身体，他眼前又浮现出了嫩绿的芦苇叶。那芦苇叶间河水潺潺，前后有两只小船，正扬着白帆，静静地行驶在水面上。小船稍不注意便会闯入芦苇丛中，只听得青绿色的苇叶与船舷摩擦发出的沙沙声。天空中飘着一层薄薄的云，初夏时节朝阳的光线从云缝中钻了出来，将白帆染成了淡淡的红色。小船继续向前驶去。眼前是一望无尽的青绿色苇叶和浅灰色河水，二者已经融为一体……

"老师，以后我可以去您府上做客吗？"妙龄女子歪着头问道。

"当然可以，随时欢迎。只不过我周一、周三、周五这三天要去学校，但两点左右也就回家了。我一般都让学生们周六来找我，但你随时可以来。"

"那我以后会常去的。"

"没问题，欢迎常来。我们来聊聊诗词吧，也不枉费这良辰美景。"

"是啊，这般美景，怎能不叫人诗兴大发呢？放眼望去，全都是芦苇和河水。"

"您如果喜欢鲤鱼酱汤的话，我再给您添一碗吧？"

省三听到女仆的声音，连忙将碗放在了餐桌上。肉和汤已经所剩不多了。

"够了够了。实在太好吃了，不知不觉就吃完了。我已经吃饱了。"

省三端起饭碗，狼吞虎咽地吃了起来。自己刚才只顾沉迷于幻想之中，那女仆肯定不明所以，想到这里，省三只觉得脸上一阵发烧。他告诉自己，不能再为这无谓的回忆所累。饭吃完了，他又吩咐女仆倒茶。

"再给您添一碗饭吧？"

"够了够了。"

"那我给您倒茶吧。"

女仆将茶具拿在手里。

## 二

刺耳的汽笛声划破宁静的空气。巡航船在湖水之间来往穿梭，这汽笛声正是来自巡航船。女仆撤去饭菜之前，已经为省三备好了茶。这会子省三正品着茶，但他无暇理会外面的汽笛声。想起十年前的自己，他追悔莫及。

当时他刚从私立大学毕业，已经是小有名气的新进评论家。不仅如此，他还致力于诗词创作，受到世人推崇。那天，他像今天一样，应当地文学青年的邀请来此地进行演讲。当晚，与他同行的两个同伴都乘汽车回家了，但他对这水乡憧憬已久，想趁机好好游赏一番，于是他决定自己在此逗留一晚。

初夏的夜晚撩动着这位年轻男子躁动的内心。他特意选了一家临河的旅馆。那天晚上，旅馆后门传来的巡航船的汽笛声也像今晚一样嘈杂。

那晚，月色格外苍凉。他从旅馆出来，到水边散步。那里本是湖水和小城内的运河交汇的地方，他站在岸边的石墙上，只见对岸湖畔有几棵白杨树孤独地立在夜色之中。白杨树下的光线越发暗淡，却可以看见星星点点的灯光。他定睛一看，想起黄昏时分曾见过一座挂着扳罾网的小房子，想必那就是灯光的出处吧。

湖水闪耀着灰色的波光。省三在晚餐时一时兴起，喝了两三杯葡萄酒，虽然那杯子不大，但他此刻已经有些醉意，脸颊微微发红。他忧郁的心情也因此一扫而空，现在只觉得一身轻松。

放眼望去，从小房子向左，湖面越来越开阔，之后再没看到一户人家，只有那微微有些坡度的田地一直延伸向山丘的方向。漆黑的山丘在远处便分成了几座小丘，嵌进湖水之中。路边是三三两两的白杨树，芦苇嫩绿的叶子在湖水中随风摆动着，可以听见窸窸窣窣的响声。皓月当空，白杨树下形成了一片天然的阴影，在那月光照不到的地方，依稀可以看见几处光斑。走近一看，原来是萤火虫。省三注视着那些萤火虫，停下脚步，用手杖的一头轻轻地拨动着芦苇叶。

这时，不远处传来了几声轻微的脚步声，仔细听，像是橡胶底拖鞋发出的声音。省三下意识地回头望了一眼，看见一位年轻的女子正站在他身后。女子不动声色地注视着他，慢慢地向他走来。

"不好意思，请问您是山根老师吗？"女子低下头说道。

"没错，我是山根，你是哪位？"

"我经常拜读老师的作品，恰巧今天有幸和您住在同一家旅馆，这还是我从旅馆老板那里听说的。"

"原来如此。看来我们两个很有缘分啊。不知你是哪位？家住何处？"

省三一边说着，一边上下打量着眼前的女子。女子虽然有些龅齿，但生得十分标致，头发细软却十分浓密，头微微歪向左边。

"我和父亲二人住在东京。我有一位伯母住在附近的×××，十多天前，我去拜访伯母，今天傍晚刚刚乘船来到这里，见天色已晚，不便返回东京，于是想着明早再乘火车回家。"

"是吗？我也一样，我今天和两个同伴来到此地，白天忙着演讲，还没来得及欣赏周围的美景，想着好好游赏一番，所以决定明早再启程。"

"这样一来，您又可以写出精彩的诗作了。"

"你过誉了，我写诗只不过是照猫画虎罢了。"

"老师的诗作十分新颖，我经常拜读。"

"在下深感荣幸。这么说来，你平常也写诗吗？"

"我也就读读罢了，哪里会写诗呢！"女子笑着说道。

"不会写诗的话，总会写短歌吧？这水乡风光如此迷人，何不写首短歌？"

"那可真就是班门弄斧了，小女子水平实在有限。"

二人在湖畔悠闲地漫步，后来便一同返回旅馆，但仍然觉得意犹未尽，于是二人又在省三的房间秉烛夜谈，直至深夜。女子拿出一本笔记本，里面写了几首短歌，全都是在伯母家中所作。她又向省三请教了很多诸如短歌创作心得之类的常见问题。

"我明天要租条船去××，然后从那儿坐火车。你是怎么打算的？要一起走吗？"

谈话间，省三突然如此提议道。女子自然喜不自禁。

"不瞒您说，我今天上船的时候也是这样打算的。试想一叶小舟穿行在芦苇丛之中，将是多么美好的画面啊。如果您方便的话，我就恭敬不如从命了。"

"那就这么定了。芦苇丛中肯定别有一番情趣。"

第二天，按照前一天晚上的计划，省三和女子同乘一条小船出发了。二人从湖边乘船去往××，又乘火车返回了东京。女子就读于神田实业学校，寄宿在日本桥桧物町一户民宅的二楼，父亲靠放贷为生。从那以后，女子经常会在周五或者周六腾出时间去省三府上做客。

省三那时则在赤城下租了一套房子，还雇了一个老妈子，生活也算是逍遥自在。但他经常经不住狐朋狗友的诱惑，隔三岔五就会去老街一趟，钻进一栋神秘的房子里便彻夜不归。那房子说来奇怪，入口处光线十分昏暗，二楼却灯火通明。

那天，省三又去大川附近住了一晚，第二天拖着疲惫的身体回到了家中。虽然身体倍感沉重，心情却异常兴奋。进门之后，省三便随便往床上一躺，悠闲地看起了报纸。这时，突然从玄关那里传来了女子的声音。老妈子刚刚出门办事去了，所以现在没有人请女子进门。出于礼貌，省三应该亲自出去迎接。但那声音听起来已经十分熟悉，来人正是那女子，于是省三也懒得活动。

"进来吧。老妈子不在，不用客气，快进来吧！"

说完，省三抬着头，等着那女子进门。片刻之后，女子便轻手轻脚地进门了。

"昨天晚上在朋友家下棋，一直下到今天早上才回来。这帮搞文学的家伙，就是一群疯子……那里有垫子，拿过来坐下吧。"

女子一脸惬意，仍然那么美丽动人。

"谢谢您……老师，我帮您拿枕头过来吧。"

面对眼前的女子，省三心中突然升起一股冲动，正如昨晚一般。

"好，那就麻烦你了。就在后面的壁橱里，帮我拿过来吧。"

女子起身，打开后面的壁橱，将白色的天鹅绒枕头拿到省三面前，又静静地在他身边蹲下来。刹那间，省三看到女子眼波流转，宛如熊熊燃烧的火焰。那天中午，省三一直将女子送到坡道下的电车站。女子已经和他约定好，第二天下午会再次登门。省三对此深信不疑，于是他第二天照例去了学校，像平常一样在学校食堂草草解决了午饭，便匆匆赶回家中。

　　但是直到深夜，也迟迟不见女子出现。省三心想，女子定是有事缠身，但应该会打发人送信过来。就这样，他在焦急的等待中度过了一晚。但是，一直到第二天早上邮递员来送信，也仍然没有见到那女子的信。省三坚信，今天一定会收到女子的信。于是，他没有出门散步，生怕错过信件，就这样从早上一直等到了夜幕降临。但女子仍然没有出现，也始终不见她来信。

　　尽管如此，省三仍然告诉自己，女子之所以没有写信，是因为她马上就可以亲自登门了，于是他继续满怀信心地等待着。但日复一日，等来的只有失望。终于，省三失去了耐心，不顾炎炎烈日，去那女子的学校旁边等了两三个小时。只见女孩子们成群结队地走出了校门，却不见女子的身影。

　　省三仍然不死心，又去了桧物町，在女子家门前搜寻女子的身影，但仍然失望而归。他实在没有勇气向邻居打听女子的近况。

　　转眼一个多月过去了，省三已经万念俱灰。但这一天，省三突然收到了女子从筑地的一家医院寄来的信。读罢，省三大惊失色。那是一封用铅笔写的信，内容一气呵成。女子在信中写道，自己离开之后的第二天便突然发起了高烧，患上了严重的关节炎，左膝关节也已经变形，只能入院治疗。后来高烧总算退了，关节却仍然不见好转，所以一两日之内便要出院，回到家乡前桥，然后寻一处温泉慢慢疗养。女子说，明天下午她的父亲不在，所以希望省三能来医院看望她。

　　信中一字一句都刺痛了省三的心，他将那封信紧紧地攥在手中，陷入了深深的悔恨之中。只因自己一时冲动，便毁了一个懵懂少女的人生。然而，这个懦弱的男人并没有去看望那可怜的女子。

　　女子后来又写信哀求省三，让他无论如何都要在方便的时候去一趟，但省三终究还是没有去。在省三倍感煎熬之际，女子又来信说，自己第二天晚上就要坐火车出发了，虽然有父亲在，但还是希望省三务必来看她一眼。信里写着火车出发的时间，甚至还说如果他不方便来医院，哪怕在车站见一面也好。

　　这个懦弱的男人连女子那一点小小的请求都没能满足。两三天之后，省三收到了一张明信片，看样子像是在火车上写的。明信片上如此写道："老师，永别了。"

两天之后，省三在新闻上看到了这样一篇报道：一名女乘客在去往前桥方向的火车上跳车身亡了……

"老师！老师！"

省三陷入回忆之中，无法自拔，此刻他听到声音，猛然抬起头。只见一位皮肤白皙的女子跪在昏暗的房间里，她蜷曲着左腿，伏在地上。这时，忽然闪过一道蓝光，电灯亮了。

房间里并没有旁人。省三松了一口气，又看了一眼电灯。

走廊里传来了脚步声，刚才的女仆进来了，手里还拿着一个粉色的小信封。

"有您的信。"

那粉色的信封激起了省三的好奇心。

"从哪里来的信？谁送来的？"

"是一个车夫送来的。"

省三接过信。

"那车夫还在吗？"

省三说着，将信封拿在手里，翻来覆去地看了几遍，却没有发现寄信人的名字。

"他说让我交给您，然后就回去了。"

"知道了。到底是谁的信呢？难道是今天的委员？又或者是某位乡绅？"

省三觉得此事十分蹊跷，连忙打开了信封。只见格子信纸上是一排排工整的钢笔字，从字迹来看，写信人分明是一位女子。省三匆忙看了一眼，又抬起头望着女仆说道："好了，谢谢你。"

"您知道是谁写的了？"

"嗯。"

"那您有事再叫我。"

"多谢。"

女仆转身走了出去。省三拿起信，仔细读了起来。写信的女子好像大有来头，而且也去公会堂听了他的演讲。省三手里攥着那封信，开始想象那女子究竟是何等身份。想着想着，他的心情一下子明朗起来。

# 三

在好奇心的驱使下，省三在七点五十分的时候走出了旅馆。运河与湖水交汇处有一座堤坝，他匆匆赶了过去。用粉色信封写信给他的女子跟他约定好，要在此处见面。

夜幕降临，暗红色的月亮悄悄爬上了夜空。那天晚上没有一丝风，温暖如春。两个苦力模样的人醉醺醺地从省三身旁走过，省三看了看右边，发现远处挂着一只血红色的灯笼。那里正是他之前住过的旅馆，但那灯笼再也无法激起他内心的涟漪。

此刻省三只感觉神清气爽，飘飘然有凌云之感。马路右边的小餐馆里传来了三味线的声音，仔细听，那声音中还夹杂着姑娘的声音，还有两三个人歇斯底里的歌声。但在省三听来，那声音是那么遥远。

再往前走，只看到茫茫的湖水，马路右边成排的房屋不见了。省三想，这里应该就是约定中的那座堤坝。他看见不远处堆满了木材，甚至还有一个巨大的水泥桶，心想这大概是两三年前的实业热潮留下的痕迹。

不久，月亮被几朵云彩遮住了，周围瞬时变成了朦朦胧胧的灰色。省三远远地望见了一座小丘，那小丘一直延伸到了东方，也就是左手边的湖水之中。月亮前飘过一缕淡黄色的云彩。

"老师！请问您是山根老师吗？"

一位女子出现在省三面前。那女子鹅蛋脸，肤色白皙，身材高挑。

"对，我就是山根。"

"实在抱歉，是我给您写的信，还约您见面。"

"原来是你啊！"

"是的，很抱歉打扰您。我今天去听了您的演讲，当时就想着一定要跟您见一面。我辗转打听到了您的住处，然后写了那封信。请恕我唐突，您能不能抽空去我家一趟？"

"不知你家在何处？"

女子回头指了指山丘的一头。

"绕过那座山丘就是我家。坐船的话,十分钟就到了。"

"现在有船吗?"

"有,我是撑船来的。"

"你自己来的吗?"

"是的。您一定觉得我是个疯丫头吧?"女子笑了,那笑容十分妩媚。

"的确如此。"省三若有所思。

"我家里除了女仆和老管家,再没有别人了,您无须多虑。"

"好,若能及时赶回来,去去也无妨。"

"我一会儿就送您回来。"

"那我们出发吧。"

"您这边请。"

女子在前面带路,他们走过成堆的稻草包,来到堤坝上。那里有一座旧船板搭成的栈桥,桥身歪歪扭扭地浮在水面上。栈桥的尽头有一只灰色的小船。

"就是那条船,是不是有些滑稽?"

"确实很有趣。"

省三脚下穿着一双低齿木屐,他唯恐自己滑倒,小心翼翼地踩在栈桥上,慢慢地向小船的方向挪去。栈桥剧烈摇晃起来。那小船是用一根红色的绳子固定在岸上的,看上去像是一根腰带。

"您快上船吧,坐在船尾就好。"

省三虽然不会划船,但也不忍心让一个弱女子来撑船。"你先上船吧,我来划。"

"不用了,这船别人划不了,还是我来吧。您上船吧。"

省三闻言,只能听从女子的安排。他脱下木屐,拎在右手上,战战兢兢地准备上船。他生怕船身晃动,努力保持着身体的平衡,但让他没想到的是,那小船居然纹丝不动。

女子随后也上了船,来到小船中间的船舱。女子身上散发出的香水味撩动着省三的每一根神经。省三在船尾坐了下来。

女子手里的两只船桨有规律地摆动着,小船在铅灰色的水面上轻轻划过。月色下，小船四周的光线格外刺眼，让省三恍然有种置身于数盏电灯之下的错觉。女子身穿一件竖条纹的外衣，那华丽的金线锦缎恰如一团淡紫色的火焰。

"让我来吧！我总比你这弱女子力气大。"

省三如痴如醉地注视着女子白皙的脸庞，如此说道。

女子莞尔一笑。"不用了。我每天都跟这小船打交道，划船对我来说简直是小菜一碟。"

"是吗？那我就看着你划吧。"

"您可以欣赏一下四周的风景，这湖边一年四季都有好景致。"

女子向左边看了一眼。省三顺着女子的视线望去，很快，他被眼前的一幕惊呆了。身旁的水面上，鱼儿聚集成群，那鱼头的颜色黑得发亮。这场景就如同在公园抑或神社、寺院里投喂鲤鱼一般。但如此庞大的鱼群，省三还是第一次见。鱼儿们在湖水中拥挤着，一时间水花四溅。

"这是鲤鱼吗？"省三瞪大了眼睛问道。

"不要闹，安静点，别吓到客人。"

女子看着鱼群嗔怪道。女子的声音断断续续地传到省三的耳朵里，他凝视着女子的脸。

"只要我们坐在这条船上，湖里的鱼儿们就会不断聚集过来。但是鱼儿太多的话，也让人头疼啊。"

"这真的是鲤鱼啊？我还是第一次见这样的鲤鱼。没有人在湖里打鱼吗？"

"当然有，很多渔夫都是靠在这湖里打鱼为生的。"

"是吗？有那么多人打鱼，还能有这么多鱼儿，看来鲤鱼的数量相当可观啊。"

"它们应该都是来欢迎您的吧。不过，它们现在都走了。"

省三望了望水面。成群的鲤鱼已经消失了，只剩下铅灰色的水面。

"您看，鱼儿不见了！"

省三大吃一惊，目光在水面上搜寻着。突然，一条二尺左右的鲤鱼浮了上来，翻着白色的肚皮，看样子已经死了。

"死了吧？那条鲤鱼。"

"那就是您今晚享用的鲤鱼啊。"

"什么？"

"您不要多心。我是说，您今晚应该在旅馆里吃鲤鱼了吧？这一带鲤鱼很多，所以在旅馆里都能吃到鲤鱼。"

女子说完，大笑起来，那笑容动人心魄。

四

省三如梦初醒，他开始环顾四周。房间里的电灯散发出青绿色的光线，他面前是一张黑檀桌子，左手边的女子笑靥如花，风情万种。

"我是怎么来到这儿的？"

省三还记得在小船上看到的鲤鱼群，还有那条浮在水面上的鲤鱼。但他究竟是怎么上岸的，怎么走过来的，又是怎么进房间的呢？他对这些一无所知。

"当然是和我一起走进来的。这深更半夜的，又是来一个完全陌生的地方，您肯定会犯迷糊，遇上狐仙也不过如此吧。真是抱歉，让您来这么寒酸的地方。"

"哪里的话，这也算是一个安静的好住处啊。"

省三好像已经知道这房子的位置了。

"天再冷一些就只能把门关上了。今天景色还不错呢！"

女子起身，将省三面前的拉门打开。拉门外是檐廊，略显窄小。檐廊上装着栏杆，栏杆前便是苍茫的湖水，在月光的映照下，一眼根本望不到边。

"这房子依水而建，还真是个好地方。你会写短歌吗？"

省三踮起脚，望向湖水。女子则倚着拉门站在一旁。

"我也就是照猫画虎罢了，难登大雅之堂。"

"怎么会呢！毕竟你每天都住在这世外桃源之中。"

"像我这样胸无点墨的人，住再好的房子也写不出短歌。"

女子笑着说道，转身又回到了原来的座位上。

"你说笑了。我若是在这里待上个把月，定会有所收获。"

"别说一两个月，您如果愿意，大可以在这里住上一年半载。不过如此一来，只能委屈您每天与我这小女子为伴了。"

女子说着，拿起桌上的黑色酒瓶，将一旁的酒杯斟满，端到省三面前。

"我们今天就别喝茶了。您如果不嫌弃的话，就喝杯红酒吧。"

"那我就少喝一点吧，我实在是不胜酒力。"

"如果唤用人过来伺候，想必能更周到一些，但想来实在麻烦。您随意，小女子我先饮为敬。"

女子又倒了一杯红酒，喝了一口。

"那我就不客气了。"省三低头端起酒杯。

"我经常拜读您在杂志上发表的文章，也一直想见您一面。近来偶然从一位熟人那里得知您今天有一场演讲，这才好不容易盼到了与您见面的机会，也算是了却了我的一个心愿。但人总是贪得无厌的，我远远地听完您的演讲后，还是不甘心，才贸然提出这无理要求。被我这小女子盯上，想必您也很头疼吧。"

说罢，女子又笑了起来。省三也只能赔笑。

"小女子虽才疏学浅，但对您今天谈到的恋爱话题颇感兴趣。女歌人的故事着实振奋人心。当然，我自知像我这般年纪的人绝不可能遇到一个善解人意的情人，但您讲的故事让我开始相信那些所谓的社会道德根本不值一提。"

"我很开心能有你这样用心的听众，但我的演讲根本一文不值。恐怕十年以后我才能悟出演讲的真谛，现在还是一窍不通呢。"

"您太谦虚了。今天在场的听众听了您讲的故事，可都被感动得热泪盈眶呢！"

"真是过誉了。今后我还是得多读些书啊。话虽如此，但岁月不饶人啊。"

"敢问老师今年贵庚？"

"我看起来像多大年纪？"

"嗯……"女子用那双乌黑的眸子静静地注视着省三，"三十二三岁吧。"

"实不相瞒，我都已经三十六了。"

"三十六？怎么可能？我可是完全看不出来。"

"你多大了？"

"我看起来像多大？"

"嗯……三十三，还不到三十四岁。"

"到了，已经三十四了。老师的眼光果然不会错。"

"有孩子吗？"

"没有。我结过一次婚，但是没有孩子。"

省三很确定，这位女子一定有难言之隐，但如今知道她是独身一人，省三竟一下子松了口气。他又将女子为他斟的第二杯酒接了过来。

"那……你现在是一个人吗？"

"是的。到了我这个年纪，谁还肯多看我一眼呢？也就只能一个人生活了。"

"这样反倒无牵无挂，落得个清闲自在。"

"自在是自在，但也很孤单，所以我今天才由着自己的性子，贸然把您请了过来。"

"这样的人间仙境，我以后可是要经常来了。"

省三已经喝醉了。

"不如今晚就住在这仙境如何？"

女子曼妙的身姿展现在省三面前，在省三看来，这女子宛如一朵盛开的牡丹花，美艳动人。

"这……"

"您就答应我这个小小的请求吧。"

女子的声音越发柔和起来，仿佛摇曳着的烛光。省三将胳膊撑在桌子上，含糊不清地说着什么。

女子起身，脱下身上的外衣，又将衣服翻了个面拿在手中，然后迈步走向省三。这时，檐廊外如同响起了交响乐，一时间也分辨不出是蛙鸣，还是鱼儿发出的响动。女子不耐烦地打开了拉门，向外望去。明明刚才还是皓月当空，水光粼粼，现在却已经是乌云密布。

"蠢货！你们干什么！再做蠢事，我饶不了你们！"女子呵斥道。

但那声音并没有停下来。一片黑云缓缓飘进了房间。

"放肆！"

女子抬起右手，一下子将发髻上的黑色发簪拔了出来，随即刺向那片黑云。只听得那奇怪的声音戛然而止，黑云也一下子四散开来，逃出了房间。

省三在睡梦中听到了女子的喊声，猛然睁开了眼睛。与此同时，女子轻轻为他披上了外衣。

省三在女子家小住了两三日，女子便撑船送省三回去了。那时已是黄昏，天阴沉沉的，灰蒙蒙的湖面上闪着斑驳的寒光，泛起的涟漪如同蜗牛爬过的痕迹一般。

省三坐在船尾，和女子相视一笑。突然，他发现一条肥硕的鲶鱼翻着白色的肚皮，好像已经死了。

"那条大鲶鱼好像死了。"

省三又望向那鲶鱼，想仔细看清楚，只见那鲶鱼的鳃部好像刺了一支黑色的发簪。

"它的鳃部好像被什么东西刺穿了。"

"肯定是因为它做了什么恶事，才被刺死了。不要管它，您下周五一定要记得来啊！"

"好。"

五

微风徐徐，翠绿的树叶在灯光下轻轻摆动着。省三默默地走在上野的山间小路上，走下通往不忍池弁天堂的台阶。开往动坂的电车过去之后，他不慌不忙地穿过电车轨道，继续朝着弁天堂的方向走去。池塘被一层薄薄的雾气笼罩着，周围的灯光显得异常深邃。

他在脑海中反复思考着那个问题，尽管他已经在山上想了一个小时之久……如果真要这么做，那就不要顾及什么颜面的问题了。还是分居吧！孩子固然可怜，但也实在没有办法。如果她不同意分居，那就干脆离婚好了。孩子已经三岁了，只要找个可靠的婆子就好了。今晚先跟她谈分居的事情，不能再犹豫下去了。之前就因为优柔寡断吃了大亏，以后再也不想听到那些无知的言辞，不想再看到那张脸了……

那天傍晚，省三刚刚和妻子发生了激烈的争吵。自从上个月来水乡做演讲之后，他长则一周，短则四五天便会出门一趟。每当他回到家中，妻子对眼前这个两三天没有回家的男人都充满了敌意，也从不在乎邻人的眼光。

"我已经人老珠黄，没用了是吧？"

"你肯定认为像我这样的人，还不如死了算了。只要我活着，那个有钱的女人就别想进家门！"

妻子仅从父亲那里继承了三千元的遗产……

那天，省三本来想整理一下评论集的原稿，以供神田出版社出版。他在桌案旁坐定，正埋头整理从杂志和报纸上剪下来的文章时，儿子偷偷跑了过来，将原稿扔了一地。

"喂！你不把孩子看好，我怎么工作？"

话音刚落，只见妻子走了进来，眼神冷漠地说道："儿子，快出来吧！你父亲已经不是原来那个父亲了！"

"愚蠢！"

"我就是太傻了，才会落到这步田地。儿子，快出来！"

此时，孩子还在玩着手里的杂志剪页，妻子走到孩子身旁，将杂志剪页一把夺过去，然后把孩子抱走了。这种野蛮的行为刺痛了省三的神经，他顾不得放下手中的红笔，冲到妻子身后，双手掐住她的脖颈，将她按倒。妻子瞬时瘫倒在地。孩子见状，放声大哭起来。

"蠢婆娘！你都说了些什么！"

省三站在一旁，愤怒地注视着妻子。

妻子也开始哭起来。

"真是个蠢婆娘，也不想想你自己的身份……"

省三走下楼，许多穿着白色浴衣散步的行人在他眼前经过。

省三心想："再这样下去，不出一个月，我就要精神失常了。如此一来，我就再也写不出文章了，生活也将随之陷入窘境。若为生活所迫，就更没有什么尊严可谈了。无论如何，我一定要和这女人分居。分居之后，我一方面可以安心写作，完善我的理论体系，另一方面还可以抽时间和那女子见面……"

省三从弁天堂侧面一直走到了渡月桥畔。这里与弁天堂的前方区域不同，游人十分稀少，四周寂静无比，仿佛走进了另一个世界。省三在夜色中出神地望着远方。

"这不是老师吗？"

这时，省三听到了一个女人的声音。他停下脚步，望了望身后的方向。一位皮肤白皙的女子走上前来——正是那水乡女子。

"你什么时候来的？"

"我刚下火车，太巧了。"

"你这是要去哪儿？"

"我这趟出来本想去铫子[1]，但又实在想念您，就来到了这里。本来想着去您府上，但又觉得有些唐突，正不知如何是好呢。"

"这样看来，还真是巧了。你吃饭了吗？"

"还没有。您吃过了吗？"

"我遇到了一点烦心事，还没吃呢。我们在附近吃点饭吧。"

"既然遇到了烦心事，那干脆和我一起去铫子散散心吧！"

"这样也好。"

于是，二人又折回了弁天堂前方。


六


夕阳西下，省三下了电车，回到家中。他拉开了格子门，但心情再也不像之前一般平静。

他进了玄关，然后望了望前面的茶室，想确认一下妻子是否在家。茶室里静悄悄的，一个人影都没有，于是他又看了看左边的房间。

---

1　千叶县东北部城市。——编者注

他一眼便看见了妻子。她穿着去年做的那件纹染浴衣，正对着房门坐着，一只手放在膝盖上，手里还拿着团扇，静静地望着面前熟睡的孩子。

见此情景，省三轻轻地嗯了一声，不知是鼻腔发出的气息，还是喉咙发出的声音。妻子并没有理会。无奈，省三只能走向书房。

天阴沉沉的，很快，夜幕降临了。省三在桌案前坐了下来。他没有吃晚饭，妻子也并没有来叫他。空气静得可怕，只能偶尔听见孩子的声音。

省三回过神来，用手拍打着脸颊、脖颈上落着的蚊子。此刻，他的脑子像灌了铅一般昏昏沉沉的，他试图放松一下情绪，却无济于事。

忽然，省三耳边传来了微弱的呻吟声。省三竖起耳朵仔细听了听，声音好像是从玄关那里传来的。他顿时感觉大事不妙，连忙起身赶往玄关。

只见妻子正趴在挂着蓝色蚊帐的房间和茶室之间的地板上，头朝着自己。旁边还坐着一个年轻女子，背对着自己，手里端着一个酒杯。省三不知发生了什么，匆匆走到女子身旁。瞬间，那年轻女子消失了，只剩妻子一人痛苦地呻吟着。

"怎么了？怎么了？"

省三看到那酒杯已滚落到妻子身边，旁边还有一个奇怪的袋子，看样子像是药店的包装袋。

"你到底要做什么！"

省三双手扶在妻子腋下，想搀她起来，但似乎突然想起了什么，又松开了手。

"孩子那么可爱，你为什么要做这种傻事？坚持住，我去找人来救你！"

省三朝着玄关的方向跑去。之前脱下的木屐还放在原处，他穿好鞋子，拉开格子门，又一把推开半开着的防雨门，来到了外面。

"哟，这不是山根嘛！"

这时，迎面走来的行人喊道。省三正要跑去找人帮忙，闻声停下了脚步。

"谁啊？"

原来是省三的朋友野本，也是一位作家。

"原来是野本啊！野本，我有事请你帮忙！内人身体不适，你能不能帮我找医生来？从这里往前走，然后向右拐，再走过五六户人家，有一栋亮着红色电灯的房子。我经常请住在那栋房子里的那位医生看病，只要报我的名字，他马上就会过来。"

"怎么回事？"

"内人做了傻事，不知道吃了什么药。"

"知道了，我马上去。你好好照顾她！"

野本跑开了。省三连忙赶回家中。

只见妻子两手支撑身体，在地上匍匐着。那个翻倒的酒杯上有黄色的呕吐物。

"吐出来了？吐出来就好了。"

省三匆忙跑进厨房，摸索着从柜橱里拿了一个碗，从水桶里舀了一碗水端到妻子面前。

"水来了。喝了水更容易吐出来。"

省三蹲下身子，将水端到妻子嘴边。然而妻子冷冷地看着他手中的碗，并没有张嘴。

"为什么不喝？快喝下去！一定要喝水才能把药吐出来。"

省三把碗贴在妻子唇边，然而妻子仍然不肯喝，水洒了一地。

"孩子还那么小，你为什么不喝？"

这时外面传来了慌乱的脚步声，野本进来了。

"医生马上就来了。怎么样？没事吧？"

"吐出来了，吐出来了，吐出来应该就没事了。"

"吐出来了吗？那就好。"

野本站在一旁。

"夫人，你这是怎么了？没事的，坚持住！"

妻子转头看着野本，眼中充满泪水。

"野本，我想让她喝水，好把药吐出来，但是她不肯喝。还是你来吧！"

省三将手里的碗递给野本。

"怎么会呢？交给我吧，我来试试。"

野本端着碗，蹲下身子。

"夫人，虽然我不知道发生了什么，但如果是山根犯了错，我一定好好教训他。快把水喝了吧，喝了就能把药吐出来了。"

妻子喝下了水。省三坐在旁边，看着这一幕，表情十分痛苦。

医生提着药箱赶来了，满脸通红。他走到妻子旁边，查看了四周的情况。

"已经吐了吧？"

"吐了。我们想让她继续吐，所以刚才让她喝了一碗水。"

野本让医生看了看他手里的碗。

"那就好。"

医生面向妻子，对她说道："夫人，没事了，不用担心。"

妻子开始放声大哭起来。

"大夫，让您见笑了。"省三说道。说完，便低下了头。

"多长时间了？"

"从我发现到现在，最多二十分钟。"

"知道了。"

医生打开药箱，取出一个小药瓶，然后将里面的液体滴进了一个小量杯中。

"要给您取些水来吗？"野本说道。

"好，一点就好。"

野本端着碗向厨房走去，很快便取了水回来。

医生将水倒入量杯中，然后端到妻子嘴边。妻子一边啜泣着，一边喝了下去。

"这样就没问题了。好好休养吧。"

医生说完，抬头看了一眼，但是省三早已不见了。


七


第二天傍晚，省三坐在利根川支流沿岸一家旅馆的二楼，正埋头思考着什么。

"关根先生，您的朋友来了。"

关根友一是省三在这家旅馆入住时所用的化名。省三大吃一惊，循着女仆的声音望去。只见一名女子微笑着站在女仆身旁，而这女子正是昨天清晨才刚刚与他在铫子分别的水乡女子。女子衣着华丽——身穿名贵的明石薄绸。

"您肯定吓坏了吧？我总觉得您一定在这里，所以我又坐昨天傍晚的火车回来了。"

女子笑盈盈地走了进来。


省三和女子沿着长堤朝下游的方向走去。那天晚上天气异常晴朗，没有一丝云彩，远处的蛙声此起彼伏。

"马上就该上船了。"女子突然说道。

省三一头雾水。"你说什么？"

"该上船了。"

省三实在不明白女子在说什么。

"上船？这里有船吗？就算要坐船，也得让旅馆帮忙安排吧。"

"别担心，我已经找好船了。"

"真的吗？"

"当然是真的。我们从那边下去吧。"

但目光所及之处只有随风摆动的芦草，根本没有路。

"怎么能下去呢？"

"有一条路。"

省三虽然心存疑虑，但见女子如此笃定，便跟随她一直走到了堤坝尽头，又仔细望了望，那里果真有一条土路。

"原来真的有路。"

"当然有。"

这次省三走在前面，顺着土路下去了。此时，眼前闪过一道蓝色的光，好像是萤火虫。

"有萤火虫。"

"嗯……也许是吧。"

这时，芦苇丛中出现了一条小船，黄色玻璃制成的船身里面似乎还有一团火焰。

"这船好奇怪，是划艇吗？"

"这船已经等你很久了，你还要挑三拣四吗？"

女子言辞冷漠，省三从未听过女子用这般语气说话，心中不免生疑。

"快上船吧！"

"那就上船吧。"

省三想把船拽过来，于是望了望系着缆绳的船尾。然而那小船穿过芦苇丛，顺着水流漂了过来。

"上船吧！"

"缆绳呢？"

"不用管了。快上船吧！"

省三心想，这女子一贯会撑船，自己只管安心上船就是了，于是照女子吩咐匆匆上船了。他发现船上好像安装了脚灯一般，脚下竟然是通透的黄色。

"总算上船了，快出发吧！"

女子说着，也上了船，之后在中间船舱坐定，正对着省三。女子的身体瞬间变成了通透的蓝黄色。

"你们还磨蹭什么呢？快出发吧！"

省三吓得瑟瑟发抖。小船出发了，仿佛有发动机一般。

"这到底是什么船？太奇怪了！"

"一点也不奇怪。"

"它没有发动机，却能自己前进。"

"虽然它没有发动机，却有无数只手，当然能自己前进了。"

"什么？"

"你马上就明白了。老实点！"

"真的吗？"

女子放声大笑起来。省三战战兢兢地望向女子，只见黄色的火焰中浮现出女子的脸庞。

"你有什么可害怕的？"

女子的头发十分浓密，头微微左倾，好像不堪重负一般，而那面容正和前桥的那名女子一模一样。

"啊！"

省三失声尖叫,跳下了船。

两天后,两三家报纸都报道了这样一条新闻:山根省三的尸体在入海口的海岸上被发现,同时他怀里还抱着一具年轻的女尸。山根的遗体由其妻子认领,但那女尸身份不明,只能安葬于当地的公共墓地。

# 庭中异象

加茂的光长正独自品尝着酒杯里所剩无多的美酒。这几日，他总觉得身子不适，便借着这个由头犒劳自己，推掉了兵卫府的差事回家歇着。虽然已是秋季，但白天仍然暑热难耐，连个能好好小憩一会儿的地方都没有。就这样没精打采地挺到傍晚，天气才变得舒适。于是，光长在围廊上垫了一张坐垫，独自饮酒，好不快活。

那一晚空中无月，四周寂静无声。庭中的胡枝子和芒草长势茂盛。芒草已经出穗，在点点星光下依稀可见其斑驳光影。光长悠闲地看着庭中光景，时不时独酌一口小酒。

不远处传来一阵轻轻的脚步声。光长侧过脸往左一看，只见低矮灯台发出的浅红色灯光映在青色的榻榻米上，灯光中站立着一个十五六岁、面容清瘦的女童，此刻正捧着酒壶。

"啊，酒拿来了，就放那儿吧。"

女童默默走到光长身边，把怀中素陶长嘴的酒壶放到光长面前，然后默不作声地退下了。

光长这才想起往已经空了的酒杯里倒酒，倒了酒之后，他并不着急举起酒杯，而是目不转睛地盯着酒杯。这时草丛里传出几声昆虫的鸣叫声，光长悠闲地听着，想起自己手里少了点什么，这才举起酒杯。尝到了酒味，光长便停不下来了，一口气喝完了这杯酒。

一杯酒下肚，光长的头变得沉重。此刻他什么也不愿多想，什么都这般无趣，连自己他都觉得可有可无。其实，光长倒也没那般失意，无论是事业还是家庭，都顺风顺水，甚至连个烦心事也没有。但正因如此，他才觉得百无聊赖。

"身子骨真不行了。"

光长想想这些，就觉得心烦意乱，又因为微醺，连坐着的力气都没有，索性放下酒杯躺下，左手撑着头朝庭院里看去。凉风徐徐吹来，十分舒爽。

"真舒服。"

这时昏暗的庭院渐渐明亮起来，芒草的穗子也变得清晰。光长正盯着草丛出神，突然好似有一阵大风吹过一般，草丛开始沙沙作响。起初光长以为是野狗、野猫一类的动物经过，但定睛一看，草丛中竟然爬出了一个少年，正向屋子的方向走来。少年看起来十二三岁，身材纤瘦。光长认定他是来偷东西的，准备再观察一下，待时机成熟便好好教育他一番，于是屏住呼吸开始暗中观察。少年走了两步便停了下来，回头张望。这让光长觉得少年后面一定还有大人，少年不过是个望风的。

光长默不作声地观察着少年的举动。这时，胡枝子丛中一阵骚动，一大团黑影从里面蹿了出来。光长此时想："大人终于出来了！如果真是来偷东西的，我就一箭射死他！"想到这里，光长猛地爬了起来，准备去拿自己的弓箭。他边思索边注视着那团黑影，发现那并不是一个大人，而是一个五大三粗的少年。这个胖少年很快就追上了刚才的少年，闪到了他身侧，张开双臂意欲扑倒他。但瘦少年没中招，他接住了胖少年的攻势，并准备还击。

此刻光长早已忘记了提防盗贼，而是兴致勃勃地看着这两个奇怪的少年。只见五大三粗的少年和身材纤瘦的少年打得有来有回，一会儿扭作一团，一会儿相互对峙，都做出要把对方推倒的样子。光长这才恍然大悟，原来这两个少年是在玩摔跤。但是疑问又来了，从杂草丛中爬出来玩摔跤的少年到底是从哪儿来的？自家庭院外是工地，时刻有人把守，他们肯定没机会从那里溜进来。而且正常人家的孩子不会半夜到别人家院子里来摔跤，院子里的杂草也没茂盛到能藏进两个少年。光长想来想去，都觉得这两个少年蹊跷。

"他们绝对不是人。"

此时两个少年正在庭院中你来我往地过招，但旗鼓相当，谁也赢不了谁。

"什么人！"

光长一声怒吼。这一喊，两个少年吓得够呛，赶忙停下招式。瘦少年跑进了芒草中，胖少年一头扎进了胡枝子丛里，二人就这么没了踪影。

"来人啊！来人啊！"

光长急忙唤人。过了一会儿，随着一阵急促的脚步声，一个佩刀的高个武士赶到光长面前，伏身待命。

"有两个奇怪的小孩藏在草丛里，抓住他们。"

武士听命后立刻下到庭院里。光长也起了身。

武士进到草丛里细细寻找，却一无所获。

"大人，草丛里什么也没有，这可怎么办？"

光长此刻已可以确定这两个少年绝对不是人，便说："找不到就算了，随他们去吧。"


第二天晚上，光长又来到围廊独品美酒。喝着酒，昨晚那两个奇怪的少年又浮现在脑海。喝着喝着，他又醉了，于是便躺下望着庭院出神。今夜和昨夜一样凉风徐徐，光长吹着风，静静地听着昆虫的鸣叫声。

光长有些困了，恍惚间听到了一些声响。他睁眼一看，又是那两个少年，他们和昨夜一样正玩着摔跤。

光长见状，轻轻地爬了起来，小心翼翼地蹑步到房间。

房间右侧的墙壁上挂着弓箭，下面立着的箭筒中则插着十支箭。光长取下弓箭，又拿了两支箭，悄悄躲到了围廊边上一片竹帘的后面。这两支箭，一支被光长衔在嘴里，另一支则已在弦上。光长张好弓，对准庭院的方向。

庭院里的两个少年对此一无所知，仍然你来我往地过着招式。光长找准时机，趁着二人扭作一团时射出一箭。两个少年被射中，然后就消失了。光长一边准备射第二箭，一边喊人。

"拿灯来！拿灯来！有刺客！"

远处传来了下人们的回应声，没过一会儿，两个提着灯的下人就赶来了。

"我射中了两个小孩模样的刺客，就在那边，快去找！"

光长用拿着弓箭的手指着庭院。下人们赶忙顺着光长手指的方向去寻找，但是除了那支射出去的箭之外，什么都没找到。

第二天清晨，光长又亲自去庭院中一探究竟。他发现昨夜那两个少年玩摔跤的地方别无他物，只有两只死掉的小虫，一只是黑蚁，另一只则是跳蚤。

# 雀宫物语

凡是乘坐东北本线列车经过宇都宫的人，想必都知道宇都宫前有一个名为"雀宫"的车站吧。我从未在这一站下过车，所以对此并不十分了解，只是曾在《东国旅行谈》中阅得，那里有一座供奉"雀神"的雀大明神宫，据说"雀宫"之名便是因此而得。

雀宫附近有个村子，不知何时开始有了崇尚相扑的传统，继而发展成以"一口吞"为荣，但凡能一口吞下年糕或包子的人，都会被尊为好汉。村里有个不知名字的男人，就是个喜欢相扑，而且能一口吞下年糕或包子的人。这种性子的人一般都比较豪爽耿直，没有什么花花肠子。

这个人也是如此，是个远近闻名的老实人，可惜娶了个有独特性癖的妻子，又无法满足她，所以夫妻关系一直不太好。不久后，妻子就背着他在外面找了个情人。为了让自己和奸夫做长久夫妻，妻子开始盘算着除掉老实人。

"你就没有什么办法吗？"某天夜里，妻子与情夫偷欢后，躺在情夫身边再次提起这个话题。

"嗯……倒也不是完全没办法。"情夫看着妻子充满算计的眼睛回答道。

"你快说说怎么做，下毒吗？"

"下毒岂不是一下子就把自己暴露了，吞针刺肠不就好了。"

"吞针？倒是不错……可是怎么才能让他吞下去呢？"

"你不是说他总是以'一口吞'为傲吗？"

"啊……对啊，你可真聪明。"

一对奸夫淫妇细细商议后，那奸夫做了三个草饼[1]，并在其中一个草饼里插了三根绣花针，外观上看起来毫无破绽。准备就绪后，奸夫一脸镇定地带着这三个草饼去了情人家里。进门一看，夫妇俩刚吃完晚饭，妻子靠在长长的火盆旁，撑着额头在休息，老实人丈夫正趴在地上消着食。

"今天有人送了我几个草饼，我想看你表演'一口吞'，所以就带过来了。"说着，奸夫从纸包中拿出草饼。老实人很开心，尽管他早就吃饱了饭，但还是很愿意表演拿手绝活，于是拿起草饼一口一个咽了下去，那模样活像一只大口吞虫的癞蛤蟆。

第二天一早，老实人就觉得不对劲了，只要咳嗽或者挪动身体，腹中就刺痛难耐，疼得他根本起不了床。

"你这是怎么了？"妻子装模作样地问道。

"我肚子好疼，动不了。"老实人满脸痛苦道。

"那可怎么办啊……要不你睡会儿，说不定睡醒就好了。"

到了第三天，腹痛还是全无好转的迹象，老实人疼得粒米未进，妻子则依旧装作什么也不知道的样子。

老实人躺在屋里，头正好对着门外的走廊，他无意中看了看窗外，只见草屑遍地的院中不知何时飞来了一只麻雀，正扑腾着翅膀在地上打滚，怎么也飞不起来，就像腹中有虫撕咬一般。老实人好奇地盯着那鸟儿看，这时不知从何处又飞来了一只麻雀，口中衔着一小撮青草。这只麻雀飞到满地打滚的同伴身边后，低头将口中的青草塞入同伴口中。不多久，那打滚的麻雀就安静下来，它站起来翘着尾巴拉了一团小小的东西后，便和同伴一起飞走了。再仔细一瞧，被拉出的那团东西正在太

---

1  一种类似青团的食物。——译者注

阳底下闪闪发光。

　　原本满地打滚的小麻雀吃了同伴带来的青草，拉出一团发光的东西后，就奇迹般地好了？老实人不禁啧啧称奇。他忍着剧痛慢慢挪出屋子，到了院中一瞧，方才那鸟儿拉出的那团东西居然是一根裹着青草的绣花针。原来那只麻雀是不小心吞进了绣花针才如此痛苦啊，同伴带来的青草正好将这根绣花针带出了体外。老实人用手指捏着这撮草看了看，原来是韭菜。再一想，莫非自己腹痛难忍也是因为吞下了绣花针不成？那不妨学那麻雀吃些韭菜试试吧。于是老实人又慢慢挪回屋里，对妻子说："我觉得嘴里有点淡，想吃点生韭菜，你去帮我割一点吧。"

　　妻子心想，这人莫非是傻了，都什么时候了，还想着吃韭菜呢。心里虽这样想，也不能为了这点小事暴露自己，妻子便去田里割了一把韭菜，洗干净后放在丈夫的枕头旁边。老实人拿起韭菜大口大口地嚼着吞下，一旁的妻子目瞪口呆。

　　一个时辰后，老实人觉得腹中咕咕作响，便忍着痛去了茅房。出来后浑身轻松，肚子一点都不疼了。

　　老实人觉得这事实在怪异，便去找族里的长辈，把事情原原本本地说了一遍。族里的长辈听完，推测他吞下的那几个草饼必有蹊跷，便带着他返回茅房查看，只见他拉出的韭菜中果然裹着三根绣花针。妻子见大事不妙，连忙与情夫卷了行李逃跑了。

　　老实人感念麻雀的救命之恩，便在自己家中建了一座神社，社中供奉"雀大明神"。

# 两封书信

相传故事发生之时，小说家后藤宙外正居于镰仓城中，如此说来，那应是明治三十年（一八九七年）左右。当时，镰仓的雪之下，也就是八幡宫前有一家馒头铺。一名男子从东京前往镰仓避暑时，自馒头铺前经过，没想到却突然被馒头铺的掌柜叫住。

"敢问您可是××大人？"掌柜竟然一字不差地叫出了自己的名字，男子连忙点头称是。掌柜继续说道："说来唐突，这事听上去可能有些奇怪，一位住在二阶堂别墅的夫人曾吩咐小人，让小人见到您时，务必请您去她府上做客，她叫××。还请您得空去一趟吧。"然而，令男子百思不得其解的是，他似乎与这位夫人素昧平生。

"你是不是认错人了？我并不认识这位夫人。"

"夫人也觉得您应该已经不记得她了，但又想到此前蒙您厚待，所以一直想当面向您表示感谢。没承想夫人昨天竟在八幡宫前看见了您，本来想着跟您打招呼，但终究没能跟您搭上话，这才吩咐小人说，若日后见到您这般样貌，名唤××的大官人，务必请您去府上一趟。夫人千叮咛万嘱咐后，才打道回府。小人万万不会认错人，请您得空去夫人府上做客吧。"

男子见掌柜言辞恳切，自己来此地避暑也着实有些空虚，心想权当是打发时间了，便向掌柜问明了地址，动身前往。那是一栋二层别墅，经通传之后，一位妇人连忙出来迎接。这是一个梳着圆髻，美艳动人的女人。

"欢迎您大驾光临。您不记得我了吧，您可是我的大恩人。快请进。"

妇人喜不自禁，男子却无论如何也想不起究竟何时与此妇人有过交集。

"在下××……我想，您是不是认错人了？"

"我绝不会认错人，您放心吧。"

男子想着，既然如此，进去坐坐也无妨，于是便进了门。随着二人谈话的深入，这位夫人的身份也明朗起来，原来她正是五六年前男子在横滨海边僻静处搭救的那个意欲投海自杀的女子。当时女子已经委身于一位横滨富商，做了小妾，后来因为呼吸系统疾患才辗转至此地。

自此之后，男子与女子的关系越发亲密，但是不久之后，女子就回到了横滨，男子也返回了东京。后来男子被征召入伍，奉命参加演练，又在镰仓停留了三周左右。

也就是在此期间，怪事发生了。位于镰仓八幡宫前的那家馒头铺某天突然收到了两封书信，一封是横滨的女子家寄来的，另外一封则是如今居于佐仓的男子寄来的。馒头铺的掌柜同时收到了两封书信，而且寄信的两个人关系非同一般，这让他觉得十分蹊跷。于是他先打开了男子的信。信中如此写道："我昨晚做了一个奇怪的梦，她是不是出事了？"掌柜又慌忙打开了女子家寄来的书信，原来此信竟是告知女子已于昨夜病逝。

# 堀切桥灵异事件

荒川河泄洪道上有一座很长的桥，名字叫作堀切桥。自从发现了钟渊纺织厂女工死因不明的尸体之后，各种灵异事件就传得沸沸扬扬。

据那些传话的人说，女工之死应该算是第四桩灵异事件。

第一桩灵异事件发生在桥梁开通仪式结束后不久的一个晚上，时间在八点左右。一个名叫阿时的女工过桥去千住造纸厂上班，刚走到桥的正中间，差不多是纺织厂女工死亡位置的正上方，沉沉雾霭中突然冒出个黑漆漆的无面鬼，整个脑袋像酒桶般光滑，还伸出手来从下往上抚摸阿时的脸。阿时大叫一声，摔了个四仰八叉，回过神来撒腿就跑，吓得三天没能去上班。

第二桩灵异事件则是一个从宇喜田过来卖鱼的青年女子，有天夜里背着鱼篓去若芽进货。平时女子极少经过这座桥，这次走到三分之二的地方时，突然听到一声巨响，好像有什么东西从桥上跳了下去。女子哪里有胆量往下看个究竟，连膝盖磕破了都顾不上，没命地往前跑。好不容易跑到一户熟人家里，那家的太太吃惊地说："你怎么流血了？围裙上都浸透啦。遇到什么事情了？"

女子低头一看，发现膝盖上有一道两寸长的斜线形刀伤。等放下背篓，才看见背篓的喇叭口上趴着一只三寸长的大螳螂，"大刀"和翅膀上全是血迹。

111

看到这个光景，那家的太太推测说："你是被螳螂给割伤了吧？"

紧接着第二天白天发生了第三桩灵异事件。三个小女孩从柳原过来去前岸的时候，其中一个差不多十四岁的小女孩带着一捆鲱鱼，来到堀切桥的正中间，突然无缘无故摔了一跤。等到爬起身来，发现那捆鲱鱼居然消失了！谁也没看清到底是水獭还是狐狸叼走了鲱鱼。大白天的，一捆鲱鱼就这么不见了，确实让人觉得诡异。

接下来的第四桩灵异事件就是前面提到的女工死亡，死因不明。女工的先生叫后藤菊太郎。千住警察署一度怀疑女工遇到了流氓，并着手调查事情的真相。至于结果如何，笔者没有得到任何消息。

# 新怪谈

收录于作者一九二二年出版的怪谈小说，该作品为作者所著的日本怪谈小说集。

肆

新怪談

原稿现存于日本关东栃木中古书店，于首版五十七年后由"悉桑派"译者探访获得。

# 沼田的蚊帐

事情发生于安政年间（一八五四年至一八六〇年）。两国矢之仓有个名叫荣藏的行商人，他从近江采购蚊帐，售往上州至野州一带。一日，他前往沼田时，从诸侯土岐氏的门客手中购入了一顶土岐家产的蚊帐，而后拿到橘町一家名为佐野又的当铺当卖。那蚊帐由草绿色的近江麻制成，挂起后约有十六平方米，下摆饰以浅黄色轻纱，做工精致，四角的吊绳及其衔接处皆能看出工匠手艺之高超。当铺老板一眼就相中了这顶蚊帐，遂以十五两的价格将其收入囊中。荣藏买入蚊帐时仅花了一两二分三朱[1]，他不禁喜上眉梢。然而翌日，佐野又当铺的老板差人到了荣藏家中，荣藏不解其故，赶忙迎接。

"劳您大驾，有失远迎。"

"先生便是荣藏吧，这顶蚊帐退还给您。昨日有位浜町来的老板买了这顶蚊帐回去挂着睡觉，半夜醒来，只见帐外有二十名身着华服的女子正盯着他看。钱我们也不要了，请先生快把这蚊帐拿回去吧。"

说罢，便将蚊帐交给了荣藏。荣藏后来四处打听才知，土岐家的小妾因有与小斯私通之嫌，在那顶蚊帐中惨遭杀害。

---

1　两、分、朱均为日本近代货币单位，一两等于四分，一分等于四朱。——编者注

# 婴儿的头颅

一

炽热的阳光像是染上了鲜红的颜料般倾洒下来。那阳光穿过山谷下一户人家的围栏，映射在一丛嫩叶上。不知鲜嫩的叶片中包裹着的是盐釜樱[1]还是其他花儿，几片尚未凋零的白色花瓣仍残存在枝头，夹杂着泥土涩味的风拂过，那花瓣犹如蝴蝶振翅般轻盈地散落下来，也有花瓣飘落在悬崖上的款冬草叶之上。

在电车站台，雨水夹杂着泥土落下，明明才用温水擦拭过的脸庞与脖子顷刻似乎又要被汗水浸湿。电车轨道交会处的另一边是一座有着红砖围墙的气派工厂。沿着围墙长着的法国梧桐树生出了新叶，附着着新叶的枝丫像是发了狂一般，随风舞动。视野中，黄色的雨水将四周景物染上了落寞的色彩。此刻，京子脑海中浮现出上午往返医院时看到的景象。她脑袋昏沉沉的，头枕向左侧酣睡起来。电灯略带绿意的灯光微弱无力地照向京子裹着棉睡衣的身躯。地板中央很暖和，京子始终躺在那儿，很快感觉身体那一侧燥热难耐。于是，她把手脚一点点挪向地板边缘略清凉

---

1　盐釜樱，蔷薇科，樱属，花朵呈浅粉色。——译者注

116

处。在身体触碰到那微凉地面的一刻，京子的心情登时舒畅了许多。她倏然想起了晚饭时丈夫所说的那番饱含怜爱的话语。

"等到了下个月十号左右，学校那边也放假了，我带你去海边吧，我们在那里优哉游哉地住上一个多月，想必你的身子也能好起来了。"

京子不由得回想起海边的景象：种在沙丘上的小松树的枝丫轻轻摇曳，海滩上铺着莹莹细沙，清透的碧色海水与湛蓝的天空在远处融为一体。四五年前，京子与丈夫成婚时，曾在海边度过两周时光。炫目的阳光惹人生厌，但夕阳西下时，风儿吹得小松树的枝丫轻轻摆动，那清爽的感觉在她脑海中挥之不去。京子的心也被风儿吹得骚动起来了。如果丈夫当真能带她去海边，她真想明天就启程。到海边就能被那令人惬意的风儿吹拂，她心想，自己如今这样阴郁苦闷的心情一定会一扫而空，整个人也会神清气爽起来吧。她本欲将这番话说给丈夫听，可是要付诸行动时，她又没了开口的念头。丈夫正在二楼狭窄的书房里翻译海军部的文书，要想到他那儿去，必须要爬上一段陡峭的楼梯才行。可若要让丈夫移步来自己这里，又不得不拍拍手，招呼身边的女佣前去知会。于她而言，自己去或是唤丈夫来都好生麻烦。

京子翻过身来，将头枕向右侧。手脚触到另一侧冰凉凉的地面，十分惬意。自从前年春天流产以来，说不清怎么回事，她总是心神不定，饱受头痛、头晕之苦，而且身体乏力，易感潮热。虽说整整停了一年的月事也自去年起恢复了，可常有月事不调的症状，每逢此时，她便想着自己莫不是又有了身孕。这次也是如此，打从两三天前起，身子就倍感疲倦。昨天晚上，京子像是发了高烧似的，脸颊滚烫绯红，她赶忙在今天上午去熟悉的医生那里问诊。

"近来可有想要呕吐的感觉？"

医生似乎也疑心她有了身孕。这次，本应在五六号来的月事直到十号左右才来。

此时厨房传来陶瓷碎落的声音。京子想，一定是女佣又打碎了什么东西吧。她不知道的是，女佣的手指上鼓起暗红发黑的静脉，犹如一条蚯蚓在蠕动。耳边响起素日里常听到的杂音，那声音好似风声，又似远方驶来的火车的汽笛声。可如今，这杂音和京子晦暗沉闷的心情纠缠在一起。她又将疲倦的身体换了个方向躺好。

令人惬意的清风吹过。接着，油绿的松叶随风摇曳起来。月光洒满松叶。黑色的松树树干影影绰绰。海滩上的细沙白如脂粉，她将足尖踏上去，竟没有发出任何声响。耳畔传来哗啦哗啦的潮水声。京子心中毫无杂念，只是信步前行。

悠然越过一座低矮的沙丘，一条淙淙流动的小河出现在眼前，河上架有一座石板桥。桥的另一头有一座小山丘，皎洁的月光照向山丘上那片松树林。山丘上依稀可见两三户独门独院的人家。缓缓过了桥后，疲乏不已的京子想要找个地方歇息，就向最近的一户人家走去。那户人家门前有一条用细沙铺就的宽敞大路。她横穿过那条大路，走到这户人家门口。大门左右两侧是竹子编的菱形栅栏，由旧船板改成的门扉紧闭着。

这扇门并没有拦住京子的去路。她就像回自己家一般，轻易走了进去。那闭合的玄关门对她来说也没有任何阻挡。门后的厅室约有四叠席[1]大小。她迈出疲惫不堪的双腿，在地上坐了下来。房间正面的墙壁上挂着一幅半身像，画的是一个满头白发的西洋人。这人看起来好像那个叫托尔斯泰的人——丈夫书房里有托尔斯泰的书。

"是托尔斯泰吗？"

京子出神地想着。就在她抬起头时，突然传来一阵婴儿的哭声。

"哎呀，这户人家有小宝宝啊。"

她想去看看那婴儿。于是，她推开了右侧的纸门。一间茶室映入眼帘，茶室对面的纸门后是庭院的露台。京子向露台走去。婴儿的啼哭声似乎是从旁边的房间里传来的。她推开房间的纸门，眼前出现了两张床，一对夫妇正在酣睡。这位年轻的妇人梳着时尚的发髻，她在给孩子喂奶的时候睡着了。小婴儿身上裹着高级的薄纱被子。

京子俯身蹲在妇人枕边，目不转睛地盯着婴儿看。就在此时，圆脸妇人将头转向这边。发现京子，妇人惊恐不已，仿佛见了鬼似的战栗着叫道："你是谁？你是谁？你怎么会在我家?！"

---

1　叠席即榻榻米，一叠席的面积约为1.62平方米。——译者注

京子却并未慌乱。

"这位夫人，您不必惊慌，我只是来看看孩子。"

那妇人惊魂未定，口中不知嘟囔着什么，过了一会儿，又重新打量京子。

"你究竟是谁？你为什么闯进我们的卧室？你要做什么？"

"我只是来看看小婴儿罢了。"

"什么？看婴儿？你未经允许，就这么明目张胆地闯进我家来，实在太不像话了！请你赶紧离开！"

这么说着，妇人也顾不得孩子在啼哭，向后退去。

"当家的，快起来呀！大事不好了！大事不好了！"

丈夫被惊醒，急忙跳起身来。京子也被妇人的惊叫声吓了一跳。紧接着，她就昏了过去。


京子在准备早饭。丈夫在日比谷的一所中学工作，此刻他正穿着薄西装，盘腿坐着。因为丈夫喜欢吃裙带菜，京子在早饭的味噌汤里加了一些，裙带菜的香气在空气中弥漫开来。京子此刻只想深深嗅一口那香气。不知怎的，她突然想起了昨晚那户海边人家。

"昨晚啊，我经历了一件有意思的事情哦。"

"怎么了？"

丈夫好像被勾起了好奇心。

"昨天夜里，我从海边的沙丘走下来，看见了一条小河，那河上有一座石板桥。过了桥，是一条宽阔的大道，上面铺满了沙子。我一看，沿着大道走过去有两三户人家。那会儿我走累了，正想找地方歇歇脚呢。最近的一户人家，有着用船板制成的大门，我毫不犹豫地走了进去，又进了玄关，来到厅室。厅室足有四叠席那么大吧。我就坐在那儿一边歇息，一边环顾四周，发现墙上竟然挂了一幅西洋人的画像。那画像好像画的是那个叫托尔斯泰的人，你之前给我看过他的书。我心想，这画的是个了不起的俄国小说家呢！"

"我以为怎么了，原来是你做梦啊。"

丈夫一边接过京子盛的饭，一边笑着说道。

"无论怎么想，那画面都不像是梦！松树树干的颜色也好，树叶的颜色也罢，还有那海浪的声音和那房间的模样，所有的一切，我都看得真真切切呢！"

"那肯定是个梦啊，想是我跟你说了去海边的事，你就夜有所梦了吧。"

"可那真的不像是梦呀！我在厅室歇息了没多久，就听到一阵婴儿的哭声。我想看看那孩子，就从右手边走了过去。接着我看见一间茶室，茶室前面是个露台。我一走到露台那儿，那婴儿的啼哭声就从隔壁的房间传来了，我就走进去看，只见一对夫妇睡得正香呢。夫人圆圆的脸庞，梳着流行的发髻。那可是个不好惹的人。我正瞧着小婴儿时，她突然醒了，怒气冲冲地问我：'你是谁？你是谁？你怎么会在我家？！'我平心静气地告诉她，我就是来看看孩子。不承想那夫人发起火来，大声把她的丈夫唤醒。她的丈夫睡意未消，突然起身来，我也大为吃惊。就在那时，我慌了神，之后就什么都记不得了。想必那会儿我就梦醒了吧。"

"你瞧，方才我便说了那是梦，定是我跟你讲了去海边的事情，你放在心上了，才会做那样的梦啊。看来你的身子还是没有调理好。下个月我们就动身，到那时翻译工作也告一段落了，我们在那里住上一个多月的时间好好放松下。万一我的工作没做完，能在那里继续做也不错。"

吃完早饭后，丈夫一边啜着茶，一边说着下个月的海边之旅，随后便出门去了。丈夫离开后，京子也没有继续吃饭，而是将手肘撑在矮腿的餐桌上，陷入了沉思。


两个学生交谈着从京子身旁走过。学生脚上穿的木屐踏在铺满小碎石的大道上，发出了嗒嗒的声音。小河上方雾霭蒙蒙。京子走过石板桥后，又走向了那户人家。旧船板的大门也好，玄关门也罢，都没有拦住她的去路。走上玄关的台阶，她心想，不知昨日那幅肖像画可还在，随即向墙上望去。那幅肖像画仍挂在那里。

"不如趁今晚抱一抱那婴儿吧。"

京子同昨晚一样，再次走向茶室，又从茶室走到露台，来到了那夫妇二人的卧室。只见妇人用细纱薄被将婴儿包好安置在一边，并朝向婴儿沉沉地睡着。这孩子看起来不过三个月大，宛如人偶般娇小可人。而那妇人的丈夫呢，像是呼吸道有些不好，鼻息如雷，呼呼的喘息声听起来像是动物发出的一般。

"宝宝啊，不知你是男孩还是女孩呀。"

京子望着婴儿纯真的睡颜，心头萌生抱起他的欲望，她坐下来，伸出手去。那双手刚碰到婴儿的细纱被，一旁的妇人就醒了。妇人用两只手紧紧地抓住京子的右手腕，像蛇一样紧紧地牵绊住京子，并呵斥道："你做什么?! 你究竟要做什么?!"

京子被妇人怒不可遏的反应惊呆了，她挣扎着试图将妇人的双手甩开，但无济于事。

"当家的，你快起来啊！快啊，快啊！昨晚那个家伙又来了，要对宝宝做些什么！你快起来啊！"

年轻的妇人站起身来，用尽力气将京子推搡到一边，一只手还揪着她的头发。妇人又大声冲睡着的男人叫道："你快点起来啊！昨晚那个女人又来偷孩子了！你倒是快起来啊，快点啊！"

那男人醒来后，立即跳起身来，用手狠狠掐住京子的脖子。

"好啊，就是她吗？她就是昨晚那个怪女人吗？"

咽喉被锁住的京子几近窒息，妇人毫不留情地对着京子的脸颊、额头又抓又挠。京子叫苦不迭。

此时又传来了婴儿的啼哭声。微弱的哭声传到京子的耳朵里，她就再次失去了意识。


京子被睡在身旁的丈夫给摇醒了。方才她隐约听到丈夫在远处呼唤着什么，这才终于从梦中醒来。

"怎么了？我看你好像魇住了似的，做噩梦了吗？"

京子缓缓睁开双眼。此刻丈夫的双手还放在自己肩膀上，透着绿意的灯光正照在那里。京子清晰地感觉到从脖子到脸颊传来的剧烈疼痛。

"是不是做噩梦了？魇住了吧。"

"实在太不像梦了。我去那户人家想要抱抱孩子，结果却被粗暴对待，那家的女主人抓住我的头发狠狠抓挠我的脸，那家的男主人则跳起身来狠狠扼住我的喉咙。"

丈夫笑出了声。

"果然是身体的原因,身体一差,就会做噩梦呢。"

"真的不是梦,是真真切切发生的呀!我的脸被她挠得疼痛不已,好像有什么地方被抓破了,现在脸上、脖子上还疼得很呢。"

京子用手轻柔自己的脸庞,抚摸着疼痛的肌肤,指给丈夫看。

"没有什么异样啊,并没有什么伤口。这只是一场梦吧。"

"可这是千真万确的!我又去昨晚去过的那户人家,想要抱抱那孩子,结果被他们这么欺负,真是让人心有不甘!"

"你就是气血太虚了,才会做这样的梦啊。"

"哎呀,就算是梦,怎么会这么离奇?我到这会儿还不甘心呢,我可真想当着那个妇人的面,将婴儿狠狠摔在地上!"

"一定是你身体的原因,等身体调养好了,自然就不会再做这样光怪陆离的梦了。"


夜空,云朵轻薄如雾般笼罩在清月周围。海边,远处强风裹挟海浪而来。沙丘上的小松树的树枝沙沙作响。落下的松叶倏然落在了京子的脸上。走下沙丘,正想走过小桥,京子就看到桥对面有人迎面走来。京子走到一旁的草丛边,待对方先过。原来是一位老人,他头上并没有戴着乡下人常戴的帽子。老人盯着京子的脸看了一会儿,便朝着沙丘的方向走远了。

京子这才过了河。她心里七上八下的。她迈着缓慢的步子走着,推开那户人家的船板门走了进去。这次她既不在意墙上的肖像画,也不理会茶室,而是径直走向那夫妇的卧室。床上只见那褓褓中的婴儿,却不见那妇人。

"估计是去盥洗室了,天助我也!"

京子立马将婴儿抱起,坐在床上。婴儿正睡得酣,并没有要醒来的迹象。京子耳边传来那妇人的丈夫如雷的鼾声。

"有了这孩子做人质,谅那妇人也不敢奈我何。"

京子这么想着,心头涌起胜者的快意。

"天哪!天哪!当家的,你快起来呀!那个女人又跑来了!"

不料此时那妇人回来了，站在门口，急得直跺脚，气急败坏地叫起来。京子嘴角浮起一丝冷笑，瞥向那妇人的脸。

"夫人哪，今晚我赢定了。我手上可有人质哦。"

男人也匆忙起身。

"你跟我们到底有什么过节儿，为什么要做这种事啊？"那妇人满怀愤怒地问道。

"我和你们无冤也无仇，我只是疼爱这孩子，想来抱抱他罢了。"京子冷笑着回答道。

"我管你疼爱不疼爱！究竟是谁指使你来我们家的？"

一旁的男人瞬时向京子扑了过去。"事到如今，也不必多言了，不能让她把孩子抢走！恶妇，快把孩子还给我们！"

妇人也走进房中。"你快把孩子还给我们吧，那是我们的骨肉啊！我们不会让你抱走他的！"

京子只是平静地抱着婴儿站在那里。

"无论你们说什么，我都断断不会把孩子还给你们。"

眼看男人的手抓住了京子的肩膀，妇人则伸手去夺她怀里的婴儿。

"不行！"

京子奋力挣脱两人，朝茶室跑去。妇人边喊边追了过来。京子跑进茶室，茶室的电灯下方叠放着妇人缝补好的和服，旁边还有一个小小的针线箱。针线箱里有一把红柄花剪。京子腾出一只手拿起花剪，将撑开的剪刀放到婴儿的脖子处。此时那对夫妇也已经奔到了茶室门口。

"你不要乱来啊！你不要伤害他！"

妇人撕心裂肺地号叫起来，抓到了京子拿着花剪的手。京子握起花剪剪了下去……鲜血四溅的婴儿头颅就这样咕噜噜滚落到了地上。


醒来时，京子发现自己在床上躺着，丈夫正紧紧抱着她。京子瑟瑟发抖，眼睛滴溜溜地环顾四周。

"你快醒醒吧！哪有什么婴儿的头颅！怎么可能有那东西啊！"丈夫大喝道。

尽管如此，京子还是惊恐无比，眼睛不停地看向周围。

"那只是你的梦，你因体虚才梦到不干不净的东西，今天就去医院让石川博士给你诊一诊吧。一定是你身体太虚弱了。"

京子稍稍平复了心情，安静下来。

"当真是梦吗？真的好可怕啊！"

"没错，是梦。神经衰弱越严重，越容易做噩梦。"

二

京子的丈夫没有等到学校放假，就带着京子去海边了。那里位于一座山的山脚下，山中还有温泉。夫妇二人决定先去朋友介绍的那家海滨旅馆，随后再打听能够短租的房子。下了火车后，两人便前往海边。听说坐黄包车去海边还有十七八公里那么远，但是步行走近路的话，不到六公里。于是，夫妇二人将大行李箱托付给挑夫，他们一人拎着一个小箱子，步行出发了。

午后两点，天气闷热似蒸笼，一点风都没有，松叶直立在枝头。走过松树林，是一座栽种着小松树的沙丘。越过沙丘，有一条小河在潺潺流动。

"说不出为什么，我觉得我好像来过这里。"紧跟在丈夫后面走着的京子说道。

"或许是你小时候有谁带你来过吧。"丈夫稍微向左回头，语调轻快地回应着京子。

"不是的，我从未来过这里。父亲母亲都是守旧的人，从未带我出门旅游过。"

"那我就不知道咯。"

小河上，一座石板桥赫然出现在两人面前。桥对面有一条细沙铺就的宽阔大路……

"开车的话，就是从那条路过去，对吗？"

丈夫向挑夫问道。

"是的，老爷。走那条大路的话，可比咱们走这条路多绕十多公里呢！"

挑夫换了一侧肩膀挑着行李,伸出一只手拿着手帕去擦脸上的汗水。丈夫径自过了桥。水中矮矮的芦苇向一侧生长着。大路远处是一座小山丘,山丘上有一片较高的松树林,那里坐落着几栋独门独院的小楼。

京子不可置信地看向桥对面,观察起那些房子。

"老爷,老爷!"京子一边冲丈夫喊着,一边过了桥,走到大路上追上丈夫的脚步。

"怎么了?"

"就是这一户,就是这一户人家!"

丈夫还丈二和尚摸不着头脑。"'这一户'是哪一户啊?"

"就是我梦里出现的那户人家啊!"

此时京子的声音微微颤抖着。丈夫看向京子所说的那户人家。这户人家门口有着竹子编的栅栏,旧船板改制成的大门紧闭着。丈夫又一次笑了起来。

"怎么会有这么蹊跷的事呢!"

"可……可这是真的啊!那座长着小松树的沙丘,那座石板桥,还有这户人家,简直跟我梦里的一模一样啊!所以我才说好像在哪儿见过啊!"

"怎么可能呢?不会的,你瞧这户人家大门紧闭,好像是没有人住。我们正好可以借住在此。"

挑着行李的挑夫终于也走到了这里。

"师傅,这栋房子正空着吧?"

"是的,老爷,空着呢。"

"我们可否在这里租住一个多月呢?"

"可以是可以,但是,这是一户凶宅啊。直到上个月,这里都住着一户东京人,可某天他们家的小婴儿被一个奇怪的女人给杀害了。打那以后,这房子就没人敢住了。"

丈夫闻言,用复杂的表情看向京子。京子此刻面色煞白。

"这样啊……那我们先去旅馆住吧,毕竟凶宅可不太好。"

丈夫这么说着,便向海岸边走去。京子与丈夫一道,也迈开脚步。两个人无言良久。此时对面有一位老人蹒跚走来,与夫妇二人擦肩而过时,老人紧紧地盯着京子的脸看。接着，老人又将目光移向后面的挑夫。老人似乎认识挑夫，两个人站在一边交谈起来。

丈夫和京子二人向前方走了半公里左右，与老人分别后的挑夫一路跑着，从后面追了上来。

"老爷，刚才那个老爷子就是那栋房子的主人！"

"这样啊，我知道了。"丈夫只说了这一句，便闭口不言。

挑夫随即转向京子，对她说道："不知夫人此前可曾来过这里？刚才那个老爷子说您看起来有几分面熟。"

京子一语不发。丈夫替她解围道："没有，这是她第一次来这里，想是那位老人在东京或其他地方曾见过我家夫人吧。"


京子与丈夫走上了海滨旅馆的二楼。进了房间后，京子双目无神地呆坐下来。

"快把衣服换下来吧。什么事都没有，那只是你的梦罢了，世界上不会有那么诡异的事情的。"

即使丈夫如此安慰，京子仍不为所动。丈夫一边将西装脱下，换上旅馆的睡衣，一边喝起了旅馆侍从送来的茶水。

"把和服换下来，心情会轻松不少。快把衣服换了吧。"

京子依旧一动不动。这时，旅馆的侍从走进房间，手上拿着一张名片。

"先生，这位先生想见您。"

丈夫伸手接过名片看了一下，这是一张警察的名片。

"警察找我会有什么事呢？"丈夫喃喃自语道。

"这阵子，警察常会来旅馆里找人，确实有些恼人。小的向他带话说先生会去见他吗？"

"那就有劳了。"

"那小的先退下了。"

语罢，侍从转身离开。

就在这时，京子发出令人毛骨悚然的尖叫声，忽地站了起来。丈夫惊愕无比，他刚想要站起来，京子已经向走廊跑去，把一只脚搭在了栏杆上。丈夫急忙跑上前抱住她。

"你要干什么?!"

丈夫说着,眼睛朝庭院望去。只见院内一棵红松旁,一个和京子像是从一个模子里刻出来的女人飞跑开了。丈夫瞪大了双眼,看向自己怀里的妻子。这简直太不可思议了!丈夫难以置信地又望向庭院的方向,刚才那个女人已经不见了踪影。怀里的京子神志不清,努力想要挣脱丈夫的双臂。

就这样,京子的丈夫,也就是矢岛文学学士,翌日一早抱着已经被吓得魂飞魄散的妻子,悄悄地坐在某列火车的角落,前往东京去了。

# 长者

很久很久以前，四国的吉野川附近住着一个叫四国三郎贞时的富翁。富翁每天让自己的奴仆去深山和海中为自己搜寻财宝。他仓库中的财宝堆积如山，但他是个铁公鸡，一毛不拔。虽然吝啬，但富翁却十分疼爱自己的孩子，只要是为孩子花钱，多少都无所谓。

富翁有八个孩子。某日，一个衣衫褴褛的僧人来到富翁家里，伸出手里的铁钵说："施主，行行慈悲吧。"正陪孩子玩耍的富翁见之，斥道："我没东西给你，你走吧！"僧人听闻后，默不作声地走了。不一会儿，门外又传来锡杖的声音，刚才的僧人再一次出现，说道："施主，行行慈悲吧。"

此时富翁刚抱起排行第五的女儿，见此情景，他赶忙放下女儿，又松开正拉着自己袖子的儿子，走到僧人旁边，怒斥道："都说了让你赶紧走，为什么还回来？我没东西施舍你，赶紧走！"

僧人用平静的眼神看了看脑满肠肥的富翁，默默走了出去。

"这和尚太烦人了，为什么会来两次呢？我都那么说了，他还不懂我的意思吗？哼！"

富翁一边嘟哝着，一边回去准备继续陪孩子们玩。但不知从哪里又传来了锡杖的声音，那个僧人再一次走了进来。富翁见此情景，不由得勃然大怒，他推开刚聚拢过来的孩子们，走到僧人旁边。

僧人的眼神仍然很平静，他再次伸出铁钵说："施主，请您一定行行慈悲。"

"你这个和尚是不是瞎，为什么只来我家？你到底想干什么！"

"贫僧只为超度众生。"

"管别人要东西算哪门子超度众生，我今天就把你超度了！"

说时迟那时快，富翁飞奔过去一把抢走僧人手中的铁钵，然后重重地摔到旁边的石头上。铁钵碰上石头，发出很大的声音，碎成八块，碎片四散。就在铁钵摔碎时，刚刚还好好的天气霎时间昏暗下来，乌云密布。在黑压压的乌云之中，竟现出一个旋涡，而铁钵的碎片则高高飞起，在旋涡中飞舞。富翁望着眼前的异象，呆立在原地，不知所措。等回过神来，僧人早已不见踪影，本来在庭院中玩耍的三个孩子此刻则相拥着倒伏在地上。

当天夜里，富翁家的大儿子便病倒了，心疼孩子的富翁又是问药又是求神仙保佑，忙活了整整一夜，但这些都没用。天刚亮，孩子就死了。

富翁遭丧子之痛，极度悲哀，觉得天都塌了。但坏事才刚刚开始，他家的老二紧接着也生了病，和老大一样，没多久就死了。此时富翁已经急疯了。接下来，他的孩子一个接一个地患病死去。不到十天，八个孩子竟全都死了。

富翁接连遭丧子之痛，悲痛不已，每日精神恍惚，活像一个死人。随着时间一天天过去，富翁想起自己打破那个铁钵的事情，似乎终于明白了自己为什么会遭此横祸。某一天，富翁家来了一个老和尚，富翁把那件事告诉了老和尚。

"大儿子死的那天，我把一个穿得破破烂烂的和尚的铁钵摔碎了，那个铁钵的碎片竟然随着乌云飞走了。"

老和尚问："那位僧人长什么样呢？"

"眼神像孩子一样平静。"

"那可是弘法大师啊，您犯下大错了。"

"我儿女的死，是对我的惩罚吗？"

"是，而且如果您不尽早向大师赔罪的话，不仅是您的孩子，就连您也会被惩罚而坠入地狱。"

富翁听了老和尚的话后坐不住了，当日便离开家，向四国八十八处弘法大师巡锡纳经所寻去。

他一处纳经所接着一处纳经所地追赶，但每每向路人打听消息，得到的答复永远是"那位僧人昨日刚经过"或者"他昨晚泊于此处"，无论他怎样追赶，总是慢一步，即使连夜赶路也追不上。

就这样过了两三年，富翁转了二十二个来回都没有遇到大师。到了第二十三个来回，富翁重新思考后决定朝着反方向追赶，终于在一座山里遇见了大师。

富翁扔下拐杖，在大师面前跪了下来。大师的容貌丝毫没变。

"你知道自己的罪业了吗？"

"我知道了，请大师替我消除罪业，度我通往极乐世界。"

"现在立刻让你去往彼世也可以吗？"

"如能消除我的罪业，请让我去往彼世。"

"既然满仓的金银财宝你已无心牵挂，则现世已无可留恋，你放心地去吧。下辈子想成为什么人，如果你有愿望的话，贫僧就帮你实现。"

"我想成为名垂千古的大名。"

"好，如果罪业消失了，你会投胎成为大名。"

大师说罢，在地上拾起一块小石子，在其上写了"南无阿弥陀佛"六字，交到富翁手中。富翁将石子握住，双手合十。大师见状，立刻用如意击打富翁的腰部，富翁被击中后原地倒下，没了气息。

大师把富翁葬在原地，又把杉木做的拐杖倒立在坟上，然后便离开，不知去了何处。

后来，富翁坟上立着的杉木长出了枝芽，逐渐长大成材，变得高耸入云。

那杉树遭风雨蹂躏，饱受霜雪之苦，就像替罪孽深重的富翁承受苦难一般。

到了富翁的第八十个忌日，那棵杉树突然着了火，化作了一团烈焰。

同一日，河内的豪族家里诞生了一个婴儿，这个婴儿生下来就双手合十，手掌无法打开。婴儿的家人日夜诵经祝祷，婴儿才打开了手掌，只见婴儿手里竟握着一块写着"南无阿弥陀佛"的小石头。

再后来，那个孩子果然成了名垂千古的大名。

# 义猫冢

远州的御前崎有座西林院。寺院建在靠海的小山上，规模不大，住持是一位以慈悲为怀的高僧。

这天海上风波骤起，住持生怕有船只遇难，赶忙出门查看。

巨浪拍打着山崖，一块木板在怒涛中起起伏伏，似乎是船只的碎片，还有一只小猫无助地趴在上面。住持一路奔下山，敲响了海边渔民家的门。

"那也是一条生命，可怜见的，帮忙救救它吧。"

话虽如此，但风高浪急，哪有人敢去。

住持心中焦急，只能恳求说："大家都不肯去的话，还请借条船给贫僧。"看到住持如此诚心，甘愿亲身犯险，渔民们不再推托，推舟下海将小猫救了出来。从此，这猫便被养在西林院。小猫很通人性，对住持说的话尤其听从，很受住持喜欢。

不知不觉十年过去了。那一年春暖花开时，寺里的一名僧人正在檐廊下小憩，忽然听到一阵说话声。

声音很奇怪，带着"喵喵"的尾音，像是猫在学人说话。

"今天天气真不错，一起去伊势神宫参拜怎么样？"

"我倒是想去，但放心不下我们寺里的老和尚，他最近似乎有些灾气。"

"这样啊……那是你的救命恩人，的确不能坐视不管。"

僧人心中一惊，睁开眼睛四下观瞧，只有寺里的猫和隔壁寺院的猫蹲在檐廊下，周围并无一个人影。

到了晚上，僧人刚要睡着，不知哪间屋子的顶棚上传出一阵阵巨响，似乎是什么东西在打架。僧人一惊，睁开眼睛看见住持已经起身点上了灯笼。

二人面面相觑，不知发生了什么事情，提着灯笼找了一圈，却没有发现任何异样，只得再次睡下。

第二天天放亮，住持来到正堂，发现顶棚上有鲜血正一滴一滴地滴在地上。

住持慌忙找来年轻僧人爬上顶棚查看，发现自家寺院和隔壁寺院的猫满身鲜血，死在了上面。不远处还有一只近三尺长的大老鼠，也早已没了气息。奇怪的是，老鼠身上还裹着僧人的法衣。

"原来如此……"住持似乎想到了什么。

几天前，有位不知从哪儿来的游方僧人到寺内挂单。住持来到游方僧人的房间，发现房里铺着被褥，却不见游方僧人的影子。

住持立刻全都明白了。

至今西林院中仍留存着一座义猫冢，住持养的猫和隔壁寺院的猫就合葬在里面。

# 雪女

毗邻多摩川的调布郊外住着一位名叫巳之吉的年轻樵夫。巳之吉每天都会与樵夫头儿茂作一起乘坐往返多摩川的渡船，到两里外的林里伐木。

一个寒冷的冬日，两人照常乘船渡河来到林中伐木，突然天降大雪，转眼就变成了暴风雪。在这种天气下是无法伐木的，二人只好停下手中的活计，打算先返回家中，待天气好转再来伐木。可二人来到渡口，才发现渡船已停运，停在了对岸。

无奈之下，二人只得先在河滩的船夫小屋里避避雪。小屋里很简陋，连生火的工具都没有，只有一块两张榻榻米大的木板。

二人穿着蓑衣躺在那块木板上，白日里劳累许久，很快便进入梦乡。

不久，巳之吉被冻醒后一看，小屋的门敞开着，屋外大雪纷飞。

"咦，茂作出去了吗？"

巳之吉四下找了找茂作，发现他并未出去，还是睡在原来的地方，只不过被一个穿着白衣的女子压在身上，那女子正往茂作的脸上吐着气。巳之吉吓得脸色惨白，想喊却喊不出声来。女子也发现了巳之吉，于是丢下茂作，爬到巳之吉身上。女子面容姣好，只是肤色惨白，一双美丽的眼睛锐如闪电，很是瘆人。

巳之吉恨不得立刻逃走，但他的身体就像被封印了一般动弹不得，连话都说不出了。女子认真看了看巳之吉，只见他眉清目秀，面如冠玉，倒是一副难得的好样貌。

　　"这件事你可要保密，要是不小心让别人知道了，你可就小命不保了，知道吗？千万要记住。"

　　女子说罢，放开巳之吉，走出小屋，很快就消失在了茫茫大雪之中。

　　巳之吉一跃而起，赶忙关上门，用后背顶着门板，生怕再有人闯进来，然后喘着粗气看向茂作。

　　"茂……茂作。"

　　茂作没有回答。巳之吉战战兢兢地走到茂作身旁，想要摇醒他，这才发现茂作已经浑身僵硬，毫无温度。巳之吉吓得当场昏了过去。

　　次日早上，船夫来到小屋，发现巳之吉昏倒在地，连忙喂他喝了几口水，巳之吉这才缓缓睁开了眼。船夫叫了几个村民来，一起把巳之吉扛回了家。众人纷纷询问巳之吉昨日之事，可巳之吉神情呆滞，一句话也没说。

　　巳之吉在家躺了很长一段时间，终于恢复了精神，便独自前往林中伐木。但每次路过渡口旁的船夫小屋时，那日的白衣女子的样子定会浮现在脑海，让他不禁感到一阵寒意。

　　大约一年后的一个寒风凛冽的傍晚，巳之吉从林中回来乘上了渡船，同船的还有一位乡下姑娘，手上拎着一个包袱，样貌清秀，皮肤白皙。

　　巳之吉与那女子先后下了船，他很好奇那女子从何处而来，便故意调整脚步与她并排前行。

　　"姑娘从哪里来啊？"

　　那女子羞涩答道，自己原是武藏山坳一户农家的女子，因父母不幸接连去世，又没有其他亲人可以依靠，便托人在江户找了一份女佣的工作。

　　巳之吉闻言，十分同情那女子的身世。到了自己家门口时，巳之吉壮着胆子对那女子说道："姑娘今晚就暂住在我家吧，明日一早再赶路也不晚。"

　　女子当即便点头应允，跟着巳之吉进了屋。进屋后互相介绍才知，那女子名为阿雪。巳之吉的母亲见阿雪乖巧懂事，心里十分喜欢，又听儿子说起阿雪身世凄惨，便决定让阿雪留在家里。

　　自从阿雪来到家中，巳之吉的精神头儿便一日胜过一日。

日夜生活在同一个屋檐下，已之吉与阿雪日久生情，不久便结为夫妻。阿雪温柔体贴，对待婆婆更是孝顺至极。

"我们家真是祖上积德啊，得了这么好的儿媳妇。你们可一定要白头到老，知道吗？"已之吉的母亲对阿雪也是赞不绝口。

阿雪与已之吉成亲后，一共为他生了十个孩子，个个肤色雪白，完全不像樵夫的后代。尽管阿雪已是十个孩子的母亲，但容貌依旧和刚进门那天一样年轻漂亮。

"那个阿雪啊，可不得了，跟我们不是一路人，知道吗？人家压根就不是人。"

村里有些恶毒的女人见不得阿雪好，便在背后不停地嚼舌根。

幸福的日子又过了几年，一个寒风瑟瑟的冬夜，阿雪像往常一样把孩子们都哄睡，然后坐在灯下为一家子缝补衣物。小小的油灯发出朦胧的光，照在她美丽的脸庞上。已之吉呆呆地坐在炉边，不时瞥一眼妻子，忽然想起了曾经在船夫小屋中看到的那个诡异的白衣女子。

"阿雪，你知道吗？你现在的样子像极了我从前见过的一个女人，她和你一样，雪白雪白的。"

"那你跟我说说那个女人的事吧。"

"那可不是鬼故事，是真实发生的恐怖事情，你可别被吓坏了哦。"

于是，已之吉将那个暴风雪之日发生的事情细细说了一遍，包括自己在船夫小屋中见到的情景，以及茂作的离奇死亡。

"那个女人真的好白啊，我长这么大都没见过比她更白的人，真是太不可思议了。我也怀疑过那大概是场梦，可是茂作的的确确被她杀死了，所以那一定是真的，她大概是雪女吧。"

阿雪突然将手中的衣物全部扔了出去，忽地站到已之吉面前，用一双锐如闪电的眼睛盯着已之吉。

"我就是你口中所说的雪女！那时我们明明约定好保密，现在你却违背了约定。我今日不杀你，但你必须好好疼爱我的孩子们，他们中但凡有一人遭遇意外，后果你懂的。"

阿雪最后的声音沙哑哀怨。已之吉还未反应过来，阿雪就如一阵白烟般蹿出屋外，瞬间消失于天际。

# 置行堀

过去，东京都的本所有一条名为御竹藏的街，从这条街往东数第四条大道上，曾有一个被服厂，如今已被一个灵堂所取代。话说在那灵堂附近有一个大大的水池，这就是今天要说的本所七大怪谈之一"置行堀"。池中鲫鱼、鲶鱼数不胜数，因而常有人前去垂钓。相传，每当有人垂钓收获满满，意欲返回时，不知从何处就会传来诡异的声音："把鱼留下，把鱼留下。"若是胆小之辈，往往会把鱼篮丢弃，仓皇逃跑。但也有胆大的，认为那不过是风声罢了，毫不在意执意要回家去。这时则会有百鬼出来作祟，有时是三眼小怪或独眼小怪登场，有时则是长颈妖怪辘轳首现身，还有时一条腿的唐伞精也会出没拦人去路，怕是再胆大的人，也要吓得浑身战栗不已，急忙把鱼放回池中，连鱼篮和鱼竿也都尽数抛下，拔腿就跑。

话说有个喜爱垂钓的青年人，名唤金太。一日，他听闻置行堀中鲫鱼众多，便只身前往垂钓。才走过两国桥，他便遇到一位相识的老者。

"哎呀，这不是金太嘛，想必又要去钓鱼吧。今天去何处啊？"老人问道。

"我今天要去御竹藏那池塘，人人都说那一带鲫鱼多得很咧！"

"那里啊，鲫鱼、鲶鱼都多得数不过来，但那地方可去不得啊，那里有妖怪！"

金太也早对置行堀的奇谈有所耳闻。

"若真有妖怪，那我就一并钓上来瞧瞧。如今要是钓上来个唐伞精，定能卖个好价钱呢！"

"且不论卖钱与否，万一那妖怪把你生吞了，有钱也没命花咯！若真想钓鱼，还是去别处为好，莫去那不祥之地！"

"您大可不必过虑，神田明神会保佑我的。"

"也罢也罢，那你且去吧。天黑之前可一定要回来啊！"

"钓够了鱼，我便回来，何况今晚明月高悬，不会出事的。"

"我所说的句句属实，不听老人言，吃亏在眼前啊！"

"哎呀哎呀，我多留心便是。"

金太笑嘻嘻地告别老人后，便往置行堀走去。池边新生的芦苇叶正随着晌午的微风轻轻摇曳。起先，金太尚记得这置行堀的古怪传闻，可随着一条又一条鲫鱼上钩，他便将这事抛至九霄云外了，专心致志地钓着鱼。这时，附近寺庙里传来了钟声，金太闻声抬起头来。此时已是夜里十时左右，一轮明月从池子边的芦苇叶上方露出头来。

于是，金太把三根鱼竿收起来，用线缠好，把浸在水里的鱼篮拎起来。鱼篮里的鱼足有一贯¹多。

"真沉啊。"

金太一只手拿着鱼竿，另一只手拎着鱼篮自言自语道。就在这时，不知从哪里传来声音，听起来像是有什么人在说话："把鱼……留下，把鱼……留下。"

金太迟疑地停下了脚步。

"把鱼……留下，把鱼……留下。"

此时金太脸上浮现出一抹嘲弄的表情，他道："休想！休要搞什么把戏，我才不会在意呢。"

金太加快了脚步。接着，那声音再一次飘进了他的耳朵里。

---

1　贯是日本尺贯法中的重量单位，一贯约为3.75千克。——译者注

"快快住嘴，别说痴话了，我是断然不会把如此鲜美的鲫鱼留下的，别痴心妄想了。不管你是狸妖还是狐精，若心有不甘，化身成单腿的唐伞精现身便是！"

话虽如此，金太心里还是有些恐惧，不敢停下脚步。突然，金太眼前飘来一个影子，那影子看起来像是个人，而非唐伞精。

"来者何人?!"

昏暗的月光下，只见一张惨白的脸，脸上既无眼睛，亦无鼻子，是人们常说的叫作野篦坊的无面妖怪。

"是我啊，金太。"

金太有些慌了，但意识尚清醒。他将鱼竿和鱼篮攥紧，狂奔起来，但他仍能听到身后传来那一声声"把鱼留下"的呼唤声。

"休想！"

拼命狂奔后，金太离池边甚远了。此时他眼前出现了一家茶铺，在前来垂钓时，他并未注意到这家茶铺。见到茶铺，金太才松了一口气。他筋疲力尽地走进铺中。

"老板，来碗茶！"

茶铺内发出纸灯笼般的微弱光亮，阴森森的，铺内的一个角落里突然闪现出一个老人。

"快请进来坐吧。"

金太将鱼竿立在门口，然后坐在茶铺的地上，把手里拎着的鱼篮放在脚边。茶铺老人一双眼睛直直地盯着金太，道："您可是刚钓完鱼？"

"是啊，我去了附近的池塘垂钓。老先生你有所不知，我看见怪物了！"

"您所说的怪物是？"

"就是妖怪啊！我看见无面怪了，那家伙无眼无鼻，只有一张骇人的脸！"

"哦？无眼无鼻的无面怪。您说的可是这样？"

说着，老人用他那枯瘦的手轻轻拂过自己的脸，登时化为了无眼也无鼻的无面怪。金太大惊失色，尖叫着逃走了，连鱼竿和鱼篮都顾不得拿。

# 幽灵的亲笔信

一个乌云密布的初夏夜里，一艘有着二十三反[1]风帆的船正乘着东北风一直向西航行。黑暗且寂静的海面上，被风吹起的海浪一下下地拍打着船身两侧，形成若干条如海蛇一般的波浪，反射着银灰色的光。

船头的舵轮旁边，上了年纪的老船长略带醉意地盘腿坐着，一边吸着大烟筒里的烟，一边掌舵，还不停地和两个年轻舵手说笑着。黑暗之中，烟筒里的烟火如同萤火一般忽明忽暗。

老船长和舵手们讲的是几年前自己去品川游玩时的趣闻。

"在那个时候，像这样带有金襕手[2]花纹的碗，都是荷兰或中国的。看到这东西，还想什么女人呀，满脑子想的都是'要是能弄个这样的碗，今晚的花费就赚回来了'。于是我就一点点慢慢喝到散场，等到最后老鸨和年轻小伙都已经不在乎宴

---

1　在日语中，"一反"为布匹的长度单位，长约10.6米。"二十三反帆"就是二十三个一反的船帆连接在一起，由此大体可以知道船的大小。——译者注

2　金襕手是在彩绘瓷器上加以金彩修饰的一种技法，源于中国宋代，在日本江户时代中期传入京都。——译者注

会的花费，东西也不收拾就离开之时，我就趁机钻进被窝假装睡着。见此情形，女人们就会离开房间。这时我再假装去厕所，悄悄地溜到大厅，将碗中的残羹剩饭吃光，然后用纸巾将碗擦干净，拿到出口的拉门处放好。等如厕完，我便回到房间躺下，算计着时间。凌晨四点一到，我心想，好咧，我就等着这个时候呢。我便匆忙脱下睡衣，换上自己的棉袍，悄悄地溜到大厅，把那个碗塞到背后，再若无其事地回到房间抽烟。此时女人们会过来瞧一下，但是像我这样的客人她们已经见多不怪，所以也不会觉得有什么不对劲。

"然后，当有人说着'哎呀，该回去了'，欲离开时，我也随声附和着'啊，该回去了'，便起身要走。这时，女人们便麻利地过来送客。见状，我心里暗想，眼瞅着就差最后一步了，只要出了这个门，就大功告成了。如果此时被发现的话，可就麻烦大了，务必得小心地走。所以，我就慢慢悠悠地穿过走廊，最后总算到了门口。出口处有当班的伙计，会拿出你的鞋摆好，帮你把门拉开一道小缝。等我穿上鞋，往外走时，女人们从后面赶来，在我后背上，也就是那个碗上"砰砰砰"连敲三下，然后笑着说：'再来哟！'恐怕她们已经看出来我是偷碗之人，却什么都没说。也是，没啥可说的，金襕手碗上的釉子像是用劣等颜料涂抹上的一般，簌簌地往下掉，幸好碗没有被敲成两半。"

此时船正驶过远州滩的户岛。正当老船长酒意稍减，断断续续地讲述着往事时，空中深灰色的白帆阴影里似乎有一团蓬松的东西飘过来。其中一个舵手见状，还以为是被风吹过来的云雾，没有在意。不一会儿，这团云雾般的东西轻飘飘地落在了舵轮旁边，云雾的阴影之中竟出现一张苍白的人脸。老船长马上就发现了异样，他反握着烟筒，大喊道："船幽灵来啦！"

听到老船长的喊声，两个舵手吓得瘫靠在舵轮上，起不来了。

"有船幽灵呀！有船幽灵呀！伙计们，快拿香灰来！"老船长大声地指挥着。

"不，我不是船幽灵，别害怕。"只见一个脸色苍白的高个男人在船头平静地开口说道。

"不是船幽灵，那你是何人？"老船长质问道。

"我乃土州安芸郡崎之滨的孙八，是一名船长。上个月二十日晚上，我们的船经过这里的时候，突然狂风暴雨大作，我们遭遇了海难，同船二十人全部葬身于此。我来是想拜托你们一件事。"男人缓缓说道。

"何事需要拜托于我们？只要我能办到，你尽管提便是。"老船长此时也镇定下来。

"那真是不胜感激。我想拜托你们将我遭遇海难，已与同船其他人葬身大海的消息告知我的家人。"男子继续说道。

"好，我们的船顺路经过大阪，可以将你的口信告知给大阪的土佐府上。但空口无凭，如此令人难以置信的消息，对方可能不会相信，我们去送信的人会作难。你是否有可以做证的信物呢？"老船长问道。

"那我现在写封信，请借给我纸和笔墨吧。"

"好，我们有，写吧。"老船长爽快地答应了，然后吩咐靠在舵轮上瑟瑟发抖的舵手们去取纸笔。其中一个舵手连忙打开了身旁的箱子，摸索出一个小盒，将其递给老船长。老船长接过盒子，将上面的绳子解开，从中取出了一张纸，还有笔墨盒，然后说道："来吧，这里有你要的东西，在这里书写可好？"

可疑男人接过纸和笔墨，铺开纸疾书起来。

仅过了片刻，他就写好了。然后，他将纸和笔墨还给老船长，说道："那就请你们将这封书信送到土佐府上，孙八拜托了。"

老船长随即应道："好，一到大阪，我们就将信送往土佐府上，放心吧。"

话音未落，可疑男人已消失得无影无踪。

受可疑男人之托的这艘船是萨摩的船。船刚停靠大阪，老船长就差人将书信送往土佐府上。土佐府上恰好有人认识孙八，但他们也无法判断出这封信是否真的出自孙八之手。这时，府上打听到有位与孙八相识的女子住在住吉，便请女子过来帮忙辨认。

该女子将信将疑地来到了土佐府上。府上的官员将孙八的书信递到这个女子面前，问道："你是否认识这封书信上的字迹？"

女子接过书信，认真地看了片刻后，哭倒在地。

见状，官员问道："此书信是萨摩的船航行至远州滩附近时，船上的人受一个名叫孙八的幽灵之托送来的。此信的确出自孙八之手吗？"

"没错，确实出自孙八大人之手。"说罢，女子又伤心地抽泣起来。

# 妖术

宽文十年（一六七〇年），天主教徒在社会上引发了一场轩然大波。这年夏天，城里来了两个形迹可疑的天主教徒。他们身怀妖术，因此被全藩通缉，最终被判处死刑。这天，二人被押赴刑场。上级唯恐这两个天主教徒借法术脱身，于是派众多警卫严防死守。刑场四周也用竹栅栏团团围住，生怕被罪犯钻了空子。看热闹的人将刑场围了个水泄不通。

刑场正中央的两根刑柱令人毛骨悚然。两名罪犯被带至刑柱下。此时，其中一名罪犯开口说道："今日守卫如此森严，我们定是插翅难逃。遗憾的是，我们仍有一法术尚未施展，能不能请官老爷高抬贵手，给我们松松绑，容我们在众人面前展示一番？如此一来，我们也就死而无憾了。"

在场的官吏经过一番商讨后，认为刑场警备森严，任这两个天主教徒有通天的本领，也插翅难逃，满足他们这小小的心愿也无妨，于是将绑在二人身上的绳子稍稍松开了一些。

瞬时间，只见其中一人竟化作老鼠模样，扑向刑柱，敏捷地爬到了柱子顶端。众警卫大惊失色，一拥而上试图抓住另一名男子，却见那男子眨眼间便化作了一只雄鹰。他扑扇着翅膀挣开了绳子，然后振翅飞向天空，在众人头顶盘旋着，发出洪亮的嘶叫声。片刻之后，他看准时机俯冲而下，抓起老鼠便逃之夭夭了。一时间，众警卫呆若木鸡，只能目送着他们消失在茫茫天空之中。

# 猫之舞

是夜，侍女长匆匆穿过走廊，前往茅厕。此时夜已过半，万籁俱寂，周遭漆黑一片。她路过一排居室，顺着走廊往右一拐，来到挂有长明灯笼的房间门前。侍女长借着昏暗的灯光继续往前走，可没走几步就突然停下了——屋里有人！只听得那人脚步轻盈，好像踩着某种节奏跳舞一般。门窗上，朦胧黑影幢幢跃动，看起来跳得正欢快。

这间屋子点有亮光，是为了方便侍女们在夜里如厕。按理说这个时间屋内应该空无一人，更何况此处乃女眷后院，男人们也不可能因为喝醉酒而来这里撒野跳舞。况且现在还是三更半夜。侍女长越想越觉得不对劲，鉴于自己统管后院一切事务，责任在身，她决定抓住此等冒失鲁莽之人，并严加管束。于是，侍女长蹑手蹑脚地走到门窗附近。

屋里的人好像还在继续跳着。听脚步声，感觉那人站不太稳的样子，由此判断，舞者应该不是血气方刚的小伙子。侍女长灵光一现：会不会是那个经常来家里捣乱的老顽童又喝多了，不顾时间和地点，在这里忘乎所以地耍起舞来了？侍女长心想："这个不成体统的老家伙，我这次定要将你的丑态瞧个明白，待我禀报给备后老爷，看他怎么狠狠教训你！"想到这里，侍女长伸出舌头舔了舔门窗上的白

144

纸，用手戳出一个洞后，将一只眼贴了上去。只看了一眼，侍女长便大惊失色。暗风吹过，烛火摇曳，一只如巨犬般大小的红毛猫正用布巾包住头，后肢着地踩着节拍，前肢恣意挥舞摆动，宛如人的双手一般——那竟是府里喂养多年的一只老猫。侍女长看得目瞪口呆，过了好一阵才缓过神来。

她眨了眨眼睛，看着那猫又将姿势换成了前肢着地，后肢翘起。它跳得兴致勃勃，连头上布巾的结都快散了也毫不在意。侍女长屏住呼吸，目不转睛地盯着红毛猫。突然，她好像想起了什么，大步流星地朝茅厕走去。回来的路上虽然又经过此处，但她目不斜视，默不作声，径直回到自己的房间，又睡下了。

侍女长虽然看到家养的老猫成了精，可她如果将此事公于众，府里那些少不更事的侍女肯定会整日惶惶不安，继而影响工作。最重要的是，老爷柴田备后乃土佐藩山内家的重臣，身居高位，手握重权，倘若被外人知道府内发生了此等怪事，怕是会影响主家的威信和声誉。侍女长果敢聪慧，向来巾帼不让须眉，她打定主意，决定将此事埋于心底，不对任何人提起。

事情过去三天后，因为白天事务繁忙，侍女长累得筋疲力尽，晚上一沾枕头便进入了梦乡。当她与周公下棋正酣之时，她突然感觉有人在敲自己的额头。她勉强睁开双眼，只见前几日在夜里跳舞的那只红毛猫正坐在她枕边，两只前肢正一下一下地拍打着她的额头。饶是侍女长再勇敢坚毅，也被吓了一大跳。她一跃而起，尖叫着跑出房间。谁料想那猫也嗖的一下蹿了出去，好像被侍女长的反应吓到了一样。

侍女长一连撞到怪猫两次，她想了想，决定不能再将此事隐瞒下去，于是次日一大早便前往主人院中，将详情禀报给了备后老爷。

"哦？那猫竟还会做出如此趣事。"备后老爷微笑着说道。

"那奴婢要如何处置那只猫呢？"

"嗯，随它去吧，不用管它。"

侍女长深知备后老爷的脾气秉性，便没再多言。


备后很喜欢打猎，只要有闲暇时间，便扛着猎枪上山打猎。此时正值秋末，备后难得忙里偷闲，准备去北山附近转一圈，于是他在自己房间熔些铅块，打算锻铸十匁[1]子弹。他先将放有铅块的小锅架在火盆上，待铅块熔化后，又将铅水浇铸到黏土模具中。

备后原本计划铸十余发子弹。他握住锅柄，一边盘算着这些铅块能铸出几发子弹，一边抬眼看了下置于桌上的模具——现在总共有九发子弹。

"才九发啊……凑个整，再来一发。"

备后又将小锅架回到火盆上，然后瞥了一眼桌上的模具，没想到一只红毛的大肥猫正用两只前腿扒着桌子盯着他看。

"哟，来看我做子弹了啊。"

备后一边笑道，一边端起小锅，将熔化的铅水浇铸到一个空模具中。

"第十发子弹也大功告成！十发子弹，不多不少刚刚好。不错，很好。"

备后将小锅放到桌边，开始逐个敲掉包裹在子弹上的泥土。泥土脱落，子弹泛着幽幽白光。此时一直盯着备后的大猫已悄然离去，不过备后全无察觉。当他取出第三发子弹时，他突然想起锅里还剩有些许铅水，心想做都做了，剩下的铅水也无他用，不如再做一发子弹好了。于是他趁小锅没有完全冷却，又将小锅架回到火盆上。待又剥出一两发子弹后，他瞄着锅里的铅块已经熔透，便将铅水慢慢浇铸到剩余的模具当中。


第二天一大早，备后便带着精心铸造的十几发子弹出发去了北山。他在野兽出没的地方四处寻觅，可最后一无所获，甚至连平日里最常见的猴子也没看到。秋风萧瑟，草木摇落，他顺着山谷一路向下走。夕阳挂在山头，远处还能见到些光亮，山谷深处已幽暗不明，寒意也从四面八方袭来。山路的左手边矗立着一块巨大的岩石，备后无意中瞥了一眼，只见上面竟匍匐着一只山猫模样的巨兽，正目光炯炯地盯着备后。备后从早到晚一发子弹都没打出去，正憋着劲头准备大干一场，他抬起猎枪对准巨兽便是一枪，那凶猛的架势仿佛遇到了生死仇敌一般。只听砰的一声，有东西中弹了！

---

1　匁是日本尺贯法中的重量单位，贯的千分之一，一匁约为3.75克。——译者注

"一发。"

一声伴随着强烈嘲讽意味的数数声传来，备后大吃一惊，抬头望向岩石，只见那庞然大物正用一只前肢握着某个黑色物件——是它在数数和嗤笑！备后越想越觉惊奇，马上将第二发子弹上膛。砰！又中了。

"两发。"

数数声伴随着嘲笑再次传来。"真是古怪至极。"备后一边在心里犯嘀咕，一边又射出了第三发子弹。

"三发。"

子弹好像击中的是怪兽握着的黑色物件。紧接着，备后又射出第四发子弹。

"四发。"

饶是备后勇猛，这时候也有些慌了神。

"五发。"

怪兽依次数着备后射出的每一发子弹，看着他逐渐乱了阵脚，急红了眼。

…………

"十发。"

数完第十发子弹，怪兽将挡子弹的黑色物件丢向备后。

"备后，你现在已经没有子弹了吧。"

怪兽在岩石上起身站立，目光凛然如炬，整个身子紧绷，一副马上就要扑过来的架势。备后摸了摸腰上的皮袋，里面还有一发之前多铸的子弹。他迅速将子弹送入枪膛，射了出去。只听怪兽一声怒号，随即遁于无形。

备后确信最后那发子弹肯定打中了怪兽，他摸索着走到岩石附近，找寻了好几圈，却没有发现怪兽的任何踪迹。他捡起怪兽投掷的黑色物件，踏上回程。回家路上，备后仔细观察，发现那物件是一个古茶炊盖，上面布满弹坑，这是他方才放枪的结果。

备后回家后，对众人说了怪兽的事情，还将黑色古茶炊盖拿给大家看。他从家仆口中得知，那茶炊盖原是自家府中的东西，不过突然找不到了。备后命人去寻那只家养的猫，结果大家都说从早上起便没再看到过它。由此看来，今日在山谷中为难备后的那只怪兽就是这只猫了。过了五六天，备后房间里臭气熏天。人们掀开榻榻米，发现地板下竟然躺着一只死猫，只见它浑身是血，胸前还有弹痕——正是那只家养的红毛猫。

柴田家担心猫妖作祟，为了平息它的怨气，遂建了一座小祠堂供奉它。

古时的柴田府邸正位于今天的高知市本町四丁目南侧。前些年还能在旧址附近看到那座祠堂，最近几年许多居民楼拔地而起，祠堂也在不知不觉中消失了。

# 炭篓

小供是个失去母亲的孩子。这天晚上，熟睡的他突然被惊醒。房间在二楼，旁边父亲等人都在熟睡，无人起夜。如此说来，楼梯发出咯吱咯吱的声响意味着有人上来了。没过一会儿，拉门果然被轻轻地拉开。那是小供死去的母亲来了。小供心想母亲终于来了，便朝外看去。那个女人把门口的火盆和炭篓挪到一边，朝着小供的枕边走来。但刚一迈步，她衣裙的一角就钩住了炭篓，炭篓在地上转了一圈。就在这时，一旁睡觉的父亲等人一起陷入了梦魇当中。

# 死人之手

　　这则怪谈是我孩提时从隔壁邻居老大爷那里听来的。老大爷年轻时师从他人学习武生棍法，每逢夏夜有闲暇的时候，他就说要教我棍法，还脱了上身的深色葛衣，露出健硕的肌肉向我炫耀。那时还是小毛孩的我总是一脸崇拜，一丝不苟地学习老大爷传授的技法。武生棍击打的是敌人的头部、胯下，老大爷总是让我拿着一根又长又粗的橡木武生棍，然后朝胸前推出，用力敲向他的武生棍。

　　这时老大爷总会一直喊"用力！再使些劲！"，我也很乖，总是使出吃奶的劲，涨红着脸，拼命敲打。

　　于是，老大爷就会表扬我说："对，就是这样，打得好。"因为有技法傍身，老大爷养成了一个习惯，每次外出游历时总会拿根竹子当拐杖，而这竹子里必定会装着一支火铳。这样一位老大爷，有天在堆满杂物的院子里编麻绳时，给我讲起了这则怪谈。也不知这是他的亲身经历，还是哪个琐闻逸事集里的故事，总之怪谈的源头不得而知。

　　沿着溪谷盘旋的山路上有一赶路人在踽踽独行，他抬眼望了下前方，山路漫漫，群山连绵。酡红的夕阳正悄然躲进溪谷的另一侧，拉开黑夜的帷幕。山中秋意浓，路边的柞树、枥木（日本七叶树）的树叶都已枯黄，无须风的拉扯便萧萧落下。地上满眼都是栗树那脱去带刺外壳的深棕色果实，让人忍不住想拾个满载而归。奈何此处乃深山老林，且白日即将过去，于这位旅人而言，现在最要紧的事情是赶路，得趁着黑夜来临前赶快越过这山岭，抵达山那边的村子。

旅人丝毫不做休息，满身疲惫地往前赶路。不知不觉中，脚边不再响起那溪谷清脆的流水声，身后尽是参天巨树。

临近山顶时，夜幕降临，四周开始昏暗，山鸟凄厉地叫了几声，接着周遭突然安静，诡异莫测。山顶上方的夜空里，两三颗星星孤零零地闪着微光。看样子今晚是到不了山那边的村子了，就算折回去，离这里最近的人家也有四公里之遥。旅人内心惶惶不安，这前不着村后不着店的，无奈之下，他只得在夜色中摸索着继续前行。

走了五六百米后，山路开始变得平坦，估计是到山顶了。突然，旅人发现一栋木屋，而且屋内还有火光。他一阵喜悦，按捺住激动的心情，朝那户人家飞奔而去。

狭窄的木屋里，男主人正往地炉里添火。旅人走到屋前，问道："主人家，我要去山那边的村庄，但是夜色已深，不知能否借宿一晚？"

"太好了，我刚好要去一趟隔壁村，正愁没人看家呢！"男主人说道。

旅人解开草鞋，跨过铺着竹苇子的外廊，走到屋内的地炉边上。男主人从悬挂在地炉上方的茶釜中舀了碗水，递了过来。这碗冒着热气的水一下子勾起了旅人所有的饥渴与疲惫，他道了声谢，然后迫不及待地饮了起来。

"今天傍晚我老婆刚刚病逝，所以我得去隔壁村通知一下亲戚，但家里又没有其他人照看。正在为难时，你就来了。麻烦你帮忙照看下。"

旅人一听，后悔万分，心想真不该来，但面子上又不好意思拒绝。况且要是拒绝的话，自己肯定得离开，外面茫茫黑夜正张着大嘴，看着就令人生畏。旅人没办法，只能硬着头皮应下这事，眼睛不由自主地瞟了下那男主人的后方。只见他身后立着一扇对折式小屏风，地上屏风的阴影里似乎有人盖着被子躺在那儿，估计是那死去的女人吧。

男主人从架子上拿下一碟东西，放在旅人面前，说道："要是还有饭就好了，可惜我晚上把饭都吃完了，只剩下这些供奉用的团子。"这团子是栗子团子。

要是这会儿换作别人家用栗子团子招待旅人，旅人肯定感激涕零，他正饥肠辘辘呢！可是，这男主人不仅刚死了老婆，还让旅人在这样的深夜里帮忙照看这深山老林里的木屋，而且还用供奉死人的团子招待他，这让人怎么下得了嘴啊！

"谢谢，我之前在山脚下的村庄里吃了很多，现在还吃不下。"

男主人信以为真，也不勉强，只说了一句"肚子饿的话，请不要客气"，然后打开柜子，拿了一床薄棉被和一个木头枕头放在旅人身边。

"我赶紧去通知下，你休息吧。"

旅人低低地应了声。然后，男主人点了一支小火把，穿上草鞋走了。旅人盯着地炉上方悬挂的茶釜，耳朵却一直听着男主人离去的脚步声。那脚步声越来越远，最后消失了。

旅人望了望尸体，地炉微弱的火光中，尸体的头朝内，只能看到束在头顶的黑发。尸体的枕头边放着一碟同样颜色的团子。旅人赶紧将目光转向茶釜，装作没看见那碟团子。

忽然一阵冷风吹过，后方窸窣有声。旅人一下子面如死灰，身体像被冷水浇透了一般瑟瑟发抖。但他振作了一下精神，告诉自己不可以这么懦弱。为了让自己冷静下来，他还将双手放在肚子上取暖。但旅人还是觉得那尸体如鬼魅般在飘忽，眼睛只敢盯着茶釜，不敢四处乱看。

尽管如此，旅人的眼睛还是禁不住往那边瞧。他强装镇定地告诉自己："你还是不是男人，不就是个死人嘛，看把你吓的！"可事实上，这旅人还是满脑子都是那尸体。

旅人脑子里浮现出一个怪异的影子，那影子长着一张苍白的脸，头发乱蓬蓬的。旅人紧咬住自己的嘴唇，闭上眼睛，强迫自己冷静了下来，然后又睁开眼。但他又不由自主地看向那尸体。

就在这时，尸体内侧忽地伸出了一只枯瘦苍白的手，一把抓起枕头边的一个团子，然后又迅速缩回被子中。旅人一下子就吓得魂不附体，他颤抖着退出屋子，但又害怕山林里的黑暗，只得坐在屋外的外廊上，恐惧不已。可是，他的眼睛还是不受控制地瞟向尸体。突然，一只冰冷的长满浓毛的手从身下一下子握住旅人的右脚。旅人神魂俱失，一下子晕厥了过去。

　　"喂！喂！你怎么了？"一阵呼喊声中，旅人慢慢恢复了意识，睁开了眼。去山脚下村子的男主人回来了，正站在他身旁，旁边还站着两个男人。

　　"怎么了？发生什么事了？"男主人又问道。

　　旅人面朝上直挺挺地躺在外廊上。他咿咿呀呀地喊了两声，然后紧闭着嘴，浑身颤抖着。

　　"怎么了？看到什么可怕的东西了吗？山脚下的村子里来人了，别害怕。"男主人说道。

　　旅人缓缓站起身子。

　　"进来吧。"男主人率先走进屋子，同时也让另外两个男人进屋。

　　旅人恢复了一些精神，便也战战兢兢地靠近地炉。

　　"怎么了？发生什么事了？"男主人问道。

　　"那被子里伸出了一只惨白的手，还抓起了一个团子！"旅人战战兢兢地指向尸体。

　　男主人却一副了然的样子，说道："唉，我那可怜的孩子，我跟他说他娘死了，但他不信，一定要跟他娘睡。所以，我就让他睡在了旁边。那个团子一定是他拿的，没什么好害怕的。"说着，男主人站起身走向尸体旁，掀开了被子。

　　一个四岁左右的小孩正紧紧地抱着死人，在旁边熟睡，手里像拿着什么东西似的。

　　"拿了又舍不得吃掉。"男主人有些悲伤地说道。

　　但是，旅人并没有因此释怀。

　　"后来是不是还发生了其他事？"男主人又问。

　　"我坐在外廊上时，有一只冷冰冰的、毛茸茸的手抓住了我的脚。"旅人说道。

　　男主人一下子笑了，笑声在屋内回荡。他走到屋外，掀开铺着的竹苇子，说道："那是它们啦。"

　　旅人好奇地靠过来一看，只见暗处露出一堆光亮亮的脑袋，十几只小猴子受竹苇子掀开的声音惊扰，正不安地骚动着。

# 牡蛎船

秀夫站在新京桥上，似靠非靠地倚着早已斑驳不堪的铁栏杆，呆呆地望着桥下的河水。四周的灯光倒映在污浊的河水中，水面波纹不生，似担心惊扰了那灯光。这个夜晚，四周的一切落入秀夫那落寞的眼中，都变得毫无波澜了。小桥上人来人往，桥下左侧有一座电影院，里面喧嚣热闹。右侧则是一家牛肉店，三层楼高的小店里宾客满座，人头攒动。但这一切都不会让秀夫的心泛起任何涟漪。

秀夫在镇上的银行工作，周围的朋友们似乎都进入了上层社会，衣冠楚楚，生活优越，只有他显得格格不入。今晚，他如往常那般在租住的小屋内孤独地扒拉完毫无滋味可言的晚饭，接着随意瞥了几眼桌上的杂志，然后去了电影院，打算看场电影，顺路吃碗荞麦面之类的消夜再回家。那场电影讲的是一位乘坐新式豪车的名媛被恶棍掳走的故事，真是索然无味。看完电影，犹不满足的秀夫摇晃着出了电影院，可又不知道接下来去哪里才好，便站在栏杆边发呆。

秀夫想起了上班时与自己同坐一桌的那位同事，据说他在看电影的时候成功交往到了一位姑娘。秀夫认识那位姑娘，她就住在他家对面杂货铺的二楼，每天都会去裁缝学校上课。那姑娘皮肤白皙，身材娇小玲珑，倒也不失为一个美人。秀夫很好奇同事是怎么做到边看电影，边和姑娘搭讪的。他一边想着，一边漫不经心地看

154

着桥下左侧的河面。电影院前的河面上停着一条有当地特色的牡蛎船[1]。船上灯火通明，两个船舱被打通了作为迎客的内室，右边的拉门开着，一位年轻美丽的女招待正提着一个长酒壶站在那儿，秀夫能清晰地看到她的侧颜。室内的客人则背对着秀夫坐在窗子后，看不清样貌，只能分辨出客人的右手握着一只酒杯。牡蛎船前还有一座在夜色中若隐若现的小桥，名为"使者屋桥"。

岸边的柳树刚刚长出天鹅绒般的嫩芽，那柔软的枝条轻轻垂在牡蛎船顶上。淡黄的嫩叶在船上灯火的映照下更添了几分春韵，但这显然对秀夫并无多大吸引力，他只是轻轻瞥了柳枝一眼，便又看向牡蛎船。恰好，那位秀美的女招待也将脸转了过来，朝着秀夫的方向轻轻笑了笑。她的脸红扑扑的，格外好看。秀夫自然知道她定是在与船上的客人说笑，但那若有似无的四目相对又着实让秀夫感到有些不好意思，于是他便将视线转向了牛肉店的二楼。他忽然想起五六天前自己的一个朋友去过那条牡蛎船，还听船上的女招待弹过一曲筑前琵琶。不如自己也上去看看吧？心中虽有此想法，足下却仿若有千斤重，秀夫迟迟无法迈出脚步，似乎眼前有一块看不见的幕布阻挡着自己。

秀夫听人说过，牡蛎船上除了有牡蛎，也有不少西餐，那么自己上去点上一两盘西餐，再点上几杯啤酒，应该是十分惬意的。西餐配啤酒，他也和朋友享用过几回，所以想必不会丢脸。至于小费嘛，一般给个五十钱就行了。下定决心后，他从栏杆处离开，朝着河岸走去。牡蛎船旁边的柳树下有一个停车场，里面已经停了许多车，边上是一个可供车夫休息的小屋子。小屋旁边摆着几个露天的小摊，摊子上摆满了锥栗之类的吃食，电影散场后，看客们便会顺道过去买上一些。秀夫从小摊前经过，一直走到使者屋桥的桥墩处，看着眼前的牡蛎船。走下几级台阶后便可进船了。可明明已经走到跟前了，秀夫却怎么也迈不开步子了。

秀夫慢慢后退，一直退到了方才的新京桥边。他再次望向船内，那位美丽的女招待此时已经拿起了琵琶。秀夫想着，她的歌声一定动听如银铃，可惜离得太远，听不清。莫非朋友所说的弹琵琶的女招待就是她？

---

1　一种停靠在河边，专门提供牡蛎给食客享用的船只。——译者注

就在秀夫犹豫不决时，女招待又向他看了过来，本就红润的双唇变得鲜艳欲滴。不过，秀夫觉得今晚去船上有些不合适，索性明天不吃晚饭，去船上吃好了。他摸了摸怀里揣着的十元钱，默默盘算起明晚的花费。若是点上一两盘西餐，外加一瓶啤酒，按照上次与朋友去吃西餐的花销来看，有个三四元钱也就足够了。

第二天，秀夫趁课长不在，向那位去过牡蛎船的朋友打听了一下船上的大致花销。到了傍晚，他先是回家泡了个热水澡，然后饿着肚子一直等到了夜幕降临。走到新京桥后，他看了看那条牡蛎船，船舱左侧的拉门大开，里面坐着两个看似客人的男子。

秀夫从昨晚就决定今晚要上船消费了，所以今晚他面前可没有幕布阻挡。他脚下不停地一直走下通往牡蛎船的台阶，只见入口处设有一个小小的电话间。

"来客人啦！"

从左边传来招呼客人的男人声音，那里大概就是厨房所在。紧接着，一个身材娇小的女招待快速走出，秀夫循声望去，只见这个女子的左眼似乎闪着光。在女招待的引领下，秀夫穿过一小段走廊，走廊尽头左侧是一个拉门半开的小房间。女招待将秀夫迎进小房间。秀夫进门后四下观察了一番，便知道这就是他昨天在对岸看到的"右边的房间"。

地上摆着一张矮餐桌。秀夫回忆了一下昨晚背对着自己的客人，推测他就是坐在这儿的。正想着，女招待已经折返回来，手里端着一个火盆。

"请问您想吃点什么呢？牡蛎吗？"

隔壁的房间就是他刚才过来时看到的那个房间，隔着墙板都能听见那头的欢声笑语。秀夫暗自揣测，那位漂亮的女招待大概也在隔壁吧。

"你们这儿有西餐吗？"

秀夫点了两盘西餐和一瓶啤酒，他很努力地模仿着上次朋友点餐时的样子，以免被女招待当成没见过世面的乡下人。女招待出去准备餐点时，他转头看向那个昨晚美丽女招待似乎坐过的地方，心想这牡蛎船上的女招待大概讲求专责制度，每个女招待只会服务一位客人吧。要是她能来这里就好了。正想着，房间外响起了脚步声，一个梳着圆髻，长着一张月牙脸的女招待端着放有啤酒和酒杯的托盘走了进来，秀夫昨晚也见过这个女招待。

女招待为秀夫斟酒时，秀夫差点就要打听那位弹琵琶的漂亮女招待在哪儿了，可转念一想，这么问未免太过唐突，便又把话咽了回去。

"请稍等，您的菜马上就来……您以后可以多带几个朋友来啊。"

女招待不是本地人，不过她还是尽量模仿本地方言，与新来的客人亲切交谈，乍听之下有些好笑。聊久了，秀夫觉得放松了不少，便顺势问道："昨晚好像有位漂亮的姑娘在这里弹琵琶吧？"

女招待想了想，便笑着答道："就是刚才进来的那位姑娘啊，弹得很不错吧？"

"是吗？就是她啊。"

可秀夫还是觉得不对。虽然刚才那位女招待长得也不算丑，但脸上毫无光泽，绝非自己昨晚看到的那个面色红润的女子。

"让您久等了。"

最初接待秀夫的那位女招待端着两盘西餐进来了。

"这位客人说他昨晚看到你弹琵琶了。"梳着圆髻的女招待笑着对她说道。

"那他有没有说我长得好看呢？"

"有啊，他说是个漂亮的姑娘弹琵琶呢，你可得好好招待人家哦！"

秀夫不好说什么，只好笑而不语地看着那位女招待闪着亮光的双眸。他很纳闷，区区一个晚上，这个女子怎么会有这么大的改变呢？无论是脸形还是皮肤，都不像是同一个人。

秀夫有种被骗的感觉，瞬间变得毫无兴致。吃完饭后，秀夫便直接回家了，但他还是对刚刚的事很不解。第二天晚上，他吃过晚饭后，又想去见见那位弹琵琶的漂亮女子，便再次来到了新京桥上。

牡蛎船右侧的拉门依旧大开，那位美丽的女招待又坐在那里弹起了琵琶。秀夫倚在栏杆上一直看着她，不舍得移开目光。这时，美丽的女招待也转头望向秀夫，红唇轻轻扬起，莞尔一笑。秀夫就像着了魔般，迅速赶往牡蛎船。

梳着圆髻的女招待与另一位娇小的女招待很快迎了出来，似乎早就料到秀夫要来一般。秀夫跟着圆髻女招待走进左边的房间，一路上仔细听着琵琶声，却什么也没听到。他让女招待为自己准备西餐和啤酒，待女招待走出房间后，他连忙起身，悄悄拉开隔门，观察隔壁房间内的情况。只见那位脸色暗淡，眼中闪着光的女招待正拿着一个长酒壶。

"您在看什么呀？"

"我刚刚似乎听到了琵琶声……"

秀夫说着，又返回餐桌前。

"您是想看漂亮姑娘吧？她刚才是在弹琵琶，现在已经弹完了呢。"

"啊？可我刚才在对岸还看到她在弹奏呢。"

"这不是过了一会儿了嘛。"

"奇怪了……"

自己走过来不过几分钟的工夫，怎么就刚好弹完了呢？大概是这个女招待搞错状况了吧。一想到看不到那个漂亮姑娘，秀夫也就无心吃喝了，一个小时后便走出了牡蛎船。经过新京桥时，他又忍不住回头看了一眼，只见那位漂亮的女招待竟然又出现在右边的房间内，只是手中空空，不见琵琶。不知为何，秀夫的目光被她牢牢吸引住，竟一步也挪不动了。

莫非这位女招待身份特殊，并不接待自己这样的一般客人，而是被某些金主包下了？秀夫越想越觉得自己的推断是正确的，他下定决心，等拿到下个月的工资后再去，然后便怅然若失地走过新京桥。

第二天傍晚，突降暴风雨，直到十点过后才平息下来。秀夫都已经钻进被窝了，一看风雨消散，便又想去新京桥看看了。方才因暴雨而行人稀少的大街上，此时又恢复了热闹景象。

秀夫走到桥上后，不由自主地看向那条牡蛎船。今日船上所有的拉门都紧闭着，客室内吵闹声一片，似乎是几个年轻的醉汉在大声喧闹。

"晚上好。"

一个年轻女子的声音传来。秀夫觉得这女子应该不是在跟自己说话，但还是好奇地转头看过去，岂料映入眼帘的竟正是牡蛎船上那位美丽女子的脸庞，那张秀美精致的小脸不正和自己日思夜想的容颜一样嘛！

秀夫不知该说什么，只是看着女子。女子微微一笑，开口道："今晚怎么没来找弹琵琶的姑娘啊？"

秀夫闻言，尴尬不已。

"我正要回家呢，若是不嫌弃，您可以来我家坐坐，家里就我一个人。"

"真的可以吗？"

"当然可以啊，您跟我来。"

是夜，香囊暗解，罗带轻分，秀夫与那女子一场欢愉后沉沉入睡。第二天，一阵奇怪的声音将秀夫吵醒。秀夫睁眼一看，那屋子、那床竟都不见了，自己正躺在一片潮湿的枯芦苇丛中。一位白发苍苍的老者正撑着船穿梭在芦苇丛中，口中不停地喊着："喂，喂！年轻人！快醒醒，快醒醒！"

秀夫一下子惊醒了。

"这是哪里？"

"这里叫作弁天岛。你一定是被那漂亮的寡妇神勾引了。再不起来，可就永远起不来了哦！"

# 变成尼姑的老婆婆

南无阿弥陀佛，南无阿弥陀佛……这件事说起来罪孽深重，但也算荒唐可笑，所以讲出来给诸位听听。有一年，东本愿寺的住持大人下山巡礼，算来应该是在文政二年（一八一九年）、三年（一八二〇年）前后。我记得当时自己还没成亲，走街串巷卖点小菜。住持大人已经很久没有下山了，因此这个消息一传出，何止江户，远近各地都沸腾了。激动的信徒们生怕江户的人太多，无缘一睹住持的真容，都想着不如到箱根一带，跟着住持的轿子一起走，或许有幸能看上住持一眼。于是从藤泽到小田原，沿途都是满怀期待的信徒。

住持到来的那天，我也早早地停了买卖，打听着住持的行程，赶到铃森等着。正是花开时节，阳光和煦，没有一丝风。路边早已被挤得水泄不通，连海滩上都站满了人。这天天气暖和，信徒又多，人人额头上都冒着汗。潮水正在消退，布满海苔的三角洲露出水面。然而，没人顾得上下去捡贝壳、采海苔，只有几只白色的海鸥在自由自在地戏耍。往远处看，成群的海鸥像天空中飘浮的云朵。房州的群山在"云朵"间若隐若现。

没多久，住持大人的队伍从远处缓缓靠近。"南无阿弥陀佛，南无阿弥陀佛"的念佛声在人群中一阵阵响起。路两旁的信徒们像疯了一样拼命拥挤，想要看一眼住持的坐轿。无奈人实在太多，又有高大的树木遮挡，不是每个人都能看见。一些心急的人只能跟着念"南无阿弥陀佛，南无阿弥陀佛……"。

开路的僧兵走了过来，住持大人的队伍紧随其后。人群中念佛的声音一浪高过一浪，所有人都在拼命朝前挤，住持大人的队伍被冲得一会儿向右走，一会儿向左走，根本走不成直线。

住持大人的坐轿终于来到我面前。念佛的声音如同海啸般涌进我的耳朵里。人们争先恐后地扑倒在地上，对着轿子跪拜。队伍前行的道路彻底被封住了，轿子动弹不得。其实轿子挂着厚厚的帘子，根本看不到里面的住持大人。所幸我站的位置比较靠前，能够清楚地感觉到轿子里面有人。南无阿弥陀佛，南无阿弥陀佛，南无阿弥陀佛……

就在这时，一个身材高大的老婆婆拨开人群，从我背后冲出来。我一个没留神，差点被她推倒。

人群中响起了叫骂声："老太婆干什么呢？""死老太婆，别干这种缺德事！"起初我也有点生气，但看到眼前这混乱的情形，我心想，就当她是我的一个老朋友，在跟我开玩笑吧。我开始仔细观察老婆婆的一举一动。老婆婆头发花白，梳着一个小小的发髻。她越过我之后，直直地冲向轿子，一头顶开帘子，把脑袋扎了进去。看到她做出这种举动，我真是又怒又怕——这么胆大妄为，就不怕神佛降罪吗？突然，老婆婆的头好像被人推了出来，身子踉踉跄跄地向后倒。住持瘦长白皙的手抵在她的额头上。我寻思一定是住持觉得被冒犯了，就将她推了出来。老婆婆稳不住身子向后倒，就证明了这一点。

但远处的人可看不了这么仔细。看到住持的手抵在老婆婆的额头上，大家都以为住持额外施恩，抚摸了老婆婆的头。

"住持用手碰她了！真是三生有幸！南无阿弥陀佛，南无阿弥陀佛！"

"住持用手碰那个老太婆的头！南无阿弥陀佛，南无阿弥陀佛！"

"她可真是走运！太走运了！"

"怎么让那个老太婆沾了住持的福气！可惜了！"

人们都向老婆婆围拢过来，纷纷伸出手来想要摸一摸老婆婆头上被住持碰过的地方。老婆婆开始还转身想躲，无奈人越聚越多，终究躲不过去。这时，一个年轻的男子伸手拔了两三根老婆婆的头发。老婆婆疼得抱住头想要逃走，却被人群团团围住，根本动弹不得。不一会儿，又有一个老人学着年轻男子的样子拔了她一绺头发。慢慢地，伸向老婆婆头上的手越来越多。老婆婆疼得放声大哭，但疯狂的信徒们全都听不见。很快，她的发髻被扯散了。周围的人动作越来越大，生怕慢一点就轮不到自己了。

"救命！救命！"老婆婆胡乱挥动着双手，但没有人理会她。住持大人碰过的头发，该是何等珍贵啊！不停地有人围上来，从老婆婆的头上拔走头发。

老婆婆的意识似乎已经模糊，像死人一样任人推来晃去。没过多久，她的头发就被拔得一根都不剩，像个尼姑一样成了光头。人群丢下老婆婆，继续像潮水一般追随着住持大人的队伍而去。我也裹在人流中，被推着往前走去，不知道后来老婆婆到底怎么样了。想想她也真是可怜。不过，这可能就是佛祖的安排吧。南无阿弥陀佛，南无阿弥陀佛……

# 过路魔

故事发生在德川幕府时代。一日黄昏，一位住在江户城台地的武士方便完后，正在洗手。突然，洗手盆下的叶兰中钻出了一张紫色的人脸。

这武士胆量过人，并没有声张，脸色也异常平静，只轻描淡写地嘟囔了一句："这是什么怪东西。"随后，那张脸便消失了。

武士若无其事地走进了房间。片刻之后，他便听到右边的宅子里乱作一团。他竖起耳朵仔细听，想知道究竟发生了什么，却听到有人大喊大叫着跑进了他家的玄关。武士赶忙出去查看，原来是邻居家的仆役。

仆役惊慌失措地说道："我家老爷突然精神失常，嘴里一直念叨着'有妖怪，有妖怪'，把我家夫人和少爷都砍伤了，您快来看看吧。"

原来，邻居家的老爷是因为看见了过路魔才发疯的。

# 灵 伍

収录于作者一九二三年出版的怪谈小说，
该作品为作者所著的日本怪谈小说集。

霊

原稿现存于日本九州长崎中古书店，
于首版五十七年后由"悉桑派"译者探访获得。

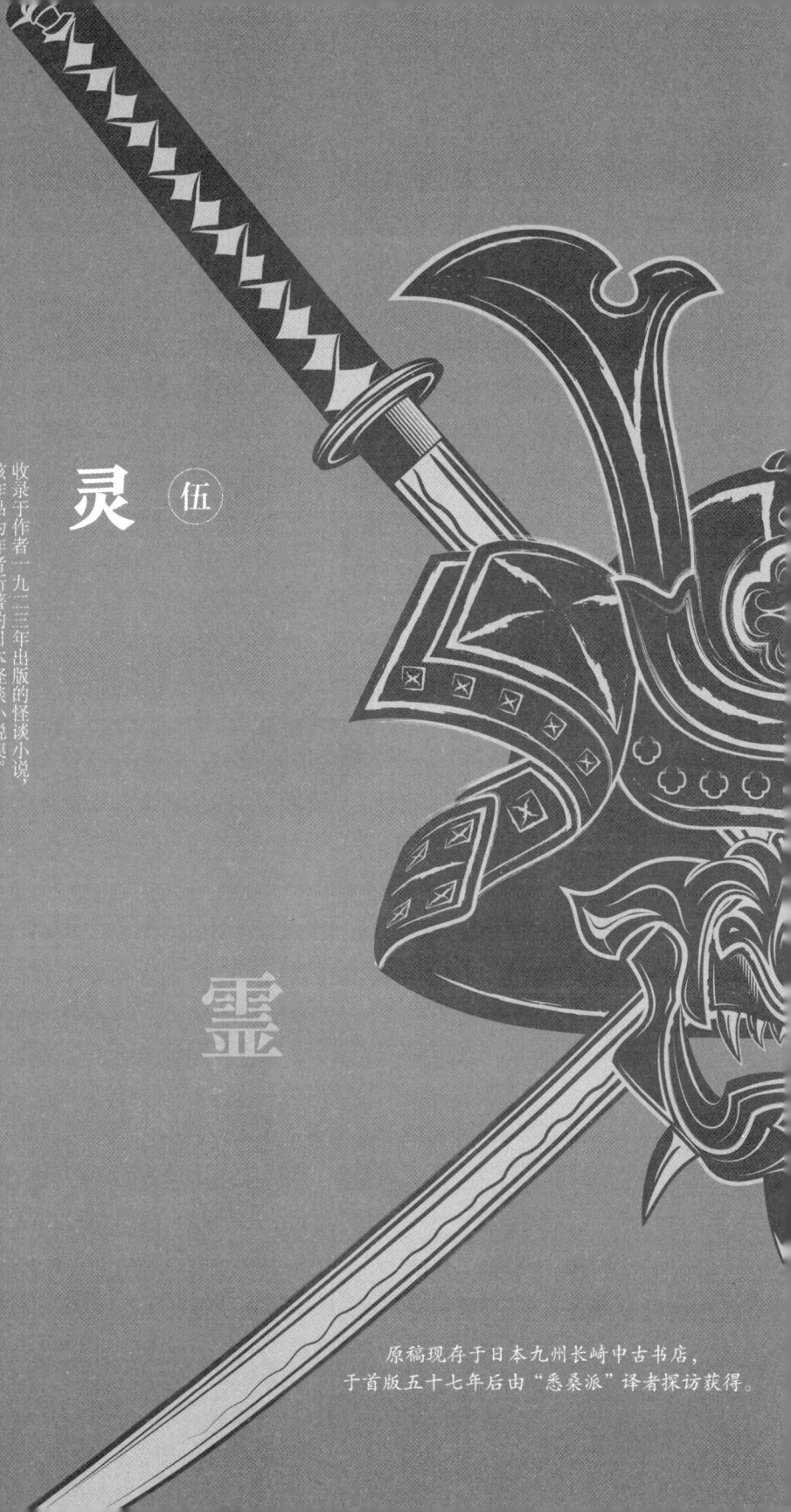

# 朝仓一五〇

今天要讲的是发生在西洋画家桥田库次先生身上的故事。

彼时的桥田先生还是个少年，话说某一日，他替人跑腿前往吾川郡的弘冈村，夕阳西下时才踏上返程之路，路上经过一个名为荒仓的小山坡，传说那一带时有鬼火燃起，还有貉出没。

少年桥田对魑魅魍魉是唯恐避之不及。

那一日，桥田是骑着自行车去的，骑了没多久，就到了这荒仓山坡脚下。他从自行车上下来，推着车一步一步往坡上走。那时候天色昏暗，路上连个人影也没有，煞是寂寥。就这样，他走啊走，终于走到了坡顶。

坡顶有一家茶铺，铺子门口停有一辆黄包车，只见车上挂有一盏亮着的灯笼，上面写着"朝仓一五〇"。

这么看来，估计车夫是朝仓的吧。

管他呢，先休息一下再说。桥田这么想着，就朝茶铺门口走去。就在这时，从他身边传来一个声音。

"小哥儿，你迟早要上车的。"

迟早要上车？这说法真是怪异极了。

桥田心中不禁有些发毛。于是，他只闷哼了一声"嗯"，连去茶铺休息的想法也打消了，毫不犹豫地骑上自行车，直奔下坡路而去。

由于这一段下坡路很陡，自行车嗖嗖地往山坡下冲去。然而，就在桥田刚骑到路中间时，突然从他身后驶来一辆黄包车。从桥田的自行车旁经过时，黄包车的车辘辘竟没有发出一丁点声音。

桥田满腹狐疑，心想这是什么车啊，于是便向那黄包车看去。只见车上挂有一盏灯笼，上面写着"朝仓一五〇"。

桥田登时瞠目结舌。他可是拼了命地蹬自行车，才这么一会儿工夫，就被黄包车追上了。速度这么快，肯定不是人能做到的。

桥田想，这着实有些离奇。

最后，桥田终于抵达山坡下，他面前突然出现了两条岔路。要是走左边的这条路，会去往朝仓连队。

桥田正思索着，突然视野里出现了一辆黄包车，那车简直像是从地底钻出来的一般。黄包车飞速拐向了通往朝仓连队的那条路。

"哎呀！"

桥田心里吃了一惊，朝那辆黄包车看去。

果然，那车上也悬挂着一盏灯笼，上面写着"朝仓一五〇"。

# 泛白的西服

阿务离开电车道口，向小山走去。此前他一直注视着往来的电车，但每次想要纵身一跃时，总有一些意想不到的情况出现，导致他的计划落空。

他的大脑一片混乱，只好再找其他地方寻死。

他就怀着这份焦躁不安的心情，迈开了脚步。

电车线路的这一侧是有着一大片耕地的高耸山丘。随着电车线路的开通运行，这一带成了文化住宅区，白日里乘电车从窗户向外看去，透过山中重重树影，能看见那鳞次栉比的青瓦或红瓦房。在初春时节，还能在小山侧面寻得山茶花，或红或紫的杜鹃花也依稀可见。

那条路上的路灯是由住宅区联合会修建的，此时正发出点点光亮。由于已经是夜里十点多了，路上几乎见不到什么人影。

路灯发出的光亮映衬出阿务苍白的脸。他爬上了颇为陡峭的小山侧面。路灯的光照亮了生长在道路左右两侧的细长红松和粗壮黑松的树干。

阿务回忆起，只需再沿这条上坡路走上一段，再向右拐，就会看到一条小径。

生于此地、长于此地的阿务对这一带的地理情况十分熟悉。那小径就在眼前了。他沿着小径往右边走去，那里是附近住宅区的人们早晚散步的去处。

阿务之所以走上这条小径，是因为他将小径的尽头视为自己寻死之地。

那条小径的中间有一段路是凸起的，路旁设有一个路灯。寻死的焦虑与留下妻子独活的悲伤，还有对前路无望的懊丧，在阿务的脑海里交织。他脑海里浮现出一个女人的形象，女人的脸庞瘦长苍白，嘴唇发紫，骨架宽大。

马上就要走到小径的尽头了。红松的树枝从道路左侧垂下来，位于阿务头顶上方。小山上星星点点的路灯发出清冷的光亮。阿务刚要往下走，突然驻足直愣愣地盯着那树枝。之后，阿务用双手解下系在身上的腰带，将这长长的腰带一头打结扔向树枝间。可是，腰带没能挂在树枝间，而是掉落在地。于是，阿务像刚才那样又扔了一遍。

这一次，腰带那一端穿过树枝，垂落到阿务面前。他迅速将垂下的一端与手里握着的一端在自己额头左右的高度打成结。

他就这样呆立了一会儿，犹如石像般一动不动。过了一会儿，他像是想起了什么似的，两手攥住腰带就要往上蹿。

"你在做什么?!"

阿务耳边突然传来一声呵斥，与此同时，他的右手腕一下被人抓住。阿务那即将悬在半空的身子落回到地上。

"这不是阿务嘛!"

对方惊讶不已地说道。说话人温热的气息传到阿务脸上，阿务惊恐万分地瞪圆双眼。

"是我呀，我是正义!"

阿务看着穿着一身泛白西服，长着一个鹰钩鼻的哥哥。

"啊……"阿务一时语塞。

"我听说你去仓知先生家了，我想顺路过来打个招呼，也没提前跟你说一声……你为什么要做这种傻事啊?"

"哥，我……我做了一件对不起你的事。"

原来，去年八月，阿务的两个孩子先后得了斑疹伤寒。阿务没有经过允许，便拿属于哥哥正义的地产做抵押，借了一大笔钱。

阿务的父亲生前是园丁，借钱给阿务的便是雇父亲工作的东家仓知一家。阿务的工作也是仓知先生给介绍的，而且仓知夫人为人谨慎，她告诉阿务说，那钱是她从别处帮他借来的。

阿务心想，仓知夫人的说法不过是托词，这笔钱一定是仓知家出的。所以，眼看利息一天天上涨，阿务也没有放在心上。

谁料今天早上，阿务突然收到了在中国济南经商的哥哥寄来的一封信，信上说如今中国动乱，买卖不好做，哥哥打算将店面盘出去，近几日就回日本。

阿务慌了，为了不让事情败露，他一下班就去了仓知家，缠住仓知夫人，恳请她把抵押书退回。

可到了那儿，阿务大吃一惊。仓知夫人告诉阿务，因为他欠钱不还，那抵押书已经被转手了，但是如果他能马上凑齐六百元钱的话，兴许还能挽回。

阿务借的本金才不过三百元。当初，他顶着哥哥的名字签了借款协议，也盖了哥哥的章。

哥哥正义是父亲前妻的孩子，与阿务是同父异母的兄弟。长兄如父，家里一直是正义在操持，胆小的阿务如今做出这样的事，自然是无颜面对哥哥。

"对不起我的事？让你感到有愧于我的事情，无非就是你把家里的地产抵押出去借钱吧。那地产我原本就打算转让给你，就算那地产没了，我也不会说什么的。"正义说到这里，像是想起了什么，忙又道："有人过来看见咱们这样可不好，我都已经回来了，你什么都不用担心。咱们回去吧。"

不知何时，哥哥正义原本攥着阿务的手已经松开了。听完哥哥的一番话，阿务如释重负。他赶忙将打了结的腰带解开，急匆匆地系回身上。

"不过，这地产究竟是怎么一回事啊？"

"哥，实在对不起。去年八月，义隆和千鹤两个孩子感染了斑疹伤寒，必须要住院治疗。所以，我就拿着地契去求仓知夫人借钱给我。仓知夫人跟我说，她从别处帮我借到了钱，需要我带着借款的文件过去，借款人那一栏空着即可。我听了她的话，带着文件过去，借到了三百元。利息涨了一倍，我心想，我借的准是仓知家的钱，等到年中和年末领到奖金，把欠款一并还了去就成。谁知今天早上收到你寄来的信，说你即日回国。我心里惦记着抵押书的事情，所以一下班就去了一趟仓知家。结果，仓知夫人告诉我说，那笔钱是其他镇上一个叫木村的人放的贷，木村是专门做地产买卖的，因为我一直没有还钱，家里的地产就归他了。我着急得不得了，问夫人难道只能坐以待毙吗？夫人又跟我说，要是能立马弄到六百元的话，说不定还能把抵押书要回来。"

"我知道了。六百元啊，就为了六百元，把祖辈留下的土地拱手让人，实在不甘心。行了，我现在就去把抵押书要回来，我有钱。"


仓知家位于电车线路对面的一座小山坡上。仓知先生在五六年前过世了，他生前在一家小银行担任要职，所以一家人迁往此地。

阿务回去之后，仓知夫人在里间屋子与来客商谈。那来客是时常与仓知家来往的在中介公司工作的年轻男人。

不久，婢女来传话说，有一个叫山冈正义的男人请见。

仓知夫人已经从阿务那里得知正义来信说要回国的消息，所以对正义的来访，她丝毫不惊讶。她吩咐婢女带正义去会客室候着。婢女退下后，仓知夫人与年轻男人对视了一眼，然后她扬起绛紫色的嘴唇，轻笑起来。

仓知夫人很快就来到了会客室。只见身着泛白西服的正义凛然坐在那里。

"哎呀，山冈君，别来无恙啊！"

"好久不见了，夫人。这些日子，多谢夫人对舍弟和我们全家的关照。"

"哪里哪里，我要多谢你们的关照才是。"

"不敢不敢。此次前来是有要事与夫人相商，我就开门见山了。我要说的不是别的，正是舍弟向您借款一事。"

"啊，你说这事啊。"

正义铿锵有力的声音传到仓知夫人耳畔，引得仓知夫人有点不寒而栗。

仓知夫人原本为了赚点利息，把钱借给了阿务，但手头还是有些窘迫，于是她听了年轻男人的诡计：把山冈家的土地占为己有后，再转手卖出去，大赚一笔。那时候，仓知夫人沉迷于男色，家中的钱财、地产都被她挥霍空了。

"此前听舍弟仔细解释了一番，我对此事已十分了解。现如今不敢再有劳夫人，我已经把六百元带来了，请夫人把舍弟给您的抵押书还给我吧。"

抵押书就在仓知家，但此时交出抵押书，对仓知夫人不利。

"你说抵押书啊……"

仓知夫人正想蒙混过关，正义又说道："抵押书必然是在夫人府上，因为我已经打听到木村家中并无抵押书。"

仓知夫人心里直犯嘀咕：莫非这正义还真的去木村家调查了一番不成？事到如今，纸包不住火了。

这时，正义从上衣口袋里掏出复古式钱包，从里面清点出六张纸币放在桌上。

"现在时间已晚，细枝末节的事，我们改日再商议，今天还请夫人无论如何都要将抵押书交还给我。"

"既然如此，那好吧。"

仓知夫人转身离开房间，不一会儿便拿着一张文书回来了。

"这是夫人要的那笔钱。"正义把纸币递给仓知夫人。

"那这抵押书给你。"

正义与仓知夫人一手交钱，一手交抵押书。拿到抵押书后，正义从上衣口袋里掏出火柴，点燃一根后，引燃了抵押书的一角。那抵押书顷刻间燃烧起来。正义将燃起来的抵押书丢到一旁的火盆中，看着仓知夫人的脸，缓缓道："那我就告辞了，多有叨扰。再次感谢夫人。"

语罢，正义便走向玄关。

仓知夫人愣了一会儿，待她回过神来，已不见正义的踪影。

阿务那时一直站在仓知家门口等着哥哥正义。没过多久，阿务就打远处看到了穿着泛白西服的正义。

"事情解决了，我已经把那抵押书用火柴烧了，你不用再担心了。"

听到这话，阿务长舒一口气。

"我还要去个地方，你先回家去吧。"说完，正义便离开了。


阿务自己先回了家。

家中，阿务的妻子已经备好了薄酒小菜，两人一同等待正义回家。但正义那晚并没有回来。

阿务心想，可能是太晚了，哥哥留宿在他前去的那个地方了吧。第二天，阿务打电话去公司请了假，一心要等哥哥正义回来。这时，仓知夫人怒气冲冲地破门而入，叫嚣道："昨天夜里，我家里并无盗贼入室，可你哥哥给我的那笔钱不翼而飞了！你得给我个说法！"

仓知夫人的意思是正义用了什么见不得人的奇怪手段骗了她。

就在这时，突然有电报传来。阿务心想，这估计是哥哥从昨晚留宿的地方发来的电报，便急忙打开看，只见电报上清楚地写着："山冈正义夫妇在中国不幸遇难，还望节哀。旅居中国日本人俱乐部泣告。"

看完这封电报，阿务的脸一点点变得惨白无血色。仓知夫人不知发生了什么事，好奇不已，在一旁瞥向阿务手中的电报。看完电报，仓知夫人吓得弹起身来，跑向门外。

山坡下的电车道口没有人值班，仓知夫人急匆匆地跑着穿越过去，全然不知她右侧正有一辆电车飞速驶来。就这样，只顾着跑回家去的仓知夫人命丧车底了。

# 摘虎杖

女画家伊藤美代乃女士来自秋田，在她还小的时候，有一年晚春时节碰到了一件怪事。

有一天，她和邻居家的几个小孩子一起到村子后面的田地里玩耍，大家一起摘了许多虎杖。这时候，突然来了一个陌生的老人，伸出手对他们说："给我几根吧。"大家就分给老人两三根虎杖。老人也不剥皮，一口就吞了下去，吃完又伸出手说："再给我点吧。"大家又给了他几根。老人还是一口吃完，接着又伸出手来要。孩子们把摘到的虎杖全都给了老人，老人依旧是三口两口就全部吃下了肚。

吃完，老人似乎意犹未尽，对孩子们说："我特别喜欢吃虎杖，一天没它都不行。哪里虎杖生得多？你们带我去吧。"老人看着忠厚老实，孩子们早就叽叽喳喳和他混熟了，一个个热心地叫着："去杉树林那边，那里面虎杖多得很。"于是大家带着老人，沿着公路朝杉树林的方向走去。

路上有一条小水沟，孩子们平常都是一跃而过，今天也想带着老人一起跳过去。不想老人一屁股坐到沟沿上，沮丧地说："这么大一条河，我跳不过去呀！"孩子们都觉得奇怪，七嘴八舌地说："怎么会跳不过去？老爷爷真是胆小。这么小的水沟，没事的。"大家拽手的拽手，推腰的推腰，带着老人过了水沟。往前走不多远就到了杉树林，这里满地都是虎杖。老人看起来非常高兴，一把摘了五六根，吃了下去。吃完后，老人满意地擦擦嘴巴，从怀里掏出钱包，摸出一把银币，给孩子们每人分了一枚，高兴地说："拿着吧，这是给你们的奖励。"说完，老人立刻蹲到地上接着吃起来。看老人吃得开心，孩子们都觉得有趣，围在他身边看。

这时太阳慢慢落下山去，乌鸦的叫声在树林里回荡，周围也暗了下来，已经是傍晚了。孩子们有些害怕，有人说："我们回家吧。"还有人说："再不回去，要被妈妈骂了。"孩子们正要往回走，一直专心致志地吃着虎杖的老人忽然抬起头来问："我的家在哪儿啊？"

听老人说话奇奇怪怪，孩子们开始觉得他可怕起来。他们一边后退，一边准备逃走。忽然，老人指着孩子们的方向大叫："狐狸，狐狸，狐狸！"边叫边想站起身来，结果却一下子坐到地上动弹不得，只能用发颤的声音一遍遍地大叫："别碰我，别碰我，别碰我！"

过了一会儿，老人突然双手合十，对着孩子们的方向跪拜起来，嘴里还嘟哝着："拜托了，拜托了，拜托了。"孩子们不知道老人在做什么，又不敢逃走，就远远地看着他。忽然，一个孩子大喊一声"有狐狸！"，接着拔腿就跑。其他孩子也大叫着"狐狸，狐狸"，拼命逃回了家里。

听孩子们说有这么奇怪的事，村里有些好事的人就去杉树林查看。去了以后，发现老人赤身裸体地倒在杉树林出口的田地里。大家走到老人旁边，叫了两声："喂，你怎么了？喂！"没想到死了一样的老人突然像牵线木偶似的翻身跳起，手脚着地像狗一样逃走了。

村里人觉得奇怪，就想追上去查清楚老人到底是什么人。但老人也没做什么坏事，不能像追坏人似的追，把他逼急了惹出事来也不好。结果众人的脚步一慢下来，老人也慢下来，贼眉鼠眼地向后瞧，那姿势、神态怎么看都不像是人类。大家觉得奇怪，就接着追下去。众人追，老人就逃。众人慢下来，老人就慢下来向后看。不多久，老人在往一本杉方向去的路上消失了踪迹。

据说，一本杉自古以来就有狐狸精出没。

# 末班车上的鬼婆婆

时代在变，奇闻异事也跟着一起变。就说刚发明轿子时，民间多流传着妖魔鬼怪坐轿子的异闻。再说有了黄包车后，人们又谈起那后座上载着的魑魅魍魉。更别说随着马拉铁道车的问世、火车时代的到来，以及电车、小轿车、载客飞机的登场，妖魔鬼怪乘坐这些交通工具的奇谈也都应运而生。

今天要说的故事发生在一九二四年春天的一个晚上，一辆末班电车正经由比芝宇田川町开往三田站，车上突然多了一位乘客。这是一位六十来岁，步履蹒跚的老婆婆，只见她身后背着布包袱，面色焦急。当时电车行驶到大门站与金衫桥之间，列车员正想检票，这位老婆婆却嗖的一下消失得无影无踪。

后来有传闻说，这老婆婆其实是个怨魂，她生前在神明町经营一家木屐店。在前一年年末的一天，老婆婆借了限期一日的高利贷，在回家的路上却意外被电车碾死在宇田川町一家鸡肉店的门口。

当时老婆婆的钱包里有三十文钱，想必是这老婆婆还对那钱恋恋不舍，所以才会变成鬼魂，乘坐从芝站开往麻布站一线的电车吧。

再后来，还有人说从大门站到金衫桥这一段线路事故频发。

这件事甚至惊动了电车管理局，以至于他们在宇多川桥的桥尾搭建了一座佛家的无缘塔，想送这漂泊的鬼魂西去，也不知是真是假。

# 民间故事

陆

收录于作者一九二二年出版的怪谈小说，该作品为作者所著的日本怪谈小说集。

民話

原稿现存于日本近畿滋贺中古书店，于首版五十七年后由"悉桑派"译者探访获得。

# 寄席[1]

稍稍上了年纪的人，应该都记得八丁堀一带有一家名叫冈吉的专门唱曲的戏馆。这家戏馆的老板是一个叫作阿米的奸商。

阿米的叔叔是个僧人。某一日，叔叔准备外出云游四方，因为僧人出游不需要银两，他便把自己的三百元金币寄存在阿米这里，然后就启程了。但在云游的过程中，叔叔不巧生了病，便提前结束行程回到东京。回来后，叔叔去找阿米，想要取回自己寄存的钱财。但是叔侄俩见了面，阿米却摆出一副惊讶的表情说："叔叔，您别随便开玩笑啊！您说的可是三百元巨款啊，我什么时候收了您这么大一笔钱啊？"

阿米一口咬定自己不知情，叔叔非常生气。

"我哪里开玩笑了？明明就是寄存在你这里的！"

"好，就算寄存在我这里了。叔叔，虽说咱们是叔侄关系，但是这件事情和别的事情不一样。这可是三百元巨款啊，您在我这里寄存这么大一笔钱，肯定留了凭证吧。凭证在哪儿，拿出来看看啊！"

---

1　寄席指的是表演日式相声和曲艺的场所。——译者注

寄存钱财时，叔叔想着都是自家人，不需要留什么凭证，所以现在自然什么也拿不出来。

"我现在什么凭证也拿不出来，你小子是早就算计好了吧！你现在和我说凭证，怕是早就惦记上我的钱了！"

"惦记您的钱？您也不怕说出去外人笑话。您出去问问，谁不知道我冈吉阿米的为人！虽然您是我叔叔，但您要是这么给我泼脏水，我可发火了！您有证据吗？如果有，您拿出来啊！"

叔叔看阿米气势汹汹，说什么都是白说，于是不再争辩，悻悻而归。第二天，叔叔再次去找阿米讨说法，但阿米一口咬定自己没收到钱，根本不理睬叔叔。叔叔被自己一直信任的侄子骗去了大笔钱财，自然懊悔不已。但他并不甘心，准备再次前去找阿米，拿出强横的态度和阿米算清这笔账。这一日，太阳刚落山，阿米正坐在冈吉戏馆门口待客，一看到叔叔，便再次和叔叔吵了起来。阿米像前两次一样咄咄逼人，狠狠地咒骂叔叔，这些粗鄙之语实在难听，戏馆里的客人们都听不下去了，纷纷离开。阿米有气没处撒，便指使戏馆门口给客人脱鞋的小二往叔叔头顶撒盐[1]。

第二天清晨，阿米起床后正在洗漱，突然一个小学徒惊慌失措地跑进了屋里。阿米认出这是城中一家叫白木的木材店里的小学徒。

"米爷，不好了！我家店铺屋檐下吊死人了！您快过去看看吧！"

"是吗？我马上去。"

阿米匆匆忙忙披上自己的大褂，跟着小学徒往店铺跑去。只见白木家店铺的屋檐下吊着一个脏兮兮的和尚，阿米老远一看就愣住了，因为他认出那正是昨天被他骂出去的叔叔。阿米虽然万般不情愿，但是来都来了，总不能任由自己的叔叔就这么吊在别人家屋檐下吧，于是他找了张板凳，放下了叔叔的尸体。

"这老家伙，死在哪儿不行，非要吊死在我老主顾的店门口。"

阿米的话传到了一旁白木家的掌柜耳朵里。白木家掌柜觉得这其中定有隐情，

---

1　有诅咒之意。——译者注

便叫来冈吉家门口招待客人的小二。小二一看到尸体，吓得要死，浑身直哆嗦，也忘了阿米让他不要外传的命令，把事情的原委一五一十地告诉了白木家掌柜。白木家掌柜听罢，觉得阿米冷酷无情，从当日起便不再与阿米来往，还在自己家里给他叔叔办了丧事。

这之后的一天，五明楼玉辅[1]从人形町的末广亭来到冈吉表演，从入口处穿过客席，准备进入乐屋。但是，他发现走廊的拉门外孤零零地坐着一个看起来脏兮兮的和尚。玉辅起初以为是有客人心情不好出来透气，便进入了乐屋。但想起此事，他总觉得毛骨悚然，就和身边的人说了，谁知却得到这样的答复："那个和尚总在第一声太鼓敲响之后，在客席边孤零零地坐着。"

这之后，这个和尚或是站在便所前，或是堵在乐屋入口处，甚是吓人。这个消息不胫而走，大家纷纷谣传冈吉闹鬼。因此，人们谈冈吉色变。没过多久，冈吉就关门大吉了。

---

1　日本落语家的艺名，代代相传，共传承五代。——译者注

# 红土壶

永禄四年（一五六一年）夏天的某一天，夕阳刚没入地平线没多久，四名渔夫便带着鸬鹚出现在了长良川的河滩上。其中两位渔夫走在前面，左右手上各驻有一只鸬鹚。走在后面的渔夫其中一位扛着船桨，桨上挂着装有小酒壶和酒碗的鱼篓，另一位右胳膊下夹着草席包裹，左腋下夹着一束火把。一行人虽然衣衫褴褛，身披短蓑衣，但举手投足间都透着一股子麻利劲，丝毫不像当地渔夫那般吊儿郎当。

彼时，他们来到了长良川西岸。黄昏时分，稻叶山在东岸投下的暗影被拉得更长，山顶城池的白壁反射着夕阳的耀眼余晖。长良川流经此处，河水多聚于东岸，西岸是大片浅滩。手上驻有鸬鹚的两位渔夫中，其中一位四十岁左右，身材瘦削，另一位三十五六岁，方脸，体格魁梧。夹着草席包裹与火把的渔夫看上去三十岁上下，身材高大，眼神颇为犀利。扛着船桨的渔夫貌似最为年长，五十岁左右，矮壮敦实，一头银发很是惹眼。白天，河边的柳叶在烈日下都被晒得打了卷，现在都舒展开来。四个人穿过柳林，朝下游走去。夏日的阳光喂饱了岸边的沙石，一行人走过，只听脚下沙沙作响，有余温，但同时也有些令人毛骨悚然。

就在这时，夹着草席包裹与火把的高个渔夫望着方脸渔夫，说道："真想抓些香鱼爽一把啊！"

方脸渔夫瞥了一眼前方岸边的茂密树林，笑着回答道："鸬鹚用得好，还愁抓不到香鱼吗？"

他一笑，站在他右手上的鸬鹚便扑扇了几下翅膀，作势要展翅飞翔。夹着草席包裹与火把的高个渔夫也将目光锁定前方，说道："没错，只要用好这些鸬鹚，抓香鱼肯定是手到擒来。不过，前提是先驾驭好它们。"说罢，他也笑了笑。

暮色苍茫，隐约可见前方岸边的树林中有一大片漆黑的瓦片屋顶。那是日莲宗法国寺旗下的法华寺别院。另外两位渔夫也将目光投了过去。

一条长良川的支流斜亘在不远处，河水静静地流过浅滩边，不断向岸边的竹林深处蔓延。岸边系有两三条小船，船与船之间相互隔开。四个人步履匆匆，往小船的方向走去。夹着草席包裹与火把的高个渔夫又看了一眼方脸渔夫，说道："那个蠢货现在倒是学起了和尚，天天待在寺庙里不出来，鬼知道他到底布置了多少人监视提防……"

话未说完，扛着船桨的银发渔夫便打断了他："那'香鱼'要如何防备，咱们管不着。不过，再防备也是那么回事。要想一饱口福，还是先上船再说吧。"

高个渔夫闻言后，缩了缩脖子，立即闭口不言。一行人默默地朝岸边走去。

除了他们，岸上还有两个准备用鸬鹚捕鱼的渔夫，他们一边吆喝着，一边将小船推向河里。此时，天已经完全暗了下来。

"已经有人准备出发了，咱们也快点，别耽搁了时辰。"

说着，银发渔夫便将船桨放到了船上。

高个渔夫也将手中的草席包裹和火把丢上了船。"走，去推船！准备出发！"

说罢，四人便往竹林走去，将系在竹子根部的绑船绳索解开。水浅船深，船底碰上河里的小石子，发出咔嗒咔嗒的响声。没多久，响声便消失了，小船缓缓漂向河川深处。

无边夜色下，几颗星星缀在远方，闪耀着微弱的光芒。高个渔夫点燃一支火把，插在船头。小船驶入长良川的主流后，逆流而上，一路驶向法华寺别院的正门。

河面四处火光摇曳，看起来好不热闹。已经有渔夫开始放开鸬鹚捕鱼了。看到其他人纷纷行动，这四人也不甘落后。体格魁梧的方脸渔夫站在船头，身材瘦削的渔夫立于船中央，他们两个主要负责用鸬鹚捕鱼的工作。眼神犀利的高个渔夫负责掌舵，体格敦实的银发渔夫则负责划桨。在渔夫的掌控下，鸬鹚潜入水中又浮起，如此循环往复，只为不断收获美味的战利品。有的鱼儿挣扎着从鸬鹚嘴里逃脱，翻着水光粼粼的肚皮，扑腾几下又落回河里。还有的鱼儿跃出水面，以此逃过生死一劫。渔夫观察着鸬鹚的喉囊，待它们抓到四五条鱼后，便收回手中的缰绳。待把鸬鹚拽到船上后，再勒紧它们的喉部，让其将鱼吐出。鸬鹚吐出鱼后，又扇了扇翅膀，眼中泛着清亮的蓝光，紧盯着河里的香鱼，准备一跃而下。

就在这时，五六条渔船不约而同地排成一列。划桨的渔夫大声喊道："咱们也抓得差不多了，有这些，足够当下酒菜了。还是积点福，适可而止吧！"

掌舵的高个渔夫随即应和道："没错，没错，别再无谓杀生了。赶紧回去喝个小酒，歇息一下吧。"

站在船头的渔夫稍稍回头，看了一眼立在船中央的渔夫，说道："说得也是，这些足够下酒了，撤吧。"后者立即应道："行，那就不抓了。赶紧去别院下方找个凉快地方，喝上一杯痛快痛快！"

站在船头的渔夫又道："别院下方肯定凉快。事不宜迟，赶紧走吧。"

二人收紧缰绳，将鸬鹚拽回船上。劳力鸬鹚总算干完了活，兴高采烈地扑腾着翅膀，任夜风吹起它们硕大的喉囊。

"别院下方，出发！"说罢，划桨的银发渔夫借水发力，调整船只方向，朝别院方向驶去。

"如今世道如此艰难，你们倒是挺有闲情雅致。"

右手边的渔船上传出朗朗笑声，划桨的渔夫听闻后说道："你们听，旁边那条船上的人在笑我们呢。"

小船顺流而下，没多久便到了别院下方。断崖处枝繁叶茂，无数树根沿崖垂下，仿佛伸手便能触到，实乃夏日乘凉的绝妙去处。渔夫将小船慢慢靠近断崖下方。

"如果在浅滩上，咱们还能烤个鱼享受一番，在这里就只能做醋拌鱼丝了。"

"那还等什么，动手开始做吧！"

不知何时，立在船头的火把悄然熄灭了。整条小船上顿时寂静无声。片刻后，有人轻声说道："兄弟们，这壮胆酒也喝了，咱们也该出发了。切勿掉以轻心，放跑了那混账东西！"

这是那位划桨渔夫的声音。他的话音刚落，船上就传来了窸窸窣窣的声音。没过多久，四周又恢复了一片寂静。


稻叶山的城主斋藤义龙此刻正在法华寺别院纳凉避暑。他身材微胖，整个人瘫坐在扶手椅上。他命人将油灯放到远处，生怕有一丝热气灼染到自己。不仅如此，他还唤来两位少女站在他身后，不停地为他扇风驱热，以保证他的凉爽舒适。越过庭院的树木，目之所及便是江面渔火，可斋藤义龙实在太怕热，便挑了一个看不到任何火光的房间欣赏夜景。

弘治二年（一五五六年）春，义龙手刃庶弟喜平次与孙四郎，又在鹭山战胜了父亲斋藤道三，从此成为美浓[1]的统治者，一时间可谓春风得意，尽享无限风光。不过，义龙非常惧暑，夏天每日必洗一个冷水澡。近几年来，每逢夏季，他都会暗访这座别院，在庭院里的这方清凉水池中沐浴消暑。

"小荻，过来给我捶捶肩。"

义龙稍稍侧开身子，吩咐道。站在他左后方的少女立即放下蒲扇，应声答道："是。"

少女移步到义龙身侧，斟酌力度，小心翼翼地捶打着家主的右肩。就在这时，附近突然传来一些异响。义龙觉得奇怪，刚想抬起头来张望，便见院中人影幢幢。

"来者何人？！"

话音刚落，有一行人便肆无忌惮地冲进了外廊——竟然是那四名渔夫！他们身上还穿着捕鱼的行头，只不过手中都多了一把明晃晃的大刀。

"你这暴虐无道之徒，弑父杀弟，今日吾等将替天行道，为民除害！吾乃道家孙八郎之子孙太郎！"眼神犀利的高个渔夫首先自报家门。

"长井与右卫门！"身材瘦削的渔夫喊道。

---

1　日本古代令制国。——编者注

"筱山七五郎！"方脸渔夫大声喊道。

"吾乃竹腰藤九郎！今日就取你这狗贼的人头，为先主道三报仇雪恨！纳命来！"体格敦实的银发渔夫高声喝道。

原来这四人皆是斋藤道三的旧部臣子，他们想杀掉逆贼义龙，替先主报仇。四人纷纷扬起大刀，向义龙砍去。两个少女如惊弓之鸟，吓得大声尖叫，四处逃窜。然而就在这时，义龙突然不见了。一柄白刃如电光石火般杀入房间，将长井与筱山击倒，两人瞬时毙命。竹腰大吃一惊，连忙将刀抵在眼前。刀锋嗡鸣，竹腰被震得连连后退——手中的刀似乎挡住了某种金属的攻击。与此同时，房间里白光闪烁，一只长着银色厉眼的大蛤蟆出现在竹腰面前。蛤蟆三下两下便轻松跳出外廊，扑通一声扎进了院子里那方幽暗的水池当中。

"啊！"

就在竹腰集中注意力观察这只怪蛤蟆的时候，隔壁房间突然冲出十余名义龙的扈从，叫嚣着将道家与竹腰两人团团围住。

"道家，我们再另找时机吧！"

竹腰见势不妙，一边对同伴喊道，一边将朝他扑过来的一个扈从劈成两半。他飞速闪到院子里，从水池旁一跃而起，逃进了悬崖边上的树林中。

"不要让他们逃了！"

道家在砍倒两个扈从后，趁敌人不注意，也逃到了院子里。他冲到悬崖边上，大喝了一声"嘿！"，随后便飞身跃入暗流之中。


踏过丛生的杂草，一座小祠堂出现在竹腰和道家的视野中。竹腰逃入树林后，顺着树根跳到船上，后来又划船救起了落水的道家。两人乘船顺流而下，上岸走了好久，终于找到一个可以落脚的地方。

"以后我们要躲到哪里呢？"

"可以去尾州找织田大人。"

两人坐在一起，开始讨论今后的去处和打算。夜色浓得犹如被打翻在宣纸上的墨汁一般，远处只有两三颗星星挂在天空，透过层层竹叶，闪烁着寂寥的微光。

"哈哈哈！"

两人耳边突然响起一阵爽朗的笑声。看清来人后，两人不禁目瞪口呆——一位老态龙钟的老人正拄着一根比他身体还长的拐杖，站在他们面前。

　　"那只魔物从你们手中逃掉了啊？没关系，以你们现在的力量，暂时还对付不了那东西。你们的另外两位同伴是不是被一道无形的电光取了性命？唉，真是可怜。话又说回来，你们看到那只双眼放光的银目蛤蟆了吧？"老人笑了笑，接着说道，"不过，正所谓魔高一尺，道高一丈，这等魔物是不会永存世间的。待月现晕环，白蛇之光冲上北斗七星之时，你们再来此地，届时老夫会助你们一臂之力，将那魔物斩杀。记住，一定要在天亮之前过来。"

　　道家与竹腰不禁伏地叩拜，异口同声道："是！"

　　"不过，老夫与竹腰无缘，道家一人来即可。"

　　"是！"

　　"是！"

　　二人伏地许久，迟迟没有得到老人的回应，抬头一看，哪里还有老人的踪影？


　　竹腰与道家回到藏身处，静静等待神秘时机的到来。在此期间，为了填饱肚子，两人偶尔还要出去打猎。

　　这天早上，两人又带着弓箭出发了。他们在广袤的草原上四处寻觅，直到傍晚才发现一只鹿，没想到竟然跟丢了。

　　待道家回过神后，发现周围只剩他一人，竹腰不见了。他赶忙原路折返，穿过刚刚经过的小树林。

　　"竹腰大人！竹腰大人！"

　　无论道家如何高声呼喊，回应他的都只有树叶沙沙作响的声音。风穿过树林吹在道家身上，他不禁打了个寒战。他心想，既然无人应答，那还是回去等吧。

　　暮色四合，树林中变得愈发幽深寂静。道家一心想着早点走出这片树林，但脚下尽是腐枝烂叶，缠得脚步异常沉重，根本走不快。他好不容易走出这片树林，发现一轮血红的圆月正挂在草原尽头，泛着幽幽红光。

　　道家看到月亮后，一下子想起老人交代的事情。他仔细观察月亮四周，发现只有一片薄薄的雾霭，并没有现出晕环。道家继续往前走。草原上不仅遍地荆棘，还有各种奇形怪状的树枝横亘在路上，仿佛所有事物都在阻碍他前行。

道家走了好久，感觉自己已经精疲力竭。他腰上挂的皮囊里还存有兽肉干，所以并不怕没有东西吃。他心想，不如先找个祠堂或寺庙之类的地方睡一晚，第二天一大早再回去也不迟。于是，他一边往前走，一边寻找能过夜的地方。

一条清流从草丛中蜿蜒而出，道家顿觉口干舌燥，便蹲下身来狂饮不止。待彻底解了口渴后，他抬头一望，只见正前方的树影下竟有一栋小屋，屋内炉火跳跃。道家心生欢喜——终于见到人间烟火了。虽然他并没有打算在此处过夜，但他还是不由得加快脚步，往小屋方向走去。

小屋里，一位老婆婆正坐在火炉旁添柴烧火，炉子上架着一口锅，好像正在煮什么东西。老婆婆身后坐着一位女子，那女子面容白皙，看上去文静又温柔。

"冒昧打扰，实在抱歉。在下打猎时不慎迷了路，想请问二位，此处为何处呢？"

听到道家的询问，老婆婆抬起头，望着道家道："原来您迷路了，那可真够受罪的。此处名为'镜'。敝舍虽为陋室，但夜风习习，还算凉爽，如若您不嫌弃，不如在此歇上一宿？"

"能暂时歇歇脚，在下便感激不尽。在下自己带了干粮，二位不必劳心。"

"请进吧。"

"恭敬不如从命，打扰二位了。"

道家走进玄关，脱下草鞋，背着弓箭，坐在老婆婆身旁的草席上。

"老身为您煮些粥喝，您先去隔壁房间稍做休息。阿道，你陪客人过去。"老婆婆对身后的女子说道。

"不必了，在下备了干粮，您不必如此费心，在下只求能歇脚片刻便足矣。"

道家站在一旁等女子带路。女子起身站立，略带羞涩道："您这边请。"

女子掀开草帘，一间灯光昏暗的小卧房映入眼帘。道家弯下腰，走了进去。

"枕头在那边，您取来用便好。您好生歇息，小女子不打扰了。"

说罢，女子便将草帘放了下来。道家一个人待在房间里，闻着屋外飘来的淡淡粥香。

"没想到竟让老人家这么费心……"

道家将弓和箭筒放下来立在墙边，然后又取下腰刀，席地而坐。月光透过窗户洒满整个房间。"原来屋子里的亮光是月光，不是灯光啊。"道家恍然大悟。他解下腰间的皮囊，从里面拿出几块肉干，吃完后，便从旁边扯过树根做的枕头躺了上去。因为实在太累了，道家很快便进入了沉沉梦乡。

　　睡梦之中，道家突然感觉到枕边好像有什么东西，他瞬间清醒过来，不动声色地半睁开眼，想要一探究竟。道家是身体朝右睡下的，此时，一只像是大蛤蟆的怪物正坐在他对面，张着血盆大口，目露凶光地盯着他。道家大惊失色，抄起放在枕边的腰刀一跃而起，朝大蛤蟆砍去。只听轰的一声，地动山摇。道家顺势跳出窗外，拔腿就跑。

　　他一路上跌跌撞撞，不是被枯木绊了脚，便是被烂草根陷了足。他跑了好一会儿，发现没有人在追他，便停下来看向身后——眼前正是那条他熟悉的乡间小路！道家不禁扬起头，长舒了一口气。他不经意间瞥了一眼月亮，发现那轮月亮周围竟多了一圈朦胧的晕环！

　　"啊！"

　　道家突然意识到了什么，赶忙望向北方的天空。薄云间，北斗七星大放异彩——一条白色烟带正缠绕其上，好不神奇！道家收起刀，肃然而立。


　　道家没有回到藏身处，而是直接去了河岸边的竹林深处，在小祠堂前静等天明。就在神不知鬼不觉中，那位步履蹒跚的白须老人出现在了道家面前。

　　"你来了。昨晚你将那魔物的诅咒砍掉了，它现在已经灵力全无。你带着这件宝物去寻它。见到它后，打开盖子即可将它除掉。在此之前，切记万万不可将盖子打开。"

　　老人左手托着一个小小的红土壶。

　　"今日丑时，你可以堂堂正正地踏入寺院正门。此处的祠堂里放有一身衣服，你进去换上，带着它大胆去吧。"

　　老人将壶递给道家，道家恭恭敬敬地接下。

　　待他抬头起身，发现老人已经消失了。他打开祠堂门，发现里面放着袈裟、头陀袋、草帽、手套与脚套——这是一套云游僧的衣服。道家遵照老人的话换上衣服，于丑时前往法华寺别院。

别院正门外站着十余名当家护卫，却没有一个人出来阻拦。道家顺利地通过寺院厨房，穿过书院与厨房之间的树丛，来到后院。两个守院护卫正躺在长凳上睡得香甜。庭院里池塘依旧，之前碰到过的那只大蛤蟆正浮在水面上。"机不可失！"道家毫不犹豫地打开了手中红土壶的盖子。只见一条浑身散发着耀眼光芒的白蛇从壶中悠悠而出，宛如轻烟一般向浮在池面上的蛤蟆逼近，趁蛤蟆还没沉入池底之时将其牢牢缠住，绞死在腹中。

"大人不好了！"

书院里，人们的呼喊声传来。因中暑卧床已有两三日的义龙突然病入膏肓，竟一命呜呼了。《织田军记》记载有云："义龙弑父杀弟，夺美浓统领之位。虽恶贯满盈，然势如中天。百姓水深火热，天公实不忍，故降报应现真身，以惩罪责滔天者。义龙因此卧病不起，于永禄四年暴毙。"

# 牡丹灯笼记

　　日本怪谈中的幽灵一般都被描述成在悠悠荡荡的蓝火苗上飘来飘去，腰部以下踪影全无的形象。三游亭圆朝的《牡丹灯笼》则不同，里面的鬼怪有腿有脚，踩着低齿木屐嗒嗒地从人家门前走过，给人一种别样的刺激感。而且，对《牡丹灯笼》的读者来说，那嗒嗒的声音会一直萦绕在脑海中，久久难以忘记。

　　《牡丹灯笼》脱胎于中国古籍《剪灯新话》中一篇名为《牡丹灯记》的故事。《剪灯新话》由明朝时期一位名为瞿佑的学者编撰，汇集了各具特色的二十一篇传奇怪谈。文明年间（一四六九年至一四八七年），这部话本集传至日本，对日本近代的怪谈小说产生了重要影响，甚至成为江户文学发展的基石之一。

　　中国的明州（今浙江宁波）有一个刚刚丧偶的年轻鳏夫，名唤乔生。正月十五上元夜，众人都去赏灯，只有乔生在自家门口茕茕孑立，形影相吊。相传赏灯习俗本是汉朝遗风，当时为祭祀东皇太一，人们会点起火堆，列队祭拜，后来才逐渐演变成灯会。因此在正月十五这天夜里，家家户户都会张灯结彩，去灯会赏灯的人络绎不绝，好不热闹。原书中描述："有乔生者，居镇明岭下，初丧其耦（偶），鳏居无聊，不复出游，但倚门伫立而已。十五夜，三更尽，游人渐稀，见一丫鬟，挑双头牡丹灯前导，一美人随后……"大意是乔生刚刚丧偶，心中悲痛，虽百无聊赖，却也无心戏耍，只身倚在门口。正月十五夜里过了三更，游人渐渐稀少，却忽然有一丫鬟打扮的女子出现。这丫鬟挑一盏双头牡丹灯在前头照路，后面跟着一个美人。这美人不过十七八岁，红裙翠袖，明眸皓齿，称得上倾国倾城。乔生顿时神魂颠倒，情难自已，跟在女子身后。那女子转身回头冲他浅笑，轻启朱唇道："未曾期与桑中戏，然却月下得相遇，虽是偶然，更似天意。"乔生闻言，回应道："陋室不过咫尺之遥，不知佳人可愿与小生同去？"一问一答，乔生便将女子带回了自己家中，极尽鱼水之欢。乔生问了女子来历，方知她姓符名漱芳，字丽卿，父亲本是奉化县的州判，已经亡故。丫鬟唤作金莲。女子又称，自父亲死后，一家人离散，她只得与金莲二人暂居月湖西畔。

自那一夜之后，女子每到日暮时都来，拂晓才离去。大抵半个月后，乔生的邻人，一位老者，某夜透过墙壁上的小孔竟窥得乔生与一红粉骷髅并坐，不禁大骇。翌日，老者便提醒乔生多加留意，并劝他前往月湖西畔查清楚，是否当真有这主仆二人暂居于此。乔生听了老人的话，前往湖西探寻女子住处，但那一带无人认识这主仆二人。天色渐晚，乔生沿湖中小路返回。湖心有一古寺，名作湖心寺。乔生疲惫不已，想在此处小憩，遂走进寺中。从东边回廊走到西边回廊，廊尽头有一暗室，室内有一棺柩。棺柩上贴一纸，写着"奉化符州判之女丽卿之柩"。棺柩前悬一盏双头牡丹灯笼，灯笼下立有一稻草人，稻草人背后也贴有一纸，赫然写着"金莲"二字。乔生骇然离寺，跑回邻人家中，当夜便借宿在那里。第二日，他前往一处名为玄妙观的道观，找到了魏法师。魏法师赐乔生朱符两张，教他将一张贴在门上，一张贴在榻上，并嘱咐他切莫再去湖心寺。

乔生回到家中，按照魏法师的嘱咐去做。自那一夜起，果然再无奇怪女子出现。约一个月后，乔生前往衮绣桥的友人家中吃酒，酩酊大醉，一时忘记了魏法师的叮咛，竟走了湖心寺这条路回家。走到寺门前，金莲出现，斥责乔生道："我家娘子等你等得好苦，谁知你竟如此薄情！"语罢，便带着乔生走入暗室。只见那女子坐在室中，见到乔生，便也斥责乔生，随后握起乔生的手，走到棺柩前。棺材盖倏然打开，将两人吞了进去。邻家老者见乔生久久不归，便到处找寻，最后来到了湖心寺。老人走进暗室，发现棺材缝里夹着的布料似乎是乔生衣物。老者忙请僧人开棺，只见棺材里乔生与一具女尸紧紧相拥，早已死去多时。

这便是《牡丹灯笼》原型故事的梗概。宽文六年（一六六六年），浅井了意将其改编为日本的志怪故事，收录在《御伽婢子》中。之后才有了著名的三游亭圆朝的《牡丹灯笼》。

在《御伽婢子》中，这个故事名为《牡丹灯笼》，故事发生地变成了京都。五条京极有位荻原新之丞，因妻子刚刚亡故，每天以泪洗面。七月十五日晚精灵祭时，荻原独自伫立在门口，忽见一个十四五岁的女童手持精美的牡丹花灯笼，引领着一位二十岁左右的美人款款走来。荻原顿时神魂颠倒，跟在她们后面走去。随后美人跟荻原来到他家中。新之丞作和歌吐露心意，美人大胆回应，之后二人极尽鱼水之欢。故事几乎全是中国《牡丹灯记》的翻版，没有任何发展，但了意号称西鹤[1]以前的文章第一人，其文笔大有可圈可点之处。美人告诉荻原，自己为二阶堂左卫门尉政宣之女，因父亲在京都之乱中被打死，家道中落，和女童在万寿寺边居住。荻原经隔壁老人提醒，前往万寿寺查看，只见灵堂里有一口棺材，上面写着"二阶堂左卫门尉政宣之女弥子，吟松院冷月居尼"。旁边有一草人，背后写着"浅茅"二字。棺材前悬着一盏破旧的牡丹花灯笼。荻原慌忙逃走，去东寺找一名为卿公的修行之人讨了些符，贴在家里，女鬼果然没有再来过。过了五十多天，荻原去答谢卿公，酒后想起那女子，便去往万寿寺。女子忽然出现，将他带进寺中。荻原的随从吓得魂飞魄散，慌忙逃回家，带家里人去看。家人赶来，只见荻原已经被抓进女子的墓中，抱着一堆白骨死去了。

圆朝的《牡丹灯笼》脱胎于了意的这个故事，只是将故事发生地改到了东京，内容也更复杂了一些。故事虽然被改动得有些像饭岛家的混乱逸事，但原型来自了意的故事是毫无争议的。《牡丹灯笼》中的女子叫阿露，与她私会的浪人名为荻原新三郎，这个名字显然源于荻原新之丞。圆朝创作的故事很长，在此不再赘述，仅引用新三郎和女子相逢当晚的一段内容。"又到了七月十三日盂兰盆节，新三郎搭好精灵棚，在廊下铺好垫子，点燃熏香。这天他身穿白色浴衣，手持深草团扇驱赶

---

1　井原西鹤，日本江户时代的小说家、俳谐诗人。——编者注

蚊子，正在遥望空中一轮明月，只听得嗒嗒的低齿木屐声响，有人从自家的篱笆墙外经过。新三郎向外望去，只见一个三十多岁的女子，身材苗条，手提一盏灯笼，上面装饰着当时流行的缩缅绸牡丹花图案。一位十七八岁的妙龄少女紧随其后。少女梳着文金高髻，身穿秋草图案的长袖和服，内穿粉色缩缅绸长衬衣，腰间系一条缎带，手持东京流行式样的团扇。月光下，依稀能认出是饭岛家的小姐阿露。新三郎站起身，伸长脖子仔细辨认。少女站住，向新三郎打招呼道：'啊，好久不见，荻原先生。'一句话说得新三郎心旷神怡，遂将二人请到家中，极尽欢愉。"故事里提醒荻原的是住在他家后院的伴藏。伴藏偷瞧新三郎与女子幽会，发现怪异后告诉了白翁堂勇斋。经勇斋提醒，荻原前往女子所说的谷中三崎町，在新幡随院后面发现了一座新坟，坟上放着牡丹灯笼。白翁堂指点荻原去找新幡随院的良石和尚。和尚给了荻原几张符纸，荻原才保得平安。不想伴藏被来路不明的女子蒙骗，将符纸撕掉，女子当即闯入新三郎家中，将新三郎杀死。

## 牡丹灯记

元朝末年，方国珍割据浙东。这方国珍最爱繁华热闹，每年正月十五上元节都在明州举办灯会，连续五晚张灯结彩，好不热闹。每逢灯会，全城百姓都会出门观看，尽情游乐。

至正庚子年，又到上元夜，家家户户都在房檐下挂起了灯笼，淡红色的灯光和皎洁的月光相映成趣。乔生站在自家门口，远远看着城里的热闹。乔生家住镇明岭下，妻子刚刚过世，因此心中凄凉，不愿往人堆里凑。

当晚天气暖和，也没有风。观灯的人来来往往，有说有笑。人群中不时有年轻的女眷结伴而行，个个打扮得花枝招展，提着各色灯笼。乔生看着路上的行人，看到年轻女子时，偶尔眼睛一亮，但很快眼神又暗淡下去。

转眼圆月西斜，行人渐渐变得稀少。乔生不愿回屋，依旧呆呆地站着。这时传来一阵细碎的脚步声，他循声向东边看去，只见一个头梳双髻的小丫鬟提着灯笼在前面走，灯笼头上装饰着两朵鲜艳的牡丹花。丫鬟后面跟着一个女子，十七八岁年纪，穿青色上衣，生得比牡丹花还要娇艳，只看得乔生神魂荡漾，不能自已。

女子看到乔生，微微一笑，露出几颗洁白的牙齿，又快步走了过去。乔生不由自主地跟了上去，想多看女子两眼。乔生走得快，女子走得慢，不一会儿两人就走了个肩并肩。乔生怕被女子识破心思，没敢停下，越过了她。走了一会儿，乔生听不到女子的声息，忍不住放慢脚步，等她跟上。女子从乔生旁边走过，回头一笑。乔生看到女子对自己笑，壮着胆子赶上去搭话道："姑娘是去看灯了吗？"

"正是。我带着丫鬟去玩，可惜城里没有熟人陪着，一点意思都没有，就回来了。"女子声音沉稳，落落大方。

"我也是呢，今晚我就一个人在门口站着，没心思看什么灯会。我就住在附近，家里也没有旁人，姑娘不嫌弃的话，去歇歇脚吧？"

"您这么说，我就不客气了。我们正累得不行，想找个地方休息呢。"接着，女子转头吩咐提灯笼的丫鬟道："金莲，这位公子邀请我到他家中休息，你也跟着来吧。"

乔生带着她们往回走，不一会儿便到了家门口。乔生开了门，将两人让进屋里。进屋坐下后，乔生询问女子的姓名和住所。女子俏丽的脸上有一丝倦意，她耐心地答道："我姓符，名淑芳，字丽卿，家住湖西，原本是奉化人，父亲曾做过奉化州判。前几年父亲母亲都过世了，家道中落，我又没有兄弟、亲戚可以投靠，只得在这里和丫鬟金莲相依为命。"

乔生听完大为同情，又想起自己的伤心事，叹了口气，说道："不想姑娘和我一样，也是个苦命人。"

女子问道："您怎么了？"

乔生苦笑道："妻子刚刚过世，我现在也是孤身一人熬日子。"

"尊夫人过世了？您身边没人照顾，很辛苦吧？"

"没成婚时倒没觉得什么，只是妻子在世时，凡事都有她打理，她这一走，真的是事事不便。"

"说得是。"女子黑亮的眼睛里泛着一层泪光。


两人谈得投机，当晚女子就住下了，天快亮时才走。白天时，乔生神不守舍，坐在家里一心等着天黑，哪里还记得死去的妻子。好容易熬到晚上，听到外面细碎的脚步声响，乔生赶紧起来开门。门外，一盏鲜红的牡丹灯笼分外耀眼。

此后女子每晚都来，天明才回去。隔壁住着一个老汉，他在晚上听到乔生家里有谈笑声。起初老汉没有在意，以为是乔生在说梦话。后来每晚都有声音传来，老汉心里纳闷，寻思着："这乔生刚死了媳妇，是谁天天过来跟他说话呢？"两家的隔墙上有个破洞，这天晚上，老汉从破洞偷偷看过去，只见乔生抱着一具红粉骷髅，正坐在床边。那骷髅颌骨一开一合，不知在说些什么。老汉吓得眼前一黑，赶忙离开墙壁，钻到了床上。


第二天天一亮，老汉将乔生叫到自己家里，颤声说道："你可知道自己要遭大祸了？"

乔生不明所以，以为老汉要劝自己不可贪图美色，就装糊涂道："我能有什么祸事？"

老汉连声叹气，顿足说道："死在眼前还不知道！再这样下去，只怕你命不久矣！"乔生听老汉说得严重，才认真起来，问道："到底是什么事情？"

"我问你，你抱着一具骷髅做什么？"

乔生哈哈大笑，说道："老丈，你别吓唬我。这些天是有个姑娘来和我私会，但哪里有什么骷髅？"

"你还笑！在你眼里是个美女，我看到的却是一具白骨！你被厉鬼迷住啦！"

乔生害怕起来，拉着老汉问道："老丈，你没有骗我？"

"骗你干什么！我听你家每晚都有声音传出，起初以为是你在说梦话，后来觉得奇怪，昨晚就从墙上的破洞里偷偷看去，发现竟有一具骷髅。你从哪里招惹它来的？"

"观灯那晚，我在家门口碰见一女子，之后她每天晚上都到我家里来。那么漂亮的姑娘，真是厉鬼？"

"不是厉鬼还能是什么！"

"可她说自己是奉化人，父亲曾做过奉化州判，眼下只有她自己和丫鬟两人住在湖西。这都是鬼话？"

"当然啊！我说了这么多，你要是还不相信，就去湖西查访，肯定没有什么独居的小姐和丫鬟！"

乔生打从心底里不愿意相信，但还是说道："多谢老丈。她曾说自己小字丽卿，我现在就去查访。"

乔生辞别老汉，径直来到月湖西畔。初升的太阳照得湖面上亮光点点。一道长堤贯穿湖中，堤上架着几座石桥。湖周围种着一些柳树，还没发芽，光秃秃的枝条低垂着，一动也不动。树丛中掩映着几户人家。

乔生沿着湖边打听有没有一户姓符的人家，也不知敲了多少人家的门，终是一无所获。红日西沉，湛蓝的湖水变成了青黑色。乔生这才相信老汉所言不虚，一步一挨地沿着湖堤往回走去。

湖中央有座寺庙，名叫湖心寺。好大一座古寺，风景也别致，平常有很多游客前来。乔生信步走进寺里，想要在这里歇息一会儿。已经是黄昏，游客们早已回家，寺里空荡荡的。乔生走东廊穿西廊，打算找个舒服的地方坐一坐。不知不觉中来到西廊尽头，眼前一间屋子黑洞洞的，门户大开。乔生心中好奇，就走进去看。只见里面摆着一具棺材，上贴一张白纸，写着斗大的几字——"故奉化符州判女丽卿之柩"。棺材前挂着一盏牡丹灯笼，灯笼下立着一个小小的稻草人，背上也贴了一张纸，写着"金莲"二字。

乔生吓得魂不附体，拔腿就跑。回到自家门口，刚要推门，又停住手，转身跑到了隔壁。老汉见乔生进来，问道："查访清楚了吗？"乔生脸色苍白，上气不接下气地答道："果然不出老丈所料。"

"你别慌，慢慢说给我听。"

乔生定了定神，说道："我去湖西打听，没打听到符家，就想回来。路过湖心寺，因走得乏了，就进去歇歇脚。走到西廊尽头，看见有间暗室，一时好奇心起，就闯进去看。谁想里面竟放着一具棺材，上面写着'故奉化符州判女丽卿之柩'。我心里害怕，赶紧跑了回来。"

"我怎么说的来着？那女子就是厉鬼。"

"何止啊！那女鬼带的丫鬟原来是稻草扎的假人。那牡丹灯笼就挂在棺材上。老丈，我该如何是好？"

"听说玄妙观魏法师是开府王真人的弟子。王真人已经仙逝，但魏法师学会了他的本事，符箓之术天下第一，你不如快去求他。"

当晚乔生不敢回家，就在老汉家里住下了。第二天一大早，他就急忙赶往玄妙观。魏法师远远瞧见乔生，高声喝道："好重的妖气！你来这里做什么？"乔生三步两步跑到近前，一头跪在地上，哀求道："我被厉鬼缠身，求法师救我性命！"魏法师听完事情的来龙去脉，掏出两道朱符递给乔生，嘱咐道："这两道朱符，一道贴在门上，一道贴在床边，能够保你平安。只是记得今后万万不可再去湖心寺。"

乔生千恩万谢，回家将朱符贴好，果然一夜平安无事。


过了个把月，乔生已不再那么害怕了。这天，他去衮绣桥访友。老友相聚，乔生不禁多喝了几杯，天快黑时才往回走。乔生醉醺醺的，早忘了魏法师的嘱咐，嫌湖边绕远，径直走上了湖中的长堤。

长堤两边的柳树才发新芽，枝条轻轻随风摆动。湖中不时传来几声蛙鸣。微风一吹，乔生酒意上涌，不知不觉来到湖心寺前。金乌西沉，一轮明月升上天空，月光照在地上，如同下了一层霜。乔生看到寺院，吓得头发倒竖，转身要往回走。

忽然，背后有人叫道："公子！"乔生听着耳熟，停下脚步。只听得脚步声响，金莲来到面前，款款行礼，说道："公子怎么总也不来？小姐等你等得好苦。快跟我走吧。"说完，便拉住了乔生的手。乔生死命甩手，但哪里挣得脱。想要站住脚跟，脚底却生出一团灰蒙蒙的雾气，裹着他向前跑去。

进到寺里，穿过西廊，金莲一把将乔生推入屋内。牡丹灯笼点着，屋里染上一层暗红色。丽卿在灯笼下坐着，哀怨地说道："我与你两情相悦，不想你竟被妖道欺骗，怀疑于我。你对得起我吗？"乔生吓得牙齿打战，跌坐在地上，嘴里说不出话来，却还想往外爬。丽卿怒道："真是痴心女子负心汉！今天既然见面，无论如何也不能放你走了！"

说完，她起身将乔生拉住。背后的棺材盖忽然打开，丽卿拥住乔生，纵身跳进棺材。棺材盖又唰的一声合上，屋子里没了半点声息。

第二天，老汉见乔生家里没人，心下担忧，赶忙四处寻找，但哪里找得到。后来老汉想起湖心寺里有棺材的事，忙叫了几个邻居一同赶往湖心寺。来到乔生所说的屋子，只见里面有一具棺材，棺材缝里露出乔生的衣角。

老汉大惊，叫来住持。住持打开棺材盖，只见乔生和一女尸相拥而卧，早已死去多时。那女尸丝毫没有腐坏，容颜依旧。住持感叹道："这女子本是奉化符州判之女，十二年前死去时，只有十七岁，棺椁便寄放在这里。不久后，符州判举家北迁，音信全无，竟把这棺椁丢在这里，直到如今。"

众人将女子和乔生移到西门外安葬。之后每到阴天或是月黑之夜，总能见到乔生与丽卿携手同行，一个丫鬟手提牡丹灯笼在前头引路，见者必然重病缠身。当地人无不又惊又怕，只得前去玄妙观求魏法师禳解。魏法师叹道："我的符箓只解得了还未形成的灾祸，如今祸祟成了气候，我也无计可施。四明山铁冠道人法术高强，你们去求他吧。"

众人依了魏法师之言，攀崖过溪，一路来到四明山。四明山顶上有一小草庵，庵旁有一棵大松树，树下一个道人正凭几而坐。又有一童子，在草庵前喂鹤。众人连忙上前磕头，诉说缘由。道人听完，说道："我不过是一个隐居的老者，哪里会捉鬼，你们找错人了吧。"众人苦苦哀求道："玄妙观魏法师不会骗人，万望道长慈悲。"

道人这才笑道："我六十年不曾下山，如今因为这法师多嘴，少不得要跑一趟了。"说完，便招呼童子往山下走。两人步履轻健，犹如飞鸟一般，众人远远落在身后。等众人疲惫不堪地赶到西门外时，道人早已搭好了一座一丈见方的大法坛。

道人登坛端坐，画了一道符烧掉。顷刻间，空中出现三四名武士，个个头扎黄巾，身穿铠甲，披着锦袍，手持长戟。几人降到坛下，并排站好。道人开口道："此地最近有邪祟作恶，惊扰民众，你等速速将其捉来。"

武士们听令而去。不多时，武士们用枷锁套住乔生、丽卿、金莲三人，押了过来，然后挥舞钢鞭，将三人打得皮开肉绽，鲜血淋漓。道人呵斥道："你们几个妖物，怎敢作怪，惊扰民众！"道人叫人找来纸笔，命他们书写供状。

乔生写道："小人丧妻鳏居，某日倚门独立，见符家女而生色心。昔日孙叔敖见两头蛇，断然杀死，方能避祸；唐时郑子遇九尾狐，心生爱怜，终于招灾。只因一时心动，如今追悔莫及。"

符丽卿写道："小女青年弃世，白昼无邻。虽七魄去了六魄，然尚有一灵未泯。灯前月下，逢五百年欢喜冤家；世上民间，作千万人风流话本。迷途不返，罪实难恕。"

金莲写道："某稻草做骨，生绢当肉。埋藏坟中，不知何人制成。面目口鼻，精细堪比活人。又有姓名，不觉便生灵异。而今悔改，不敢为妖。"

武士将供状呈给道人。道人看罢，拿起如椽巨笔，写下判词：

"古时大禹铸鼎，神鬼奸邪无所遁形；温峤燃犀，水府龙宫俱现其状。幽明异趣，鬼怪多端，遇之不利于人，遭之有害于物。故厉鬼入其门则晋景公死，妖猪啼于野而齐襄公亡。降祸为妖，兴灾作孽。是以九天设斩邪神使，十地列惩恶阴司，使魑魅魍魉，无以容其奸；夜叉罗刹，不得肆其暴。当此清平之世，坦荡之时，尔等变幻形状，依附草木，天阴雨湿之夜，月落参横之晨，啸于梁而有声，窥其室而无睹。蝇营狗苟，牛狠狼贪，疾如飘风，烈若猛火。乔家子生犹不悟，死不足惜。符氏女死尚贪淫，生时可知！况金莲之怪诞，借明器而矫诬。惑世诬民，违条犯法。狐绥绥而有荡，鹑奔奔而无良。恶贯已盈，罪名不宥。陷人坑从今填满，迷魂阵自此打开。烧毁双明之灯，押赴九幽之狱。"

写完判词，武士们拉着三只厉鬼便走。待武士们消失不见，道人也起身和童子飘然而去。

第二天，众人来到四明山顶的草庵，想要叩谢道人，道人却已不知去向，只剩空空一座草庵。众人再到玄妙观打听道人的行踪，魏法师竟生了哑病，不能再开口说话了。

# 赖朝死亡之谜

建久九年（一一九八年）十二月，右大将家赖朝参加相模川桥落成仪式，归途中不慎从马背上跌落，在众人的搀扶下回到了府邸。话说北条远江守之女，右大将家夫人政子的妹夫稻毛重成（别名三郎）在这一年七月痛失爱妻，终因悲伤过度而剃度出家。此次的大桥落成仪式就是他为亡妻祈求冥福而举办的，右大将家也前去参加了。可是，关于右大将家归途中落马一事，有人却在镰仓散布奇怪的传言，大意是说右大将家在归途中走到八的原附近时，忽然发现天上有怪物。而这个怪物是前几年在西海之滨仙逝的贵族的幽魂。看到怪物的一瞬间，右大将家眼前一黑，便从马上跌了下来。

与此同时，还有传言称右大将家病入膏肓，府里正全力为他祈祷、医治。但实际上右大将家赖朝根本没得什么病，不仅没病，还经常在夜里不见踪影，直到第二天拂晓才回来。

首先发现赖朝这一怪异行为的是他的夫人政子。于是，政子便叫来赖朝的一个贴身侍女盘问。

"大人经常夜里出去吗？"政子问道。

"是经常出去。"侍女应道。

"那大人就寝或外出时，有何怪事发生吗？"政子又问道。

"就寝时，外出时……对了，大人倒是没什么异常，不过前两日的子时，奴婢与周防大人在廊下巡视时，发现有个可疑的人打开大人寝室的门，悄悄走了出来。奴婢便擎着烛台想瞧仔细，只见那人头上披着纱罩衣，一副侍女打扮。或许是被我们惊到了，她又慌忙进了屋，随即关上了门。除此之外，没有其他可疑之处了。"侍女一边回想着，一边答道。

"披着纱罩衣的侍女？这样啊。虽没有其他可疑之处，今后也要多加留意，说不准就有歹人在打大人的主意。"听罢，政子吩咐道。

说完，政子便打发侍女回去了。虽然政子打发侍女时表现得若无其事，可心里着实有些慌乱，她回想起了一件事。爱子赖家刚出生不久，远江守时政的继室、政子的继母牧之方来告知政子，赖朝这段日子将宠妾安置在伏见广纲的府上宠幸。政子听后勃然大怒，随即将此事告知了牧宗亲，命其毁了广纲的府宅，赶走宠妾。而这宠妾后来逃到了大多和义久的府上。得知此事后，赖朝便找理由前往义久的府上，狠狠地训斥了宗亲一番，还在盛怒之下挥刀削去了宗亲的头发。此事一出，时政也灰头土脸地返回了领地。政子回想到这里，沉思了片刻，便秘密传唤了在大奉行所当差的畠山六郎。

被传唤的六郎急忙赶来拜见政子。这个六郎本名畠山重保，是畠山重忠之子，为时政前妻之女所生。

"有可疑之人想对大人下手，我命你从今晚开始在大人的寝室外面看守。"政子一见六郎，便命令道。

于是，六郎从当晚开始就在右大将家寝室周围看守。


不知不觉十二月过去了，转眼间到了第二年的正月。正月初五的晚上，六郎像往常一样在右大将家的寝室四周巡视着。

初五的月光朦胧地照着庭院的白沙，从由比浜方向隐隐约约传来"哗——哗——"的平静的海浪声。快到子时的时候，六郎钻进寝室前面的假山和树丛里，认真巡视着树丛的暗处，好一会儿都没发现异常，便坐在一块石头上休息。

就在此时，寝室南侧月光所照射的木板套窗处传来窸窸窣窣的声响。六郎觉得有可疑之人。为了不被发现，他急忙回头寻找隐蔽地方，当看清自己在树影下时，他急忙望向木板套窗处。

只见一个头上蒙着纱罩衣的女子站在木板套窗处。见状，六郎悄然起身，准备擒住这个可疑之人。

这个女子谨慎地观察了一下四周，然后轻轻一跃，落在了庭院里，白皙的脚踩在沙上。然后，她转身关上了木板套窗，随即快步向右拐去。

六郎踮着脚悄悄从树影下追了过去，趁其不备猛扑了上去。

可疑女子大吃一惊，慌忙逃走。六郎本想一举擒获她，不料被她逃了，情急之下，大吼道："站住！"只见那可疑女子跑在前面，然后向右拐了。六郎觉得若是让这可疑之人逃掉，实乃奇耻大辱，因此冷不防从腰间抽出刀朝可疑之人砍去。但两人之间还隔着一段距离，砍不到。于是，六郎定了定神，朝着可疑女子背部的位置刺了下去。可疑女子只是闷哼了两声，并没有说什么。六郎以为可疑女子一定会倒下，可没想到她不但没有倒下，还准备趁机逃走。

六郎急忙刺下第二刀。可疑女子所蒙的纱罩衣被刀刺中，掉落下来。

"无礼之徒！"可疑女子大声呵斥道。这个声音听上去十分耳熟。六郎听到声音，便只觉眼前发晕，吓得不敢动弹。过了一会儿，当他恢复意识战战兢兢地看去时，只听见寝室南边木板套窗关上的声音，已不见可疑之人的踪影，唯有纱罩衣还留在沙地上。

"无礼之徒"——六郎耳边再次回响起这个声音。这个声音怎么听都像是右大将家的声音。可若此人就是右大将家，他为何要蒙着女人的纱罩衣，而且为何半夜三更鬼鬼祟祟地打开木板套窗溜出去呢？不，这个人肯定不是右大将家。可转念一想，这个声音怎么听都是右大将家的声音呀。若此人就是右大将家，自己竟连刺两刀让主家大人受了伤，做出这般不忠不义、罪大恶极的事，自己必死无疑。可是只要自己去死便好，若是牵连了父亲等家族全门的人，就玷污了人前显赫的畠山家族的名声。六郎左思右想，不得其解。实在太蹊跷了，为何右大将家要扮成女子出门呢？或许此人不是右大将家，根本就是自己听错了。可若不是右大将家，那又会是谁呢？难不成是右大将家的贴身侍女？可那声音听起来又不像女人的声音。他边想着，边提刀朝木板套窗处走去，右手轻轻敲了两下套窗，随即禀报道："我是畠山六郎，有事禀报。"

里面传来了女子的应答声，是政子夫人。六郎稍稍向后退了两步，恭敬地候着。

不一会儿，套窗从里面打开，女官头领周防掌着纸捻灯走了出来，政子夫人也过来了。

于是，六郎禀报道："夫人，大人身边可曾发现可疑之人？我刚刚在巡查时，发现一个蒙着纱罩衣的可疑之人从这里出来，随即刺了两刀。此人被刺，丢下纱罩衣又逃回这里了。"

政子答道："那是侍女想回家探望父母，被你发现了，受了些轻伤，没有大碍。此事万不可对外人提起。大人自马上跌落以来，虽然身体有些不适，但刚才我们一直在说话，并没有任何可疑之处。你不要在意，仔细巡查即可。"

听到此番话，六郎便放心了，连忙应道："遵命。"

"那么，把那纱罩衣拿过来吧。"政子命令道。

"遵命。"六郎小心地将刀插入刀鞘，将纱罩衣捡回来交给了政子夫人。

六郎从政子夫人口中得知此人不是右大将家，放心了不少，可"无礼之徒"这句话一直在他耳边回荡，让他仍然有些后怕。


不久便到了正月十一日，这天右大将家病情加重，有传言说右大将家已出家。没过多久，正月十三日，便传出右大将家去世的消息。

赖朝去世后，儿子赖家继承了家业。可受到朋党冲突的牵连，赖家仅在位五年便被废，后来在伊豆的修禅寺修行时被人刺杀身亡。此后赖家的弟弟实朝继承了家业。

这接二连三的变故让六郎不由得认定，都是因为自己刺伤了可疑女子，主家才变得这般物是人非。而且就在赖朝去世，赖家继承家业，接着又变成实朝继承家业的这段时间，还接连发生了梶原一族家破人亡，比企判官一家被灭门，仁田四郎被杀等一系列惨案。眼看着右大将家的霸业就要土崩瓦解，六郎觉得自己是这一切的罪魁祸首，因此终日担惊受怕，寝食难安。可政子夫人不许他向旁人提及此前发生的事情，因此他始终没能向旁人透露半分。

关于这个六郎，还有一事要提。在赖朝还未患病之时，政子夫人身边的女官头领周防的爱女在十五岁那年毫无征兆地香消玉殒，令周防悲痛万分。当她从爱女的乳母口中得知爱女生前爱慕畠山六郎时，便找人绘制了爱女的画像，又刻了一尊木像，然后在六郎往返武藏领地与镰仓之间必经的山路边上修建了三座用于供奉的祠庙，将爱女的画像和木像安放于内。身为母亲的周防如此用心良苦，只为了让爱女的在天之灵可以时常看到六郎，以此缓解相思之苦。然后，她又请了一个僧人来专门看守祠庙。她嘱咐这个僧人，无论是发生地震还是狂风海啸，都一定要把爱女的画像和木像带出来保护好。

此后，每当六郎路过这个山坡，走到祠庙前时，总会遇到坏天气，要么就是阵雨骤降，要么就是刮起一阵天昏地暗的旋风。这时，六郎只得下马，与随从一起到祠庙的屋檐下躲避。

某天，六郎像往常一样去武藏领地。返回途中，他忽然想起每次走这条山路就刮风下雨的事情。

他心里暗想："又路过这条山路上的祠庙了，真是让人讨厌的祠庙。也不知道今天是刮风还是下雨。这么好的天气，不会下雨吧。"

此时正值夏季的傍晚，晴空万里。六郎的马打头阵，刚走到祠庙前，那马便像受了不明惊吓似的，身体狂抖不止，六郎不慎从马背上跌了下来。

"大胆狂徒，我就说这次也定要发生些什么，竟让我从马上摔下来！"年轻气盛的六郎勃然大怒。

"给我烧了这祠庙！如此罪大恶极的祠庙，留着何用?！"说着，六郎就闯进了祠庙。只见祠庙中有个年迈的僧人正闭眼打坐。

于是，六郎大嚷道："喂，看庙的和尚，这里是祭祀何人的祠庙？"

僧人睁开眼，缓缓说道："这里是政子夫人的女官头领周防为爱女修建的祠庙。"僧人向右侧回头望向了佛坛上的画像和木像，继续说道："那就是供奉的画像和木像。"

"就算这里有周防女儿的画像和木像，但这祠庙总是和我作对，今天我要烧了这里，你还是快点出去吧！"六郎不耐烦地说道。

"那还请将画像和木像交给老衲吧，周防大人叮嘱过，要老衲保护好它们。"僧人无奈地请求道。

"不行！就是因为这画像和木像，我才如此倒霉，我第一个就要烧了它们！你快出去！"六郎气急败坏地说道。

"还请大人留下画像和木像吧。"僧人哀求着。

"没门儿！快出去，别再啰里啰唆的，要不然连你一起烧死！"六郎根本就不听僧人的哀求。

"还请大人不要迁怒于老衲。"见状，僧人无奈地说道。随即，他朝着佛坛的方向鞠了一躬，便步履蹒跚地退了下去。

"来人，点火！"六郎下令道。

六郎的一个随从应声而上，拿出打火石砰砰地点起火来。

僧人朝着祠庙的方向双手合十，不停地祈祷着。

只见祠庙的屋檐熊熊燃烧起来，火场旁传来六郎狂妄的大笑声。

第二日，幕府召见六郎，命其前往京都去迎接实朝的夫人。原来经奏请天皇，实朝将迎娶大纳言坊门清卿之女，因此在镰仓挑选一些仪表堂堂的年轻男子前去迎驾。六郎也在入选之列。这一行人中云集了左马权介、结城七郎、千叶平兵卫尉、葛西十郎、筑后六郎、和田三郎、土肥先二郎、佐原太郎、多多良四郎、长井太郎、宇佐美三郎、佐佐木小三郎、南条平次、安西四郎等翩翩美少年。

此时是元久元年（一二〇四年），当年十二月，实朝的夫人就到达了镰仓。此前迎驾的这一行人刚到京都时，是住在提前安排好的京都六角东洞院守护武藏前司源朝雅的府上。朝雅准备了好酒好菜来犒劳大家。酒席上酒过三巡，朝雅与六郎因事发生了争执。这个朝雅是牧之方的女婿，论起来还是六郎的亲戚呢。

可六郎一直对朝雅破口大骂，不依不饶。在座的人纷纷劝阻两人，好不容易制止住了争吵。但朝雅仍然对六郎怀恨在心，便把此事告诉了牧之方。牧之方便在时政面前故意诋毁畠山父子，称其有谋反之心。

元久二年（一二〇五年）六月二十二日，天刚蒙蒙亮，一队人马便闯进了畠山六郎的府上，此时六郎府上主仆仅有十五人。虽然六郎率随从拼死抵抗，但寡不敌众，不久便全部被杀。

随后，身在武藏领地的六郎之父畠山重忠也被北条氏引诱出来，在前往镰仓的途中遇害。

# 长崎来电

话说京都西阵地区有一家小商店，某日，一番忙碌过后，店老板正坐在账房里吃着午餐，突然电话铃响了起来。店老板起身走到电话机旁接起电话，听筒里传来似曾相识的声音。

"你是××吗？"

店老板听到对方直呼自己的名字，立刻回答说："没错，是我。请问您是哪位啊？"

"我是弟弟××啊。"

原来，打电话来的是店老板那远赴中国的弟弟。

店老板大喜过望，急切地问道："你要回国了吗？"

弟弟回答道："我生了重病，如今终于回来了，现在住在长崎一家名为××的旅馆。哥哥，我十分想念你，你可一定要过来看我啊！"话音刚落，电话就挂断了。

店老板刚想问弟弟病情如何，却因为电话突然被挂断而未能问出口，他感到遗憾万分。店老板心想："弟弟在电话里说他生病了，又说想要见我，我得赶紧动身去看他才行。"

店老板刚放下电话，就碰到了店里的大伙计，便对这大伙计说："我那在中国的弟弟生了病，如今从中国回到了长崎，打电话叫我去看望他。我这就出发，店里的事要劳你多多费心了。"

听到这话，大伙计脸色一沉，看着店老板问道："如今电话已经接通到长崎了吗？"

这故事发生在一九一〇年八月，毫无疑问，当时日本并没有能从京都通到长崎的长途电话。

店老板并不死心，跑到电话局询问。电话局的人员回答说，如今的电话不能打长途，而且他们也从没接通过外地来的电话。

店老板越想越觉得奇怪，他决定无论如何都要亲自去一趟长崎。

当天，他便乘火车前往长崎。下车后，他按照弟弟在电话中所说的名字找到了那家旅馆。

旅馆的人告诉他，确有一个生了病的男人是从中国回到长崎的，但那男人没能等到他的兄长来看他，便病逝了。

再后来，店老板与旅馆的人谈到这事，店老板才发现他接到电话的时候，正是他弟弟一息尚存之时。

一九一〇年十月，田岛金次郎先生拜访当时身居京都的喜多村绿郎先生时，意外从席间的一位医生那里听到了这个故事。

据说那位医生有一个做事一丝不苟的朋友，这是发生在那个朋友身上的真事。

# 力竭身亡的狒狒

据传很久以前，山上住着魑魅，水中住着魍魉。

明治二十年（一八八七年）左右，日向的深山里正在砍伐树木。附近的村民以及其他地方的伐木工都闻声而来。他们白天在郁郁葱葱的深山老林里伐木，晚上回到离山脚较近的山中小木屋休息。

一个夏日的夜里，伐木工们吃完晚饭后，像往常一样讲起了男女艳事，突然山谷对面的山里传来了一阵嗷呜嗷呜的叫声。

有人在对面山上朝这边喊话。但是，这声音相当瘆人，伐木工们没人敢应答。而且，相传这是山里怪物的呼声，若有人应答，便要一直应和下去。可人哪有力气喊一个晚上啊，若是坚持不住，就会中邪吐血身亡。

伐木工们不寒而栗，只听那怪声从对面山上一声声传来，勾魂引魄，听者稍不留神，就会禁不住应声。

这时，一个广岛县的后生摇摇晃晃地站起身向外走去。同屋的人都以为他要去如厕，结果突然听到小屋外响起了后生"嗷呜"的应答声。

紧接着，对面的怪声像缠上后生似的，立马应和道："嗷呜。"

于是，后生也不甘示弱地应和道："嗷呜。"

就这样，两边的应和声交替往复，声声不休。这声势渐趋高涨，引得屋内众人内心激荡不已，坐立难安。

"这样下去可不行！"

"不能再这样下去！"

"输了可就没命了！"

"去把大伙都叫过来！"

屋内众人四散开，有去后生旁助阵的，也有去附近的一个个小屋唤人的。而此时，那个后生正站在月光下，声嘶力竭地应和着。

一个伐木工见势说道："好了好了，你休息休息，换我来！"他一把推开那个后生，自己出声应和了起来。

而后，众人齐心协力，前面的人没了力气，后面的人立马顶上接着应和，轮流替换。

这么多伐木工，随便怎样都能胜过对面山上那怪物。于是，对面山上的怪声渐渐衰弱，声势越来越小，直至消失。

众人都沸腾起来，他们簇拥着那后生回到小屋中庆祝胜利，此时天已近黎明。

清晨时分，那后生禁不住好奇，前去昨晚传出怪声的地方一探究竟，发现那里有棵参天古杉树，树底下有一只巨大的狒狒吐血而亡。

## "悉桑派"译者团队

成立于 2016 年，由国内多位知名日语翻译家倡议发起。该团队专注于研究式翻译，团队成员均为国内文学翻译界资深人士，从事日本文学研究平均达十年。曾主持译介夏目漱石、川端康成、堀辰雄、中岛敦、梶井基次郎和三岛由纪夫等多位日本作家的经典作品，备受好评。

---

## 《全怪谈》"悉桑派"译者团队

潘郁灵 / 总统筹
"悉桑派"译者团队创始人、青年翻译家，负责书稿翻译及译者团队日常管理。
陈广琪 / 古典文学顾问
精通古文、俳句，负责古典文学类书稿翻译及古籍资料搜集。
张齐 / 总策划
青年翻译家，负责书稿翻译及策划工作。
孟璐璐 / 内容统筹
青年翻译家，负责书稿翻译及内容统筹工作。
岳冲 / 古典文学翻译
青年翻译家，主攻文学类书稿翻译。
汤丽珍 / 古典文学翻译
青年翻译家，主攻文学类书稿翻译。
伍能位 / 古典文学翻译
青年翻译家，主攻文学类书稿翻译。
杨晓琳 / 翻译
青年翻译家，精通日本现代文化。
郭伟 / 翻译
刘爽 / 翻译
陈燕燕 / 翻译
谢烈睿 / 翻译
苏文正 / 翻译


"悉桑派"译者，日本文学资产的运营专家。

《新形三十六怪撰　茂林寺文福茶釜》　月冈芳年

《新形三十六怪撰 三井寺頼豪阿闍梨悪念変鼠図》 月岡芳年

# 全怪谈 ③

## ☆ 浮世绘全译版 ☆

[日]田中贡太郎 著　潘郁灵 等译

湖南文艺出版社
HUNAN LITERATURE AND ART PUBLISHING HOUSE　博集天卷
CS-BOOKY

**图书在版编目（CIP）数据**

全怪谈：浮世绘全译版/（日）田中贡太郎著；潘郁灵等译 . -- 长沙：湖南文艺出版社，2022.4
ISBN 978-7-5726-0632-8

Ⅰ.①全… Ⅱ.①田… ②潘… Ⅲ.①民间故事－作品集－日本－现代 Ⅳ.①I313.73

中国版本图书馆 CIP 数据核字（2022）第 039015 号

上架建议：悬疑·小说

QUAN GUAITAN: FUSHIHUI QUAN YI BAN
全怪谈：浮世绘全译版

作　　者：[日] 田中贡太郎
译　　者：潘郁灵等
出 版 人：曾赛丰
责任编辑：丁丽丹
监　　制：于向勇
策划编辑：布　狄　金　哲
文案编辑：郑　荃
营销编辑：时宇飞　段海洋
版式设计：利　锐
内文排版：麦莫瑞
装帧设计：蒋宏工作室
出　　版：湖南文艺出版社
　　　　　（长沙市雨花区东二环一段 508 号　邮编：410014）
网　　址：www.hnwy.net
印　　刷：三河市中晟雅豪印务有限公司
经　　销：新华书店
开　　本：680 mm × 955 mm　1/16
字　　数：760 千字
印　　张：47.25
插　　页：12
版　　次：2022 年 4 月第 1 版
印　　次：2022 年 4 月第 1 次印刷
书　　号：ISBN 978-7-5726-0632-8
定　　价：129.80 元（全 3 册）

若有质量问题，请致电质量监督电话：010-59096394
团购电话：010-59320018

# 出版说明

## 日本怪谈文学鼻祖

田中贡太郎被誉为"日本怪谈文学鼻祖"，他一生搜集与创作了近千篇日本怪谈故事，其代表作《全怪谈》更是被誉为日本怪谈文学的瑰宝，曾深刻影响了黑泽明、芥川龙之介、梦枕貘、京极夏彦等诸多日本知名导演、作家。

很多人认为，田中贡太郎对怪谈文学产生好奇并开始研究，是在其成为媒体主编之后，其实并非如此。早在幼年时，田中贡太郎便读过蒲松龄的《聊斋志异》，对妖怪文化产生了浓厚的兴趣。从那时起，他就开始搜集日本乡间的种种怪谈故事，并以讲述这些故事为乐。此后的二十年，田中也曾尝试创作过类似的短篇故事，其作品多次被刊登在各大报纸上。正是这一时期的创作奠定了田中后来的创作基调。

## 真实世界中的"编舟记"

在报社任职期间，因创作的系列怪谈故事深入人心，田中贡太郎便接受了报社的一项"特殊"委派工作：去日本各地搜罗流传在民间的种种怪谈故事，并加以整理，或进行再创作。

谁都不曾想到，这项当初只是为了丰富报纸版面的工作，田中贡太郎竟然坚持做了三十年。从其接受委托到其去世的三十年间，田中贡太郎共搜集整理了近千篇怪谈故事。这些故事起初多发表在各地的报纸上，篇幅短小精悍。随着时间的推移与对妖怪文化研究的日益深入，田中贡太郎将这近千篇故事进行了多次整理与再创作。从一九二二年出版《黑影集》到生前最终勘定《日本怪谈全集》，跨越了二十年。

可以负责任地讲，田中贡太郎毕生只专注于一件事：怪谈故事的编撰。

## 日本小说家们的灵感宝库

作为怪谈文学创作的后辈，京极夏彦曾多次在各个场合高度赞扬田中贡太郎，称其是"怪谈文学界无人可及的宗师"，并称"田中的作品是我必须随身携带的创作灵感书"。

的确，田中贡太郎怪谈作品产量之高、代表性之强、内容范围之广，皆是之后任何一位怪谈作家都无法企及的。

更难能可贵的是，田中贡太郎在担任报纸与杂志主编期间，还培育出了大批优秀的日本作家，其弟子与友人多达百余人，其中不乏井伏鳟二、田冈典夫、富田常雄、榊山润等影响日本文坛走向的重量级作家。这些作家为纪念田中，称自己为"田中文派"。

近几十年来，随着日本动漫文化的崛起，田中贡太郎的作品多次被重新改编并搬上舞台。大火动漫《夏目友人帐》的作者就声称自己的创

作灵感起初便来源于田中的作品。日本知名导演宫崎骏也曾在多部经典作品中用不同的方式向田中贡太郎致敬。在田中贡太郎的家乡，妖怪文化爱好者集资为其修建了博物馆，每年会举办大型相关纪念活动。日本妖怪文学大家梦枕貘在创作其代表作"阴阳师"系列时，曾多次沿着田中贡太郎当年走过的路线走访日本各地，搜集创作素材。

## 时隔近六十年的重访神话之旅

本次重新译介的《全怪谈》、《日本民间故事》和《中国怪谈》在日本被誉为"田中三书"，即田中贡太郎生前最后勘定的三套核心作品。其中《全怪谈》多以作者亲历或亲闻的怪谈故事为核心；《日本民间故事》则是作者在走访日本各地途中所搜集整理的故事；《中国怪谈》则是作者搜集中国民间故事，甚至多次远渡重洋来到上海、广州等地，寻访古旧笔记小说翻译整理后创作而成，全书均为中国背景的神话与怪谈故事，这也是该书首度被引进国内。

在时隔近六十年后，我们的"悉桑派"译者团队经过百余次讨论与搜集整理，终于重新确认了田中贡太郎二十年间的走访记录，并决定用两年时间重启这场日本妖怪文学的"神话之旅"。

在这场历时两年的"神话之旅"中，译者团队走访了日本各地，探访了近百家中古书店，最终搜集齐了散落于日本民间故事中的田中贡太郎作品，并根据作者生前最后勘定的原则，对这批书稿进行了重新梳理，在最大程度上还原了田中贡太郎作品的全貌。

本套书以作者的《日本怪谈全集》与《田中贡太郎全集》为底稿，

相互审校，互为验证，并进行了作者生前未完成的部分内容的增补工作。

可以说，本套书囊括了除书信外，田中贡太郎搜集、改编的所有怪谈文学作品，为世人构筑了一个充满乐趣的"怪谈世界"。

编者

二〇二一年九月

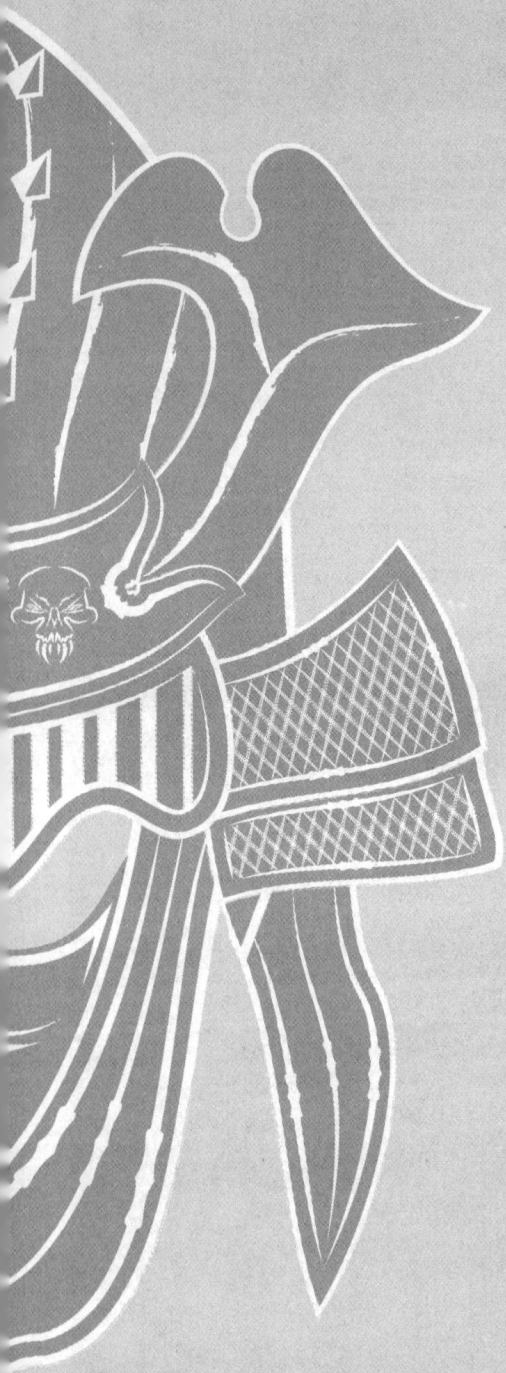

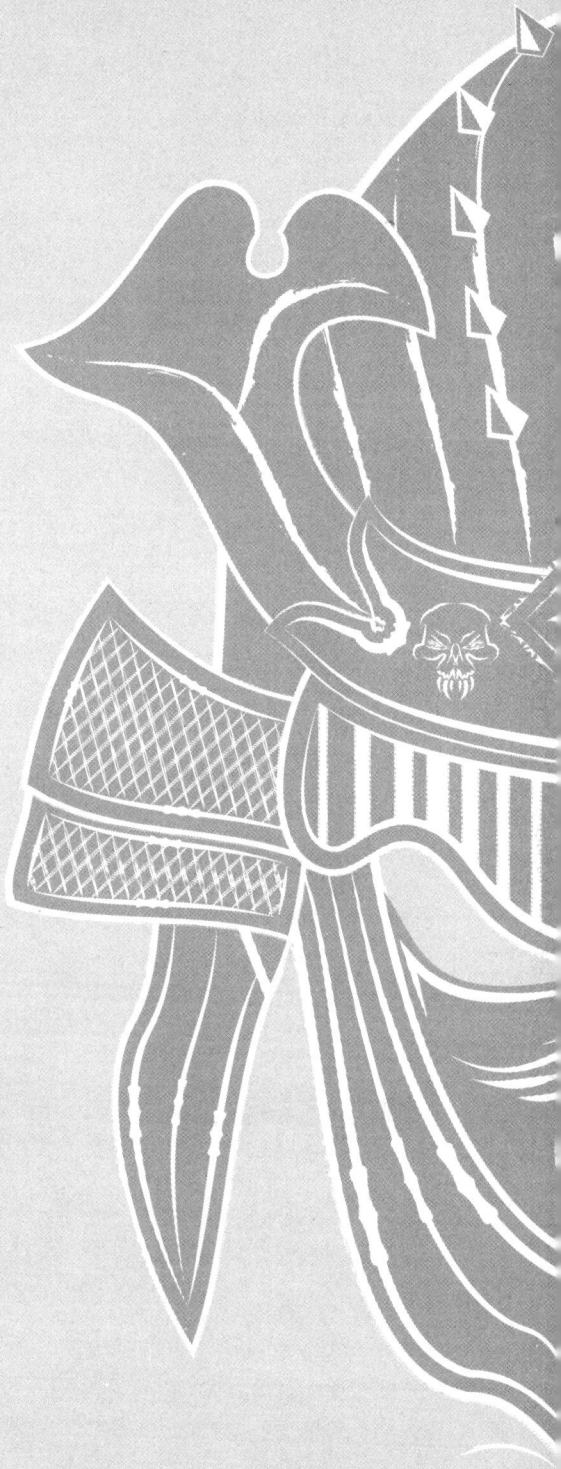

目录

收录于作者一九二二年出版的怪谈小说，该作品为作者所著的日本怪谈小说集。

壹

# 幽灵怪谈

幽霊怪談

原稿现存于日本九州佐贺中古书店，于首版五十七年后由"悉桑派"译者探访获得。

# 染缸

玄关口的格子门发出哗啦一声轻响，有人进来了。顺作端着酒杯，瞅了瞅对面坐着的女人。女人脸上敷着厚厚的白粉，依旧遮不住浓重的黑眼圈。顺作向右后方回头，望向玄关的方向。屋子里光线很暗，纸门也显得黑乎乎的。

自己没有把新地址告诉给任何人，而且昨天才搬过来，谁会这么快找过来呢？该不会是"那个人"吧……顺作有点担心地想。房间的纸门唰的一声被拉开，一张黄黄的小脸探了进来。

"哦，你真的在这儿啊。"来的是顺作唯恐避之不及的父亲。

"啊……"顺作有点不好意思，没敢看父亲的脸，同时心里又有些纳闷。为了不让父亲知道，自己连拉行李的货车都是专门跑了很远租的，父亲是怎么找过来的呢？

"听人说下了电车再走大概一公里，结果足足有小四公里。哎呀，可累死我了……"父亲穿着一件白底竖条纹单衣，不知多久没洗了，脏兮兮的。他拉上纸门，摇摇晃晃地坐在了茶桌旁边。

"这都被你找到了……"顺作有些无奈地说。这时顺作才稍稍恢复平静，瞥了一眼父亲的脸。他的左眼上眼皮肿了，还有些淤青。

"咱们家前面的车夫头告诉我的。你一声不响就搬走了，我从神社回来，正不知该如何是好呢，他跑来跟我说：'你儿子可真了不起，丢下老爹逃跑了！就该让警察管管他，我陪你去找警察！'还是我劝他说，那可不行，你是做生意亏本，没办法才搬家的，哪能报警呢。"

"废话，我不过就是欠了些钱，出来躲一躲，报警我也不怕。"

"谁说不是呢，所以他让我去他家待一会儿，我都没去。"

"多管闲事！"

"就是就是，我也很恼火。他还说什么你儿子没出息，他那个女人也不像话，妓院里出来的女人，难缠得很，男人在身边的时候……"

女人盯着火盆里的火，都不用正眼瞧老人，手上刚用红色的发饰扎了一个圆髻，嘴里阴阳怪气地说："说得对，我可不是在好几家妓院做过，奸诈无耻嘛。"

父亲赶忙语无伦次地辩解道："别……别生气，不是我说你坏话，是车夫头这么说的，我就是复述一遍……"女人气冲冲地瞪了父亲一眼。父亲乌青发肿的左眼似乎闪着青光。

"你说这些没用的干吗！一个臭拉车的，他的话用得着一句句地再说一遍吗？"顺作气不打一处来，本来女人心情挺好，父亲却突然闯进来，说这些扫兴的话。

"是我的错，是我的错。我也是听不得别人说小姐不好，所以气得不行，没忍住才说漏了嘴。这不，车夫头还让我去他家吃饭休息，我都气得没去。"

"还有，你怎么找到这儿来了？"

"车夫头手底下有个年轻的车夫知道你租货车的事。"

顺作一阵懊恼，自己做得那么小心，结果还是白费功夫。上一次搬家也是这样，半路上遇到一个朋友，打了个招呼，就被父亲打听到了。

"不过，早一点知道你住这儿也是好事情。我要是一直被丢在大街上，旁人又要说闲话了，尤其是关于这位小姐的……"

顺作赶忙打断喋喋不休的老头子："行了，你干吗一直说这些无关紧要的事情。"父亲的左眼闪着诡异的青光，他将视线转到儿子脸上，说道："好的，好的，这些话不该说啊？不说了，不说了。你也四十多岁了，有自己的主意。我什么都不说了，只要你好好过日子，别让外人笑话就行。"

女人终于忍不住了，愤愤地站起身来。她身上披着的外褂精致华美，让这间昏暗的小屋都有了光彩。顺作赶忙问她道："你要去哪儿？"

"出去走走。"

"去哪里？"

"随便走走。"

"吃过饭再出去吧，我也一起。"

"我一会儿就回来。"

"那我也陪你散散步吧。"

"那家里怎么办？"

"这不是有人看家了嘛。"

"哦……"

顺作站起身来，看了父亲一眼，说道："你要是饿了，就自己随便找点东西吃，可以吧？我们一会儿就回来。"

"可以，可以，你们去。我刚吃过没多久，一点都不饿。"

女人来到背后墙边放着的梳妆台旁，半蹲着照了照镜子，然后向玄关走去。看女人走了，顺作也不由自主地跟上了脚步。郊外的电车道口连栅栏都没有装，两人越过轨道，沿着小路朝前走，路两边交错分布着宅院和农田。大块大块的云朵铺满天空，偶尔露出一点缝隙，夕阳将西边的天空染成红褐色。一户人家的屋外扎着竹篱笆，篱笆墙根下开着大朵的波斯菊。田地角落里的芒草已经抽了穗。

"真是烦人哪。"顺作无奈地说。

"可不是嘛。"

"要不，搬到乡下去吧？"

"嗯……也好……"

"搬到乡下，他总找不到了吧。"

"可这次这么躲着，还不是让他找到了。"

"除非有个地洞钻进去，否则怎么样他都会跟过来。"顺作懊恼地说。

"可不是嘛，弄得我真的想挖个地洞了……"

这时，两三个小孩的歌声传了过来。两人左边有块空地，似乎是大户人家宅院的遗迹，小孩们从那里跑了出来。空地上倒扣着许多大缸，足足有一人多高。

"那里怎么样？"女人指着那些缸问道。顺作瞅了一眼大缸，觉得像是染坊用的染缸。

"挺大的吧？"

"染坊用的缸都挺大的。"

"不然咱们住那里吧？"

"可以啊。"两人边谈笑着，边走过去看。空地上稀稀拉拉地长着些草，不时有几声虫鸣声响起。缸的数量挺多，足足有十五六个。

"这么大啊，小孩掉进去可就爬不上来了。"女人说。

"嗯，有可能。"

"挺沉的吧？"

"不知道。"顺作随口敷衍道，心里不知盘算着什么。走到大缸旁边后，他使劲推了推缸底。挺沉的，但能推得动。

"小孩要是进去，就出不来了吧？"

"谁知道呢。"顺作离开大缸，向四面看了一圈，周围没有人，没人看见自己在做什么。女人只是默默地盯着顺作，什么都没说。

"走吧。"顺作招呼女人。两人走出空地，天已经很黑了。

"我说，"顺作紧靠着女人，小声说道，"回去以后，把烦人的老头子也带过来看看吧。"

"好啊。"女人轻声回应。


顺作和女人回到家，父亲还坐在原来的地方，好像根本没挪动过。

"啊，你们回来啦。"

顺作答道："我想去看演出，就回来叫你。你去不去？"

"是吗？你们看演出还带上我啊？那敢情好。是什么演出？"

"说相声的。"

"哦。小姐也一起去吗？"

"嗯。"

"那太好了，也带我去吧。"

"那吃过饭后一起去吧。爸爸吃过了吗？"

"我不饿，来之前才吃了荞麦面没多久。要是饿了，我就回来再吃，你们自己吃吧。"

"行，那我们吃啦。"两人开始吃饭，父亲默默地坐在旁边。

吃过饭，三人一起出门。街上很黑，几乎没什么人家点亮门灯。两人走在前面，父亲吃力地跟在后面。三人就这么沉默着，走着。不一会儿，看见了郊外电车线路上的一盏盏灯光。又一会儿，三人越过了道口。

四周到处是虫鸣声，天空密布着云彩。三人朝空地的方向走去。

"从这儿过去吧，是近道。"顺作说完，回头看了看父亲。

"好，好，有近道最好。"

三人走进空地。顺作走到大缸旁边，停下了脚步。

"爸爸。"

"嗯？"

"我有些话要跟你说。"

"什么话？"

"你先蹲下。"

"好啊。"

父亲顺从地蹲下。女人无意间看了一眼父亲的脸，他左边肿胀的眼睛里闪烁着诡异的青光。顺作转过身，用手里的东西裹住了父亲小小的脑袋，父亲没来得及发出一点声音。

"嘿！"女人叫了一声，扑向父亲，牢牢抱住了他的身体。顺作用身体把大缸顶开，两人一使劲，把父亲丢了进去，缸里传出模模糊糊的呻吟声。

"好了吧？"

"好了。"两人赶忙离开了那里。前面就是电车道口了，旁边电线杆上的电灯把两人的影子拉得长长的。不远处响起了电车的声音。"电车要来了。"顺作让女人到前面去，两人跑着想要在电车到来之前跨过道口。突然，女人被什么东西绊了一下，扑倒在地。顺作赶忙想过去把女人扶起来。然而，他再看过去，女人居然不见了！顺作目瞪口呆，还以为自己看错了。他刚想再找一找女人，电车就从右边过来了。顺作被撞飞，当时就失去了意识。

顺作头部开裂，右手骨折，被送到了附近的医院。

第二天，顺作一醒过来，就打发人去自己家把女人叫到医院来。那人没多久就回来了，说女人并没有回家。"该不是因为害怕逃走了吧？"顺作心里想着。他担心女人，但是更担心自己做的事情败露。

第二天，护士带着两个不认识的男人来到了病房。看两人的神情举止，是警察无疑了。顺作不由得浑身哆嗦起来。

"我们是警察。你是住在芝区滨松町××号吧？大前天搬过来的。"

"是的。"

"为什么你父亲没有跟你一起搬过来？"

"因为……我是做生意的，资金周转出了点问题，所以我是偷偷搬过来的。这事我父亲也知道，你们问一下他就清楚了。"

"真的吗？"

"真的……"

"那看来你还不知道，你父亲在你搬家的那天晚上就死在了你原来住处的二楼。"

"啊?！"顺作大惊失色。自己前天晚上明明把父亲扔进了大缸，父亲怎么会大前天晚上就死了呢？然而，这些话是没有办法问警察的。

"你觉得你父亲为什么会死？"

"我……我在新宿开了家咖啡馆，可生意失败，我只能到处搬家躲债……这件事我父亲也是知道的……"

警察回去后，顺作百思不得其解，这到底是怎么回事？之后警察又来问过几次话，顺作从他们口中得知，父亲的遗体已经火化了。

三周后，顺作伤愈出院。他朝自己家走去，不知不觉中却来到了之前那块空地。空地上围着许多人，似乎发现了什么不得了的东西。顺作胆战心惊，但一想到他们可能发现的东西，又不能不过去看看。他惴惴不安地从人缝中往里看去，只见一个大缸横着倒在地上，里面露出一具腐烂的女尸。女尸身上穿的外褂顺作是见过的，他才看了一眼，就吓得昏了过去。

# 追鬼火的武士

故事发生在鹤岗市的城下町。一天晚上，夜深人静，一名武士正在田间小道上赶路，突然眼前飘过一团冷火。武士以前听人说过，没有温度的火团八成就是鬼火，今日居然得以亲眼看见，他便半带好玩地跟了上去。

鬼火在前面忽上忽下地往前飘，速度不快，跟人走路差不多。跟了一段，武士的胆子渐渐放开，他心想，不如劈它一刀试试。想到这里，武士加快脚步追了上去。没想到，鬼火像是受到惊吓一般，突然也加速飞了起来。武士自然不死心，脚下发力，紧追不舍。

就这样，一火一人在田间小路上跑跑追追，眼见鬼火前方出现了一户门庭不大的农家。武士以为那是一户普通人家，便没太在意。没想到鬼火突然一闪，从农家的小窗户飞了进去。武士赶忙追到窗下，正不知如何是好，只听屋内传来人说话的声音。

"您怎么了？婆婆，婆婆……您是不是做噩梦啦，婆婆？"

另一个沙哑的声音答道："哎呀，吓死我了，吓死我了。我刚才梦见自己这病是好不了了，所以去向女儿告别，没想到在回来的路上被一个武士给盯上了，一直追着要拿刀砍我，我拼了老命才跑回来。啊，真是吓死我了。"

# 女鬼倩影

这个故事发生在明治三十年（一八九七年）前后。话说，在东京的本乡三丁目附近，有一栋长期没人居住的两层空屋。有一天，三个来自美术学校的学生把这里租了下来，二楼用作画室，底层则作为寝室。

事情就发生在那个夏天的某个夜晚。那天晚上，附近的居民举办庙会，所以吃过晚饭后，其中两个学生说要到街上去凑凑热闹，另一个学生却说自己不想去。

"有啥好去的，口袋里半毛钱都没有，去了也丢人现眼。"

"哎呀，想那么多有的没的干吗，只管走就是了。今天晚上，街上肯定美女如云啊。"

"穷学生一个，遇到美女也不敢追，到时候更是自讨没趣。不去，不去。"

"你这人就是扫兴，我们叫你去，你就去呗，想那么多干吗！"

"不去，不去。我这人最讨厌在人群的臭汗味里散步，我才不去受那个罪。"

三个人你来我往地争论一番，最后其中两个学生出门逛庙会，剩下的那个学生一人留在家里。话说，留下的那个学生躺在椅子上看杂志，不知不觉困意袭来，于是他干脆钻进蚊帐里睡起大觉来。正睡得迷迷糊糊，突然觉得床边似乎有什么东西，于是他睁眼往枕边一看。睡眼蒙眬间，只见枕头边的蚊帐外面有一个女子坐在床边。学生一个激灵，睁大眼睛仔细一瞧，女子却又不见了。

这个学生平生最怕的就是这些魑魅魍魉，于是从床上一跃而起，飞也似的逃到二楼，把煤油灯拨到最亮，抱着肩膀抖成一团。幸好，没过多久，另外两个学生说说笑笑地回来了。

"喂，你们两个快点上来，我有事要说。"

回来的两个学生听到喊声，一起爬上二楼一看，只见留在家里的那个学生吓得脸色铁青。

"怎么了？你一个人缩在这里干吗？"

"你们先坐，我有事情要告诉你们。"等回来的两个学生坐下后，家里的学生说道："这栋房子是鬼屋啊。"

"你说什么？你看到什么了？"

"你们出门后，我爬到床上去睡觉。没睡多久，睁开眼睛一看，发现枕头边的蚊帐外面坐着一个女子！"

另外两个学生听了，哈哈大笑起来。

其中一个学生说道："你还真是疑心生暗鬼。别自己吓自己啦，你可能是太累了，那都是幻觉。"

另一个学生也乘机打趣道："叫你跟我们一起出去吧，你还非不听。"

"总之，我是不在这里住了。你们要是不搬，我自己一个人搬出去。"

第二天一早，那个学生就告别另外两个学生，自己搬走了。留下的两个学生都笑自己的同学真是神经过敏。

就这样，又过了五六天。一日，留下的两个学生都在床上睡觉。其中一个学生突然醒来，睁开眼睛一看，枕头边的蚊帐外面果然有一个女子坐在那里。他顿时睡意全无，赶忙悄悄摇醒边上睡得像死猪一样的同学。

另一个学生醒来后，顺着前一个学生示意的方向往枕头边一看，顿时吓出了一身冷汗——他也看到了坐在床边的女子。

第二天一早，两人再也不敢停留，马上搬出了那栋鬼屋。

直到现在，那栋房子还是空的，没人敢住。

# 邪门的电线杆

昭和十年（一九三五年）九月二十八日晚上八点左右，开往驹込神明街的市内电车行驶到下谷池一侧的弁天前时，一名女乘客突然尖声惊叫起来。她惊恐地逃命，整个上半身爬出窗外，想要逃离车厢，没想到被迎面而来的电线杆击中脸部，当场昏倒。

这名女乘客是浅草区西鸟越町一个叫作市川喜太郎的人的妻子，那天正好上坟回来。电车公司收到报告，赶忙组织人把伤者送到附近的河野医院接受手术治疗。女子醒来后，电车公司的人询问女子为何突然失声尖叫逃命。女子回答说，因为当时她的邻座突然出现了一个浑身血淋淋的幽灵，她吓得魂不附体，这才爬窗逃命。

不过，据说那根撞人的电线杆并不是第一次作孽，长久以来，每个月都会有五六名乘客被那根电线杆击中头部而受伤。所以，人们都觉得那是一根邪门的电线杆。

# 阿芳的怨灵

由平苏醒过来后，心想这下完了。他狠狠斥责自己懦弱胆小，想再一次跳进水中。正在这时，由平身后传来几个人说话的声音，他下意识地躲进丛林中。没过多久，三个人走进视野中。原来是村里的几个年轻人，看样子是刚从宇津江回来。年轻人们有说有笑地从由平眼前走过去，他这才松了一口气。

这次的故事发生在一处名为江此间的海岸边，那海岸位于爱知县渥美郡的泉村。由平是村里青年，他和村中油店老板九平的女儿阿芳相约投水殉情，谁知出于求生本能，识水性的由平在最后关头竟拼了命地游起来。等他的意识恢复过来时，他发现自己独自一人躺在被海浪拍打的岸边。想到阿芳孤独奔赴黄泉，由平心里愧疚不已，他鼓起勇气往海边走了数次，但一看到那黑压压的海水，恐惧感便从心底油然而生。由平不敢直视那起伏的海水，最终还是奔跑着踏上了回村的路。

翌日清晨，一位渔夫打捞上来了阿芳的尸体。村里的人多多少少也知道由平与阿芳之间的事情，一时间，大家都将目光聚集在由平身上。人言可畏，由平实在坐立难安，不到两三日，便从村里逃走了。

从村里出逃的由平信步而行，一路走到了吉田，并在那里的一家小旅店暂做歇息。旅店的侍女一副见怪不怪的样子，将由平带到了二楼的一间房里。

"您现在就用餐吗？"

"这个嘛，虽说我现在还不太饿，但还是有劳你把餐食端过来吧。"

侍女退下后，由平像泄了气的皮球似的躺下身来。他在考虑将来该怎么办。眼下他口袋里只有二十文钱，然而，不管要做什么，这二十文必然都是不够的。他越想越觉得前途无望。

"让您久等了。"

听到侍女的声音，由平坐起身来。只见侍女在他面前摆放了两人份的餐食。由平心想，这侍女一定是搞错了，便说道："喂，这里只有我一个人啊！"

"那尊夫人呢？"

"别开玩笑了，这屋里就我一个人！"

"可是，刚才的确有位夫人和您一道……"

侍女不可思议地环顾着房间，由平也半信半疑地看向四周。侍女用手指着由平身旁的坐垫，开口说道："刚才那位夫人就坐在这里呢。"

"嗯？"

由平内心也有些动摇，但并没有表现出来。

"怎么可能呢，一定是你搞错了！"

侍女百思不得其解，只得把多出的一份餐食撤下，走出了房间。由平知道是鬼怪在作祟，但他还是硬逼着自己拿起筷子。就在由平正要把碗盖掀开的时候，一只毫无血色的手悠悠地伸了过来，一把抓住了由平的手。情急之下，由平抬起头来，只见一个年轻女人正端坐在他面前——正是已经香消玉殒的阿芳！阿芳被水泡过的脸肿了起来，脸色煞白，身上的衣服也都湿淋淋的。由平抓起木碗就朝阿芳的脸上扔去。只听"咚"的一声闷响，木碗撞在壁橱上。由平手上没停，依次拿起餐盘里的茶碗和小碟子扔过去。那一连串的声音惊动了旅店老板，他走上楼来，问由平道："出什么事了吗？"

旅店老板有些生气了，由平急忙恢复淡定的样子，回应道："有老鼠出来闹人，我刚才在捉老鼠呢！"

"区区一只老鼠，就弄出这么大动静，未免太小题大做了。"

旅店老板小声嘀咕着离开了房间。由平为了给自己壮胆，拿起酒大喝特喝。可是他酒量很差，才喝了一瓶，就醉醺醺地倒在床上了。当他再睁开眼时，已经是夜里一点了。由平觉得口渴极了，想要起身去取水壶。就在这时，他感觉自己的手指好像碰到了一块湿漉漉的布。他吓了一跳，睁开睡眼定睛一看，只见黑暗中有个人影立在那里。

"是谁？"

那自然是阿芳的身影。在没有灯光的黑暗客房里，阿芳的身影却清晰无比。

"又……又来了！"

由平吓得一下子跳起身来，忙从隔间里的鹿角刀架上取下一把刀，向阿芳砍去。不料刀走偏锋，只砍中了阿芳的和服外褂。侍女听到混乱的声音，匆匆跑了进来。

"别过来！"

由平一刀砍伤了侍女的肩膀，侍女哀号着倒地。听到侍女悲惨的叫声，旅店老板冲上楼来，想从由平身后抱住他，使他动弹不得。不想由平扭动着身体，挣开了旅店老板的双臂。旅店老板见势欲逃跑，还没逃出去，就在背后中了一刀，应声倒地后，半截身子露在走廊外。与此同时，由平跟跟跄跄地往前走了几步，却被旅店老板的尸体绊住，从楼上滚落下去。这一滚不要紧，正巧倒在刀刃上，由平就这样死了。

许多年以后，由平的侄女长大了，在一家丝织厂做女工。某天夜里，她回到工人宿舍，才刚睡下，就听到走廊上传来了脚步声，紧接着纸门被人给推开了。姑娘惊恐万分，循声看去，只见门口站着一个男人。尽管受到了惊吓，但不知怎的，她却发不出一点声音。这样奇怪的事情接连三个晚上都发生。姑娘只觉毛骨悚然，想赶紧搬离那间工人宿舍。后来，她猛然想到，夜里见到的那个男人似有几分眼熟。她左思右想，终于想了起来，那个男人长得像极了她已故的叔叔——由平。由平的侄女想到这里，便立即前往寺庙为由平念经超度。自此以后，夜里平安无事，那男人再也没有出现。

阿芳自杀的江此间海岸，如今已是一片海滨浴场，附近林立着气派的别墅与旅馆。而阿芳落水的地方，后来变成了一片近千平方米的空地，谁都不敢接手这片土地，因为据说一旦有人动用了这块地，就会被阿芳的怨灵纠缠住。

一直到明治时代末期，阿芳的怨灵的故事都广为人知，此后则渐渐被人们忘却。不过，在一九二七年夏天，这个故事又被人们提起了。原因是某一天，有人在那片空地上表演戏剧，原本天公作美，座无虚席，谁料戏剧的一幕结束后，天色骤变，突降倾盆大雨。接下来第二天、第三天……一连五天，每逢那一时刻，总是天降大雨。那演出呢，自然是被搅黄了。于是，当地人都说，这怪事与阿芳的怨灵脱不了关系。

# 蓝条纹的和服

这是一个发生在东京芝区的故事。芝区某町有家当铺,当铺的老板娘在女儿五六岁的时候因病去世,于是店主便迎娶了第二任妻子。

这位续弦的妻子性情温柔,品德贤淑,说话做事落落大方,对待继女也视如己出,衣食住行照顾得无微不至,所以孩子也非常喜欢这位继母。店主看到母女二人相处和睦,也安心落意,一身轻松。

然而没过多久,这位续弦的妻子就变得沉默寡言。之前她总是笑意盈盈,让人如沐春风,现在整个人冷若冰霜,仿佛周围的空气都冻结了一般,让人不敢靠近。

最先注意到这位续弦妻子变化的是当铺店主的亲戚家的一位老人。老人根据多年经验,猜测可能是因为店主忙于其他事务,或者是移情别恋,没有将心思放在续弦妻子身上,她才情绪紊乱,怏怏不乐。于是某一天,老人将这位现任老板娘叫到自己家中。

"你最近看起来心情不是很好,是有什么心事吗?"

"没有。"

"肯定出什么事了吧,不然你最近怎么不笑也不说话了呢?"

"真没什么事。"

"瞧你这模样，不可能没事。我说句不中听的话，你别介意，是不是你家官人冷落你了？"

"没有，怎么会。"

"那是怎么回事？你坦白跟我说，老婆子我肯定会帮你的。"

老板娘内心挣扎了许久，最后面色苍白地对老人说道："我最近情绪如此低沉，是因为遇到了一件可怕的怪事。我们家放佛龛的房间就在卧室旁边，我晚上睡觉时，房间之间的隔门突然被拉开，从里面走出来一个女人，还对着我鞠躬，把我吓得魂不守舍，根本睡不着。我又不敢对官人说，怕他忌讳这档子事，继而对我心生嫌弃，所以我就一直缄口不言。"

"那女人长什么模样？"老人问道。

"她看上去年轻又漂亮，身穿蓝条纹和服，腰上系着黑色软缎腰带，头发盘成圆髻[1]。"

"她说什么了吗？"

"什么也没说，只是恭敬地双手伏地对我鞠躬。那双手白皙又瘦削，很是吓人。"

老人立马想到这女人会不会是店主的前妻，但她没有说破，而是派人将店主找了来。待店主坐定后，老人将刚才与老板娘的对话一五一十地告诉了店主。

"当家的，你夫人说那女鬼身穿蓝条纹和服，你可有什么头绪吗？"

店主知道亡妻最喜欢穿那身蓝条纹和服，想到这里，他不禁毛骨悚然。

"不瞒您说，那身蓝条纹和服是亡妻最喜欢的一身衣服。"

老人点了点头，沉默了半晌。

"她是不是有什么心愿未了呢？"老人嘀咕道。

"该办的葬礼办了，亲戚朋友也都前来吊唁了，而且我们还安置了佛龛供奉她，没有什么对不起她的了吧。"店主说完，又看了看坐在旁边的夫人，继续道："而且夫人还那么疼孩子，她还有什么不满意的呢？如果下次再发生这种事情，夫

---

1　这是日本已婚妇女的典型发型。——译者注

人你叫醒我，我去训她！"

次日夜晚，店主与夫人像往常一样，将女儿夹在中间，一家三口睡在八张榻榻米大小的卧室里。卧室一边靠着土仓，另一边是放有佛龛的小房间。小房间大约有四张半榻榻米大小，后面连着一条外廊，外廊尽头便是土仓的入口。

睡着睡着，老板娘突然醒了过来。她惊恐地睁开眼睛向黑暗中望去。就在这时，枕头右侧的那扇隔门被拉开了，那个身穿蓝条纹和服的女鬼又出现了！女鬼的身影如幻灯片上的影像一般清晰可见。只见女鬼正坐在门槛的横木上，将素白枯瘦的双手放在地上，俯身行礼。老板娘突然想起丈夫白天嘱咐她，如果再遇到这种事，要及时唤醒他，于是便伸手晃了晃丈夫的肩膀。

店主睁开眼睛，一看是夫人将他摇醒，顿时便明白是怎么回事了。他抬头望向隔门方向，只见那女鬼正伏在地上对他们鞠躬。

"人家对咱们孩子那么好，你还有什么不知足的？怎么天天来吓唬人家！"店主张口训斥道。女鬼听闻此言，小声解释道："我没有吓她，我是来向她道谢的。"

"是吗？原来是这样。不过你一来，大家都吓得战战兢兢。以后你还是别出现了，这样对谁都好。"店主如此劝解道。

女鬼听完这话便消失了，之后再也没有出现过。

# 镜头里的女人

话说横滨的保土谷区有一个寺庙。一日，庙里的一个和尚因事需要拍照，便前往横滨的一家照相馆。当和尚整理好衣服站在镜头前时，照相师却突然说机器出了故障，没法拍了。

和尚无可奈何，只得悻悻离去，前往另一家照相馆。就在他再一次站在镜头前时，奇怪的事情又发生了，这个照相师也说相机出了问题，没法拍照了。和尚喃喃自语道："真是奇怪，又是相机出故障了，这究竟是怎么一回事呢？"迫不得已，和尚走进了第三家照相馆。和尚再次站在镜头前，不料，这一次和先前一样，照相师也告知他机器故障，无法拍照。屡屡受挫的和尚不禁怒火中烧，追问照相师道："这究竟是何缘由？怎么一连几家照相馆都说机器出了故障？"

听到这话，照相师只得对和尚说出实情："小和尚，你有所不知，表面上看你的的确确是一个人，可我一把黑色遮光布放下来，看向镜头里，你身后就出现了一张女人的脸！"

在和照相师交谈一番后，和尚决定报警。一位警察来到照相馆，这次由他来给和尚拍照。就在即将按下快门时，警察看见镜头里出现了诡异的一幕：和尚的头顶上方出现了一个女人。这个女人头发蓬乱，保持坐姿飘浮在半空中。警察急忙把这怪异的事件上报给了内务省。那份报告书至今还保存在内务省，与我相识的浅野正恭说他翻阅了那份报告书，我便是从他那里听说这个故事的。

　　我还听说镜头里出现的女人本是和尚的第一任妻子，她染病即将撒手人寰之际，交代和尚不可续弦，但和尚却没有照做，这才有了现在的故事。

お祓い篇

（貳）

# 祛邪篇

收录于作者一九三二年出版的怪谈小说，该作品为作者所著的日本怪谈小说集。

原稿现存于日本四国德岛中古书店，于首版五十六年后由"悉桑派"译者探访获得。

# 富田屋的客人

这个故事是从喜多村绿郎先生那里听来的。今年六月的某个夜晚，在滨町的一家中餐厅里，喜多村先生亲口向我讲述了这段奇谈，我感觉非常有趣，因此今天准备现学现卖。但故事发生在大阪，因此故事中的人物必然要用到大阪方言，无奈我并不精通大阪方言，因此我所讲述的故事要较喜多村先生讲的逊色不少，还望各位读者见谅。

据喜多村先生所言，故事发生在明治三十四年（一九〇一年）前后。那段时间，喜多村先生正供职于道顿堀的"旭座"剧团，从事戏剧演出工作。上演的戏剧取材于"吉原殉情事件"，其中有一段剧情像极了泉镜花的《汤女之魂》。《汤女之魂》是一部志怪小说，主人公乘坐火车进入长长的隧道之后，隐隐约约看到自己旁边坐着一个女人。下了火车之后，车夫便上前问道："二位要坐车吗？"主人公明明是独自出行，但是在别人看来，他还有一个同伴。戏剧巡演期间，有一位客人格外关照喜多村先生。某天，这位客人带着一名艺伎来看演出，演出结束之后，便邀请喜多村先生一起去富田屋用餐。席间，同坐的老伎打听巡演剧目的剧情，于是喜多村先生就先讲起了《汤女之魂》的故事。突然，一直默默在房间里炖菜的女佣好像撞到了什么东西，大叫一声，手里的汤碗也掉在了地上。老伎似乎心中有数，与女佣小声嘀咕了几句，最后又自言自语道："原来世上真有这种怪事……"

见状，喜多村先生问道："怎么了？真的有这种事吗？"

老伎点了点头，讲起了这个故事。那是四五年前了吧，当时有一位非常年轻的少爷是富田屋的常客。少爷有一位相熟的艺伎，他们经常一起出入此地。每次来富田屋，都会叫老伎陪同，还有这位女佣也在旁服侍。

某天，少爷一行人前往心斋桥的幡半用餐，其中包括这位少爷、与少爷相熟的艺伎，另外还有老伎和女佣，共四人。

不一会儿，四人便进了包厢。包厢的女佣热情地送来了坐垫——竟然有五张坐垫。大家本来并未在意，以为是女佣忙乱之中看错了，但不一会儿，女佣又送来了五份茶水。一时间，众人面面相觑，正要问些什么，却被少爷打断了："算了，算了，不用计较这些。"于是大家也就没再说什么。酒席很快就备好了，幡半的女佣便开始上菜了，但仍然上的是五人份的餐。坐垫和茶水错送了五人份也就罢了，如今大家都坐定了，竟然又送来了五人餐，如此看来，女佣眼中看到的必然不止四个人。一定是其中某个人被脏东西附体了。

"是少爷，是少爷！少爷，你刚才还说让我们不要计较呢。"

当天晚上，一行人就住在了幡半，但大家始终对有人被附体的事情耿耿于怀，于是就想着去滨寺一趟，去看看少爷究竟有没有被脏东西缠上。第二天，他们从难波车站乘火车前往和歌山，穿过和歌山海岸边的松林后，便抵达了滨寺的一力旅馆。大家怀着好奇心进了包厢。不一会儿，女佣就拿来了坐垫，铺在了地上。果然又是五张坐垫。

"果然啊。"

众人顿觉毛骨悚然。这时女佣端来了茶水。不出所料，茶水也是五人份。然后，大家开始等着上菜。饭菜准备好之后，女佣又将饭菜分成了五人份。

"确实有人被附体了。"

"那是缠上谁了呢？"

"到底是谁呢？"

大家窃窃私语，生怕被一力的女佣听到什么。很快，落日西沉，一行人准备回去了，一力的两名女佣提着灯笼送他们出门。

一名女佣走在最前面，少爷紧随其后，然后是与少爷相熟的艺伎，艺伎后面是少爷带来的那位女佣。老伎若有所思，一直与少爷带来的那位女佣保持着三十间[1]的距离，和一力的另外一名女佣并排而行。行至松林中时，老伎突然说道："虽然有些冒昧，但是我想问一下，我们有几个人啊？"

　　女佣看着老伎的脸，答道："五个人啊。"

　　老伎伸出手，指着前面的人说道："除了那位少爷、艺伎和那位女佣，还有谁啊？"

　　"那不是还有一位梳着银杏发髻[2]的客人嘛。"女佣说道。

　　老伎瞪圆了眼睛道："在哪里？"

　　女佣指着自己的前方，说道："不是在那里嘛。"

　　老伎顿时瑟瑟发抖，心中默默念着阿弥陀佛，紧紧跟在女佣后面向前走去。终于到了车站，老伎在候车乘客中发现了常去富田屋的一行人，心里这才有了底。于是，她买了四张车票，并将车票一一交到每个人手中。老伎觉得待在少爷身边有些不安，便去找其他客人闲谈，火车到站之后才回到少爷身边。

　　回去之后，少爷提出想再去另一家餐馆试试看，于是一行人决定去富田屋前面的一家叫作丸万的餐馆。丸万的客人很多，大家也不知道接下来会发生什么。众人带着好奇心进入包厢，女佣又送来了五张坐垫。

　　"果然有人被附体了。"

　　老伎想到身边有个梳着银杏发髻的女鬼，便觉得毛骨悚然。女佣送来坐垫之后，又将餐盘端了上来，仍然是五人份。试验了这么多次，结果还是一样，一行人只得返回富田屋，一时间不知如何是好。与他们同乘火车回来的客人尚在富田屋，为了保险起见，老伎向那几位客人问道："刚才坐火车的时候，我们一共有几个人啊？"

　　其中一位客人回答说："五个人啊，怎么了？"

---

1　间是日本尺贯法中的长度单位，一间约为1.818米。——译者注

2　流行于江户时代末期的一种发式，将发髻上部向左右分开，梳结成一对半圆形顶髻。——译者注

# 鬼影蚊帐

这个故事曾经刊登在明治二年（一八六九年）七月八日的《明治新闻》上，故事发生在浜田藩一个叫作淀十郎的人身上。有一次，淀十郎从旧衣店买回一顶二手蚊帐，晚上把蚊帐挂到床上后，便早早地睡了。没想到半夜醒来，突然发现枕头边居然出现一个女人的身影。女人身上穿着印有类似仙人掌图案的纯白色和服，手上还捏着一把团扇。

淀十郎这人神经比较大条，以为是自己太累了，出现了幻觉，所以也不在意，继续倒头睡大觉。没想到，第二天、第三天还是一样，一到半夜，枕头边就会出现女人身影。他把这件怪事告诉了朋友，朋友死也不信，还向他借了蚊帐挂在自己家，看看是不是真的。没想到，当夜朋友的枕头边也出现了同一个女人的身影。淀十郎这才匆匆忙忙把蚊帐退还给商家。

商家捧着退回来的蚊帐抱怨道："真是奇了怪了，不论谁买了这顶蚊帐，不到五天，定会回来退货。怪哉，怪哉……"

# 参宫返程记

话说在一八七二年晚春的一天，夕阳西下，伊良湖岬不远处停泊着一艘小渔船。渔船上载着的是参拜完神宫要返回的客人，这两个客人是一对父子，父亲年纪在五十岁上下，那公子不过二十岁左右。

此时海面上几乎风平浪静，船上有一块桥板，一端搭在船上，另一端则搭在海岸上。那船上摇橹的是一位红褐色皮肤，年近花甲的老人，以及一位年纪在三十岁上下的青壮年男子。船上还有一位妙龄女子，年方十八九岁，负责炊事。从他们的交谈中判断，那一男一女似乎是兄妹，而那老人是两个年轻人的伯父。此时，姑娘在船尾的小灶台上生火，一缕缕薄烟慢慢地升腾到空中。

船舱中的那位父亲一时内急，下了船往海岸跑去。公子此时正百无聊赖地躺在床上，似乎在发呆。突然，他的耳边传来了做饭姑娘的说话声。

"别干傻事啊，别这样做，哥哥。我求你了，哥哥，我不同意你这么做。"

接着是摇橹的那青年男子的声音。

"女人家懂什么，别说了！"

"怎么能不说呢，我真是害怕，那种事可做不得啊……"

"蠢货，你别胡说了！闭嘴！再不闭嘴，有你好看！"

"就算你要打我，我也不在乎。我是真的害怕啊！"

随后，二人的伯父也开口了，只听他对姑娘说道："阿民，行了行了，少说两句吧。"

"伯父，那您能听听我的请求吗？"

"好了，我心里有数，别说了。"

这时，又传来那兄长的声音。

"笨蛋，你有工夫说这些没用的话，还不如赶紧给客人们上茶去！"

公子自然不知道这船家在说些什么。就在这时，船舱里响起轻微的脚步声，他回过神来，只见姑娘端着茶走进来了。

"客官，您请用茶。"

姑娘说着，在公子面前有礼貌地坐了下来。

"多谢了。"

公子起身接过茶后，再一次坐下。

"饭菜也都为您备好了，稍等片刻就能享用了。"

刚才下船去方便的父亲此时踏着桥板回到了船上。与此同时，姑娘起身站起来，边起身，边目不转睛地盯着公子看。公子也回看过去，只见面前这姑娘生着一张白皙的面孔。

"船公，明天能动身吗？"父亲询问道。

那位上了年纪的船家用沙哑的声音回复说："明天准没事。这云啊，在半夜时就会散去，明早鸡鸣二声时就会起风，潮水也平下来了，明天晌午就能到丰桥。像今天这样骇人的大浪实在少见得很哪。"

"原来如此啊。我们父子不想在船上待太久，还是想明天早早地回到丰桥去啊。"

"客官，就算要回去，也要先填饱肚子啊。您啊，就好好歇着，等明天一早，睁开眼时，船已经出发咯。途中会给您二位做些吃的，您能吃上热乎乎的饭菜。"

"您都把话说到这份儿上了，那我就没什么可担心的了，船公您毕竟是船上的老手了。"

语罢，这位父亲才走回船舱，在公子对面坐了下来。公子一脸吃惊地看着自己的父亲。

"阿民，要是客官想要小酌几杯，你就去把酒烫了送过去。方才我和伯父喝的酒还剩下一些，兴许还够倒满一两合[1]。"

年轻的船公对姑娘如是说道。那位父亲闻言，高兴起来。

"多谢多谢！我只要一杯就足够了，您开个价，我付钱。"

父亲看着昏暗的船尾处说道。

"您说哪里话，哪有什么卖不卖的，只不过是昨天我们爷俩没喝完，剩下一些，送给您罢了。我和伯父买酒也不麻烦，待上了岸，再去喝就是了。"

"这岸上有酒馆？"

"可不，船公小憩的茶楼酒肆，应有尽有呢！"

"既是如此，白日里去岸上买些酒倒也无妨，只是夜里就不太方便了。您把酒卖给我吧，喝完一杯我就歇息了。"

那公子则像是突然想到了什么似的，端起茶碗啜着茶，他始终觉得负责在船上做饭的姑娘无时无刻不在注视着他。

"你喝茶了吗？这一整天都在海上，喉咙干得紧。"父亲体贴地对儿子说道。

"刚刚有人给我送来了茶，父亲您呢？"

公子想，若只有自己一个人有茶喝，未免有些不妥。

"我有酒喝呢，酒香胜过茶香啊。"

船上的渔火把四周都照得明亮无比。这时，手持烛台的姑娘将灯芯点亮后，走进船舱。

"嚯，点上灯了。船上的灯都点亮后，就能在这船上戏耍一番了。"

父亲一边说着，一边望向那姑娘的脸。

"饭菜都已备好了，待客官要的酒烫好了，我就给您送来。"

---

1　日本旧制计量单位，一合约为0.18升。——译者注

姑娘把烛台放在父子二人身边，转身就要回去。就在她转身时，她的视线再一次落在了公子脸上。公子有些羞涩，忙低下头看着桌上空空的茶碗。

"那就有劳姑娘了。"父亲说。

姑娘口中说着些什么，低头示意了一下，便向船尾走去了。不一会儿，她将煮鱼肉、米饭和温酒的小锅等一并端来，放在了桌子上。

"多谢姑娘。这船啊，和别的船不一样，因为有姑娘这样的人在，所有的服务都周到极了。"

父亲如此对姑娘说着，同时从小锅中将酒取出，倒满一杯，一饮而尽。

"小子，快来吃饭。"

虽然公子听到了父亲的呼唤，但由于姑娘在一旁站着，他害羞得不敢伸出手去。

"阿民！喂！阿民！"

这时，传来了年轻船公的呼喊声。姑娘满不情愿地转身看向后面，应了一句："怎么了？"

"我和伯父等会儿要上岸去，待客官们吃过饭后，给他们铺上坐垫，给船搭上草苫子。不搭上草苫子，客官们要受风寒的。"

"知道了！我会听你的，给他们铺上的。那我刚才说的，你也要照办啊！"

姑娘回应的声音中竟夹杂着几分异样的严肃感。

"行了！知道了，知道了！你看好船，你一个女人家，不该说的话可别乱说啊！"

这次姑娘什么都没说。两个船公在桥板上走着，脚底发出咔嗒咔嗒的声音。就这样，两个人上岸去了。在公子眼中，这两人黑黢黢的背影显得凶神恶煞。

"两位船公这可有的消遣咯！"

父亲两三杯酒下肚，心情顿时舒畅了许多。

"客官哪，我们去去就回。您要是有什么吩咐，就对那女娃说，不必客气。我和小侄两个人就喝一杯，很快便回来。"年长的船公在远处声音嘶哑地这么说着，没待客人回话，他又说道："照这会儿的风向来看，明天定是大吉大利的顺风哩……"

两个人想是已经到了对面的山崖，那船公的声音渐渐听不真切了。岸上有三四盏灯明灭可见。那父亲将本想回应船公的话憋回肚里，转头看向姑娘道："姑娘，方才那船公，我是说那位上了年纪的船公，是你的伯父，对吧？"

"正是。另一个是家兄，只是伯父与兄长二人都让人不知该如何是好。"

父亲没懂姑娘所说的"不知该如何是好"是什么意思，遂又问道："你是说那二位都嗜酒如命？"

"嗜酒如命倒也谈不上……"

姑娘好像无意继续说下去似的，缄默不言。父亲突然想到，那叔侄二人上岸，莫不是寻欢作乐去了？

"难道那二位是沉迷享乐不成？"

姑娘稍加思索后，说道："正是如此。他们沉迷享乐，又好饮酒，真是拿他们没办法。"

"哈哈，毕竟是吃这口饭的生意人，行事稍有放荡，也情有可原。姑娘一直都在船上吗？"

"是的，小女在家乡无亲无故，只得倚身在这舟上。"

"姑娘家乡在何处啊？"

"在鸟羽县附近。"

"鸟羽县附近……"

父亲重复着姑娘的话，同时他又注意到一旁的公子还迟迟没有动筷。

"快吃饭啊，愣着干什么呢？"

"这就吃。"

说完，公子才终于将饭碗端了起来。

"我这就把盛米饭的木桶和热茶给二位客官送过来。"

姑娘的视线迅速掠过公子的脸庞，随后她起身往船尾去了。

"但凡是船公，都一个德行呢。"

父亲此时小声鄙夷道。

"当真如此吗？"公子自言自语道。

这位公子已经被船上的姑娘深深吸引，未能彻底理解父亲所说的话。

"那姑娘有这种伯父和兄长，也实在可怜呀。"

不一会儿，姑娘端着盛米饭的木桶和陶壶走过来了，于是父亲换了副表情，一本正经地将剩下的酒喝得干干净净。

"这会儿心情着实舒畅了，我也要用餐了。"

"船里还余些酒呢，我再给您温一些？"

"不必了，对我来说，这一合已经够多了。"

"那我就把米饭和热茶放在这儿了，客官慢用。"

说完，姑娘转身走回了船尾。公子匆匆瞥了一眼那姑娘的一双玲珑玉足，然后迅速往嘴里塞着鱼肉。鱼肉鲜美无比。公子趁着这会儿没被那姑娘盯着瞧，赶忙用餐。

不多时，公子便吃饱，将筷子搁下了。看起来，他似乎对父亲不慌不忙享用餐食略为不满。

"父亲，您不觉得这船上好生烦闷吗？"

父亲正吃得津津有味，听到这话也没抬头，只回答说："今天晚上这一夜坐在船上是要辛苦些，待到明天晚上，就能舒舒服服地歇息了。"

"我真想去岸上看看。"

"在这个地方，要想找个旅馆住的话，可得花大价钱，在船上不过一夜劳顿罢了。"

"孩儿并不是想去旅馆，就是想上岸走走。"

"这地方人生地不熟的，你可别掉以轻心啊。"

"不要紧，这里不过弹丸之地，想迷路都难。"

"如果你当真想去，也并非不可，不过可得留神脚底。"

"您同意我去了？我就去那边看一看，一会儿就回来。"

话虽如此，但其实这个公子并不想离开姑娘去太远的地方。父亲将最后一点饭倒入盛有热茶的陶壶中，继续吃了起来。

"千万莫失足掉到海里去，一定要小心啊！"

"那孩儿便去了。"

"去吧去吧，不过，可别买些不中用的东西。"

"我什么都不会买的。"

"那就好。去那边看看，看完立刻回船上来，知道了吗？"

"知道了，我去去就回。"

公子敷衍地说着，一心想要到岸上去不可。他穿上放在旁边的一双草鞋，走上了桥板。不知道那姑娘现在在做什么呢？想到这里，公子悄悄朝那边看去。船尾处，那张白皙的面孔映入眼帘。公子瞧着那可人的面庞，想要说些什么，但由于害羞，还是没有说出口，只是沉默着走到了桥板的另一端。

"喂！你可一定要小心啊！"

公子耳边传来父亲的叮嘱声。

"父亲放心吧！"

这话虽是回应父亲，但公子却更想要说给姑娘听。说着，这公子就登上了岸上的山崖。

"速速回来啊！"

父亲再一次呼唤着。公子无心理会，继续往崖上走。悬崖上的嶙峋怪石被清透的月光照着，散发出微白的光芒。

不一会儿，从亮着灯的人家传来两三个人的说话声。那声音听起来像是喝醉了酒一般。难道两个船公在这户人家吃酒呢？这一念头一闪而过，公子并没有好奇心对这一问题深究，他的思绪全在船上的姑娘身上。

这公子到了岸边，心头尽是方才那姑娘的一颦一笑。那如波似水的双瞳，那青黛般的眉毛，那丰润的双唇，全都萦绕在他心间。他十分想要和姑娘独处说说话。那船公叔侄二人一时半会儿还回不来，要是父亲能早些休息的话，准能和姑娘说上两句话，公子思忖着。

这么想着，年轻的公子便踏着布满石子、凹凸不平的小路走下了山崖。前面有一栋低矮的小屋，看起来好似一只蹲着的蟾蜍，公子从这小屋旁经过，便到了小船停泊的港口。公子停下脚步，向船里望去。烛台的灯光十分微弱，只能瞧见船舱，公子无从确认父亲究竟睡下没有。

这时，桥板处突然传来轻微的脚步声，有人朝这边走来了。公子的心跳瞬间加快了。眼前出现了船上那肤若凝脂的姑娘的面庞，公子欲言又止。

姑娘走上前，说道："我对你有一些……"

公子努力平复心情，若无其事地说道："对我有些什么？"

"有一些话，不得不讲。"

"是什么事啊？"

"这话说来有一点唐突。"

从这声音听起来，姑娘似乎有些痛苦。公子心想，自己的期待怕是落空了。

"究竟怎么了？"

"这话说来有一点唐突。"

姑娘言语间透着紧张不安。说着，她往前面走去。公子好奇地跟在姑娘身后。

刚穿过一片低矮的树丛，就看到了一块巨大的黑色礁石。姑娘走到这里，便停下了脚步。

"请借一步说话。"

公子按照姑娘所说，随姑娘一同在巨石后蹲下身去，随后看着姑娘的脸，又问道："究竟是什么事？"

"这话说来实在唐突。"

姑娘一副犹豫不决的样子，再次从口中说出这句话，然后开始小声啜泣起来。公子一时慌了神。

"姑娘，你怎么了？"

"我接下来要说的事，一定会令公子大吃一惊。公子有所不知，我的伯父和兄长并不是什么好人，他们本是让人闻风丧胆的强盗。他们二人合计要取你们父子二人的性命，夺你们的财物。"

公子闻言，战栗不已。

那姑娘继续说道："有我在，无论怎样，定不会让你们陷于危险。可他们是无恶不作的强盗，本想早些知会公子，但我想到公子得知此事后，定会上岸逃跑，岸上有他们的同伙等公子自投罗网，这一去，反倒无异于送死。因此，我想先告知公子，再请公子向令尊转达此事，想想办法看怎么对付伯父他们。等下我们就回到船上去，一起商量对策，切不可弄出大动静。"

"我们小心一点，谨慎一点，应该不会有事吧？"

公子声音发颤地问道。

"不会的，不会的。我既然告诉公子伯父与兄长是恶人的实情了，今后也不能与他们相见了。到时，还请公子不要抛下我啊。"

"别说这话了，我一定会照顾好你的。我本是丰桥人氏，名叫山村。如果我到时背信弃义，就让我遭天打雷劈。"

"总之，我们现在就回到船上去，与令尊共商此事。公子不必过虑，不过要小声一点，小心为上。"

"好好好，我不会弄出大动静的，我们快走吧。"

公子心急地站起来，小跑似的快步走在前面，那姑娘紧随其后。公子已经分不清路上的障碍物究竟是小树枝还是碎石了，回船上去的这一路上，他跌跌撞撞，最后跟跟跄跄地走过桥板。

船舱里，父亲将一个坐垫卷起当作枕头，朝向船尾的方向躺着，此刻正在熟睡。公子焦急不已地伸出双手摇动父亲的肩膀，边摇边叫着："父亲，父亲，快醒醒！"

父亲终于睁开惺忪睡眼，问道："怎么了？"

"大事不好了！您快起来吧！"

父亲闻言，坐起身来，但似乎还没彻底清醒，看起来迷迷糊糊的。

"请务必小点声，这样就不会出事的。"

姑娘也到了船舱里，坐了下来。

"到底什么事？"父亲继续问道。

"姑娘告诉我，这船上的船公乃是强盗啊！"

"什么？强盗?！"

父亲也吓了一跳，回问时，声音也是颤颤的。

"虽然他们是强盗，但您不必过虑，我自会把您二位送到丰桥，您切莫大声吵闹。"

父亲一言不发地看着姑娘的脸。姑娘继续说道："我的伯父与兄长乃是凶狠的强盗，他们决定今晚谋财害命，但您无须插手，只要静静睡着，我自有办法应对。"

"父亲，姑娘说，她与伯父和兄长决裂后，就无依无靠了，希望我们能帮帮她。父亲，咱们可不能见死不救啊！"

父亲看了看公子，又看了看那姑娘，缓缓道："也好，也好，我们逃脱之后，你们二人可结为连理。"

"千万要安静，二位就请在这里睡下。我方才已经将伯父他们的兵器扔到海里去了。就算他们要上船，我也不会让他们靠近一步。"

姑娘一边说着，一边用一双星眸望着公子。公子心中似有大石落地。

"那么，就有劳姑娘了。我们父子二人只需躺着即可吗？"父亲再一次确认道。

"正是，二位请睡下歇息吧。"

"那我们便听姑娘的。"

父亲躺下后，公子也跟着躺下了。姑娘手持烛台，返回船尾。

这父子二人都竖起耳朵听周围的声音，时不时还微微抬头想偷偷看看船尾的情况。

没过多久，两人耳边传来岸上的人说话的声音。

"哥哥！"船上的姑娘率先朝岸上搭话道。

"怎么了？你还没睡呢！"

"我刚醒来，伯父和你在一起吗？"

"在一起呢，伯父喝得烂醉，我正搀着他往船上走呢。"

"那你们静静地上船来吧！"

"这就来。伯父，醒醒，该上桥板了。"

桥板上响起了吧嗒吧嗒的脚步声。说时迟那时快，只听到咔嚓一声，似乎是桥板断裂的声音。接着又是扑通一声，似有庞然大物落入水中。紧接着，听起来桥板也坠入水中。

"二位客官，快起来！船要出发了！"

姑娘在船尾大声叫着。那父子二人连忙起身，立在船舱中央。

"二位现在不必担心了。但是他们二人缓过神来，还有可能会游过来，到时二位若是看到他们扒着船舷想要上来，立刻打退他们就是了。"

不一会儿，小船就摇摇晃晃地出发了。解下缆绳的姑娘立在船尾，双手紧握着船橹。

小船终于驶离了岸边。


这艘载着参拜神宫返回的父子二人的小船，在那一夜的拂晓时分从一座小岛旁经过。船上摇橹的是年轻的女船公。天空暗淡无光，唯有两三点星子在闪烁。

那位父亲从船舱悄悄挪步到船尾，突然出现在姑娘身后，趁其不备，猛地将她推下海去。姑娘手里还握着船橹，就那么坠入海里了。

刚一落水，由于手中还握着木头船橹，姑娘一时漂浮了起来。父亲见状，从身边拿起船桨，狠狠地向姑娘挥去，一下又一下。姑娘死死地盯着那父亲，终于松开了抓着船橹的双手，沉下了水底。

"父亲，出什么事了？"

在船舱中睡着的公子被这骇人的声响给惊醒了。

"强盗家的女人怎么能带回咱们家里去，这船我来划！"

说着，父亲用船桨将漂在海面上的船橹给拉到身边，安在船舷。小船又一次出发了。


这对参拜完神宫坐着海盗船返回的父子，乃是丰桥某町上姓山村的大户人家。父亲名叫山村嘉平，那公子叫山村嘉市。

故事发生三年后的某一天，山村家门口有五六个童子正在戏耍，突然来了一个姿色过人的年轻姑娘，径直朝山村家走去。小孩子们没见过这姑娘，好奇地跟在她身后，走到了山村家宅子的玄关处。那姑娘好像对此处十分熟悉，也无须他人引路，一言不发地直接拉开纸门就走到屋里去了。

那时正值炎夏，山村嘉市因身体抱恙正在休息。不知何时，正在熟睡的嘉市似乎听到隔壁房间传来痛苦的呻吟声。他惊慌失措地起身跑进隔壁房间，只见一个年轻姑娘正跨在父亲身上，死死地掐着他的脖子。

"啊！"

嘉市见状，不由得惊叫着跳了起来。可那姑娘转眼就消失不见了。那时，父亲山村嘉平已经窒息身亡了。

"是那姑娘啊！是那姑娘啊！"

山村嘉市叫着，自此发了疯。

# 怪学生

北海道某大学的后面是一个农园，旁边是个操场，操场尽头是长满草的堤坝。这个堤坝一直延伸到农园，另一侧是一块墓地。

某一年，这个大学里有一个学生，是个瘦高个，脸色异常苍白，而且总是一副郁郁寡欢的样子。这个学生总是独自一人在教室或操场的角落里发呆，所以除了一个叫M的学生认识他，大多数人都不知道学校里还有这样一个人。M之所以认识这个学生，是因为他们俩住在同一个宿舍，床铺还是挨着的。他们的宿舍在二楼靠里面的位置，共有六个人住。

不过，要说认识，也不过是早晚打个招呼而已，M对这个学生的情况也是一无所知。有时想要聊两句，对方总是显得非常不耐烦，只得作罢。

一天夜里，浓雾弥漫，M不知为何翻来覆去睡不着，刚有一丝困意的时候，却听到周围有窸窸窣窣的声响。屋子在窗外白雾的映照下稍微有些亮光，M借着亮光悄悄地看向发出声响的地方，只见那个怪学生趁室友们都睡着了，起身正在穿衣服。

M不禁暗想，这个怪学生总是一个人神神秘秘的，这是要去哪儿啊。他抑制不住好奇心，决定悄悄地跟在后面。这时，只见怪学生四下张望着，悄悄地推开门出去了。

　　M赶紧穿上衣服，跟了出去。怪学生十分谨慎，边走边时不时地回头张望，走到走廊尽头，马上就下楼去了。M像蝙蝠一样紧贴着墙，一路小心翼翼地跟在后面。一楼通向操场的门已经锁了，可M发现怪学生根本没去开门，而是直接爬上了门边的鞋柜。原来鞋柜上面有一个采光的小横窗，怪学生四下看看没有人，就打开横窗的玻璃窗扇，像猫一样匍匐着爬出去了。这一连串动作一气呵成，看来是经常从这里出入。

　　从楼梯上一直观察着的M也学着怪学生的样子，从小窗爬了出去。M脚跟还没站稳，只见怪学生快步地向前走着，身影已经快要消失在白雾之中，M也只好一路小跑起来。然而，等他到了堤坝附近，却不见了怪学生的身影。堤坝的另一边就是墓地了。难道这家伙是在墓地里和人私会吗？M暗想着，好奇心驱使着他翻过堤坝朝墓地深处走去。

　　墓地里竟然也没有怪学生的踪影。但M觉得怪学生应该不会去墓地以外的地方，便穿梭在墓碑之间寻找着，然而还是一无所获。来来回回找了将近半个小时，M累得气喘吁吁，于是停在一块大墓碑边上稍微休息一下。他无意识地看着前方，这一看，竟有了新发现，前方两米左右的地方好像有一个挖出来的土堆。M心想，这应该是为了下葬挖的，要不然就是挖了没用过的。正当他专注地看着土堆时，他猛然发现土堆边上好像蹲着一个怪物。M借着雾中微弱的光看清了怪物的脸，是怪学生！怪学生嘴边沾满了猩红色黏糊糊的东西，因此嘴巴看起来像是一直咧到了耳朵根一样，面目显得格外狰狞。只见他正拿起一块血淋淋的东西。

　　"啊！"

　　M吓得不顾一切地往回跑去。惊慌中，他已经分不清方向，一头撞倒了石碑，他也被绊倒，重重地摔在了地上。而他此时已经顾不上喊疼，爬起来便继续逃命。好不容易跑回了宿舍，他一边疯狂地拍打着大门，一边大喊："快给我开门呀！快呀！"

　　熟睡中的学生们都从梦中惊醒了。当门打开时，M已经吓得说不出话来，他径直走回自己的宿舍，躺下了。可看见那种画面，他怎么可能睡得着。稍微恢复了平静后，他开始回想怪学生的种种举动。他想得太投入了，连有人悄悄地走到身边都没发现。忽然，他的被子被掀开，他又看到了怪学生那张惨白且狰狞扭曲的脸，那血红色的嘴一张一合，发出沙哑的声音："是你，是你看见的对吧。"

M一时间只觉得血全都涌到脑袋里，随后便吓得昏厥了。就在同宿舍的学生们手忙脚乱地照顾他、唤醒他时，那个怪学生已经消失得无影无踪了。

到了后来，M才听说这个怪学生有麻风病，因听信了死尸可以治病的迷信说法，所以才去挖死尸吃。

# 抱白色小狗的女孩

夜已经深了，一位出租车司机开车经过护国寺的墓地。车灯只能照亮前面的一小块路面，驱不散四周浓浓的黑暗。路两边不时传出几声凄厉的鸟叫，穿透绵密的发动机声，刺进司机的耳朵。司机觉得有些冷，赶紧深踩油门，想要离开这个地方。这时，路边突然出现一个女孩子，右手抱着一只白色的小狗，左手挥动着在拦车。

司机有些犯嘀咕，深更半夜怎么会有女孩子来这种地方。但想想干瘪的钱包，他还是把车停了下来。女孩上了车，只说了句"去逢初桥"，就转头看向车窗外，不再搭理司机。

司机默默地发动车子，不一会儿就到了目的地。女孩说道："请在这里等我一会儿。"司机还没来得及回答，女孩就抱起小狗下了车。路旁有户人家，门脸装修得很是气派。司机看着女孩走了进去。左等右等，过了快一个小时都不见女孩出来，司机有些着急，便把车熄了火，敲响了这户人家的大门。

不一会儿，里面出来一个老太太。听司机说明来意后，她疑惑地说："我们家没有女孩子啊。"听老太太这么一说，司机明白了：女孩是不想付钱，从别的地方逃走了。他正转身要走，无意间向院子里看了一眼，只见里面趴着的可不就是女孩抱着的那只小狗嘛！

"那只小狗就是她抱来的！"司机指着小狗着急地说。

老太太的脸色当即就变了，她拉着司机的手问道："抱着这只小狗？真的是这只小狗吗？"

"没错！"司机把女孩的相貌又细细地描述了一遍。听着听着，老太太的眼泪流了下来。"照你这么说，那真的是我家女儿。明天是她的周年祭，所以她今晚赶回家来了。"

说完，老太太返身回到院子里，边流泪边抱起小狗来，不停地摩挲着它，久久不愿放下来。

# 厨师与女仆

东京近郊的矮山上坐落着一家旅馆，一名女子从二层阁楼上下来后，转身朝厕所方向走去。在梅花盛开的季节，她偶尔会被叫到旅馆里陪客献艺，但还从没有晚上住进来过，而且还是单独和一个客人一起。从前来的时候，没觉得附近这么幽深冷清，现在一个人去厕所，不禁感觉背后有丝丝凉意。她原本还指望着能在半路上遇到侍女，这样就可以假装不认识路，让对方陪自己过去。但像这种和客人结伴过夜的地方，哪里会有侍女跟来呢？她摇了摇头，心想，只能靠自己了。

这家远近闻名的旅馆古色古香，整体皆为木制。不过或许是年代已久的原因，虽然使用的木材粗壮又结实，整体看上去也十分牢固，但在当下这个新兴时代，还是显得有些不入流，仿佛一位耄耋老人正站在风起云涌的洪流交汇口一般，沧桑无力。房檐下挂着的电灯摇摇晃晃，昏暗不明。女子借着灯光，从阁楼的楼梯口走了出来，她想了想厕所的位置：先往左走，待走到尽头后，往右一拐便是。从外廊到厕所之间还有一条一步宽的游廊，白天路过时，女子看到游廊下有一条清澈见底的小水沟，周围长满了石菖蒲。游廊前方还有一道用寒竹模样的小竹子编成的篱笆墙。她走到篱笆墙后面，看到左侧是男厕，右侧是女厕，男厕看起来和公共厕所差不多。厕所对面设有洗脸台和洗手池，墙壁上还嵌着一面巨大的镜子。她一个人提心吊胆，想赶紧速战速决。然而，就在她刚想冲进去时，她发现门口竟然还站着两个人在排队。估计是太过惊慌失措，所以她刚刚根本没看到还有人在场。女子一下子觉得特别尴尬，小脸登时涨成了番茄色，迅速转身排在了他们身后。

女子悄悄地打量前面的两个人。其中一位是年轻男子，身着印字的短褂，看上去像是一名厨师；另一位则是侍女装扮，身材窈窕，头上梳着银杏发髻。此处女厕有三个单间，不过既然他们两个人都站在这里排队，那估计是里面的单间都人满了吧。女子等了一段时间，发现并没有人从厕所里出来。她心急如焚，心想，不然再去找找其他厕所。于是，女子回到了二层阁楼的房间。推开门，女子看见客人靠着长箱火盆，嘴里叼着根烟，正吞云吐雾。

"回来了。"

她心情很不爽，开口便发起了牢骚："去是去了，但是人太多了，我站在外面等了好久，也不见人出来，不知道他们在里面磨蹭些什么。不光我，还有两个人在那里排队呢，一个看上去像厨师，另一个像侍女。"

"一个厨师和一个侍女？什么情况？"

"应该是旅馆里的人吧？"

"估计是吧。不过，现在他们应该已经走了。正好我也要去趟厕所，一起吧。"

"现在里面肯定还有很多人。"

"没有了，相信我，走吧。"

男人重新点上一根香烟，起身走出房间。女子被男人半拖半拽着跟在后面。到了厕所，发现里面空无一人，简直好像做梦一般。如厕后，两人一同回到了房间。第二天清晨，两人驱车回男人的海滨住处。路上，男人笑着问道："你觉得你昨晚在厕所门口遇到的那两个人是什么东西？"

"什么东西？你什么意思？"

"其实他们都是幽灵，时不时会在那里露个面。"

"什么？"

"你不用管他们，直接进去就可以了。他们也不会对你怎么样的。"

"你早就知道了？！"

"哈哈，我跟他们是老熟人了。"

当天晚上，女子被叫到自称是杂志记者的三位客人面前陪酒，同样被叫来的还有一个女子认识的姑娘。

"你最近有没有听说一件怪事？"相识的姑娘讲起了她听说的事情。

听那姑娘讲完，女子发现对方讲的竟是她昨晚的神秘经历。

"你说的这件事我可亲眼看到过哦。"

"看到过？我说的可是山上那家旅馆。"

"没错，就是那家旅馆，昨天晚上我和他们还打过照面。"

"真的假的？你看到那个厨师和侍女了？"

"对呀！"女子扬扬得意地回答道。

# 黄灯

　　入口的拉门唰啦一声开了，一个学生模样的人将还带着雨珠的蛇目伞收好，走进了那昏暗的房间。他个子很小，身穿一件学生外套。店老板早已经为明天一早开店做好了准备，这会子正坐在餐桌前享受着美味的饭菜。老板端起酒杯，望了一眼门口的方向。

　　"欢迎光临。"

　　老板见过这学生，他寄宿的人家就在坡道下，但想不起究竟是谁家。

　　"有豆腐吗？"

　　"豆腐啊……"老板说着，望了一眼老板娘的方向。老板娘这会儿已经吃完了晚饭，正在脚炉旁取暖。"这后生说要豆腐，还有吗？"

　　"哦，还剩下一些。"老板娘转头望向门口，想借着灯光看清楚来客的模样，但那客人正好站在拉门后的背光处，无论如何也看不清他的身影。不过老板娘仍然热情地招呼道："欢迎光临！"

　　"三块就好。"那学生说道，紧接着又咳嗽了三声。

　　"三块啊，那还够。不知您是哪位？"老板娘站起身来。

　　"他是坡道下的……嗯……"老板还是没有想起来。

"是坡道下的桐岛家。"学生答道。

"啊，是桐岛家的啊，瞧我这记性。府上是要用豆腐做什锦锅吗？"

"不是，好像说要做豆腐火锅。"

"哦，做豆腐火锅啊。知道了，马上送去。"

老板娘走上前来。

"真是辛苦您了。听说您家老爷身体抱恙，不知现在情况如何？"

"老爷肾脏不太好，今晚来守夜的人说现在天寒地冻，想吃点热乎的，好下酒。"

"嗯，那可真是受苦了。人就是这样啊，无论地位多高，都难保不生病。"

"虽说有两个专家专门负责老爷的饮食起居，但这病确实有些棘手，一时半会儿也治不好。"

"的确如此啊。"

"豆腐我就带走吧。"

话音刚落，老板立马答道："瞧您说的，这就给您送到府上。"

"我带走就行了，天已经不早了，外面还下着雨。"

"不用客气，放心吧，这就给您送去。"

老板娘直恨丈夫多嘴，若是丈夫不提，这学生肯定就自己把豆腐带回去了。

"那就有劳您了。"

那学生晃了晃头，一转身走了出去，随手关上了门。紧接着就听到了撑伞的声音。

"你送去吧。你说要送去的，那你就送去好了。如果不是你多嘴，就可以让那学生带回去了。天这么冷，要是因为这两三块豆腐染了风寒，就太不划算了。"老板娘低头看着丈夫，喋喋不休地抱怨道。

老板见学生走了，迫不及待地端起了酒杯。

"我们都送过多少趟了，他们可是老主顾了，别这么说。"

"就算是老主顾，我们也经常去，你让那学生带回去也没什么关系嘛！"

"哎呀，别这么说。老主顾嘛，没办法，快送去吧！"

"我送吗？不去！你说要送去的，还是你去吧。"

"哎呀，别这么说。还是你去吧，他们可是老主顾。"

"话是这么说，但我还是不想去。就算是天上有月亮的时候，寺庙那一带都够吓人的，更别说今天晚上了。天这么黑，还下着雨，我不敢去，还是你送去吧。"

"别说了，快去吧。天黑的话，就带上灯笼。"

"还是你提着灯笼去吧。"

"你怎么说不听呢！"这老板其实是个胆小鬼，他无奈地端起酒杯一饮而尽，随后又将酒杯斟满，"别啰唆了，早去早回吧。"

"我还是害怕，你要是不多嘴就好了……"老板娘将心中的不快一股脑吐了出来，这会儿只觉得浑身轻松。她走到门口，站在灯光昏暗处为出门做准备，只听得窸窸窣窣的声音响起。老板听见声音，脸上露出一丝苦笑，口中还嘟嘟囔囔地说着什么，但那唠叨声在老板娘听来却十分可笑。

"确实，大冷天的……但既然说了，也没办法啊。"

老板娘将豆腐放进食盒里，拿起雨伞出门了。老板目送着她离去。门关上了，老板咂舌道："蠢婆娘。"

餐桌上，电灯散发着昏黄的光。老板望了一眼灯泡，又瞥了一眼右手边。那边有一扇拉门，隔壁便是厨房。拉门上有两三个破洞，昏暗的灯光静静地照在拉门上，只见灯影幢幢。老板突然感觉后背发凉，战战兢兢地四下查看了一番，却没有发现任何可疑之处。他这才舒了一口气，举起酒杯，将杯中酒一饮而尽。

但老板还是觉得门口那里有些不对劲，于是向左边望了望。听到门外淅淅沥沥的雨声，他不由得担心起外出送豆腐的妻子。老板不禁开始想象：老板娘手里拎着食盒，从陡坡上下来之后，沿着坡道尽头的寺庙石墙向前走，之后又向左拐。路灯昏黄的光线映照在寺庙门口的红松上。长长的石墙里是郁郁葱葱的杉树形成的天然篱笆墙，透过树木的缝隙依稀可以看见寺庙内的石碑。石墙旁立着三三两两的电线杆。右侧的人家早已关上了屋门，橘黄色的灯光穿过门缝照了出来。冰冷的细雨在灯光的映照下形成一条条斑驳的花纹。

老板娘在路口处向左拐，拐角处有一根电线杆。突然，不知从哪里冒出一团幽蓝的鬼火，一眼望去像极了萤火。只见那鬼火直冲着路边的电线杆撞了过去，随后便碎成了小颗粒，簌簌地飘落下来……

老板害怕极了，连呼吸都变得不顺畅了。他紧紧地靠在餐桌上，时刻观察着四周的动静，一会儿看看门口，一会儿又望望右边的拉门。这时，他感觉拉门上的破洞后面隐藏着一双可怕的眼睛，在黑暗中闪着寒光。他逃也似的跳了起来，慌乱地抓起脚炉上的被子蒙上了头。他蜷缩成一团，瑟瑟发抖，活像受了惊吓的小猫小狗。

过了好一会儿，老板那颗悬着的心才逐渐放下来。算算时间，妻子该回来了。他想，趁妻子还没回来，他得赶紧起来才行。于是，他小心翼翼地将蒙在头上的被子拉开了一条缝，竖起耳朵，想听听外面是否有脚步声。

然而，他听到的只有雨声。这时，他想起三四天前曾听人说过鬼火的事情。他眼前再次浮现出这样的画面：萤火一般的幽蓝色的火球一下子撞到电线杆上，瞬间四散开来。

"据说那是桐岛家的某个学生的魂魄。他在一场车祸中丧生，肇事者至今不知所终。后来，那魂魄化作鬼火游荡在人间。"

老板的耳畔又回响起前些日子听到的话，那是他从桐岛家隔壁的大杂院里听来的。

"虽说是有钱人家的少爷，却是个无可挑剔的好孩子，莫名其妙出了车祸，这里面肯定有什么不为人知的原因吧。"

他又想起了坡道下那家理发店老板的话。

"大宅门里的事，我们这些人是不会懂的。"

在聚会上听过的各种豪门家族内斗的故事像电影一般从老板脑海中闪过。这时，他听到外面传来了开门的声音，来人似乎很慌张。老板吓了一跳，连忙掀开被子，想要起身。

"冷死了，冷死了，可不得了！"老板娘冻坏了，她收起湿漉漉的雨伞进了屋，正看见丈夫刚刚掀开被子，还没来得及站起来。

"你可真是个胆小鬼，不害臊吗？"

"蠢婆娘，我有什么可害怕的！没人伺候我吃饭，我才在这里等的。"

老板生怕老板娘看出他是躲在被子里，便装作若无其事的样子，从被子里爬起来，在餐桌旁坐好。

"你要是不害怕的话，为什么还没吃饭呢？饭菜不是都准备好了吗？"

老板娘走到暗处，将食盒放在了架子上。

"家里就我一个大男人，谁给我盛饭啊？"

"不用出门送货，你就又开始摆架子了是吧！"老板娘走上那狭长的檐廊，想趁机灭灭丈夫的威风，"幸亏你没去，我都吓坏了，要是你去的话，还不知道得吓成什么样子呢！"

"什么？你说什么？"老板一下子变了脸色。

"有不干净的东西……"老板娘一副害怕的表情，从长方形火盆和餐桌中间挤过去，将丈夫掀开的被子整理好，又在脚炉边坐了下来，"我看见了，以前只是听人说过，这次是真的看见了。"

"什么东西？"

"回来的路上，走到路口拐角处的电线杆旁时，我看到从远处飘来了一团蓝色的鬼火，一下子撞到了电线杆上。"

老板紧紧地靠着餐桌。老板娘不动声色地观察着老板的一举一动。

"我想看个究竟，就一直追到了坡下，刚好看见有三个学生刚从坡上下来，才总算松了口气。"

老板没有说话，只是叹了口气。老板娘放声大笑道："真是个胆小鬼！"

老板这才反应过来妻子是在捉弄他。

"真是的，竟然跟我开这种玩笑，我才不怕呢！"

"你胆子可真小。"老板娘收起笑容，摆出一副严肃的表情说道，"好了，快吃饭吧。"

"开什么玩笑，有什么可怕的！"

老板说着，又挺了挺胸脯。


老板娘坐在枕头边，将身旁的丈夫摇醒。老板勉强睁开了眼睛，却又实在困得要命，他用左手指尖挠了挠右手的手腕，迷迷糊糊地说道："时间还早，这么早起来做什么？"

"不早了，已经四点了，快起来吧。"

"四点也不算晚啊。"

"不行！现在正是日短夜长的时候，不早起的话，就什么都赶不及了，快起来吧！"

老板娘说着，又摇了摇丈夫。老板拗不过妻子，只能爬了起来。他蹲在褥子上，眨巴着惺忪的睡眼。昏黄的灯光在寒冷的空气中闪烁着。老板娘早已经穿好了黑色罩衫，这会子正在长方形火盆边烧水。

"还在下雨吗？"

"已经停了。我这就去做饭，你先帮我打开煤气炉，再把大门打开。"想想外面冷冽的寒风，老板心里一万个不情愿。更何况外面仍漆黑一片，光是想想，他就毛骨悚然。

"吃完饭再开门也来得及。"

"那可不行，不能坏了做生意的规矩！快去开门吧！"

这时，厨房里飘来一股烧焦的味道。老板娘赶忙跑进了厨房。

老板虽然不情愿，但又想着若是再耽搁下去，肯定又免不了妻子一番奚落，她一定又要说自己是胆小鬼了。于是，他只能硬着头皮站起身来，拿起火盆一头的搁板上放着的火柴，走到门口处，踮着脚将煤气炉的开关打开，随后又用火柴点火。青白色的火焰跳动着，照亮了磨豆腐的石磨，也照亮了制豆腐的那口大锅。

老板点好火，将火柴盒塞进怀里，向大门的方向走去。他拉开纸门，又伸手去开门锁。那门锁如寒冰般冰冷刺骨。他猛地用力，将门锁取了下来，只觉得指尖隐隐作痛。紧接着，他伸手去开防雨门。这时，他突然感觉门外好像站着一个怪物，但不清楚究竟是什么来头。他的心瞬间提到了嗓子眼，但他还是硬着头皮将门打开了一条缝。

一股寒风袭来，老板吓得大气都不敢喘一下。发现门外压根没有什么怪物后，他才放心地走了出去，打算将防雨门推开。

"老板！"

突然一声叫喊声传来，着实让老板吓了一跳，他的心脏剧烈地跳动着。循声望去，只见一个穿着学生外套的少年已经站在了面前。

"昨天真是太晚了，实在抱歉。"

原来是桐岛家的那个学生，昨晚刚来买过豆腐。

"哎呀，原来是桐岛家的后生啊！"

"嗯，是我。今天我家老爷还要再买一些豆腐，不知您能否随我去府上一趟？"

老板马上想起了路口拐角处的那根电线杆，心里直犯嘀咕，但转念一想，天马上就大亮了，去一趟也无妨。

"一大早又来麻烦您，实在过意不去，不知您能不能跑一趟？"

"没问题。"老板说完，又转过头朝屋里喊道，"我说，桐岛家说有事情要我去一趟，我去去就回。"

屋里传来妻子的声音："那就去吧，但现在是不是太早了？"

"老爷生病了，大家伙都没睡，所以也就不在乎什么早晚了。"

二人结伴而行。

"唉，真是难为你们了，老爷的病好些了吗？"

"还是不见好，真是没有办法了。"

老板一边走，一边抬头望了望天空。那黎明的天空中布满了乌云，几颗星星孤单地闪烁着。不管怎样，天马上就要亮了，想到这里，老板心里生出一丝喜悦。

行至坡道陡急处，二人停止了谈话。老板走在学生的右后方。寺庙门口的红松仍然被电灯昏黄的光线映照着。突然，老板意识到方才二人还没下坡时，明明眼看着天就要亮了，现在已经走到了坡下，反倒没有了黎明时分的样子，四周一片漆黑。他开始害怕起来。

"天还这么早吗？"

老板此时只能看到学生苍白的侧脸。

"怎么会呢？天马上就要亮了。"

石墙边电线杆的轮廓看起来十分可怕，藏在杉树篱笆墙后面的石碑也闪着寒光，老板的心情随之阴郁起来。他紧走两步，赶上了走在前面的学生。

片刻之后，二人来到了路口拐角处。老板战战兢兢地朝电线杆的方向望去。除了一根黑漆漆的电线杆以外，什么也没有。尽管如此，从旁边经过时，老板还是屏住了呼吸，小心翼翼。

之后又走了将近半町[1]的距离，二人终于来到了桐岛大宅。花岗岩砌成的大门楼上还亮着灯，大叶桂樱的树枝在灯光中微微摆动着。

那学生从左边的小门走了进去，老板紧随其后。门内是一间门房，屋子不大，装着磨砂玻璃，屋内也亮着灯，却没有看见守夜人。

学生朝着正门玄关的方向走去。若要去厨房，就必须从这里向左拐，然后再沿着竹篱笆前行。

"不是这边吗？"老板停下了脚步。

学生招招手，示意老板跟上。老板只能朝学生的方向走去。萧瑟的寒风吹动着庭院里的花木。

玄关前有一个圆形的花坛，里面长满了高大的铁树。电灯的光线照在锯齿状的树叶上，又反射回来。玄关左边停着两辆汽车。玄关口放着皮鞋、木屐，有十来双鞋，拉门紧闭着。学生走上玄关。

"我在这里等您吧。"

老板心中思量着，以自己的身份，进门怕是不合规矩。但那学生轻手轻脚地打开了拉门，又回过头来向他招手。

"这不合适吧。"

学生没有说话，继续向老板招手。无奈，老板只能上了玄关。玄关的火盆旁边坐着另一个学生，此时正用一只胳膊撑着火盆打盹。

那学生直接走了进去，老板只能乖乖地跟在后面。不知不觉，他们已经走到了檐廊上。檐廊左侧的一排房间灯火通明。他们向左拐了个弯，继续前行，尽头是一间西式房间，房门紧闭。学生打开门走了进去，然后单手抵门，用另一只手招呼老板进去。于是，老板也走了进去。

房间内十分温暖，给人一种暮春时节的错觉。房里有一张床，床上躺着一个男人，头发乌黑，脸色蜡黄。男人面朝左睡着，看样子非常痛苦。老板心想，这应该就是传说中那位生病的老伯爵。男人枕边的椅子上坐着两个护士，此时也打着盹。

---

1　日本的长度单位，一町约为109.09米。——译者注

床边的地毯上铺着褥子，上面坐着五六个男人，也都睡着了，有的低着头，有的靠着墙。

老板和学生并排而立。老板心想，这后生把自己带到这里，究竟是要做什么呢？他百思不得其解，偷偷地望了一眼身旁的学生。这一看，老板瞬时被吓得魂飞魄散。面前的学生竟然是山胁，也就是数月前惨死在车轮之下的那个学生！老板终于看清了那学生的正脸。

"老板，你听我说。"

老板瑟瑟发抖。

"不用怕，你按照我说的做就是了，不用害怕。"

"好……好……"

学生伸手从怀里掏出一件东西。那是一条打着结的黑色细绳，一眼看上去像是束袖带。"你把这东西套在老爷的脖子上。只要套上就可以了。无论你弄出多大的动静，他们都不会醒的。放心吧，快去套好。"

"好……好……"

"快点，按我说的做！没听见吗？快去套好！只要套上就可以了，其他的就不用管了。"

学生把绳子塞到老板手中。老板手里攥着绳子，全身发抖。

"快点，快去套上！"

没办法，老板只能朝床边走去。他边走边在心里思量着，一定要小心，万一惊动了其他人，可就大事不妙了。他的每一根神经都紧绷着，已经分不清脚下踩着的究竟是地板还是旁的什么东西。

老板走到伯爵身旁。伯爵痛苦地呻吟着，老板抬起手，想将手中的细绳套在伯爵的脖子上。然而，他刚放下绳子，不知从哪里吹来了一阵邪风，绳子又回到了他手上。老板心想，这个办法可能行不通，便想着将绳子从伯爵的下巴上套过去。但他刚把绳子放下，绳子就又回到了他手上。老板想，肯定是因为自己太紧张了，所以才没有成功。于是，他强迫自己集中精神，再次尝试。但是，结果还是一样，绳子又回到了他手上。

老板哆哆嗦嗦地走了回来，他甚至不敢看那学生一眼，只是低着头，怯生生地说道："小人也不知道怎么回事，绳子刚被放下就跳回来，根本套不上去。"

"知道了，套不上去的话，就把这个放到他枕头旁边吧。"

学生从怀里掏出两颗小石子，递到老板面前。

"把这东西放到老爷枕头旁边，随便找个地方放下就行。这次肯定没问题，去放好吧。"

老板手里还紧紧攥着那细绳，这会儿又赶忙将石子接了过来。他再次走到伯爵床前，小心翼翼地将石子放好，逃也似的跑了回来。

"跟我来，这绳子在这儿好像套不上去，我们换个地方。"

学生打开门走了出去，又回头看了一眼。老板也只得乖乖地跟了过去。他们来到了院子里，庭院中的池水在夜色中闪耀着青灰色的波光。他们绕着池边前行，不一会儿便来到了客房外的檐廊处。客房内光线十分昏暗，那学生走上檐廊，打开了客房的拉门。

屋内挂着一幅十分怪异的画。床上躺着一个女子，正用她那苍白的左手掌托着腮，和坐在面前的一个男子说着什么。电灯的光线在绿色灯罩的作用下显得格外妖艳。在灯光的照耀下，床边的空气都散发着暧昧的味道。老板瞥了一眼，发现那女子正是伯爵夫人，她平常总是冷着一张脸，活像个木头人，而那男子则是伯爵家的司机。他马上反应过来，此乃是非之地，绝不能久留。但此刻他却感觉自己像一个发热的病人一般，分不清眼前这一幕是幻觉还是现实，内心痛苦极了。老板望着学生，他现在已经不再惧怕眼前这个行为怪异的学生了。学生冷笑着，随后抬起右手摆了摆，示意老板不要说话。

夫人和司机好像并没有发现他们，仍然在谈笑着。但老板听不清两人究竟在说些什么，他恍然有种在看舞台剧的错觉。

"等等，马上就有好戏看了。"

老板听学生如此说道。

"不知那两位在干什么呢。"

老板嘟囔了一句。

"这二人趁着伯爵生病偷偷幽会呢，这笔账我会好好记着。"

"这到底是怎么回事呢？"

"事情还要从这位水性杨花的夫人说起。那老贼发现了我和夫人的关系，就指使这司机在路上等我。那天晚上，我从早稻田的学长家回来，刚走到石桥附近，就被车撞死了。世人都知道我是被撞死的，却不知道肇事者是谁。其实，这事就是那老贼干的。那老贼揭穿了我和夫人的关系，想着先将夫人赶走，然后再把下谷的小妾迎进家门。但考虑到我这养子的身份，思前想后，他决定先把我杀了，然后再处置夫人。再等等吧，我马上就可以报仇了。"

学生又开始狂笑起来。

"您说的老贼，是老爷吗？"

"是的，就是伯爵，说起来他是贵族院的议员，但其实就是个道貌岸然的伪君子，彻头彻尾的恶人！"学生说着，突然戳了一下老板的肩膀。

"看看他们那副样子，等着吧，好戏马上就要开始了。"

老板看向床的方向。只见那夫人双手绕在男子的脖子上，宛如一条柔软的蛇。这时，他们隐隐约约地听到了那女人的笑声。

"你可以往这边靠靠，演员马上就上场了。"

学生一把抓住老板的衣服，将他往自己这边拽。老板只得按照指示，往学生的方向靠了靠。学生刚才打开的拉门还开着，老板看了看拉门的方向。

门外响起了沉重的脚步声。有人来了！刚才还躺在正房里的那位伯爵竟然走了进来。老板简直不敢相信自己的眼睛，一个已经病入膏肓，需要人彻夜照顾的病人究竟是怎么走过来的呢？

伯爵跟跟跄跄地进了房间，一眼便看到了床上二人的丑态，随即便像野兽一般嘶吼起来。

司机将夫人的手轻轻拂去，起身从床上下来。伯爵走上前去，用左手紧紧地揪住司机的前襟。夫人大惊失色，慌忙起身，没想到伯爵的右手却一把按在了她头上。伯爵又发出了野兽般的低吼，他大口喘着粗气。

"看看你都干了些什么！净是些野蛮小民才会干的下流勾当！你最好给我检点一些！"

夫人想甩开伯爵的手，但是伯爵怎么也不肯放手。

"放开我！您不能这样对我！"

伯爵又发出了一声低吼。

"老爷，如今已经到了这步田地，我以后再也不会做这种苟且之事了。您放开我吧，您这样抓着我，我没法呼吸了。我们好好谈谈，没必要这样剑拔弩张的。"司机冷冰冰地说道。他想挣脱伯爵的手，却怎么也挣脱不了。

"快！趁现在，快过去把绳子套上，现在肯定没问题！"

学生说着，推了推老板。但是老板站在原地，一动不动。

"他现在顾不上，即便你走过去，他也不会注意到你。你只要走过去，把绳子套在他脖子上就好。"

没办法，老板只能朝伯爵走去。伯爵还在大口大口喘气。老板走到高大的伯爵身后，将手里攥着的细结的绳结拉开，从伯爵背后套了上去。绳子很轻松地套在了伯爵的身体上。瞬时，伯爵仰面倒在了地上。老板慌忙逃到学生身旁。

"太好了，太好了！我们成功了！"

学生把老板迎了过来，心满意足地笑了。老板闻言，回头看了一眼。只见夫人和司机此时正站在伯爵的脑袋边窃窃私语。片刻之后，司机辞别了夫人，慌慌张张地出了门。

"一旦被人发现就糟糕了，那家伙已经逃跑了，我们也达到目的了，快走吧！"

学生转身走了，老板也赶忙跟上。转眼间，那学生就走到了池塘边的树林里。老板生怕被落下，三步并作两步，匆匆跟了过去。

门房的灯还亮着，灯光昏黄。蒙蒙细雨从夜空中飘落下来，如牛毛一般。学生已经从小门出去了。老板也紧紧跟在学生身后，从小门走了出去，之后才松了一口气。

只见门前停着一辆汽车，车内还亮着灯，橘黄色的灯光格外引人注目。老板心想，这汽车肯定是在等来府上探病的客人。然而，老板却看见学生走到汽车旁，弯腰坐了进去。车内橘黄色的灯光照在学生的脸上。

"喂，老板，今晚麻烦你了。托你的福，我总算打败了我的仇人。虽然他还有两个同伙，但怎么也要等到三四个月以后再做了断了。不过那时候就不用你帮忙了，所以你不用担心。我给你看样东西，作为临别纪念吧。"

老板看了一眼学生的右手，只见那手掌上竟然托着伯爵的头！

汽车开走了，没有发出一点声音。

老板瞬间倒在了地上。


"醒了，醒了，醒了！"

老板听到身旁的女子转悲为喜的说话声，睁开了眼睛。妻子此刻正注视着自己。

"你醒啦？好点了吗？"

老板一时之间不敢相信自己的眼睛。他睁大眼睛，四处观察了一番，发现枕边坐着两三个人，都是他的老朋友，有鞋店的老板，还有杂货店的掌柜。

"到底怎么回事啊？我完全不记得了。"

"你好点了吗？"

"我没事了，到底怎么回事？"

"你刚才去打开大门，后来就倒在地上不省人事了。我也不知道怎么办，只能喊来邻居，又拜托他们去找医生，大家都乱成一团了。"

老板心里暗想，这么说来，自己和学生一起去桐岛家原来只是一个梦吗？这样想着，心情便轻松了许多。

"对，对，我肯定是又做了个不着边际的怪梦。"

但是，老板没对旁人说起他究竟做了什么不着边际的梦。


当天中午，桐岛伯爵去世的消息便传开了。豆腐店老板听到消息后，脸色瞬时变得铁青。

就这样，一年过去了，第二年初春时节，人们又听说桐岛伯爵的遗孀和一名司机离奇地死在了镰仓的海岸边。听说此事后，豆腐店老板便精神失常了。

叁

# 黑影集

收录于作者一九二二年出版的怪谈小说，该作品为作者所著的日本怪谈小说集。

# 黑影の怪談

原稿现存于日本九州熊本中古书店，于首版五十九年后由"悉桑派"译者探访获得。

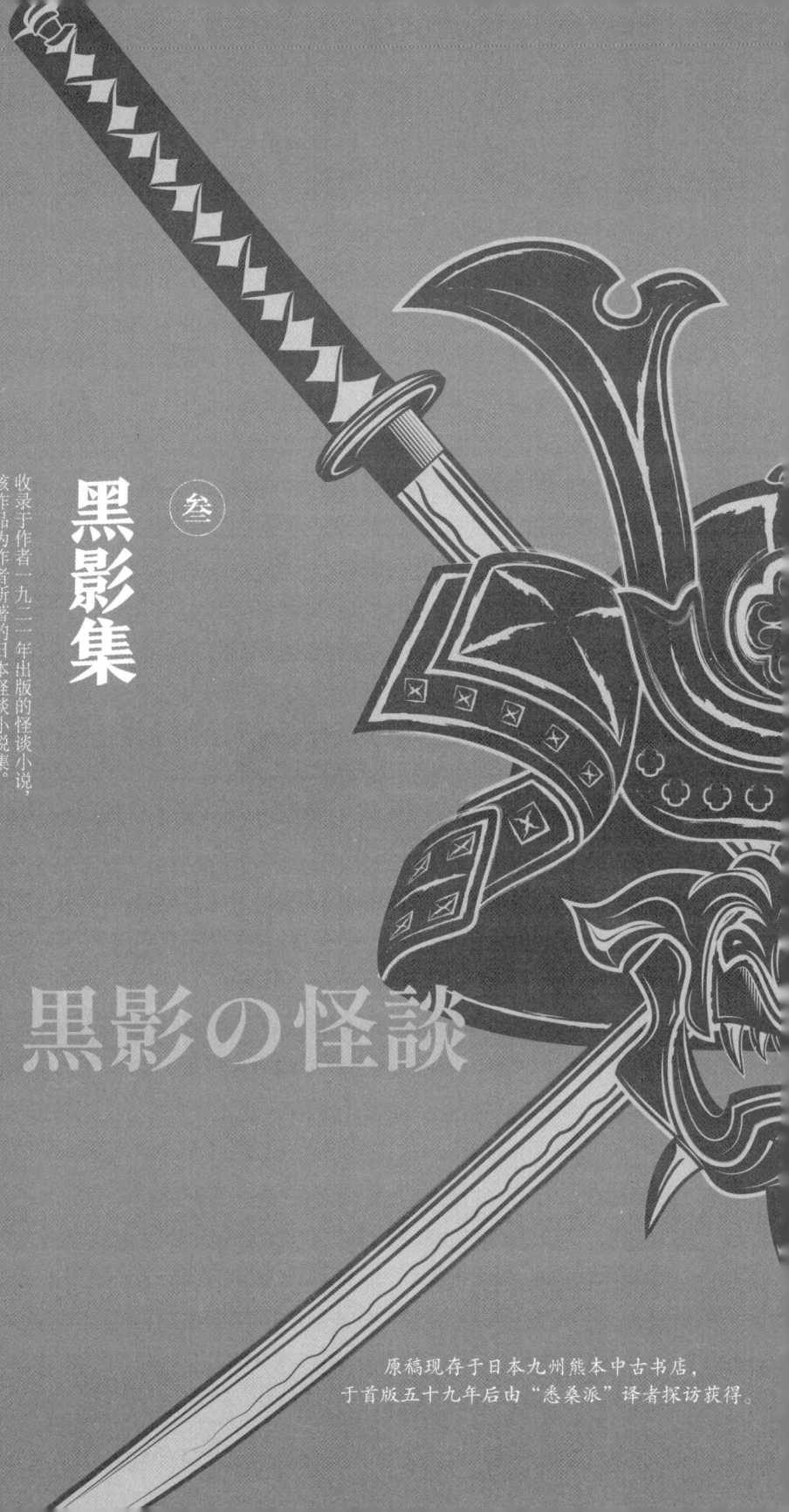

# 怪谈杂记

## 四角提网

话说有个名叫木下的演员到乡下去拍戏，客串一个跑龙套的小角色。这天晚上，闲来无事，木下信步沿着利根川的河堤散步。走了一段，突然隐约看见正前方的河堤边爬上来一个通身黝黑的庞然大物，在微弱的星光下显得格外怪异。木下虽然心下打鼓，但禁不住好奇，便哆哆嗦嗦地猫着腰前去看个究竟。走近一看，嘿，原来是一个渔夫手里拉着一张四角提网在捕鱼呢。

"哎哟，幸好是个人，真是吓死我了。"木下松了口气，不禁脱口说道。

没想到，拉着提网的渔夫乍然之下反倒被吓了个措手不及。只听"啊！"的一声惊叫，渔夫脚下不留神，掉进河里去了。

## 天狗

这是我的前辈高木孟旦翁告诉我的故事。那时候，高木翁还在土佐一个叫作本山的偏僻小山村里当小学老师。他隔一段时间就要回老家一趟，途中要翻过一座叫樫山的大山。人们都传说，那座山的山顶上有天狗出没。

有一次，高木翁又要翻山回家。正当他翻越山顶时，随着树丛里一阵噼里啪啦的声响传来，一只五六尺[1]长的怪物追了上来。那怪物抽着鼻子在高木翁身上嗅来嗅去，还伸出爪子不断地拍摸他的头。高木翁心想，这一定就是传说中的天狗了。他严严实实地趴在地上，瑟瑟发抖，一动也不敢动。过了许久，等高木翁战战兢兢地抬头四顾时，那天狗早已不见了踪影。高木翁这才心下一块石头落地，下得山来。

他在山脚下的茶馆要了一杯茶，边喝茶边对那茶馆的老妇说："告诉你，我今天真的碰见天狗啦。"

茶馆的老妇了然一笑，答道："那可不是什么天狗，只是一只大飞鼠罢了。"

## 荒仓山上的狸精

据说土佐的荒仓山上时常有狸精出没，迷惑过往的行人，闹得附近的居民人心惶惶。在弘冈下这个地方的某个村子里，有一位村长胆子很大，他听说荒仓山上有狸精出没，很想亲自去确认一下到底是不是真的有狸精化成人形，出来迷惑众人。正好这天村长有事要到高知去一趟，于是他心下计定，当晚一定要把狸精害人的事情弄个水落石出。主意打定，他也不急着动身，在家不慌不忙地吃饱荞麦面，等着天黑好出发。

话说这位村长等到入夜，便往荒仓山去了。正在山路上走着，突然看见一只像猫一样的野兽擦身而过。村长心想，看这样子，这野兽说不定就是那只害人的狸精，于是他悄悄地跟了上去。只见那野兽专往林深树密的地方走，一边走一边挑选合适的树枝树叶往身上穿。不一会儿，那野兽身上的树枝树叶就编成了一件衣裳，然后是裙裤，最后野兽竟化成了一个手握钢刀的男子。看到这里，村长真是又佩服又心惊，因为那野兽化身成的男子，竟然跟他长得一模一样。这里面一定有问题。这可

---

1　尺是日本尺贯法中的长度单位，一尺约为0.303米。——编者注

066

恶的狸精，化身成我的样子，究竟意欲何为？村长正思忖着，只见那狸精化身成的男子已经顺着山坡下山去了，于是村长加紧脚步跟了上去。

那狸精下山后，进了弘冈下的小村子里，径直朝村长家走去。村长悄悄地跟在后面，心想："这可恶的狸精，化成我的样子到我家，八成是想辱我妻室。"

这时，那狸精一边打门，一边开口说道："我回来了！"居然连声音也模仿得与村长毫无差别。

村长的妻子听到声音，开门迎了出来。狸精跟在妻子身后进了屋。躲在暗处的村长肺都快气炸了，他心想："这可恶的畜生，难道想调戏我家妻子不成！"他强压怒火，沿着外廊来到厨房外，用舌头舔破推拉格子门上的糊纸往里窥探，只见那狸精正和妻子说话。

妻子恭恭敬敬地问狸精说："饭已经准备好了，现在要吃吗？"

"我吃了荞麦面回来的，不吃了。"狸精答道，"时候不早了，我们睡吧。"

躲在外面的村长心里炸开了锅："混账东西，且吃你爷爷一刀！"他握紧手里的刀，瞪大眼睛拼命想要看清屋子里的状况。这时，忽然后面有人拍着他的肩膀叫道："村长大人，村长大人！"

村长猛地回过神来，发现自己竟趴在荒仓山山顶上的一个石灯笼前面，正拼命往石灯笼的灯眼里瞧呢。再看四周，日头高悬，已经是第二天早上了。

# 红色巨牛

话说长野县上田市有一处地方叫上田城，因为日本名将真田幸村[1]曾经在这里居住，故而广为人知。明治初年，城主定下了一个日子，准备将上田城外护城河里的水放干，再换新水。好容易等到了这天，附近的居民早就心痒难耐，纷纷拥出城，想看看这护城河里到底有什么稀奇东西。大家争先恐后，一个比一个早，有的人是想来搭把手，更多的人不过是来凑个热闹。

那一日，天公作美，一大早便晴空万里。当时正值初夏时节，草长莺飞，风甜日暖。人们挤在护城河边呼朋引伴，说说笑笑，好不热闹。吵嚷间，护城河终于开始开闸放水，前来帮忙的人们一齐动手，舀的舀，挑的挑。人多心齐，整个工程进展得非常顺利。河里的水越来越浅，一条条肥美的鲤鱼跃出水面，还有不少体形巨大的鲶鱼蹿来蹿去，引得围观的人群一片欢呼。

那一天，我的父亲也颇有兴致，跳进河里帮起忙来。将近正午时分，河里的水已经浅到只能没过膝盖了。突然，父亲周围响起了一片惊呼。父亲不明就里，抬头

---

1　日本战国末期名将，曾被誉为"日本第一强兵"。——编者注

看去，只见离他三丈¹的地方，突然搅起了一个奇怪的漩涡，足有一丈宽，周围的东西全都被吸进了中间的圆形黑洞里。

"那是什么东西？"

还没等父亲反应过来，那个漩涡便越来越大，轰隆隆的水声也越来越响，只见一只全身通红的庞然大物露出了半个身子。众人仔细一看，原来是一头额上长着两只角的红色巨牛。围观的人们顿时大惊失色，正要四散逃跑，没想到红色巨牛受的惊吓也不小，竟慌不择路地扑上河岸狂奔，一头扎进远处的千曲川里，又箭一般游过河岸，翻过小牧山，最后躲进了须川的一片大湖里。这一切都发生在转瞬之间，等人们回过神来，那怪兽早已不见了踪影。

至今还有人记得当年护城河排干水的时候，那红色巨牛飞奔逃跑的情形。我小时候也经常听老一辈的人讲起这段故事，然而我总是不信，怀疑这都是大人们信口编来吓唬人的，因此还没少被父亲训斥。后来随着年龄的增长，我开始觉得自己的父亲并不是喜欢说大话的人，说不定那河里真的有类似河马一样的大型水栖动物呢。不过，我又从来没听说过日本有河马生存的痕迹，所以这件事至今仍是一个难解之谜。（根据植田某氏口述整理。）

---

1　丈是日本尺贯法中的长度单位，一丈约为3.03米。——编者注

# 地狱来使

吃过午饭，阿婆到屋后的草丛里摘了一些野菊和紫苑花。她老头刚过世不久，就埋在庙里的岩松下，坟头上的铁锹印还清晰如新。

阿婆把花束放在屋后的外廊上，然后用手支撑着费劲地爬上外廊，走进屋里，换上外出的夹棉和服，系上窄窄的黑缎子腰带，走了出来。这时，前门传来了轻轻的脚步声，有人绕过院子而来。

阿婆有点担心了，她还得赶着去老头墓地，要是来的人不好打发，那就耗费时间了。阿婆有些紧张地抬起头，想瞅瞅到底是谁来了。只见院子角落里结着红果实的柿子树下站着一位背着婴儿的妇女，原来是她闺女。

"是你啊，我还以为谁呢！"阿婆松了一口气。

闺女双手提着篮子，看到阿婆，咧着嘴笑了。瞧见阿婆这身打扮，闺女问道："要去扫墓？"

"前天和昨天都下雨没去成，今天想去看看。"阿婆已经走到外廊上了，她瞅了一眼闺女背后睡得正香的小娃娃，笑道："哎哟，睡着了，真可爱！"

"刚睡着。"闺女把重重的篮子放在外廊上，说道，"我早上去挖芋头了，给您拿了些过来。"

阿婆望了一眼篮子，洗得干干净净的新芋装满了整个篮子。

　　"这真是太好了，晚上煮些给老头尝尝。篮子可以先放我这儿吗？"

　　"可以啊，我下次再来拿就是了。"闺女背着娃娃有点累，就坐在了外廊上，"娘，我能跟您说个事吗？不会占用太多时间。"

　　"什么事？说吧，不着急。"阿婆以为闺女发生了什么不好的事情，便蹲下身子担心地望着她。

　　"我没事，您不要担心。就是您迟迟不搬过来跟我们一起住，我家作造有些担心，他让我来问问您，是不是他哪里没做好，他会好好改的。"

　　"说什么胡话，我这老身子肯定得麻烦你们照顾。就是听说人去世后头四十九日，魂魄还会住在家里，所以我想多陪陪老头，等四十九日过了再说。作造人那么好，我怎么会不满意！别胡思乱想。"

　　"那等过了四十九日，您就搬过来跟我们住吧！"

　　"等过了四十九日再说吧。我这身体还结实得很，一个人住也挺自在的。"

　　"您自在是好事，但是把您一个人放这里，我们会很不安，要是有个万一，就不得了了。"

　　"没事啦！贵重的东西都存放在本家了，要是生病了，我们离得这么近，街坊邻居一呼声，你们就听见了。不要担心啦！"

　　"就算如此，把您一个人孤零零地扔在这里生活，别人也会说我们闲话的。总之，四十九日一过，您就搬过来吧！"

　　"可以啊，我又没说不去。"

　　"那就这么决定了啊！"闺女不放心地强调了一句，"我也要回去了，就陪您一起去墓地吧。"

　　阿婆这才想起老头的墓地挺远的，再不抓紧去，回来就会晚了，于是匆匆忙忙拿起花束出门了。


　　傍晚时分，阿婆回来了。这五六日，她的风湿又犯了，今天扫了趟墓，右边的小腿肚子就胀得很，走起路来都有点瘸了。阿婆想喝些水休息下，然后再做晚饭。她穿过院子，刚要踏进厨房，便看到门槛上有个瓷碗，里面装着五六个黄色的玉米饼。

这是谁拿来的啊？阿婆觉得很奇怪，会不会是本家的女儿？还是斜对门佃农的老婆？或者是西边那户家门口有棵大橡树的人家的老婆子？可是刚才遇到这老婆子时，她也没说这事啊。本家那边昨天刚送来了糯米团子，不可能今天连着送吧。斜对门佃农家有时也会送东西过来，但最近他们家很忙，应该没时间做玉米饼。难不成是对面马吉家送的？阿婆想了半天，还是没头绪。

"算了，不管它，等知道了再道个谢。先给老头尝尝，过后我也尝尝。"阿婆想着，端起瓷碗走向厨房隔壁的屋子，将瓷碗放在供桌上。然后，她回到炉灶边，臃肿的身子往旁边一坐，从烧水的锅里舀了些凉水喝起来。小腿肚子的胀痛感渐渐消失了，阿婆呆坐了大半个小时后才起身做晚饭。昏暗的厨房里，炉灶里的薪火在忽闪忽闪地烧着。

煮熟芋头烧好水后，阿婆用碟子盛了些芋头放在供桌上的玉米饼旁边，然后从旁边的架子上拿起油壶往灯盏里倒了点油，咚咚地敲响打火石点上了灯，坐在供桌前念起了经。老头一张土黄色的脸猛地出现在阿婆眼前。

念完经，阿婆便惦记起玉米饼，但也想吃新鲜的芋头。

"算了，玉米饼等睡觉的时候再吃，那时吃更好吃。"阿婆回到厨房，点上纸灯，吃起了晚饭。吃完饭，她收拾了一下碗筷，便从房间的角落里拿出了麻叶和小桶，编起麻绳来。剥细、绞合、捻搓，细细的麻绳在桶中一点点伸长。

阿婆时不时起身去后院的茅房解手。黑灯瞎火的后院里，虫子在孤寂地鸣叫，微凉的风吹入脖颈，让人不寒而栗。阿婆不禁想起了老头。

老头生前总是动不动就说要休妻，这句话至今仍在阿婆耳边回响。

以前有一次娘家出了点事情，阿婆回了趟娘家，天黑才回去。结果刚到家，坐在饭桌前独酌的老头就一副冷嘲热讽的口气问道："去哪儿了？"

见阿婆默不作声，他就叉着腰，趾高气扬地说："不敢说了吧！既然嫁给我了，就是我的人了，不管你娘家发生什么事情，没我的允许，都不准回去！"

"当你老婆太丢脸了，所以我就不说了。"阿婆顶撞道。

老头听罢，狂怒不已，掀桌而起道："你个死老婆子，今天不休了你，我誓不为人！"

昏暗的房间里，阿婆独自回忆着过去，油灯下的影子忽隐忽现。阿婆再次去茅房时，已月上柳梢头了，于是阿婆打算睡觉去。她锁上门，从壁橱里拿出了被子。这时，阿婆突然想起玉米饼还没吃，但她肚子还很饱，吃不下。

"算了，明早再吃吧，反正这天气下也不会坏。"

阿婆熄掉供桌上的灯火，又吹灭纸灯里的火，躺下身。突然，前门传来一阵轻轻的敲门声。

"来人！来人！"

听这说话声，不像是邻居，像是服侍官家的村长。阿婆提着灯笼去开门。

"来人！来人！"

"来了，来了……"

阿婆打开正门边上的门闩。黑暗中，两个手执明晃晃长矛的人出现在灯笼摇曳微弱的光晕中。阿婆心下一惊，抬眼仔细一瞅，只见地狱的青红双鬼正面目狰狞地看着她。阿婆一下子跌坐在地。

"莫怕，我们来此是受你家老头所托。"红鬼开口说道。

"门口说话不便，我们入内说。"青鬼说着，一只脚迈进了门槛。

阿婆颤巍巍地爬起来，提起灯笼，瑟瑟发抖地跟在二鬼身后，尽量跟他们拉开距离。青红双鬼弓着身进了屋，走进放着佛龛的房间。阿婆怀着巨大的恐惧，拖着双腿进了房间，然后再也支撑不住，扑通一声瘫坐在了地上。屋子正中，青红双鬼头顶天花板，突兀而立，面目狰狞地盯着阿婆。

"阿婆，我们是受你家老头所托，从地狱而来。你家老头活在世上时，造孽太多，下地狱后不分昼夜地被阎王爷责罚，实在太凄惨了。我等旁人都为之恻隐，纷纷向阎王说情。阎王说他不可饶恕，但勉强可以拿五十两银钱替他减轻罪过。于是你家老头就让我们来找你，说你有这钱。这钱你能马上拿出来吗？我们和其他的地狱使者不同，等不了太久，如果你能马上拿出来的话，我们就拿去帮你家老头疏通疏通。"青鬼说道。

阿婆听完，眼泪直流，语无伦次地回答道："有……有……我的钱寄放在亲戚那里，我这就去取！二位稍等。"

"快去吧，快去吧，迟了我们可不等你！"青鬼再三催促道。

阿婆已是六神无主了。

"不……不会很久，一会儿工夫就成，你们务必稍等一下，我家老头太可怜了。"

"但是阿婆，我们是地狱使者，正所谓天机不可泄露，这件事你不能跟别人讲，要悄悄把钱拿过来。"红鬼叮嘱道。阿婆点点头，说道："我知道，我不会说的。我拿了钱就走，你们稍等。"

"好，那我们就等一会儿。"不等青鬼说完，阿婆就急匆匆往正门而去。青红双鬼盯着阿婆离开，并竖起耳朵，仔细听了一会儿屋外的动静。

片刻后，外面传来了关门声，青鬼这才将手中的长矛立在门边。

"似乎还挺顺利的。"

"嗯，挺顺利的。"红鬼也将长矛立在门边。

"那我们休息会儿吧。"青鬼接着说道。

"好。"

青红双鬼放肆地就地盘腿坐了下来。

"把面具摘了应该没关系吧。"

"那就摘了吧。"

二鬼在脖子上摸索了一阵，只见那鬼面具竟然被摘了下来。原来，这两只鬼是假的。戴着红鬼面具的是个皮肤白皙的男人，戴着青鬼面具的则是个胡子拉碴的方脸男人。

"不知道那老太婆取钱顺不顺利。"

"没问题的。"

依稀的灯光中，"青鬼"看见了供桌上的玉米饼。

"有好东西！""青鬼"起身从供桌上拿了两个玉米饼过来，一个给"红鬼"，一个直接塞进自己嘴里。


话说阿婆慌慌张张地唤醒已睡着的本家，也不解释，硬是取了五十两银钱就匆匆忙忙地赶回家。刚踏进放着佛龛的房间，她就吓得惊叫起来。察觉到阿婆的异样举动，尾随而来的本家男主人听到这叫声，飞也似的奔进房间。只见有两个男人穿着表演神乐的道服仰面躺在地上，口吐鲜血，一动不动。旁边还放着青红双鬼的面具……

这两个吐血惨死的男人是经常在附近晃荡的赌徒。两人想骗阿婆的钱，就撬开村里的仓库，偷了表演神乐的道服出来。而害死两人的玉米饼则是村里那企图谋财害命的暴徒送来的。不久后，那暴徒被绑在村边的松树林下，万箭穿心而死。

阿婆经此一事，吓得当晚就搬去闺女家了。

# 飞头蛮

一

肥后[1]的菊池家有一位名为矶贝平太左卫门武行的武士。他原本英勇无双，意气风发，但在主家灭亡后，他好像突然顿悟，遁入佛门，并取法号"怪量"，从此便开始了跋山涉水、周游列国的行脚僧生活。

话说他在甲斐国[2]游历，某一天，夕阳像往常一样落于山间。当夜幕悄悄降临之时，怪量寻到了一个刚好适合休息的地方，他放下笈[3]，躺了下来。

刚躺下没多久，月亮便在天边露了头。本以为月光会洒满四周，自己也能享受一场月光浴，没想到却被一道黑影破坏了念想。只见一个樵夫模样的男子神色慌张地来到怪量跟前，小心翼翼地说道："这位高僧，您是打算在这里露宿吗？这可万万使不得啊，此地乃魔窟鬼穴，一不小心就会没命的！"

---

1　日本古代国名，大约位于现今的熊本县。——译者注

2　日本古代国名，位于现今的山梨县。——编者注

3　行脚僧等所背的带腿方箱，用于放佛具、衣物等物品。——译者注

怪量一脸平静，淡然说道："这可真是有趣。那敢问施主，此地的妖怪是狐妖呢，还是狸猫怪呢？不管是什么，只有在百鬼众魅出现的地方露宿过，才不枉贫僧此番游历，不是吗？感谢施主提醒，不过没关系，您不必理会贫僧，这天黑路远的，您还是赶紧回去吧。"

　　男子盯着怪量的脸，语气略带责备道："胆子再大也要有个分寸，更何况如此险境，您还要坚持在此露宿，是不要命了吗！好在我家就在附近，虽是茅屋陋室，也好过这险处，您就随我去夜宿一宿吧。有道是君子不立危墙之下，若是自命不凡，胆大妄为，怕是佛祖也要对您严厉训诫一番的。"

　　怪量闻言起身，将笈重新背回肩上。

　　"那就有劳施主了。"

　　"小心脚下，请随我来。"

　　两人顺着山间的小径一路攀上去，没过多久便来到了山顶的一处平地。平地上立着一栋草房，草房中透出明亮的烛光。男子将怪量领到房后，一小片菜畦映入眼帘。菜畦里种着些许蔬菜，对面是一片杉树林，一根竹节制成的导水管连接树林和菜畦，引出潺潺清水。二人借着水管中的水将脚冲洗干净后，进入房间。

　　房间中央有一个地炉，男女四人正围坐在四周。男子请怪量入上座，然后回过头来对四人道："这位是我在路上遇到的行脚高僧，你们几个过来向人问好。"

　　四人逐个来到怪量面前行礼致意，每个人都温文尔雅，态度恭敬。礼毕后，女眷们给怪量端来了粥食。怪量也没有客气，没几口便将粥一饮而尽。喝完粥，怪量擦了擦嘴，看着男主人道："这位施主，从刚刚见面起，贫僧便觉得您气度不凡，不像是普通的樵夫。贫僧斗胆猜测，莫非您是当年风光一时的名家侍卫，后来因为主家败落，万不得已才隐居此山？"

　　"您怎会知道这些？"

　　男主人颇为疑惑，他沉吟片刻，心中似乎有了决断，随即语气坚定地回道："或许这也是你我二人的缘分吧，您定是佛祖派来点化我，帮我消除业障。正如您所言，我从前乃某大名的武家侍卫，因为偶然的机会耽于美酒与女人不可自拔，最后惹出了事，被人追杀，迫不得已才躲到此地。日子一天天过去，回忆往昔岁月，我越发觉得自己卑鄙无耻，竟然为了满足一己私欲而辱没家门，真是愧对先祖的恩泽庇护！如今我日日提心吊胆，生怕自己造的这些罪孽会影响子孙后代，因此我时时鞭策他们要为人谦逊，彬彬有礼。唉，其中之苦真是一言难尽。"

"贫僧看您也是知书达理之人，果然不出所料。"怪量盯着对方的脸，坦然说道。

"不，您太抬举我了。年轻时犯错虽在所难免，但若能早日注意到，也能尽早修归正途。如今我已洗心革面，又与高僧有缘，说明佛祖还未放弃我等众生。往者不可谏，来者犹可追，今后我就仰仗佛祖的大慈大悲，努力生活，静待花开烂漫时再现无限春光。"

"阿弥陀佛，施主所言皆发自肺腑，贫僧不胜惶恐。"

一番长谈后，山里已是深更半夜。女眷们在隔壁房间为怪量铺好被褥，怪量不好推托，道谢后走进里屋。

"真是让施主一家费心了，就当是回礼报恩，今晚念经回向给他们的冤亲债主吧，也算是帮施主排忧解难了。"怪量如此想道。

怪量端坐在枕边开始低声诵经，没过多久，他起身打开了窗户。月色如水，万籁俱寂，唯有流水叮咚作响。

"怎么念得有些口渴，不如出去喝口水好了。"

为了避免吵醒外屋的人，怪量蹑手蹑脚地拉开隔门。刚走出里屋，他便愣在了原地——外屋的油灯火苗摇曳，男主人和其他四人都躺倒在地上，脑袋不翼而飞！

"真是奇怪，明明我就睡在他们隔壁，怎么一点动静都没听到？"

怪量警惕着四周动静，朝尸体走过去。他仔细检查了每具尸体的脖颈根部，发现上面既没有血迹，也没有任何利器划过的痕迹，仿佛整个头颈是件组装品，只不过现在头不见了。

怪量心中一凛："难道是飞头蛮在作怪？想想也没错，它先装成樵夫的模样对我好言相劝，再把我骗到此处……"

怪量紧锁眉头盯着尸体，突然他灵光一现，眼神骤然亮起。

"早前在《搜神记》还是什么读物中看到过这样的故事，说万一发现飞头蛮的身体，只要立即将其移至他处即可。飞头蛮一旦发现自己的身体不见了，便会急得大喘粗气，最后以头抢地，重重三下便一命呜呼。呵呵，该死的妖怪，这下看你往哪里逃！”

怪量嘴角浮现出一丝冷笑。他一不做二不休，打开窗户便将男主人的尸体抬起来，扔下了山谷。怪量观察整个房间，发现所有的门都锁得严严实实。

“看来那东西是从天窗飞出去的啊。”

怪量悄悄打开后门走了出去。他竖起耳朵，只听得漆黑的杉树林中竟传来了轻微的说话声。怪量在暗处小心穿梭，向声源处步步靠近。

月光透进树林投下斑驳的黑影，只见男主人和其他四人的头宛如鬼火一般，在树林中飞来蹿去。它们时而贴着地面，时而绕上树枝，一旦发现虫子或其他食物，便一口吞掉，然后露出心满意足的笑容，只不过这笑容甚是诡异罢了。

怪量紧紧盯着它们，观察着它们的一举一动。就在这时，男主人的头突然停了下来，回望着其他飞头。

“咱们也该尝尝那和尚的味道了。那傻和尚对老子的话信以为真，竟然还诵起什么经文来，老子明明都没提这茬儿，他却装起了好心。他念经，咱们也近不了他的身。马上就要黎明了，那和尚现在肯定睡得不省人事。看他长得又肥又壮，肯定很美味。他要是睡着了，你们几个也能大饱口福。来，谁先回去探探情况，回来禀报于我？”

其中一个飞头点头示意，随后像蝙蝠一样腾空而起，飞往男主人家中。谁知没多久，它便慌慌张张地飞回来了。

“不好了，不好了！那个和尚不见了！他不光跑了，还把大将的身体掳走了，我找了半天也没找到大将的身体。”

男主人的飞头怒发冲冠。

“什么！老子的身体不见了？！浑蛋和尚，竟然被他摆了一道！”

男主人的飞头气得咬牙切齿，流下了两行清泪。

“老子已经无法恢复原状了，今日怕是只能死在这里。该死的叫花和尚，竟然敢乱动别人的身体！老子要把他生吞活剥，以解心头之恨！臭和尚，你在哪里？有本事别躲啊，给我出来！”

男主人的头蹿向高空四处寻觅，只见它面目狰狞，恨不得将目光所及之处都盯出个窟窿来。

"哟，找到他了！原来你藏在这里啊！该死的臭和尚，别跑！"

男主人的飞头嗖的一声冲向怪量，另外四只飞头紧随其后。

怪量将手边的松树连根拔起，大力挥舞着以阻挡飞头的攻击。四只飞头随即被击落在地，只有男主人的头还飞在空中，不断找寻机会袭击怪量。飞头瞅准时机，一下咬住了怪量的衣袖。怪量也不甘示弱，当即揪住了飞头的头发，将它按在地上猛揍一顿。飞头哀号一声，最后瘫软过去，不再动弹。

怪量提着松树往房子方向走去。四只飞头已经回到各自主人的身体上，只见它们浑身是血，躺在地上不停地呻吟。

"和尚来了！和尚来了！"

四人争先恐后地飞奔出门外，消失在树林深处。

此时已是拂晓，万物苏醒。怪量扔掉手中的松树，想从飞头口中将自己的衣袖扯出来，可扯了半天，飞头也不松口。怪量笑道："你这是想和我一起下山吗？"

就这样，怪量没再管飞头，任由它挂在衣袖上，径自下了山。下山后，怪量来到信州诹访，一如既往地托钵化缘，走过一村又一村。

村里的妇人见到血迹斑斑的鬼头，纷纷吓得尖叫着逃跑。因为在村里引起的骚动越来越大，当地的衙门差役便出面询问道："和尚，你身上这头是怎么回事？"

怪量一言不发，只是微笑着看着他们。衙役们见怪量如此大胆狂妄，便把他抓进了衙门，翌日又将他押上了公堂。

"秃和尚，你这袖口上的人头是何来历啊？身为僧人，做出如此残暴邪魔之事，实在有失身份。坦白从宽，抗拒从严，快快老实交代，别想打马虎眼！"

怪量抬眼看了看衙门的官员，笑道："首先，这不是人头，而是一种叫'飞头蛮'的妖怪的头。其次，这飞头是自己跟过来的，它非咬着贫僧的衣袖不放，贫僧也是颇为无奈。"

怪量将当时的情况一五一十地交代清楚，有时说到好笑之处，还放声大笑起来。审问怪量的官员和同僚商量了片刻，随后转过身来，狠狠地瞪着怪量道："秃和尚，凭借此番无稽之谈，你便想诓过我们?! 依本官看，你身为出家人，杀生破戒，违背佛法，死者含冤而亡，执念未消，所以才咬定你坚决不松口。你犯下此等罪行，依照律法，应立即处刑！"

"且慢！"

就在这时，一位一直在旁边默不作声的老官员走上前来。

"此事仍有待细究，单凭他一人之词便立下决断，未免太过草率。老身恳请先看一眼那飞头，再做定夺。"

老官员命衙役将飞头连带怪量的衣服都取来放在他面前，他仔细观察后，大吃一惊，抬头道："此乃飞头蛮无疑！《南方异物志》中曾记载飞头蛮脖颈处会显有红字。诸位请看，此头脖颈处正落有红字。除此之外，此怪物头颈分离的地方也没有任何痕迹，如同树叶从枝丫上自然脱落一般，这也符合飞头蛮的样貌特点。况且甲斐国从前便有飞头蛮的传说，恰好也验证了此物的确存在。如此看来，高僧所言千真万确，并非妄言。"

衙役们面面相觑。老官员往怪量身边凑了凑，继续说道："行脚高僧，虽然你的嫌疑已被洗清，但遇到如此怪物，你不仅能全身而退，还能成功将其制服，想必你也不是普通的出家人吧。方便的话，可否告诉老身你的俗名呢？"

怪量微微一笑。

"能洗清嫌疑再好不过。虽然贫僧也并非只要被人问及姓名，就自报家门之人，但您老言之有理，贫僧以前乃一介武士，曾侍奉过九州菊池一族。可世事难料，现如今，饶是矶贝平太大卫门武行，也走投无路出家做了和尚啊。"

"什么？您是矶贝平太大人?!"

官员们脸色一变。镇西[1]勇者矶贝平太的名字那可是远近闻名，在信州自然也不例外。

审问的官员赶忙走下公堂，亲自为怪量松绑，并为自己的无礼向怪量赔礼道歉。

---

1 九州的别称。——译者注

# 二

没过多久，怪量便被召到了国守[1]馆。他在馆内逗留了数日，得到无上荣耀后，便再度启程出发。

出发后的第三天，怪量行走在木曾的山林中。

此时正值深夜。突然，一个扮相奇怪的男子从树林里跳出来，他手持一把明晃晃的大刀，低声威胁道："和尚！脱下衣服，留下钱财，老子饶你不死！"

怪量一边用眼角瞄着对方，一边脱下衣服递给对方。

山贼接过衣服，一眼便看到了上面的飞头。他仔细瞧了瞧这飞头，又瞅了瞅怪量的脸，忽然好像意识到什么，大步向后一退，扑通一声跪伏在地上。

"大侠，实在对不住！在下认错人了，还请大侠饶命！"

怪量饶有兴致地打量着山贼。

"怎么？你向人道歉，都喜欢让对方光着身子？"

"不，不，是在下唐突了。"

山贼挠了挠头。

"大侠气度非凡，我竟将您错认成普通的要饭和尚，真是失礼。要是现在有个洞，我恨不得立马钻进去。不过话说回来，大侠真是好手段，杀了人，再将其头颅挂于衣袖以做震慑，您这招儿实在太过巧妙！在下想跟大侠做桩生意，我出自己这身衣服外加五两银钱，请大侠将您这件衣服让与我，您意下如何？"

"什么？将头让与你？你要是想要，我给你便是。不过这可不是人的脑袋啊，这是妖怪的头，一般人不一定能应付得了，你还敢接手吗？"

"大侠真是有趣，杀完人，不但把人头挂在袖子上，还拿着它跟人开玩笑。大侠不愧是大侠，想法与众不同。不过说正经的，我给您五两银钱外加我这身衣服，您把您这件衣服让给我。不跟您开玩笑，您要是点头，咱就成交。"

"既然你这么想要，那就给你吧。不过普天之下，出五两银钱想买下这妖怪头

---

1　日本古代的地方长官。——译者注

的，估计也就只有你一人了。也罢，随你去吧。"

三

话说山贼拿到飞头和衣服后，用这两样东西打劫了不少途经木曾大道的旅人。后来他逍遥到诹访附近，才听说了飞头的来历。

山贼吓得面色苍白，心想："原来那和尚说的是真的，真是要了命了！拿着这种怪头打家劫舍，也不知会遭什么报应。姑且先找到它的身体，头身合一，它应该就不会作祟了吧。"

山贼向人打听到怪量之前借宿的地方后，二话不说便进了山。他费尽千辛万苦，好不容易找到飞头蛮的居处，结果一具身体也没有发现。

"没辙了，虽然只剩下一颗头，但还是让它入土为安吧。话说回来，那个和尚也真是有意思，难不成他是为了劝我改邪归正才出现的？要是这么说来，那他可能真是菩萨派来点化我的。"

山贼为飞头做好坟冢后，活动了一下筋骨，便下山离开了。该坟冢一直保存到后世，后来还被人们命了名，叫作"飞头冢"。

# 蛾

一个二十岁左右，穿着毛纱短衫，腰间系着个钱袋子的年轻人晃着身子站起来，伸出一只手示意大家注意看他。

"各位，接下来请听我一曲浪花节[1]。"

说罢，年轻人便走到一旁的桌子前，拿起桌上的白扇子啪啪地敲了起来。桌前坐着一个穿西装的男人，看起来应该是某个公司的职员，正和身边的两个朋友喝着酒。那个要唱浪花节的年轻人手里拿着的扇子，就是这位西装职员放在桌上之物。

"哎哎哎，那扇子是我今天刚买的，你能不能别动啊！"

店里一共有四桌客人，全都被年轻人的举动吸引，纷纷看向他手里的白扇子。

那年轻人忘我地扯着嗓子高唱起来，丝毫没听进那西装男子的话，手里的扇子也被敲得啪啪作响。

"你够了啊，我今天才买的扇子，你别给我敲坏了！"

西装男子说罢，转身与站在他身后的服务员阿菊相视而笑。阿菊长着一张可爱的圆脸，看上去肉乎乎的。这会儿，年轻人似乎总算听到了扇子主人的话，漫不经

---

1　日本的一种以三味线伴奏的民间说唱曲艺。——译者注

心地回了一句："坏不了的。"

说完，年轻人便又旁若无人地继续敲起了扇子。此刻，所有人的视线都集中在了这把扇子上。西装男子与唱浪花节的年轻人身后是店门口左侧的格子窗，窗户下面是桦木色的杉板墙，上面贴着白色的壁纸。壁纸上贴着几张美食海报，每道菜旁边都标有菜名。西装男子的左手边是一条通往厨房的直廊，用两片门帘与外部区隔开来。美味的菜肴不断从那里被端出，偶尔还能看到外送用的大号漆器食盒从里面被拎出来。

阿幸单手端着一瓶二合的刚热好的清酒，掀开暖帘，歪着头从后厨走了出来，大概是怕头顶的发髻被暖帘弄散。她是店里的一个年轻服务员，姣好的瓜子脸上长着一双水灵灵的大眼睛，长身玉立，别有一股风姿。

"阿芳，唱得可真不错。"

唱着浪花节的年轻人闻言，转头看着阿幸道："那还用说，我可是乐燕[1]传人啊。"

店门口挂着一块蓝色的半透明苇帘，旁边放着一个双层架子，上面摆着酒瓶、花瓶等装饰物。阿幸从架子和西装男子坐的那桌之间穿过，走向坐在后面的三位客人。那三位客人看起来都很年轻，从穿着打扮来看，应该是哪里的理发师吧。阿幸站在中间与他们一块儿说说笑笑，好不热闹。架子上的电风扇吱吱呀呀地卖力工作着。

"喂，再给我来杯苏打水。"

店门口左侧有一张三人桌，傲慢的声音便来自那个角落。两个客人正坐在桦木色的杉板墙前说着话，一个是顶着鸡窝头，满脸胡楂的娃娃脸男子；一个是看起来有些神经质的瘦高个男子，一头长发被梳得整整齐齐。

听到客人的喊声后，原来站在阿芳身后的阿菊连忙走了过来。娃娃脸男子用手敲了敲插着麦秆吸管的空杯子，示意道："这个。"

"两杯对吗？"

---

1　昭和时代的著名浪曲师东家乐燕。——译者注

"嗯。"

阿菊艰难地从人群中穿过，走到挂着暖帘的厨房入口，对着里面喊道："苏打水两杯，谢谢！"

娃娃脸男子突然站了起来。

"是要回去了？"瘦高个男子见状，也准备起身。

"回去干吗，我只是去放个水，放水！"

娃娃脸男子伸出左手，把瘦高个男子按回椅子上，接着扶着打开的玻璃门向外走去。电灯的亮光透过檐下挂着的白色帘子，照亮了屋外突然下起的一阵小雨。

"山田先生，快进来，小心被人看见！"店内的阿菊大声喊道。

"看见就看见，我又没做什么伤天害理的事。"娃娃脸男子放完水，心满意足地走到檐下左侧的角落，磨蹭了五分钟，才走回店里对着阿菊说道："那杉树估计不行了，我刚刚给它浇了那么多肥料，它连片叶子都长不出来。"

阿菊正好端着苏打水出来，唱浪花节的年轻人也正好唱完一曲放下扇子。西装男子连忙一把夺回扇子，结了账，跟同桌的朋友说笑着走出店门。

唱歌的年轻人面前放着四五个空啤酒罐，可他的手里还握着一个酒杯，左手肘靠在桌子的边缘，大概是唱累了。这时，一个小个子男人边收油纸伞，边走进店里。

"欢迎光临。"阿幸送完西装男子，正好还在店门口，连忙热情地招呼道。她认得这个文质彬彬，看起来像个富家公子的年轻男客，因为他前几日来过店里一次。文雅男客今天穿着一件白底蓝纹的衣服，外面套着灰色的罗纱羽织。

"您请这边坐。"阿幸将文雅男客领到方才西装男子坐的那桌的最左边，拉出椅子请他入座。刚刚坐在这里的是一个戴着私立大学帽子的书生。

文雅男客微微点头后坐下，手中依旧握着那把油纸伞，不知道该放哪儿合适。

"我替您放吧！"

阿幸伸手的同时，男客已经递出了手中的伞。阿幸将伞立在窗框下方，本想转头大声问问对方想吃什么，但又怕自己言语粗鄙，在大庭广众下丢人，便默默回到客人身边，小声问道："您来点什么？"

"蔬菜沙拉有吗？"

"有的。"

"那就蔬菜沙拉和生啤。"

"好的,一份蔬菜沙拉,一瓶生啤,这就为您准备。"阿幸重复了一遍后,走向厨房入口道:"蔬菜沙拉一份,谢谢!"说罢,她掀开暖帘,走进厨房。

"蝴蝶,哪里飞来的蝴蝶!快看!"三人一桌的客人中某一位大声喊道。娃娃脸男子闻声,立即抬起头寻找。只见一只黄色的飞蛾正在文雅男客的头顶盘旋,倒也不是飞蛾也迷恋这张俊雅的脸,实在是那电风扇的风力过大,飞蛾无法靠近中心地带,只能被迫在天花板附近斜斜地飞舞。天花板不高,上面也贴着白色的墙纸。从天花板两头拉出的绳子上挂着许多啤酒公司的宣传小旗,看起来就像一面面国旗,在电风扇的"狂风"下飞舞飘扬。那只飞蛾正在那些旗子附近拼命地扑棱着翅膀。

"哪是什么蝴蝶啊,分明是只飞蛾嘛!"阿菊正和那三位客人说着话,她抬头看了看那脏兮兮的飞蛾,伸手想要逮住它。文雅男客也转过身,看着正在阿菊手边飞舞的蛾子。

顷刻间,飞蛾离开阿菊手边,转而飞到浪花节艺人的头顶,阿菊不依不饶地追了上去。

"小畜生,看你往哪儿跑!"阿菊笑骂着不停地扑打,无处可藏的飞蛾苦苦躲避着人类的巴掌。阿幸端着啤酒杯,掀开暖帘探出头来,只见文雅男客站起身来说:"我赶它出去吧,别打了。"

飞蛾似乎听懂了男子的话,轻轻地落在了他张开的手掌中。阿幸盯着男子掌中的飞蛾,思绪飘向了几天前的那个夜晚。

梅雨时节的天气从来都让人难以捉摸,中午明明阳光还令人目眩,一直到傍晚都是晴朗的好天气,岂料晚上八点左右竟毫无征兆地下起了雨。那位矮小的文雅男子便是在那时走进店里的。他头戴麦秆帽,灰色罗纱羽织上沾了几颗晶莹的雨滴,看起来像是原本在附近的车站等车,却因突降大雨而不得不来此避雨之人。

"哎,这雨下得也太突然了。"他说着就进了门,然后坐在了店门口左侧,也就是浪花节艺人今日坐的那个位置。

他点了一杯威士忌和一份蔬菜沙拉。就在阿幸准备去厨房备餐时,一只与今晚看起来一模一样的飞蛾从男子的袖口扑棱扑棱地飞了起来，就好像那蛾子一直趴在那里似的。阿幸生怕那脏兮兮的虫子翅膀上沾着花粉之类的东西，万一落在客人的酒菜里就麻烦了。可若伸手驱赶，又显得举止粗俗，因此她只得小声地提醒道："看，蝴蝶，有只蝴蝶。"

隔壁桌坐着两个年轻男人，正脱了西装穿着白衬衫开心地哼着歌，一听有蝴蝶飞进来，其中一个连忙起身，拿着扇子探身作势要打。

"来吧，小东西。"

眼看着扇子就要打到飞蛾身上了，文雅男子突然起身，伸出手来说道："我赶它出去吧。"

那飞蛾径直飞到文雅男子的掌心，男子手掌虚握，对着飞蛾轻轻说道："可爱的虫子啊，人类可真残忍。"说着，男子走出店门，对着无灯的昏暗角落伸直手掌，又道："快回去吧。"

转身返回店里时，男子的眼眸闪闪发光，眼中似有热泪溢出……

阿幸不由得感叹，好一个温柔善良的少年郎啊。她暗下决心，今晚一定不能怠慢这位令人尊敬的客人。于是，她端着啤酒杯来到文雅男子面前，说道："让您久等了，您点的菜很快就来了。"说罢，便看着男子掌中的虫子。客人也正盯着掌中的飞蛾。

"前几天晚上您来的时候，店里也有一只飞蛾，看样子您和飞蛾很有缘分呀。"

"啊……还真是，那晚也有一只。不过，我和飞蛾有没有缘分倒是无所谓，若能与小姐有缘，那才好呢。"

"您可真会开玩笑。"阿幸温柔地抿嘴一笑。

"喂，你笑什么啊，吵到爷了知道嘛！快给爷拿杯酒来！"

浪花节艺人单手支着脸咆哮道，一下子戳破了包裹着阿幸的甜美迷雾。

"您还要酒啊？您都喝了不少了……"

"爷的事轮不到你管！"

阿幸赔着笑走进厨房，出来时右手端着一碟菜，左手拿着一瓶开了的啤酒。她将那碟菜放在文雅男客的桌子上，说道："让您久等了。"

文雅男客握着啤酒杯致意道："谢谢。"他的左手已经向下平放在桌面上了。

阿幸一看，有些奇怪，便问道："那只飞蛾呢？"

男子微微抬眼看了看阿幸，用左手指了指右边的袖管，说道："我先把它放这里了，等回去时再放它走吧，可怜见的。"

"哦……"阿幸深受感染，不由得眼眶湿润。

"喂喂喂，酒呢酒呢?!"浪花节艺人用力地敲着桌子，阿幸连忙走过去。

"阿幸，拿酒来，快给我们拿酒来！"三人桌的客人也大声叫嚷着。

正在一旁陪胖客人聊天的阿菊连忙走过去，问道："什么？您几位还要酒？"

"你走开，我们要阿幸来。"

"您可真是的，我不是一样可以吗？"

"差远了，我就想看阿幸那种毕恭毕敬的样子。"说完，客人还模仿了一下阿幸的举止和口吻，接着又开心地大笑起来。

"居然取笑人家，森山先生真讨厌，小心人家以后都不理你了。"阿幸回头娇嗔道。

阿幸说着，便走到厨房入口接过正宗酒[1]，一路上还看了文雅男客好几眼，可人家没叫，自己也不能一直往人家身边凑啊。把酒递给客人后，她站在一个正好可以看到文雅男客的角落，一边用右手轻轻敲击桌面，一边着了迷似的看着男子。

文雅男客面前的碟子已经空了，他手中的刀叉也已经放下。阿幸有些期待男子把自己叫过去再点些东西，这样她不仅能再和他说说话，还能躲在一旁多看他一会儿。可是，文雅男客放下刀叉后，随即就喝光了杯子里剩余的大约三分之一的啤酒。放下酒杯后，他看着阿幸问道："一共多少钱？"

阿幸想起男客上次来的时候，也是只点了一碟子东西和一杯酒，看样子他的饭量并不大。

"还早呢，您不多坐会儿吗……那您可要常来哦。"

"好的，请结账吧。"

---

1　日本的一种酒，起源于江户时代。——译者注

阿幸歪着头认真地算了算，说道："一共四十五钱。"

男客从胸前掏出一个黑色的小钱包。"剩下的就当给你的小费了。"他拿出一日元放在碟子旁，然后整了整帽子，起身离开。

"谢谢光临，请您有空常来哦。"

阿幸想起男客还寄放了一把伞，于是连忙走到窗下拿起伞走了过来，正好对上男客转身的温暖一笑。

"谢谢。"男客接过伞，点头致谢后便走出了店门。出了门，男客停下脚步打开伞，然后走进了蒙蒙细雨中。阿幸就站在门口一直注视着他渐行渐远。

随着客人走远，落在伞面上的雨点发出的落寞滴答声也逐渐消失了，可是阿幸依旧不舍得移开目光。


阿幸在店门口的椅子上坐了下来。夜深了，夜场的客人纷纷准备离开，而日场的客人还没来，此时正是店里最空闲的时候。不过，阿幸的心思可不在这上面。

那只黄色的飞蛾似乎还在眼前不停地盘旋，那温暖如春的文雅男子也让阿幸久久无法忘记。他真的好温柔，好善良，无论是穿着打扮还是容貌气质，看起来都不像是普通的商户出身，应该是个名门贵胄。这附近也有不少高门大户，说不定他住得并不远。可即便如此，他的身份也与这脏兮兮的小酒馆丝毫不相称啊，莫非只是出于好奇才来此处？说起来，自己长这么大都没见过如此气质高雅之人呢，要是自己有个这样的兄弟该多好啊……阿幸不停地胡思乱想着，从那只飞蛾一直联想到了漫无边际之事。

不知道那只黄色的小飞蛾现在在哪里呢……那男子说得对，人类可真是残忍，每个人都在竭力地粉饰自己，可心灵却污浊不堪。那虫子也许确实会在人们的杯中或盘中落下一些脏污之物，可它不过是被明亮的灯光吸引来的小东西，它满心欢喜地奔向光明，却要拼命躲避人们无情的追杀，它是何其无辜！人类遇见开心之事，不也会忍不住跳起来嘛，又有谁会因此而遭受掌掴或是踩踏之苦呢？世间万物，无有恶如人类者，若是可能，自己也想化身为蝴蝶或鸟儿，飞向无人的自由之地。

"阿幸，你是叫阿幸对吧？"

胡思乱想的阿幸被一个声音拉回了现实，她抬头一看，眼前站着的居然正是自己念念不忘的文雅男客。

"啊，对，您快请进。"阿幸连忙起身迎接，拉开左边的椅子请客人入座。

"我出来散散步，正好看到你一个人坐在这里发呆。要是无聊的话，要不要去我家坐坐？我家就在附近，而且书房和主屋离得很远，从后门进去不会有人察觉。"

阿幸自然求之不得，可是又担心被老板发现自己擅自离岗，于是悄悄地走到厨房入口向内张望了一下，发现老板正和阿菊在柜台处说话。"如果有客人来，阿菊会出来招待的吧……要是一会儿有人问起，就说我在附近溜达了一会儿好了。"她心想。

"去吗？离开五到十分钟，我想没问题的吧。"文雅男子看着阿幸的脸说道。

"如果您方便的话……"

"没问题啊，不被人瞧见不就好了。"

阿幸没有回答，不过看到她开心的笑容，任谁都知道她是愿意的。男子悄悄地出了店门，阿幸紧随其后。青色的月光透过云间的缝隙洒向人间。

"呀，今晚有月亮呢！"

"说不定这雨一会儿就会停了。"

男子走在阿幸的右边，可阿幸不好意思与男子并肩行走，便故意拉开了一小段距离。阿幸谨慎地观察自己的四周，生怕遇见熟人，所幸只遇到了两个陌生人。

"该下坡了，我家就在这坡道的中间。"

狭窄的坡道左侧点着一盏路灯，前方是一眼望不到头的大宅的黑色外墙。男子带着阿幸沿着外墙一路向下，到了坡道中间时拐向了右边的小路，一走进去就看到一排篱笆。

"到了，进了后门就不会遇见任何人了。"男子说着，轻轻推开了面前的黑色小门，没有发出一点声音。

"请进吧。"

男子进门后，用手抵着门，侧身让阿幸进来。门内一片明亮，阿幸进来后，男子转身轻轻关上门。

"随我来，前面就是书房了。"院中种满了苍翠的树木，男子带着阿幸穿梭其中，走了大约十间后，便出现了一条点着灯的走廊，走廊后面是一道拉门。

"我们到了，请上来。"男子快步走上去打开拉门。阿幸虽然觉得有些不好意思，但还是依言走了进去。

八张榻榻米大小的房间内挂着一幅草书卷轴，卷轴前面摆着燕子花之类的插花，右边是一张小小的黑色桌子，桌上叠放着五六本书。除此之外，别无他物。

男子从桌子旁抽出一个水蓝色的蒲团，放在屋子的中央后，伸手请阿幸坐下。

"别客气，请坐吧。"

阿幸忸忸怩怩地走了过去，心想这会儿也只能坐下了。男子随后又走到桌子旁，拿出一个红色的蒲团，那大概是他自己平时坐惯了的。

"坐蒲团上吧。不管你坐不坐在蒲团上，我都要收一样的服务费哦。"男子看着阿幸，笑言道。

阿幸闻言，掩嘴而笑道："既如此，那我还是坐在蒲团上的好。"这才大胆地坐下。

"我就不给你泡茶了，挺麻烦的，你喝点别的吧。"说罢，男子走向壁橱。

"您别忙活了，我马上就走了。"

"虽然我没有你店里那么多好东西可以招待你，不过这个据说是从鲜花里提取出来的哦。"男子说着，从壁橱里取出一个三角形的小瓶子，瓶子里装着淡红色的液体。随后，男子又拿出两个杯子，弯腰坐下的同时，将瓶中的液体倒了一杯放在阿幸面前的地上，又给自己倒了一杯。

"这可是稀罕玩意，在日本有钱都买不到。"男子说完，便一口饮尽自己杯中的液体，"放心，这是无酒精饮料，就跟喝水一样。"

看对方都这么说了，自己再扭扭捏捏就有些不识抬举了，阿幸便欣然端起杯子道："那我就不客气啦。"

"试试看，别担心。"

阿幸优雅地喝了一口，那液体微甜，润滑清香，倒是真不错。

"如何？还不错吧？"

"好香啊！"阿幸喝了半杯后，放下杯子。

"你好不容易来一次，要是能给你拍个照就好了，可是这天太黑了，拍了也看不清，只能下次再说了。至于今晚嘛……"男子认真地想着。

"啊，不用了，真的。店里的客人还等着我呢，我也该走了。"

"对了，你等等啊，上次有一个朋友送了我一个化妆箱，我转送给你吧。"

"真的不用了……"

"反正也是别人送我的，给你正好能用上。"

男子又一次走到壁橱边，从中取出一个用黄纸包着的小箱子。"要是不嫌弃是别人送我的东西，你就收着吧。"男子说完，又坐回原地。

"岂敢岂敢，只是我实在不好意思收您东西。"

"不要紧的，不嫌弃就带回去。"

"但这也太……"话音未落，走廊上突然响起了一阵脚步声和男女说话的声音。阿幸顿时吓得面色苍白，男子明明再三保证这里没人会来的……

"里面一定有人。"

"怎么会有人呢？没人会来这间屋子的。"

"但是，我刚才明明听到里面有人说话。"

"哪有人说话，你要是不放心，打开门看看不就知道了。"

拉门被打开了，一个年长的男子探头向内看来，他身边跟着一个脸上涂着厚厚白粉的年轻女子，看起来应该是家里的女仆。

"你看，我就说没人吧。"

"可是地上怎么有蒲团？"

"大概是方才客人走后，忘了收起来吧。"

阿幸瑟瑟发抖，不知该如何是好，坐在蒲团上一动也不敢动。可自己明明坐在这里，那两个人怎么说屋里没人呢？莫非他们看不见自己？

"坐吧。"老男人拉着女子坐到蒲团上。

"咦，怎么有只飞蛾？"

"哪里？"

"就在你的蒲团上啊。"

"有吗？"

老男人低头盯着蒲团，突然提起手中的雪茄戳向蒲团。

"多可怜的小东西，别伤它性命了。你看，它的翅膀都被烫伤了，飞不起来了。真可怜，我把它赶出去吧。"

女子低头拿起了什么，随后将纸门拉开了一条缝，将手上的东西丢了出去。

阿幸连忙也飞奔了出去。

"阿幸！阿幸！你怎么了？"

阿幸只觉得有人在摇她的肩膀，抬头一看，竟是阿菊。原来刚刚自己是趴在桌上睡着了啊。


当晚，阿幸回去后便发起了高烧，休息了四五天才回到店里。下了一整天的雨，店里冷清了许多，只剩下几个常客。

晚上十点，客人们陆续离开后，只剩一个戴眼镜的胖男人还坐在右边靠角落的地方。他是个点心工厂的老板，阿幸和阿菊都在那里陪着他说话。就在阿菊返回厨房端出一瓶生啤时，门口走进来一位客人。阿菊仔细一看，这不正是那位文雅男客嘛，只是今日不知为何他十分憔悴，脸上毫无血色。

"啊，欢迎光临。"阿菊立刻出声招呼，随即又转向阿幸大声喊道："阿幸，来客人了！"

"啊，哪位？"阿幸坐着转向门口。

"啊，欢迎光临。"看清来人后，阿幸连忙起身小跑出来，却被男子蜡黄的脸色和左手一直缠到手指的绷带吓了一大跳。

"您这是怎么了？"

"不小心烫伤了。"

"那可不得了啊……"阿幸走到靠近暖帘的桌子旁，拉出外侧的椅子。文雅男客缓缓坐下，皱着眉头，看起来十分痛苦。

"很疼吧？"

"没事，碰到了才会疼。"

"伤得很严重吗？"

"不严重，就是一点小烫伤而已。"

"那可一定要注意啊。"

"今天来杯苏打水吧。"

阿幸担心得眼泪都要出来了，可又不敢让旁人看出来，便努力装出一副正常的样子走进后厨，取出苏打水放在男子面前。

"谢谢。我是来跟你道别的，明天我就要出发去疗养了，不知何时才能再见。其实，我挺舍不得你的……"男子对着阿幸落寞一笑。

阿幸也努力扯出一个微笑，但很快就低下了头。

"今晚怎么没见飞蛾呢？不知道那只飞蛾去哪儿了。"说完，阿幸又想起了几天前自己做的那个怪梦，于是目不转睛地盯着男子。

男子低着头，用麦秆吸管缓慢地吸光杯中的苏打水，然后虚弱地从右边袖管中掏出一日元纸币放在杯子旁，对着阿幸说道："我先走了，多保重。"

"嗯，您也要好好养伤！"阿幸的声音微微颤抖。

男子走出店门，一下头也没回……

次日早上，阿幸睡到十点才起床。来到店里后，她将店里的几扇窗户一一打开，突然在一扇窗户外看到了一个奇怪的东西，那是一只死去的黄色飞蛾，躺在檐下的水沟挡板上。这种地方怎么会有飞蛾呢？阿幸走近仔细一看，那飞蛾左边的翅膀被烫出了一个大洞……

# 鲑鱼的复仇

在日本，有一条名为大利根的河流，流经旧时的常陆国与下总国之间，最终在犬吠崎一侧汇流入海。今天要讲的故事，具体发生在何时已经无从得知，但故事发生时，正值利根川流域鲑鱼洄游季，鲑鱼资源十分丰富。故事的主人公是一个贫穷的渔夫，他住在千叶县铫子市附近一个叫作四日市场的地方，每逢捕鱼旺季，他与妻子二人便不分昼夜地打捞鲑鱼。

当时，利根川一带秋高气爽，蔚蓝的天空中日日有鱼鳞状的流云浮动。眼看已经到了捕获鲑鱼的旺季，贫穷的渔夫从简陋的小房子里把渔网拿出来，修补着渔网的残破部分。一张张渔网在他手中变得焕然一新。渔夫在等待鲑鱼洄游的最佳时机。待鱼潮来了，隔日清晨，天刚蒙蒙亮时就得把网撒下去，那样准能有好收成。这么想着，渔夫继续着手准备。

一入夜，渔夫就开始祈祷次日出海一切顺利，又催促妻子煮上一些荞麦面，独自喝了两三杯酒。在他们居住的小屋外面，繁星璀璨，时有秋虫鸣叫。

"明天啊，其他捕鱼人怕是都尚未开渔呢，正是咱们捕鱼的好时机，咱们一定会大赚一笔！"

渔夫对正坐在餐桌前吃荞麦面的妻子如此说道。此刻，渔夫的脑海里已经开始浮现出渔网中满是肥美的鲑鱼的画面。

"真能捕到那么多鱼当然好了，要是没能如愿呢？"妻子好像并不十分确信。

"不，一定会捕到的！我猜这鱼潮就要来了，此时不撒网，更待何时啊！等着瞧吧！"

"话是这么说，但现在开渔未免太早了些吧。"

"早什么早，去年开渔的日子比今年这会儿还早上十天呢。"

就在这时，夫妇两人听到有人走动的声音，抬头一看，门口来了一个四处云游的僧人。炉子里松树枝烧得正旺，火红的炉火照亮了僧人身上的灰色袍子。

"哎呀，有和尚来了！我正为预祝明天开渔大获成功而喝酒呢，让和尚也来尝尝我们这荞麦面吧！"说着，渔夫嘱咐妻子给僧人盛一些荞麦面。

妻子将荞麦面盛在碗里，递给僧人。

"感激不尽。"僧人回答道，然后伸出双手恭恭敬敬地接过碗，将竹帘铺在地上，坐下身去。

"小僧得以品尝施主所赠斋饭，实在感激不尽，可是一想到施主是为了祈求开渔大获全胜，小僧心中便不免同情那些鲑鱼。施主，您可否不去捕那些鲑鱼啊？"

渔夫朗声笑了起来。

"小和尚，你说你同情鲑鱼不让我捕，那你就忍心看我们夫妇两人饿死不成？"

"小僧并无此意，只是捕鱼乃是杀生啊，绝不会有好报的。"

"就算当真没什么好报，可我祖祖辈辈都是打鱼人，其他买卖我也做不来啊。"

"施主说的也不无道理，那至少这两三日暂且不要捕鱼如何？"

"休渔两三天不是什么难事，只是过了这两三天，还是要去捕鱼的，这不还是一样的吗？"

"并非如此。施主有所不知，这两三日正值大潮，大量的鲑鱼都会随着潮水涌来，此时休渔可以减轻些罪过。"

"小和尚，你怎么知道这两三天正值鲑鱼游来的大潮啊？"

"小僧对这事略通晓一二。"

"这么看来，我的推测没错！"渔夫喜不自禁，但也并非全然不把僧人的话当回事。

僧人追问道："那施主这两三日休渔可好？"

渔夫沉默了。僧人这时才终于开始吃碗中的荞麦面。

"这杀生的报应，很骇人吗？"渔夫问道。

"确实恐怖，一家人都会在转世时堕入畜生道，来世恐将托生成狗一类的畜生。"

不一会儿，僧人将碗中的荞麦面吃完了，然后将碗放在面前。渔夫一方面想多捕些鲑鱼，另一方面又很害怕僧人方才所说的报应。

"施主，那这两三日暂且休渔可好？"

"也好，也好，出家人总不会害我的。"

渔夫决定听从僧人的劝告，这两三天都不出海。僧人道谢后，拂了拂袖，便转身离去了。

"我说，当家的，你明天还真打算休渔呀？"渔夫的妻子冷笑着问道。

"和尚都说到那份儿上了，还是听他的吧。"渔夫看着妻子的脸答道。

"他一个和尚，怎么会懂捕鱼的事。想是有谁明天想自己大干一场，特地托这个和尚说这番话拦住你，不让你出海咧。"

听到妻子这番话，渔夫又摇摆不定了。

"你说得也有道理啊。"

"肯定就是这么回事，要不一个和尚怎么可能懂捕鱼的门道呢。"

"也是也是，看来明天还是得出海捕鱼啊。"

"是啊，可不能被那种人给骗了。"


翌日一早，第一声鸡鸣响起，渔夫夫妇就起来了。两人来到利根川，划着船顺着利根川前行，将渔网一把撒下。就在这时，数不清的鲑鱼随着川流涌来。还没等到天彻底亮起来，船里已经载满了肥美的鲑鱼。夫妇二人返回家中将这一船鲑鱼卸下后，再一次来到利根川，这一趟又是满载而归。有不少捕鱼人见到这对夫妇的收获，也赶忙出海撒下渔网，但他们打捞上来的鲑鱼数量却完全不能跟渔夫夫妇的相比。

那一夜，大获全胜的渔夫决定在家中置办酒菜，招待四邻。他从捕捞上来的鲑鱼中选出几条极为肥美的来烹饪。渔夫剖开其中一条鲑鱼的鱼腹，只见鱼腹中竟然有一些荞麦面。渔夫一下子想到昨日前来吃面的僧人，顿时心里发毛。

贫穷的渔夫一家因为那一天开渔大赚了一笔，登时成了村中首富。然而，衣食无忧的渔夫却始终难以忘记那天看到鱼腹中有荞麦面的骇人一幕。

不久后，渔夫的妻子怀了身孕。第二年夏天，妻子诞下一个女婴，不过那女婴奇丑无比，脸上生有幼鱼状的红色斑点，头发也卷曲得很。分娩后的妻子看到女儿的这副相貌，顿时急火攻心，坐月子的时候也没有将身体调理好，最终含恨死去了。

丧妻的渔夫眼前浮现出劝自己休渔两三天的僧人的身影，也浮现出从鱼腹中涌出荞麦面的情景。他注视着乳母怀中的丑陋女婴，久久无言。


渔夫家中一日比一日富有。尽管渔夫可以得到所有想得到的东西，但他对女儿丑陋的面相却束手无策。渔夫心想，若是能让他的女儿与普通人无异，哪怕让他散尽家财，他也心甘情愿。

渔夫的女儿一天天长大了，到了该嫁人的年纪，但她脸上幼鱼状的红色斑点却一点点扩大了，卷曲的头发也变成了赤褐色。女儿因这丑陋的相貌郁郁寡欢，许是不想被人瞧见自己这模样，她终日闭门不出。

适逢那时有一个自称从京都来的算命人。这个算命人生了病，性命危在旦夕。渔夫一心想要广积善德，消除自己的罪孽，所以一见到这可怜的算命人，就把他接到自己家中，悉心照料起来。

渔夫的女儿从婢女口中听说那个算命的男子长相俊秀，不禁有些心动。某一天，在婢女的策划下，渔夫的女儿得以窥到了在房中读书的算命人那出众的相貌。

后来，渔夫注意到自己的女儿茶饭不思，似乎怀有什么心事。渔夫一时有些担心，便去问乳母及婢女们个中缘由，并且从婢女那里得知了女儿思春的事情。

第二日，渔夫把算命人叫到自己房中，对他如此说道："突然叫先生过来，是有一事相求，先生且听老夫道来。"接着，渔夫面露难色地继续说道："近日来，小女对先生相思成疾，但是小女相貌不佳，老夫也知先生或许心有顾虑，所以老夫愿将全部家财赠予先生，只恳请先生能与小女成婚。"

算命人此前也见过这家的面相丑陋的小姐，他自是一千个不愿意，一万个不甘心，但是救命恩人提出这样的请求，他也不能狠心拒绝，只好无奈地答应了这门亲事。

"没想到先生能答应，老夫实在是感激不尽！事不宜迟，今晚你们就把婚事办了吧！"

渔夫高兴地命家里的仆人张罗起来。一切都准备好之后，算命人与渔夫的女儿站在一起，举杯庆祝婚成。只是这算命人一直不敢直视渔夫女儿的脸，渔夫的女儿也始终深深地低着头。


尽管算命人迫于道德与渔夫的女儿成了亲，奈何他却始终忍受不了与其亲近。一日夜晚，算命人待新娘睡着后，蹑手蹑脚下了床，推开门拔腿往户外奔去，慌不迭地跑向小滨村一带。那一夜，秋月仿佛被清水浸泡过一般，透亮无比。

算命人跑着跑着，心底不禁对那渔夫的女儿同情起来。当时自己卧病在床，小姐对自己抱有一片痴心，如今自己弃她于不顾，实在不是君子所为。虽然算命人心中这么苛责着自己，但是一想到渔夫女儿脸上那红色的斑点，还有那赤褐色的头发——那长相与其说是丑陋，倒不如说是惊悚，他便无论如何也没有勇气再回到渔夫家去。只不过，自己这么一逃，那小姐岂不是要伤心断肠。想着想着，算命人停下了脚步。左思右想后，他再一次迈开脚步，走到了水面微白的利根川岸边。他心中突然萌生出一个想法，若是得知自己跳河自尽了，那小姐也只能放下这段情了吧。于是，算命人像投水之人那样，把自己的草鞋脱下来，放在岸边，随后赤脚跑向了一个叫作西安寺的地方。

不久后，渔夫的女儿从睡梦中醒来了。看到枕边人不见了，她大吃一惊，遂在家里四处寻找，直到看到挡雨门板大开着，她才想到，一定是算命人不堪忍受自己的骇人相貌，出逃了。渔夫的女儿顿时像发了疯一样跑了出去，到处找寻新婚丈夫的踪影。黎明时分，她走到了小滨村的河岸边，看到了算命人摆在那里的草鞋。渔夫的女儿心凉了半截，心想算命人厌恶自己至极，宁愿去死，也不愿与她相守。心灰意冷的她纵身跳入冰冷的水中，了结了自己的性命。

后来，这可怜女人的尸体漂浮到了铫子的河口。村里人同情不已，将她的尸骨收了起来，把她的牙齿以及插在头发上的发饰埋在了尸骨旁边，当作神明供奉了起来。如今，在铫子町的东边，圆福寺背面的小山坡上，供有一尊叫作"川口明神"的神明，据说就是这渔夫的可怜女儿。民众也称其为"白纸明神"，其实原本写作"齿梳明神"，只是不知何时以讹传讹，出了错。由于有这个故事，当地有头发卷曲者，便会给川口明神供奉一把发梳，而面部生有脓包者，往往会供奉一些女子用的或红或白的脂粉，以祈求自己容颜恢复。传说，这渔夫的女儿名为延命姬，而算命的男人名为安部晴明。供奉晴明的处所位于前文所说的西安寺，相传打鱼人若是在那里祈祷的话，出海会收获颇丰。

# 废轿

这是一个发生在上州某个小村庄里的故事。某日傍晚，一位农夫忙完了一天的农活，从田里往回走。长长的铁锹扛在肩头，叼在口中的烟斗看起来就像一条小蛇的腹部。农夫正慢慢悠悠地走着，突然发现路旁的松树下似乎藏着一个奇怪的东西。

"咦，那是啥？"

农夫走上前去仔细一瞧，居然是一顶镶满了金银珠宝的轿子，金光闪闪的，好不惹眼。

"这大概是哪位大名的轿子吧。"农夫心想。

话虽如此，可那轿子周围既无轿夫，也无随从，似乎是一顶被人遗弃在此的废轿。这么好看的轿子，怎么会被遗弃呢？农夫很是不能理解。轿子里一点动静也没有，看样子轿内并没有人，四周也无人看守。于是，农夫大胆走上前去，掀开轿帘向内看去。这一看，差点让他惊叫出声，那轿内居然坐着一个妙龄少女。少女低着头，通身打扮高贵不凡，看起来像是哪国的公主。

"啊，请恕小人莽撞无礼。"

农夫连忙放下轿帘。就在这时，那少女慢慢抬起了头。

"啊！！"

农夫正好瞥见了少女的脸，那脸上没有眼睛，没有鼻子，也没有嘴巴。农夫吓得拔腿就跑，到家后没多久就病死了。

就在农夫看到这顶诡异废轿后不久，隔壁村的一个农夫从地里回家，也看到了这顶镶满了金银珠宝的轿子，他也好奇地掀开了轿帘，看到了那公主打扮的少女。就在他慌乱地放下轿帘之时，少女抬起了头，露出了那张没有五官的脸。农夫吓得魂飞魄散，连滚带爬地逃回家中。不久后，这个农夫也病死了。

# 怪人之眼

这个故事发生在明治维新之前。小坂丹治是土佐藩的一名武士，他时常在香美郡佐古村的金刚岩边猎鸟。

这一天，山上树木的枝叶随秋风摆动着。在岩石和杂树林之间藏着一条小路，丹治沿着这条小路登上了一块巨大的岩石。他站在巍峨的岩石上环顾四周，突然发现头顶高大的黑松上有一只硕大的鹤。

"咦？竟然有鹤。"

丹治一时间喜出望外，但无奈当时幕府已经明令禁止捕鹤，因此他只能作罢。然而，低头看看手中的猎物，只有两只小鸟而已，丹治实在不甘心错失眼前的良机。他握紧手中的猎枪，望向鹤的方向。这时，只见那只鹤振翅飞向了远处的天空，但转了一圈之后，很快又落回了枝头。

"比刚才更好打了，真想打下来啊。"

丹治心有不甘，死死地盯着那只鹤。

"要是开枪的话，很可能会被别人发现。但是，这里除了我，好像也没有别人。更何况在这深山野林中，即便有人听到枪声，也分辨不出是在打鹤还是在打白头翁。说干就干！"

丹治盘算着神不知鬼不觉地把那只鹤弄到手。他拿起猎枪，用树林做掩护，悄悄地朝松树的方向走去。瞄准之后，点燃了火绳。一声巨大的枪响之后，丹治十分确信自己打中了，他甚至可以想象出硕大的猎物落地时的画面。丹治立刻看向鹤的方向，却见那只鹤正歪着头，一副气定神闲的样子，脖颈纤长而美丽。丹治瞪大了眼睛。

"我明明打中了，它为什么没有掉下来呢?!"

那只鹤仍然悠闲地歪着头。丹治觉得后背发凉，他想起自己早晨上山的时候，看见路旁的荆棘丛中已经结满了红色的果子。突然，一只小东西刺溜一声钻了出来，丹治不知那东西究竟是猴子还是婴孩。那东西看了丹治一眼，便消失在旁边的草丛中。

"今天从早上开始就有些反常啊。"

丹治不想继续在山里待下去了。他知道对面有一条捷径直通山谷，于是扛起猎枪，匆匆朝捷径的方向走去。而那只鹤仍然纹丝未动。

"今天可真是够倒霉的。"

小路通向山谷的方向，丹治望了一眼谷底，只见雾霭沉沉，满眼都是艳丽的红色。这时，他发现对面的山谷和四周都呈阶梯状，恰如女儿节时铺了红色毛毡的陈列台一般。陈列台上摆满了贴画人偶，有天皇与天后，有乐师……丹治放眼望去，天地之间只有这座巨大的陈列台。丹治顿觉头晕目眩。

"这样下去可不行，我得想办法逃出去。"

丹治放下猎枪，一边用枪托敲打台阶，一边向下走去。只要是双脚所及之处，他都要抬起脚，狠狠地踩上一脚，时不时还会因为用力过猛而摔个仰面朝天。

"真是见鬼了！千万不能把小命搭在这儿！"

丹治像疯子一样，胡乱地挥舞着猎枪。

"活见鬼！活见鬼！活见鬼！"

不知不觉中，丹治已经走出了陈列台。他猛然停住脚步，眼前出现了一座茅草屋，有说话的声音传来。

"进去讨杯茶吧！"

丹治朝着茅草屋的方向走去。时间已经过了两点，阳光将小屋门前的柿子树染成了红色。院子里，一位老人正坐在草席上搓着绳子。

"能讨您一杯茶喝吗？"

老人停下手里的活，抬起头，一脸狐疑地问道："老爷，您这是出了什么事吗？您脸色可不太好啊！"

丹治内心思量，自己刚刚遇到了如此险境，脸色肯定很差，若不坐下来喝杯茶，自己是无论如何也不想开口说话的。

"我确实遇到了一件怪事。先让我喝杯茶吧，喝了茶我再慢慢跟您说。"

老人点了点头。

"当然可以。"说着，老人转头看向茅草屋的方向，"我说，这位官老爷想喝茶，快端一杯过来。"

丹治在老人身旁的捶草石上坐了下来。只见一个小个子的女人用托盘端着茶杯，从茅草屋走了过来，看样子应该是老人的儿媳。

"啊，茶泡好啦，端给那边的官老爷吧。"

老人用下巴指了指丹治。女子默默地点了点头，将茶杯端到丹治面前。丹治微微低头施了一礼，端过茶杯，一饮而尽。

"谢谢。"

丹治将手里的茶杯放回托盘上。老人见状，说道："官老爷，发生什么事了？"

"今早我上山的时候，看见一个东西从荆棘丛里跑出来，也不知是猴子还是小孩。这东西看了我一眼，就躲进草丛里了。上山之后，我又看到一只鹤落在松树上。我知道不能捕鹤，但想着反正四周也没人，开枪也无妨，于是我就打了一枪。我明明感觉自己打中了，但是那只鹤却像什么也没发生一样，动也不动。我又想起了早上看到的那东西，就觉得今天事情不妙，想赶紧往山谷去，结果发现那一带的山路都变成了陈列台，到处都是人偶。我吓坏了，一边用猎枪破坏那陈列台，一边赶路。后来我就看到了这栋房子，陈列台也消失了。唉，今天我净碰到些怪事。"

丹治说完，好像已经筋疲力尽，长叹了一口气。

"原来是这样，可真是不容易。您快回家吧，今天就什么也别干了。"老人安慰道。

丹治也再无心思继续打猎。

"好，我是要回去了，今天确实什么也不想干了。"

"这样最好了，这种时候再到处乱跑，恐怕会出事，快回家吧。"

"走了，走了，真是受够了。"

女子又端来一杯茶。

"再喝一杯吧。"

"谢谢，那我就再喝一杯。"

丹治接过第二杯茶，又喝了下去。他悬着的心这才慢慢放了下来。他心想，该回家了。

"多有打扰，告辞了。"

丹治辞别老人，走出了小院。小路左右两侧的田地里长满了稻谷和荞麦，可以看见田地一头有三三两两的人家。丹治沿着小路前行，行至拐角处，迎面走来了一个男人，这个人个子矮得出奇，身体却很宽大，走在路上活像一只癞蛤蟆。丹治不禁心生厌恶。与这个男人擦肩而过时，丹治发现他的两只眼睛闪着寒光，仿佛在盯着自己。丹治再也不敢看第二眼。

不久，丹治遇到妖怪的事情便成了人们茶余饭后的谈资。一天，土佐藩名士小南五郎右卫门在路上偶遇了丹治，遂向其求证此事。丹治没办法，只能如实道来。最后，他如此说道："那只鹤和那陈列台都是小意思，但那矮个子男人的那双眼睛，我至今难以忘记。"

# 史鬼谈

肆

收录于作者一九二二年出版的怪谈小说，
该作品为作者所著的日本怪谈小说集。

古典怪谈

原稿现存于日本中部福井中古书店，
于首版五十六年后由"悉桑派"译者探访获得。

# 海异志

一

　　源吉走在淡蓝色的月光下，脚下是铺满沙砾的乡间土路。路左边是麦田，麦子已抽了穗，路右边是庄园的围墙。围墙处芒草丛生，其上开放的蔷薇花在月光的映照下微微泛白。源吉走着，突然感觉有脚步声传来，便停下来竖起耳朵倾听。在倾听的同时，他的目光也沿着地势越来越低的小路向远方投去，直到望见远处的海岸。南风吹来温暖潮湿的空气，送来阵阵微弱的涛声，除此之外，便没有别的声音了。

　　源吉再次迈出了脚步。虽然已夜深人静，想必不会有人来到海岸边，但因害怕见到村里人，源吉还是一直小心翼翼地竖起耳朵。他的女友如笼中之鸟般住在这庄园中，而他则像盗贼一样鬼鬼祟祟，若是此时被村里人撞见，他一定万分羞愧。

　　源吉稍稍安心了些，一边走一边踮起脚，越过围墙往庄园内看了几眼。庭中树影婆娑，透过茂盛的庭中植物可以看到屋顶，瓦片在月光的映照下仿佛结了霜一般。源吉不自觉地停下了脚步。虽然往事浮上心头，但这种夜晚也没什么理由非要

111

进去不可……想到这里，源吉又迈开了脚步。

……小小砂锅里煮的粥被盛到茶碗里，又被添了三颗梅干送到枕边。枕边点着的小煤油灯摇晃了几下。

"这粥怎么这么慢？"

"粥要煮得软一点才好吃，不好意思咯。说起来伯母又说什么了吗？"

"妈妈今晚被叫去参加山田的婚礼了，没在。"

"啊，想起来了，是山田信次郎吧。信次郎比我小两岁，今年也二十二岁了。"

"你也快点讨个好老婆吧！"

"我？我看你才应该早点找人嫁了，给家里找个女婿。"

"我才不要呢！"

女子正说着，突然屏住了呼吸，小心翼翼地听着什么。

"怎么了？"

"好像有人来了。"

"肯定是吹了一阵风。"

"是吗……"

但这已经与源吉无关了。他走在路上，落寞之情油然而生。庄园不断延伸的围墙在前方向右折去，眼前出现一大片桑田。羊肠小路蜿蜒于围墙与桑田之间，这里是鱼贩、酒贩往来庄园的小路，前方就是小门了。源吉刚顺着小路迈了两步，就猛地停下了，然后他朝小门的方向瞪大双眼侧耳细听，生怕自己一个不留意漏听了别人的脚步声。

除了潮湿的海风与海岸边的沙子嬉戏的声音外，依然没有别的声音。源吉又安下心来，迈开了脚步，不过他依然小心翼翼地尽力控制自己的每一步都不发出太大声响。刚抽芽的嫩叶在月光的映照下显得雾蒙蒙的，褪了色彩。

围墙处的蔷薇想必正做着美梦。不知是花香还是桑叶的气味，一股柔和的香气沁人心脾。

……玉米田中，红红的月光照在玉米宽大的叶子上。田中有一栋低矮的茅草屋，是附近的人们泡澡的地方，里面传来哗啦哗啦的水声。源吉穿过玉米田，等待着洗完澡的女子，一见面便一把握住女子泡得通红的手腕。

"伯母和阿芳都不在，他们去哪里了？"

"妈妈带着阿芳去阿林的互助会[1]了，一时半会儿不会回来，咱们回家吧！"

"去是可以，但是他们回来又要说烦我了。"

"没事啦。"

"没事？我看事很大吧。"

"那你想怎么办？"

"我们去神社那边吧，那边方便说话。"

"别被人看见。"

"没事啦。"

说完，两个人牵着手走了起来……

源吉顺着围墙一直摸到了小门。小门的门扉打破了他的美好回忆，他紧盯着这扇门，一脸悲伤。

……仿佛看到了那个面色铁青，满嘴金牙的男人。源吉恨不得用脚狠狠地把男人踩在脚下。想到这里，源吉苦笑起来。

……昏暗的树林里，两个人倚在一棵大松树上相对而泣。

"芳松还小，你还是放弃吧，好吗？忘了之前的事吧。"

"那……那阿源你怎么办？"

"别管我，我之前说过了，我要去桦太[2]打工。"

"什么时候走啊？"

"明天早晨坐第一趟马车到车站去，已经定好了。"

"我想陪你一起去，行吗？"

"我也想带着你，但是你从此就不管你们家了吗？伯父能让你走吗？你要是走了，伯父会伤心死的。我放弃了，你也放弃吧。为了你们家，好吗？"

---

1 日本的一种民间融资组织。——译者注

2 即桦太岛，现今的萨哈林岛，曾为日本殖民地。——译者注

"好吧……"

"我们现在就断了吧，我从池塘那边绕过去，你往鸟居那边走。"

女子仍然紧紧地靠在源吉身边不肯离去。

"阿源……"

"干吗？"

"阿源……"

"够了，别再说了。我们断得干脆点吧。"

源吉推开了女子的手。

"阿源……"

"够了，我明白，别说了！把一切都藏在心底吧！"

女子仍然紧紧地靠着源吉……

源吉猛地回过神来，他赶紧离开了小门，走上了一条铺着红土的小路，朝海岸方向去了。

远处传来阵阵涛声，月光透过云层若隐若现地照射到海岸上。海岸沙丘上长满珊瑚菜，源吉一脚一脚地踏着没人踩过的地方前行。

从沙丘上下来是松树林中昏暗的小路。路上到处是盘绕交错的松树根，仿佛进了盘丝洞一般，源吉只得边走边小心地躲开那些错杂的树根。

松林树荫前又见红土路，路两边的桑田看起来发灰。在城门前还可以看到庄园围墙处凹进去的小门。真是一个勾人回忆的夜晚。源吉感觉又听到了人声，他警惕起来。但侧耳倾听后，发现除了阵阵涛声外，并没有别的声音，于是他再度放下心来继续走路。

但源吉突然又停下了脚步。

"我这样是不是不够男人啊？去年一刀两断的时候，我装得深明大义，直接就去了桦太。那时候显得我多厉害！但是现在，连着四五晚，我都背着人在庄园附近转悠。我到底是图什么？如果让她知道了，她肯定会笑我嘴上说得好听，实际上就是个窝囊废。说起来，从桦太回来已经一个月了，说要做车夫也一直没去干活，每天就是借酒消愁，白日里睡大觉，整个人都游手好闲。我这到底是图什么？果然还是对她恋恋不舍吧！我真窝囊，她肯定在笑我。不能再这样下去了！"

源吉这么想着，看了一眼脚下，脚下的红土混合着沙砾，仿佛要浮起来一般。

"奇怪。"源吉不解起来，开始疑惑今晚到底是来干什么的。他把手放在额头上，手已经冻得冰凉了。

"回去了，日思夜想的地方到底也和我没有关系了。像个男人一样吧！"源吉在心中这样命令自己，默默地迈开了脚步。

但庄园的小门近在眼前，源吉舍不得立刻离开，于是朝小门瞥了一眼。只见小门半掩着，门缝中出现一张白皙的面孔。源吉立刻呆住了，看那纤纤玉手，那分明就是自己朝思暮想的那个女子。女子穿着蓝色的和服，源吉像被勾了魂一样，不自觉地朝那边走去。

源吉正往小门的方向走着，女子却进去了，源吉只好小声呼唤道："阿高！"

"阿源！"

源吉凑到小门边，小心翼翼地进到了庄园内。

那个女子就站在右手边的一棵小松树下面，红色月光映照松树间。源吉凑到女子身旁。

"阿高……"

源吉百感交集地看了一眼女子的脸，却看到一张狰狞的面孔，青面獠牙，长舌垂地，双目发光。他眼前一黑，夺路而逃。

二

阿高一边低头看双膝上放着的小说话本，一边朝围廊外站着的少年亲切地笑。

"你再不来，姐姐可要担心了。"

庭院中的花坛里，郁金香和樱花草竞相绽放，院落里洒满午后温暖的阳光。

"是因为外面太热了吧，快进屋子里来。我知道你怕姐夫，他今天白天不在，放心进来吧。"

少年扭扭捏捏地摘下学校的帽子，攥在手里，又脱掉草鞋进入屋中，走到客厅，四仰八叉地躺在地上。

"妈妈让你带什么话了吗？和服什么的。"

"和服要后天才能做出来，妈妈做出来之后会亲自送来。"

"这样啊。别的呢，还说别的了吗？"

"别的就什么也没说了。哦，对了，源吉病了。"

"什么病？什么时候病的？"

"妈妈说他昨晚得了怪病，一直说胡话。"

"说胡话？都说什么了啊？是发烧了吗？"

"妈妈说他从外面打工回来后，每天什么也不干，就知道喝酒，游手好闲的，肯定是被什么东西附体了。"

阿高的脸一下子阴沉下来。

"源吉这一阵总是在人们睡着之后在神社、海边来来回回地转悠，神出鬼没的，八成是被狐妖附体了吧。"

"你亲眼看到过他在外面走吗？"

"我没看到过，是妈妈和邻居家的伯母聊天说的。"

阿高突然话锋一转。

"对了，这里有些点心，我还想着你什么时候来给你吃呢。"

说完，阿高便进到里屋，拿出一个黑色的圆形罐子，边打开盖子边坐下。

"全是给你的，快吃吧，吃完了还有。"

罐子里是蓝色和红色的砖块形的西洋点心。少年大口地吃了起来。

"阿源来家里了吗？"

"没来。"

少年的心思全在点心上，阿高则陷入了沉思。


少年走后，阿高横卧在地上，用一只手撑着自己的鹅蛋脸。她身体的另一侧，笼罩着网眼一般的黑影，怎么看都不像是明亮清澈的东西。而且这团黑影看起来好像要拼命挣脱出来一样。

……麦田的金黄色和桑田青青的颜色一晃一晃的，时隐时现。看到村民家的屋顶和铺着沙砾的小路之后，再往前走，就到了一栋围着竹篱笆的小茅草屋前。在屋外脱了鞋进屋后，只见一个男子趴在铺着席子的房间内，盖着的被子已经脏得泛黄了。

"阿源……阿源！"

不知是不是还睡着，男子没有应声，纹丝不动。探望者担心男子才睡着，如果猛然叫醒他，可能对他的病情不利，所以也没有继续叫，只是默默地看着。病人青筋凸起，瘦得皮包骨。枕边放着一锅粥和一些吃食。不知是不是病人没有力气的缘故，茶碗没动过，小碟子里盛着的大酱也一点都没动。

"看来伯父那边已经来人照顾过了，西边的松婆可能也来了。真是太可怜了。"

这时候，男子抬起头开始四处张望。

"看来真的和芳夫说的一样，得了怪病了，不赶快治好可不行啊。"正想着和男子说句话，男子张望到了探望者，然后两眼放光大吼起来。

"你这家伙！妖怪！找上门来了吗？"

"我是阿高啊！你冷静一下！"

探望者此时已经强忍着泪水和悲伤了。

"妖怪！妖怪！你是来折磨我的吗？"

男子面目狰狞，狠狠地瞪着眼。

"阿源！阿源！你好好认一下，我是阿高啊！"

"什么阿高，你就是怪物！前天晚上，我可是看到你的真面目了！你这臭妖怪！"

"我不是妖怪，我是阿高！你再认一认我！"

"你还要骗我吗？臭妖怪！"

"算了，你这家伙。"

男子突然像野兽一样跳起来。

"你这妖怪！"

阿高被自己的喊声吓醒，脸也从支撑的手掌上滑落下来，她急忙抬头睁眼，只见院子里给花坛浇水的园丁正一脸茫然地看着她。

在微弱的灯光下，眼睛显得闪闪发光。

"又来了吗？臭妖怪！"

阿高完全不知道为什么源吉要叫她妖怪。

"你为什么要这么说啊，我是阿高，不是什么妖怪！"

"你就是妖怪，我可见过你的真身！"

"你到底看到什么了啊？你快说啊！为什么要叫我妖怪啊？"

"妖怪！说你是妖怪，你就是妖怪！"

果然是怪病缠身，如何也不见好转。

"你生病了，全怪这个病，别再这么说了，快点康复吧！"

"你还在狡辩！妖怪，我杀了你！"

要是真被杀了，反倒不用受这些苦了。

"你要杀就杀吧！我被杀了没什么关系，但我真的担心你的病啊！你快点好起来吧，钱都不是问题。"

"妖怪，我杀了你！"

男子再一次跳了起来。

"你怎么了？怎么了？"

阿高受了惊，一把甩开拽住自己的手，然后便感觉有人晃动自己的肩膀。

"喂！喂！你怎么了？做梦了吗？快睁眼，快睁眼！"

睁眼便看到一张面色铁青，满嘴金牙的大脸，阿高叹了一口气。

"做梦了吗？"

"嗯，做了个不太好的梦。"

"梦到什么了？"

肥腻的大脸发出笑声，一股酒臭气扑鼻。

"我也不知道，总之就是不太好的梦。"

阿高把目光从大脸上移开，转向天花板。灯光柔和地映照在白色的蚊帐上。

铁青脸男子起夜回来刚要躺下，看到被窝右边睡着的女子的侧脸。灯光透过蚊帐后变得柔和，使得女子的脸庞看起来更加动人。女子嘴角微动，好像在说着什么。

118

"今晚又在做什么美梦呢？"男子会心一笑，眼睛更难以从女子美丽的面孔上移开了。

这时，女子突然梦魇起来。

"喂！喂！你怎么了？"

"救命！救命！快救救我！"

"是梦，是梦！都是梦境，醒了就好了。"

"救救我！救救我！有人要杀我！要杀我！"

"是梦，是梦！你做梦了，不是真的，醒了就好了。"

女子紧握的手慢慢放松下来。

"是梦啊！你做梦了，没人敢来杀你！"

"真的是梦吗？"

"是梦！到底是谁要杀你呀？"

女子陷入了沉默。

"我也不知道是谁，反正有个很奇怪的男子，一直追着我喊要杀我，说我是妖怪。"

铁青脸男子笑了出来。

二人很快又睡去了。睡着睡着，耳边似乎传来声音，铁青脸男子迷迷糊糊地睁开眼睛，看到自己的枕边人旁边站着一个男子，右手拿了一把刀，借着灯光可以看到刀刃上沾着的鲜红血迹。

铁青脸男子大叫一声，跳出蚊帐逃了出去。


三


源吉走在桑田和玉米田之间的小路上。残阳晚照，两三只燕子从头顶掠过。

源吉像第一次看到这片土地般，对周围的一切都充满了好奇。经历了三年的医院生活，头上伤痕依旧。他现在有些精神恍惚了，目光游移于玉米田、桑田、田地旁房屋的屋顶和黄色的浮云之间。至于牛叫，则完全被他忽略了。

穿过村子的主干道，走到一家杂货铺前的时候，一个老太婆从里面走出来，手里拿着一瓶酒之类的东西，刚出来就和源吉撞了个正着。源吉觉得这个老太婆面熟，正想着是谁的时候，老太婆倒是一下子就认出他来了，浑浊的眼睛一下子有了光。

"你小子是源吉吧！你怎么还有脸回来？畜生！"老太婆恶狠狠地瞪着源吉道。

源吉惊讶地睁大了双眼。

"您是谁啊？是阿高家的伯母吗？"

"你倒记得挺清楚啊！畜生！混账东西！你到底有什么仇什么怨，非要杀了阿高！"

老太婆已经带了哭腔。源吉惊讶不已，嘴角一阵抽动。

"畜生！你到底有什么仇什么怨，一定要杀阿高啊！"

"伯母，您到底在说什么？我杀了阿高？"

"别装了！你就是这么骗过上面的大人的吧，不然你杀了人，怎么没偿命呢！你可真能装疯卖傻啊，你骗得了别人，可骗不了我！"

"伯母，这么说，真的是我杀了阿高？"

"装！接着装！畜生，你就这么装疯把我女儿杀了！阿高的仇，今天我老婆子来报！"

源吉面色发青，陷入沉思。

"你还有什么鬼话，都说出来！"

源吉抬手示意老太婆停下。

"伯母，等一下。我没有隐瞒什么，也没有说谎，我真的什么都不知道。我也不知道自己为什么进了精神病院，我什么都不记得了。伯父什么也没和我说，昨天回来，我还想着安顿下来之后就去打听一下我到底怎么了，所以是因为……"

源吉大舒一口气，然后低下头，像是想起了什么。

"你杀了别人家的女儿，现在居然还说得出这种话！别再说了，我不想再看到你！"

老太婆像泄了气一样，头也不回地走开了。此时天色渐暗，杂货铺前站着的几个人静静地看着这两人争吵。

过了好久，源吉才抬头朝老太婆离开的方向看去。老太婆早已走远，不见踪影。此时源吉眼中看到了蓝色月光映照下的海滩，看到了树根盘绕的松树林，看到了麦穗，看到了桑田，看到了庄园的围墙，看到了围墙下的蔷薇花，耳边传来阵阵波涛声。突然，源吉像看到了什么不得了的东西一样，从来时的方向折了回去。围观的人一直用不安的眼神盯着他，直到他的身影消失在村口的灯火处。

那个夜晚，在神社附近的树林中，一具尸体挂在枝头，回想起一切的源吉了结了自己。

# 春心

広巳吊儿郎当地从品川[1]走来，这一带的街区已经属于东海道的辖区。虽然时值正午，晚春淡淡的阳光却也不甚燥热。青烟般的雾霭从右手边民宅后面的山岗一直延伸到左手边的品川海滩上，平添了一丝令人不快的闷热。这样的天气已经持续了好几天。左侧的川崎屋[2]大门旁，一个厨师打扮的青年正和一个梳着岛田髻，看起来像女招待的女子谈笑风生。厨师时不时瞟广巳几下，目光甫一接触，便飞速地躲开。这家伙看上去有二十五六岁，人虽瘦，骨架却很粗壮，一双浓眉配着浅黑色的皮肤，估计刚喝过酒，满眼都闪着酡红色的光芒。即便是这样，这双眼睛也丝毫不能让男子掩饰住他本能的厌恶，好像看到了什么恶心的东西似的。受男子的影响，梳着岛田髻的女子转动着那双河豚似的小圆眼，随着男子的目光瞟向广巳，也仿佛看到了什么恶心的东西似的，立即躲开视线，脸上浮现出一抹讥讽的笑容。

广巳缓步从二人面前走过。在离川崎屋侧面不远的空地上，他看到一排排晒紫菜的竹帘，竹帘后面的海上，铅灰色的潮水正翻涌奔腾，被猛烈的海风推拥着，最

---

1 明治维新时期到第一次世界大战前后，品川地区属于东京的红灯区。——译者注
2 饭店名。——译者注

终拍打在海滩上。沙滩的边缘孤零零地立着几枝油菜残花，透过残花还能看到遥远的海面上，两只白帆被雾霭虚化成了帆影。空地对面的右手边有家鱼肆，门口吊着一条巨大的安康鱼，一堆小鲷鱼、海虾、螃蟹占据着台面，门边挂着捞小蛤蜊的铁笊篱，散发出一股海岸线特有的，仿佛已经捂出了海草似的咸腥味。

就在广巳发呆的时候，一群小娃娃冒了出来，有的举着玩具马刀，有的举着抓海虾的鱼梁子[1]残片，一言不合就开始玩打仗。

"吾乃东乡大将[2]是也，打的就是你这个老毛子！"

"你才是库罗帕特金[3]！"

"干掉他，干掉库罗帕特金！"

时值日俄战争结束不久，那时的小娃娃谁不梦想着成为和东乡大将一样的人呢！这些呼叫声不由得令广巳停下了脚步。

"东乡大将？还有人记得东乡大将啊！"仿佛是在力图抓住逝去许久的物影一般，广巳喃喃自语道："沙河之战想起来就后怕，那会子要不是命大，爷差点就和鹈泽联队长[4]一起撂那儿啦。"

估计是小娃娃们在模仿总攻冲锋吧，一群人大叫着往右侧的小道上跑了。广巳这才从自己的思绪中挣脱出来。"东乡大将应该已撒手人寰了吧，再牛气，东乡大将也逃不过一死。"孤寂开始渗入广巳的笑容，"那时爷要是也和鹈泽联队长一起战死的话，不一个样嘛。"

广巳再次前行，眼前的世界已经蒙上了一层浓浓的忧郁。"想这些有的没的，爷还算是从日俄战争中活下来的英雄吗？"

右侧粗壮的光叶榉上已经长满了嫩叶，变成了一团热闹的绿柱子。不经意间，广巳发现自己已经走到了八幡神宫[5]附近，便信步往里走去。鸟居之下，只有一个

---

1　用竹篾编成的捕鱼器具。——译者注

2　日本海军大将东乡平八郎。——译者注

3　日俄战争中的俄方统帅。——译者注

4　相当于中国的团长。——译者注

5　日本神道教神社。——译者注

老太婆在卖气球。在一片寂静中，广巳越过鸟居，踏入这被光叶榉的绿意渲染的神宫。右侧的神宫管理室前，一位老人家手握扫把埋头扫地，左侧神宫中常见的净手池、金灯笼、石灯笼、狛犬[1]等有序排列。神殿的遮阳板下是两个稳如磐石的天水桶[2]，看样子是铸铁做的，右侧水桶的桶沿上停着一只像是乌鸦的黑色大鸟，正扇着翅膀往身上撩水。

神殿门口的金色流苏之下有一位剃了个寸头的老太太，正背对着广巳拜神祷告，乍一看还以为是个老大叔。广巳再次审视着那只像是乌鸦的水鸟，靠近几步才发现那不是乌鸦，而是鸬鹚。估计这只长着长尖嘴、脸上带着怪里怪气的黄斑块的水鸟应该是神宫里的"居民"之一吧，居然丝毫不畏惧人类。

"原来不过是只鸬鹚啊！"

鸬鹚继续扇动着翅膀，两只眼睛放射出令人很不舒服的诡异寒光。

"喂，别用那种眼神瞧爷！"广巳挥动手臂道，"滚开！"

鸬鹚丝毫不在意广巳的抗议，反而把身上的绒毛抖落到脏兮兮的天水桶里。右边的侧门附近是个小小的稻荷神[3]神龛，一个穿着和服的中年男子正蹲在前面祷告[4]。广巳对鸬鹚已经没了兴趣，一屁股坐在了旁边的台阶上。

耳边传来卖豆腐的喇叭吆喝声[5]，广巳两臂相交，闭上两眼开始打盹。这时，两个年轻人从侧门走进来。一个身穿素色对襟夹衣，一侧肩膀上搭着条手巾，看着像个小混混；另一个身穿和服，腰系蓝色围裙，趿拉着一双草鞋，看着像个木匠手艺人。

"哟嗬，瞧这位爷，大白天的睡得真舒坦！"

"保不齐昨天夜里大捞了一票，能不累嘛！"

二人一边拿广巳打趣，一边打算斜穿过去前往神殿，不料广巳顿时瞪圆了眼睛

---

1 相当于中国的石狮子，日本神社入口或大殿前会摆放一对狛犬。——译者注

2 日本神殿中用来盛接雨水的消防水桶。——译者注

3 日本传说中主管谷物丰收的神明，以狐狸为神使。——译者注

4 日本人拜神时，会根据神龛的位置采用蹲姿或站姿。——译者注

5 过去日本卖豆腐的行商会用喇叭播放吆喝声。——译者注

喝道："孙子，给爷站住！"

等右边的那个对襟夹衣男子慢悠悠地转过身时，广已已经跳起身来。对襟夹衣男子假装糊涂地问道："您是叫我吗？"

"就是你！刚才是哪个骂爷是贼的？给爷出来！"

"贼？您听见谁嘴里冒出半个'贼'字啦？"

广已逼上前去道："不是你，就是你旁边那个！"

对襟夹衣男子看到这个情形，也不由得拉开架势说："我可没说过。谁说过'贼'字啊？没人说过啊！"

"是没直接说，但你刚才说爷昨天夜里大捞了一票，那就是绕着弯说爷是贼！"

"说昨晚大捞了一票有什么不行？遇到急事的时候，谁没熬过夜啊！"对襟夹衣男子说着，还煞有介事地转过头问身边的人道："咱说得没错吧，阿与？"

蓝围裙男子自然点头附和说："没错，没错，遇到赶工的时候，我可是两三天没合眼啊。"

广已飞身直扑对襟夹衣男子，怒喝道："懒得和你费唾沫，孙子！"

对襟夹衣男子也不含糊，躲过广已的迎面一击，翻身扑上来。蓝围裙男子也趁机对广已施以一顿老拳，打算放倒他。就在三人打成一团之际，广已避开对方的拳头，一脚踢翻了对襟夹衣男子。

"王八羔子！"

"小兔崽子！"

蓝围裙男子和广已纠缠在一起，对襟夹衣男子趁机从地上爬起来，对着广已的半边脸就是一通招呼。

"玩阴的啊！"

广已用力想甩开蓝围裙男子，不料这样一来，三个人从厮打变成了不停地兜圈子，仿佛一个人肉陀螺。

"哎呀，哎呀，你们这是在做什么啊！在这里打架，不怕遭报应啊！这都算什么事啊！"

方才在管理室前扫地的老人家拖着扫把赶来，连喊带骂想分开打架的三人，可惜一切都是徒劳，只听见三人嘴里发出野兽般的嘶吼声。

"哎呀，哎呀，快停手！怎么听不见哪，你们不怕遭报应、遭天谴啊！哎呀，哎呀！"

老人家一个劲地把扫把往三人之间伸，想把他们分开，不料突然这个人肉陀螺在跟前摔倒在地，滚成了一团。老人家吓得往后一退，摔了个跟头，发髻乱成一堆，仿佛一只一笔画出来的抽象风格的乌鸦落在他瘦小的脑壳上。

"哎……哎哟，这算什么事啊，你们都魔怔了吧！"

广巳虽然被对襟夹衣男子给勒住了后腰，但没吃多少亏，因为那个蓝围裙男子正被他一个骑马式死死地压在膝盖下面。

"嘿哟……嘿哟……嘿哟……"

"呼哧……呼哧……呼哧……"

"哇呜……哇呜……哇呜……"

三人都如同野兽般龇着牙，嘴里吐出来的都不成人话。

"快来人哪，快来人哪！"老人家发现仅凭一己之力无法阻止这几个人，便大声呼救。不料就在说话间，仿佛一朵牡丹静静盛开了似的，一个身影悄然出现在附近道："这里居然有人在打架啊……"

说话的是一位二十七八岁的女子，白皙的瓜子脸，一头柔亮黑发没有梳成日式发髻，而是如同瀑布般披散下来。一身雅致的淡黄色和服外袍上装饰着素描唐草[1]纹样，隐隐带着令人不敢轻慢的威严。老人家一眼就认定她是某府邸来敬神的夫人，连忙喊道："真要命啊，我怎么说都没人听，求夫人开恩！"这个"求夫人开恩"的意思，不用问，肯定是让女子帮忙劝架。女子似乎对老人家蹙起了眉头，但是老人家依旧恳求不止。此刻，广巳已经用膝盖将两个对手压得不能动弹。

"好身手啊！"女子夸赞道，接着很快又像想起了什么似的，说道，"哎呀，您不是……"女子觉得自己好像在哪里见过广巳。听了这话，广巳高举的拳头不由得停住了，他回眼望去，也觉得这女子有几分面熟。不过，保持着这个姿势，广巳也觉得颇为尴尬，便放开二人站了起来，连嘴角还挂着的血水都没顾上擦。被广巳

---

1 即蔓草。——译者注

一直压制着的两个人眼冒凶光，趁机爬起身来还想扑上去，尤其是蓝围裙男子，半边脸都血糊糊的。不料，女子却上前一步护住广巳，喝道："住手！人家都放手了不是吗？更何况你们还是两个人！"

这话明摆着就是在说两个人打一个不厚道，蓝围裙男子听了之后便开始犹豫，而对襟夹衣男子却丝毫不掩饰眼里的怒火。

"恩怨纠葛到此为止吧，男子汉大丈夫别拖泥带水的，不知道一笑泯恩仇吗？"

对襟夹衣男子被这句话噎得进退两难。

"要我说男子汉大丈夫就别婆婆妈妈的，要是还不服气，就先过我这一关！"

女子的语气令人不得不折服，而且她一个妇道人家，居然敢向壮汉下战书，一时间令人觉得她也许是个练家子，或者在怀里掖着什么家伙什儿。想到这里，对襟夹衣男子也认怂了。女子忽一转身望向广巳，广巳与女子目光相接时，有种直视太阳的感觉。

"好啦，您请回吧。千万记住，路上可别再惹麻烦。您是个好人，只不过心里憋着点火气罢了，相信您肯定是遇到了什么过不去的事情，这段时间还是多多小心为好。"

瞬间，广巳有了一种被母亲温柔呵护的感觉。

"您快回去吧，肯定有人盼着您平安回家呢。"

广巳只觉得脑袋晕乎乎的，不禁开口说道："遵命！"

广巳向女子弯腰行礼之后，便转身向鸟居走去。一群人听说有人打架，便赶过来看热闹，此时正围在附近，弄得广巳尴尬不已，连方向都没细看便匆匆离去。

"怎么回事？"走出大老远，广巳才醒悟过来，自己好像认识刚才那位长着白皙的瓜子脸，一头黑发同瀑布般披散下来的女子。

"会不会是她呢？"广巳停下脚步，眼前浮现出早春一个寒冷的夜晚，在海晏寺门前那棵巨大的朴树下与他擦肩而过的一个女子的身影。

"应该是她！"不知不觉中，朴树下的女子出现在广巳记忆中模糊的锦绘[1]

---

1　春宫图的隐语。——译者注

中，女子轻启烈焰般的红唇说道："别来无恙啊。"

广巳心里突然涌起一股强烈的愿望，他想见一见这位女子。

"假如她是来敬神的，应该还在神宫里才对。"广巳睁眼望去，发现自己已然身处海晏寺前面的大朴树下了。

"糟糕，走反了！"

广巳想往回走，可刚从一场丢人的打架中脱身，再往回走，确实很尴尬，说不定那些看热闹的人还在那里晃荡呢。想到这一点，广巳真没有勇气走回去。可广巳心里也清楚，这样犹豫不决，也许就再也无法弄清女子的身份，重逢也就遥遥无期了。

"只能赶紧回去问问人家住哪儿，不然可就没机会见面啦。"想到这一点，广巳下定决心忍受一些小小的尴尬，"真矫情，这点小事算什么，再难能有本溪湖那时候难吗……"

广巳耳畔仿佛又响起了炮弹的呼啸声、机关枪嗒嗒嗒的发射声，随即硝烟、枪口的火焰、军团战旗、军刀，还有敌人如恶鬼般狰狞的面孔，再次浮现于眼前。

"左边肋条让子弹给刮了一下，这就混了个金鸢勋章[1]，还被大家称作日俄战争的英雄，真有意思……"

想到过去，原本就生性敏感的广巳心潮澎湃不已，仿佛那位锦绘上的女子就在前面等着自己，于是他不再纠结，迈开大步直奔八幡神宫而去。

可到了神宫跟前，广巳又迈不开腿了。他四处张望，看到之前那个卖气球的老太婆正向聚拢到身边的两三个小女孩一个劲地推销气球，除此之外，并无其他人的身影，这才稍稍放下心来。从鸟居下走过时，广巳向神殿方向望去，只见一个身背婴儿，渔婆打扮的女人正往外走。广巳不由得担心起来："糟了，那位女子是不是已经走了？"

广巳赶紧抬头四处张望，稻荷神神龛旁边，一个提着食盒的小伙计和一个肥头大耳，师傅打扮的人正在闲聊。

---

1 日本的军功章，分为七个等级。——译者注

"听说啊，那两个人是被人家找碴，是不是他们得罪人啦？"

"先是被人家找碴，可一起来的哥们儿也被夹枪带棒地给捎带了，当然就不能忍气吞声啊……"

广巳懒得理他们，心里头盘算着："得找个人问问啊。"

广巳迈步往神龛右边走去，看见方才自己坐过的台阶上，那个扫地的老人家正拄着扫把坐在那儿，便赶紧小跑过去。

"老头儿！"

老人家没反应，正闭着眼打瞌睡呢。

"喂，老头儿！"

老人家这才像吃了一惊似的睁开眼睛。

"你就是刚才那个小伙子吧？"

广巳懒得和老人家废话，开门见山地说："哪那么多废话！刚才和爷说话的那个女子，你知道是谁吗？"

老人家顿时露出了诚惶诚恐的神色，说道："你说刚才的女子吗？就是我说过话的那位二十七八岁，体态丰满，不知身份的夫人吗？那位是水神天尊啊！谁要是对水神天尊抱着邪念，肯定会遭报应的，什么瞎眼啊，瘸腿啊，都跑不了！"

老人家的话听来像是发了癔症，广巳越听越冒火，怒道："没问你这些！爷问的是，你知不知道刚才那个女子是谁？"

老人家一口咬定不改口："那位女子肯定是水神天尊！我这个糟老头子一辈子小心谨慎，敬拜神灵，不吐妄言，不曾起过邪念，所以神明随时都会现身相助。刚才那位肯定是神池中居住的水神天尊。"

广巳真恨不得给这个糟老头一记耳光。"你都鬼扯些什么！老头子，爷问的是，刚才爷打架的时候，那个拉架女子，她到底是谁？为什么听她的话音好像认识爷似的？是不是住在这附近的人家的女子？"

"什么？你打架的时候拉架的女子？那……那不就是水神天尊嘛！"

"什么水神天尊！那哪是水神天尊！不就是个白白净净的夫人模样的女子嘛，你怎么就分不清呢？"

"什么分不清，我可是看得真真儿的呢！你到这儿来，不就是来拜水神天尊的嘛！"

这是明摆着的事实，而且这老人家就在旁边从头看到尾，可他居然夹杂不清，一准是脑子坏了吧，广巳不由得说道："这老头子，肯定是老糊涂了。"

不料，听了这话，老人家双目放光地说道："年轻人，说话注意点！就算我真糊涂了，我这双眼睛也能明察秋毫，我这双耳朵也能顺风听千里！你这种无知小辈知道个什么，别看我现在这个样子，我可是安井息轩[1]的门生，当年西乡[2]起兵的时候，他的大军在熊本城下被打得没脾气，守城的便是谷干城[3]将军，那就是我的同门师兄！我这人时运不济，流落到了这穷乡僻壤，可我好歹也是谷将军的师弟兼朋友。"

安井息轩是何方神圣，广巳还真不知道，可是他通过谷村计介[4]的英雄事迹顺带知道了谷干城这个名字，自然不敢怠慢。"您是谷将军的朋友吗？"

"那还用说，所以别小瞧我老人家！虽然我现在这个样子，可经史子集，我样样精通。换句话说，王道之本义，我皆了然于胸。而王道即神道，此次日俄战争，日本以神道为根本，方战胜了外夷俄罗斯。虽说开枪杀人易如反掌，但是此种所为并非取胜之道。王道即神道，所以水神天尊日日向我老人家显现真身。"

广巳突然想到那女子也可能会去敬拜水神天尊，便头也不回地从老人家身边走开，横穿过神殿前的空地，直奔后面池塘中的小岛而去。池塘周围是石块垒成的堤岸，浓绿色的池水轻轻荡漾着，池中的小岛上安置着两三个小小的神龛。广巳站在通往小岛的石桥上，小小的池塘一眼就能看个遍，最前面的神龛便是水神天尊的。就在广巳迈步走过去的时候，天空中突然簌簌地飘下如飞雪般的白色落英。

"这是什么？"广巳定睛一看，原来是八重樱的花瓣。可四周环视了一番，除了长着嫩芽的光叶榉之外，并没有一棵樱花树。

"也许是风从附近的间部山带来的吧……"广巳一边找了个合理的解释，一边

---

1　幕末考证学派儒学家。——编者注

2　西乡隆盛，幕末武士、军人、政治家，明治维新倒幕派中心人物之一。——译者注

3　幕末至明治时期的土佐藩士、军人、政治家。——译者注

4　熊本城之战时，受谷干城之命突破重围撤救兵。——译者注

向水神天尊那古老的木头神龛的格子门望去，里面只有一块写着"水神天尊神位"的小木札而已。

"这就是水神天尊的神位吗？就这么个满是灰尘的水神天尊，估计显灵出来也好看不到哪里去。"一边想着，一丝嘲笑浮现在了广巳的嘴角。仿佛惊动了什么似的，一个黑影从天而降，猛一看还以为是山鹰或者乌鸦。

"一准是那只鸬鹚！"广巳抬眼望向天空，想看个究竟，可什么也没看到。再往池塘里看去，也看不到任何外形像鸟的东西。

"怎么回事啊，哪儿出毛病啦？"广巳回头走了出来，抱着些许期望想最后一次向老人家打听打听那女子的其他线索。

"看样子这附近称得上人形的只有那老头儿啦，莫非他才是水神天尊的真身？"广巳脸上带着嘲笑之色向老人家走去，老远就看见老人家还顶着那一笔画出来的抽象风格的乌鸦般的发髻，在稻荷神神龛前扫地。广巳上前说道："老头儿啊……"

"啊?!"老人家像是吃了一惊似的，停下了手中的活。广巳虽然觉得老人家的样子很可笑，但也只能忍着笑意问道："方才的那个女子，你真不知道是谁吗？"

老人家又摆出一副讶异的样子，说道："你是说方才的女子吗？怎么回事啊？"

"方才爷和人打架的时候，那女子过来拉架，她应该是这附近的人吧？"

"我以前没见过那个女子。"

老人家居然说没见过那女子，言下之意就是那是位女子，而不是其他什么东西，方才他说那些话，难道是半睡半醒中把梦境给当现实了吗？

"真的吗？你真不知道？"

"我上哪儿去知道啊！"

"这样啊……"估计再问也问不出什么了，广巳心中顿时觉得空落落的，只能悻悻而去。

广荣正对檐廊上一个叫定七的大掌柜嘱咐着什么。作为本地的大地主，广荣家手握无数房产不说，本宅左近的酒坊、酱油坊也是名下的产业，真可以称得上是鲛洲[1]大亨。

府邸的客厅旁边的侧室前的檐廊木地板上，定七恭恭敬敬地跪坐着。木地板已经被时光和蛀虫给糟蹋得看不出底色了，梁柱上的木纹理也彻底看不清了，可见这房子承载了厚重的历史。时间已到下午一时，广荣的左腿有些不便，在房内行走时一刻也离不开拐杖，所以他总是随手把拐杖放在身边。广荣不是旁人，正是广巳的亲哥哥，此刻他一身格子纹茶色和服对襟外褂，伸着两脚弯腰而坐。

"这件事你不知道吗？"

"小的真不知道！"

定七那长而满是褶皱的脸看着就像一张马脸，这老头子在广荣兄弟还未出生时就当上了大掌柜。

"你觉得这里面是不是有些缘故呢？"

"关于这件事，老爷您担心得对，我也觉得这里面有问题，所以专门问了问二爷。"

"哦，你都打听过了，他都说了些什么？"

"二爷说，爷没什么别的意思，大哥这么照顾我，简直就跟老子管儿子似的，哪还会缺东少西的哪！"

从年龄来说，当大哥的广荣几乎可以给弟弟广巳当爹了，所以他将这个小弟弟视作自己的儿子而溺爱有加。

"那样的话……到底是为什么呢？退伍回家那天，广巳为什么会冒出一句'还是回到以前那样子啦'？"

"老爷您说得太对啦！自打去年年底开始，二爷就变得和以往不一样了。原本二爷是个直爽人，心里头从来不藏事。跟您弄点零花钱花，要是碰上您心烦的时候，我还得在中间给打个圆场。可自打从战场上回来以后，二爷就会经常问我，今儿大哥心情好不好啊？和去年年底相比，二爷现在好像变得沉默寡言啦，而且总是

---

1　现属东京都品川区。——译者注

闷闷不乐的。"

"是不是这小子在外头有人啦？"

"老爷您上次也是这么担心的，小的我就去找了和二爷交情好的那些小伙计问了问，大家都说不知道啊。"

"怪不得呢，我就是觉得广已好像故意躲着我，原来是有心结。"

"这真让人摸不着头脑啊，以前二爷那真是心直口快，年轻气盛哪。"

"这事我们一时间也想不明白啦。不过，昨天晚上这小子是在外面过的？"

"二爷是在外面过的。"

"哦，这样啊……"广荣点起一支香烟望向窗外，只见庭院中铺着洁白的细沙，高野扁柏、朴树、枫树，还有粗壮如树的雷公藤，在淡淡的阳光之下闪耀着美丽的木纹。

"那是……"广荣突然像看见了什么不该看的东西似的，满脸讶异之色。定七随着老爷的目光望去，也不由得吓了一跳，喊道："啊！怎么回事？！"

庭院右侧角落，一棵老枫树的根部盘着一条长约三尺，青黑色中带着粉色圆点的蛇。那蛇的尾部很短，比正常的少了一截。广荣不错眼珠地盯着蛇说："如此看来，明天会下雨吧。"

"老爷您说得对，蛇神现身，明儿个肯定是下雨天。"

"一大早就觉得潮湿闷热，感觉要变天，看样子果真如此。"

"那您看要不要祭拜一下蛇神呢？"

"好主意，就听你的吧！"

"遵命！"

就在定七站起身的时候，那条蛇开始向二人前面的雷公藤蜿蜓而去。定七小心地望着蛇前行的方向，走斜线避开它，然后径直走向前院和内院之间的木板墙，打开一扇栈板做的耳门，钻了进去。广荣像是想看看自己后背有没有沾上脏东西似的，向右转头喊道："喂！"

广荣喊夫人的时候，只用这个字，但是没人理他。于是，他再次喊道："喂！"还是无人理睬。这下他有点来脾气了，大声喊道："喂！阿高，阿高！"

"老爷您叫我吗？"声音懒洋洋的。

"你到这儿来一下！"

"老爷您稍等。"

"你做什么呢？"

"我在收拾衣服啊。"

"衣服等下再收拾，你赶紧过来一下，蛇神出来了，就是住在枫树附近的那位蛇神。"

"真的啊！"

"所以才叫你来啊！"

"等会儿不行吗？"

"衣服等下再收拾不行吗！"

"真矫情！"

广荣撇了撇嘴，不再开口，只是一个劲地望着那条蛇。原本向着耳门爬行的蛇突然转了个方向，正对着广荣朝檐廊蜿蜒而来，仿佛在预示着什么不好的事情。

"神灵现身，是不是来警示什么的……"

随着耳门的开启，定七手捧白木制小三方[1]走了出来，三方上摆着两三个酒盏。

"定七，白盐也备了吗？[2]"

"小的都备好啦。"

"那就好。"

定七走向矗立于庭院角落的那棵长满了微红嫩芽的枫树，将三方供奉于树根前的地上，蹲下身子合掌祷告。

"定七，你看看树上有什么。"

"遵命！"

定七用手遮住阳光，抬头望向树梢。

"看到什么没有？蛇神每次现身，都是成双成对的。"

---

1　日本人用来拜神的方形柱体托盘。——译者注

2　日本民间有撒盐驱邪的传统。——译者注

定七的目光从右边扫向左边，猛然间，他发现左边的树枝上蜷着一条蛇。

"老爷，您料得没错！"

"现身了吗？"

"现身了！"

"那就好。"

"就这点事，老爷您还和我较劲啊！"随着话音传来，广荣身后的纸门被拉开了，一个头梳圆髻，体态丰满的高个女人走了出来，怀里抱着一个老长老长的柿漆纸[1]包裹。她就是阿高。

"蛇神出来啦？"

"你看，已经出来了。"

"在哪儿啊？"

阿高原本一直望着整个院子，走到檐廊边上，左看右看之后，终于发现了那条蛇。"啊，在那儿哪！"

"有神灵保佑，万事大吉。感谢神灵。"

"那倒是。"阿高的语气里没有丝毫虔诚，"尾巴都断了。"

广荣顿时拉下脸道："那要你多嘴！嘴上没个把门儿的！"

阿高笑了，脸上带着一丝嘲讽。

"我们家能有今天，全靠神灵庇护，不许你对神灵不敬！"

"那就听您的呗。"

枫树下的定七望着阿高说道："夫人，蛇神的伴侣也现身啦。"

"真的吗？"

"您要不要下到院子里来看看呢？"

"正好，我还想把冬天的衣服收好呢。"阿高停了一下，又道："你去叫阿平过来帮帮我。"

"现在就去叫他吗？"

---

1　日本特有的纸张，将多层日本纸粘合后涂上柿子核提取液制成，用于保存衣物。——译者注

"快点啊！这沉甸甸的，我都抱这么久了。"

"小的明白了，我这就去把平吉喊来。"

"你快点！"

"这就去！"

"这么着吧，我去库房前面等你们。"

"遵命！"

定七急匆匆地跑了，阿高转过身道："我可能要在库房里忙一会子，老爷您还有别的事吗？"

"你去吧。"

"我这就走，一时半会儿回不来。"

"随你。"

广荣依旧呆呆地望着蛇，蛇在客厅前面向右拐之后，不知道躲到哪里去了。"年年得神灵保佑，真是感谢神灵。"

阿高却把广荣的话当成了耳边风，直奔库房而去。后院一共有三座库房，阿高站在最右边的库房门口，顾盼生辉，眼睛一直盯着杂物间和厨房的通道口。没过多久，一个十七八岁的白净后生兴冲冲地带着库房的钥匙跑了过来。

"你怎么这么慢，快点啊！"

小伙计却装作事不关己的样子说："找了半天才找着钥匙啊。"

"真会瞎说，钥匙不就放在老地方嘛！"

三座库房看上去都年深日久，入口都严丝合缝地锁着厚重的漆门。小伙计平吉虽然用钥匙插进锁孔里开了锁，可无论怎么用力都不能推开大门。

"真没用啊，瞧你这小伙计！"

"能怪我吗！这……这门太沉了！"

"你还是男人吗？连个门都开不了，还好意思说！"

阿高说话一点情面都不留。

"哎哟，这门跟生了根似的，真没法开啊。"

费了九牛二虎之力，漆门总算打开了，里面还有第二层铁网门在等着呢。

"你还敢顶嘴啊，刚才怎么就那么大口气啊。还没开始就泄气可不行，别尿啊！"

"行！"平吉只能装作没听见，用钥匙打开铁网门。这次锁头一下子就开了不说，门也很轻松地推开了。阿高走上前去，在石阶上脱掉鞋子，迈步进入库房。

"你赶紧进来，别把老鼠给放进来，关好门！"

"遵命！"

平吉赶紧跟在阿高后面走进去，从里面关上了铁网门。库房内堆满了各种物件，光线很昏暗。

"小心为上，还是把门锁上吧。"

"遵命！"平吉用手摸索着锁上了门锁。

"锁好了吗？"

"好了！"

"那就去二楼把窗户都打开吧。"

"遵命！"

就在平吉望向左边的楼梯时，阿高又大声说道："好意思吗？空着手上楼，叫我这个老太婆搬东西啊！"阿高这话明摆着是让平吉赶紧接过她手里的柿漆纸包裹。

"遵命！"

"嫌我啰唆？"

"哪能啊！"

平吉一边装傻，一边接过柿漆纸包裹。

"小心点，别掉地上啊。"

"遵命！"

平吉拾级而上，阿高看到平吉棉袍下的苍白小腿时隐时现[1]。那双小腿消失在楼梯口之后，便听到咔啦咔啦的声音，应该是平吉在打开窗户吧。随着声音响起，二楼的楼梯口渐渐变得明亮起来。

---

1　早期日本和服下不穿内衣，会露出腿部，这里描述看到异性的腿部，暗指看到春光。——译者注

"启禀太太，全打开了。"

"那就好。"

接着，阿高也走上了二楼，只见楼梯口处有一块三叠¹大小的地方堆着衣柜和大箱子，平吉抱着柿漆纸包裹站在旁边。

"你站那儿发什么呆啊！"

一丝笑意浮现在平吉的眼里。

"还不给我把席子铺好！"一边说着，阿高一边伸出手去接柿漆纸包裹。

"就铺这儿吗？"

"那还用问！"

平吉把柿漆纸包裹递给阿高之后，开始寻找席子。席子就卷成一卷立在衣柜旁边，平吉拿过来，开始往地上铺。

"这里的灰尘积得太厚，估计明治维新前就没动过啦。"

"是。"

"你且小心点啊。"

"遵命！"

解开席子的时候，飞起一阵淡淡的灰尘，阿高一边用一只手在脸旁扇个不停，一边道："都告诉你小心点了，怎么还弄起这么多灰啊，就不能利落点吗？"

"遵命！"

"什么遵命啊，你可别应付我！"

"不敢！"

平吉漫不经心地晃动身子，并排铺好了两张席子。

"你是不是觉得挺麻烦啊？"

阿高将柿漆纸包裹放在席子上，自己在旁边坐了下去。

"我要整理一下衣物，你帮我一把。"

平吉背朝着楼梯口站了起来，好像闻到了什么味道似的说道："有味儿啊。"

---

1　叠是日本的房屋面积单位，一叠约为1.62平方米。——译者注

阿高也扬起鼻子说："可能是老东西发霉的味道吧。"

"真是霉味吗？"

阿高眼波流转，嫣然一笑，说道："你啊，闻着霉味，有没有想过什么不该想的啊？"

平吉不知道该怎么回答，只能反问道："您说霉味吗？"

"对啊，闻到霉味，你会想起什么吗？"

"没什么好想的啊。"

"没有吗？"

"真没有啊。"

"可我会想啊，一闻到霉味，我就想起了年轻时候的事情。"

"真的啊？"

"你个不开窍的榆木脑袋！"

"是吗？"

"看你这傻头傻脑的样子！"

"我吗？"

"干正事吧。"阿高指着窗户左边的衣柜说道，"把那个抽屉给我打开。"

"遵命！"话虽这么说，但是平吉没起身，因为他隐隐地感到女主人应该要求他做些更重要的事情才对，打开衣柜拉出个抽屉什么的，根本不重要。

"就那个衣柜，从上往下数第二个抽屉。"

"遵命！"平吉无奈，只好来到衣柜前，把手放在第二个抽屉上。

"整个抽屉都给我拿过来。"

"遵命！"平吉拉开抽屉，里面装的应该是女子穿的单衣。他把整个抽屉拿出来，摆在阿高面前。

"叫你拿个抽屉都这么磨蹭！"不知道为什么，阿高总是找平吉的碴。

"是吗……"

"等把东西收拾好，给你看个好玩的物件，这总可以吧！"

"什么东西啊？"

"让你看了很开心的东西，要不要看啊？"

"真的？"

阿高熟练地把抽屉里的衣物都挪到席子上，然后解开了柿漆纸包裹，把里面的两件衣服抻了抻，然后放进抽屉里。而平吉则一直在旁边眼巴巴地期待着阿高接下来的指示。

"发什么呆啊，赶紧把抽屉放回去！我马上就给你看很好玩的东西哦。"

"遵命！"

平吉赶忙把抽屉搬走，阿高则把拿出来的衣服对折，然后放进柿漆纸包裹中。

"顺便把被子都拿出来吧，还要去洗一洗才能用。"

"遵命！"

嘴上说着"遵命"，可平吉不知道被子放在哪里，只能东张西望地四处寻找。阿高直到整理好柿漆纸包裹之后才说："被子嘛，就在那个长箱子里。"

顺着阿高手指的方向，平吉迈步走向离自己最远的第三个长箱子。

"把里面的东西全都给我搬出来。"

"遵命！"

平吉打开长箱子的盖子，发现里面是三床被面绣着松鹤呈祥图案的被子，被里是闪亮的明黄色。

"你闻到霉味了吧。"阿高这话不假，被子确实有一股浓重的霉味，"感觉如何啊？"

"这味儿可真大！"

"挺好闻的吧，我最喜欢这味儿了。"

"您就好这一口？"

"别人觉得怎么样我不知道，我就喜欢闻这味儿啊。"声音听起来有些犹豫，"你铺一床被子吧。"

"就铺那儿吗？"

"对啊。"

平吉对女主人的目的还不太明白，他依言从旁边的长箱子里抽出一床被子。与此同时，阿高则把柿漆纸包裹抱起来，放到旁边的盔甲匣上。平吉把被子反过来，让明黄的被里朝上，铺在席子上，阿高随即坐到了被子上。

"这味儿闻着真舒坦。"

"是吗？"

"你也坐啊。"

"遵命！"平吉说完，半蹲到被子旁边。

"你闻闻这味儿，确实让人很舒坦吧。我啊，每次闻到这味儿，就好像变年轻了呢。"

"您的口味真奇特啊。"

"奇特不奇特我可说不清，我就是喜欢这味儿，多好闻哪，每次一闻到这味儿，我就想着爱上谁呢。"

"真那么神？"

"就那么神。还记得我说过有好东西给你看吗？那我就拿给你看看，你可要带我过去啊。"

"你可要带我过去啊"，这话听着好像那个好玩的东西隔着重重阻碍似的。

"在哪儿啊？"

"你别管在哪儿，你得背着我过去。"

听了这话，平吉的眼睛都瞪圆了。

"怎么啦？别大惊小怪的！"

"遵命！"

"过来背我啊！"

"遵命！"平吉朝着阿高走过去。

"转身啊！你倒是转过身啊，不是告诉你要背我嘛！"

"遵命！"

平吉背对着阿高，阿高俯下身去，整个人软软地伏在平吉背上。

"好沉……"

"矫情！"

平吉背着阿高站起身来。

"往那儿走！"阿高的手指在平吉的鼻子尖前，平吉只能按照阿高手指的方向往前走。前方是一排长柜，长柜后面码着一堆藤箱，平吉听话地钻进了长柜与藤箱之间的缝隙里。

"快停下！"

"遵命！"

等平吉站稳之后，阿高伸手从藤箱上以前私塾用的书本堆里抽出了两三本图画书，抓在手中。

"好了，可以回去啦。"

"遵命！"

平吉背着阿高转身往回走，阿高的身子依旧软绵绵地伏在平吉背上。平吉回来后，把阿高放回被子上。阿高手里抓着图画书伸到平吉眼前，原来是几本色彩艳丽的锦绘。

"这个你看清楚哦。"


院子里的那条断尾蛇开始往枫树上攀爬，方才把平吉叫去库房的定七已经回到了檐廊前，和广荣一起看着那条蛇的行动。

"蛇神这就要归位了吗？"

广荣摇了摇头，说道："不管怎么说，只要蛇神现身保佑，我们就应该感谢供奉啊。"

"老爷说得是，真该谢谢蛇神。"

"这才是个理儿啊。"

那蛇越爬越高，最后钻进了微红的嫩叶丛中，消失不见了。

"感谢神灵保佑。"

"老爷说得是啊，感谢神灵保佑。"

广荣歪着头想了想，望向定七说道："你再去取点祭神酒和净米吧，现在该去祭拜一下库神了。"

"听老爷吩咐，小的这就去。"

"这样吧，我先过去等你。"

"是，小的随后就到。"

定七赶紧起身走了，广荣拿过拐杖支撑着站了起来，拖着残废的左腿，以最快的速度穿过玄关，进入兼做厨房入口的土间[1]，穿上藤仓草鞋[2]，像个大蚂蚱似的一蹦一跳地走出后门。

出口的地方有一棵正在开花的老桐树，一只黑色的大蝴蝶从广荣眼前忽忽悠悠地飞过，广荣不由得微微吃惊道："蝴蝶也出来了！"

很快，广荣就来到了库房前，站在三座库房中最古老的那座库房前。阿高和平吉就在右侧的库房中，广荣挂着拐杖一边休息，一边用眼睛紧盯着右侧库房的门口。

"老爷，让您久等了！"

定七一只手端着三方，上面摆着酒樽和装净米的盆子，另一只手抓着库房的钥匙，走了过来。

"把三方给我吧。"

毕竟占着手没法开门，定七便把三方递给了广荣，之后就去开库门。很快库门就打开了，定七回到广荣身边，接过三方说："老爷，门打开了。"

"那就进去吧。"广荣挂着拐杖，一步一顿地走进库房。定七紧跟在后面，随即关上了铁网门。

"没发现老鼠吧？"

"请老爷放心。"

"可别小看这些畜生。"

"老爷您就放心吧。"

昏暗的库房正中有一个古老的长柜，四周用界绳围着[3]，前面是一个白木做的祭台，上面插着杨桐树枝[4]，祭台的一侧供着一个三方。

"把祭台上的三方请下来吧。"

"遵命！"

---

定七不知何时已经把库房的钥匙别在腰上，手里只捧着三方，他上前几步取下白木祭台上的三方，又将新三方供奉上去。

"好了吗？"广荣在问定七是不是可以行祭拜礼了。

"老爷，都准备停当了。"

"你闪开。"广荣单腿一蹿，面对着白木祭台蹲下身去，开始行祭拜礼。不过，他只稍稍合掌就站起身来，望着长柜问道："蚁神塔还在吗？"

"还在原位呢。"

"过去行礼。"广荣往长柜的侧面一蹦一跳地挪过去，然后看向长柜顶上。那里有个三寸¹大小，像个玩具似的浅黄色的小富士山，由白蚁的排泄物堆积而成，广荣却把它当作蚁神的化身而多方祭拜。

离开大道一步之遥，和广荣家的正堂相对的地方是个四间房大小的店铺，店门上镶着玻璃窗。虽说店铺的主业是卖酒糟、味噌之类的东西，但也兼营着紫菜批发生意。现在将近下午三点，店里只有两三个客人。

这时，广巳鬼鬼祟祟地钻了进来，原本浓眉大眼的浅褐色脸庞如今已变得灰暗无光。他根本不抬眼看店里的客人，径直从店铺左侧当作通道的土间跑到后面去了。推开后面的高腰隔扇，跨过门槛，便是厨房。厨房最里面是个架着一口大铁锅的灶台，旁边还有个洗碗槽，右边是个带檐廊的房间，这个檐廊平时兼做店铺里的伙计们吃饭的地方。

"二爷回来啦！"声音虽然嘶哑而低沉，但是对广巳来说，却带着久违的亲切。说话的是一个花白头发梳成小发髻的老太太，手中正缝补着和服外套。她不是旁人，正是定七的老婆阿町。这处宅子是定七夫妇二人起居生活的地方。广巳望着阿町，不由得呆了。

"是我。"

"昨晚二爷在哪儿过的夜啊？"

---

1　寸是日本尺贯法中的长度单位，一寸约为3.03厘米。——编者注

"外边。"

"您到底去哪儿啦？可把大家给吓坏了。您不妨说说您是在哪儿过的夜啊。"

广巳的嘴唇有些抖动，平时广巳笑的时候，习惯先抖动嘴唇，可这次硬是没憋出个笑脸来。

"二爷不方便说就算了。"

阿町眼睛瞄着广巳的袖口问道："您的袖口怎么崩开了呢？"

袖口崩了，不用问，不是前面那次打架弄的，就是用袖子装水烟袋的时候撑开的。

"二爷，您昨晚是在品川那边过的夜吧？"

广巳的上嘴唇又开始抖动，可依旧一个字也没憋出来。

"且让我给说着了吧？"

广巳只得一个转身，背朝着阿町坐在檐廊上说道："爱谁谁呢。"

"您用过膳了吗？"

"这儿有吃的？"

"都不是外人，眨么眼的工夫就有。"

"那爷就吃点。"

"二爷要是能多等会子，热饭热菜都能上来。"

"菜就不用讲究了，随便。"

"那好，我马上把饭端来。"

"就这么着吧。"

"您稍等。"

阿町马上站起身来，打开一侧的橱柜，开始准备饭菜。广巳依旧坐在那里发呆。

"二爷您进来坐吧。"真是一眨眼的工夫，阿町就备好了饭菜，正把铁水壶坐到长条火盆上。

"不用，这儿挺好。"

"那就听您的。"阿町端着配菜走到广巳的右手边，说道，"现在只有炸白薯和小鱼干，您看……"

"这就挺好的。"

广巳歪着身子坐好，阿町从后面直接端出个满登登的大饭甑，说道："给您添饭吧。"

"用不着。"广巳一把接过饭甑，掀掉盖子直接吃了起来。昨晚在品川的妓院过了一宿后，广巳还是很不情愿回家，一大早就去专门做早上从青楼回家的那些恩客生意的饭馆又喝了一顿劣酒，连饭也没吃，就空着肚子回来了。米饭刚一入口，广巳就觉得无比香甜，到后来他几乎是狼吞虎咽了。

"二爷……"阿町一边在洗碗槽里洗着什么东西，一边搭话，"您昨晚是在品川过夜了吧？"

广巳隔着饭甑偷偷望着阿町，他的上嘴唇又开始抖动，这次总算挤出了一点微笑。

"你说什么啊？"

"一定是品川吧，或者是大森[1]？"

"你说什么啊？"

"要我说吧，二爷您最近可不太讲究啊。以二爷您现在的家境，总得要找个贵族家的小姐当夫人吧。您想出去花天酒地，好歹也要等迎娶了夫人之后再说。大老爷可是一直为您揪着心哪。"

"是吗？"对广巳来说，这是他最不愿意碰触的痛处，现在他只能加快往嘴里扒饭的速度，好糊弄过去。可是，阿町却走到他面前继续说道："我可没编瞎话啊，山县家还有伊藤家几个大户人家的夫人也是唱戏的出身，那不就和青楼里的是一回事嘛。人家家是人家家，咱们府上可是家风清白的人家，那也得迎娶家风清白的小姐，不是吗？您到底是怎么想的啊？阿高夫人可是揪着心呢。"

"哼！"广巳仿佛清喉咙般发出个声音，这使得阿町不由得对他起了反感。

"我可是掏心窝子和您说的啊，夫人真的很挂念这事，今儿早上还念叨过呢。"

---

1  当时东京的另一个红灯区。——译者注

146

"爷的女人自己找，用不着别人插手。"

阿町瞪圆了眼睛说道："这算什么话！老爷和夫人几乎都把您当亲儿子看待啊！"

"太亲的话，爷可真承受不起。"

就在此时，突然传来小孩子唱军歌的声音，广巳装作忘了阿町似的，侧耳倾听起来。

"晚霞拂面，原野之际，战友隐蔽磐石下。号令声起，奋勇向前……"

"哟，那不是小广子嘛！"

仿佛是故意给歌声捣乱，男子的声音与小孩子的军歌声夹杂在一起。广巳将剩下的米饭一扫而光，一抬手把饭甑甩在一边，抓起阿町拿来泡着粗茶的铁水壶就往茶碗里倒。

"哎呀，哎呀，你这个坏家伙！"一个看上去七八岁的小男孩飞奔而来，这孩子不是旁人，正是广荣的独生子广义，也是广巳疼爱不已的小侄子。广义对着广巳如小茶隼一般猛冲过来，一只手端着茶碗的广巳生怕烫着孩子，赶紧用另一只手抵住小男孩，喝道："别闹啦，小心把茶扣你身上。"

"扣就扣呗，咱不怕！"

广巳赶紧把茶碗放下，说道："要是热茶进到眼睛里，你可就瞎了啊。"

"瞎就瞎，我是没有眼睛的东乡大将！"

"眼睛瞎了可当不了军人，不要说当东乡大将，连乃木大将[1]都当不了哦。"

"一定能当！一定能当！眼睛看不见也能当！"

广义想蹿到广巳的脖子上，被广巳一个闪身躲开了。

"眼睛看不见了就没法开枪，没法开枪的人还能当军人？"

广巳还在纠缠着，一回头发现阿町站在旁边，不由得叫道："阿町婆！"

阿町笑着说："眼睛坏了就只能去给人家按摩了哦，对吧，少爷？"

一直没法抱住广巳脖子的广义有点焦躁，于是喊道："胡说，阿町婆胡说！"

---

1　乃木希典，日本陆军将领，藩士出身，日俄战争期间任第三军司令官。——译者注

"我没胡说啊，眼睛看不见了就没法开枪，那就只能去给人家按摩，只能这样了哦。"

"阿町婆婆净瞎说！阿町婆婆老糊涂，阿町婆婆老太太！"

趁广巳抵着自己的手露出破绽，广义嗖地一下单脚跳上了广巳的膝盖，另一只脚很自然地从背后挂上了广巳的右肩，坐稳之后，便用两手扣住广巳的额头，开心地喊道："啊哈哈，啊哈哈！骑马打仗！"

广巳赶紧按住广义的两条腿说："盲眼大将军，没法骑真马就骑人马哟！"

"有骑的就好啊！"广义说着，又居高临下地对阿町喊道，"阿町婆婆瞎说！"

原本阿町还想多劝劝广巳，现在只能一个劲地哄广义说："小少爷，二爷刚回来，让二爷歇会儿吧。"

"怎么会累啊，叔叔昨晚不是刚去了品川的妓院嘛！"

阿町顿时被噎得说不出话来，广巳反而笑了，说道："是啊，是啊，叔叔我昨晚去了品川的妓院。"

"真去了啊？真去了品川的妓院啊？"

"谁告诉你的？"

"是娘亲说的呀。"

"啊，是你娘说的。"

"娘亲说的，娘亲说的！"

广巳一挺腰站了起来，广义赶紧抱住广巳的额头，防止被甩下来。

"这小鬼头，看我找个地方给扔了！"

出了厨房的小门，广巳大步流星地往前走。门口是一口带着辘轳的水井，一个下女正在洗衣物。正对水井的地方有间独立的屋子，这就是广巳平时起居的地方，他径直穿过屋前的小空地走进场院，这里种着许多梅树和扁柏，一根竹枝架在树木之间，上面晾着几件衣服。

"我说小广子啊！"

"哎，二叔！"

"叔把你搁树上吧。"

"才不要呢！"

"不愿意？那就把你扔天上去吧。"

"才不要呢！"

"瞧你这个尿样，以后可怎么办哪，男人可要有随时切腹的胆量啊！你敢切腹吗？"

"才不要呢！"

"你是不是没那胆儿啊？"

"谁怕啊，就是不想。"

"一头说不害怕，一头说不想？胆小鬼，就不能靠点谱啊！"

"我很靠谱啊！"

"你还靠谱？你靠谱才见鬼了呢！你要是不赶紧靠谱起来，可就麻烦啦。你爹是个老实人，遇到什么事都能忍。现在跟你说太多，你也没法明白，你要是不振作起来，作为鲛洲大亨的山田家，以后房顶都成人家种荠菜的地儿啦[1]！你可要给我靠谱啊，千万要靠谱啊！"

"我从来就靠谱啊！"

"好吧，我们小广子很靠谱，不靠谱可不行啊！你爹是个老好人，将来他怎么样还不知道呢。小广你一定要靠谱！现在你还不知道是怎么回事。真该死，连唯一的弟弟都是个混账东西，大哥真可怜。"

"大哥是谁啊？"

"是谁都行啊！你一定要靠谱啊，你要是不靠谱的话，荠菜都长房顶上啦！"

"荠菜是什么啊？"

"荠菜就是荠菜啊，意思是说家都毁了，以后就会变得很穷很穷，房顶上就会长荠菜啦！"

"可是我家很有钱啊！"

"对啊，越有钱的人家，越要靠谱，不然家就毁了。想要家好，那就要人人守

---

1 指家道中落。——译者注

本分，儿子要孝顺父母，兄弟间要互爱互敬，老婆也要守本分，尊敬自己的男人。要是老婆背叛了男人，不守妇道，品行不端，那这个家可就完了。"

"老婆是什么啊？"

"就好比说，别人家的太太就是老婆啊。"

"别人家的太太？在我家，就是我娘亲？她是老婆？"

"对呀！"

"二叔你是在说，我娘亲会把家给拆了？"

"你娘亲不会把家拆了，这是打个比方。不过，你娘亲要是做了坏事，这个家就毁了啊。"

"真的？"

"是真的！所以啊，你娘亲必须听你爹的话，千万可别骗他。"

"好啊！"

"你都明白了？"

"全明白了！"

"你都记住了？"

"记住啦！"

小孩子的声音清脆而响亮。

"哎呀，你这么骑着二叔，二叔不累坏了啊！"

听到这声音，广巳瞬间呆住了。

"这孩子可真调皮！"不知何时，阿高站在了身边。

"二叔不累，二叔一点都不怕累！"

"你看看你，真重！别把二叔累坏了！"

"二叔不累，二叔不累！二叔一点都不累！"

"什么不累啊，你看二叔的脸色都不对了，而且现在二叔吧，早就累坏啦。"带着一丝讪笑，阿高的眼睛直直地瞄着广巳，"我没说错吧，二叔。"

广巳突然脚下一软。

"哎呀！"被吓了一跳的广义赶紧抱住广巳的脑袋。这是广巳故意在作弄小孩子，目的是找个借口避开令他反胃的人。不明就里的广义却大声嚷嚷个不停："坏二叔，坏二叔，你吓唬我！坏二叔！"

"你是兔子胆啊，这就吓坏你啦？"

"哪儿啊，哪儿啊，你是突然吓唬我的！坏二叔，坏二叔，我就不下来！"

阿高依旧阴魂不散地接茬说："他二叔啊，这种小崽子，您就别和他一般见识了吧！"

"我就不下来！我不要，我不要！"

"不许这样，这怎么行啊！二叔他累了。今晚娘亲做了很多好吃的东西哦。"话音稍顿，阿高又接着说道，"他二叔啊，今晚您无论如何得住家里头哦。您觉得我碍眼，想什么时候逃出去都行，但求您今晚别出去。他二叔，真求您了，今晚好饭好菜都备下了。"

听了这话，广巳又脚下一软，广义又虚受一惊。

"坏二叔，二叔是个大坏蛋！坏！坏！"广义一边说着，一边用小手使劲拍广巳的脸蛋子。这下广巳倒尴尬了，开口道："好疼，好疼！二叔投降，二叔投降！"

"坏二叔，坏二叔！"原本就娇生惯养的广义开始扯开喉咙大哭，广巳赶紧放开广义的腿，抓住他的两只手说："二叔投降啦！二叔投降，投降！"

"坏二叔，坏二叔！"现在广义的两只手根本动弹不得。

"怎么样啊，现在没招儿了吧。"

"还能动，还能动！"广义一边喊，一边扭动身子。

"哎呀，这孩子，折腾二叔算个什么事啊！赶紧下来！而且今天你还要温书，不是吗？"

"才不要哪，才不要哪！"

"这个调皮娃子，看我把你给扔了！"

广巳装出要把广义甩出去的架势，转身直奔水井方向而去。


"这位郎君，劳您大驾！"

这个恬静的声音似乎出自年轻女子之口，广巳不由得停下脚步，转身回望，只见两个十四五岁，身穿同款箭纹长袖和服的少女正从右侧的树篱后转出来。看这两个少女很面生，广巳一时间以为是在喊别人，便继续闷头往前走。

"郎君请留步！"

两位少女如弱柳扶风般弯腰致意。广巳依旧以为事不关己，还想迈步前行。

"请问，郎君是鲛洲人氏吧？"

自己确是鲛洲人氏，广巳不由得驻足回望两位少女。

"郎君的尊姓应该是山田吧？"

鲛洲的山田家，那就只有自己了，广巳有些惊奇地答道："不错，在下正是鲛洲山田家的。"

其中一位少女莞尔一笑道："我家夫人已经恭候郎君多时了。"

广巳不记得和哪位夫人有过约定，心想肯定是对方弄错人了。

"莫非两位弄错人了？在下确实是鲛洲人氏山田广巳，不过……"

"没错，夫人等的确实是郎君。"

话虽如此，可广巳确实不认识对方。

"可是，在下和府上没有交情啊。"

"郎君请进府便知分晓。"

广巳生怕等在府里的是曾经偷过情的嫂子，便问道："请问，府上是？"

"请郎君放心，夫人没有恶意，就算报上姓名，郎君也未必知道啊。"

既然是自己不认识的人，那就不会是嫂子了，可究竟是谁呢？自己到现在并未交结哪位妇人啊。

"真让人想不透。"广巳开始犹豫起来。

"郎君进府就都明白了，请吧。"

只要不是嫂子就无所谓了，况且自己现在也是在毫无目的地到处瞎逛，那就顺道进去瞧瞧也没什么要紧吧。更何况，广巳对这位好像很熟悉自己，而自己却对她一无所知的女子充满好奇。

"两位真是来找在下的吗？确实没有弄错人吗？"

"确实是郎君，请千万赏脸啊。"

"既然这样，那就打搅了。"

广巳朝着两位少女走去，少女身后的树篱之上仿佛开着白色的蔟藜花，如点点繁星。

"府上是在这里吗？"这是明摆着的事情，可是好像不问一句不得劲似的。

"请随我们来。"

穿着紫色箭纹和服的少女翩翩前行，过了大门，里面是一棵看似松树，枝干怒张的光秃秃的老树，刚挂了果的梅子树藏在几棵长满新叶的椿树之间，掩蔽着一座府邸的大门。两位少女在枝叶间穿行着，为广巳引路。前行数步之后，眼前豁然开朗，代替树墙的是一个无围篱的广阔庭院，鲜花绿叶交错，光彩流溢。一座榆木小筑静静地矗立于前，仿佛是静待茶客的茗轩。

艳阳光芒四射，清澈见底的小溪在草丛间蜿蜒穿行，从几块踏石边汩汩流过。少女轻巧地迈开穿着福草履¹的纤足踏行而去，广巳有些恍惚地跟在后面，只闻到丁香花的阵阵清香，直到耳畔传来少女的声音："郎君，请进。"

小筑前方是一块如黑虎蹲卧的脱蹋石²，广巳站在脱蹋石旁抬眼望去，一个年纪二十七八岁，瓜子脸的白净妇人，带着一股凛然不可轻侮之气，正端坐在小筑中。

"天哪！"瞬间，广巳的心脏开始狂跳，那正是海晏寺前朴树之下与他擦肩而过，后来又在八幡神宫前来劝架，为他解围的女子。女子也望着广巳，两人目光相交之时，女子浅笑道："郎君请上座。"

"遵命！"虽然嘴上说着"遵命"，可气势上已经被女子彻底压制的广巳只是呆呆地站在外面，没有动。

"此处并无旁人，郎君不必拘谨。"

"遵命！"

"真的没有闲杂人等在此，郎君不必拘谨。"女子转头望向待客的两位少女说，"郎君还有点不好意思呢，你们还不去劝劝啊。"

"郎君请进。"

---

1　日本的一种草鞋。——译者注

2　脱鞋子的地方。——译者注

153

"郎君请上座。"

两位少女不约而同地从两侧出手相扶，弄得广巳有点不好意思了，便道："那就打搅了。"

让开少女们的手，广巳面带微笑地跨入小筑中。一起跟进来的一位少女在女子身边铺好蒲团，蒲团发出如同菰叶一般的青白之色。

"郎君，请上座。"

"遵命！"

广巳虽然坐定了身子，可是不知从何处而来的光芒极为刺眼，他只能微微低下头。一位少女端过茶来说道："郎君请用茶。"

广巳略一点头，女子却带着责备的口气对少女说道："敬茶可是怠慢郎君了，快点把收藏的东西拿来。"

"是，夫人。"

少女又像小鸟一般翩翩而去。广巳依旧觉得光芒耀眼，只听女子说道："寒舍别无长物，以粗杂之物待客，实在是怠慢了。"

粗杂之物估计就是酒吧，广巳心想，在陌生人家里，还是小心为好啊。

"这……还请您收回成命。"

"哎呀，郎君何必拘谨呢。小门小户的，除此之外，别无待客之物啊。"

广巳仿佛被堵住了一切退路，一句话也说不出口，只觉得有些尴尬。此时，少女回来了，把一些东西摆在广巳面前。

"请郎君慢用。小门小户的，实在是拿不出手。"

广巳只觉得在此饮酒是对神灵的大不敬，不由得再次说道："还请您收回成命吧。"

"无妨，郎君尽可放心饮用。郎君不知道妾身是谁，可妾身知道郎君的事情。"

"这个……"

"别拘谨，请郎君慢用，要不然妾身也不好说些贴己话啊。"

"这个……"

"男子汉大丈夫，何必如此扭捏呢，您可是日俄战争的英雄啊。更何况，那天您可是技高一筹啊……"女子轻轻一笑。这肯定是在拿八幡神宫的事情打趣了吧。由此可知，眼前这位女子一定是自己在海晏寺前大朴树之下偶遇的女子。广巳偷偷抬眼望去，只见女子一脸祥和，不由得有些惭愧，转而喜从中来。

"想起妾身是谁了吧？"

"多有得罪。"

"请郎君慢用，不然妾身也不好多说啊。"

不知为什么，广巳突然想饮上一杯，便抬头看着眼前的酒食。只见两三只银盆中盛着点心和不明种类的菜肴，旁边摆着酒樽和酒盏。

"给郎君倒酒。"女子对一旁的少女说道。

广巳不由得放下心防，将酒盏伸向少女，好让她斟酒。

"郎君海量，先来几杯薄酒吧。"女子仿佛是为了让广巳不必过于拘束，才如此说。广巳饮完一杯，少女马上再次斟满。

"可要多喝几杯啊，不然都端着拿着的，有些开心话就说不出口了。妾身原本就希望有一天能和郎君聚首欢谈，今日好不容易才找到郎君。"

"好不容易才找到"，这话好像是在说在庭院里头东翻西找地找东西。广巳的手自然而然地滑向了酒盏。

女子继续说道："不过，郎君还不知道妾身是谁吧？"

"请赐教。"

"郎君很快就会知道的。就算暂时不知道，你我有过一面之缘，也是件幸事吧。"

"或许吧……"

广巳的回答带着一丝暧昧，他再次举起酒盏，后方的少女立即为他斟满酒。

"从今往后，你我互为朋友，郎君意下如何？"

这确实是广巳梦寐以求的事情，可这突如其来的幸福令他措手不及，一时间不知该如何作答，只能应道："这……"

"不妥吗？"

广巳望着女子，脸上带着无奈的微笑，女子那张雍容华贵的面孔如同火把一般洞察着广巳的内心。

"不行吗？"

"这……"

"不愿意吗？"

"不，绝不……"

"那就是愿意啦？"

"这……"

"哎呀，郎君可真不爽快啊，肯定是还没喝尽兴。"

其实，广巳刚好喝到量，正是微醺之时。

"多谢盛情款待，在下不胜酒力。"

"酒后吐真言，莫非郎君是嫌弃妾身人老珠黄，不愿倾盖吗？"

"在下不敢！"广巳顿时慌乱起来。

"那就是说，郎君肯认妾身为友啦？"

"求之不得！"

"多谢郎君垂青。既然这样，你我共饮一杯如何啊？"

"遵命！"

广巳端起酒盏，看到里面还有些残酒，便一饮而尽。可是仅有一个酒盏，广巳不知道是不是该洗一下，再向女子敬酒，不由得有些犹豫。

"郎君的酒盏甚好，就借妾身一用吧。"

"这……这如何使得……"

"既是郎君用过的酒盏，又有何妨呢？"

女子伸出手，广巳不得已将酒盏递上。女子说道："烦请郎君赐些酒水。"

"遵命！"广巳有些尴尬地答道，但是不这么回答也不行。他端起酒樽，准备给女子斟酒。

"且慢！"女子好像想起了什么似的，广巳马上停下了手。

"两个小丫头在说话，不能尽兴，且叫她们先退下如何？"

这分明是想和广巳独处的意思啊。女子望着少女们，眨了眨眼。

"你们两个不要在此碍眼，有些事情不便知道。"

少女们静静地站起身，不料站起来之后居然像鸟儿一样开始扇动胳膊。广巳顿时瞪大了眼睛，只见少女们瞬间化作鹰一般大小的鸟，从房间里飞了出去，那鸟很像广巳在八幡神宫看到的鸬鹚。广巳赶紧战战兢兢地回看女子，只见女子的身子不断缩小，最后变成了内里雏人偶[1]般大小。

"哇呀！"广巳大叫一声，起身想跑。

"醒醒！醒醒！醒醒！"广巳的身体突然被什么人给按住了。

"你放手！"广巳拼命挣扎，但是对方丝毫没有松开广巳的意思。

"山田君，醒醒！怎么了，还没回过神来？你是不是魇住了？"

别的话没听清，"魇住了"三个字却如同炸雷一般在脑子里回响，广巳吓了一跳，睁开眼睛一看，才发现自己在路旁的沙堆上睡着了。

"怎么啦？山田君，你出什么事啦？怎么睡在这里？"

此刻，在微红的月光之下，一个年轻的男人正把手搭在广巳的肩膀上，而广巳正迷迷糊糊地望着男人。

"是我啊！"原来是朋友秋山。

"是贤次哪。"

"你可真心大，怎么在这里睡觉？"

广巳知道自己躺在沙堆上睡着了，可这沙堆又是在哪儿，却丝毫没有头绪。

"我这是在哪儿啊？"

"在哪儿都没弄明白？"

"是啊。"

"你可真行啊，这里是海晏寺门前的大朴树下。"

"什么?!"

广巳放眼望去，只见那棵枝繁叶茂的老朴树正沐浴着月光。

"我说，在这儿睡觉小心着凉！"

"你说得是。"

"你这是睡了多久了？"

---

1　日本女儿节时摆放的象征天皇与皇后的小玩偶。——译者注

"我哪记得啊，这几天我到处瞎逛喝酒。"

"真不知道？"

"不知道。"

"真心大！"

"随你说呗。"

"这都快十二点啦，赶紧回家睡去吧。"

这时广巳才醒过味来，赶紧爬了起来。

"我说贤次啊，陪我走走好吗？"

"你这是要去哪儿啊？"

"品川哪。"

"拉倒吧，到那儿不得天亮啊！你还是早点回去休息吧。"

"我才懒得回那个家，烦都烦死了。品川那边最晚不是两点关门嘛，咱们这就去吧。"

"今晚可不行，下回吧。"贤次稍稍沉吟了一下，说道，"要不去我家吧，今天老爷子回乡下去了，家里就我一个人。"

"哦，这样啊。"

"走吧，家里还有啤酒。"

"那好吧。"

明亮的灯光洒满贤次家二楼的屋子，屋里弥漫着一股子刺鼻的鱼腥味，因为贤次家是卖鱼糕的。现在，广巳和贤次两人面对着一瓶啤酒在闲聊。

"不至于吧，你家那么有钱，你大哥人那么好，你这么折腾算什么事啊！"

"没错，我大哥是个老好人，从小把我当儿子似的照顾着，可事情坏在别的地方啊。"

"坏在别的地方？那就只有你嫂子了吧。和你嫂子处不下去啦？人家对你不是挺好的嘛！"

"不行，我真受不了她！"

"又怎么啦？"

广巳顿时张口结舌。犹豫片刻之后，他又开口道："有些家事不好说啊，真不知道该从哪儿说起。家快要毁了，要是大哥不在了的话，家肯定就完了。"

"你说笑话哪？没影的事少胡说。就算你嫂子是个会打扮的人，喜欢抛头露面，但做事干净利落，不论是家事还是生意，处处都替你大哥扛着呢，对不对啊？"

"这才是问题所在！打扮得花枝招展，到处抛头露面，绝对没有好事。"

"你嫂子大手大脚啦？"

"大手大脚？大手大脚也罢，花枝招展也罢，听书看戏也罢，这些都是小事，可事情远远不止这样啊！"

"怎么着？听你的口气，你嫂子品行有问题？经常去听戏，别是和戏子有什么不清不楚的关系吧。虽说人们喜欢捕风捉影，可这风和影总归有点出处吧。"

"这事我还真不知道，她要真是那种女人，被大家捕风捉影也是活该。真要命啊，侄子还小，要是大哥支撑不住了，这个家该怎么办哪！"

"你大哥没了，还有你啊，有什么好怕的！你给小广子当监护人，好好把家业支撑下去，不就得了，有什么拿不起放不下的！要是你嫂子敢给你添堵，那你现在就该告诉你大哥实情。"

"话虽如此，可包括嫂子在内，那个家的氛围我真受不了。"

"这样啊……"贤次像想起了什么似的说道，"要不你干脆讨个老婆，自个儿独立出去过，换个心情，你说怎样啊？"

"可爷现在没想讨老婆啊！"

"这又是闹哪出啊？"

"没闹哪出啊，就是不想啊。"

就在这时，楼下传来了婴儿的啼哭声，正是贤次的小孩在哭闹。如今贤次已经有了妻室不说，还是两个孩子的爹了。

"确实，有了娃，天天哭给你听是挺烦人，不过我觉得你小子也该有个婆娘啦。这样一来，你的想法就会不同了吧。就好比今晚，你不怕着凉，躺在沙堆上都能睡着，还做了个什么噩梦哇哇叫不是吗？"

一抹微笑又爬上了广巳的嘴角。

"真让你说着啦。"

"你梦见什么啦？"

广巳一口气喝干啤酒，说道："我做了一个很怪异的梦。爷正在路上走着，突然跑出来两个小女孩，非说她们夫人等我去见面。我跟着她们去了府上，确实见到了一个夫人模样的女子，她请我又吃又喝的，还说要用我的杯子喝酒。爷正准备倒酒的时候，两个小女孩变成鸬鹚飞走了不说，那个女子竟变成了内里雏人偶。"

"哎呀，这梦可真没治了！"

"你也觉得？"广巳一边笑着，一边挠着头说，"真是个怪梦！"

"女孩子变成鸬鹚，这可真有意思啊。怎么回事，你最近看见鸬鹚啦？"

"看见啦。有一次我从品川回来，经过那边的八幡神宫，就进去看了看，那个神殿旁边的铸铁天水桶的桶沿上就停着一只鸬鹚，正扑棱扑棱地洗澡呢。还有，神宫后面有个小水塘对吧？"

"有吗？没注意过。你去看过啦？"

"对啊！"

"你这个梦吧，就像我家做的鱼糕似的，什么鱼都往里头搁。"

"还真是啊！"

"别打岔！梦里头那个夫人模样的女子对你怎么样啊？"

广巳龇牙一笑，说道："那还用问啊！"

"一猜就知道。"贤次也龇牙一乐，"你小子这做梦还想挖人家墙脚啊。"

"要是知道她是谁家的，说不定我还真去挖，不过这里头可有些古怪啊。"

"又有什么怪事啊？"

"古怪就古怪在这里头。那时天气还没转暖，爷也是从海晏寺那棵大朴树下经过，遇到一个二十七八岁，雍容华贵的女子。因为她就一个人晚上在那儿走着，爷还纳闷她是谁家的人儿呢。后来就是看见鸬鹚那天，爷累坏了，坐在台阶上打盹的时候，两个小痞子走过来，夹枪带棒地说爷是个累坏了的贼，正在睡回笼觉。结果爷就去教训他们，还见了血。就是这个时候，那个女子又过来拉架了。爷离开八幡宫之后，想弄清楚那女子的身份，就折回去找那女子，但那女子已经不在了。爷打架时在场的神宫的扫地老头儿还在神殿边上坐着打盹呢，爷就去问个究竟。不料那老头儿咬死说那女子是水神天尊，不是凡人，结果还真是的，爷居然做梦梦见啦。"

"那你家最近可不太平，听说蛇神也现身了，蚁神塔也露真容了，是不是真出了什么问题啊，怎么连水神都出来给你拉架啦！"

原本也就是随口调侃一下，不料话头带出了一些超自然的东西来，贤次忍不住望了一眼电灯泡。灯泡的一侧不知为何有些发黑，光影给屋里平添了一些诡异的氛围。

此刻，广已却点了点头，说道："被你说着了，兴许我家里头中邪了吧。"

"怎么说话哪，哪有的事啊，你可别迷信啊！"

"就这么着吧。"


阿杉婆从三叠大小的黑乎乎的茶房里出来，叫了一声她那紧挨着长火盆的丈夫长吉。现在已经十点了，准备停当的老太太头上梳着银杏髻，扎着出门时用的穗状平纹绸头饰，由于脱发导致头发不够用了，只能弄个酒盅大小的团子顶在头上。

"行啦，老头子，我去去就回来。"

长着一张蜡黄长条脸的长吉眼睛看不见，正摸索着往烟锅里塞烟叶，听到阿杉婆的话，便哑着嗓子道："你这是去哪儿啊？"

"我去哪儿还用你管啊，告诉你又能咋的吧！"阿杉婆的话音里带着一股子恨意。

"我能把你咋的啊，就问一下不行吗？你说临时有点急事要出去一趟，所以我才问一句的。"

"怎么着，我问你呢，你知道了想怎么着吧？"

"我不想怎么着，自己的老婆去哪儿，就不能问一句了吗？"

"你的意思是担心自己的老婆出去有问题是吗？"

"哪儿的话！"

"你看看你，整天游手好闲的，是不是想说觉得老婆出去挣钱不容易，偶尔替老婆辛苦一回？"

长吉闭口不言，用手摸索到炭火的大致位置，点着了烟叶。阿杉婆满脸蔑视之色，转头对着另一间房喊道："阿鹤，你听见没有？"

在这间被阳光照得亮堂堂的屋子里，女儿阿鹤身穿长衬衣[1]，正对着镜子梳头，而镜子里映出她像足了母亲的奔儿头和两团"高原红"。

"烦不烦啊！"

"什么烦不烦！家里老头子正念叨说问问家里的老婆子去哪儿是常理呢。"

"那有什么大不了的，不就是担心你出事嘛。"

"操什么不着调的心，靠着老婆每天出去赚钱养家吃软饭，要是觉得过意不去，就该自己出去做事，不对吗？"

"行啊，那就叫他出去吧，估摸着他就一条道走到黑啦。"

"那就让他去吧。这家里有个全须全尾的大丈夫，遇到什么事都能出手相救呢。"

"对啊，家里既有神行太保，又有千里眼，遇到什么麻烦都不怕啦。"

"还能赚钱养家，我这个老婆子都觉得放心。"

哐当！烟管发出一声撞击声。

"喂！"长吉的声音比刚才小了很多，可惜阿杉婆几乎都忘了他的存在。

"干吗！"

"没事。"

"没事瞎叫唤什么！"

"喂，你先坐下吧。"

"叫我坐下？这么亲切，有什么企图啊？"

"就坐一下吧。"

"想做什么就说！"

"你就不能坐一下吗？我有话说。"

"你葫芦里卖的是什么药？"

"就是随便聊聊，就一会儿。"

---

1 与和服相配的内衣，通常为丝绸制的。——译者注

"又是一堆废话？"

"不是废话。"

"你烦不烦哪！"

"喂，别瞎说，有正事。"

"我可是正要出门办正事，你给我添什么乱！"

"就算添乱，也就是一下子。"

"好吧，你快点说！"说着，阿杉婆蹲下身来，"有话就说，有屁就放！"

长吉循着阿杉婆的声音转过脸说道："喂，老婆子，就算你没把爷放眼里，爷也要说。爷可是告诉过你，别拿腿脚的事情打趣！"

阿杉婆脸上再次现出讥讽之色，她道："什么呀，我还以为是什么大事哪！"

"这不是小事！不许说，不许你提这事！"

"我说了吗？谁也没说啊！"

"绝对不许说，尤其不许影射别人，你必须答应！"

"别瞎说，我可什么也没说！"

"绝对不许说！知道不？算爷求你啦！"

"知道啦。"

"爷可警告你，绝对别拿这事开玩笑。说别人的痛处，揭别人的短，没好报应。敢说雷神的坏话，老天爷就会发怒，就会降下惩罚，所以千万管住嘴！"

"哼，又是老一套，蠢蛋！"想起自己该出门的事情，阿杉婆说道："就怕夫人在等我，可没工夫和你胡扯！"

"这么说，是山田府上的夫人？"

"不关你事！"阿杉婆回头望着阿鹤说："阿鹤，我这就走了，你别磨蹭，小心迟到。"

阿鹤赶紧起身穿上和服，说道："知道啦！"

"就你喜欢磨蹭！我跟着夫人不知道什么时候能回来，先告诉你有几件衣服要拆洗一下。"

"知道啦，你快去吧！"

阿杉婆径直打开一侧的格子门出去了，嘴里好像还嘀嘀咕咕地念叨着什么，但是很快就走远了。长吉将陶锅搁在火盆上，仿佛带着对谁的怨气似的念叨着："人哪，嘴里可要留点口德。"

阿鹤腰上缠着一条带有栅栏一样的竖条纹的红色和服腰带，一身小饭馆下女打扮从屋里走出来，说道："爹，那我就走啦。"

长吉好像被吓了一跳似的，说道："是去小栗饭庄吗？"

"是啊。"说完，阿鹤也追着阿杉婆离开的方向走得无影无踪。差不多十分钟之后，随着一阵哗啦啦的声音响起，一个年轻男子连滚带爬地从阿杉婆和阿鹤出去的地方钻了进来。男子右腿膝盖以下的部分缺失了。男子飞快地冲长吉爬来，长吉问道："是小音子吗？"

没错，来人正是长吉的侄子音藏，在炮兵工厂工作的时候，他的右腿感染了病菌，最后只能做截肢手术。

"叔叔！"音藏的声音里带着哭腔。

"怎……怎么了？！"

"叔叔，俺……俺一直觉得对不起您！从今天开始，俺就不在您家住了。"

长吉顿时慌了，忙道："你咋这么说哪！不许你这么说！"

"叔的好心，侄儿到死都不忘！叔啊，俺老早前就想过了，这样下去，实在对不起您。从今天开始，俺就去外面自己过啦。"

"你的心情，叔都知道，都知道啊！就是因为知道，所以才要忍耐啊！你别往心里去，放宽心在这里住吧，看看会不会有机会。那两个东西简直没人性！你在这里住着难受，叔心里头都明白，让你受苦啦！"

"不！叔啊，是俺对不起您！俺在这儿多待一天，您就要多受一天夹板气。俺对不住叔的好意，俺实在忍不住啦。"

"别……别冲动！叔知道你难受，你再忍忍啊，说不定以后你婶子就回心转意了。"

"叔啊，算啦！俺都知道，为了照顾俺，原本您眼睛就不好，现在还要担着一份不是，俺对不起您啊！"

"别冲动！那个……你婶子不会一直那样，过几天就会想通啦，你也会撞上好运的。人哪，要能忍得了一切，你要忍住啊！要是阿鹤也能回心转意的话，你们就好好过，将来给我和你婶子养老送终吧。"

现在的音藏是靠糊纸袋的手工活赚生活费。

"对不住啦，叔！俺对不住您的好意，俺实在是忍不下去啦。"

"别瞎说！"长吉伸出蜡黄的瘦骨嶙峋的手，音藏见了，一把就握了上去，瞬间脸上满是泪水。

就在这对不幸的叔侄哭成一团的时候，阿杉婆正赶往夫人阿高的府上去回禀事情。

"那边可高兴坏啦！大户人家的夫人看得起他，他要是敢不开心，一准遭雷劈啊。"

阿杉婆那种喜气打心底直蹿脸上的样子令阿高不由得微微一笑道："是吗？事情都安排妥当啦？"

"一准妥当啦！人家都等不及啦，说不定已经先去了呢。"

"真的假的啊？"

"那哪能蒙夫人您哪！"

"对方真愿意？"

"一百个愿意啊！那地方有个后门可以进出。"

"听你这么说，是妥当了，我可不想看见什么碍眼的家伙。"

"那哪能呢！"

"好吧，这就动身吧。"

"您家里头要不要安排一下？"

"没事，今天那条蛇又冒出来啦，一群人正忙得团团转哪，咱走咱的！"

"那就听夫人的！"


山崖边的一个单间雅座里，三个男人正在商量着什么。三人中为首的是一个四十四五岁，光板身子直接套着一件茶色竖纹薄棉袍的男子，一张马脸上带着一股子杀气。

"然后那小子说什么啦？"薄棉袍男子道。

薄棉袍男子面前是一张圆饭桌，饭桌右侧坐着一个三十岁左右的男子，穿着格子纹和服裙裤，像个混社会的无赖，一双眼睛上的睫毛又弯又长。

"我是这么直截了当地告诉那小子的：你们确实一直都在忍让，对方的做法也确实很没道理，不过你们嚷嚷着说这次一定要给个说法，是不是太嚣张啦！况且你们这段时间该拿的利息一分没少拿，现在人家生意上遇到了波折，确实没了办法。咱爷们是站在道义的立场上来帮忙解决问题的，你们要是敢不把咱爷们放眼里，那就走着瞧！为这事，咱扔几条人命都不怕！你们要是不答应，要是觉得咱爷们碍眼，不论是白道黑道，咱爷们都奉陪！"

"然后那小子又是怎么说的？"

"他说，这次谁来说什么都不顶用！无论是谁问，我们都没做亏心事，所以必须得给个说法出来，请你们就别掺和这事啦。"

"胆儿肥呀！"

此时，坐在饭桌左侧的一个二十五六岁的平头男子插了一句："要不要给他松松筋骨？"

弯睫毛男子接着话茬说："有道理，你三四月份的时候再走一趟？"

"人不过去，就没个结果。"

"现在去的话，那边可比这儿暖和，真不错！"

"你的意思是说，俺去忙俺的，你小子去新井宿直接抄那小子的老窝去？"

两人相视而笑，薄棉袍男子却端着酒盏，一边喝酒一边沉吟着："少安毋躁，爷有个想法。"接着，他像想起了什么似的，说道："别停啊，继续喝！"

"听你的！"弯睫毛男子拉过自己已经空了的酒盏打算再满上，不料酒壶里仅流出几小滴酒。看到这光景，薄棉袍男子赶紧说："酒没了再叫！"

弯睫毛男子拍了拍手。他们现在身处坐落在池上本门寺一带的小山岗上的魁春楼餐馆的一个单间里，山崖顶上就是餐馆的正堂，一条长长的回廊将散布在山崖各处的单间连接起来。这一带的梅花景观颇有名气。

"这么远，还不如吊个钟来敲更好！"弯睫毛男子站起身来，走到栏杆边上，再次拍了几下手。从头顶上传来女子尖厉的应答声。

"总算听见啦。"弯睫毛男子一边嘀咕着，一边抬眼望去。现在是中午两点，从上午开始就布满了卷云的天空之下，从大井到大森之间各处房屋的屋檐与蓝灰色的大海融成一体，目之所及尽是形态怪异的长满嫩叶的梅树树干。

"行了，别生气。"薄棉袍男子好像觉察到了弯睫毛男子的心情似的，望着他的背影说，"没什么了不起，先喝个痛快吧。"

平头男子赶紧搭话说："老大，那俺就再跑一趟吧。"

"少安毋躁，你小子先别动。"

"有什么犹豫的，俺去了直接给他几下子，事情不就结了嘛！"

"叫你别急，你就给我消停着，我还有别的想法。"

"什么想法啊？"

"不急不急，咱们慢慢道来。"

此时，另一侧的格子门开了，进来一个名叫阿时的大眼睛中年下女，手里端着两壶酒。阿时对着薄棉袍男子谄笑道："爷，您是要酒吧？"

弯睫毛男子在旁边插嘴道："你们该在这儿吊上口钟，不然叫个人半天不来。"

阿时转身望着弯睫毛男子说："有道理啊，吊口钟。"

"没错，要酒就敲三下！"

"那要菜咋办呢？"

"要菜敲两下如何？"

"那要是想爽一把的时候，敲几下啊？"

弯睫毛男子忍不住笑着说："那就连敲五下！"

这话却让阿时想起了一件事，她忙道："爷，八千代小姐在外面久候啦，您这边的事情了了没啊？"

听这话音，薄棉袍男子为了深入交流，还特地叫了唱曲的歌伎。薄棉袍男子点了点头，说道："叫她再等等，这娘儿们出台费爷可没少给，不干事白拿钱就偷着乐去吧。"

"知道啦。"

"没菜啦，看着什么好的就拿过来。"

"您想来点什么呢？"

"能入口的就拿来，最好是物美价廉的。"

"您这要求可够难为人的啊。"

阿时笑逐颜开地出去了，弯睫毛男子一屁股坐下来说道："菜难吃，酒难喝，脸难看，价难受，这里唯一能拿得出手的就是屋外的风景了吧。"

小平头听了这话就乐了，接口道："就你小子还懂欣赏风景？"

"怎么就不懂啦？别瞧爷现在的样子，汉诗的平平仄仄爷还真能应付一把。醉倚危栏夜色幽，烟水苍茫不见舟，这诗不赖吧？现在要是翻着韵字书，爷还真能露一手给你瞧瞧！"

这时，薄棉袍男子插嘴道："会作诗不如会种田。"

小平头憋着气想顶弯睫毛男子几句，可惜想不出词来，只能干生气道："没田可种就跑东京来当混混了吧！"

"咱们彼此彼此啊。"

"谁跟你彼此彼此？爷本来就是个痞子，你本来是个大学生，是你自己不靠谱！出身不同，别把爷和你混一块儿！"

薄棉袍男子笑了，说道："大哥别说二哥，还是好好喝酒吧。"

三个人开始喝酒。其实，这三个人是品川、大井、大森一带占地盘的地头蛇。薄棉袍男子本名冈本，是个讼棍。弯睫毛男子名叫松山，是报纸的记者。小平头外号阿半，是个赌棍。这三人凑到一块儿，就是为了商量如何恐吓借贷双方，借着资金纠纷捞一把。

后来房间里又进来个歌伎，现在凑成了四个人，大家说些无聊的琐事开心打趣。

"阿半，怎么样啊，最近手气好不好啊？"弯睫毛松山带着微醺之意开始拿平头阿半打趣。

"好手气？俺说松山啊，好手气可从来没找过俺，好手气到底算是个什么玩意啊？"

"我可不知道，手气什么的，我从没想过。"松山一边说着，一边晃着右手问："这个总该知道吧？"

"爷可是个正经生意人，不知道你那是什么意思。"

"哟，正经生意人，你做什么生意啊？"

"那……那个……"阿半有些口吃，"什么挣钱做什么！"

"你做的那生意，估计也不好开口讲吧。"

"少啰唆，你小子是不是想说爷做了什么不地道的事啊？"

松山依旧晃着他的右手，说道："不就是这个行当嘛，没做过？"

"什么玩意啊？爷这种靠谱的生意人，上哪儿知道你那是弄什么呢！"

"不过啊，"松山那只手还在晃荡个不停，"这个意思总该知道吧？"

"咋说话呢？爷这种靠谱的生意人，哪知道骰子之类的玩意啊！"

松山放声大笑道："哈哈，吞吞吐吐半天，终于说出了骰子，那就是说你知道啦！怎么样啊，阿半，手气不错吧？"

"不错个鬼！天知道！"一股尿意袭来，阿半有些坐不住了，于是站起身来说："爷这就去弄清楚骰子是什么玩意。"

就在阿半笑嘻嘻地站起来时，紧挨着冈本坐着的歌伎却是个天真的主儿，开口问道："那位大哥是做那种生意的吗？"这女子看上去二十来岁，一双明亮的眼睛格外诱人。冈本瞟了松山一眼，笑着说："松山，怎么回事啊，那耿直小伙是干什么营生的？"

松山也龇牙一笑，说道："这就难说啦，像他那样的正派人肯定不知道赌博是什么吧。"

"说得是啊，嘴上虽然没个把门儿的，可骨子里还是个性情中人啊。"

二人你一言我一语地拿阿半打趣之后，又说些有的没的废话，歌伎则一直摆出一副天真可爱的样子。过了一会儿，冈本像发现了什么似的说道："阿半不要紧吧？"

这下歌伎也觉得不对劲了，说道："是啊，那位大哥确实去了很久了，他就是去解个手吧？"

松山眨巴着眼睛说："别是在厕所里练习掷骰子吧？"

"随他吧，也许是在走廊上瞎晃荡呢。"

冈本刚端起酒盏，格子门就开了，只见阿半把脑袋伸了进来。松山赶紧抓住机会说："喂，阿半哪，人家八千代小姐正担心你是不是在厕所里头玩骰子呢。"

"嗯……"阿半脸色有点怪异，没坐下就说道，"老大，出了点事情。"

"什么事啊？"

"借一步说话吧。"

"不方便让外人知道？"

"差不多是这个意思。"

"这么大的事啊？"

"还是麻烦八千代小姐回避一下吧。"

"连她也不能告诉？"

"不方便。"

"既然这样，"冈本点了点头，看着歌伎的脸说，"那你就去那边歇会儿吧，想吃什么就叫下女给你弄。"

"那好啊，我这就过去。"

"快去吧。"

女子起身出去了，阿半一屁股坐到女子的位子上，神色紧张地说道："我发现一件大事。"

"什么事啊？"

"什么什么事啊，我瞅见一件大事！"

"什么事快说！"

"我发现一条发财的路子！"

"真的？那说说看！"

"知道鲛洲的山田家不？"

"山田？什么人啊？"

"那户人家可是大地主，坐拥房产无数，人称鲛洲大亨。在那地盘上，无人不知啊！"

"哦，鲛洲大亨，倒是听说过，据说那户人家的家主是个瘸子吧？"

"没错，爷说的就是这家！"

"那你刚才看见什么了？"

"长话短说。"阿半压低声音说，"老大，爷刚才瞧见这家的太太带着个男的进来啦！"

冈本顿时两眼冒光，几乎顶上阿半的鼻尖问道："什么样的男人？"

"是个唱戏的，估计是个小角儿吧，我在品川那一带见过。"

"小年轻？"

"二十二三岁吧。"

"两人勾勾搭搭的？"

"后面还跟着个老太婆。"

"什么样的老太婆？"

"什么样的不好说，不过爷知道那老太婆的底细，她叫阿杉婆，看着就让人心烦。"

"他们三个在喝着呢？"

"那老太婆在旁边的房间一个人喝着呢，她就是个酒鬼。"

"你咋知道的？"

"我在走廊上看到那老太婆，就盯在后头瞧了瞧。"

"人在哪儿呢？"

"就在上面那个带浴室的单间，人就在里头！"

"原来如此！"冈本一时间陷入沉思，阿半则一脸得意之色。

"咋说啊，老大？这可是条发财的路子啊！"

"有理！"

"干他一票？"

松山笑着说："算我一份啊！"

冈本摇了摇头，说道："别急，咱们得合计合计。"

松山和阿半眼巴巴地望着冈本，冈本则半闭着眼睛寻思了半晌。

阿半忍不住了，说道："别犹豫啦，再磨蹭下去，人都走啦！"

松山也好奇心大起，说道："阿半说得对，捉奸捉个现行啊！"

冈本猛然睁圆双眼道："有啦！我想到一个好办法！"

阿半跃跃欲试道："什么办法？咋办哪？"

"阿半，你先设法把老婆子给弄过来。等把老太婆弄过来之后，再去把那个艳福不浅的小子给抓来。"

"然后呢？咋办哪？"

"然后就给他演出大戏！"

虽然阿半和松山不是很明白冈本的意思，但也没法问个究竟。

"就这么着了！"

"好吧。"

冈本开始对阿半发号施令："这样，阿半，你去找老太婆，就说有人要见她，不由分说把她给我弄到这儿来！"

"这好办，你们就瞧好吧！"

等阿半出去之后，冈本盯着松山说："你小子出去把门关好，要是下女来了，就给我拦住喽。"

"没问题！"

松山起身出去关好了格子门，冈本则继续往酒盏里斟酒，一饮而尽之后，继续斟满。就在冈本倒满第三杯酒的时候，格子门开了，阿半提溜着阿杉婆走了进来。

"都什么乱七八糟的，有什么事啊！"阿杉婆骂骂咧咧道。

阿半在后面关上了门，冈本突然跳起来，逼近阿杉婆，狠狠地给了她的脑袋一下，怒道："再不闭嘴，就把你大卸八块！老实坐下！"

阿杉婆顿时摔了个大马趴，却还嘴硬道："你们这些小流氓，欺负我们老人家，你们那点底细谁不知道！"

冈本又看了看阿半，说道："现在去把那个小白脸弄来！"

"得嘞！"

等阿半出去之后，冈本回到座位上，端起酒盏说："你敢哇哇叫或者想逃跑，就先打断你的狗腿，再把你交给警察！"

阿杉婆顿时吓得缩成一团，浑身抖得跟筛糠似的，冈本则板着脸一言不发。又过了十分钟，阿半提溜着一个白净后生走了进来。冈本立刻站起来，上去就给了后生几下子，口中骂道："王八蛋！"

后生也被打趴在地，冈本对着阿半使个眼色，说道："盯好这两个东西，他们敢乍翅，就往死里打！我去那边谈谈条件。"说完，便出去了。

冈本在阿高的房间里待了将近一个小时才出来，而这边单间里，阿半和松山一边喝着酒，一边盯着缩成一团不敢动弹的后生和阿杉婆。

"回来啦。"松山望着冈本的脸，想从中看出事情是否成功的端倪。而阿半早就等得不耐烦了，赶紧说："大哥，你回来啦！"

冈本微微一点头，回到自己的座位上坐好，换了个态度对后生和阿杉婆说道："还在啊，一个小白脸和一个老虔婆！"

阿半赶紧为冈本斟满酒，说道："大哥吩咐过，敢乱来就打个半死，两人都吓得一动都不敢动啦。"

"那是！那还用说吗？自己做了亏心事呗。尤其是这个老东西，老大岁数了，还干这种穿针引线的腌臜事，给主母和戏子搭桥，简直就该沉猪笼！"

冈本有点受不了房间里的污浊之气，便对阿杉婆喝道："喂，老东西，把那边的纸拉门推开！"

阿杉婆哆哆嗦嗦地起身推开纸拉门，碰巧一阵清风拂动梅树的嫩叶，发出一阵沙沙声。

"还是打开门透透气舒服。"冈本好像心情挺好，开始自斟自酌。而松山却按捺不住，想弄清楚情况，便问道："那娘儿们咋说的？"

"可费了我一番口舌啊。估计这位是一般人比不上的大亨太太，开始还嚷嚷我在造谣，经过一番协商，便哭哭啼啼地求饶啦！"

"那是，那肯定的！有夫之妇居然与他人行苟且之事，岂有此理！还有这个拉皮条的老东西，简直就是天理不容！"对阿半来说，能想到这几个词已经够难为他了。"若这两个东西还百般抵赖，那爷就把他们都绑了，直接拖到鲛洲大亨家，交给他们家老大去！"说着，阿半斜眼瞪着后生和阿杉婆道："怎么样啊？老东西和小白脸！"

这时，松山插嘴道："只绑起来交给家主进行责罚还是不够的，应该在报纸上进行公开谴责。用那种三号大字写上'鲛洲大亨夫人丑闻'之类的标题，用四号字写满满一大版内容，这样好不好啊？"然后，他又瞟了一眼后生和阿杉婆，继续道："小白脸和老东西，好玩吧？要是这么一来，老东西以后就别在那一带混啦，小白脸以后也没法唱戏啦。"

冈本在一边沉吟着说道:"省省吧,说这些有的没的没意思。叫他们写个悔过书,说以后再也不犯,然后赶出去拉倒!瞧瞧这乌七八糟的老太婆,还有这人渣,看着他们真是扫了酒兴!"

松山赶紧表示支持:"就这么办!写个悔过书轰出去拉倒!"然后,他盯着后生道:"喂,你小子会写字不?"

后生一句话也不说。

"哟嗬!你小子敢夯翘!"

阿半跳起身来,抡起手扇了后生一个耳光,冈本喝住他道:"行了行了,阿半,别动粗啊!有意思吗?你先歇着吧。"

"这小子不识抬举!"

"算啦,你先歇着吧。"

对方没还手,阿半揍下去也没意思,便顺坡下驴回到自己的位子上。松山等阿半坐定之后才开口冲后生说道:"小子,你别敬酒不吃吃罚酒!赶紧说,会不会写字?"

"会写。"

"这就对啦,那就写吧。老太婆,你哪?会写字不?"

阿杉婆是个文盲,只好回答道:"我实在是……"

"少啰唆,会写字不?"

"不会。"

"既然这样,悔过书爷替你老太婆写了!"突然想起没有纸笔,松山便道:"没家伙啊,叫下女吧。"

冈本是个谨慎的人,立刻说道:"别麻烦下女啦,阿半你走一趟吧。"

"得嘞!"

阿半起身出门后,冈本和松山再次举杯小酌,松山对着冈本使了个眼色说:"得手啦?"

"嗯。"

"有把握?"

"妥妥的!"

"那就好。"

"干一杯!"

然后,冈本像是故意说给旁边的后生和阿杉婆听似的,转头道:"咱爷们天生就是锄强扶弱、疾恶如仇的主儿,真性情的人!"

"那还用说,舍生取义不带含糊的!"

"这么做事可是亏本生意啊。"

"大义不计得失!不过你这么一说还真是啊,吃老亏啦!"

"吃亏那是没办法的事啊!这也是为国出力啊,咱爷们就好比日俄战场上的勇士,他们为国捐躯,咱们为国除恶,没两样啊!"

"这话在理啊!"

说话间,阿半带着纸笔回来了。

"什么破地方,拿个纸笔还得翻山越岭的!"

松山笑着说:"咱们这么辛苦,可是为国除害啊!"

阿半一时间脑子没转过来,疑惑道:"什么?为国除害?"

"我正和老大说道这事哪,咱们今天就是在为国除害!"

阿半终于明白是什么意思了,也附和道:"那肯定啦,绝对是为国除害!"说罢,他又回过头瞪着后生说:"咱爷们是为了国家才要你写悔过书的,别磨蹭,快写啊!"


就在正午时分,广巳在间部山内容堂的墓地附近晃荡,心情一片混乱。既抱着对大嫂招蜂引蝶的满腔怨恨,又怀着对大哥任由大嫂放肆的愤怒,还带着对不知是人还是神的神秘女子的忧思,今天的广巳依旧从一大早就借酒消愁。虽然身体在酒精的作用之下摇摇晃晃,可脑袋却分外清醒。前方窄窄的道路边突然出现了一户围着树篱的人家,顿时一个熟悉的情景浮现在广巳的脑海里:"这不是……"

广巳环视四周,左侧那荆棘花盛开的树篱令他不禁觉得这个地方似曾相识:"怎么越瞧越像是上次那座宅子呢?"

一想到那两个小女孩化作鸬鹚飞走的样子,广巳便不由得对自己的天真感到好笑:"这算什么事啊!"

闷头走了几步，突然后面好像有人叫道："二爷！"

广巳驻足倾听，耳边传来木屐踏路的声音，他赶紧回头望去，只见阿杉婆的女儿阿鹤走了过来。

"二老爷安好？"

广巳有些厌烦阿鹤时不时的纠缠，但也不能对她不理不睬，便故意答道："原来是小鹤子啊！"

"二爷您这是去哪儿啊？"

"随便逛逛。"

"随便是哪儿啊？是相好的妹子家吗？"

这下广巳有点不乐意了，反问道："有那种地方吗？"

"不是相好的妹子家，那是哪儿呢？"

广巳来了脾气，没说话。

"答不出来啦？那就是去相好的妹子家喽！那才是二爷该去的地方啊。"

广巳苦笑着没说话。

"且让我猜着了吧！没跑啦，绝对是相好的妹子家。"

对着阿鹤，广巳说也不是，不说也不是。

"二爷真薄情！像我这样的女人家里头，二爷肯定不会进来，估计连眼珠子都不会瞥一下吧！好个薄情的二爷啊！"

广巳最受不了的就是这个阿鹤，只能敷衍道："这个……"

"什么这个那个的，薄情就是薄情！"

广巳恨不得早一刻躲开这个"狗皮膏药"。

"没想到二爷您这么薄情啊！本来还想和您说件事哪，那就不告诉您啦！"

"什么事啊？"广巳一不小心就着了道，话一出口就后悔了。

"才不告诉您哪！因为二爷您对我太不好啦！我可知道一件能让二爷很开心的事情哦，现在我绝对不说啦。有人可一直在念叨二爷您哪，那可不是平常人家，是个高门大户，可我就不告诉您！都怪二爷您没良心啊！"

几句话把广巳的好奇心勾了出来，不过广巳转念一想，这也许只是阿鹤故意哄骗他的话头罢了，可千万不能露出什么破绽给她看到。

"二爷您真不问哪？我可没说瞎话哦。"

"问什么啊？"

"那位一直念叨着您的啊！"

"谁啊？"

"我不说啦！二爷您什么时候对我好了，我什么时候告诉您。我说的可都是真的！那位啊，可不是巷子里的婆娘丫头，绝对是体面人家里的。就算二爷您眼光高上天，真遇到人家，也得放规矩些。"

"到底是谁啊？"

"不告诉您，就不告诉您！"

"说不出来吧？八成是你瞎编的！"

"您说是我瞎编的，就算是我瞎编的呗，那位可是挂记着您哪！"

"骗人！"

"我说的可是真的，没骗您！就不告诉您！"

这些话弄得广巳有点心痒难耐，因为他刚才还在想着那个不知是人还是神的女子，而且这地方也似曾相识。

"一准是你瞎编的，哪有人挂记着爷哪！"

"您要是觉得我在瞎编，您也想不起来是谁的话，那就这么着吧。"

"那就按你说的，当瞎话啦。"

"您乐意当瞎话听随您，不过您以后可别恨我说我瞒着您。二爷，您家不缺钱，人称鲛洲大亨呢，在这块地头无人不知，无人不晓。不过，碰上那位贵人的话，您哪，就省省吧，拿人家没法子的！"

"你这牛越吹越大发啦，嚷嚷了半天，对方是什么人哪？"

"知书达理，气质高雅，地位尊贵，人家可对二爷您一往情深呢。"

"你这是拿爷开涮呢吧！"

"哎哟，您觉得我是在蒙您啊！"

"绝对是！你肯定是在蒙爷！"

"真是好心当成驴肝肺！我可是跟您说真心话呢。"

"那就别跟爷转影壁，怎么样啊？真要是有话可说，那就说出来瞧瞧！"

"本来是要说的，要怪就怪二爷您太薄情啦，所以就不说啦。"

"爷什么时候对你薄情啦？"

"爷，您可是见天儿对我薄情啊！每次想找爷说点什么，您立马就开溜啊。"

"这是哪儿的话啊，爷还会怕你啊？"

"爷，您总是躲着我。您回府上打前头过的时候，哪次没把我当空气哪。"

"啊，有那种事？"

"太有啦！说心里话，您不理我，我真恨死您啦！"

"爷都没发现哪。"

"爷，您就装大尾巴狼吧。"

"爷可真不知道啊，兴许是一边走路一边想事吧，所以才没注意你啊。爷真不知道。"

"爷，您就装大尾巴狼吧。"

"你这是在难为爷！"

广巳突然觉得这样说下去越来越没意思，于是拔脚就走，阿鹤在后面追上来喊："二爷！"

"够啦！"

"我可没骗您啊，您真不想知道？"

"够啦够啦，回见吧！"

"真是个没良心的！人家可真是想告诉您的啊！"

"闭嘴！闭嘴！"

几句"闭嘴"一说，广巳心头的阴霾仿佛一扫而空，脚步也轻快了不少。

"您可别后悔啊，二爷！"

"闭嘴！闭嘴！"一连串的"闭嘴"让广巳脚下虎虎生风，可身体却有点撑不住了，走着走着，饿劲就上来了。广巳抬眼一看，发现路边有家荞麦面馆，便打算过去打个尖。

"到底是怎么个意思？"广巳不由得又想起了阿鹤提到的事情，"知书达理、气质高雅、地位尊贵，对爷一往情深，这到底是什么人呢？"

广巳越想越入迷，阿鹤的话再次在他耳边响起："二爷，您家不缺钱，人称鲛洲大亨呢，在这块地头无人不知，无人不晓。不过，碰上那位贵人的话，您哪，就省省吧，拿人家没法子的！"这样的人家到底在哪里呢？

但是，对现在的广巳来说，与他在海晏寺前的大朴树下擦肩而过，又在八幡神宫出现的女子才是真心值得挂记的，没有第二个人！

"只有这个女子才是爷梦寐以求的，其他的都拉倒吧！"

不知不觉中，广巳已经来到了魁春楼餐馆的后门附近，老远觉得有人从里面出来，仔细一看，竟是打扮得花枝招展的嫂子阿高，她正脸色苍白地被一个下女给扶出来。

"糟糕！"广巳急忙闪身躲进附近的巷子里。


广荣正在侧室里算账，他时不时瞥一眼黑柿木矮桌上的银行存款簿[1]大小的账本，然后拨动玩具大小的算盘。

此时正值下午两点，外面细雨如丝，广荣推开算盘，拉过旁边的砚台开始磨墨。

"启禀老爷！"一个年轻的下女拿着名片走了进来。

广荣抬头问道："来客人啦？"

"老爷明鉴。"

广荣从下女手里接过名片，只见上面写着"松山良藏"几个字，便问道："来客是什么样的人啊？"

"一共来了两个人，拿出名片的那位睫毛又弯又长，看着像混社会的无赖。"

"睫毛又弯又长的无赖……"广荣略一沉吟，便道："有没有问他们是为了什么事来的呢？"

"刚才没顾得上问，容奴婢再去问问吧。"

"好，问清楚来意吧。"

"遵命。"

下女走了没多久便回来了。

---

1　原文直译是"银行存折"，当时日本的银行存折比账本略小，和今天的不一样。——译者注

"问过啦？"

"是。"

"都说什么了？"

"说是特地上门禀告关于贵府家庭事宜。"

"贵府是说咱们家吗？"

"好像是这个意思。"

"贵府家庭事宜……"广荣歪着头想了想，说道："那就叫他们去客厅候着吧。"

"遵命。"

广荣飞快地拉开抽屉，把账本和算盘收好，一边给砚台扣上盖子，一边推测着客人的来意。檐廊上传来两三个人的脚步声，应该是下女把客人从玄关的一侧带到了客厅，而广荣左右两侧的格子门都关着，正好让他避开了他们的视线。来者不是旁人，正是青皮混混松山和阿半。广荣从侧面看到来人不是善茬，不由得担心起来。刚巧下女转身出来说道："老爷，客人都坐下了。"

"哦，都坐下了。那就上茶吧，我随后就到。"

"遵命。"

广荣犹豫半晌，点了根烟抽，可丝毫没觉出味儿来，再看到下女从厨房端茶进入客厅，又转身出来，便悄悄地朝下女招了招手。下女也是个机灵人，悄悄地靠了过来。广荣低声吩咐下女说："告诉定七，就说家里来了些三教九流的人物，让他别吱声，悄悄过来。"

下女点了点头，广荣还是多叮嘱了一句："记住，别声张！"

随后，广荣抓起一直放在旁边的拐杖，用力拄着，半天才站起身来，从后面打开纸拉门，走进客厅。

"怠慢啦，腿脚不好，请多担待。"

松山和阿半东倒西歪地坐着，广荣走到他们面前，也伸开两腿，一屁股坐下。[1]

---

1　在日本，坐姿不端正表示对客人不敬。——译者注

"实在是不好意思，身上不方便。"

看松山没什么反应，广荣接着说："二位是头一次光临敝府吧，好像是为了敝府的家事有所赐教？"

"没错！"

"到底是什么事呢？方才您说是关于家庭事宜？"

"有些事情不宜让外人知道，你能不能叫闲杂人等都别进来呢？"

对方的态度很是强横，广荣不由得心中起疑。

"这您不用担心，我不叫的话，没人敢进来。"

"你确定？"

广荣一时语塞。

松山死死盯住广荣的脸，说道："既然这样，那就开门见山吧。我现在正告你，我们是东洋义团的成员。我们东洋义团是为国家清除不正之风，匡扶社会正义的团体。"

"哦，两位是匡扶社会正义的东洋义团的人啊。"

"没错！我们是东洋义团的人，行事为伸张正义，不求得利。这你可要记住啦！"

"这我知道，两位有何贵干啊？"

"干脆！既然知道我们是谁，那我就直说了。正如刚才所说，我们为国家铲除不义之徒，贵府出了不可告人的丑事，我们这次来，就是为了铲除奸邪。"

广荣瞪圆了眼睛问道："我家出了不可告人的丑事？"

"没错！贵府家风不正，我们要为国除害。"

被说成这样，饶是温和的广荣也来了脾气，他分辩道："这个家除了我，只有内人和舍弟。舍弟还在这次的日俄战争中英勇奋战，获得了金鸢勋章。我家怎么可能发生让人家说道的事情？你们弄错了吧！"

"糊涂！"松山大喝一声，"还执迷不悟？罪证就在我们手里！"

"罪证？"

"没错，罪证！我们可都知道啦！贵府乃鲛洲大亨，本该成为本地楷模，可居然出了这等丑事，简直荒唐！"

广荣被弄得摸不着头脑。

"您说的这些是什么意思啊？你们是不是弄错人了？"

"你别装傻，证据都在我们手里呢！还是你被人给蒙鼓里头啦？原来你是个两耳不闻窗外事的糊涂人啊！你要是真不知道，那也算是傻人有傻福。"

这下子广荣就更糊涂了。

"你们一定是弄错人了吧！"

"弄错人？你还没醒过味来？那就给你看看证据，可别吓死过去！"松山从右边的袖口里摸出藏在里面的两张悔过书，"喂，你好好瞧瞧吧！"

说着，松山把两张纸摔在广荣面前，广荣只得捡起来细看。第一张是阿杉婆的悔过书。看完后，广荣换过另外一张。这是一个名叫山田稔的小戏子自己写的悔过书。看着看着，广荣的脸色变得铁青。

"怎么样，瞧完了吧？"

广荣无言以对。

"喂，告诉你，这个小岛杉就是经常出入你家，名叫阿杉的老太婆。这个老婆子不会写字，是爷替她写的悔过书。另外一个叫山田稔，悔过书是他自个儿写的。这小子是品川一带到处混饭的小戏子，通过老太婆穿针引线，做出这种下作事。喂，爷问你，昨天你家婆娘不在家对吧？说话！是不是出去啦？"

广荣低着头，沉默不语。

"喂！你婆娘昨天去了大森的魁春楼，知道不？"

此刻，客厅后方的房间里，阿高正竖着耳朵偷听。听到这话，阿高便悄悄从房间里躲了出去。


定七站在店里听下女说了事情的原委，赶紧打着油纸伞直奔街口而去。而广巳肩上架着蛇眼伞，正从大森方向晃晃悠悠地朝家的方向走来。

"广巳，二爷！"

广巳已经喝得醉醺醺的，晃了半天才找到定七的脸。

"啊，是定七啊。"

"什么定七啊，您去哪儿啦？我都快担心死了。"

"你该担心的是家里的那个妖孽，爷一点事都没有！"

定七不由得笑了，说道："家里的妖孽？家里能有什么妖孽啊！对啦，这两三天您到底去哪儿啦？"

"爷琢磨着怎么逮到妖孽，正东翻西找哪！"广已脸上挤出一丝笑容，"要不去给蛇神上上供？"

"没工夫瞎闹！有两个混混……"话一出口，定七觉得不太妥，便改口道："二爷来得正好！有两个看着不地道的无赖来家里啦，老爷正叫我过去，正好遇着您了，那就一起过去吧。感觉他们来家里，就是想要敲诈一笔钱。"

"什么无赖啊？"

"您去看看不就知道啦！"

"就你事多！"

"可不能这么说啊，您赶紧去看看吧，老爷是个和气的人，就怕吃亏啊。"

"知道啦！"只要是大哥的事，广已决计不会推辞，这一点早被定七给看透了。

"那咱们赶紧过去吧。"

定七带着广已直奔客厅而去，过了玄关之后，就悄悄拐进侧室里。此时，在客厅里，松山正大声斥责一言不发的广荣："喂，都告诉你了，咱爷们是一腔热血帮你清理门户，听明白没？糊涂虫！"

阿半也插嘴喝道："喂！老东西，装什么装啊！什么鲛洲大亨，撒泡尿照照去吧！"

广荣猛然抬起头来，说道："两位这么义气，本人在此谢过了。感谢两位的好意，诚如两位所言，这是我府里的家事，我会仔细询问内人，也会把阿杉婆叫来问话，彻底查清事情经过。"

"什么?！"松山厉声道，"仔细询问内人？什么询问！你是把爷刚才说过的话当放屁是吧！"

广荣还不想和对方彻底翻脸，赶紧说："我绝不是不相信您，我说的询问是叫内人亲口认罪，然后才好说怎么处置她。"

"是吗？要是她认罪了，你打算怎么处置？"

"这个当然是要召集家族里的人一起商议，然后离婚什么的，这些我会妥当处理。"

"你会妥当处理？你这意思是嫌别人多事？本该垂范的名士乡绅，家里头居然藏污纳垢，自己还打马虎眼装傻充愣是吧！"

"您言重了，我决计不会那样做。"

"那该咋办，给个敞亮话吧！"

"那……那还得像方才说的，先告知亲戚朋友，然后再妥当处理。"

"妥当处理？不就是打马虎眼嘛！你打算就这么算了是吧，那咱爷们可看不过眼！"

"那……那您说该怎么办？"广荣显得很为难。

"你可是本地的楷模，为了端正社会风气，摒除歪风邪气，你应该立即把你老婆轰出去！"

"这……要是证据确凿，离婚什么的不在话下，该怎么处罚就怎么处罚。可这毕竟牵一发而动全身啊，还是谨慎些为好。"

"什么牵一发而动全身，你是舍不得那小妖精吧！一准被她拿下之后踩在脚底下，洗脚水都当香油喝！"

阿半又插嘴道："没跑啦，瞧这老东西一脸色鬼相！"

"说你心坎里了吧！所以才把咱爷们的侠肝义胆当成驴肝肺，净说些昏话！"松山瞪着广荣，喝道，"老东西，你想咋的就直说吧！"

广荣一时间什么也说不出来。

松山步步紧逼道："给个话啊，老东西！赶紧把你婆娘轰出去！怎么着，是瞧不起咱爷们的侠肝义胆哪？"

就在此刻，定七唰的一声推开格子门走了进来，说道："抱歉，小的有事向诸位禀告。"

松山恶狠狠地盯着定七，喝道："你算什么东西？！"

定七不疾不徐地在广荣的右边坐定之后才说道："小的算是这家里的大掌柜。"

"算是？这是什么意思？"

"小的一直当着大掌柜的差，可是老爷没给小的大掌柜的名头。"

"哦，那你打算跟咱爷们说什么啊？"

"小的一直遵照老爷的吩咐在旁边的房间里算账，方才二位爷的话小的都听在耳朵里，所以忍不住想跟二位说说小的的心里话。"

"有话就说，有屁就放！"

"恕小的斗胆，方才二位爷说是本府的太太做了不体面的事情，可是？"

"那还用说！"

"既然这样，小的斗胆替老爷拜托二位爷给个面子。"

"想要怎样就说！"

"出了这种事，确实让二位劳心劳力了。不过，这肯定是本府太太的一念之差，还请二位放过太太一次，我们也会好好向太太问个究竟，希望太太能回心转意。"

"那种娘儿们还能悔改？"

"您也是这么想的吗？小的作为一个下人，当然是希望大家都有好结果，也知道二位为了这件事心里头不痛快。但是，总得有个说法让这件事能收场不是吗？"

听了这话，松山的态度不禁软了下来，只听他说道："有道理，阁下作为府里的下人，说得确实在理啊。为主家尽心尽力，也算是尽了下人的本分，只可惜府上本该成为首善之家才对啊。"

"诚如您所言啊，这次就恳求二位看在小的的薄面上，放过本府太太。关于这事呢，小的有些放不上台面的话，请二位赐教。小的是这么想的，这回劳动了二位的大驾，二位呢，也很给面子，那肯定不能让二位就这么白跑一趟是吧。"

"这样啊……你也是为主家着想，有些不方便的话也不好说是吧？"

"小的在此求二位爷啦，关于一些事吧，小的肯定还要和老爷商量商量，才能告诉二位爷，今天就请二位先回去吧。"

"敞亮！你们自个儿好好商量商量吧。这次咱爷们白跑一趟也无所谓，可别让爷等太久，爷眼里不揉沙子，要是敢拿咱爷们开涮，那就只能找警察去说道啦。"

"那哪能呢！"

"你们报警也行，这一带的警长什么的，可都是咱东洋义团的哥们儿！也不怕你知道，要是想不开做傻事，咱爷们手下可真有几个不要命的青皮后生，到那时可就是白刀子进红刀子出啦！"

"您这是想哪儿去啦，那种傻事谁干哪！"说着，定七转头提醒广荣道："老爷，等下小的有事向您禀告，咱们就去那屋说吧。"

广荣松了口气，说道："行啊，就依你。"

说完，广荣拿起拐杖，费了半天劲才站起来，跟着定七进了旁边的侧室。


广巳一头扎进主房旁边的厨房，只见厨房的土间里，一个老妈子正在剥笋皮。广巳进去之后，就开始东翻西找起来。

"喂！小夜！"

老妈子其实一早就知道谁进来了，但是怕惹麻烦，一直装作没看见，直到被叫了名字，才抬起头来说道："哎呀，这不是二爷嘛！今儿什么风把您给吹来啦？"

广巳已经好久没在厨房露过面了。

"别问这些有的没的，酒在哪儿？"广巳说着，眼里闪烁着怒火。老妈子发现广巳很反常，不由得暗暗吃惊。

"二爷，您要酒做什么？"

"关你屁事！赶紧拿来！"

老妈子放下竹笋，站起身说："这是放哪儿了呢？"

"别装不知道！"

"那二爷啊，您要温一下不？"

"用不着，赶紧拿来！"

"听您的。"老妈子说着话，朝放在和水槽连着的架子下面的那瓶酒走过去，又问道："整瓶给您？"

"行，赶紧拿来！"

"换个酒壶，拿个酒盏不？"

"不用，酒瓶和饭碗就行！"

老妈子哪里敢顶撞广巳，直接拿来装着一升酒的大瓶子和吃饭用的碗。

"二爷，您看这样行不？"

"行！"广巳说完，便从格子门的门框下钻过，如同抢一般从老妈子手中拿过酒瓶和饭碗，往地上一坐，拔掉瓶塞就开始咚咚咚地倒酒，然后就往嘴里灌下去。

伴随着老妈子一脸的嫌弃，广巳两口喝干一碗之后，又继续倒酒。

第二碗也是两口下肚，广巳又打算倒上第三碗。突然，他像是听到了什么似的，竖起耳朵听了听，然后又像想起了什么急事似的，丢下酒瓶和饭碗，朝着玄关跑了个无影无踪。

"真是的！"老妈子摆出一副打心里往外恶心的脸。

就在此时，一个高原红脸庞的年轻下女从后面走了出来，看到老妈子，便赶紧跑上前道："小夜婆婆！"

"有什么事啊？"

高原红脸庞的下女像是生怕被人发现似的，先看了看后面有没有人跟着，才凑上前去，几乎顶着老妈子的鼻子尖说："有件事，您知道不？"

"什么事啊？"

"出大事啦！"

"怎么啦？"

"客厅那边都吵成一团啦。"

"这我知道。是谁来啦？"

"两个看着就不地道的无赖。"

"他们来做什么啊？"

"这就是天大的事啊！"

"怎么啦？"

"怎么啦？他们来，就是为了家里的夫人啊！"

"夫人又怎么啦？"

"夫人她……"高原红脸庞的下女眼珠子往四周转了转，才说道，"听说有人啦！"

"啊?! 夫人吗？"

"对啊，听说夫人在大森的饭馆里头，和一个男的在一块儿的时候，被今天来的人给看见了，还写了悔过书呢。"

"真的吗？"

"那是真真儿的啊！所以来人说，本地首善人家的夫人居然有奸夫，简直丧尽天良，必须马上逐出家门！"

"老爷同意啦？"

"同意啦！而且啊，听说给夫人和奸夫穿针引线的就是那个阿杉婆！"

"哎呀，是那个阿杉哪！真是不知羞耻啊！对啦，那个男的是谁啊？"

"来人一直说什么小戏子、小戏子，别是唱戏的吧？"

"那是，小戏子就是唱戏的。不过，夫人真做了那种事啦？"

"谁知道啊，不过夫人平时就挺怪的。店里的那个阿平小伙计也不知道在做什么，总是寸步不离地跟着夫人。"

"还真是，两个人经常一起去库房不是嘛。"

"对呀！"

"那夫人现在怎样了呢？"

"现在不在府中啊。"

"去哪儿啦？"

"现在府中都乱成一锅粥啦，夫人说不定跑啦。刚才大家还看见夫人在房间里看报纸呢，现在影子都没啦。"

"她能去哪儿啊？"

"别是去乡下避风头了吧？"

"这时候哪能去乡下呢。"

"那夫人能去哪儿啊？"

"别是去杉本家了吧。"

"杉本就是那个律师吧？"

"没跑啦，夫人和那个杉本也有点不清不楚的。"

"我的天哪！"

"不是瞎说，我见过！"

"真的？"

"真的，我见过！"

"真的吗？"

"绝对是真的！正月里，趁老爷在库房的时候，杉本来了，和夫人两个人在房间里说了半天悄悄话，最后两个人还一起大笑起来。"

"啊！还有那事？这也太……"

"真是太过分啦！"

就在此时，一阵混乱的脚步声传来，两人像受了惊的兔子似的赶紧分开，原来是广巳又跑了回来。

"居然欺负到爷头上啦！谁家受过这种鸟气！"广巳一转头，瞅见那个年轻的下女，顺口说道："在这儿鬼鬼祟祟的干什么！"

然后，他像是要把一肚子气撒在物件上似的，一通乱踢，清出一条路来，直奔方才那瓶酒，一把抓起来，对着嘴就咕嘟咕嘟地灌了下去。

"浑球！一个个都不是好玩意，看爷给你们点颜色瞧瞧！浑球！"

下女差点被吓掉了魂，蹑手蹑脚地往外溜。老妈子见过世面，重新蹲回竹笋旁。

"浑球们，给爷等着！"广巳又连喝了三四口酒，接着又竖起耳朵开始听外面的动静。


松山和阿半离开山田家，向着大森方向走去。如丝细雨依旧静静飘落，松山撑着折叠伞，阿半撑着蛇眼伞，刚一离开山田家的地界，阿半就朝走在右边的松山靠了过去，说道："喂，是不是得手啦？"

"在下觉得应当成事啦。以吾之苏秦、张仪之辩才，天下岂有不成之事乎！"

"又开始掉书袋！这习惯可不好，你改改吧！就算你能把话说到天上去，也别得意，你不就是吓唬人家，弄俩钱花花的混混嘛！"

"谁是混混啊！咱这可是为国家办事，也就是为国除害啊！"

"打着为了国家的旗号，逮住正玩得开心的人一顿暴揍，不就是为了敲诈点钱嘛！"

松山笑着说："是啊，那又咋样？不是有的实业家打着为国生产的旗号，往军粮罐头里装石子喂丘八们吃嘛。咱爷们逮住通奸的狗男女，叫他们收敛收敛，那和作恶的实业家根本就有云泥之别！所以弄俩钱花花有什么不行的！"

"那是！可真要弄到打官司的地步，总不可能在法庭上揍那两个混账，叫他们掏钱吧？"

听了这话，松山赶紧四处张望了一下，除了对面走过来一个店伙计打扮的年轻人，还有一个公司职员打扮的西装男子从身边经过外，并无其他人注意他们两个。松山赶紧呵斥阿半道："一些不该说的别说，让人家给听见了咋办啊！"

阿半只好闭嘴苦笑，松山赶紧转换话题道："阿半，想弄个车不？"

"还真是，有车多方便啊！"

"要是能去川崎屋走走就好了。"

"川崎屋有什么好的，还是去松浅吧，在那儿想干什么都行。"

"谁不知道啊，但是太远啦！"

"有多远啊，不就是几步路的事嘛！"

"何止几步路啊！"

"远了点是没错，可老大叫我们去那儿的啊！"

"所以啊，都知道不去不行，可这淋着雨两脚泥地往那边去，谁能好受啊！非要叫我们两个盯着老太婆和小戏子，老大是不是有点过分啊？"

"这有什么办法啊，当老大的都喜欢让手下顶缸啊。"

"你说得在理，除非咱自个儿能当上老大。"

"那是没错，你小子和爷不一样，你有学问，当老大跟玩儿似的。冈本老大要是不在了，坐那个位子的肯定就是你啦！"

"坐那个位子也不是不行，可爷的志向不在这小气吧啦的日本。爷寻思着，干脆去满洲当个马贼吧！"

"满洲那地方可不行，听说酒全是高粱酒，肉不是猪肉就是狗肉。那可不行，爷这辈子都离不开生鱼片和纯清酒啦！"

两个人不知不觉走到了泪桥边，这一带全是渔户，店头摆着的都是用拖底网捕到的小杂鱼和花蛤、文蛤剥出来的肉，还有许多渔家大嫂在附近打着雨伞卖东西。

松山和阿半直接从那些雨伞下面钻过去，从只有一步宽的泪桥上走到了对岸。脚刚一着地，就看见一个拎着齐眉棍的青年从后面飞速接近，一棍下来，蛇眼伞被打了个粉碎，折叠伞直接飞上了半空。

"哎呀！"

"小贼！"

两人话音未落，齐眉棍一下子就扫倒了阿半，然后袭击者一个反手，松山的肩膀上也吃了一棍。手握齐眉棍的不是别人，正是广巳！

"狗东西！"

阿半爬起身来，想要扑向广巳，口中骂道："兔崽子！"

"着家伙！"

齐眉棍直接敲在阿半的腰上，阿半又扑倒在地上。松山怒目圆睁，可惜他能做的也只有怒目圆睁罢了。广巳挥动齐眉棍扑了过来，松山被吓得连连后退。阿半借着这个空当挣扎了半天，才支起半个身子。

"狗东西！"广巳呼喝连连，步步紧逼。松山觉得无法讨得便宜，干脆转身就跑。

"哪里跑！"广巳一个箭步冲过去，顺势挥出一棍，直接命中松山的后背，松山便晃晃悠悠地摔了个嘴啃泥。

"活该！"广巳舍掉松山，转头回来，只见阿半刚爬起来，打算近身肉搏。

"小贼！着家伙！"广巳又一次挥出齐眉棍，阿半又一次腰上吃打，然后又一次倒在地上。


川崎屋最里面的单间里，一对男女在私会，女的是阿高，男的是个白白胖胖的娃娃脸胡须男子，他就是杉本。杉本原本是个法官，后来辞职转做律师，专门负责山田家的土地房产管理事务。

单间里的电灯明晃晃的，为杉本那婴儿肥的老脸平添了几分可爱。阿高默默地往杉本的酒盏里倒酒，杉本则默默地往肚子里灌酒。

"行啦，别任性了，乖乖地跟我回去。"杉本望着阿高的眼睛，像哄小孩似的说道，"回去赶紧和好吧，有什么大不了的，床头吵床尾和嘛，没有隔夜的仇。这不就结了吗？"

阿高眼里满是暧昧，瞟着杉本说："好什么好啊，我可不想回那个家！"

"你到底是不想回去，还是不想再看见你先生的脸啊？"

"看见他就烦！一个死瘸子，叫人恶心，我早就受不了他了。杉本啊，以后我就全靠你啦！"

"你找错人了吧，你好的可不是我这口吧？"

"瞎说！"

"我说错啦？事情都摆在那儿啊，作为男人，谁不想当个年轻帅气的小戏子哪！"

"胡说！"

"我哪儿胡说啦？"

"胡说！胡说！全是胡说！那些都是污蔑，那个阿杉婆可以做证。我们几个正一块儿吃饭呢，突然那个小流氓就把两个人抓走了，逼他们写什么悔过书。那些都是冤枉人的！你可是律师，给我们洗清冤屈可是你的职责啊！"

"所以我才叫你赶紧回去跟老爷说清楚啊。夫人啊，你该好好把误会给老爷解释清楚才对。今晚我过来找你，就是为了帮你消除误会啊，这也是做律师的本分啊！"

"我才不相信你呢，你这个律师只会骗女人。"

"我可要说清楚啊，我最不擅长的就是骗女人！"

"净瞎说！你就是说破天都没用，我可是有证据的。"

"你可真是冤枉我啦，我得去找人给我做证哪。"

"找谁来都没用！"

"我这算洗不清啦！"

"你本来就洗不清，别以为能蒙我！谁知道你今儿跑我家都嚼了什么舌头根子！"

"我都不知道该怎么解释啦！我一直说夫人品行端正，这件事包在我身上，然后还劝老爷放宽心。"

"过了吧？你嘴里那品行端正的夫人，你自己相信吗？"阿高满脸嘲笑地说道。

"肯定打心底里相信啊，所以我才跑到这里来的啊！"

"说到底，杉本你可真是个鬼精灵啊！"

"我要是鬼精灵的话，夫人可就是迷人的狐狸精啦！"

"胡说！"

"玩笑也开够啦，吃完饭，夫人就和我回去吧。"

"才不呢！不回去，不回去！今晚啊，干脆带着你找个地方玩个痛快吧。"

"我家的母老虎饶不了我。"

"不饶就不饶，有什么好怕的！"


狭小的饭厅里点着一个昏暗的小灯泡，阿杉婆一家正在吃晚饭。

"老头子，你还想喝？"阿杉婆一边往自己的酒盏里倒酒，一边隔着脏兮兮的饭桌盯着长吉。瞎眼的长吉正把自己的空酒盏伸向阿杉婆，嘴里说道："再给我倒一杯。"

"什么倒一杯！死老头子，你都喝三杯啦！喝那么多，对你的身子可不好。"

"酒没有了就算了，要是还有的话，就再给我一点。"

"酒买了两升，是还剩下不少，可喝多了对你身体不好。"

阿杉婆赌气似的一口喝干了自己酒盏里的酒，长吉则有些尴尬地伸着手说道："今儿也不知道为什么，喝得挺开心的，再给我一点吧。"

"每天吃了睡睡了吃，饭都搁到嘴边上了，这要是还不开心，那麻烦就大了去喽！"

话说到这个份儿上，连阿鹤都看不过去了，她一直在阿杉婆右边的长火盆边上吃饭，此时忍不住说道："娘，你就给他倒一点吧！"

阿杉婆端着酒盏瞪着阿鹤说："谁在乎这点东西啦！他要是再咳嗽上了，你不麻烦哪？"

"你就再给他一杯又能怎么样呢？多喝一杯就一定会咳嗽？"

"这可说不准，他要是犯起咳嗽来，老天爷都挡不住！"

"可是……算了吧，今晚就别计较啦，给他倒一杯吧！"

"居然和家里掌柜的一条心！"阿杉婆满脸鄙夷地放下酒盏说，"那就听孝顺大小姐的吩咐啦。"

"你别闹腾啦！"

"谁闹腾啦？我这不是按照你这个孝顺大小姐说的倒酒呢嘛！"阿杉婆把酒壶端到长吉的酒盏边，说道："遵大小姐的命，给你满上。可不许洒出来啊，每滴酒都是钱换来的，而这钱全都是老娘我流血流汗挣来的！"

"你烦不烦啊！"

阿鹤带着一脸的不开心吃着饭，坐在她对面的音藏自始至终举着筷子一动不动，直到看到阿杉婆开始往叔叔长吉的酒盏里倒酒，才舒了一口气，继续吃起来。

阿杉婆喝光酒盏里的残酒，说道："我说孝顺大小姐啊，要是有人能拿钱给你买个香粉香水，或者带你看场电影什么的，那也不枉费你的孝心哪，可惜白瞎喽！"

阿鹤却丝毫不介意，说道："瞎说些什么！该养家的钱我可没少给，香粉香水什么的我自个儿挣钱自个儿买，没该着谁！你不说话，没人当你是哑巴！"

"那倒是，自个儿养自个儿倒也没什么，可别和男的拉拉扯扯啊，真是个不安生的大小姐啊！"

长吉伸出两只手，仿佛是要按住两个人的话头似的说道："算啦算啦，阿鹤、阿杉，你们就别说那些事啦！母女俩何必说那些话，真丢份子！"

可阿鹤仍旧不罢休，霍地站起身来，瞪着阿杉婆说："你都放些什么屁！这几天你是不是魔怔啦？拼命喝酒不说，还总拿爹撒气。别在那儿人五人六的，别以为我什么都不知道，以后你嘴里放尊重点！"

长吉又连连挥手说："阿鹤，算啦，那些话可不能乱说啊，让人听见，可就成笑话啦！"

"听见就听见！"

"让人家听见，就没好啦！那些犯忌的话千万别说！不管咋样，母女吵架，让人家笑话啊！赶紧别说啦！"

"就要说！用那种话埋汰我，就算是爹娘也不行！"

"哎呀！别说啦，丢人啊！快别说啦！"

阿鹤像是突然想到了什么似的，问道："就这样的家里，还是人待的地方吗？"

长吉顿时慌了，忙道："阿鹤！话可不能这么说，赶紧住口！阿鹤！"

"我就不！这样的家，谁稀罕哪！"

阿杉婆却一副波澜不惊的样子，喝着酒说："哎呀，大小姐还动怒啦？嫌这个家不如意，那你想去哪儿就去哪儿吧。"

"走就走！这样的家，谁稀罕哪！"阿鹤拔腿就走。

长吉像是要去把阿鹤追回来似的，挺起了身子，但到底也没能站起来，只能嘴里喊着："回来，阿鹤！阿鹤！"

阿鹤直接跑进了旁边的房间，阿杉婆却满不在乎地又给自己倒了一杯酒，说道："老头子啊，随她吧！离开这个家，爱咋咋的吧！估摸着是去投靠相好的吧。"

"怎么能说那种话！不许你说那种话！就是因为你嘴上没把门儿的，大家才吵架。赶紧把她叫回来！"

"我才懒得叫她！"

就在此时，传来关上大门的声音，接着是一阵踩着木屐远去的声音。

"这可咋办哪！"长吉一脸愁苦。

"你管她做什么，就是不能惯着她！"

"话可不能这么说，阿鹤是女娃，要是遇到坏人，那可怎么得了啊！"

"她自个儿就不是个省油的灯！"

"怎么能这么说话呢？哪有当妈的不心疼女儿的呢？女儿也哪会不为爹妈着想呢？"

"就她那样，是为爹妈着想吗？"

"怎么就没为爹妈着想啊？"

"只有你这种糊涂虫才会觉得她那是为了爹妈呢！"

就在此时，有人推开了外面的格子门，接着就传来一个年轻男子的声音。音藏放下筷子说道："有人来了。"

阿杉婆当然也听到声音了，嘴里嘟囔着说："都来客人了，也没一个人出去招呼，就不怕客人生气啊！"

阿杉婆肯定不愿意惹客人生气，就赶紧起身迎了出去。出了饭厅是个土间，门口铺着三张榻榻米，音藏平时做糊纸袋手工活的小台子就放在一角。一个三十岁左右，伙计打扮，两只眼睛炯炯有神的男子站在黑暗中说道："晚上好！"

"您是打哪儿来啊？"

"小的是山田家的……"

一直以来，阿杉婆所担心的就是山田家派人来，她顿时瘫坐在地道："山……山田家的人？"

"正是。"

"您有什么事？"

"我是来替老爷传话的。老爷说，理由您都知道，所以就不费口舌了。从今天开始，不许您踏进山田家一步。"

阿杉婆半天说不出话来。

"详细事情小的一概不知，老爷说您都知道是怎么回事，让我把话带到就好，所以小的才来府上打搅。"

"是……是这样啊。"

"话我可是给您带到了啊。"

"知道了。"

"那小的就告辞了。"

"您不多坐一会儿吗？"

"小的还有一户人家要去，就告辞了。"

年轻男子走后，阿杉婆坐在原地发起呆来。长吉在饭厅里喊道："喂，阿杉！"

阿杉婆一动不动。

"喂，阿杉！"

阿杉婆这才像是从梦中惊醒一般，站起身回到饭厅。长吉眼巴巴地问道："那位是山田家派来的吧，有什么事啊？"

阿杉婆默默地坐下，给自己倒了一杯酒，一饮而尽。

"他有什么事啊？"

"闭嘴！"

这一嗓子把长吉吓了一跳，连那双紧闭的眼皮都抖个不停。

"到底怎么啦？干吗发那么大脾气？"

"叫你闭嘴就闭嘴！"

长吉陷入沉默。

阿杉婆又倒了一杯酒说："关你屁事！轮得着你当多嘴驴！"

长吉歪着头说："我就问问出什么事啦，你别生气，慢慢说。那个山田家的人都说了些什么啊？"

阿杉婆把刚倒满的酒一饮而尽，喝道："闭嘴！关你个瞎子屁事！"

"确实不关我事，但我这不是担心你嘛。到底怎么了？"

"你想听就告诉你，从今儿开始，老娘不能再踏进山田家一步。"

"不……不能再踏进山田家？"长吉吃惊地道，"这又是为了什么啊？"

"前几天陪夫人去池上，被几个小流氓给缠住了，估计是因为这件事被猜忌了吧。不让老娘去就随他，就他那个家，八抬大轿请老娘，老娘都懒得去！"

长吉吓得魂不附体，慌忙道："这……这可如何是好！不行不行，到今天为止，可都是人家照应着咱家。人家误会咱们，那咱们就赶紧把话说明白啊！千万别说泄气话啊！"

"闭嘴！"

阿杉婆一把将手里的酒盏砸了过去，酒盏击中长吉的额头，反弹回来掉进腌菜碟里。音藏慌忙间想用手挡下酒盏，却慢了一步。

"婶子，这……这……"

阿杉婆恶狠狠地盯着音藏说："这里有你说话的地方吗？你个吃白食的！"

音藏的脸色变得煞白。

"婶……婶子，这……"

"闭嘴！闭嘴！缺胳膊少腿的，还敢当多嘴驴！"

"瞎咧咧什么！你是疯了吧！就不能好好说吗？"长吉气得浑身发抖。

阿杉婆干脆撕破脸皮骂道："都给老娘闭嘴！一个瞎子，再加个断了腿的瘸子，一屋子没个齐活人！喝酒都喝出恶心来啦！"说着，阿杉婆把手中的酒壶往桌上一顿，忽地站起身来。

"老娘换个地方再喝个痛快！"

阿杉婆大步流星地走出饭厅，很快就听见格子门被推开的声音，然后就是往外走的脚步声。音藏在一边咬着牙一言不发，好像在琢磨着什么心事。

"小音！"

音藏恍若未闻。

"小音……"


南风大作，广巳逆风而行，眼中的人影、车影好像放电影般闪烁不停，一处处房屋似乎随时都会砸下来，铅灰色的云如同扑扇着的乌鸦翅膀一般时不时地飘过，嫩叶在狂风的吹动之下翻转扭曲，露出银灰色的背面，像是刚被银匠敲打出来的粗坯。

"今儿怎么看什么都别扭，这到底是怎么啦？"刚过中午，广巳又开始到处闲逛。

恍然间，广巳连自己要去哪儿，甚至身在何处，都开始迷糊起来。

"今儿爷吃错药啦？"

不知道为什么，广巳还没弄明白自己为什么会心气浮躁，嫂子那丑陋的身影已浮现在他的脑海里。

"都怪那个娘儿们！都怪那个母狐狸！要是没有她，爷才不会弄成这个样子！"

要是没有嫂子这个妖孽，山田家必然一团和气，作为鲛洲大亨而受到本地居民的敬仰。就是因为有了嫂子这个妖孽，家里才成了今天这个样子！

"说到根子上，都怪大哥脾气太好啦！"广巳心想，大哥为人善良，对蛇神恭敬有加，连白蚁粪都要当个宝似的拜三拜，要想让大哥清醒过来，就必须除掉那条蛇。

"一定要把那条蛇和那堆白蚁粪给除掉，大哥才能清醒过来，才能彻底摆脱被老婆压制的境地！现在大哥被老婆踩在脚下不说，还要出钱替老婆善后，这种荒唐透顶的事情，天底下没有第二个人家会有了。"

广巳的嘴角又浮现出一抹微笑，因为他想起了痛打两个小混混报仇的情景。

"要是那两个被爷给狠狠修理了一顿的小子知道下手的是谁，会不会再来找事啊？"不过，广巳心想，对方要是真敢来，他也不怕，因为他觉得自己才是正义的那一方。

"这算什么！想想爷以前上战场的情景，一两个小混混根本不算什么！"

蓦然间，一扇大门出现在眼前，广巳吃了一惊，赶紧停下脚步定睛观瞧，才发现不知何时已经来到自家的正门前。"哎呀，爷这是从哪儿绕回来的啊！"

广巳信步踏入前院，只见前院和内院之间的木板墙的耳门半开，便晃晃荡荡地走了过去。风吹拂着庭院里的树木，发出阵阵沙沙的响声。广巳没看到大哥的身影，觉得有些奇怪，转眼才发现也许是为了挡住风头，房间的格子门全都关得严严实实，不由得诧异道："这点风，至于关门吗？"

好像有声音传入耳中，广巳抬眼向白色细沙铺就的地面望去，只见那条蛇正在地上缓慢蠕动，不由得怒从中来："又给爷冒出来啦，这条混账蛇！"

此时，从客厅传来了说话声，广巳不由得抬头向四周张望。

"咋个意思，主人家给个敞亮话吧！"

这话音里带着一股子杀气。广巳正在等下一句话的时候，旁边房间的格子门无声地开了。广巳微微一怔，只见定七的脸和一只摇动的手从门后冒了出来。广巳轻轻点头，蹑手蹑脚地靠上了檐廊，小心地避开格子门的把手，钻进了定七所在的房间。一进屋，定七便急忙把嘴凑到广巳耳朵边说道："那人又来了！"

广巳轻声问道："谁？"

"就是那两个小混混的同党！"

"这样啊……"

此时，客厅里又传来刚才那个人的声音："怎么还磨磨叽叽的！你不是鲛洲大亨嘛，无人不知无人不晓的阔佬，这么拖泥带水的，可没人惯着！是不是打算跟爷玩缓兵之计，想要叫警察？"这话音里带着一股子嘲讽。

"我不是那个意思。"

"那就是说，你不打算报警？不过，你想报警，也随你的便。从根子上说，是爷做了错事，然后又觉得割舍不下了，所以今天特地来迎娶你家太太。你若咽不下这口气，非要报警，那就去报，爷已经做好了吃牢饭的准备，早就把生死置之度外啦！"

广荣一时气得说不出话来，而广巳眼里全是怒火。广巳把嘴凑到定七耳边，问道："他是说已经和嫂子发生了关系，要把人带走？"

"没错。"

"欺人太甚！"

"肯定是瞎说的。"

"那可不一定，那个畜生保不齐会这么做！"

这句话声音有点大，定七赶紧用手捂住广巳的嘴说："悄悄的吧！"

"那就让他听个够！"

"二爷……"

从客厅再次传来说话声："喂，你打算磨蹭到什么时候啊？爷的腿都坐麻了。我说主人家，你可是鲛洲大亨啊，到底肯不肯把婆娘让给爷，给个敞亮话啊！"

"我会给你个说法，不过内人什么时候做了你说的事情？"

"什么时候？五六天前吧。想知道就告诉你。"

"五六天前？"

"没错！"

"在哪里？"

"想给爷记个风流账？"

广荣默不作声。

"想记账就记吧，爷开门见山，在池上的魁春楼里头。"

"池上的魁春楼？"

"明人不做暗事！那天你婆娘带着一个老婆子和一个小戏子在那儿，正好遇到爷手下的两个小伙过去搅局，你婆娘挺不好受的，爷就过去安慰安慰她，然后就对不住您啦！"

"这样啊。"

"听明白啦？"

广荣陷入了沉默。广巳像发狂一般，用身子撞开格子门，从房间里冲了出去，格子门随即发出一声巨响。仓促间，定七想拉住广巳，却为时已晚，广巳直接冲到了院子里，喘着粗气盯着树上。只见那棵老枫树旁边的高野扁柏的树干上，那条蛇正竖起脑袋，吐着尖尖的红信子。

"孽障！"广巳抬眼望去，只见脱蹋石旁边摆着一双木屐，便两眼直勾勾地走过去，拾起一只木屐，转身回到蛇身边就砸了下去。

"天哪！"

听到定七的惨叫声，广巳下手更狠，使劲抽打那蛇。那蛇如同散乱的绳子一般扭动一番后，就一动不动了。

"孽障！"广巳丢掉手中的木屐，一把抓起那死蛇，直奔客厅前面的檐廊而去。

"住手啊，二爷！"面对定七的连连惨呼，广巳恍若未闻。跳上檐廊的同时，广巳顺手拉开了客厅的格子门。

客厅里，那个冈本正和广荣相对而坐，看到老鹰扑小鸡般冲过来的广巳，冈本吓得目瞪口呆。广巳瞄准冈本，把死蛇砸了过去。

"着家伙！"

死蛇命中冈本的脸，掉在榻榻米上。冈本一边开始解和服外罩的系绳，一边道："跟爷玩硬的！"

"兔崽子欺人太甚！你以为这是哪儿！"

冈本恶狠狠地盯着广巳说："嗬，这是哪儿？这是鲛洲大亨的宅子，爷过来迎娶这儿的夫人。你小子是谁？"

"你问爷是谁，爷就是这宅子里头的人！你小子跑到这儿撒野，爷就像灭这条蛇一样灭了你！"

广荣已经吓得气喘吁吁，不知该如何是好。定七从檐廊上探出头来说："哎呀，哎呀，停手啊！哎呀！"

广巳的怒火已经烧到了头顶，他怒喝道："你闭嘴！今儿爷非要弄死这个王八蛋！"接着，广巳又转头瞪着冈本喝道："王八蛋，给爷滚出来！再磨蹭，爷直接在屋里弄死你！"

广巳老早就盯上了屋里的洋铁火盆，突然伸手过去抢，不料广荣一把抱住火盆，哀求说："广巳，你……你不能动手啊！广巳！"

"糟糕！"冈本唰地一下甩掉身上的和服外罩，同时把手伸到背后，抽出一把倭刀，喝道："有种就来硬的！"

"来就来！"广巳企图把火盆提起来，却被广荣死死抱住，一时间无法施展手脚。

"就是你小子在泪桥边对爷的手下下黑手的？"

"闭嘴！你这个无赖！"

"爷是无赖也罢，不是无赖也罢，这不是问题。今儿爷是来娶你家夫人过门的，别瞎咋呼，叫你家老爷乖乖交出老婆，跟爷回去就行啦！"

"爷压根没把那个混账娘儿们放心上，不过爷绝不会就这么把她交给你。真要交给你，那也得先砍了她再说。"

"可真有你的！你要砍了她，再让爷带走？那爷就等着啦！爷好歹也是个带把儿的，今儿拿不到脑袋或身子，爷就不走啦！"

"放屁！"广巳丢下火盆往寝室跑去，寝室里有个刀架，广巳退伍之后，把念物军刀和倭刀都搁在那上面。一进屋，广巳便一把抓过倭刀，嗖的一声脆响拔出利刃，指向冈本道："没问题，砍那个娘儿们前先剁了你！"

冈本也攥紧手中的倭刀喝道："那就来试试！"

定七一头冲进房里哀求道："住手啊，二爷！可不能冲动啊！"

"糊涂！今儿爷要把这个畜生给除了！"

"住手啊，二爷！你可不能……"定七被广巳的戾气吓得不敢上前，广巳则对着冈本步步逼近。

"小子！"冈本几乎同时拔出了倭刀，但在气势上被广巳压得胆怯了三分。就在广巳将倭刀高举过头顶的时候，冈本转头就跑。

"哪里跑！"

广巳如同恶鬼附身一般紧追过去，定七和广荣只能眼睁睁地看着这一切，不停地高声呼救。

"救命啊，救命啊！快来人啊！"

"广巳，别冲动！"

"哎呀！哎呀！"

"快来人啊！"

冈本发现通往大门的路被广巳给挡得严严实实，便转身推开隔扇往里屋跑去，隔扇几乎被他撞得散了架。

"兔崽子！"广巳彻底疯魔了。

冲进里屋的冈本又撞飞了檐廊的格子门，冲进了后院。后院里栽满了柿子树和梨树之类的果树，风越刮越大，树叶发出嘈杂刺耳的声响。

"兔崽子！哪里跑！"

紧随着广巳出来的是定七，他只能扯着嗓子高喊："救命啊，救命啊！快来人啊！"

听到声音后，两个下女也从后院探出头来高呼道："哎呀，哎呀！救命啊！救命啊！"

冈本从果树间钻过，直奔库房而去，广巳在后面紧紧咬住不放，定七和下女们则在后面疯狂呼救。

就在此时，最右边的库房门从里面打开了，阿高和小伙计平吉晃晃悠悠地走了出来，正巧和广巳撞上。阿高的身影猛然出现在被怒火冲昏了头脑的广巳眼中，他立刻改变目标，直奔阿高而去。

"受死吧，你这个孽障！"

广巳手中的倭刀闪出一道寒光，阿高"啊"地大叫一声，便倒在了地上。广巳再次对着倒在地上的阿高劈了下去，口中骂道："看你干的好事，把家族的脸都丢尽了！"

广巳的肩膀随着呼吸剧烈颤抖着，他手握血红的倭刀笑了。不过，他马上再次挥动倭刀，朝着冈本逃跑的方向追去。

"哪里跑！"


在定七的陪伴下，广巳出了家门。两个人都身披黑色提花和服外褂，套着和服裙裤，不知道的人还以为他们要去参加什么大场面的活动，可实际上是定七陪广巳去品川的警察局自首。

风越刮越大，云越积越厚，令人觉得老天仿佛随时会降下倾盆大雨。有好几次，广巳头顶的帽子差点被风给掀了，和服外褂的袖子也被风给吹得鼓鼓囊囊，裙裤则差点被翻了个个儿。

广巳脸色苍白，满脸悲痛之色，默默地走在前面，定七则默默地跟在后面，眼睛一刻也不敢离开广巳。当他们走到八幡神宫前面的时候，突然传来一个女子轻佻的声音："哎呀，这不是二爷嘛！真是凑巧啊，二爷！"

广巳抬起沉重的双眼望去，只见阿鹤和一个气质高雅的中年美妇走了过来。

"二爷，您这是去哪儿啊？"阿鹤的语气和平常一样不庄重。

广巳望着阿鹤的脸，半天说不出话来。

"二爷，您今儿是怎么啦？我可是把夫人给您带来啦，正准备去您家找您哪。"

定七对这个场面也觉得有点难以应付。和阿鹤一起来的那位贵气逼人的女子好像也发觉了什么似的，一直没开口。

"二爷，您怎么啦？这就是我那天跟您说过的夫人啊！"

广巳这才转头望向阿鹤身边的女子。女子温文尔雅地行礼道："山田先生，咱们可是有日子没见了吧，我记得至少有十五六年啦。想必您已经不记得我了，我就是森山节啊。"

原本就精神混沌的广巳已经彻底丧失了思考能力，像个傻子似的望着女子，弄得阿鹤有些焦躁了。"二爷，您真想不起这位夫人是谁了吗？以前总和二爷您一起玩耍的那位啊，不记得了吗？前几天在八幡神宫，您和别人打架，也是她来劝的架啊！"

广巳那乱成一团的脑子好像理出了一点头绪，他又把女子上下打量了一番，然后"啊"了一声。没错，眼前这个女子正是他邂逅于海晏寺大朴树下，并令他牵挂不已的女子！

这时，女子脸上现出似笑非笑的表情，说道："月明之夜，有幸在海晏寺前与阁下相见。"

"啊……"可是，广巳在记忆中苦苦搜寻，却怎么也想不起关于女子的任何事情。女子见状，便转向定七说道："定七叔叔，您还记得种紫菜的新吉吗？"

这话提醒了定七，他恍然大悟道："对啦，是新吉啊！你就是当年的小节啊！"

女子笑道："我就是小节啊，好久不见了！"

"真是好久不见，太久啦！本该坐下来与你好好聊聊，但是不凑巧，今天我们有点事要去办，没法坐下来叙旧，改天如何？"

"这都怪我太冒昧了。既然这样，那就改天再叙。"女子在方才的交谈中已经注意到广巳的情绪不对，便用眼睛定定地望着广巳道："山田先生，今天匆匆一晤，无法与您详谈，只能改天再来打扰了，暂且别过。"女子弯腰行礼之后，便带着阿鹤走了。

定七重新定了定神，说道："二爷，我们过去吧。"

"走吧。"

二人继续迈步前行。就在他们经过海晏寺的时候，不知从哪里冒出一个拄着竹拐杖的青年男子，气势汹汹地超过他们，一蹦一跳地飞奔而去。此人不是旁人，正是长吉的侄子音藏。只见音藏两手鲜血淋漓，后面还有四五个人追过来。音藏回头喝道："爷这就去警察局自首，不怕死的就上来，爷正想带上几个垫背的！"

那一夜突降暴雨，这在往年可真不多见。就在这场暴风雨中，山田家供奉着蚁神塔的那座库房突然倒塌了。

# 切支丹覆灭记

　　这天，大久保相模守和板仓伊贺守并排坐在长凳上，督查手下对切支丹信徒的抓捕行动。曾经碧波粼粼的鸭河川显得凝滞沉闷，倒是岸边的柳树翠绿可人，仿佛刚从四条派[1]风景画中原样拓出来一般，与那黑黢黢的河水形成了鲜明对比。

　　那是发生在庆长十七年（一六一二年）三月的事情。幕府延续丰臣秀吉的政策，将切支丹教列为邪教严加禁止，并捣毁了当地的南蛮寺。后来，幕府又从荷兰人那里得到密报，密报称葡萄牙人有觊觎日本领土的野心，结果更加剧了幕府收紧政策，最终全面禁止切支丹教。幕府先是下令摧毁所有残存的教堂，之后又任命大久保忠邻为奉行，前往京畿地区，配合当地所司代[2]板仓胜重，合力抓捕所有切支丹信徒。抓捕到的信徒，被一个个用草席裹着摞倒在地上，三五十人堆成一堆扔在河滩上，官差们让他们就那样从这头滚到那头。

---

1　兴起于江户时代中期的绘画流派，由松村吴春开创，和圆山应举开创的圆山派合称"圆山四条派"，对近代日本绘画产生了深刻影响。——译者注

2　幕府时期的官职，负责监理警卫和政务。——译者注

"快滚！快滚！"

这些信徒被裹成一个个人肉稻草人，只有头露在外面，活像一条条蓑衣虫。官差们挥舞着手里的铁棍子，啪啪啪地抽打信徒们的身体。那些想要改宗易帜的信徒，艰难地扭动着身子往前滚，滚到官差脚下求饶，便可以得到赦免，从草席里被放出来。

只见被放出来的人形形色色，什么样的都有。有的人脸白得像个人偶；有的人面色红润；有的人剃光胡子，留下青须须的胡楂。有颤颤巍巍的老妇人；有低贱丑陋的半老徐娘；有把头发剃个精光，只剩下后颈一撮长毛的少年；也有灰衣光头的僧侣。大家脸上表情痛苦，斜着眼，歪着嘴，嘴唇和脸颊上还有未干的血迹。呻吟声和哭爹喊娘的叫喊声此起彼伏。京都城内外的百姓蜂拥而来，像瞧把戏似的挤在一堆看热闹。

看热闹的人群中有个人，听到脚边裹着草席的信徒堆里传来一个男人沙哑的声音，于是循声望去。原来是一个被堆在下面的男人在说话，看上去一副商人打扮。

"这是我们求之不得的好事啊。今日遭此弥天大难，乃是万能的天主替我们安排的救赎。我们必将前往天国，在那里安居乐业，再无饥饿和痛苦，身上佩戴着晶莹闪耀的璎珞。来吧，把我杀了吧，让我早一刻进入天国！"

"说得对！来吧，来吧！"

"天国！天国！"

"来世不来世的根本就看不见摸不着，这个暂且放一边不说，我现在已经饿得头晕眼花啦。我说主啊，之前在教会里做礼拜的时候不是说得好好的嘛，在遭遇大难之时，会有各种山珍海味供我们吃饱，然后带着我们上天国。如今遭此大难，怎么连一块煎饼也没看到啊！"

"喂，我说上面的，你怎么重得跟头猪一样，压得我喘不过气来啦。别在那儿有的没的废话啦，赶紧给我滚过去！"

最后说话的是一个武士模样的年轻力壮的男子。七八个站得近的百姓听了，不禁大笑起来。

"快滚！快滚！"

官差们怒喝连连，这里一棍那里一棍，在人堆里敲来打去。

"你这狗东西，不滚是不是！"

其中一名官差亮了亮手中的铁棍，一边骂一边往滚到脚下的一个人肉稻草人身上打下去。裹在草席里的是一位老人，露出一颗白发苍苍的脑袋。

"快点送我去见天主吧！"

官差听了，手里的铁棍在老人身上一下又一下地招呼个不停。

"天国！天国！天主！天主！"

老人不顾一切，嘴里絮絮叨叨地说个不停。

"这老家伙，不如拉去烧死得啦！"

话音刚落，官差的其中一名同僚拧起裹着老人的草席，便往河边拖去。那里事先架着高高的柴火，上面已经堆了二三十人。老人也被扔了上去。

柴火上的人堆里发出一片悲惨的鬼哭狼嚎声。


时间已经过了未时。板仓伊贺守和大久保忠邻两人目光犀利地扫视羁押现场，确保没有任何一个信徒漏网。这时，旁边的差役领来了一个一脸寒酸相的和尚。

"这个和尚说，他要向大人告密。"

差役向两位大人跪拜完毕，指着身后的和尚说道。

"是不是和切支丹的人有关啊？"

忠邻瞧了瞧一身灰色法衣的和尚，问道。

"大人明察。贫僧经过仔细查探，发现曾经住在南蛮寺的入留满，现如今正潜藏在九条附近。这个入留满，是个喜欢装神弄鬼的绝世恶僧，专门用奇怪至极的妖法蒙蔽众人。他曾使用妖法让枯木在大冬天长出新枝。还有一次，他夸口让寺中客人稍等，等他前往天河捕鱼回来，然后头戴竹斗笠，腰挎竹鱼篓，凭空消失在檐廊下。没过多久，那恶僧返回寺里，腰上的鱼篓里居然装满了鲤鱼、鲇鱼等大大小小的鱼。凡此种种行为，不一而足。如果不把这恶僧抓捕归案，就算把这成千上万的俗家信众都抓了，也杜绝不了他使用妖法惑众啊。"

"知道了，你辛苦了。这样，我马上派人去把这个恶僧抓来，你在前面带路。"

说完，忠邻对站在一旁的家臣吩咐道："都听到了？这恶僧可有两下子，必须将其捉拿归案，不得有误！"

忠邻的家臣吉见太郎左卫门，领着五六个所司代官署的捕卒，在告发僧人的带领下往九条一带扑去。有人引路，捕卒们轻车熟路地进了天神塑像后面的僧房。僧房只有一个单间，布置十分简陋，一个三十岁左右的小个子男人正坐在里面读书，此时听到脚步声，方才从书中抬起头来。

"看来你们是听了恶僧诬告而来抓我的咯？可惜，可惜，我是不会落入尔等之手的。"小个子男人盯着太郎左卫门的脸，面含微笑且语气温和地说道，"你们别嚷嚷，先听我说。当今天下，对宗教人士之迫害，惨无人道。我们且待明日再看，届时不管是大久保忠邻，还是伊贺守，抑或是这一方土地，都将不可避免地遭受地狱之苦啊。"

"还愣着干什么，别让这秃驴给跑啦！"

太郎左卫门铁扇一挥，捕卒们一拥而上，向僧房冲去。

小个子男人突然站起身来，右手食指在身前画了个十字。太郎左卫门突然感觉小个子男人那紧闭的唇齿间透出一股不可冒犯的威严。

"天国！天国！"

小个子男人在袅袅的语音中像一阵青烟般消失得无影无踪。

"啊，啊……"

"呀……"

捕卒们吆喝着在僧房里四处搜寻，可是什么也没找到。

太郎左卫门因为让妖僧在眼皮子底下逃走，再加上其他一些事情，久而久之，为主人所疏远。那年秋天，太郎左卫门干脆辞别了主人，回到老家远州浜松，隐姓埋名，过起了半士半农的生活，倒也悠闲自在。翌年正月，没想到他原来的主家也被贬为平民。

听到这个消息，太郎左卫门忽然想起那妖僧当时所说的话来："当今天下，对宗教人士之迫害，惨无人道。我们且待明日再看，届时不管是大久保忠邻，还是伊贺守，抑或是这一方土地，都将不可避免地遭受地狱之苦啊。"太郎左卫门只觉得心下隐隐涌起一阵阵不安来。

那年春天的某个夜晚，太郎左卫门从浜松城下回来，待走到村子入口的青面金刚冢旁时，时候已经不早了。太郎左卫门看见路边站着两个女子，似乎是迷了路。月色朦胧，其中一个年轻女子衣着鲜艳，一身衣裳在月光下闪闪发亮。

"估计是远道而来的路人吧。"太郎左卫门心下思量，不禁对女子多上了一份心。

"敢问两位姑娘，这是要往哪里去啊？"

两个结伴而行的女子吓了一跳，害怕地打量着太郎左卫门，一言不发。

太郎左卫门解释道："在下是看二位娘子似乎是过路的行客，所以才有此一问。不瞒二位，在下就住在村子里，并不是什么坏人。"

两个女子听完此言，似乎方才松了一口气。

"我们原本是来这附近投奔母方亲戚的，不料人生地不熟，亲戚没寻着，反倒深更半夜被困在这里，正不知如何是好呢。"

"原来是这么回事啊。我看你们也挺可怜的，不如今晚先到我家借宿一宿，明天一早再去寻亲戚如何？"

"啊，您真是好人，那可真不知道该怎么感谢您才好。只是您与我们素昧平生，冒昧打扰，实在过意不去。"

"哪里，哪里，二位无须多虑。请跟我来。"

太郎左卫门把两位女子领回了家里，吩咐妻子和婢仆妥善安顿。两人来自江州，所以其中那位年轻的女子显得肤白貌美。另一位女子则是年轻女子的乳母，顶着一头红色的鬈发。太郎左卫门的家人安排两人吃了晚饭，又把她们带进同一个房间歇下。

第二天清晨，家中婢仆准备叫客人起床，却听到客房里传来连续的呻吟声，仿佛有人病痛难忍。婢仆透过推拉门的缝隙往屋里一看，只见年轻的女子正一边哭哭啼啼，一边帮躺在床上的乳母捶背。

太郎左卫门听到妻子的报告，急忙来到客房看个究竟。

"唉，从天亮的时候开始，乳母下腹部的一处老毛病犯了，疼得受不住。"

年轻女子看着太郎左卫门，愁容满面地说道。

"既然是老毛病犯了，恐怕一时半会儿也难上路。不如在我府上多留些时日，等病好些了再启程。"

"蒙您厚爱，小女子实在于心难安。只是乳母实在需要将养，这段时间就只好打扰您了。"

年轻女子说着，不禁又掩面哭泣，直哭得太郎左卫门心都要化了。

"这位姑娘但请放心，莫说十日、二十日，就是再长时间也没问题，你只管安心把你乳母的身体照顾好就是了。"

"多谢恩公仗义相助。"

据年轻女子介绍，她乃江州坂本人氏，父亲在京都的战乱中身亡后，家道中落。后来母亲又撒手人寰，家产被恶人抢的抢、夺的夺。走投无路之下，她只得和乳母去投靠母亲家的亲戚。只是，亲戚家离这里还有十来里[1]的路程呢。

乳母的身体恢复得比预想中要缓慢，过了十天，病倒是好了，但是身体异常虚弱，仍然下不得床。在此期间，太郎左卫门尽心尽力，为二人排忧解难，少不得在客房里进进出出。一来二去，年轻女子那张白皙的脸庞竟时时刻刻浮现在他的脑海里。太郎左卫门今年四十岁，正当盛年，对那女子的念想折磨得他着实难受。

有一天，天气和暖，大雨从一早开始就哗啦啦地下个不停，一直到晚上也没有停歇的迹象。太郎左卫门心猿意马，怎么也睡不着。他突然从床上跳起来，吹灭了枕边昏暗的罩灯。为了不吵醒隔壁卧室的妻子，他蹑手蹑脚地溜出卧室，沿着漆黑的套廊向女子的客房走去。

太郎左卫门悄悄地拉开客房的门，一闪身摸了进去。昏暗的灯光下，两个女人并排躺在床上，睡得正熟。乳母在睡梦中把牙齿咬得咯咯直响。

太郎左卫门轻手轻脚，摸到床铺右边睡着的年轻女子一侧。年轻女子双手叠放在枕头边，一脸恬适地睡着，看得太郎左卫门心痒难耐。太郎左卫门大气也不敢出，贪婪地看着眼前的睡美人。终于，他还是忍不住了，伸出双手放在女子肩头，

---

1　里是日本尺贯法中的长度单位，一里约为3.927公里。——编者注

准备轻轻摇醒女子。突然，他感觉自己的手臂一麻，随即便不能动弹。太郎左卫门大吃一惊，想要喊救命，却发现舌头也变得僵硬，根本发不出半点声音来。这时，睡着的女子忽地睁开水灵灵的大眼睛，并朝着太郎左卫门莞尔一笑。

太郎左卫门以为自己在做梦。接着，他一个激灵，等回过神来时，竟发现自己正坐在自己的床上。

"原来真的是梦。咦？不可能是梦啊！"

太郎左卫门百思不得其解。最后他肯定，那绝不是在做梦。

"如果不是梦，那我又是怎么回到卧室的呢？"

他怎么也想不起来这到底是怎么回事。

"难道果真是梦？可是，没道理啊！但如果不是梦的话……"

如果不是梦的话，那可真是见鬼了。太郎左卫门明明记得自己熄灭罩灯，走出卧室，悄悄沿着套廊向客房走去，然后打开客房的推拉门溜了进去，一边提防乳母醒来，一边踮着脚摸到女子床头，接着便感到手臂发麻，舌头僵硬，看到女子莞尔一笑……一幕幕是那么真实。

"这可真是咄咄怪事啊！"

太郎左卫门抱着胳膊，百思不得其解。

第二天，太郎左卫门对外称病，待在自己的卧室里没有出来。没想到，将近中午时分，年轻女子竟来探望了。

"我听说您病了，没事吧？"

女子脸上一副天真烂漫的样子，关切地询问道。

"这女人好像完全不知情的样子，看来昨晚的事情真的是做梦啊。"太郎左卫门暗自思忖道。

太郎左卫门总觉得昨晚那一切如果真是做梦，未免太过蹊跷，于是翻来覆去地想个不停。至于自己对年轻女子的非分之想是否妥当，他反倒不怎么放在心上。

"倒也不是什么病，只是觉得有点不舒服罢了，还劳烦姑娘特意过来。唉，别管我了。倒是你的乳母，身体怎么样了？"

"唉，别提了。乳母还是觉得疲劳无力，身体总不见好，真不知道该怎么办才好。明明旧疾已经痊愈了，真不知道这到底是怎么了。萍水相逢却承蒙您和尊夫人如此照顾，我们真是无以为报。"

"姑娘说哪里话。我还是那句话，你们只管住着，不必客气。我家里并没有小孩要养，也不必担忧经济困顿，生活无着，所以你们大可以放心地住下来慢慢将养。日后，如果你们打算离开，继续投奔亲戚，自然可以。如果不想走，只要姑娘开口，我一辈子照顾你们也没问题。"

"您能这么说，小女子感激涕零。您是好心人，与其去那素未谋面的什么舅父姨母家寄人篱下，还不如在您这样人的家里，即使做个端茶送水的粗使丫头聊度此生，也落得自在快活。只是，恐怕这也只是小女子的非分之想罢了。"

"姑娘怎么能这么说。若是姑娘果真愿意，我必定护你们一生周全。"

"此话当真？"

"君子一言，驷马难追！"

"如此，小女子唯有感激涕零……"年轻女子双眼热情似火地看着太郎左卫门，轻声说道，"只是这事我还得先跟乳母商量商量，才好答复。"

"那是自然。"

这天晚上，太郎左卫门满脑子都是年轻女子的倩影，更加翻来覆去睡不着。心猿意马之际，他又忍不住悄悄溜出卧室，蹑手蹑脚地摸到女子的房间。两位女客的睡姿与昨日并无二致。而且，年轻女子又看着太郎左卫门莞尔一笑。

太郎左卫门只觉得迷迷糊糊，他猛地睁眼一看，发现身边竟躺着熟睡的妻子。这回，太郎左卫门惊得目瞪口呆。


就这样，又过了几日，有一位经常和太郎左卫门一起下棋的医生和尚来太郎左卫门家里串门。这位棋友前不久刚从江户回来。

"你是不知道，江户城里已经传遍了。"

医生和尚坐下来，开始讲他在江户城里听到的关于切支丹教徒的传闻。

"他们果真妖术了得，不仅能点石成金，还能把一根手杖插进土里，眼看着让它长出枝叶，变成参天大树呢，你说厉害不厉害！

"听说前一段时间，在浜松，来了一个传教士，他伸手往身边正在玩耍的小孩头上摸了摸，那孩子立刻就化成了一只小狗。

"昨天有人从小田原回来，据说在那里亲眼看到像天狗一样鼻子高耸的异士，乘着一辆高贵的牛车悠悠地在天上从东向西飞过，估计里面坐着的也是传教士吧。

"说不定那些传教士什么时候就会突然出现，也不知道他们会化身成什么，你我可千万不能大意啊。"

医生和尚信口开河，对传教士的传闻大肆渲染了一番。没想到，他的话正好击中了太郎左卫门的心思，让他顷刻间觉得拨云见日，一下子看清了那个年轻女子的真面目。

"你说得太对啦！"

"嗯？你想到什么了？"医生和尚看着恍然大悟的太郎左卫门，问道。

"哦，没，没什么。"

太郎左卫门一边含糊其词，一边在心里琢磨着应对那两个女客的手段。

晚上，医生和尚告辞离去。太郎左卫门取下刀架上的佩刀，唰地拔出刀扫了一眼，又唰地合上，然后躺在床上看着刀把上的扣钉，静等时机。

当天夜里，窗外刮起了大风。太郎左卫门估摸着时间差不多了，便翻身起床，把晚上刚检查过的大刀挂在腰上，悄悄地往女客的房间走去。黄豆粒般大小的昏暗灯光照在两个女客的枕上，年轻女子仰面而卧，她的乳母则向右侧躺着。

太郎左卫门突然一跃而起，拔刀对准年轻女子的脸劈去。刀锋正中女子前额，一直劈到鼻子正中。奇怪的是，虽然刀入骨肉，但是女子脸上一滴血也没有流出来。这时，女子安静地睁开眼睛，定定地盯着太郎左卫门。太郎左卫门无暇细看那眼神，紧接着又挥起刀砍向乳母的脖子。太郎左卫门手上传来刀扑哧一声没入骨肉的感觉，但还是没有看见一滴血。诡异的是，乳母居然翻了个身，转过来也看着太郎左卫门。

"我说你这个人啊，干吗非得急着夺你家妻子的性命呢。你砍的这个女子，可是你妻子的鬼魂呀！"

说完，乳母唰地坐起身来。只见这乳母哪里是什么一头鬈发的丑妇人，分明就是三十年前太郎左卫门抓捕过的那个小个子男人。没错，就是那个从京都九条天神像后面的草庵里逃走的入留满。

入留满回过头说道："天主已降临，快打开你那颗偏见之心吧。"说完，入留满微笑着飘然而去。太郎左卫门手中的刀哐当一声掉落在地，他一时惊得说不出话来，眼睁睁地看着入留满消失在门外。等到回过神来，再看那年轻女子躺着的地方，哪里还有半点人影。

正在此时，从太郎左卫门的卧室方向传来家人惊慌失措的大呼小叫声。

另一边，原本在太郎左卫门卧室隔壁安睡的妻子突然呼天抢地地大叫几声，便气绝身亡了。婢仆见状，吓得乱作一团。太郎左卫门来到妻子的卧室，一屁股坐在妻子枕头边，呆若木鸡。

大约又过了十年，在江户的芝口，一批切支丹教徒被施以火刑处死。根据残存下来的记载，被处死的教徒中有一名来自骏河的浪人，名叫吉见太郎左卫门。

# 妖女舞道口

品川站附近有处道口，人称"魔之道口"。

几年前的某一天，一列火车轰隆隆地驶向那处道口。突然，一个年轻人摇摇晃晃地从黑暗中走出，径直朝铁轨走去。

司机吓了一跳，连忙踩下刹车，所幸没有造成不可挽回的事故。

停下车后，司机长舒一口气，朝着年轻人大声斥责道："好端端的一个年轻人，为什么要想不开呢?！"

年轻人这才如梦初醒，一脸茫然地看了看四周，回答道："奇怪了，我刚刚一到这里，就看到一大片美丽的花海，空气中弥漫着一股难以言喻的迷人香气，还有好多美丽的少女边唱边跳。她们看到我，便热情地邀请我加入，我就不受控制地摇摇晃晃朝那边走了过去。"

# 人参精

这个故事发生在盛产人参的朝鲜国。

朝鲜国有一个张姓男子，日日在深山中挖参，以此维持生计。人人皆道人参以山野自生者为佳，特别是二三十年的老山参，更是滋补身体的上品。而那种老山参售价极高，一根就要卖到几十日元乃至上百日元。

这一日，张姓男子像往常一样走进深山寻觅人参，从日出一直寻到日落，却一无所获。小张也知道那种稀罕物岂是随随便便就能找到的，所以他并不失落。待日头即将隐入西山时，他拿出随身携带的便当盒，吃起了饭。

吃完饭后，他准备打个盹，便找了一处岩洞钻进去，这下子就算下大雨也淋不到了。

是夜，明月高悬，月色如银。小张大张着手脚，睡得很是香甜。

突然，他感觉身边似乎有人靠近，紧接着自己就被抱了起来。他吓得连忙睁开眼睛，发现自己竟像个婴儿一般被横抱在一只怪物手中。这怪物身形巨大，看起来怎么也得有两丈高吧，而且浑身长满了长长的红毛。再看那张脸，像人又像虎，双眼冒着金光，看得小张毛骨悚然，差点没昏死过去。

可再恐惧，都已经被横抱起来了，又能怎么办呢？只能静待时机逃跑了。

小张乖乖地任由怪物抱在怀里，丝毫不敢动弹。

那怪物似乎对小张的顺从很是满意，转身走出岩洞的同时，还伸出一只手将他从头到脚摸了一遍。小张原本想着趁怪物放下他的时候迅速逃跑，但怪物一直抱着他，让他没有可乘之机。

小张家里还有一位年迈的父亲要照顾，他心想，要是自己被这怪物吃了，父亲无人照料，将何等可怜。自己的命不足惜，但为了父亲，他必须坚强地活下去。

怪物还在抚摸小张，爱怜的神情和轻柔的动作让小张觉得自己仿佛是一条可爱的小狗。或许在怪物看来，人类就是它的宠物吧。

那怪物从巨石耸立的山谷之间穿过，越过一片林子后，来到一个洞穴旁。皎洁的月光照亮了洞口，怪物抱着小张走进洞穴，将他放在了自己的床上，这床其实就是一块巨大的石头。小张哆哆嗦嗦地睁开眼看了看这个山洞，只见四周都是动物的骨头和头骨，洞中弥漫着刺鼻的腥臭味。小张浑身发抖，心想自己下一刻也会变成一堆骨头吧。

怪物放下小张后，走向了骨头堆，不久后又走了回来，手里似乎多了什么东西。小张壮着胆子一看，那是一块生肉。怪物把生肉放在小张面前，等了一会儿，看他毫无反应，便又拿起那块生肉递到他嘴边，似乎是要让他吃掉。小张明白了怪物的意思，心想怪物既然给他东西吃，就不会立即把他吃掉，于是安心了许多。可是那生肉腥臭无比，怎么咽得下去呢？

小张的犹豫在怪物看来却是他可能没看懂怪物的意思，于是怪物不厌其烦地把肉放到自己嘴边示范了两三次。小张更加为难了，只能沉默不语。

怪物沉思了一会儿，然后走出了洞穴。小张看不到怪物在外面做什么，只能隐约听到几声类似石头撞击的砰砰声。他正纳闷着，只见洞口亮起了火光，原来怪物刚才是在"击石生火"啊。可是为什么要生火呢？

还没等小张想到答案，怪物又走了进来，将他面前的生肉带了出去。小张似乎明白了……

过了不久，那怪物将烤好的肉送到了小张面前，这下小张终于可以放心大胆地饱餐一顿了。

小张吃饱后，怪物又示意他躺下。小张依言躺在石头上，接着怪物也躺在了他身边。

既然怪物愿意为自己生火烤肉，想必是不打算伤害自己的，如果真是这样，这怪物把自己抓回来是打算做什么呢？

小张百思不得其解，迟迟无法入睡，到了半夜才迷迷糊糊地睡了过去。刚睡着没多久，小张又被怪物打横抱起，于是他又吓得醒了过来。

东方渐白，黎明将至。怪物一只手抱着小张，另一只手提着一把弓和四五支箭，朝洞口走去。小张吓得瑟瑟发抖，心想怪物果然还是要杀死自己。

走出洞穴后，怪物来到一处绝壁，然后将小张放到一棵大树的树枝上，拿藤条结结实实地把他捆了好几圈。

小张绝望了，看样子自己今天是要交待在这里了，即便与怪物搏斗，也无异于以卵击石，于是他索性放下了反抗之心，只闭眼等着弓箭射来。

这时，远处传来了虎啸声，那声音由远而近，不多久就近在脚下了。

小张瑟瑟发抖地将眼睛睁开一条缝，看了看脚下，发现那怪物不知何时已经消失不见了，却有五六只体形巨大的老虎在树下徘徊，垂涎欲滴。小张心想，莫非自己并非将死于怪物之手，而是要丧命于树下群虎之口？

嗖！一支利箭不知从何处飞出，一只老虎应声倒地，瞬时毙命。紧接着，第二支箭又飞出，又一只猛虎毙命。第三支，第四支……三只老虎命丧树下。其他老虎一看形势不妙，纷纷逃离。

这时候，怪物提着弓箭从岩石后方走了出来，小张这下彻底明白了怪物的企图，原来怪物是拿他当诱饵捕猎物……看样子自己的小命算是保住了。

怪物解开小张身上的藤条，将他抱起后，用毛茸茸的大手轻柔地摸了摸他的头，似在安慰与奖赏。接着，怪物又将小张放到地上，用藤条捆好那三只老虎，背在背上，之后单手抱起小张，走向山洞。

回到洞口时，天已大亮。

怪物依旧生火烤肉，然后将烤好的肉递给小张，自己则啖着生肉。小张一边陪着怪物吃肉，一边心里盘算：如果怪物只是把自己当个诱饵，而不是要杀死自己，那自己总有机会逃跑吧，那么在此之前，自己就要表现得老老实实，好让怪物放松警惕。

第二天黎明时分，怪物又带着小张去捕猎了……如此反复了一月有余，小张根本找不到逃跑的机会。

某一日，小张终于忍不住了，便走到怪物面前，用手指着下山的方向，一边哭着一边不停地鞠躬。怪物似乎懂了小张的意思，轻轻额首表示同意。

怪物站起身，再次摸了摸小张的头，接着就抱起他下山了。

日暮时分，终于到达了山麓处，怪物放下小张后，从胸前拔了一撮毛放在小张手里，接着便转身缓缓上山了。

那天夜里，小张终于回到了久别的家中。进门之后，他摊开手掌一看，那撮胸毛竟然变成了十几根老山参，根根粗壮，就连自己这个长年挖参之人也从未见过如此粗壮的人参。

# 雁

此篇故事收录于《想山著闻奇集》。

该书作者曾称："此篇光怪离奇，几近斧凿之作，实为我知音中村某氏于故土津[1]任藩士时亲眼所见，亲耳所闻，真可谓奇哉怪哉。"

为了证明故事的真实性，作者特地注明了事件发生的年份，如"犹记此事发生于文化八年（一八一一年）冬"。在我看来，这一故事不符合日本常见故事题材，但当事人的原话我只依稀记得，因此考证一事暂且推后，此处先将故事的背景设定在伊势国。

伊势的神户驿站东面坐落着一个村庄，村中有一农夫，名为久兵卫。

由于天公不作美，庄稼歉收，久兵卫攒下的银钱将将只够缴纳地租。无奈之下，他只好把十六岁的女儿带到一身田驿站，和当地的四日市客栈达成协议，以六两二分的价格将女儿卖身三年。

从一身田回乡的路程有三余里。时近黄昏，残阳的绯光下，路边稻田里被割去

---

1  这里指某氏的故乡在津这个地方。——编者注

大半的稻谷更显萧瑟。久兵卫踏着夕阳，心情沉重地走在冷清萧索的乡间小道上。他在建有青面金刚冢的十字路口右转，在他身后，一只停在石冢后的枯树梢上的乌鸦突然飞走了。

离开一身田后，久兵卫行至一个叫中野村的小村庄。路右侧有两块菜地，分别种着萝卜等冬天可生长的蔬菜和小麦，菜地后面则是一片茂密的杉树林。为防止鸟儿偷吃庄稼，农民们用竹子和麻绳在菜地里扎了拦网，可即便如此，还是有三两只不怕死的大雁飞了进去。看到久兵卫，大雁纷纷吓得慌乱而飞。落在最后的大雁不知怎的被麻绳缠住了一只脚，急得直扑棱。

看着得来全不费工夫的猎物，久兵卫心中大喜，可这一带禁止狩猎，违令者重罚，他又喜又惧，万般纠结。

大雁还在徒劳地扇动翅膀，不停地挣扎。久兵卫不愿空手而去，确定四下无人后，他便一狠心，蹑手蹑脚地溜进了菜地。

久兵卫猛地上前，一只手掐住大雁的脖子，另一只手解开缠在大雁脚上的绳子。大雁不断发出凄厉的叫声。久兵卫有意勒死大雁，但又怕动静太大，引起他人注意。他下意识地朝身后瞟了一眼，突然发现自己来时的路上出现了两个身影。

久兵卫心下一紧，不敢久留，便把大雁往怀里一揣，急忙离开菜地往前走。怀里的大雁被他死死扼住，但仍旧拼命挣扎，想要逃走。

久兵卫的钱袋挂在胸前，里面装着女儿的卖身钱。他单手将钱袋的绳子从脖子上取下，捆在大雁的脖子上，试图一口气将大雁勒死。正在此时，他的左脚不慎踩到了右脚草鞋松开的鞋带上，差点摔了跟头，于是他只好蹲下身去系鞋带。趁着久兵卫系鞋带的当口，大雁挣扎着从久兵卫怀里钻了出来，掉落了满地的羽毛。原本别在久兵卫腰间的钱袋也一同掉了出来，大雁带着钱袋展翅向天空飞去。

久兵卫顿时惊慌失措，张开手朝大雁飞走的方向跑去。大雁飞得不高，在半空中痛苦地拍动着翅膀。久兵卫心下大乱，他朝大雁扔石子，胡乱地挥舞树枝，却终究只是徒劳一场。

大雁很快飞到了一个叫根上的地方，又越过矮山上的松林，腹部在残阳的照射下泛着红色，随后彻底不见了踪影。

久兵卫像失了魂似的呆呆站着，女儿眼里含着血泪的样子还在他脑海中挥之不去，一场无由而起的贪欲竟让他弄丢了这来之不易的卖身钱，愚蠢的农夫失声痛哭，懊悔不已。

天边的最后一抹残阳也融进冥冥暮色之中，寒风凛冽，久兵卫心中满是绝望。他有气无力地拖着双腿走在回家的路上，离家越近，他的脚步越沉重。家里整日唠唠叨叨的妻子让他烦不胜烦，但比这更痛苦的是，他必须在三天后缴清地租。为了筹钱，他不惜卖了亲生骨肉，如今他已走到穷途末路，再无他法……

村长那额头光秃的脸突然浮现在他眼前。前来讨债时，村长告诉他说："若不能按期缴纳地租，怕是要受牢狱之苦。"正是听了这话，久兵卫才狠下心卖女儿换钱，如今却因一点口腹之欲落了个人财两空。大错已铸成，无论如何都无法挽回了。

久兵卫走在林荫路上，四周一片寂静，不见人影，偶尔能听到不知什么东西发出的窸窣声。他后背发凉，加快脚步回到了家中。

"怎么才回来，我担心死了，事情办得如何了？"妻子坐在地炉前，看着院子里的久兵卫问道。

久兵卫默不作声地点了点头。妻子见他神色有异，便问道："怎么了？"

久兵卫欲言又止，脱了裂开的草鞋走进屋子，垂头丧气地坐在妻子对面。

"到底怎么了，快说啊！"妻子略显焦急。

"糟糕透顶。"久兵卫说罢，长叹了一口气。

"你什么意思？"妻子面露惊疑。

久兵卫面如土色，将事情的经过告诉了妻子。

"你如何能做出这种事来！"妻子呵斥道。

"一切都无法挽回了，我已认命了。"久兵卫低声说道。

"什么叫认命？"

"无非是被关进大牢，或者以死谢罪。"

妻子嘴唇微颤，终究什么也没说。

久兵卫抱着胳膊，陷入了沉思。


翌日发生了这样一件事。

四日市有一位渔夫，每日都会拿着渔具到伊势的海边捕鱼，途中会路过一块湿地，湿地里时常有大雁和野鸭栖息，偶尔用石头砸中了，还能额外饱餐一顿。这天早上，渔夫像往常一样拾了几块石头，走向河堤下的湿地，发现雁群正在枯芦苇丛中觅食。见此，渔夫放下渔具，对着雁群的方向扔出了石头。突然受到袭击的大雁惊惧不已，纷纷展翅飞向刚破晓还泛着薄雾的天空。其中一只大雁似乎被石头砸伤了，还留在湿地里。渔夫心中一喜，将手里剩余的石头都朝着它扔了过去。石头散落在大雁身边。尽管如此，大雁还是没有飞走，只是闪身躲开了。

渔夫心想，大雁必定是飞不了了，便跑下河堤，往湿地的枯芦苇丛走去。渔夫一靠近，大雁赶忙摇晃着逃进了枯芦苇丛中，拍打着翅膀挣扎着想要飞起。渔夫见此，立马追了过去，三步两步上前抓住了大雁。枯芦苇勾住了挂在大雁脖子上的钱袋，任凭它如何挣扎，都无法逃脱。

渔夫眼疾手快地掐住大雁的脖子，把它拎到堤坝上一看，只见钱袋里装着大约六两银钱和一些字据。

渔夫捕到大雁，又捡到了钱，便休渔满心欢喜地回家了。到家后，他把还在睡回笼觉的妻子唤醒，给她看大雁和钱袋。妻子打开钱袋中的字据查看，那正是四日市客栈的老板与久兵卫签订的卖身契。

"这怕不是卖身钱，如何会挂在大雁脖子上呢？"妻子惊讶地瞪大双眼。

"此事无关紧要，这可是天降之财，哪有不要之理。"渔夫满脸悦色地说道。

"虽然如此，但寻常人若非万不得已，何至于卖了自己的亲生骨肉。昧着良心收下这笔钱，怕是要遭天谴的。"

"可我们的日子也不好过啊。"

"总归能过下去，这可是人家卖儿卖女的救命钱。"

"那该如何是好？"

"物归原主吧。"

"这钱挂在大雁脖子上，如何知道失主是谁？"

"字据上写着'四日市客栈'，问问便知。"

于是，渔夫揣着钱袋到常与自己做买卖的客栈，问得了四日市客栈在一身田，又到四日市客栈打听到了久兵卫的住处，便寻久兵卫去了。

赶到久兵卫家时，已近未时，久兵卫夫妇未用午膳，面如死灰般坐在地炉旁。

"阁下便是久兵卫先生吗？可是阁下丢失了钱袋？"渔夫探头看向久兵卫问道。

"正是，我丢了一个装有六两二分钱的钱袋。"久兵卫答道。

"我拾到了阁下的钱袋，现来物归原主，请阁下收回去吧。"渔夫从怀中掏出钱袋，说道，"钱袋里确实有六两二分钱，还有一些字据。"

夫妇二人顿时一扫愁容。渔夫与久兵卫各自讲述了事情原委，久兵卫不胜感激，意将半数银钱赠予渔夫。

渔夫推说给二朱[1]即可，便拿了二朱回去了。

此事不知怎的传到了官府那里，官府派人将二人传来，以"行为可嘉"为名赏赐渔夫钱五贯、米五袋；又赞久兵卫"明辨情义，愿将卖女钱半数赠予渔夫"，赏赐钱五贯，并赦免了他在禁猎地捕鸟之罪，实叫人啼笑皆非。

---

1　日本近代货币单位，一两的十六分之一。——译者注

# 幽灵之裳

第三代尾上菊五郎之名，在怪谈剧界可谓无人不知，无人不晓，此人绝对可称得上泰斗级的人物。

文化[1]年间，由鹤谷南北[2]编写的《东海道四谷怪谈》被改编成剧本，并由菊五郎在木挽町的山村座进行首场演出。

当时，菊五郎一人分饰三角——小岩、田宫的随从小平以及盐谷浪人佐藤与茂七。小岩和小平之灵这两个角色的阴险残忍被菊五郎演绎到了极致，自剧目上演起，便场场爆满，因此演出从七月中旬一直持续到九月。

到了天保[3]年间，某一次，菊五郎应邀前往堺町的中村座表演夏季演剧，剧目依旧是熟悉的《四谷怪谈》。

菊五郎打算借此机会对剧目做些修改，也好来个老戏新唱。思来想去，能改动

---

1　日本历史上的年号之一，一八〇四年至一八一八年。——译者注

2　此处应指江户时代的歌舞伎脚本作家鹤屋南北，原文写为"鹤谷南北"，疑为笔误。——编者注

3　日本历史上的年号之一，一八三〇年至一八四四年。——译者注

的也就只有幽魂的服饰了，可怎么改才好呢？

菊五郎反复思考了多日，依旧一无所获。

那段时间，有一位名叫茑芳的单身男子频繁出入中村座。他原是"茑屋"剧院茶馆的老板，名为芳兵卫，因放荡不羁而家道中落，最终只能卖了房子，借宿于吉原角町河岸一家倒闭的空妓馆中。

吉原离中村座不远，所以茑芳几乎每天都会路过剧院门口。

某日，茑芳因走得太急而汗流浃背，弄湿了浴衣。路过中村座时，他打算去二楼找间屋子换件衣服再走。刚准备上楼，一抬头就看见一个年轻的男子坐在楼梯上。茑芳并未转身离去，而是瞪着眼睛分辨了好一会儿，想看清对方是谁，无奈傍晚天色昏暗，怎么都看不清男子的脸。

"喂，你是什么人？坐在那里很碍事，知道吗！"

茑芳向来脾气火暴，眼里容不得沙子，一看有人挡在自己面前，岂能罢休，于是一脚踢开那个男子，径直上了二楼，随手拿起一件演出用的浴衣换上后，转身下楼。再一看，那男子已经不知去向了。

茑芳本并没在意，谁知五六天后，那个年轻男子又出现了，这次是在厕所门口遇上的。茑芳这便留了心，当天就向中村座的众人说起了这个奇怪的男人。

剧院的小厮把这事当成笑话说给菊五郎听。说者无意，听者有心，菊五郎正在绞尽脑汁地思索幽魂服饰的修改方案，一听这事，当即便把茑芳叫来了自己家中，拜托他说，若是再遇见那个男人，定要仔细留意他身上穿的衣服，并允诺茑芳以二两钱作为谢酬。

在那个年代，二两钱可不是小数目啊，茑芳连连应下，满心欢喜地等待幽魂出现。

中村座首演前两天的那个夜里，茑芳正在屋里睡觉，突然感到背上一阵凉意，他睁眼一看，那个幽魂果然再次出现了！

茑芳心中暗喜，按照菊五郎的吩咐将那幽魂仔仔细细地打量了一遍。

那是一个年轻男子，看起来二十四五岁的年纪，身穿一件三叶柏花纹的浅黄色棉质单衣。到了半夜，幽魂离开了，茑芳等不及天亮就跑去向菊五郎汇报了自己所见的情形。

于是，菊五郎将戏中小平的服饰改为了黄底白纹棉质单衣，演出也因此大获成功。

而茑芳也对那幽魂上了心，多方打听后，他终于弄清了幽魂的身份。

这幽魂生前名叫德藏，是一家妓馆的年轻小厮，因父母生病没钱医治，一时鬼迷心窍，盗了客人的钱财。

事情败露后，妓馆老板将德藏扭送官府。入狱不久，德藏便因一场大病不治身亡。

下葬时，德藏就穿着那件三叶柏花纹的浅黄色棉质单衣，据说那是妓馆中的一名妓女为他缝制的。（出自《悟道轩圆玉先生谈》。）

# 牌位和老鼠

在幡谷一带曾住过一个叫三好七郎的人。

一九二三年关东大地震时，一个叫荻原高三郎的朋友为躲避震灾，前来投奔七郎，虽然只在他家待了一个月就去了别的地方，但是临行时留下了一个三尺高的箱子，并且非常郑重地对七郎说："这个箱子里放了非常重要的书，虽然有点不好开口，但是能先把箱子寄存在你这里吗？"

七郎不好推托，便答应了。之后，他把这个箱子放到了壁橱中。然而第二年，七郎生了大病，每到夜晚便陷入梦魇。

七郎的妻子阿留敬畏鬼神，便问他道："你到底怎么了啊？"

七郎苍白着脸，颤颤巍巍地说道："他那个箱子里……出来男男女女……在数钱……"

说着说着，七郎便咽了气。

这之后没多久，七郎的大女儿和小儿子也卧床不起，小儿子每到晚上就会突然从床上坐起来大喊："是谁？！"然后便发出恐怖的号叫。

这时，阿留一下子想明白了，急忙搬出荻原留下的那个箱子。

箱子一打开，六只老鼠就跑了出来，四散奔逃。除此之外，箱子里还有十数个写着"阿弥陀佛"的牌位。

三好家的人大为惊异，立刻请求代代幡警署搜查荻原。

# 鼓声

春日的午后晴朗无风，温暖的阳光让人昏昏欲睡。柳桥游船店里静悄悄的，婢女们都陪着客人坐游船去隅田赏花了。这时，二楼突然响起了"咚咚咚"的鼓声，时而像是从别人家传来的，时而又像是从自家响起。老板正在账房悠闲地抽着烟，鼓声将他吓了一跳，他烟灰都没来得及磕，就拿着烟袋赶到楼上查看。

咚，咚，咚……鼓声忽远忽近，远的时候听着像别人家的声音，近的时候又感觉就在自家二楼。老板爬上楼梯，来到二楼走廊。神田川的水涨了一些，河水闪着浅蓝色的光，一艘载着客人的小船悠然划向河中，船桨拖出的痕迹长长的，像绘画用的颜料晕开了似的。两国桥那边，一只老鹰不停地在低空盘旋。

咚——最后一声响起后，鼓声戛然而止。老板来到走廊尽头的房间，唰的一声拉开了纸门，明亮的阳光晒得屋里暖洋洋的。房间有八张榻榻米大，屋里端坐着一男一女。女子年轻娇美，梳着岛田髻，穿着绯色长衫，系着一条蓝腰带，右手扶地。男子坐在女子对面，面色白皙，穿着夹层棉衣，肩上摆着一只花鼓。今天店里明明没有客人，歌姬、婢女也都出去了，这两个人是谁呢？老板惊得目瞪口呆。他正想说些什么，两个人忽然消失了。

老板呆立在门口良久，沉思了半晌后，说道："不好意思，打扰了。"然后，他轻轻拉上门，慢慢下了楼。之后老板把这件事深埋在了心里，没有告诉任何人。

又过了十几天，这一天店里也很安静。老板正在账房对账，一个婢女闯了进来，她脸色苍白，仿佛受到了很大的惊吓。

"老爷！老爷！"婢女的声音颤抖得厉害。老板拿笔的手丝毫没乱，他抬起头问道："什么事？"

"家里出怪事了！"

"怎么了？"

"刚才我在二楼打扫……"

老板立刻想起了不久前的事，便问道："你看到了？"

"您还说呢！我听见房间里有鼓声，就开门进去看……"

"是不是有一位年轻的男客人在敲鼓，一位穿绯色长衫的女客人在听？"

"是的！"

"没事，那是家里的熟客，你别到处乱说去。"

老板虽然嘱咐婢女别张扬，但他心里却总是惦记着这件事。一天，他找了一位多年居住在这里的盲人按摩师来给他按摩。揉肩膀时，他若无其事地问道："师傅，这栋房子以前的主人家里是不是有年轻的女儿或婢女遭了横死？"

"嗯，这个嘛……"按摩师不停地眨巴着牡蛎壳似的白眼睛，努力回忆了许久，终于想起来了。

"好像是有这么回事。这栋房子原来的主人的确有个养女，那女孩我也认识，细长的脸蛋，长得非常标致。住在下谷的武士老爷家的第三个儿子看上了她，就来提亲。谁知道那女孩嫁过去不久，丈夫就病死了，只能再回娘家来住。其实这主人家里还有个养子，和养女从小一起长大，两人感情好得很。但养女回来以后，家里又给她寻了个上门女婿，最后养子养女两人就殉情了。家里人为了面子，一口咬定两人是病死的，连葬礼都是分开办的。后来才听人说，他们是在二楼自杀的。转眼都二十年了，我记得也不是特别清楚，大概就是这样吧。"

"啊，原来如此……怪不得，怪不得。"老板点着头，喃喃自语道。

## "悉桑派"译者团队

成立于 2016 年，由国内多位知名日语翻译家倡议发起。该团队专注于研究式翻译，团队成员均为国内文学翻译界资深人士，从事日本文学研究平均达十年。曾主持译介夏目漱石、川端康成、堀辰雄、中岛敦、梶井基次郎和三岛由纪夫等多位日本作家的经典作品，备受好评。

---

## 《全怪谈》"悉桑派"译者团队

潘郁灵 / 总统筹
"悉桑派"译者团队创始人、青年翻译家，负责书稿翻译及译者团队日常管理。
陈广琪 / 古典文学顾问
精通古文、俳句，负责古典文学类书稿翻译及古籍资料搜集。
张齐 / 总策划
青年翻译家，负责书稿翻译及策划工作。
孟璐璐 / 内容统筹
青年翻译家，负责书稿翻译及内容统筹工作。
岳冲 / 古典文学翻译
青年翻译家，主攻文学类书稿翻译。
汤丽珍 / 古典文学翻译
青年翻译家，主攻文学类书稿翻译。
伍能位 / 古典文学翻译
青年翻译家，主攻文学类书稿翻译。
杨晓琳 / 翻译
青年翻译家，精通日本现代文化。
郭伟 / 翻译
刘爽 / 翻译
陈燕燕 / 翻译
谢烈睿 / 翻译
苏文正 / 翻译

"悉桑派"译者，日本文学资产的运营专家。